湖北省学术著作出版专项资金资助项目

中国学术档案大系

主编　陈文新

# 宋元话本学术档案

刘相雨　主编

图书在版编目(CIP)数据

宋元话本学术档案/刘相雨主编. —武汉: 武汉大学出版社,2014.12
(中国学术档案大系)
ISBN 978-7-307-13458-4

Ⅰ.宋… Ⅱ.刘… Ⅲ.话本小说—古典小说评论—中国—宋元时期
Ⅳ.I207.41

中国版本图书馆 CIP 数据核字(2014)第 119088 号

责任编辑:陈　帆　　责任校对:鄢春梅　　版式设计:马　佳

出版发行: 武汉大学出版社 (430072 武昌 珞珈山)
(电子邮件: cbs22@whu.edu.cn 网址: www.wdp.whu.edu.cn)
印刷: 武汉中远印务有限公司
开本: 720×1000 1/16 印张: 29 字数:432 千字 插页:1
版次: 2014 年 12 月第 1 版 2014 年 12 月第 1 次印刷
ISBN 978-7-307-13458-4 定价:70.00 元

# 目　录

**二十世纪以来宋元话本研究巡礼(代序)** …………………… 刘相雨(1)
**二十世纪以来宋元话本经典论著评介** …………………………… (1)
中国小说史略 ………………………………………… 鲁　迅(3)
【评　介】…………………………… 朱祥竟　刘相雨(14)
《宋人话本八种》序 ………………………………… 胡　适(24)
【评　介】…………………………………………… 冀运鲁(37)
说话考 ………………………………………………… 孙楷第(45)
【评　介】…………………………………………… 冀运鲁(49)
词话考 ………………………………………………… 孙楷第(53)
【评　介】…………………………… 刘相雨　朱祥竟(62)
《清平山堂话本》与《雨窗》《欹枕集》 ……………… 马　廉(67)
【评　介】…………………………………………… 冀运鲁(80)
中国小说发达史(存目) ……………………………… 谭正璧(85)
【评　介】…………………………………………… 冀运鲁(85)
《武王伐纣平话》与《封神演义》(存目) …………… 赵景深(89)
【评　介】…………………………………………… 冀运鲁(89)
谈宋人说话的四家(存目) …………………………… 李啸仓(95)
【评　介】…………………………………………… 冀运鲁(95)
《京本通俗小说》各篇的年代及其真伪问题
…………………………………… [美]马幼垣　马泰来(99)
【评　介】 ………………………… 刘相雨　朱祥竟(117)
论"话本"一词的定义(存目) ………………… [日]增田涉(124)
【评　介】 ……………………………………… 王领妹(124)
《话本选》序言 ………………………………………… 范　宁(136)

【评　介】…………………………………………………… 朱祥竞(165)
话本征时 ………………………………………………… 许政扬(174)
【评　介】…………………………………………………… 贾海建(187)
话本小说概论(存目录)……………………………………… 胡士莹(197)
【评　介】…………………………………………………… 王领妹(205)
宋元小说史 ………………………………………………… 萧相恺(221)
【评　介】…………………………………… 刘相雨　牛司凯(266)
宋元小说研究 ……………………………………………… 程毅中(275)
【评　介】…………………………………………………… 刘相雨(312)
《京本通俗小说》的证伪及其意义 ……………………… 张　兵(322)
【评　介】…………………………………… 刘相雨　朱祥竞(332)
"词话"辨正 ……………………………………………… 王庆华(342)
【评　介】…………………………………… 刘相雨　朱祥竞(355)
《新编五代史平话》成书探源 ………………………… 罗筱玉(361)
【评　介】…………………………………………………… 刘相雨(384)
**二十世纪以来宋元话本研究论著提要** … 刘相雨　朱祥竞编撰(391)
**二十世纪以来宋元话本学术大事记** ……………… 刘相雨编撰(433)
**后　记** ……………………………………………………… 刘相雨(440)

# 二十世纪以来宋元话本研究巡礼(代序)

刘相雨

宋元话本的研究从来就不是一帆风顺的。从其学术发展历程来看，争论和质疑一直伴随着它的发展。在这一过程中，中国大陆学者和港澳台地区学者以及日本、韩国、美国等国外汉学家互相合作，相互辩难，共同促进了这一学科的发展。随着时间的推移与研究的深入，许多有争议的问题逐渐有了大体一致的认识和理解。纵观 20 世纪以来宋元话本的研究，大体上可以分为三个阶段。

## 一、宋元话本研究的奠基期(1900—1949)

这一时期宋元话本的研究主要有两个特征：一是新材料的不断发现；二是对学科基础问题的热情探讨。

任何一个学科的建立，首先要有明确的研究对象和基本的研究资料。20 世纪初宋元话本的研究，首先面临的是研究资料匮乏的问题。由于宋元话本是以口耳相传的“说话”伎艺为基础的，现在流传下来的相关的书面文献资料非常少。虽然我们从孟元老的《东京梦华录》、灌园耐得翁的《都城纪胜》、西湖老人的《繁胜录》、吴自牧的《梦粱录》以及周密的《武林旧事记》等记载中，可以知道宋代的“说话”艺术是十分繁荣的，但是“说话”的具体情形如何，“说话人”有没有可供参考的底本？如果有底本，底本的情形如何，等等问题，仍然不太清楚，加之上述记载之间互有龃龉，学者们对材料的解读又是见仁见智，因而宋元话本的研究从一开始就布满了荆棘。另外，我们今天见到的文献资料，在多大程度上反映了宋元“说话”的真实情况，学者们的看法也很不一致。

20世纪初的学者能够见到的宋元话本作品，一开始只有乾嘉年间藏书家黄丕烈收录在《士礼居丛书》中的《宣和遗事》和《梁公九谏》等少数作品。这一时期新材料的发现和刊刻情况如下：

1911年，董康把曹元忠1901年游杭州时得到的《五代史平话》影印出版，曹元忠在《五代史平话·跋》中认为“疑此平话或出南渡小说家所为，而书贾刻之”。①

1915年，缪荃孙(江东老蟫)刻印《京本通俗小说》(烟画东堂小品本)，他在该书的《跋》中认为这些作品“的是影元人写本”，共收入《碾玉观音》《菩萨蛮》《西山一窟鬼》《志诚张主管》《拗相公》《错斩崔宁》《冯玉梅团圆》七篇作品。②

1916年、1917年，罗振玉先后影印了原藏于日本的《大唐三藏取经诗话》的小字本和大字本，收入《吉石庵丛书》。1925年，商务印书馆根据小字本排印了该书。③

1926年3月，日本汉学家盐谷温教授在日本的内阁文库发现了《全相平话五种》。1928年张元济访问日本时，向日本内阁文库借印此书，1929年商务印书馆影印了《全相平话五种》。

1929年，海宁慎初堂陈氏将《三国志平话》收入《古佚小说丛刊》初集印行。

1928年春，日本学者长泽规矩也来华，向著名藏书家马廉出示了日本内阁文库所藏的《清平山堂话本》的照片。这些作品包括《柳耆卿诗酒玩江楼记》《简帖和尚》《西湖三塔记》《合同文字记》《风月瑞仙亭》《蓝桥记》等十五篇小说，马廉随即与友人发起“古今小品书籍印行会”，托北平京华印书局于1929年将十五篇作品影印出版，仍旧题为《清平山堂话本》。

1933年，马廉在故乡宁波买到了一批书，他从中又发现了十二

---

① 转引自丁锡根点校：《宋元平话集》，上海古籍出版社1990年版，第892页。

② 关于《京本通俗小说》的真伪问题，学术界有很大的争议，成为20世纪宋元话本研究的一大学术公案。

③ 参见罗书华、苗怀明等：《中国小说戏曲的发现》，人民文学出版社2009年版，第39页。

篇小说，其中《雨窗集上》一册，内含话本五篇，包括《花灯轿莲女成佛记》《曹伯明错勘赃记》《错认尸》《董永遇仙传》《戒指儿记》；《欹枕集上》残篇七页，内含话本两篇，为《羊角哀死战荆轲》《死生交范张鸡黍》；《欹枕集下》一册，内含话本五篇，为《老冯唐直谏汉文帝》《汉李广世号飞将军》《夔关姚卞吊诸葛》《霅川萧琛贬霸王》《李元救朱蛇记》。马廉研究后认为该书是宁波范氏天一阁藏书。① 后来，阿英先生又发现了《翡翠轩》《梅杏争春》两篇的残页。

1934 年，马廉将《雨窗集》和《欹枕集》的残本影印出版。

至此，宋元话本的基本资料已经具备，此后很少有新的重大研究资料发现。② 当然，如果要追溯宋元话本的源头，还应该算上在敦煌发现的“变文”。

1900 年，在敦煌藏经洞发现了一大批文献资料，其中的“变文”已经成为研究宋元话本来源的重要资料，特别是其中的《庐山远公话》《韩擒虎话本》《叶静能诗(话)》《唐太宗入冥记》《秋胡变文》等作品已经被当代学者认为是较为标准的唐代话本。③

这一时期学术界对宋元话本的研究，主要侧重于一些最为基础的问题，如什么是话本？宋代的说话有哪四家？哪些作品是宋代话本？

国内学者中最早对宋元话本进行研究的当属王国维④。王国维在其专著《宋元戏曲史》(该书完成于 1912 年年底至 1913 年年初)的第三章“宋之小说杂戏”就对宋元话本进行了初步的研究。他认为“宋之小说，则不以著述为事，而以讲演为事”。这里的“宋之小说”，其实指的就是宋元话本，而不是宋代的文言小说。对于宋代“说话”的四家，他注意到了《都城纪胜》与《武林旧事》记载的差异；他还认为“今

---

① 参见马廉著，刘倩编：《马隅卿小说戏曲论集》，中华书局 2006 年版，第 82 ~ 87 页。

② 1979 年，西安市文物管理委员会在清理所藏古籍时，发现了一张元代刊刻的《新编红白蜘蛛小说》残页，为宋元话本研究的重要资料。

③ 参见萧欣桥、刘福元：《话本小说史》，浙江古籍出版社 2003 年版，第 76 ~ 87 页。

④ 国外学者中较早研究宋元话本的当属日本的盐谷温，他在《中国文学概论讲话》中已有所涉及。

日所传之《五代平话》，实演史之遗；《宣和遗事》，殆小说之遗也”①。《五代史平话》于 1911 年出版，王国维就将其运用到了论著之中，可见其对新材料的敏感性。王国维关于宋元话本的论述虽然十分简略，但是在学术史上的开创之功不容忽视。

该时期对宋元话本研究最为全面、深入的当属鲁迅。在他的《中国小说史略》(1924 年版)中，第十二篇“宋之话本”、第十三篇“宋元之拟话本”两章都是论述宋元话本的。第十四篇“元明传来之讲史(上)”，他又论述了《全相三国志平话》在《三国演义》成书过程中的作用。鲁迅对于宋元话本的研究，其贡献主要在以下方面：

1. 首次明确了“话本”的定义，“说话之事，虽在说话人各运匠心，随时生发，而仍有底本以作凭依，是为‘话本’”。这一定义为大多数学者所接受和采纳。后来，虽然有日本学者增田涉提出过质疑，但是仍然无法撼动这一观点的统治地位。时至今日，大多数学者仍然采纳这一观点，仍然认为宋元的“说话”是有底本的。

2. 首次将宋元话本的源头向上追溯到了唐代，并且引述了敦煌“变文”中《唐太宗入冥记》的部分内容。受其影响，以后的小说史也大多采用了这一方法，只是对敦煌“变文”中的相关篇目的论述更加详细、深入了。如欧阳代发《话本小说史》(武汉出版社 1994 年版)，张兵《宋元话本》(春风文艺出版社 1999 年版)，萧欣桥、刘福元《话本小说史》(浙江古籍出版社 2003 年版)等都是如此。

3. 论述了宋代“说话”的四家。鲁迅列举了《梦粱录》《都城纪胜》《武林旧事》对于“说话”四家的不同记载，对于应该采纳哪一种说法，鲁迅并没有明确表态，只是对于《梦粱录》中的材料引述得较为详细。1924 年 7 月，鲁迅在西安讲授《中国小说的历史的变迁》时，则认为“‘说话’分四科：一、讲史；二、说经诨经；三、小说；四、合生”。这种分类法大体上采用了《梦粱录》中的说法。而“说话”四家到底是哪四家，成为以后较长时期内学者们讨论的热点问题。

4. 鲁迅对宋元话本的重要作品进行了介绍和评价。鲁迅论及的

---

① 现在学术界一般认为《五代史平话》《宣和遗事》都属于讲史一家，《宣和遗事》并不属于小说一家。

宋元话本作品主要有《梁公九谏》《新编五代史平话》《京本通俗小说》《大唐三藏取经诗话》《大宋宣和遗事》《全相三国志平话》。从整体上来看，鲁迅对宋元讲史家的话本论述较多，《新编五代史平话》《大宋宣和遗事》《全相三国志平话》都属于讲史话本；他对宋元小说家的话本论述较少，只提到了《京本通俗小说》中的《碾玉观音》篇。

另外，鲁迅对宋元话本的体制也进行了初步的探讨，如关于“得胜头回”，他认为“头回犹云前回，听说话者多军民，故冠以吉语曰得胜，非因进讲宫中，因有此名也”。

鲁迅之后，对宋元话本论述较多的是胡适。

1928 年，胡适为上海亚东图书馆汪原放标点的《宋人话本八种》所写的《序》中对宋元话本作了较为全面的论述。亚东图书馆出版的《宋元话本八种》实际上即缪荃孙刊刻的《京本通俗小说》中的七种小说话本，再加上后来叶德辉刊刻的《金虏海陵王荒淫》一种，共八种。胡适认为“我们可以不必怀疑这些小说的年代。这些小说的内部证据可以使我们推定它们产生的年代约在南宋末年，当十三世纪中期，或中期以后。其中也许有稍早的，但至早的不得在宋高宗崩年(一一八九)之前，最晚的也许远在蒙古灭金(一二三四)以后”。1934 年，胡适在《宋人话本重订本小序》中采纳了日本学者长泽规矩也《京本通俗小说与清平山堂》一文中的观点，删去了《金虏海陵王荒淫》一篇，认为这篇是叶德辉伪造的，以《宋人话本七种》由上海亚东图书馆重新出版。

鲁迅在《中国小说史略》中对宋元小说家的话本论述较少，而胡适对宋元小说家的话本论述较多，特别是对《拗相公》《碾玉观音》《错斩崔宁》等篇论述较为详细。他认为《错斩崔宁》是其中的佳作，“这一篇是纯粹说故事的小说，并且说的很细腻，很有趣味，使人一气读下去，不肯放手；其中也没有一点神鬼迷信的不自然的穿插，全靠故事的本身一气贯注到底”，特别是其中写刘贵与其妾陈二姐对话的部分，“这样细腻的描写，漂亮的对话，便是白话散文文学正式成立的纪元”。当然，胡适的论述是建立在《错斩崔宁》是真正的宋人话本基础上的。如果《错斩崔宁》不是宋人话本，那么这个所谓的“白话散文正式成立的纪元”就要往后推迟了。

胡适对于鲁迅的相关论述基本上持肯定态度，但是他不同意鲁迅对“得胜头回”的解释，胡适认为，“《得胜令》乃是曲调之名。本来说书人开讲之前，听众未齐到，必须打鼓开场，《得胜令》当是常用的鼓调，《得胜令》又名《得胜回头》，转为《得胜头回》。后来说书人开讲时，往往因听众未齐，须慢慢地说到正文，故或用诗词，或用故事，也权做个‘得胜头回’”。笔者认为，胡适对“得胜头回”的解释更为合理一些。

另外，胡适也谈到了宋代的“说话”四家，他认为四家分别是：小说、讲史、傀儡和影戏。这四家与王国维、鲁迅的观点都不同，胡适《〈宋人话本八种〉序》声称他以后会有专门的文章来论述这一问题。不过，胡适后来再也没有就此问题发表意见。胡适以后的学者，也没有人采纳胡适的四家之说。

20 世纪三四十年代，宋元话本的研究受到更多学者的关注，论述也更加深入。这一时期的主要学者有孙楷第、谭正璧、陈汝衡、赵景深等。

孙楷第是这一时期对宋元话本研究较多的学者。他先后发表了《宋朝说话人的家数问题》(《学文杂志》1930 年创刊号)、《说话考》(《师大月刊》1933 年第 10 期)、《词话考》(《师大月刊》1933 年第 10 期)等文章，对于宋元说话的家数、来源等进行了研究。他认为宋代的“说话”四家分别是：

1. 小说：银字儿，包括烟粉、灵怪、传奇、说公案、说铁骑儿；
2. 说经：说参请、说诨经、弹唱因缘；
3. 讲史书；
4. 合生、商谜。

这四家与鲁迅的看法不同，与胡适、王国维的观点也不一样。他的四家比鲁迅的四家所包括的范围更为广泛，他把商谜和弹唱因缘也都算作四家之内。他在《词话考》中认为元之“词话”即宋代的“说话”。另外，他还著有《中国通俗小说书目》《日本所见中国小说书目》等。胡适 1932 年为他所著《日本东京所见中国小说书目提要》作的《序》中称赞他是“今日研究中国小说史最用功又最有成绩的学者。他的成绩之大，都由于他的方法之细密。他的方法，无他巧妙，只是用目录之学做基础而已”，认为他建立了“科学的中国小说史学”。①

谭正璧的《中国小说发达史》1935 年由上海光明书局出版。该书共七章，其中第五章为“宋元话本”，分门别类地介绍了宋元的小说话本、说经话本和讲史话本，对每篇话本内容的介绍也较为详细。这种安排内容的方式，为后来的多种话本小说史所采纳。另外，谭正璧也谈到宋代的“说话”四家，他认为“四家”是指小说、说铁骑儿、说经、说参请。② 而对于“话本”一词的定义，他认为：“‘话本’这个名字，为当时一切伎艺人员所用文字底本的共名，不是‘说话’一技所独有的。”这与鲁迅的观点有了区别。

陈汝衡的《说书小史》1936 年由中华书局出版，其中第四章“南宋说书”中“论南宋说话四家”颇受学术界重视。陈汝衡认为南宋“说话四家”如下表：

| 说话四家 | 内　容 |
| --- | --- |
| 1. 银字儿 | 烟粉、灵怪、传奇 |
| 2. 说公案、说铁骑儿 | 朴刀杆棒、发迹变泰之事、士马金鼓之事 |
| 3. 说经、说参请、说诨经 | 演说佛书、参禅悟道等 |
| 4. 讲史书 | 讲说前代书史文传、兴废战争之事 |

附注：1、2 两项总称小说。

另外，陈汝衡指出，“今存的所谓宋元话本小说，绝大部分都是经过元明人士增订和加工的，因此我们很难断定它们成书的确实年代”。这种观点其实触及了宋元话本研究的困境——研究对象的不可靠性和不确定性，这种困境愈到后来愈为明显。

赵景深是 20 世纪 40 年代在宋元话本研究领域较为活跃的一位学者，他重点研究了元至治年间建安虞氏刊印的《全相平话五种》与后世小说的关系，如《武王伐纣平话》与《封神演义》、《七国春秋后集》

① 胡适：《胡适文存》(第四册)，黄山书社 1996 年版，第 292 页。
② 谭正璧：《中国小说发达史》，光明书局 1935 年版，第 237 页。

与《前七国志》、《前汉书平话续集》与《西汉演义》之间的关系。他认为"《封神演义》从开头直到第三十回，除哪吒出世的第十二、三、四回外，几乎完全根据《平话》来扩大改编。从第三十一回起，便放开手写去，完全弃掉《平话》，专写神怪的部分了……作者直写到第八十七回孟津会师，方才想到《平话》上还有材料不曾用进去，这才再用《平话》里的材料"。赵景深对《武王伐纣平话》的研究是非常细致、深入的，他得出的结论也比较可靠，至今仍常被学者征引。

另外，他的《南宋说话人四家》也是一篇重要的文章，他针对王国维、胡适、鲁迅、谭正璧、孙楷第、陈汝衡、青木正儿、胡怀琛等人关于"说话四家"的不同观点，提出自己的看法，认为"应以小说、说经(附说参请)、讲史以及说诨话为四家"。①

综上所述，这一时期宋元话本新材料的发现，有赖于中日两国学者的共同努力。而在研究的过程中，学者们都非常重视新材料的运用。这一时期学者们研究的最热点问题是宋代说话"四家"到底是哪四家，凡是涉及这一领域的大多数学者都注意到了这一问题，而对这一问题的认识又几乎人言人殊。对于宋元话本的思想内容、艺术特色、题材来源、对后世的影响等诸多方面的研究，这一时期的学者还讨论得比较少。

## 二、宋元话本研究的发展期(1949—1978)

1949 年以后，新中国的经济、文化建设都处于百废待兴时期，这一时期的宋元话本研究特点是：学术基础知识的普及和学术研究的逐渐深入。这一时期又以 1966 年开始的"文化大革命"为界分为前后两段。

宋元话本学术基础知识的普及，主要表现在以下几个方面：

1. 研究宋元话本的基本的学术资料被重新排印出版，公开发行。如古典文学出版社在 1954—1958 年先后排印出版了《新编五代史平话》《宣和遗事》《全相平话五种》《大唐三藏取经诗话》《京本通俗小

① 赵景深：《中国小说丛考》，齐鲁书社 1980 年版，第 79、99 页。

说》《熊龙峰刊四种小说》，等等，文学古籍刊行社、作家出版社、人民文学出版社也都出版了部分宋元话本的影印本和排印本。某些原来只有少数学者才能见到的学术资料，现在大部分学者都可以很容易地找到了。学术资料的普及，无疑为广大学者们的深入研究提供了条件。

2. 话本小说选集的出版。这一时期出现了好多种宋元话本小说的选集，如傅惜华选注《宋元话本集》(上海四联书店 1955 年版)，共选话本十八篇，包括《碾玉观音》《错斩崔宁》《西山一窟鬼》《志诚张主管》《西湖三塔记》，等等，他在《导言》中对这些话本的本事来源、作品时期、著录书目、流传版本做了详细的说明。不过，从今天的观点来看，他所选的许多篇目并不属于宋元话本，如《沈鸟儿画眉记》《梅岭失妻记》等。东北人民大学古典文学教研室编《宋元话本选》(东北人民大学教务处教材出版科 1955 年版)，该书选择所谓的宋元话本六篇，包括《碾玉观音》、《冯玉梅团圆》、《错斩崔宁》、《众名姬春风吊柳七》、《大宋宣和遗事(节选)》、《新编五代汉史平话》。胡士莹选注《古代白话短篇小说选》(中国青年出版社 1956 年版)选录了《碾玉观音》(《京本通俗小说》卷十)、《错斩崔宁》(《京本通俗小说》卷十五)等宋元小说；中华书局上海编辑所编辑的《话本选注》共选话本八篇，分为上下两册(中华书局 1960 年 3 月第一版，1962 年 10 月第四次印刷，印数达 87 000 册，发行量很大)。其中吴晓玲、周妙中、范宁选注《话本选》，共选话本三十八篇，范宁写了长达三十多页的《序言》。在《序言》中，范宁运用马克思主义的文艺观点和研究方法，从话本作品所反映的阶级性和人民性等标准出发，详细地论述了话本小说在题材、内容、人物形象、艺术特色等方面的特点，并指出了其因果报应等方面的历史局限性，是一篇全面地论述话本小说的专题论文。

宋元话本研究专著的出现，则标志着这一时期学术研究的深入。

程毅中的专著《宋元话本》1964 年作为“知识丛书”之一由中华书局出版。该书共分为四章：第一章“说话和话本”分别论述了说话的渊源、宋元说话概况和话本编写、流传情况。第二章“讲史”，论述了讲史的名目、体制、题材、主题思想等。第三章“小说”，论述了小说的题材、篇目、体制、思想性和艺术性。第四章则论述了宋元话本在文学史上的地位、作用和影响等。虽然这本书不到十万字，但它是第一本专门研究宋元话本的专著，具有重要的学术意义。

孙楷第在20世纪30年代发表的《说话考》《词话考》《宋朝说话人的家数问题》等五篇文章结集为《论中国短篇白话小说》，1953年由棠棣出版社出版；1956年该书又由作家出版社易名为《俗讲、说话与白话小说》再版；他的《日本东京所见中国小说书目》也于1953年由上杂出版社再版。

许政扬关于宋元话本的研究，也值得一提。他主要从话本中的典章制度出发，来判断作品的成书年代。例如，在《话本征时》一文中①，他根据《简帖和尚》中“如今叫做‘连手’，又叫做‘巡军’”一句话，认为“从巡军设置于元而‘所由’之称南宋时仍流行这一事实看来，话本《简帖和尚》不可能是宋代作品，它必定产生于元代以后”；他根据《戒指儿记》中商人阮三“点报朝中驸马，因使用不到，退回家”一语，认为点报驸马是明代的制度，该篇应产生于明代。许政扬的《话本征时》一文为判断话本的成书时代提供了一种新的思路。这种学术方法也为后代学者广泛吸收和采纳，在研究史上具有方法论的意义。另外，他还著有《宋元小说戏曲语释》78条，不过，许政扬的文集直到1984年才得以出版，其学术影响力受到了很大的限制。

胡士莹的《话本小说概论》也草创于这一时期，根据赵景深为该书所写的《序》，可知该书1962年已经完成初稿，1965年又完成了第二稿，但是，该书正式出版却到了1980年。

另外，关于宋代“说话四家”问题，这时又有了新的说法。李啸仓的《谈宋人说话的四家》是关于这一问题的一篇总结性的文章②，该文先列举了孟元老《东京梦华录》、西湖老人《繁胜录》、灌园耐得翁《都城纪胜》、吴自牧《梦粱录》、周密《武林旧事记》等关于说话艺术的相关记载，又列举了鲁迅、王国维、胡适、孙楷第、谭正璧、陈汝衡等关于说话四家的八种说法及其理由，在此基础了提出了自己的

---

① 许政扬：《许政扬文存》，中华书局1984年版，第258页。

② 参见李啸仓：《宋元伎艺杂考》，上杂出版社1953年版。

观点，他认为说话四家是指：

1. 银字儿(烟粉、灵怪、传奇)；

2. 说公案(朴刀杆棒、发迹变泰之事)、说铁骑儿(士马金鼓之事)；

3. 说经(演说佛书)、说参请(参禅悟道等事)、说诨经；

4. 讲史书(讲说前代书史文传、兴废争战之事)。

并附注说，前面两项合称“小说”。

其实，他把“小说”一家拆分成了两家，这样“说话”四家就合并成了三家。这种新的观点仍然没有取得学术界的公认，说话“四家”的问题依然没有解决。但是，这种建立在全面理解基础上的学术对话，为问题的解决提供了更多的参考和更大的可能性。

1966—1976年，中国大陆进入了“文化大革命”时期，各种正常的学术活动基本上停止了，该时期几乎没有出版有分量的论文和专著。

而在我国的台湾地区，学者们对于宋元话本的研究仍然在继续，陆续出现了一些专著和硕士、博士学位论文。如庄因《话本楔子汇说》(台北台大文学院1965年)、乐蘅军《宋代话本研究》(台北台大文学院1969年)、何志平《宋话本的研究》(台中东海大学中研所1973年硕士学位论文)、潘寿康《话本与小说》(台北黎明文化事业股份有限公司1973年版)、李本耀《宋元明平话研究》(台北师大国文研究所1973年硕士学位论文)、杜奕英《短篇白话小说的文学论》(台中东海大学中研所1978年硕士学位论文)、李宜涯《元至治新刊全相平话五种研究》(台北文化学院中研所1978年硕士学位论文)。另外，日本学者原田季清《话本小说论》，1975年由台北祥志出版社出版。① 其中，乐蘅军一直从事宋元话本研究，成果颇多。只是台湾地区学者的研究成果，由于受当时政治和社会环境的限制，大陆的学者对他们知之甚少，此时大陆和台湾地区之间也缺乏正常的学术交流和讨论。

日本学者增田涉1965年在日本的《人文研究》(十六卷，五号)上

---

① 此部分内容参考了朱传誉主编的《研究宋元小说专著序目》《宋话本研究资料——说话与说话人》两书，中国台北天一出版社1982年版。

发表了论文《论“话本”一词的定义》，该文在宋元话本研究史上具有重要意义。增田涉针对鲁迅《中国小说史略》中话本是“说话人的底本”这一说法，他从《清平山堂话本》和“三言二拍”中找出了二十多则例证，认为“话本显然是故事的意思，说什么也没有‘说话人的底本’的意思”。这一观点对鲁迅的观点提出了强烈的质疑，获得了不少学者的支持。我国台湾学者王秋桂在该文的《校后记》中，认为“话本也用来指供阅读的传奇文”，他同时指出说话人即使有底本，“它们所提供的也只是素材，善说者可任意据以铺陈，演说实际的情形和‘底本’可以有很大的区别”①。我国大陆的学者对这一观点的态度可分为两派：一派持反对意见，如刘兴汉《对“话本”理论的再审视——兼评增田涉〈论“话本”的定义〉》(《社会科学战线》1996 年第 4 期)、萧欣桥《关于“话本”定义的思考——评增田涉〈论“话本”的定义〉》(《明清小说研究》1990 年第 3、4 期)；一派持肯定意见，如周兆新《“话本”释义》(《国学研究》第二卷，北京大学出版社 1994 年版)、胡莲玉《再辨“话本”非“说话人底本”》(《南京师范大学学报》2003 年第 9 期)等。

笔者认为，关于话本定义的分歧，其根本点在于对“话”一词的解释，从唐代以来“话”就带有“故事”的意思，如果“话本”也解释为故事，那么，“本”字就没有了着落。“话本”有时则可指用来阅读的故事本子，而不是指抽象的故事；不管这些“话本”是不是“说话人的底本”，但是“话本”有时是可以用来阅读的，有时则可以用来讲述。

## 三、宋元话本研究的全面繁荣期(1979—2013)

“文化大革命”以后，特别是改革开放以来，我国大陆的学术界又逐渐恢复了正常的学术活动。在宋元话本研究界，学者们也可以自由地、公开地发表自己的学术见解了。宋元话本的研究呈现出繁荣的局面，主要表现在以下几个方面：

---

① 参见中国台湾静宜文理学院编：《中国古典小说专集》(三)，中国联经出版事业公司 1981 年版，第 49 ~ 68 页。

1. 出现了一系列的话本小说研究的专著

本时期宋元话本方面的研究专著，主要有胡士莹《话本小说概论》(中华书局 1980 年版)，程毅中《宋元话本》(中华书局 1980 年版)，张兵《话本小说史话》(辽宁教育出版社 1992 年版)，欧阳代发《话本小说史》(武汉出版社 1994 年版)，萧相恺《宋元小说史》(浙江古籍出版社 1997 年版)，石麟《话本小说通论》(华中理工大学出版社 1998 年版)，程毅中《宋元小说研究》(江苏古籍出版社 1998 年版)，萧欣桥、刘福元《话本小说史》(浙江古籍出版社 2003 年版)，等等。

其中，胡士莹的《话本小说概论》是该时期最早的一部全面论述话本小说的专著。该书共十八章，分别论述了话本小说的发生、发展、繁荣、衰落的全过程，其中第二章到第十章都是论述宋元话本的，其内容大约占全书的一半。程毅中的《宋元话本》在 1964 年版的基础上进行了修改，又重新出版。张兵的《话本小说史话》简明扼要地介绍了话本小说的发展历程，特别是重点介绍了宋元话本的思想内容和艺术成就，该书虽名为《话本小说史话》，其实命名为《宋元话本史话》更加合适，该书对宋元以后的话本小说作品基本上没有涉及。欧阳代发的《话本小说史》也是较早的一部全面论述话本小说的专著，但是该书对于宋元话本的介绍较为简略，对“三言二拍”以及明清的拟话本小说集的介绍较以前都要详细一些。萧相恺的《宋元小说史》与程毅中的《宋元小说研究》出版年代接近，编辑体例相似(两书都把文言小说和话本小说分开来论述，只不过前者将话本小说称为“市人小说”)。两书中关于宋元话本的部分，前者对于“小说”家的话本论述较多，后者对于“讲史”家的话本论述较多。萧欣桥、刘福元的《话本小说史》则是一部后出转精的话本小说史著作，该书共十六章，对宋元话本的论述有四章。该书没有对宋元说书的情况进行全面的论述，而是重点论述了宋元话本的主要作品及其特点。另外，对唐代话本小说的论述，该书也较其他同类书籍详尽。石麟的《话本小说通论》则主要采用以类相从的方式，将话本小说按题材内容的不同分为风情类、市井类等十类，并论述了各类话本小说的特点。这一系列的研究著作，从不同的侧面、不同的角度对话本小说进行了阐释和解读，使话本小说的研究一步步走向深入。

2. 话本小说集和话本小说选的整理出版

20 世纪 50 年代我国大陆曾经出版过一系列的话本小说集，但是经过“文革”十年的扫荡，许多书籍已经不容易见到。20 世纪 80 年代初，学术界又出版了一系列的宋元话本作品集。如上海古籍出版社选《话本选注》(上海古籍出版社 1980 年版)，萧欣桥选注《宋元明话本小说选》(江西人民出版社 1980 年版)，上海古籍出版社 1986 年出版了《京本通俗小说》，欧阳健、萧相恺编订《宋元小说话本集》(中州古籍出版社 1987 年版)，欧阳健、萧相恺编订《宋元说经话本集》(中州古籍出版社 1991 年版)，丁锡根点校《宋元平话集》(上海古籍出版社 1990 年版)，吴伟斌、张兵编著《宋元话本赏析》(广西教育出版社 1991 年版)，卢兴基编著《市井悲喜剧——中国古代话本卷》(陕西人民教育出版社 1994 年版)，刘世德主编《中国话本大系列》(江苏古籍出版社 1990—1994 年版)，程毅中辑注《宋元小说家话本集》(齐鲁书社 2000 年版)。

与 20 世纪 50 年代的作品集不同，这些作品集大多经过了编者的认真整理和研究，其学术水平大为提高。如欧阳健、萧相恺编订的《宋元小说话本集》，按照罗烨《醉翁谈录》中“小说家”的分类和次序，将宋元的小说话本分为灵怪、烟粉、传奇、公案……八类，共收录宋元小说家话本六十七篇，其中灵怪类十四篇，烟粉类六篇，传奇类十七篇，公案类十二篇，朴刀类一篇，杆棒类两篇，神仙类六篇，妖术类一篇，其他类八篇。在每篇作品的后面，编者都对其断代的依据做了说明，为学者们的进一步研究提供了可靠的版本依据。

丁锡根点校的《宋元平话集》，共收录宋元平话八部，每种平话前都有一段详细的“说明”，分别介绍平话的卷帙、内容、版本等情况，最后的附录部分辑录了相关的序跋和平话的基本资料。

程毅中辑注《宋元小说家话本集》，共收宋元小说家话本四十篇，存目叙录二十二篇；其辑注主要包括解题、话本原文和词语注释三部分。其中，解题部分考述每篇的著作年代、本事源流及影响，词语注释部分主要以话本注释话本，在第一次出现时作汇释。在该书的《前言》中，他重点论述了小说家话本的断代问题。

刘世德主编《中国话本大系列》原计划收录话本小说约一百种，

实出三十八种，共二十册，是国内比较完备的话本小说集。这些作品集表面上是一种学术普及的工作，其实已经吸收了学术界较新的研究成果，将学术普及和学术研究的成果有机地结合起来，促进了话本小说的流传，也有利于研究的进一步深入。

3. 研究角度、研究方法的多元化

进入新世纪以来，一批年轻的学者加入到研究队伍中，他们大多以宋元话本作为自己的博士学位论文，后来又将其整理出版。如王昕《话本小说的历史与叙事》(中华书局2002年版)、罗小东《话本小说叙事研究》(学苑出版社2002年版)、王庆华《话本小说文体研究》(华东师范大学出版社2006年版)、郭洪雷《中国小说修辞模式的嬗变——从宋元话本到五四小说》(上海三联书店2008年版)、楼含松《从讲史到演义——中国古代通俗小说的历史叙事》(商务印书馆2008年版)、李晓晖《宋元说话研究》(华中师范大学2008年博士学位论文)、卢世华《元代平话研究——原生态的通俗小说》(中华书局2009年版)、罗筱玉《宋元讲史话本研究》(中国社会科学出版社2010年版)。这些论文或专著从新的研究角度，运用新的研究方法来探讨宋元话本小说，得出了一些令人信服的结论，为宋元话本的研究注入了新的活力。有的学者运用西方叙事学的理论和方法来研究之(王昕《话本小说的历史与叙事》、罗小东《话本小说叙事研究》)；有的学者从话本小说文体的演变、修辞方式的变化等角度来研究之(王庆华《话本小说文体研究》、郭洪雷《中国小说修辞模式的嬗变——从宋元话本到五四小说》)；有的学者则关注宋元讲史平话从口语到书面的演变过程来研究之(卢世华《元代平话研究——原生态的通俗小说》、罗筱玉《宋元讲史话本研究》)。这些论著尽管角度、方法有很大的差异，得出的结论也不尽相同，但是这种研究建立在对小说文本细腻解读的基础之上，能够言之成理，持之有故，显示了年轻一代学者扎实的研究基础和严谨的学术态度。这一时期对宋元话本的研究，已经深入到文本内部，特别是探讨了宋元话本各家体制的演变过程及成因。

与此同时，港台地区的宋元话本研究也在继续向前发展。1982年，台北天一出版社出版了朱传誉主编的《研究宋元小说专著序目》《宋话本研究资料——说话与说话人》两部关于宋元话本的资料汇编，前者收录了1960—1978年研究宋元小说的专著十余部，分别介绍了其序言、目录和参考书目等内容，对于了解这一领域的研究情况具有重要的参考价值；后者共收录了十六篇研究宋代说话与说话人的文章，从戴望舒的《关于合生》(《中央日报》1946年11月7日)到皮述民《宋人“说话”分类的商榷》(《中国学术年刊》1979年，台北成文出版社)等三十多年间关于宋元话本的重要文章。另外，那宗训《京本通俗小说新论及其他》(中国台北文史哲出版社1985年版)关于《京本通俗小说》真伪的论述也十分值得重视。该文针对学者们对《京本通俗小说》的种种质疑，首先综述了种种否定《京本通俗小说》的理由，然后从时代问题、人名问题、衔头问题、引用词的问题、书目问题、三桂堂本《警世通言》不是京本底本、衍庆堂本《醒世恒言》不是京本底本、俗字问题等方面展开论述，最后得出结论“《京本通俗小说》是一本独立存在的小说，绝对不是从三言中抽出来的伪造品。在三言印行以前，早就有的”。那宗训的关于《京本通俗小说》的真伪论述，对于学术界全面地审视这一问题提供了新的思路和看法。目前，学术界对这一问题仍然没有统一的结论。

港台地区的学者，较为关注学术的普及。这方面有胡万川《听古人说书——宋明话本》(台北时报文化出版企业股份有限公司1981年版)、龙潜庵《寻常巷陌——穿梭宋元话本之间》(香港中华书局1998年版)。前者选择了《碾玉观音》《错斩崔宁》等九篇话本，并经过了编者的改写，阅读对象主要是面向青少年；后者采用了随笔的形式，对宋元话本的一些内容进行了漫话式的点评，语言轻松自然。

国外学者中，美国的韩南教授(Patrick Hanan)对中国的白话小说用力较多，他的著作在我国台湾地区和大陆分别出版，台北联经出版事业公司1979年出版了王秋桂编的《韩南中国古典小说论集》；浙江古籍出版社1989年出版了韩南的《中国白话小说史》。韩国的年轻学者金明求著有《虚实空间的移转与流动——宋元话本小说的空间探讨》(台北大安出版社2004年版)、《宋元明话本小说入话之叙事研究》(台北大安出版社2009年版)两部专著，将研究的内容深入到作品的内部，分析较为细腻，值得国内学者借鉴。

从总体上来看，这一时期学者们关注的问题，主要有以下几个：

(1)元刻《新编红白蜘蛛小说》残页的发现。

1979年西安市文物管理委员会为配合《中国古籍善本书总目》的编纂，在清理整编古籍时发现了元刻《新编红白蜘蛛小说》的残页。残页的发现者黄永年先生对其进行了认真研究，他认为该残页意义重大，“使人们第一次看到元刻小说话本的真面目”，“也是本世纪以来小说资料上的一大发现”；他认为该残页“不仅对弄清郑信和蜘蛛小说的来源有帮助，更大的用处还在于可用它来鉴别传世的旧小说话本，看其中有哪些保存了宋元时的真面目”。①

20世纪二三十年代，马廉、郑振铎、盐谷温等学者都曾经致力于宋元话本资料的搜集，收获不小；但是，此后的几十年时间里，却极少有宋元话本资料的发现。元代刊刻的平话有至治年间建安虞氏的《全相平话五种》，元代刊刻的小说作品此前从未发现。从这一意义上说，元刻《新编红白蜘蛛小说》残页的发现，确实是一次重要的学术发现。尽管只是一残页，仍引起了学术界的高度关注。当然，由于残页太少，近乎孤证，其在学术史上的意义也打了一定的折扣。如果能有新的发现，与此残页能够形成证据链，则在学术史上的意义将会大增。

(2)《京本通俗小说》的真伪。

缪荃孙1915年刊刻了《京本通俗小说》，共收录了七篇作品，鲁迅、胡适等学者都认为这些作品是宋代的话本小说作品，只有少数学者对其中的某些作品提出过质疑②。马幼垣、马泰来兄弟于1965年7月在我国台湾地区的《清华学报》发表了《京本通俗小说各篇的年代及其真伪问题》，该文指出，缪荃孙提到的九篇所谓的宋代话本中，《碾玉观音》《菩萨蛮》《西山一窟鬼》《志诚张主管》《错斩崔宁》《定山三怪》大致可以确定为宋人作品，《拗相公》为元人作品，《冯玉梅团

---

① 黄永年:《记元刻〈新编红白蜘蛛小说〉残页的发现》，载《中华文史论丛》1982年第1期。后被收入黄永年:《黄永年古籍序跋述论集》，中华书局2007年版。

② 郑振铎在《明清二代的平话集》中认为“《京本通俗小说》当是明代隆万间的产物；其出现当在《清平山堂所刻话本》后，而在冯梦龙的‘三言’前”。见郑振铎:《中国文学研究》，人民文学出版社2000年版，第346页。

圆》《金主亮荒淫》为明代作品。在此基础上，他认为《京本通俗小说》中的作品有与《古今小说》《警世通言》的重见率奇高、文字差别极少等诸多情况，该书是一部“伪书”，“是从《警世通言》和《醒世恒言》中抽选出来的，编集年代自然也后于三言”，“编者也很可能就是缪氏”。① 无独有偶，大陆学者中，苏兴在《〈京本通俗小说〉辨疑》(《文物》1978 年第 3 期)中也认为“这部书是缪荃孙假造的：话本不假，话本汇集为此书是假”，其论述依据和马氏兄弟相似。其不同点，在于苏兴根据“虞山钱曾遵王藏书”的篆文印章，指出这是书估伪造古书时常用的印章，其印书的帮手是清末民初的饶心舫。大陆的学者大多接受了这一看法，在讨论宋元话本时不再将《京本通俗小说》作为讨论对象。不过，胡士莹在《话本小说概论》中仍然将其作品视为宋代话本。其他的几种话本小说史则没有讨论该书。由于资料方面的限制，该书的真伪问题仍然是一件悬案。

(3)关于“宋话本”的有无和界定。

章培恒先生 1996 年在《上海大学学报》第 1 期发表了《关于现存的所谓“宋话本”》一文，对于现存的所谓的“宋话本”提出了质疑。他认为罗烨《醉翁谈录》、钱曾《述古堂藏书目》及《也是园书目》中记载的所谓“宋话本”并不可靠，他以《简帖和尚》《西湖三塔记》《柳耆卿诗酒玩江楼记》《风月瑞仙亭》《合同文字记》五篇作品为例，认为这些关于“宋人词话”的著录“未必可据”。其次，他认为《京本通俗小说》和冯梦龙“三言”中被认为宋人说话的几篇作品——《崔待诏生死冤家》、《一窟鬼癞道人除怪》、《十五贯戏言成巧祸》、《五代史平话》、《梁公九谏》和《大唐三藏取经诗话》均存在很多问题。因此，他得出结论：“今天所见话本，实没有一种是货真价实的宋话本，至少是经过元人的增润。”

章先生关于现存“宋话本”的论述，虽然有点绝对，但是确实指出了该研究领域中一个十分尴尬的问题——宋话本的研究缺少版本方面的有力支持。当然，章培恒先生是从严格的版本方面来探讨这一问

① 该文后来被收入马幼垣：《中国小说史集稿》，中国台北时报文化出版企业股份有限公司 1980 年版，第 36 页。

题的，但是考虑到话本小说的特殊性——它是一种在民间流传的口头伎艺，各个时代的艺人都可能在其中加入一些自己时代的东西，因此判断话本的时代问题，不能仅仅根据一两个地理名称、方言俗语或者吏制的沿革来否定整篇作品，我们应该根据小说整体的、核心的故事情节来确定其时代。有鉴于此，胡士莹在《话本小说概论》中提出了十条判断的标准和方法，程毅中在《宋元小说家话本集》中也提出了一些断代的方法。

从整体来看，现当代的学者们在研究话本小说作品时，大多试图从现存的话本作品中，分辨出哪些是宋代的话本，哪些是元代的话本。笔者认为这种探索是有益的，有利于我们从整体上把握话本小说的发展、演变的规律和线索。可以设想，如果学术界都采纳章培恒这种严格的断代方式，宋元话本的研究可谓举步维艰，甚至无法进行。其实，章先生的观点意在提醒我们研究宋话本时不要过于绝对化，要注意到宋话本在流传的过程中可能羼入的不同时代的内容。

## 余　论

20 世纪以来宋元话本的研究，是与整个中国学术现代化的进程紧密联系在一起的。其研究从基本的学术资料的收集、学术概念的厘定开始，逐渐深入到文本内部，再到文本内部的每一个细节，其研究越来越细致、越来越深入，也使我们对宋元话本的认识更加清晰、更加准确。同时，我们也应该清楚地认识到，虽然经过了一个多世纪的研究，宋元话本领域仍然存在着许多悬而未决的问题，如关于“话本”的定义，关于说话“四家”的认识，关于《京本通俗小说》的真伪，关于“宋话本”的认定……

那么，如何解决这些问题？如何使宋元话本的研究更加深入？

笔者认为，我们首先要对一个世纪以来的学术成果进行整理和总结，实事求是地分析论辩双方的观点和材料，从中找出论辩的焦点和核心，然后针对这些问题进行讨论和研究。目前，还没有学者对此问题进行系统的整理。笔者下一步拟进行这方面的工作。

其次，我们需要不同领域、不同学科的学者共同合作。宋元话本的研究涉及版本问题、校勘问题、典章制度问题、传播方式问题……如果不同领域、不同学科的学者能够通力合作，将会大大提高我们解决问题的速度。而当前的实际情况是人文社会科学领域的学者大多习惯了单兵作战，独自攻关，即使成立了课题组，也往往是各干各的，很难把大家统一起来。

再次，大型的公益性的学术检索平台的建立。我们要重视大型电子文献的检索和应用。当前有许多大型的电子文献检索系统，如《四库全书》《国学宝典》等都已经实现了逐字检索，对于我们查找相关的资料带来很大的方便。不过，现在不同的电子文献基本上是独自运行的。如果我们能够在国家层面上提供一个大型的公益性的检索平台，将会大大节省学者们的文献检索时间，提高学者们的工作效率，避免学者们的重复劳动。当然，这只是本人的一种设想，不知是否可行。

我们相信，经过一代代学者的努力，宋元话本的研究一定能取得重要的突破和进展。

# 二十世纪以来宋元话本经典论著评介

# 中国小说史略

鲁　迅

## 第十二篇　宋之话本

宋一代文人之为志怪，既平实而乏文彩，其传奇，又多托往事而避近闻，拟古且远不逮，更无独创之可言矣。然在市井间，则别有艺文兴起。即以俚语著书，叙述故事，谓之“平话”，即今所谓“白话小说”者是也。

然用白话作书者，实不始于宋。清光绪中，敦煌千佛洞之藏经始显露，大抵运入英法，中国亦拾其余藏京师图书馆；书为宋初所藏，多佛经，而内有俗文体之故事数种，盖唐末五代人钞，如《唐太宗入冥记》，《孝子董永传》，《秋胡小说》则在伦敦博物馆，《伍员入吴故事》则在中国某氏，惜未能目睹，无以知其与后来小说之关系。以意度之，则俗文之兴，当由二端，一为娱心，一为劝善，而尤以劝善为大宗，故上列诸书，多关惩劝，京师图书馆所藏，亦尚有俗文《维摩》《法华》等经及《释迦八相成道记》《目连入地狱故事》也。

《唐太宗入冥记》首尾并阙，中间仅存，盖记太宗杀建成元吉，生魂被勘事者；讳其本朝之过，始盛于宋，此虽关涉太宗，故当仍为唐人之作也，文略如下：

> ……判官惈恶，不敢道名字。帝曰，“卿近前来。”轻道，“姓崔，名子玉。”“朕当识。”言讫，使人引皇帝至院门，使人奏曰，“伏惟陛下且立在此，容臣入报判官速来。”言讫，使来者到厅拜了，“启判官：奉大王处，太宗是生魂到，领判官推勘，见

在门外，未敢引。”判官闻言，惊忙起立，……

宋有《梁公九谏》一卷（在《士礼居丛书》中），文亦朴陋如前记，书叙武后废太子为庐陵王，而欲传位于侄武三思，经狄仁杰极谏者九，武后始感悟，召还复立为太子。卷首有范仲淹《唐相梁公碑文》，乃贬守番阳时作，则书出当在明道二年（一〇三三）以后矣。

第六谏

则天睡至三更，又得一梦，梦与大罗天女对手着棋，局中有子，旋被打将，频输天女，忽然惊觉。来日受朝，问诸大臣，其梦如何？狄相奏曰，“臣圆此梦，于国不祥。陛下梦与大罗天女对手着棋，局中有子，旋被打将，频输天女：盖谓局中有子，不得其位，旋被打将，失其所主。今太子庐陵王贬房州千里，是谓局中有子，不得其位，遂感此梦。臣愿东宫之位，速立庐陵王为储君，若立武三思，终当不得！”

然据现存宋人通俗小说观之，则与唐末之主劝惩者稍殊，而实出于杂剧中之“说话”。说话者，谓口说古今惊听之事，盖唐时亦已有之，段成式《酉阳杂俎》（《续集》四《贬误篇》）有云，“予太和末，因弟生日观杂戏，有市人小说，呼扁鹊作‘褊鹊’字，上声。……”李商隐《骄儿诗》（集一）亦云，“或谑张飞胡，或笑邓艾吃。”似当时已有说三国故事者，然未详。宋都汴，民物康阜，游乐之事甚多，市井间有杂伎艺，其中有“说话”，执此业者曰“说话人”。说话人又有专家，孟元老（《东京梦华录》五）尝举其目，曰小说，曰合生，曰说诨话，曰说三分，曰说《五代史》。南渡以后，此风未改，据吴自牧（《梦粱录》二十）所记载则有四科如下：

说话者，谓之舌辨，虽有四家数，各有门庭：

且“小说”名“银字儿”，如烟粉灵怪传奇公案扑刀杆棒发迹变态之事。……谈论古今，如水之流。

“谈经”者，谓演说佛书，“说参请”者，谓宾主参禅悟道等事。……又有“说诨经”者。

“讲史书”者，谓讲说《通鉴》汉唐历代书史文传兴废战争之事。

“合生”，与起今随今相似，各占一事也。

灌园耐得翁(《都城纪胜》)述临安盛事，亦谓说话有四家，曰小说，曰说经说参请，曰说史，曰合生，而分小说为三类，即“一者银字儿，如烟粉灵怪传奇；说公案，皆是搏拳提刀赶棒及发迹变态之事；说铁骑儿，谓士马金鼓之事”是也。周密之书(《武林旧事》六)，叙四科又略异，曰演史，曰说经诨经，曰小说，曰说诨话，无合生；且谓小说有雄辩社(卷三)，则其时说话人不惟各守家数，且有集会以磨炼其技艺者矣。

说话之事，虽在说话人各运匠心，随时生发，而仍有底本以作凭依，是为“话本”。《梦粱录》(二十)影戏条下云，“其话本与讲史书者颇同，大抵真假相半。”又小说讲经史条下云，“盖小说者，能讲一朝一代故事，顷刻间捏合。”《都城纪胜》所说同，惟“捏合”作“提破”而已。是知讲史之体，在历叙史实而杂以虚辞，小说之体，在说一故事而立知结局，今所存《五代史平话》及《通俗小说》残本，盖即此二科话本之流，其体式正如此。

《新编五代史平话》者，讲史之一，孟元老所谓“说《五代史》”之话本，此殆近之矣。其书梁唐晋汉周每代二卷，各以诗起，次入正文，又以诗终。惟《梁史平话》始于开辟，次略叙历代兴亡之事，立论颇奇，而亦杂以诞妄之因果说。

龙争虎战几春秋，五代梁唐晋汉周，
兴废风灯明灭里，易君变国若传邮。

粤自鸿荒既判，风气始开，伏羲画八卦而文籍生，黄帝垂衣裳而天下治。……那时诸侯皆已顺从，独蚩尤共炎帝侵暴诸侯，不服王化。黄帝乃帅诸侯，兴兵动众，……遂杀死炎帝，活捉蚩尤，万国平定。这黄帝做着个厮杀的头脑，教天下后世习用干戈。……汤伐桀，武王伐纣，皆是以臣弑君，篡夺了夏殷的天

> 下。汤武不合做了这个样子，后来周室衰微，诸侯强大，春秋之世二百四十年之间，臣弑其君的也有，子弑其父的也有。孔子圣人为见三纲沦，九法斁，秉那直笔，做一卷书，唤做《春秋》，褒奖他善的，贬罚他恶的，故孟子道是“孔子作《春秋》而乱臣贼子惧”。只有汉高祖姓刘字季，他取秦始皇天下不用篡弑之谋，真个是：
>
> 手拿三尺龙泉剑，夺却中原四百州。
>
> 刘季杀了项羽，立着国号曰汉，只因疑忌功臣，如韩王信彭越陈豨之徒，皆不免族灭诛夷。这三个功臣抱屈衔冤，诉于天帝，天帝可怜见三个功臣无辜被戮，令他每三个托生做三个豪杰出来：韩信去曹家托生做着个曹操，彭越去孙家托生做着个孙权，陈豨去那宗室家托生做着个刘备。这三个分了他的天下，……三国各有史，道是《三国志》是也。……

于是更自晋及唐，以至黄巢变乱，朱氏立国，其下卷今阙，必当讫于梁亡矣。全书叙述，繁简颇不同，大抵史上大事，即无发挥，一涉细故，便多增饰，状以骈俪，证以诗歌，又杂诨词，以博笑噱，如说黄巢下第，与朱温等为盗，将劫侯家庄马评事时途中情景，即其例也：

> ……黄巢道，“若去劫他时，不消贤弟下手，咱有桑门剑一口，是天赐黄巢的，咱将剑一指，看他甚人，也抵敌不住。”道罢便去，行过一个高岭，名做悬刀峰，自行了半个日头，方得下岭。好座高岭！是：根盘地角，顶接天涯，苍苍老桧拂长空，挺挺孤松侵碧汉，山鸡共日鸡齐斗，天河与涧水接流，飞泉飘雨脚廉纤，怪石与云头相轧。怎见得高？
>
> 几年撷下一樵夫，至今未曾撷到底。
>
> 黄巢兄弟四人过了这座高岭，望见那侯家庄。好座庄舍！但见：石惹闲云，山连溪水，堤边垂柳，弄风袅袅拂溪桥，路畔闲花，映日丛丛遮野渡。那四个兄弟望见庄舍远不出五里田地，天色正晡，同入个树林中䍐了，待晚西却行到那马家门首去。……

《京本通俗小说》不知本几卷，今存卷十至十六，每卷一篇，曰《碾玉观音》，曰《菩萨蛮》，曰《西山一窟鬼》，曰《志诚张主管》，曰《拗相公》，曰《错斩崔宁》，曰《冯玉梅团圆》等，每篇各具首尾，顷刻可了，与吴自牧所记正同。其取材多在近时，或采之他种说部，主在娱心，而杂以惩劝。体制则什九先以闲话或他事，后乃缀合，以入正文。如《碾玉观音》因欲叙咸安郡王游春，则辄举春词至十余首：

山色晴岚景物佳，暖烘回雁起平沙，东郊渐觉花供眼，南陌依稀草吐芽。　堤上柳，未藏鸦，寻芳趁步到山家，陇头几树红梅落，红杏枝头未着花。

这首《鹧鸪天》说孟春景致，原来又不如仲春词做得好：

…………

这三首词，都不如王荆公看见花瓣儿片片风吹下地来，原来这春归去是东风断送的。有诗道：

春日春风有时好，春日春风有时恶，
不得春风花不开，花开又被风吹落。

苏东坡道，不是东风断送春归去，是春雨断送春归去。有诗道：

雨前初见花间蕊，雨后全无叶底花，
蜂蝶纷纷过墙去，却疑春色在邻家。

秦少游道，也不干风事，也不干雨事，是柳絮飘将春色去。有诗道：

三月柳花轻复散，飘扬淡荡送春归，
此花本是无情物，一向东飞一向西。

…………

王岩叟道，也不干风事，也不干雨事，也不干柳絮事，也不干蝴蝶事，也不干黄莺事，也不干杜鹃事，也不干燕子事，是九十日春光已过春归去。曾有诗道：

怨风怨雨两俱非，风雨不来春亦归，
腮边红褪青梅小，口角黄消乳燕飞，
蜀魄健啼花影去，吴蚕强食柘桑稀，

直恼春归无觅处，江湖辜负一蓑衣。

说话的因甚说这春归词？绍兴年间，行在有个关西延州延安府人，本身是三镇节度使咸安郡王，当时怕春归去，将带着许多钧眷游春，……

此种引首，与讲史之先叙天地开辟者略异，大抵诗词之外，亦用故实，或取相类，或取不同，而多为时事。取不同者由反入正，取相类者较有浅深，忽而相牵，转入本事，故叙述方始，而主意已明，耐得翁之所谓“提破”，吴自牧之所谓“捏合”，殆指此矣。凡其上半，谓之“得胜头回”，头回犹云前回，听说话者多军民，故冠以吉语曰得胜，非因进讲宫中，因有此名也。至于文式，则与《五代史平话》之铺叙琐事处颇相似，然较详。《西山一窟鬼》述吴秀才一为鬼诱，至所遇无一非鬼，盖本之《鬼董》(四)之《樊生》，而描写委曲琐细，则虽明清演义亦无以过之，如其记订婚之始云：

……开学堂后，有一年之上，也罪过，那街上人家都把孩子们来与它教训，颇有些趱足。当日正在学堂里教书，只听得青布帘儿上铃声响，走将一个人入来。吴教授看那入来的人：不是别人，却是十年前搬去的邻舍王婆。原来那婆子是个“撮合山”，专靠做媒为生。吴教授相揖罢，道，“多时不见。而今婆婆在那里住?”婆子道，“只道教授忘了老媳妇，如今老媳妇在钱塘门里沿城住。”教授问，“婆婆高寿?”婆子道，“老媳妇犬马之年七十有五。教授青春多少?”教授道，“小子二十有二。”婆子道，“教授方才二十有二，却像三十以上人，想教授每日价费多少心神；据我媳妇愚见，也少不得一个小娘子相伴。”教授道，“我这里也几次问人来，却没这般头脑。”婆子道，“这个‘不是冤家不聚会’。好教官人得知，却有一头好亲在这里，一千贯钱房计，带一个从嫁，又好人才，却有一床乐器都会，又写得算得，又是咋嗻，大官府第出身，只要嫁个读书官人。教授却是要也不?”教授听得说罢，喜从天降，笑逐颜开，道，“若还真个有这人时，可知好哩！只是这个小娘子如今在那里?”……

南宋亡，杂剧消歇，说话遂不复行，然话本盖颇有存者，后人目染，仿以为书，虽已非口谈，而犹存曩体，小说者流有《拍案惊奇》《醉醒石》之属，讲史者流有《列国演义》《隋唐演义》之属，惟世间于此二科，渐不复知所严别，遂俱以“小说”为通名。

## 第十三篇　宋元之拟话本

说话既盛行，则当时若干著作，自亦蒙话本之影响。北宋时，刘斧秀才杂辑古今稗说为《青琐高议》及《青琐摭遗》，文辞虽拙俗，然尚非话本，而文题之下，已各系以七言，如

《流红记》(红叶题诗娶韩氏)

《赵飞燕外传》(别传叙飞燕本末)

《韩魏公》(不罪碎盏烧须人)

《王榭》(风涛飘入乌衣国)

等，皆一题一解，甚类元人剧本结末之“题目”与“正名”，因疑汴京说话标题，体裁或亦如是，习俗浸润，乃及文章。至于全体被其变易者，则今尚有《大唐三藏法师取经记》及《大宋宣和遗事》二书流传，皆首尾与诗相始终，中间以诗词为点缀，辞句多俚，顾与话本又不同，近讲史而非口谈，似小说而无捏合。钱曾于《宣和遗事》，则并《灯花婆婆》等十五种并谓之“词话”(《也是园书目》十)，以其有词有话也，然其间之《错斩崔宁》《冯玉梅团圆》两种，亦见《京本通俗小说》中，本说话之一科，传自专家，谈吐如流，通篇相称，殊非《宣和遗事》所能企及。盖《宣和遗事》虽亦有词有说，而非全出于说话人，乃由作者掇拾故书，益以小说，补缀联属，勉成一书，故形式仅存，而精采遂逊，文辞又多非已出，不足以云创作也。《取经记》尤苟简。惟说话消亡，而话本终蜕为著作，则又赖此等为其枢纽而已。

《大唐三藏法师取经记》三卷，旧本在日本，又有一小本曰《大唐三藏取经诗话》，内容悉同，卷尾一行云“中瓦子张家印”，张家为宋时临安书铺，世因以为宋刊，然逮于元朝，张家或亦无恙，则此书或为元人撰，未可知矣。三卷分十七章，今所见小说之分章回者始此；

每章必有诗，故曰诗话。首章两本俱阙，次章则记玄奘等之遇猴行者。

行程遇猴行者处第二

僧行六人，当日起行。……偶于一日午时，见一白衣秀才，从正东而来，便揖和尚，“万福万福！和尚今往何处，莫不是再往西天取经否?”法师合掌曰：“贫道奉敕，为东土众生未有佛教，是取经也。”秀才曰：“和尚生前两回去取经，中路遭难，此回若去，千死万死!”法师云：“你如何得知?”秀才曰：“我不是别人，我是花果山紫云洞八万四千铜头铁额弥猴王。我今来助和尚取经，此去百万程途，经过三十六国，多有祸难之处。”法师应曰：“果得如此，三世有缘，东土众生，获大利益。”当便改呼为猴行者。僧行七人，次日同行，左右伏事。猴行者因留诗曰：

百万程途向那边，今来佐助大师前，
一心祝愿逢真教，同往西天鸡足山。

三藏法师诗答曰：

此日前生有宿缘，今朝果遇大明仙，
前途若到妖魔处，望显神通镇佛前。

于是借行者神通，偕入大梵天王宫，法师讲经已，得赐“隐形帽一顶，金镮锡杖一条，钵盂一只，三件齐全”，复反下界，经香林寺，履大蛇岭九龙池诸危地，俱以行者法力，安稳进行；又得深沙神身化金桥，渡越大水，出鬼子母国女人国而达王母池处，法师欲桃，命猴行者往窃之。

入王母池之处第十一

……法师曰：“愿今日蟠桃结实，可偷三五个吃。”猴行者曰：“我因八百岁时偷吃十颗，被王母捉下，左肋判八百，右肋判三千铁棒，配在花果山紫云洞，至今肋下尚痛，我今定是不敢偷吃也。”……前去之间，忽见石壁高岑万丈，又见一石盘，阔四五里地，又有两池，方广数十里，渺渺万丈，鸦鸟不飞。七人

> 才坐，正歇之次，举头遥望，万丈石壁之中，有数株桃树，森森耸翠，上接青天，枝叶茂浓，下浸池水。……行者曰："树上今有十余颗，为地神专在彼处守定，无路可去偷取。"师曰："你神通广大，去必无妨。"说由未了，撷下三颗蟠桃入池中去，师甚敬惶，问此落者是何物？答曰："师不要敬(惊字之略)，此是蟠桃正熟，撷下水中也。"师曰："可去寻取来吃!"……

行者以杖击石，先后现二童子，一云三千岁，一五千岁，皆挥去。

> ……又敲数下，偶然一孩儿出来，问曰："你年多少?"答曰："七千岁。"行者放下金镮杖，叫取孩儿入手中，问和尚你吃否？和尚闻语，心敬便走。被行者手中旋数下，孩儿化成一枚乳枣。当时吞入口中，后归东土唐朝，遂吐出于西川，至今此地中生人参是也。空中见有一人，遂吟诗曰：
>
> 花果山中一子才，小年曾此作场乖，
> 而今耳热空中见，前次偷桃客又来。

由是竟达天竺，求得经文五千四百卷，而阙《多心经》，回至香林寺，始由定光佛见授。七人既归，则皇帝郊迎，诸州奉法，至七月十五日正午，天宫乃降采莲舡，法师乘之，向西仙去；后太宗复封猴行者为铜筋铁骨大圣云。

《大宋宣和遗事》世多以为宋人作，而文中有吕省元《宣和讲篇》及南儒《咏史诗》，省元南儒皆元代语，则其书或出于元人，抑宋人旧本，而元时又有增益，皆不可知，口吻有大类宋人者，则以钞撮旧籍而然，非著者之本语也。书分前后二集，始于称述尧舜而终以高宗之定都临安，案年演述，体裁甚似讲史。惟节录成书，未加融会，故先后文体，致为参差，灼然可见。其剽取之书当有十种。前集先言历代帝王荒淫之失者其一，盖犹宋人讲史之开篇；次述王安石变法之祸者其二，亦北宋末士论之常套；次述安石引蔡京入朝至童贯蔡攸巡边者其三，首一为语体，次二为文言而并杂以诗者；其四，则梁山泺聚义本末，首述杨志卖刀杀人，晁盖劫生日礼物，遂邀约二十人，同入太行山梁山泺落草，而宋江亦以杀阎婆惜出走，伏屋后九天玄女庙中，见官兵已退，出谢玄女。

> ……则见香案上一声响亮，打一看时，有一卷文书在上。宋江才展开看了，认得是个天书；又写着三十六个姓名；又题著四句道：
>
> 破国因山木，兵刀用水工，
> 一朝充将领，海内耸威风。
>
> 宋江读了，口中不说，心下思量：这四句分明是说了我里姓名；又把开天书一卷，仔细看觑，见有三十六将的姓名。那三十六人道个甚底？
>
> 智多星吴加亮　玉麒麟李进义　青面兽杨志　混江龙李海　九纹龙史进　入云龙公孙胜　浪里白条张顺　霹雳火秦明　活阎罗阮小七　立地太岁阮小五　短命二郎阮进　大刀关必胜　豹子头林冲　黑旋风李逵　小旋风柴进　金枪手徐宁　扑天雕李应　赤发鬼刘唐　一直撞董平　插翅虎雷横　美髯公朱同　神行太保戴宗　赛关索王雄　病尉迟孙立　小李广花荣　没羽箭张青　没遮拦穆横　浪子燕青　花和尚鲁智深　行者武松　铁鞭呼延绰　急先锋索超　拼命三郎石秀　火船工张岑　摸着云杜千　铁天王晁盖
>
> 宋江看了人名，末后有一行字写道："天书付天罡院三十六员猛将，使呼保义宋江为帅，广行忠义，殄灭奸邪。"

于是江率朱同等九人亦赴山寨，会晁盖已死，遂被推为首领，"各人统率强人，略州劫县，放火杀人，攻夺淮阳，京西，河北三路二十四州八十余县，劫掠子女玉帛，掳掠甚众"，已而鲁智深等亦来投，遂足三十六人之数。

> 一日，宋江与吴加亮商量，"俺三十六员猛将，并已登数，休要忘了东岳保护之恩，须索去烧香赛还心愿则个。"择日起行，宋江题了四句放旗上道：

来时三十六，去后十八双，
若还少一个，定是不归乡！

宋江统率三十六将往朝东岳，赛取金炉心愿。朝廷不奈何，只得出榜招谕宋江等。有那元帅姓张名叔夜的，是世代将门之子，前来招诱；宋江和那三十六人归顺宋朝，各受大夫诰敕，分注诸路巡检使去也；因此三路之寇，悉得平定。后遣宋江收方腊有功，封节度使。

其五，为徽宗幸李师师家，曹辅进谏及张天觉隐去；其六，为道士林灵素进用及其死葬之异；其七，为腊月预赏元宵及元宵看灯之盛，皆平话体。其叙元宵看灯云：

宣和六年正月十四日夜，去大内门直上一条红绵绳上，飞下一个仙鹤儿来，口内衔一道诏书，有一员中使接得展开，奉圣旨：宣万姓。有那快行家手中把着金字牌，喝道，“宣万姓!”少刻，京师民有似云浪，尽头上戴着玉梅，雪柳，闹蛾儿，直到鳌山下看灯。却去宣德门直上有三四个贵官，……得了圣旨，交撒下金钱银钱，与万姓抢金钱。那教坊大使袁陶曾作词，名做《撒金钱》：

频瞻礼，喜升平又逢元宵佳致。鳌山高耸翠，对端门珠玑交制，似嫦娥，降仙宫，乍临凡世。　恩露匀施，凭御阑圣颜垂视。撒金钱，乱抛坠，万姓推抢没理会；告官里，这失仪，且与免罪。

是夜撒金钱后，万姓各各遍游市井，可谓是：
灯火荧煌天不夜，笙歌嘈杂地长春。

后集则始自金人来运粮，以至京城陷为第八种；又自金兵入城，帝后北行受辱，以至高宗定都临安为第九第十种，即取《南烬纪闻》《窃愤录》及《续录》而小有删节，二书今俱在，或题辛弃疾作，而宋人已以为伪书。卷末复有结论，云“世之儒者谓高宗失恢复中原之机会者有二焉：建炎之初失其机者，潜善伯彦偷安于目前误之也；绍兴之后失其机者，秦桧为虏用间误之也。失此二机，而中原之境土未复，君父之大仇未报，国家之大耻不能雪，此忠臣义士之所以扼腕，恨不食贼臣之肉而寝其皮也欤！”则亦南宋时桧党失势后士论之常套也。

——据人民文学出版社 1973 年版《中国小说史略》

【评　介】

鲁迅（1881—1936），原名周树人，字豫才，浙江省绍兴人，我国现代著名的文学家和思想家。1898 年，他出于富国强兵的思想，入江南水师学堂；1902 年留学日本，初学医，后从事文艺活动。1909 年，他从日本回国，先后在杭州、绍兴任教。辛亥革命爆发后，他在绍兴参加宣传活动，并根据切身感受写了文言小说《怀旧》。1912 年，他任南京临时政府教育部部员，后随政府迁到北京，任科长、佥事，并在北京大学、北京高等师范学校、女子高等师范学校授课。1918 年，他参加《新青年》杂志的编辑活动。同年 5 月，第一次用“鲁迅”的笔名发表作品《狂人日记》。1918—1926 年，鲁迅先后创作并出版了《呐喊》、《彷徨》、《坟》、《热风》、《野草》、《朝花夕拾》、《华盖集》等专集，表现出爱国主义和革命民主主义的思想特色。1926 年以后，鲁迅先后任厦门大学、中山大学教授。1930 年起，他先后发起成立中国自由运动大同盟、中国左翼作家联盟和中国民权保障同盟等进步组织，并以杂文为武器，抨击国民党政府的反动统治。1936 年年初，“左联”解散后，他积极参加文学界和文化界抗日民族统一战线。1936 年 10 月 19 日，鲁迅病逝于上海。鲁迅不但在小说、杂文等文学创作上取得了举世公认的杰出成就，在中国学术史上也有着重要的地位，其《中国小说史略》就是一部中国古代小说史的开山之作。

该书原是鲁迅先生 1920—1924 年在北京大学讲授“中国小说史”课程的讲义，原名《中国小说史大略》。该书上卷于 1923 年 12 月，下卷于 1924 年 6 月由北京大学第一院新潮社发行，改名为《中国小说史略》。鲁迅在 1923 年 10 月 17 日所写《序言》中说：“中国之小说自来无史；有之，则先见于外国人所作之中国文学史中，而后中国人所作者中亦有之，然其量皆不及全书之什一，故于小说仍不详。”(这与王国维在《宋元戏曲史·自序》中所言“世之为此学者自余始，其所贡于此学者，亦以此书为多。非吾辈才力过于古人，实以古人未尝为此学故也”有异曲同工之妙，他们均有开一代学术风气之功。)1925年9月，该书由鲁迅稍加修改后由北新书局合为一册印行。1930年，鲁迅又对其中三篇作了修订，再版重印，他在再版《题记》中说：“故仅能于第十四、十五及二十一篇，稍施改订，余则以别无新意，大率仍为旧文。”第十四篇是“元明传来之讲史(上)”、第十五篇是“元明传来之讲史(下)”、第二十一篇是“明之拟宋市人小说及后来选本”。

《中国小说史略》一书奠定了鲁迅在中国古代小说研究史中的先驱和领袖地位。该书勾勒了中国古代小说发展的基本历程，对于一些重要的小说作品做出了简洁、公正、合理的评价。该书的写作模式和基本框架，至今仍然经常被学术界采用。从该书出版到现在已经八十年，此书依然被国内各高校汉语言文学专业指定为本科生和研究生的必读书目。

《中国小说史略》第十二篇“宋之话本”、第十三篇“宋元之拟话本”两章都是论述宋元话本的，鲁迅在这两章中论述的主要内容如下：

第一，鲁迅发现了中国古代小说发展的另一条线索——白话小说的发展线索。中国古代文言小说的发轫较早，《汉书·艺文志》即已著录了“小说家”十五家，作品1 380多篇；魏晋南北朝时期即已出现了大量的志怪、志人小说集，如《搜神记》《世说新语》等；唐传奇就更是“叙述宛转，文辞华艳”，成就斐然。而中国古代白话小说的发展线索在宋代才开始显现。

鲁迅先生在论述宋代话本前，在第十一篇先论述了宋代的文言小说——宋之志怪及传奇文。在两者的比较中，他认为：“宋一代文人之为志怪，既平实而乏文彩，其传奇，又多托往事而避近闻，拟古且远不逮，更无独创之可言矣。然在市井间，则别有艺文兴起。即以俚语著书，叙述故事，谓之‘平话’，即今所谓‘白话小说’者是也。”在与文言小说的比较中，鲁迅突出了宋代话本的成就。宋代以后，文言小说与白话小说的发展就呈现出“双峰对峙，二水分流”的态势，白话小说逐渐呈现出与文言小说分庭抗礼的局面。

第二，鲁迅在论述宋代话本时，没有就话本而论话本，而是将话本的源头向上追溯到了唐代。他不但引述了敦煌变文中《唐太宗入冥记》的部分内容以说明唐代说话的情况，而且注意到了唐代段成式《酉阳杂俎》中提到的“市人小说”以及李商隐《娇儿诗》中关于“说话”的相关记载。这种追本溯源的研究方式，对以后的小说史的写作产生了巨大的影响。如胡士莹《话本小说概论》(中华书局 1980 年版)，欧阳代发《话本小说史》(武汉出版社 1994 年版)，萧相恺《宋元小说史》(浙江古籍出版社 1997 年版)，张兵《宋元话本》(春风文艺出版社 1999 年版)，萧欣桥、刘福元《话本小说史》(浙江古籍出版社 2003 年版)等都是如此。同时，后来的小说史对唐代“说话”资料的梳理、介绍更加全面，特别是对敦煌文献中的相关篇目的论述更加细致、深入。

第三，鲁迅首次明确了“话本”的定义。“说话之事，虽在说话人各运匠心，随时生发，而仍有底本以作凭依，是为‘话本’”。宋代的说话伎艺是非常繁荣的，这在孟元老的《东京梦华录》、吴自牧的《梦粱录》、灌园耐得翁的《都城纪胜》、周密的《武林旧事》等书中都有记载，但是说话艺术毕竟是一种口头表演艺术，在没有现代录音、摄像技术的时代，这一艺术的具体情形如何，人们仍然有许多问题没有弄清楚。例如，宋元时代的说话人在从事艺术表演时，有没有供其参考的底本？如果有底本，这些底本的情形如何？如果没有底本，说话人是如何记住复杂曲折的故事情节的？另外，说话时是否还需要演唱？是否需要伴奏？鲁迅在《中国小说史略》中认为，宋元说话人说话时是有底本的，这些底本就是今存的宋元话本，也就是宋元的白话小说。

鲁迅先生这一观点提出后，得到了国内外大多数学者的响应。胡适、谭正璧、叶德均、陈汝衡、赵景深等学者，均支持或赞同这一观点。不过，事情到 1965 年发生了变化。日本学者增田涉在日本的《人文研究》发表了一篇文章《论“话本”一词的定义》，该文从《清平山堂话本》《熊龙峰刊小说四种》以及“三言二拍”中找了几十则含有“话本”一词的例子，经过认真的考证，他得出了不同的结论，“话本显然是故事的意思，说什么也没有‘说话(人)的底本’的意思”。这一观点提出后，在国内引起了轩然大波，促使国内的学者重新思考“话本”一词的定义。有一部分学者接受了这一观点，卢世华在其专著《元代平话研究——原生态的通俗小说》(中华书局2009年版)中说："今人所称的宋元话本小说就是宋元白话小说，是经过口头创作之后改编出来的小说，并非说话人底本。"①王庆华在其专著《话本小说文体研究》(华东师范大学出版社2006年版)中认为，"‘话本’一词在古典文献中有‘说话人的底本’之义，但古人从未在‘底本’的意义上指称今天称为‘话本小说’的作品”。另外，周兆新《“话本”释义》(《国学研究》第二卷，北京大学出版社1994年版)、胡莲玉《再辨“话本”非“说话人底本”》(《南京师范大学学报》2003年第9期)中都表达了类似的看法。有的学者认为，宋元时代的说书人即使有说话的底本，也应该是《绿窗新话》一类的书，与今天所谓的宋元白话小说无涉。另外一部分学者则对增田涉的观点提出了质疑或修正，如程毅中在《宋元小说家话本集·前言》(齐鲁书社2000年版)中认为“话本指说话人的底本，这只是一种比较概括的说法。如果对具体作品作一些分析，至少可以分为两种类型。一种是提纲式的简本，是说话人准备自己使用的资料摘抄，有的非常简略，现代的说书艺人称之为‘梁子’。另一种是语录式的繁本，比较接近场上演出的格式，基本上使用口语，大体上可以说是新型的短篇白话小说”。② 刘兴汉《对“话本”理论的再审视——兼评增田涉〈论“话本”的定义〉》(《社会科学战线》1996年第4期)、萧欣桥《关于“话本”定义的思考——评增田涉〈论“话本”的定义〉》(《明清小说研究》1990年第3、4期)也都对这一问题发表了自己的看法。那么，“话本”一词到底有没有“说话人的底本”的意思，现在学术界仍然存在着争议。不过，无论我们怎么评价鲁迅的观点，不管是赞扬还是反对，我们对这一问题都是无法回避的，这恰恰说明了鲁迅在中国小说研究史上的地位和影响。

---

① 卢世华：《元代平话研究——原生态的通俗小说》，中华书局2009年版，第41页。

② 程毅中：《宋元小说家话本集·前言》，齐鲁书社2000年版。

第四，鲁迅论述了宋代的“说话”四家。鲁迅在《中国小说史略》中提到了吴自牧的《梦粱录》、灌园耐得翁的《都城纪胜》、周密的《武林旧事》对于“说话”四家的不同记载，对于“四家”到底应该是哪“四家”，鲁迅并没有明确表态，只是对于《梦粱录》中的材料引述得较为详细。1924 年 7 月，鲁迅到西安讲授《中国小说的历史的变迁》时，则明确地指出，“‘说话’分四科：一、讲史；二、说经诨经；三、小说；四、合生”。这种分类法大体上采用了吴自牧《梦粱录》中的说法。而“说话”四家到底是哪四家，成为以后较长时期内学者们讨论的热点问题。胡适、孙楷第、谭正璧、陈汝衡、李啸仓、王古鲁、赵景深、胡士莹等学者，都对这一问题发表过自己的看法。

从总体上来看，大部分学者认为，说话四家中应该包括小说、说经、讲史三家，至于第四家是谁，学者们的分歧很大，有的认为是合生，有的认为是说参请，有的认为是说铁骑儿……面对各种不同的说法，有的学者提出了新的解决方法，如程毅中先生认为，“说话有四家可能只是耐得翁的一家之言，未必是当时公认的说法”。① 萧相恺先生也认为，“根据现存宋元市人小说的实际，综合上引各书的有关记载，将宋人的‘说话’分为三家更符合当时的实际，也更为科学”。② 不管宋元的说话当时有几家，都反映出宋元时期说话艺术是十分繁荣的。而说话艺术的繁荣，直接催生了宋元的话本小说。

第五，鲁迅对宋元话本的重要作品进行了介绍和评价。鲁迅论及的作品，以讲史家话本为主，如《梁公九谏》《新编五代史平话》《大宋宣和遗事》《全相三国志平话》等。鲁迅在论述这类作品时，涉及的内容主要有成书时间、作品内容、主要特点及对后世的影响。如对于《新编五代史平话》，鲁迅评价说：“全书叙述，繁简颇不同，大抵史上大事，即无发挥，一涉细故，便多增饰，状以骈俪，证以诗歌，又杂诨词，以博笑噱。”鲁迅认为《全相三国志平话》，“观其简率之处，颇足疑为说话人所用之话本，由此推演，大加波澜，即可愉悦听者，然页必有图，则仍亦供人阅览之书也”。鲁迅论及的小说家话本较

① 程毅中：《宋元小说研究》，江苏古籍出版社 1998 年版，第 226 页。

② 萧相恺：《宋元小说史》，浙江古籍出版社 1997 年版，第 38 页。

少，仅提到了《京本通俗小说》中的七篇作品。对于小说家话本，鲁迅特别注意到了这类作品体制上的特点，“什九先以闲话或他事，后乃缀合，以入正文”，“大抵诗词之外，亦用故实，或取相类，或取不同，而多为时事。取不同者由反入正，取相类者较有浅深，忽而相牵，转入本事，故叙述方始，而主意已明”。小说家话本的前半部分，鲁迅称之为“得胜头回”，他认为“头回犹云前回，听说话者多军民，故冠以吉语曰得胜，非因进讲宫中，因有此名也”。他还以《西山一窟鬼》为例，认为其“描写委曲琐细，则虽明清演义亦无以过之”。鲁迅论及的说经话本，只有《大唐三藏取经诗话》，他认为“今所见小说分章回者始此；每章必有诗，故曰诗话”。

从总体上来看，鲁迅《中国小说史略》经常大段大段地引用宋元话本的作品，可谓不厌其烦，而他对宋元话本作品的评价则十分简洁，可谓惜墨如金。鲁迅先生的这种处理方式，一方面是由于在20世纪20年代，古代白话小说的作品还不够普及，一般的读者甚至研究者阅读这些作品都还有一定的困难，特别是宋元话本的作品，一般读者很难接触到。鲁迅大量地引用作品，既可以省去读者的翻检之劳，又可以让读者了解某一小说的主要内容和基本风格。另一方面，鲁迅的治学方式受到乾嘉学派的某些影响，讲究以事实说话，以证据说话，不发空言，言必有据。《中国小说史略》大量引用作品，就是想通过作品来证明自己的判断；同时，鲁迅又避免了乾嘉学派繁琐缭绕的毛病，对于作品的断语十分简洁。

此外，鲁迅对于宋元话本在中国小说史上的地位和影响给予了高度评价。他在《中国小说的历史的变迁》中，称宋元话本的出现为“中国小说史上的一大变迁”，视为与唐传奇的出现同等重要的大事。他还认为“后来的小说，十分之九是本于话本的。如一、后之小说如《今古奇观》等片段的叙述，即仿宋之‘小说’。二、后之章回小说如《三国志演义》等长篇的叙述，皆本于‘讲史’。其中讲史之影响更大，并且从明清到现在，‘二十四史’都演完了”。从中国小说发展史的情况来看，确实如此。宋元说话的“小说”一家直接影响了明代“三言二拍”等白话短篇小说的创作；“讲史”一家影响了《三国演义》《水浒传》等白话长篇小说的创作，特别是《三国志平话》在《三国演义》的成书过程中发挥了重要作用，《宣和遗事》中关于宋江等人的故事在《水浒传》的成书过程中也发挥了重要作用；“说经”一家，如《大唐三藏取经诗话》则影响了《西游记》等神怪小说的创作。

当然，由于时代、资料等方面的限制，鲁迅对于宋元话本的论述也有不够全面、不够准确之处。如他认为宋代说话艺术属于杂剧中的一种，并随着杂剧的消歇而衰亡，“然据现存宋人通俗小说观之，则与唐末之主劝惩者稍殊，而实出于杂剧中之‘说话’”；“南宋亡，杂剧消歇，说话遂不复行”（注：下划线为笔者所加，非原书所有）。其实，宋代的说话与杂剧属于不同的艺术类别，说话是口头表演艺术，杂剧是戏剧的一种，“必合言语、动作、歌唱，以演一故事，而后戏剧之意义始全”①，两者之间的兴盛与衰亡没有必然的联系。另外，鲁迅认为《大唐三藏法师取经记》（又名《大唐三藏法师取经诗话》）和《大宋宣和遗事》都属于宋元的拟话本，因为二书“近讲史而非口谈，似小说而无捏合”，《宣和遗事》是由作者“掇拾故书，益以小说，补缀联属，勉成一书，故形式仅存，而精采遂逊”。而现在学术界一般认为，《大唐三藏法师取经记》和《大宋宣和遗事》都属于宋元话本，前者属于说经类，后者属于讲史类。

从《中国小说史略》章节安排来看，鲁迅用一章的篇幅来讲述宋代的文言小说，用两章的篇幅来讲述宋元的话本，第十四篇、第十五篇“元明传来之讲史”（上、下）也有一部分是涉及宋元话本的，可以说，《中国小说史略》中宋元话本的篇幅是宋代文言小说的两三倍，这固然是由于鲁迅认为宋代文言小说的创作成就要低于宋代的白话小说，也和五四新文化运动时期，比较激进的知识分子对于白话文和白话文学的肯定和提倡有着一定的关系。

1917 年，胡适在陈独秀主编的《新青年》（第二卷第五号）发表《文学改良刍议》，主张从八个方面对当时的文学进行改良，即所谓的“八不主义”，他并且认为“吾每谓今日之文学，其足与世界‘第一流’文学比较而无愧色者，独有白话小说（我佛山人、南亭亭长、洪都百炼生三人而已）一项”，“今人犹有鄙夷白话小说为文学小道者，

① 王国维：《宋元戏曲史 · 宋之乐曲》，上海古籍出版社 2008 年版。

不知施耐庵、曹雪芹、吴趼人，皆文学正宗”。胡适对白话小说评价甚高，称之为“文学正宗”，“世界第一流文学”，而白话小说的源头在于宋元话本。

陈独秀响应胡适的主张，在《新青年》杂志（第二卷第六号）发表《文学革命论》，主张“推倒雕琢的阿谀的贵族文学，建设平易的抒情的国民文学；曰，推倒陈腐的铺张的古典文学，建设新鲜的立诚的写实文学；曰，推倒迂晦的艰涩的山林文学，建设明了的通俗的社会文学”，他甚至认为当时的文学不够繁荣，是由于受到了“明之前后七子及八家文派之归、方、刘、姚是也”等十八妖魔的迫害，“元、明剧本，明、清小说，乃近代文学之粲然可观者。惜为妖魔所厄，未及出胎，竟尔流产”。因此，他提出要“明目张胆以与十八妖魔宣战”，与当时流行的文言文宣战。

从今天的观点来看，胡适、陈独秀的主张均有某些偏颇之处，但是在当时的社会环境之中确实有振聋发聩的作用。在五四新文化运动时期，鲁迅未必同意胡适、陈独秀的上述主张，但是对于他们提倡白话文学的主张还是肯定的，他的第一篇白话文小说《狂人日记》就于1918 年 5 月发表在《新青年》第四卷第五号上。可以说，鲁迅以实际的创作行动支持了胡适、陈独秀的文学主张。在文学研究领域，鲁迅致力于“不登大雅之堂”古代小说的研究，与五四新文化运动时期人们对小说的重视，特别是对于白话小说的重视，也有着一定的关系。

鲁迅关于宋元话本的研究，对于我们今天的学术研究，有着重要的启发。

第一，鲁迅非常重视新材料的使用，研究中充分使用相关资料，有一分材料说一分话，这使他的论证思路清楚，逻辑严密，结论公允、可靠。这种扎实严谨的学风值得我们学习。

20 世纪一二十年代，中国古代小说的研究资料很不完备，许多资料被收藏在私人手中，一般的研究者难得一见。有些资料即使能够见到，也很难把它放在手边细心研究。鲁迅当时所作的可谓是一种拓荒的工作，筚路蓝缕，异常艰辛。为了研究古代小说，鲁迅翻阅了大量的资料，后来出版的《小说旧闻钞》《古小说钩沉》《唐宋传奇集》等都是其辑录的小说资料。鲁迅在 1935 年写的《小说旧闻钞·再版序言》中回忆当时的情况，“时方困瘁，无力买书，则假之中央图书馆、通俗图书馆、教育部图书室等，废寝辍食，锐意穷搜，时或得之，瞿然则喜，故凡所采掇，虽无异书，然以得之之难也，颇亦珍惜”。鲁迅这种“废寝辍食，锐意穷搜”的学术精神，是《中国小说史略》学术质量的重要保证。

具体到宋元话本的研究，资料就更罕见了。当时能够见到的宋元话本的资料，只有嘉庆年间黄丕烈刊刻的《梁公九谏》《大宋宣和遗事》(在《士礼居丛书》中)、董康1911年刊刻的《新编五代史平话》、缪荃孙1915年刊刻的《京本通俗小说》、罗振玉1916年影印的日本藏《大唐三藏取经诗话》等。其他的作品，如元代至治年间刊刻的《全相平话五种》(1926年3月日本盐谷温教授在内阁文库发现)、明代洪楩刊刻的《清平山堂话本》(1928年在日本发现)等，都还没有被发现(《中国小说史略》中论及《三国志平话》的部分，是1930年再版时修订的)。可以看出，当时已经出版的宋元话本资料，《中国小说史略》都已涉及，而且论述比较详细，这也反映了鲁迅扎实严谨的治学作风。

第二，增田涉对鲁迅观点的质疑。

“吾爱吾师，吾更爱真理”，用亚里士多德的这句话来形容日本学者增田涉与鲁迅的关系，是再合适不过的了。

增田涉(1903—1977)是鲁迅的学生。他在东京帝国大学毕业后，经佐藤春夫和内山完造的介绍，1931年到上海跟随鲁迅先生学习中国小说史。在鲁迅先生指导和帮助下，他将《中国小说史略》译成日语，同时写了日文《鲁迅传》初稿，经鲁迅先生亲自改阅。增田涉于1965年发表了《论“话本”一词的定义》一文，对鲁迅《中国小说史略》中“话本是说话人的底本”这一概念进行了质疑，在学术界引起了极大反响。不管增田涉的结论能否成立，这种大胆质疑的精神是十分可贵的。只有敢于质疑前人的观点，特别是权威的观点，才能够促进学术的进一步发展(当然这种质疑要建立在事实和充分的证据基础之上，而不是无知妄说)。中国历来重视“师道尊严”，增田涉的这种做法，在某些人看来可能会觉得有些“大逆不道”。在当代学术界，学生如果对老师的观点发生质疑，往往会顾及老师的颜面，不敢或不愿公开发表相关意见，至多采取一些私下交流的方式。其实，这种做法不利于学术的健康发展。在当前的学术界，我们应该大力提倡这种质疑精神，这种敢于向权威挑战的精神。

**鲁迅相关作品目录：**

《中国小说史略》，1923 年 12 月初版，1925 年、1927 年、1930 年多次再版。

《中国小说的历史的变迁》，鲁迅 1924 年 7 月在西安暑期讲学时的讲稿。

《小说旧闻钞》，北新书局 1926 年出版，以后多次再版。

《古小说钩沉》，载《鲁迅全集》第八卷，1938 年版，以后有多种单行本。

《唐宋传奇集》，1927 年初版分上下两册，由北新书局于 1927 年 12 月、1928 年 2 月先后出版。1934 年 5 月再版时合为一册，改由上海联华书局出版，以后多次再版。

（朱祥竟　刘相雨）

# 《宋人话本八种》序

胡　适

钱曾的《也是园书目》的戏曲部有“宋人词话”十二种，其目为：

> 灯花婆婆　风吹轿儿　冯玉梅团圆　种瓜张老　错斩崔宁　简帖和尚　紫罗盖头　小亭儿　李焕生五阵雨　女报冤　西湖三塔　小金钱

这十二种书很少人见过，见的人也瞧不起这种书，故《也是园》以后竟不见于记载了。

王国维先生作《戏曲考原》初稿(载《国粹学报》第五十期，与《晨风阁丛书》内的定本不同)，提及这十二种书，他说：

> ……其书虽不存，然云“词”，则有曲；云“话”，则有白。其题目或似套数，或似杂剧。要之，必与董解元弦索《西厢》相似。

后来王先生修改旧稿，分出一部分作为《曲录》(《晨风阁》本)，也引这十二种词话，他有跋云：

> 右十二种，钱曾《也是园书目》编入戏曲部，题曰“宋人词话”。遵王(钱曾)藏曲甚富，其言当有所据。且其题目与元剧体例不同，而大似宋人官本杂剧段数，及陶宗仪《辍耕录》所载金人院本名目，则其为南宋人作无疑矣。(《曲录》一，页十五)

民国十年(一九二一)，我作《水浒传后考》，因为百二十回本《水浒传》有一条发凡云：

> 古本有罗氏致语，相传“灯花婆婆”等事，既不可复见……

所以，我疑心王国维先生的假设有错误。我说：

> 《灯花婆婆》既是古本《水浒》的“致语”，大概未必有“曲”。钱曾把这些作品归在“宋人词话”，“宋人”一层自然是错的了，“词话”的词字大要是平话一类的书词，未必是曲。
>
> 故我以为这十二种词话大概多是说书的引子，与词曲无关。后来明朝的小说，如《今古奇观》，每篇正文之前往往用一件别的事作一个引子，大概这种散文的引子又是那《灯花婆婆》一类的致语的进化了。(《胡适文存》初排本卷三，页一八四)

我这段话也有得有失：(1)我不认这些词话为宋人作品，我错了。(2)我说“词话”的词字大概是平话一类的书词，这是对的。(3)我又以为这些词话多是说书的引子，我又错了。——当日我说这番话，也只是一种假设，全待后来的证据。但证据不久也就出来了。

第一是“灯花婆婆”的发现。民国十二年二月，我寻得龙子犹(即冯犹龙的假名)改本的《平妖传》，卷首的引子即是“灯花婆婆”的故事。我恍然大悟，百二十回本《水浒传》的发凡所说“古本有罗氏致语，相传灯花婆婆等事”乃是一时记忆的错误。“灯花婆婆”的故事曾作《平妖传》的致语，而杨定见误记为《水浒传》古本的致语。相传《平妖传》也是罗贯中作的，故杨氏有此误记。(谢无量先生在他的《平民文学之两大文豪》里也提及这篇引子，但谢先生的结论是错误的。)而后来周亮工《书影》说的“故老传闻，罗氏《水浒传》一百回各以妖异语冠其首”，又是根据杨氏百二十回《水浒传》发凡之说，因一误而再误。多年的疑团到此方才得着解决。

用作《平妖传》的引子的，不是《灯花婆婆》的全文，只是一个大要。全文既不可得见，这个节本的故事也值得保存，故我把它抄在这篇序的后面，作个附录。

最重要的证据是《京本通俗小说》的出现。此事是缪荃孙先生(江东老蟫)的大功，在中国文学史上要算一件大事。

民国十一年的旧历元宵，我在北京火神庙买得《烟画东堂小品》，始见其中的《京本通俗小说》七种。其中《错斩崔宁》与《冯玉梅团圆》两种，见于《也是园书目》。原刻有江东老蟫乙卯(民国四年)的短跋，其中记发见此书的缘起云：

> 余避难沪上，索居无俚，闻亲串中有旧钞本书，类乎平话，假而得之。杂庋于《天雨花》、《凤双飞》之中，搜得四册，破烂磨灭，的是影元人写本。首行“京本通俗小说第几卷”。通体皆减笔小写，阅之令人失笑。三册尚有钱遵王图书，盖即也是园中旧物。《错斩崔宁》，《冯玉梅团圆》二回见于书目。……
>
> 尚有《定州三怪》一回，破碎太甚；《金主亮荒淫》两卷，过于秽亵，未敢传摹。
>
> 与《也是园》有合有不合，亦不知其故。

后来《金虏海陵王荒淫》也被叶德辉先生刻出来了。故先后所出，共有八种，其原有卷第如下：

第十卷　　碾玉观音
第十一卷　菩萨蛮
第十二卷　西山一窟鬼
第十三卷　志诚张主管
第十四卷　拗相公
第十五卷　错斩崔宁
第十六卷　冯玉梅团圆
第二十一卷　金虏海陵王荒淫

看这卷第，我们可以想见当时这种小说的数量之多，但其余的都不可见了。

江东老蟫的跋里说“三册尚有钱遵王图书”。刻本只有《菩萨蛮》一篇卷首有“虞山钱曾遵王藏书”图章。《菩萨蛮》一篇也不见于《也是园书目》，可见这几篇都是钱曾所藏，编书目时只有十二种，故其余不见于书目。

我们看了这几种小说，可以知道这些都是南宋的平话。《冯玉梅》篇说“我宋建炎年间”；《错斩崔宁》篇说“我朝元丰年间”；《菩萨蛮》篇说“大宋绍兴年间”；《拗相公》篇说“先朝一个宰相”，又说“我宋元气都为熙宁变法所坏”：这些都可证明这些小说产生的时代是在南宋。《菩萨蛮》篇与《冯玉梅》篇都称“高宗”，高宗死在一一八七年，已在十二世纪之末了，故知这些小说的年代在十三世纪。

《海陵王荒淫》也可考见年代。金主亮(后追废为海陵王)死于一一六〇年，但书中提及金世宗的谥法，又说“世宗在位二十九年”；世宗死于一一八九年，在宋高宗之后二年。又书中说：

> 我朝端平皇帝破灭金国，直取三京。军士回杭，带得虏中书籍不少。

端平是宋理宗的年号(1234—1236)；其时宋人与蒙古约好了同出兵伐金，遂灭金国。但四十年后，蒙古大举南侵，南宋也遂亡了。此书之作在端平以后，已近十三世纪的中叶了。

但《海陵王荒淫》一篇中有一句话，初读时，颇使我怀疑此书的年代。书中贵哥说：

> 除了西洋国出的走盘珠，缅甸国出的缅铃，只有人才是活宝。

这句话太像明朝人的口气，使我很生疑心。缅甸不见于《宋史》外国诸传，但这却不能证明当时中国民间同缅甸没有往来的商业贸易。《元史》卷二百十说：

世祖至元八年(一二七一)大理、鄯阐等路宣慰司都元帅府遣奇塔特托音等使缅，招谕其王内附。

其时宋朝尚未灭亡。这可见十三世纪的中国人同缅甸应该可以有交通关系。又《明史》卷三一五说：

宋宁宗时(1195—1224)，缅甸、波斯等国进白象。缅甸通中国自此始。

此事不见于《宋史·宁宗本纪》。《宁宗本纪》记开禧元年(1205)有真里富国贡瑞象。但《宋史》卷四八九记此事在庆元六年(1200)。真里富在真腊的西南，不知即是缅甸否。《宋史》记外国事，详于北宋，而略于南宋，故南宋一代同外国的交通多不可考了。若《明史》所记缅甸通中国的话是有根据的，那末，十三世纪中叶以后的小说提及缅甸，并不足奇怪。

又元世祖招谕缅甸之年(1271)，即是意大利人马哥孛罗(Marco Polo)东游之年。中国与"西洋"的交通正开始。不过当时所谓"西洋国"并不很"西"罢了。大概贵哥口中的"西洋"，不过是印度洋上的国家。

故我们可以不必怀疑这些小说的年代。这些小说的内部证据可以使我们推定它们产生的年代约在南宋末年，当十三世纪中期，或中期以后。其中也许有稍早的，但至早的不得在宋高宗崩年(一一八九)之前，最晚的也许远在蒙古灭金(一二三四)以后。

这些小说都是南宋时代说话人的话本，这大概是无疑的了。(参看鲁迅《小说史略》第十二篇。)据灌园耐得翁的《都城纪胜》和吴自牧的《梦粱录》等书所记，南宋时代的说话人有四大派，各有话本：

(1)小说

(2)讲史

(3)傀儡"其话本或如杂剧，或如崖词，大抵多虚少实。"

(4)影戏“其话本与讲史书者颇同，大抵真假相半。”(以上说“四家说话人”，与王国维先生和鲁迅先生所分“四家”都不同。我另有专篇论这个问题。)

大概“小说”一门包括最多，有下列的各种子目：

(a)烟粉灵怪传奇。

(b)说公案“皆是搏刀赶棒及发迹变泰之事。”

(c)说铁骑儿“谓士马金鼓之事。”

(d)说经“谓演说佛书。”

(e)说参请“谓宾主参禅悟道等事。”

我们现有的这八种话本，大概是小说和讲史两家的话本。《海陵王》和《拗相公》都应该属于“讲史”一类。《冯玉梅》一卷介于“说公案”和“铁骑儿”之间。《碾玉观音》、《西山一窟鬼》、《志诚张主管》(和附录的《灯花婆婆》)，都是“灵怪传奇”。《错斩崔宁》一卷是“公案”的一种，开后来许多侦探小说式的“公案”(《包公案》、《施公案》之类)的先路。崔宁冤枉被杀，起于十五贯钱，后来“十五贯”也成了侦探小说的一个“母题”，如昆曲中有况太守的《十五贯》，便是一例。《菩萨蛮》一卷虽不纯粹是“说经”，却是很进步的“演说佛书”的小说。“说经”的初期只是用俗话来讲经，例如敦煌残卷中的《法华》俗文之类。后来稍进步了，便专趋重佛经里一些最有小说趣味的几件大故事，例如敦煌残卷中的《八相成道记》，《目连》故事，《维摩诘》变文等。到了更进步的时期，便离开了佛书，直用俗世故事来演说佛教的义旨，《菩萨蛮》便是一例。

这几篇小说又可以使我们想见当时“说话人”的神气，和说话的情形。陆放翁有“小舟游近村”的诗云：

> 斜阳古柳赵家庄，负鼓盲翁正作场。
> 身后是非谁管得？满村听说蔡中郎。

这是乡村的说话人。京城里的说话人便阔的多了。他们有“书会”，有“雄辩社”(均见周密的《武林旧事》)。至少他们有个固定的说书场。他们自称为“说话的”(见《菩萨蛮》)。他们说一个故事，前面总有个引子，这个引子叫做“得胜头回”。本书《错斩崔宁》一卷说：

这回书单说一个官人只因酒后一时戏笑之言，遂至杀身破家，陷了几条性命。且先引下一个故事来，权做个“得胜头回”。

鲁迅先生说这种话本的体制：

什九先以闲话或他事，后乃缀合，以入正文。……大抵诗词之外，亦用故实，或取相类，或取不同，而多为时事。取不同者由反入正；取相类者较有浅深，忽而相牵，转入本事。故叙述方始，而主意已明。……凡其上半，谓之“得胜头回”。头回犹云前回；听说话者多军民，故冠以吉语曰得胜。

鲁迅先生说引子的作用，最明白了；但他解释“得胜头回”，似不无可以讨论之处。《得胜令》乃是曲调之名。本来说书人开讲之前，听众未齐到，必须打鼓开场，《得胜令》当是常用的鼓调，《得胜令》又名《得胜回头》，转为《得胜头回》。后来说书人开讲时，往往因听众未齐，须慢慢地说到正文，故或用诗词，或用故事，也“权做个得胜头回”。《碾玉观音》用诗词作引子，《西山一窟鬼》连用十五首词作引子，但《错斩崔宁》便用魏进士的故事作引子，《冯玉梅》便用徐信夫妻团圆的故事作引子，这都是开场的“得胜头回”。

这个方法——用一个相同或相反的故事来引入一个要说的故事——后来差不多成了小说的公式。短篇的小说如《今古奇观》、《醉醒石》等等都常常保存这种方式。长篇的小说也往往有这样的引子。《平妖传》的前面有《灯花婆婆》的一段；《水浒传》的前面有《洪太尉误走妖魔》的一段。《醒世姻缘》更怪了，先叙晁家的长故事，引入狄家的故事，而引入正文之后，晁家的故事依旧继续说完。后来清朝学者创作的小说如《儒林外史》，如《红楼梦》，如《镜花缘》，如《老残游记》，各有一篇引子。有时候，这种引子又叫做“楔子”，但这个名称是不妥当的。元人的杂剧里，往往在两折之间插入一段，叫做“楔子”，像木楔子似的。元曲的“楔子”没有放在篇首的。在篇首如何可用“楔”呢？

不但这个引子的体裁可以指示中国小说演变的痕迹，还有别的证据可以使我们明白“章回小说”是出于这种话本的。本书《西山一窟鬼》的引子说：

> 自家今日也说一个士人，因来行在临安府取选，变做十数回蹊跷作怪的小说。

《西山一窟鬼》全篇不过六千字，哪有“十数回”呢？大概当时说话的人随时添枝添叶，把一个故事拉的很长，分做几回说完，也有分做十数回的。《西山一窟鬼》本是一片鬼话，添几个鬼也不嫌多，减掉几个也不算短，故可以拉长做“十数回”说完。但写成话本时，许多添的枝节都被删节了，故只剩得六千字了。

一“回”不是一章，只是一“次”，如明人小诗“高楼明月笙歌夜，此是人生第几回”的“回”字。说书的人说到了一个最紧要的关头，——一个好汉绑上了杀场，午时三刻到了，刽子手举起刀来正要砍下；或者一个美貌佳人落在强暴之手，耸身正要跳下万丈悬崖，——在这种时刻，听的人聚精会神，瞪着眼发急，——在这个时候，那说书先生忽然敲着鼓，“镗，镗，镗”，他站起来，念两句收场诗，拱拱手说，“要知后事如何，且听下回分解”。他说了这句话，收了鼓，收了摊，摇头去了。这便叫做“一回书”。

本书的《碾玉观音》分上下两回，上回之末说崔宁和秀秀逃到潭州同住，这一天崔宁到湘潭县官宅里承揽了玉作生活，回路归家，

> 正行间，只见一个汉子，头上带个竹丝笠儿，……挑着一个高肩担儿，正面来，把崔宁看了一看。崔宁却不见这汉面貌，这个人却见崔宁，从后大踏步尾着崔宁来。正是：
>
> 谁家稚子鸣榔板，惊起鸳鸯两处飞！

这正是全书的吃紧关头，但说话人说到这里，念了两句收场诗，忽然停止了。“第一回”便完了。下回说话人却远远地从刘两府的一首词

说起，慢慢说到崔宁的东人郡王派了郭排军送钱与刘两府，路上遇着崔宁。这种分段法，和后来的小说分“回”完全相同。如《水浒传》第八回之末写林冲被绑在树上，

> 薛霸便提起水火棒来，望着林冲脑袋上劈将来。可怜豪杰束手就死！正是：
>
> 万里黄泉无旅店，三魂今夜落谁家？
>
> 毕竟林冲性命如何，且听下回分解。

又如第三十回之末写武松和庵里那个先生相斗，

> 两个斗到十数合，只听得山岭旁边一声响亮，两个里倒了一个。但见：
>
> 寒光影里人头落，杀气丛中血雨喷。
>
> 毕竟两个里厮杀倒了一个的是谁，且听下回分解。

我们拿这两条例子来比《碾玉观音》的分段之处，很可以看出“章回小说”是从这些短篇话本里演变出来的了。

我有一天问汪原放先生道：“你看这几篇小说之中，那一篇作得最好？”原放说：“我看《拗相公》一篇最好。作者要骂王荆公的新法，要写一位‘拗相公’，便捏造出一个故事来，处处写新法害民，处处写出一种天怒人怨的空气，同时处处写一个执拗的王荆公，总算能达到作者的目的了，所以我说这篇最好。”

原放的话颇有见地。这八种之中，《拗相公》一篇必是智识阶级中人所作，章法很有条理，内容正代表元祐党人的后辈的见解，但作者又很有点剪裁的能力，单写王安石罢相南归时途中亲身经历的事，使读者深深地感觉一种天怒人怨的空气。《宣和遗事》里也有骂王安石的一大段，但毫无文学意味，比起这篇来，真是天悬地隔了。我们在今日也许要替王安石打抱不平，为他辩护，但我们终不能否认南宋时代有这种反对他的舆论，也终不能否认这篇《拗相公》有点文学的

趣味。骂人骂的巧妙，便成一种艺术。此篇中写王安石踏月而行，在一个老妪的茅屋内借宿。第二天

> 将次天明，老妪起身，蓬着头，同一赤脚蠢婢，赶二猪出门外。婢携糠秕，老妪取水，用木杓搅于木盆之中，口中呼“啰，啰，啰，拗相公来”！二猪闻呼，就盆吃食。婢又呼鸡，“朒，朒，朒，王安石来”！群鸡俱至。
>
> 江居和众人看见，无不惊讶。荆公心愈不乐，因问老妪道：“老人家何为呼鸡豕之名如此？”
>
> 老妪道：“官人难道不知王安石即当今之宰相？拗相公是他的浑名。自王安石做了相公，立新法以扰民，老妾二十年孀妇，子媳俱无，止与一婢同处，妇女二口也要出‘免役’、‘助役’等钱。钱既出了，差役如故。老妾以桑麻为业，蚕未成眠，便预借丝钱用了；麻未上机，又借布钱用了。桑麻失利，只得畜猪养鸡，等候吏胥里保来征役钱，或准与他，或烹来款待他，自家不曾尝一块肉。故此民间怨恨新法入于骨髓，畜养鸡豕都呼为拗相公：今世没奈何他，后世得他变为异类，烹而食之，以快胸中之恨耳。”荆公暗暗垂泪，不敢开言。……

这个老妪的政论固然是当日士大夫的议论，不见得一定代表民间的舆论，却也未必完全出于捏造。王荆公在几年之中施行了许多新法，用意也许都很好，但奉行的人未必都是好人：大臣可信，而小官未必可靠；县官也许有好人，而吏胥里保未必不扰民敲诈。在一个中古时代，想用干涉主义来治理一个大帝国，其中必不免有许多小百姓受很大的苦痛。干涉的精神也许很好，但国家用的人未必都配干涉。不配干涉而偏要干涉，百姓自然吃苦了。故王安石的敢做敢为，自然可以钦敬；但当日一班正人君子的反对新法，也未必完全没有事实上的根据。

《拗相公》一篇里有许多毁谤王荆公的故事，都是南宋初年的元祐后辈捏造出来的，读者不可深信。如苏老泉的《辨奸论》全是后人的伪作，曾经李绂和蔡上翔证实了。又如荆公恍惚见儿子王雱在阴司

受罪，如邵雍天津桥上闻杜宇而叹，如“误吞鱼饵”的故事，都是伪造的话。读者若有兴趣，当参考李绂的《穆堂初稿》(卷四十六)，蔡上翔的《王荆公年谱》(此书原本不易得，有杨希闵刻《九家年谱》中的节本)，及梁启超的《王荆公》。

以小说的结构看来，《拗相公》一篇固然很好，但此篇只是一种巧妙的政治宣传品，其实算不得“通俗小说”。从文学的观点上看来，《错斩崔宁》一篇要算八篇中的第一佳作。这一篇是纯粹说故事的小说，并且说的很细腻，很有趣味，使人一气读下去，不肯放手；其中也没有一点神鬼迷信的不自然的穿插，全靠故事的本身一气贯注到底。其中关系全篇布局的一段，写的最好，记叙和对话都好：

> 刘官人驮了钱一步一步捱到家中敲门，已是点灯时分。小娘子二姐独自在家，没一些事做，守得天黑，闭了门在灯下打瞌睡。刘官人打门，他哪里便听见？敲了半晌，方才知觉，答应一声：“来了！”起身开了门。
>
> 刘官人进去，到了房中，二姐替刘官人接了钱，放在桌上，便问：“官人何处挪移这项钱来？却是甚用？”那刘官人一来有了几分酒；二来怪他开得门迟了；且戏言吓他一吓，便道：“说出来，又恐你见怪；不说时，又须通你得知。只是我一时无奈，没计可施，只得把你典与一个客人。又因舍不得你，只典得十五贯钱。若是我有些好处，加利赎你回来；若是照前这般不顺溜，只索罢了！”
>
> 那小娘子听了，欲待不信，又见十五贯钱堆在面前；欲待信来，他平白与我没半句言语，大娘子又过得好，怎么便下得这等狠心辣手？疑狐不决，只得再问道：“虽然如此，也须通知我爹娘一声。”刘官人道：“若是通知你爹娘，此事断然不成。你明日且到了人家，我慢慢央人与你爹娘说通，他也须怪我不得。”
>
> 小娘子又问：“官人今日在何处吃酒来？”刘官人道：“便是把你典与人，写了文书，吃他的酒才来的。”
>
> 小娘子又问：“大姐姐如何不来？”刘官人道：“他因不忍见

你分离，待得你明日出了门才来。这也是我没计奈何，一言为定。”说罢，暗地忍不住笑；不脱衣裳，睡在床上，不觉睡去了。

那小娘子好生摆脱不下：“不知他卖我与甚色样人家？我须先去爹娘家里说知。就是他明日有人来要我，寻道我家，也须有个下落。”沉吟了一会，却把这十五贯钱一垛儿堆在刘官人脚后边。趁他酒醉，轻轻的收拾了随身衣服，款款的开了门出去，拽上了门，却去左边的一个相熟的邻舍，叫做朱三老儿家里，与朱三妈借宿了一夜，说道：“丈夫今日无端卖我，我须先去与爹娘说知。烦你明日对他说一声，既有了主顾，可同我丈夫到爹娘家中来讨个分晓，也须有个下落。”那邻舍道：“小娘子说得有理。你只顾自去，我便与刘官人说知就理。”过了一宵，小娘子作别去了。

这样细腻的描写，漂亮的对话，便是白话散文文学正式成立的纪元。可以比上这一段的，还有《西山一窟鬼》中王婆说媒的一段，同《海陵王荒淫》中贵哥、定哥说风情的一大段。这三大段都代表那发达到了很高的地步的白话散文；《五代史平话》里，《宣和遗事》里，《唐三藏取经》里，都没有这样发达完全的白话散文。

我从前曾很怀疑宋元两代的白话文学发达的程度。在我的《水浒传考证》里，我曾说：

元朝文学家的文学技术程度很幼稚，决不能产生我们现有的《水浒传》。

我又说：

我从前也看错了元人的文学在中国文学史上的位置。近年我研究元代的文学，才知道元人的文学程度实在很幼稚，才知道元代只是白话文学的草创时代，决不是白话文学的成人时代。(《胡适文存》初排本卷三，页一一二)

我在那时这样怀疑元代的白话文学，自然更怀疑宋代的白话文学了。

但我现在看了这几种南宋话本，不能不承认南宋晚年（十三世纪）的说话人已能用很发达的白话来做小说。他们的思想也许很幼稚（如《西山一窟鬼》），见解也许很错误（如《拗相公》），材料也许很杂乱（如《海陵王荒淫》，如《宣和遗事》），但他们的工具——活的语言——却已用熟了，活文学的基础已打好了，伟大的小说快产生了。

一九二八年九月十日夜

《胡适文存三集》卷八

## 附录　灯花婆婆（节本）

生生化化本无涯，但是含情总一家。
不信精灵能变幻，旋风吹起活灯花。

话说大唐开元年间，镇泽地方有个刘真卿官人，曾做谏议大夫，因上文字打宰相李林甫不中，弃职家居。夫人曾劝丈夫莫要多口，到此未免抢白几句。那官人是个正直男子，如何肯伏气。为此言语往来上，夫人心中不乐，害成一病；请医调治，三好两歉，不能痊可。

忽一日，夜间，夫人坐在床上，吃了几口粥汤，唤养娘收过粥碗，只见银灯昏暗。养娘道：“夫人且喜，好个大灯花！”夫人道：“我有甚喜事？且与我剔去则个，落得眼前明亮，心上也觉爽快。”

养娘向前将两指拈起灯杖打一剔，剔下红焰。俄的灯花蕊儿落在桌上，就灯背后起阵冷风，吹得那灯花左旋右转，如一粒火珠相似。养娘笑道：“夫人好要子，灯花儿活了！”

说犹未了，只见那灯花三四旋，旋得像碗儿般大一个火球，滚下地来，咕的一响，如爆竹之声。那灯花爆开，散作火星满地，登时不见了。只见三尺来长一个老婆婆，向着夫人叫万福：“老媳妇闻知夫人贵恙，有服仙药在这里，与夫人吃。”

那夫人初时也惊怕，闻他说出这样话来，认做神仙变现，反生欢喜。正是“药医不死病，佛度有缘人”。

当时吃了他药，虽然病得痊可，后来这婆子竟缠住了夫人，要做个亲戚往来，抬着一乘四人轿，前呼后拥，时常来家聒噪。遣又遣他不去，慢又慢他不得。若有人一句话儿拗着他，他把手一招，其人便扑然倒地；不知什么法儿，血沥沥，一副心肝早被他擎在手中，直待众人苦苦哀求，他把心肝望空一撇，自然向那死人的口中溜下去，那死人便得苏醒：因此一件怕人。

刘谏议合家烦恼，私下遣人踪迹他住处，却见他钻入莺脰湖水底下去了。你想莺脰湖是甚么样水？那水底下怎立得家？必然是个妖怪！屡请法官书符念咒，都禁他不得，反吃了亏。

直待南林庵老僧请出一位揭谛尊神，布了天罗地网，遣神将擒来，现其本形，乃三尺长一个多年作怪的猕猴。

那揭谛名为龙树王菩萨。刘谏议平时供养这尊神道极其志诚，所以今日特来救护，斩妖绝患。诗曰：

人生切莫畜猕猴，野性奔驰不可收。
莫说灯花成怪异，寻常可(当作“叵”)耐是淫偷。

——据黄山书社1996年版《胡适文存三集》

【评 介】

## 一、胡适的话本研究

胡适(1891—1962)，安徽绩溪人，原名嗣穈，学名洪骍，字希彊，后改名胡适，字适之，笔名天风、藏晖等。中国近现代著名学者、诗人、历史学家、文学家、哲学家、思想家、教育家和社会活动家。胡适因提倡文学改良而成为新文化运动的领袖之一，曾担任北京大学校长、台湾“中央研究院”院长等职。胡适不仅是新文化运动的领袖和健将，而且是中国古典文学的研究大家。他兴趣广泛，学识渊博，在文学、哲学、史学、古典小说、红学等诸多领域都有深入的研究和丰硕的成果。

在古典小说研究领域，胡适成就卓著，所著《中国章回小说考证》系统辑录了他所撰关于章回小说的文章，对《红楼梦》、《水浒传》、《西游记》、《三国演义》、《三侠五义》、《海上花列传》、《儿女英雄传》、《官场现形记》、《老残游记》、《镜花缘》等古典小说进行过深入的研究。这些论著虽然数量并不算多，但是所用的方法，足有示范的意义。

胡适研究宋元话本的初衷是为白话文运动服务。五四新文化运动时期，胡适提倡以白话文代替文言文，他在1928年为《白话文学史》所写的《自序》里，在谈到白话文的渊源的时候，就曾非常敏锐地指出，唐代通俗小说和宋元话本实际上就是当时的白话文文学："由初唐到晚唐，乃是一段逐渐白话化的历史。敦煌的新史料给我添了无数佐证，同时却又使我知道白话化的趋势比我六年前所悬想的还更早几百年！我在六年前不敢把寒山放在初唐，却不料隋唐之际已有了白话诗人王梵志了！我在六年前刚见着南宋的《京本通俗小说》，还很诧异，却不料唐朝已有不少的通俗小说了！"在胡适看来，"中国文学史就是一部白话史"。为了更好地推广白话文，胡适积极推动历代白话文学作品的出版工作。从1920年开始，胡适陆续在亚东图书馆出版了一大批有价值、有影响的标点本经典白话小说，如《红楼梦》、《水浒续集》、《西游记》、《三国演义》、《儿女英雄传》、《官场现形记》、《老残游记》、《海上花》、《醒世姻缘传》等。不仅如此，胡适还亲自为亚东出版的这些古典小说创作了18篇序跋。这也使亚东图书馆成为当时出版和发行白话文学作品最权威的出版社之一。1926年3月，胡适又提出"古短篇小说丛书"计划，准备整理出版《京本通俗小说》、《今古奇观》、《拍案惊奇》等话本小说。

1928年，由胡适花了大工夫搜集整理、汪乃刚加新式标点符号分段的《〈宋人话本八〉种》由亚东图书馆出版，该书原本为缪荃孙刊刻的《京本通俗小说》，共7卷，分别为《碾玉观音》、《菩萨蛮》、《西山一窟鬼》、《志诚张主管》、《拗相公》、《错斩崔宁》和《冯玉梅团圆》，加上后来叶德辉刊刻的《金虏海陵王荒淫》，总题为《宋人话本八种》。《〈宋人话本八种〉序》作于1928年9月10日，当时，胡适认为这些都是南宋的平话。1934年，他重新刊印该书时，去掉了《海陵王》，题为《宋人话本七种》，并作《宋人话本重订本小序》说明了删减的原因。

## 二、胡适古典小说研究的方法和治学范式

通过这篇序言以及1934年所作的《宋人话本重订本小序》，我们可以窥见胡适古典小说研究的治学方法和研究范式。

首先是严谨的考证。胡适主张"大胆的假设，小心的求证"，这种思想对他的学术研究影响深远。可以说，考证是胡适古典小说研究乃至古籍整理的基本方法。1943年5月25日，胡适在致王重民的信中曾谈到自己的治学方法："我和马隅卿、孙子书诸人在文学史上的贡献，只是用校勘考证的方法去读小说书。"从1920年起，胡适撰写了一系列考证著述，有的直接命名为某某考证，有的则以序跋、书信的形式出现，胡适一生撰写的研究中国古典小说的考证著述有30多篇，涉及古典小说作品20余种。主要有《吴敬梓传》(1920)、《〈水浒传〉考证》(1920)、《〈红楼梦〉考证》(1921)、《〈水浒传〉后考》(1921)、《跋〈红楼梦考证〉》(1922)、《〈三国演义〉序》(1922)、《吴敬梓年谱》(1922)、《〈西游记〉考证》(1923)、《〈镜花缘〉的引论》(1923)、《〈水浒续集两种〉序》(1923)、《〈三侠五义〉序》(1925)、《〈老残游记〉序》(1925)、《〈儿女英雄传〉序》(1925)、《重印〈文木山房集〉序》(1925)、《〈海上花列传〉序》(1926)、《〈官场现形记〉序》(1927)、《考证〈红楼梦〉的新材料》(1928)、《宋人话本八种序》(1928)、《百二十回本〈忠义水浒传〉序》(1929)、《读吴承恩〈射阳文存〉》(1930)、《辨伪举例——蒲松龄的生年考》(1931)、《跋〈四游记〉本的〈西游记传〉》(1931)、《〈醒世姻缘传〉考证》(1931)、《跋乾隆庚辰本〈脂砚斋重评石头记〉抄本》(1933)、《宋人话本重订本小序》(1934)、《重印乾隆壬子本〈红楼梦〉序》(1938)、《所谓曹雪芹小像的谜》(1960)、《红楼梦问题最后一信》(1962)。上述部分论著于1942年经实业印书馆刊行为《中国章回小说考证》。

就话本小说的研究而言，胡适也遵从了"大胆的假设，小心的求证"的原则。民国学者陈子展在《最近三十年中国文学史》中盛赞了胡

适的小说考证贡献，他指出，小说研究“以胡适考证的成绩为最大。在胡适从事这项工作的略前一点，未尝没有小说考证。如钱静方的《小说丛考》、蒋瑞藻的《小说考证》，但都不过是一些断片的笔记、零星的考证材料，不好算做若何有条理有见解之历史的考证、文学的批评。又如王梦阮的《红楼梦索隐》、蔡元培的《石头记索隐》，似乎可以说是历史的考证了，但经胡适考证的结果，指出他们不过收罗许多不相干的零碎史事，来附会《红楼梦》的情节，其实他们并不曾做《红楼梦》的考证，只做了许多《红楼梦》的附会！我以为胡适在这方面最大的贡献，不在他这十几篇小说上的考证批评文章，而在他于这种考证批评上应用的方法”。胡适的考订主要包含作者考证、版本考证、故事源流考证、文学形象考证和版本校勘订正五个方面。

胡适非常注重对作家身世的考证，他的古典小说研究侧重作者考证和版本考证。他认同知人论世的观点，认为了解作家生活的社会环境对文本解读很有好处。曹伯言在《〈胡适书话〉序》中曾称赞说：

> 胡适谈中国传统小说，侧重于作者、版本的考证，以及历史故事演变过程的追踪研究。他把一向被视为“小道”的传统小说与传统的经学、诸子学放在同等地位，做同样研究，开创了以科学精神和考证方法来研究传统小说的一代新风。他一生研究《红楼梦》，谈《红楼梦》，创立了“新红学”，使《红楼梦》研究突破了穿凿附会的模式，走上了近代实证科学的道路。同时，胡适也很重视艺术的赏析，这只要读一读他的《〈三侠五义〉序》、《〈老残游记〉序》、《〈儿女英雄传〉序》、《〈海上花列传〉序》、《〈官场现形记〉序》，即可明了。

胡适的考证是以第一手的资料为基础的，胡适素有“书癖”，他在《胡适留学日记》的“余之书癖”一条中曾说：“吾有书癖，每见佳书，辄徘徊不忍去，囊中虽无一文，亦必借贷以市之。记之以自嘲。”胡适“一生爱逛书店、跑图书馆，爱买书、收藏书，尤爱搜集古本、孤本、善本书。他的搜集，不是单纯的为了收藏，而是为了考证研究”（曹伯言《〈胡适书话〉序》）。在《〈宋人话本八种〉序》中，胡适就提到自己搜集、购买文学史料的事例。如民国十二年，胡适搜得冯梦龙本的《平妖传》；民国十一年的旧历元宵，胡适在北京火神庙买得《烟画东堂小品》，发现其中的《京本通俗小说》七种。

胡适热衷于考证，目的并不单单是为了作品研究，他更着意于传播科学的治学方法。他的学生唐德刚曾说："胡适亲口告诉我，他'考证'《红楼》《水浒》的真正动机之所在，是传播其'科学的治学方法'。"胡适自己也说过考证的目的"并不是要教育读者如何读小说"，而是"充分的利用这些最流行、最易解的材料，来传播我的从证据出发的治学方法。""我的几十万字的小说考证，都只是用一些深切而著明的实例来教人如何思想。"

胡适注重方法的观念源自他的老师杜威。胡适自己曾说："我治中国思想与中国历史的各种著作，都是围绕着'方法'这一观念打转的。'方法'实在主宰了我四十多年来所有的著述。从基本上说，我这一点实在得益于杜威的影响。"(唐德刚《胡适口述自传》)胡适所说的得益于杜威的影响，主要是指杜威科学的实证主义对他的影响。

其二是科学的实证主义。

明清时期，学术界研究盛行考据之风，其中尤以乾嘉学派的历史考据为代表，胡适虽然是新文化运动的健将，但是对传统文化和治学方法并不陌生。正如唐德刚所说，胡适"对我国传统的治学精神的承继，可说深入骨髓。西学对他的影响，有时反而是很表面的"(唐德刚《胡适杂忆》)。胡适认为清代旧有的治学方法尤其是"朴学"具有科学的精神，故而，他把乾嘉学派的朴学和西学中的实证主义结合在一起，试图建构中国文学研究的现代学术范式——历史演进法。在《古史讨论的读后感》中，胡适将其历史演进研究法概括为下列公式：

(1)把每一件史事的种种传说，依先后出现的次序，排列起来。

(2)研究这件史事在每一个时代有什么样子的传说。

(3)研究这件史事的渐渐演进：由简单变为复杂，由陋野变为雅驯，由地方的(局部的)变为全国的——由神变为人，由神话变为史事，由寓言变为事实。

(4)遇可能时，解释每一次演变的原因。(胡适：《古史讨论的读后感》，《古史辨》第一册)

在1919年致钱玄同的书信中，胡适曾说："研究中国小说的起源、派别、变迁等，这事业还没有人做过，所以没有书可看。我看新出的'小说考证'一类的书全无用处。将来我很想做一部《中国小说史》，用科学的方法去研究它。"胡适认为学术研究其实并不复杂，"只不过尊重事实、尊重证据"。从1920年起，胡适陆续发表了有关《红楼梦》、《镜花缘》、宋人话本等古典小说的研究成果，并结集为《中国章回小说考证》出版。在这些论述中，他用的所谓的科学的方法便是实证主义研究，这种研究乃是胡适将中国乾嘉学派传统的历史考据与借鉴自他的老师杜威的实用主义嫁接的结晶。

胡适在古典小说研究中不仅要求材料的真实性，而且必有对材料进行一番考辨的过程。在《〈宋人话本八种〉序》中，胡适用这种方法考辨了《灯花婆婆》。起初，胡适认为《灯花婆婆》并非宋人作品，而且多是说书的引子，但是在材料面前，胡适认真考订，最后恍然大悟。研究的材料还必须具有科学性。胡适研究古典小说，常常从"疑古""疑权威"开始，比如在《〈宋人话本八种〉序》中，胡适曾"疑心王国维先生的假设有错误"，然后考证，通过实证研究得出结论。胡适的研究总是遵循实事求是的态度，力求"处处存一个搜求证据的目的，处处尊重证据，让证据做向导"、"寻找证据，尊重证据；让证据引导我们走向一个自然的、合乎逻辑的结论"。这种严谨的精神，自然会结出丰硕的果实。胡适在《红楼梦》方面的成就就曾让鲁迅先生也赞不绝口："迨胡适作考证，乃较然彰明，知曹雪芹实生于荣华，终于苓落，半生经历，绝似'石头'，著书西郊，未就而没；晚出全书，乃高鹗续成之者矣。"(鲁迅《中国小说史略》)

其三是实事求是、勇于自我纠错的治学精神。

胡适的实证主义还表现在他实事求是、勇于自我纠错的精神层面。胡适是一个非常实事求是的人，他对学术研究的态度非常认真。"在这些文字里，我要读者学得一点科学精神、一点科学态度、一点科学方法。科学精神在于寻求事实，寻求真理。科学态度在于撇开成见，搁起感情，只认得事实，只跟着证据走。科学方法只是‘大胆的假设，小心的求证’十个字。没有证据，只可悬而不断；证据不够，只可假设，不可武断；必须等到证实之后，方才奉为定论”。一方面他提出要大胆假设，同时又主张要有证据。他说：“没有精密的功力，不能搜求和评判史料的工夫；没有高远的想象力，不能构造历史的系统。”如果把《〈宋人话本八种〉序》与随后写的《宋人话本重订本小序》比照来看，就颇能发现胡适的求实精神。

1934 年，亚东图书馆出版《宋人话本七种》，胡适在《宋人话本重订本小序》中写道：“我在民国十七年(1928)作《宋人话本序》时，误信叶德辉刻的《金虏海陵王荒淫》是缪荃孙所藏的《京本通俗小说》的一种，所以把那一篇也收在一块。……所以我们现在决定删去此篇，改为《宋人话本七种》。汪乃刚先生曾把长泽先生的长文译成白话文，此篇考订那七种话本，比我的原序精密的多，所以我们把译文印在这里。我的原序仍留在这里，其中的错误也改正了，另外加上这篇短序，不但‘以志吾过’，还想借此感谢长泽规矩也先生和近年研究中国短篇小说最有成绩的马隅卿先生(廉)和孙子书先生(楷第)。”

在《〈宋人话本八种〉序》中胡适曾对王国维的结论提出质疑，但是民国十二年二月，胡适寻得冯梦龙的《平妖传》，发现该书卷首的引子即是“灯花婆婆”的故事。后来又发现了更重要的证据，《京本通俗小说》的出现让胡适意识到自己的判断有问题，他说：“我这段话也有得有失：(1)我不认这些词话为宋人作品，我错了。(2)我说词话的词字大概是平话一类的书词，这是对的。(3)我又以为这些词话多是说书的引子，我又错了。——当日我说这番话，也只是一种假设，全待后来的证据。但证据不久也就出来了。”

胡适对于古典小说的研究，做了大量的工作。他对宋人话本的搜集、整理和研究之功是不可磨灭的，不仅如此，他在话本乃至古典小说研究方面所采用的方法和秉承的治学精神都是值得传承和发扬的。

**胡适相关作品目录：**

《论短篇小说》，载《新青年》第四卷第五号。

《宋人话本序》，载《宋人话本七种》，上海亚东图书馆 1928 年版；被《胡适文存》黄山书社收录，题为《〈宋人话本八种〉序》。

《宋人话本重订本小序》，载《宋人话本七种》，上海亚东图书馆1934年版。

（冀运鲁）

# 说 话 考

孙楷第

宋灌园耐得翁《都城纪胜》，吴自牧《梦粱录》，记当时伎艺有“说话”。以故事敷演说唱，即后来之“说书”。曰“说话”，曰“说书”，古今名称不同，其事一也。然“说书”之义甚明，“说话”今不通行，宜有解释。今按话有排调假谲意。释惠琳《一切经音义》卷七十：“话，胡快反。《广雅》：话，调也。谓调戏也。《声类》：话，讹言也。”王念孙《广雅疏证》卷四上谓：话与憰音义同。引哀公二十四年《左传》：是憰言也。服虔注云：“憰伪不信言也。”凡事之属于传说不尽可信，或寓言譬况以资戏谑者，谓之话。取此流传故事敷衍说唱之，谓之说话。业此者谓之说话人。“说话”乃隋唐以来习语，不始于宋，《太平广记》卷二四八引隋侯白《启颜录》：

> 侯白在散官，隶属杨素。(杨素)爱其能剧谈，每上番日，即令谈戏弄，或从旦至晚始得归。才出省门，即逢素子玄感，乃云：“侯秀才可以①玄感说一个好话。”白被留连不获已，乃云：“有一大虫欲向野中觅肉”云云。

侯白，隋初举秀才，以儒林郎于秘书修国史。卒于隋。见《隋书》卷五十八《陆爽传》、道宣《高僧传》卷二《达摩笈多传》。今《广记》引《启颜录》有唐事，盖后人所加。“说一个好话”，言说一个好故事也。唐郭湜《高力士外传》：

---

① 以，疑与字之误。

太上皇移仗西内安置。每日上皇与高公亲看扫除庭院，芟薙草木。或讲经论议①、转变说话，虽不近文律，终冀悦圣情。

“转变”谓讲经中神异事。“说话”，谓讲人间俗事也。《元氏长庆集》卷十《酬白学士诗》“光阴听话移”自注云：

尝于新昌宅说一枝花话。自寅至巳，犹未毕词。

“一枝花”即李娃，见明梅鼎祚《青泥莲花记李娃传》注。“说一枝花话”，谓说“一枝花”故事也。《太平广记》卷二五一引《嘉话传》：

刘禹锡牧连州，替高寓。寓后入(为)羽林将军。自京附书曰：“以承眷辄举自代矣。”刘答书云：“昔有一话。”(下文“曾有老妪山行见大虫”云云)

《嘉话传》，疑即唐韦绚著《刘宾客嘉话录》。然今行顾氏文房小说本《嘉话录》无此条。《广记》所引，盖是佚文。“昔有一话”，言昔有一事也。同书卷二五七引五代王仁裕《王氏见闻录》：

冯涓恃才傲物，甚不洽于伪蜀主。后朱梁遣使致书于蜀。(蜀主)命诸从事韦庄辈具草。呈之，皆不惬意。左右曰：“何妨命前察判为之。”遂请复职，便亟修回复。涓一笔而成，大称旨。于是却复前欢，因召诸厅，同宴。饮次，涓敛衽曰：“偶记一话，欲对大王说可乎?”(下文“涓少年多游谒诸侯。每行，即必广赍书册，驴亦驮之，马亦驮之。”云云)

“偶记一话”，言偶记得一事也。宋苏轼《志林》卷一“涂巷小儿听《三国》话”条：

① 议当作义。

王彭尝云："涂巷中小儿薄劣，其家所厌苦，辄与钱令聚坐听说古话。至说《三国》事，闻刘玄德败，颦蹙，有出涕者；闻曹操败，即喜，唱：'快！'"

"听说古话"，言听说古事也。洪迈《夷坚三志己集序》：

一话一首，入耳辄录。

言听一个故事，即写文一首也。金董解元《西厢记》卷一：

此本话说唐时这个书生姓张名珙。……

"此本话"，言此一本故事。"说"字，属下读。下文云云，即所说之事也。又同书卷一：

生曰："月终略备钱二千，充房宿之费。未知吾师允否？"（吴音子）暂时权住两三月。欲把从前诗书温阅。若不与，后而今没这本话说。

末句作者注解之词。言生若不与房金，则不当僧意，所谋难就，后而今将没有这本故事说也。今小说开篇皆作"话说"云云。"话说"二字上，似省"此本"或"这本"字样。言本书所说之事如此。"话说"二字，以起下文，亦内典"如是我闻"之比也。宋人书又多云"小话"。王明清《挥麈录余话》卷二"东坡记发冢小话"条：

东坡先生出帅定武，黄门（苏辙）以书荐士往谒之。东坡一见云："某记得一小话子。"（下文"昔有人发冢，极费力方透其穴。"云云）

岳珂《桯史》卷七“朝士留刺”条：

王仲荀者，以滑稽游公卿间。一日，坐于秦府宾次。朝士云集待见，稍久。仲荀在隅席，辄前白曰：“今日公相未出堂，众官久俟。某有一小话，愿资醒困。”（下文“昔有一朝士出谒未归，有客投刺于门。”云云）

同书卷九“鳖渡桥”条：

虞雍公允文，却逆亮于采石。还至金陵，谒叶枢密义问于玉帐。警报沓至，盖亮将改图瓜州。叶酌卮醪以前曰：“舍人威名方新，士卒想望，勉为国家卒此勋业。”雍公受卮起立曰：“某去则不妨，然记得一小话，敢为都督诵之。”（下文“昔有人得一鳖，炽火使釜水百沸，横筿为桥，与鳖约曰：‘能渡此则活汝。’”云云）

施元之注东坡《寄诸子侄》诗“他年汝曹笏满床，中夜起舞踏破瓮”句云：

世传小话：“一贫士家惟一瓮。一夕，心念：苟富贵，当以钱若干营田宅、蓄声妓。不觉欢适起舞，踏破瓮。”

观以上四例，知宋人言“小话”，亦与故事同义。事之资谈剧无关宏旨者，谓之“小话”。今河北人犹言“说小话”。或书“小”字作“笑”，则非。以俚言“说小话”，指说故事言，不专谓笑谑也。明周宪王《庆朔堂》杂剧第二折：

那其间脱离了这风尘，教人做话儿讲。

此处“话儿”亦当作故事解，不可释为话言之话。剧演妓女甄月娥与范仲淹相爱事，曲即月娥之词。教人做话儿讲者，言若脱籍从良，则人叹许之，争传其事也。如释为话言之话，则无意义矣。

原载一九三三年《师大月刊》十期
——据中华书局1965年版《沧州集》

【评　介】

孙楷第(1898—1986)字子书，著名藏书家、目录学家、古典文学研究专家、敦煌学专家、戏曲理论家、教授。民盟成员，河北王寿镇人，1928年毕业于北京师范大学国文系。后任北京师范大学助教、讲师，北平中国大辞典编纂处编辑，国立北平图书馆编辑，北京大学、燕京大学教授，1953年起，任职于北京大学文学研究所(即今天的中国社会科学院文学研究所)研究员。孙楷第一生著述等身，主要著作有：《韩非子校正》、《刘子新论校释》、《也是园古今杂剧考》、《中国通俗小说书目》、《日本东京所见小说书目》、《大连图书馆所见小说书目》、《沧州集》、《小说旁证》、《论中国短篇白话小说》、《元曲家考略》、《镜春园笔记》、《水浒传人物考》等。

孙楷第的小说研究尤以对话本小说的研究成就卓著。余嘉锡曾这样评价孙楷第的治学方法："沧县孙君子书楷第，治之尤精。考镜源流以穷其变化，斟明体例以究其文词，毛举栉剔，细入无间，其用力之勤，与昔人之治经史诗赋者，殆无以异也。"(余嘉锡《述也是园旧藏古今杂剧序》)孙楷第先生非常注重小说版本、细节和故事来源的考证，往往从细微处入手进行探究，其论据也大多建立在文献排比的基础之上。比如他对"说话"名称来源及其家数的考证就是很好的例子。

"说话"最初起源于何时，现存文献并未有明确的记载，孙楷第认为"说话"并不是宋代才有的，而是隋唐以来的习语，他在对隋侯白《启颜录》、唐郭湜《高力士外传》、《元氏长庆集》卷十《酬白学士诗》"光阴听话移"以及《嘉话传》等有关"说话"的文献进行非常细微的比对后逐渐厘清了"说话"的内涵。孙楷第《说话考》中说："宋灌园耐得翁《都城纪胜》、吴自牧《梦粱录》，记当时伎艺有'说话'。以故事敷演说唱，即后来之‘说书’。曰‘说话’，曰‘说书’，古今名称不同，其事一也。”这段论述论证严密，有说服力。

20 世纪，王国维、鲁迅和胡适、陈汝衡、王古鲁、胡怀琛、孙楷第、谭正璧、赵景深、李啸仓、严敦易、胡士莹等学者都曾探讨过宋人说话的“家数”。1930 年，孙楷第发表在《学文杂志》创刊号上的《宋朝说话人的家数问题》一文对鲁迅先生关于说话人的家数问题的看法提出质疑。孙楷第认为鲁迅先生所提出的“说话”四家说，乃是根据《梦粱录》得来。但是问题的关键在于，现行的《梦粱录》本子都没有“合生”二字。孙楷第大体认可鲁迅的四家说，但他把商谜归并到合生之中。孙楷第从小处着手做大文章的精神值得我们借鉴。

相同的材料，孙楷第能看出不同于鲁迅先生的新东西；科学而缜密的考证，让孙楷第的结论能经得起历史的考验。这样的成就离不开他深厚的考据功底。胡适曾评价孙楷第做学问的方法说：“他的成就之大，都由于他的方法之细密。他的方法，无他巧妙，只是用目录之学作基础而已。”在小说研究方面，孙楷第做了大量的考订，这与他早年所受教育密不可分。在大学学习期间，孙楷第受著名学者杨树达影响，开始学习乾嘉学派的考订校勘等方法。这为他日后的文献考订工作奠定了坚实的基础。“数年正规、系统的学术训练为孙楷第日后戏曲、小说的研究打下了坚实的基础，更为重要的是，这种学术训练还潜在地影响到其研究对象及治学方法的选择。孙楷第一生治学，特别注意文献的搜集、整理和考辨，偏重实证式研究，这一学术个性的培养与他所接受的学术训练是互为因果的。”①

孙楷第是从目录学开始古典小说研究的，据孙楷第的儿子描述：“当时我父亲想转换学术研究方向，但是怎么转最初并没有一个明确的思路。他对小说史的研究首先得到了黎锦熙先生非常大的帮助。黎先生以学者眼光敏锐地感觉到小说研究的价值，他认为我父亲有这方面的基础，就有意识地让他做小说研究，并为他创造条件。这时候日本学者长泽规矩也正好到北平，他谈到日本藏有很多中国古代小说，愿意帮助我父亲到日本去访书。最后北平图书馆出了 200 元，中国大

---

① 苗怀明：《孙楷第戏曲文献研究成就》，载《文献》2008 年第 1 期。

辞典出了200元，傅增湘先生以私人名义赠送一部分钱，作为访书的经费开销。这使得1931年我父亲有机会去日本访书。”①随着《中国通俗小说书目》、《日本东京所见小说书目》、《大连图书馆所见小说书目》等著作的完成，他又以其深湛的文献功底为基础，开始研究小说考证，并且融会贯通地把乾嘉学派的治学方法运用于古典小说研究领域。孙楷第在小说领域所取得的成就就连胡适也赞叹不已：“过去中国没有小说书目，孙先生本意不过是要编一部小说书目，而结果却是建立了科学的中国小说史学，而他自己也因此成为中国研究小说史的专门学者。”

从这篇《说话考》也可以看出，孙楷第不仅学识渊博，而且相当重视用资料说话的。著名学者张中行曾说：“称为乾嘉学派的殿军，孙先生可以当之而无愧。举证，不难，但是太多。只好大题小作，以点代面。先泛说治学方法，是从疑开始，即在故纸中，像是没有问题的地方发现问题；然后要博，即查阅一切有关材料，中间经过慎重比勘，舍去不可信的，取其可信的，最后得出结论。这里显然有两难：一是肚子里要装满古籍，有用的都不遗漏；二要头脑清楚，能看到问题，辨析真伪。汉学家的本领就在于能够克服这两难。孙先生也是这样，能够由博而精，所以一生喜欢考，考这考那，几乎都取得使人信服的成果。”②

孙楷第非常注重搜集第一手的资料，无论是对鲁迅观点的认同，还是对其他说法的反驳，都有充分的资料为依据。他的学生杨镰先生说：“在孙先生的文章中，凡引资料必是经过分析、比较和鉴别的，而他的结论，都是通过对资料的分析、比较和鉴别，自然而然地形成的，读他的文章，总受其严谨、求实的学风影响，而没有先入为主的随意性。”③

孙楷第先生以深厚的文献学积累为背景，从小处着手做大文章，不仅具有重要的学术方法意义，在今天对纠正浮躁的学风还具有重要

① 孙泰来：《我的父亲孙楷第》，载《中国文化报》2012年6月29日。

② 张中行：《孙楷第先生》，载《读书》1989年第4期。

③ 杨镰：《孙楷第传略》，载《文献》1988年第2期。

的意义。

**孙楷第相关作品目录：**

《说话考》，载《师大月刊》1933 年第 10 期，后收入中华书局 1965 年版《沧州集》。

《词话考》，载《师大月刊》1933 年第 10 期，后收入中华书局 1965 年版《沧州集》。

《中国通俗小说书目》，此书初版于 1933 年，由北平图书馆与中国辞典编纂处合印，1956 年作家出版社印行重订本，附有《重订通俗小说书目序》。

《宋朝说话人的家数问题》，载《学文杂志》1934 年创刊号，后收入《沧州集》。

《唐代俗讲规范及其本之体裁》，载北京大学《国学季刊》1937 年第 3 期。

《俗讲、说话与白话小说》，原名《论中国短篇白话小说》，棠棣出版社 1953 年版，后收入《沧州集》。

《小说旁证》，《国立北平图书馆馆刊》1935 年选载，人民文学出版社 2000 年版。

《中国短篇白话小说的发展与艺术上的特点》，载《文艺报》1951 年第 3 期。

（冀运鲁）

# 词　话　考

孙楷第

## 一、词话乃元明习语

钱曾《也是园目》有“宋人词话”十六种。缪荃孙跋《京本通俗小说》云：

> ……书即“也是园”中物。《错斩崔宁》、《冯玉梅团圆》二回，见于书目。而“宋人词话”标题，“词”字乃“评”字之讹耳。

此竟疑“词”话之“词”字为错字。王静安先生跋《大唐三藏取经诗话》云：

> ……《也是园书目》有“宋人词话”十六种。“词话”之名，非遵王所能杜撰者。此有诗无词，故名“诗话”……皆《梦粱录》、《都城纪胜》所谓说话之一种也。

按：《取经诗话》乃说经之本。其本有词偈，有说白。词偈即诗之流，故名“诗话”。余藏明天启本《历代史略十段锦词话》，乃杨慎所撰。其下卷第十段“说元史”词云：

> 一段词，一段话，联珠间玉；一篇诗，一篇鉴，带武间文。

此处上下联同意。“一篇诗”即“一段词”，“一篇鉴”即“一段话”。知

"诗话"即"词话"。静安先生区"诗话""词话"为二，非也。又《曲录》一录《灯花婆婆》等十二本，释题云；

> 右十二种钱曾《也是园目》编入戏曲部(按：宜云附剧曲部)，题曰："宋人词话。"遵王藏曲甚富，其言当有所据。

静安先生反复引"词话"二字，信其不误。然未言"词话"二字出处。今按《梦粱录》卷十九《闲人篇》，记闲人所习业，有唱词白话。似"词话"之称，宋已有之。然未详。以余所知，则"词话"二字，始见《元史》。卷一百五《刑法志·禁令章》云；

> 诸民间子弟不务正业，辄于城市坊镇演唱词话，教习杂戏，并禁治之。

二字亦见元曲。关汉卿《救风尘》杂剧第三折《滚绣球·么篇》云：

> ……你则是忒现新，忒妄昏，更做道你眼钝。那唱词话的有两句留文："咱也曾武陵溪畔曾相识。今日佯推不认人。"我为你断梦劳魂。

此则出其目，并用其词。汉卿，至元延祐间人，则至少元时已有"词话"之名矣。"词话"二字，明人尚沿用之。有目宋人小说为词话者，见钱希言《狯园》及《桐薪》。《狯园》卷十二《二郎庙》条云："宋朝有《紫罗盖头》词话，指此神。"《桐薪》卷一《灯花婆婆》条云："宋人《灯花婆婆》词话，甚奇"；卷三《公赤》条云："考宋朝词话有《灯花婆婆》，第一回载本朝皇宋出了三绝，第一绝是理会五凡公赤上底"云云。《紫罗盖头》，《灯花婆婆》，即《也是园目》著录题曰"宋人词话"者也。有目时行小说唱本为词话者，见钱谦益《列朝诗集》甲集卷十六《王行传》，云："行为人市药，籍记药物应对如流。迨晚，为主妪演说稗官词话，背诵至数十本。"有目戏文副末开场语为词话者，见明刊李九我评本《破窑记》第一出，眉评云："凡传奇开场词话，须要冠冕，包括本文始终事情，勿落俗套为妙。”有编说唱本名“词话”者，如诸圣邻之《唐秦王传词话》，杨慎之《十段锦词话》。《古今小说》卷一《蒋兴哥重会珍珠衫》篇入话云：“看官，则今日听我说《珍珠衫》这套词话，可见果报不爽。”亦其例。有著书拟说唱本名“词话”者，如无名氏之《金瓶梅词话》。有其书非唱本，而读者称词话已惯犹呼之为“词话”者，如熊大木《大宋演义中兴英烈传》自序云：“杨涌泉谒于余曰：感劳代吾演出辞话，庶使愚夫愚妇亦识其意思。”李大年序熊大木《秦王演义》(即《唐书志传通俗演义》)云：“词话中诗词檄书，颇据文理，使俗人骚客披之，自亦得诸欢慕，岂以其全谬而忽之。”是也。静安先生谓“词话”二字，非遵王所能杜撰。今征之诸书，知其确有依据如此。则缪荃孙谓《也是园目》“宋人词话”，“词”字乃“评”字之讹，其为臆说明矣。

## 二、元之词话即宋之说话

宋人书记杂伎，无云“词话”者。“词话”二字，盖起于金元之际。逮元明遂成习语。如上所述。然元之杂伎，固承受宋金之旧者。元之“词话”与宋之“说话”，是否为一事，此极重要之问题也。王静安先生《跋三藏取经诗话》云：“诗话词话，皆《梦粱录》、《都城纪胜》所谓说话之一种。”意谓“词话”即“说话”。然未举其证据。余则以元夏伯和《青楼集·时小童传》证之。传云：

> 善调话，即世所谓小说者。如丸走坂，如水建瓴。女童亦有舌辩，嫁末泥度丰年，不能尽母之技云。

“调话”二字，长沙刊本如此作。今按话虽可训调戏，而元明人书无以“调话”二字连文者，“调话”必“词话”之误。明人尚名小说为“词话”，可证也。伯和谓“词话”即“小说”，虽据当时语言之，而其所记实与宋人言“说话”及“小说”者如出一口。此可以二事明之：(一)文云女童有“舌辩”。“舌辩”二字，本宋人目说话者之词，《梦粱录》卷二十《小说讲经史篇》所谓“说话者谓之舌辩”是也。(二)文中形容时小童“词话”之美，谓“如水建瓴”。此亦宋人喻小说人之语。《梦粱录·小说讲经史》篇云：

……且“小说”名“银字儿”……有谭淡子、翁二郎、雍燕、王保义、陈良甫、陈郎妇枣儿、徐二郎等，谈论古今，如水之流。

据此，知元之“词话”一名“小说”者，即宋之“小说”无疑。宋之“小说”，在元时既有“词话”之称；宋之“讲史”、“说经”在元时是否可以“词话”概之，此亦值得讨论者。余意“词话”二字，指说话时唱词、吟词而言，本是通称。“小说”既名“词话”，则“讲经史”等在宋时一律属之“说话”者，在元时亦可一律称为“词话”，此亦无问题。今之《唐秦王传词话》演唐初事，《十段锦词话》演历代史事，是讲史；则元人云“词话”，当等于宋人云“说话”，凡敷演故事用说唱之体者皆称之，固未限于专门演烟粉灵怪公案之事者也。

元之“词话”即宋之“说话”，证以《青楼集》而知之矣。宋之“说话”，即唐五代之“俗讲”。俗讲演世间事之“变文”，在宋则为“小说”“讲史”；俗讲“讲唱经文”，及演佛经故事之“变文”，在宋则为“说经”。宋“说话”之“小说”“讲史”及“说经”，既相当于元之“词话”；然则唐之“俗讲”，实亦“词话”也。宋以来又有“平话”。纪昀谓优伶敷演故事者谓之“平话”，清人书或作“评话”。据李斗《扬州画舫录》所记，“评话”与“平词”有别。“平词”为不吟唱者，则“评话”当为吟唱者，然则“评话”，亦“词话”也。是故同一演唱故事杂伎，在唐谓之“俗讲”；在宋谓之“说话”，又谓之“平(评)话”；自元以来谓之“词话”，今谓之“说书”，亦有云“评话”者。以其品目言之，谓之“俗讲”；以其演说故事言之，谓之“说话”；以其有吟词唱词言之，谓之“词话”；以其评论古今言之，谓之“平(评)话”；以其依傍书史言之，谓之“说书”；其名称不同，其事一也。

## 三、词话词字之解

元明人所谓“词话”，其“词”字以文章家及说唱人所云“词”者考之，可有三种解释：

**(一)词调之词**

宋郭茂倩《乐府诗集》所载汉、魏、六朝旧曲，或目以歌词，或云曲词，如“相和歌词”“企喻歌词”等是也。此皆相沿旧称。是以曲文为词，由来已久。然后世于此等概云乐府，因未尝有词之专称。隋、唐以还，燕乐代古乐而兴，俗部二十八调用之声歌，广布人间。天宝以来，文人有依其声制曲者，于是有长短句之体，而世人别于诗谓之为词。宋世乐曲色目虽多，要之因乐以立词者，通谓之词，当时习惯固如此也。以词曲演唱故事者，宋有诸宫调小令。诸宫调金、元尚有之，如《西厢记》、《刘智远》、《天宝遗事》，人所习知。小令如赵德麟《侯鲭录》所载逍遥子之商调《蝶恋花》词，写张生、莺莺事，自叙云“鼓子词”。其体后世亦有之，如《清平山堂本》之《蒋淑贞刎颈鸳鸯会》用商调《醋葫芦》小令写之，是也。“鼓子词”，当因所用乐器有鼓得名。《武林旧事》载“淳熙十年，车驾入宫，起居太上。后苑小厮儿打息气，唱道情。太上云：此是张抡所撰鼓子词”(卷七)。息气即渔鼓。则道情亦谓之“鼓子词”。《旧事》所载又有“弹词”，弹词亦当说唱故事。今说书人犹呼之可证也。演故事之小令，明人谓之词话。钱希言《桐薪》卷三云：“逍遥子商调《蝶恋花》十一首，盖宋朝词话中可被弦索者。以后逗漏出金人董解元《北西厢》来，而元人王实父、关汉卿又演作北剧。”小令既称词话，诸宫调亦可称词话。然则元之词话，似可为诸宫调及小令之体，所谓词者是词调。此一解也。

**(二)偈赞之词**

此等歌词，考其文体，大抵原于呗赞。译述者祖述梵音，而句法则采中国之诗歌形式。其初古音传写，尚有师承。嗣则以意为之，新声滔荡，殆与时曲俗调无别。而俗讲僧尤喜用之，于叙说中多附歌赞，意在疏通经讲，兼以娱众；后世说书者效之，遂于诗歌词曲外另成此种文体。今追求其本，命之曰偈赞词。固无不妥也。考唐五代俗讲本，有二体，一曰“讲唱经文”，一曰“变文”。讲唱经文，其体先引经文，次说解，次歌赞。经曰唱，歌赞曰吟，说解曰白。变文则例不引经，只以说解与歌赞结合而成。故其文有白，有吟，而无唱。其歌赞，句或五言，或七言。或三言两句后，继以七言三句；三言两句后，继以七言七句。短者略似律绝，长者乃如歌行。当时亦径称之曰词，或曰词文。此等词，为讲唱经文及变文所必需，与说白相辅而行，不可缺一。后世杂伎敷演故事者，其词亦以用偈赞词者为多。唯其体有不纯者：如明人宣卷例不诵经，正文每段偈赞后，多附词调。其词调或叠唱一曲，或一曲之后更易他曲，亦不一律；此兼用偈赞词与词调者也。又如明本《唐秦王词话》，其词为偈赞词，而于形容服饰相貌之处，则间着词调，如《鹧鸪天》、《西江月》、《临江仙》等：此以偈赞词为主而间以词调者也。但此等皆有偈赞词，与赵德麟之《蝶恋花》词，无名氏之《鸳鸯会》、《醋葫芦》小令，纯用词调者异。其体虽不纯，固犹是变文之绪余也。若后世整本之鼓儿词弹词，大抵纯用偈赞词，不间以词调，则与唐之变文无异矣。要之，偈赞之词，在古今说唱本中所用最广。其历史自唐至今，亘千余年，亦至为悠久。宋元说唱情形，今虽难详考，然以意揣之，宋之说经，即唐、五代之转变，亦即后世之宣卷；其事既同，其词体亦当不至歧异。宋之小说讲史，即唐、五代讲人间俗事之变文，亦即元明之词话。其事既同，其词体亦当不至歧异。则谓元以来词话，词字当指偈赞词言之，亦甚合理，且尤近于事实。此又一解也。

**（三）骈俪之词**

话本中有称骈文为词者，如以下所举三例：

一《西湖三塔记》开篇说西湖风景云：说不尽西湖好处，吟有一词云：

江左昔时雄胜，钱塘自古荣华。不惟往日风光，且看西湖景物。有一千顷碧澄澄波漾琉璃；有三十里青娜娜峰峦翡翠。春风郊野，浅桃深杏如妆；夏日湖中，绿盖红渠似画。秋光老后，篱边嫩菊堆金；腊雪消时，岭畔疏梅破玉。花坞相连酒市；旗亭萦绕渔村。柳洲岸口，画舡停棹唤游人；丰乐楼前，青布高悬沽酒帘。九里乔松青挺挺；六桥流水绿粼粼。晚霞遥映三天竺；夜月高升南北峰。云生在呼猿洞口；鸟飞在龙井山头。三贤堂下千浔碧；四圣祠前一镜浮。观苏堤东坡古迹；看孤山和靖旧居。杖锡僧投灵隐去，卖花人向柳洲来。

二同上，又有小词单说西湖好处：

都城圣迹；西湖绝景。水出深源；波盈远岸。沉沉素浪，一方千载丰登；叠叠青山，四季万民取乐。况有长堤十里，花映画桥，柳拂朱栏；南北二峰，云锁楼台，烟笼梵寺。桃溪杏坞，异草奇花；古洞幽岩，白石清泉。思东坡佳句，留千古之清名；效杜甫芳心，酬三春之媚景。王孙公子，越女吴姬，跨银鞍宝马，乘骨装花轿。丽日烘朱翠，和风荡绮罗。

三诸圣邻《秦王词话》第三十三回前附骈文①一首，题曰词：

碧草成茵砌带墙，万紫千红斗争妍；芳菲渐入诗人境，试咏东风第一篇。

水浮鸭绿，山叠螺青。花柳呈奇，园林选胜。良辰美景，裁红剪翠助春容；霁色韶光，簇锦堆霞供赏客。泥融飞燕子，一双双绕栋穿帘；沙暖睡鸳鸯，一对对依洲傍渚。金勒马缓嘶原上草；玉钗人笑折路旁花。寻香粉蝶好，花迷蝶，蝶迷花；掷柳黄莺新，柳恋莺，莺恋柳。谢安石携妓东山，杜工部曲江春宴。

《西湖三塔记》，《也是园目》著录，以为宋本。诸圣邻《秦王词话》，自旧本出。据此二书，知宋明演说家有以骈文为词者。此又一解也。

上所说三种词，以古今话本证之，如宋、元、明旧本之以说白与词曲结合者，后世说散本妆点处偶附小词数首或只一首者，其词均词

① 《秦王词话》第三十八回、第三十九回前附词亦皆骈文，不具引。

调之词也。唐人讲唱经文变文与后世词话说书，以五七言吟词与说白结合者；所着吟词，皆偈赞之词也。后世说散之本，妆点处所附诗，形式略同讲唱经文变文中之短偈，诗之与偈，华夷异语，其事相类，则此等以文论固亦可谓偈赞之词也。如说散本妆点处所附四六短文，则为骈俪之词，此数者文体不同，皆可以词括之；此不可不辨者也。又自声音关系言之，则此等词文区别，亦属必要。唐之俗讲，谓背诵经文为唱，以经声之抑扬抗坠言之也。谓歌赞为吟，歌赞即呗曜，实亦唱也。必别于诵经而谓之吟者，盖腔调之异耳。明人宣卷，于词调谓之唱，于偈赞谓之念，亦讹称为白；念白实亦吟也，必别于词调而谓之念白者，亦腔调之异耳。要之，词调曰唱，歌赞曰吟曰念曰白，皆声文也。则此等所谓词者，皆是歌词，缘其歌声有异，故赋予之字不同耳。而说话人所谓词，尚有不必歌者。骈文如释家之忏疏，道家之青词，皆可歌。余曾见硬黄纸青词，其字旁着工尺，与曲谱同。在话本，则四六短文，似以声节之，而与唱有别，故曰吟。其律诗绝句与联对，当亦讽诵而止，与唱有别。至宋以来话本之用偈赞体或说散体者，其所附小词只曲，当时是否倚声歌之，今亦无从考究。大抵散乐全盛之时，伎艺人之知音者多，且歌场奏伎，非只一人，其说话时遇此等词颇有倚声歌之之可能。至后世音多失传，话本之附只曲小词者亦少，文中及开篇，偶见词调，则径以讽诵出之，与诗句及四六短文同科。则词调之本可唱者，亦变为讽诵之词矣。是故，同一词也，有唱词，有吟词，有讽诵之词，有本属唱词，因不能唱而出以讽诵之词，亦不可不辨者也。

## 四、词话之体制

词话词字之解，与其所以为词者有种种不同，上文言之已详。今综合古今话本，包此诸词，从而辨其体制。约言之，可得以下六体：

一　以经文，白文，与偈赞结合而成话本者，如唐之讲唱经文。其事为

唱(经声)加白加吟……

二　以白文与偈赞结合而为话本者，如唐之变文及后世之鼓儿词弹词。其事为

白加吟……

三　以白文与词调结合而成话本者，如宋之鼓子词及宋元诸宫调。其事为

白加唱……

四　以白文偈赞与词调结合而成话本者，如明之宝卷。其事为

白加吟加唱……

五　以白文与偈赞结合而成话本；间媵以词调，诗，联对摘句，及四六短文者，如明之《唐秦王传词话》。其事为

白加吟加诵……

六　话本以白文演成；间媵以词调，诗，联对摘句，四六短文者，如明以来以说散为主诸小说。其事为

白加诵……

凡伎艺人说话，门庭甚多，或大同小异，或以意制作，出此入彼，原不可以一定形式概古今诸体。至文人造作小说，尤可随意为之(如《金瓶梅词话》，就大体观之为第六体，然亦兼第二第三两体，实包数体而成书者)。是则以上所举六体，亦不足以尽词话之体制。唯要其大端，不外此六种而已。明人演世间事之词话，今尚存明刻二三种，可微见其体制。较古之元人词话，以原本之存于今者甚少，不能详言之。惟以意揣之，上文所举第二至第五体，当皆在元人词话范围之内。盖元之杂伎，上承唐宋，下启明清，其时所谓词话，其体制派别，当介于宋明之间而相去不远，此可断言也。又见存《京本通俗小说》，缪荃孙谓其本为景元抄本，而词意近似宋人。除《碾玉观音》、《西山一窟鬼》、《定山三怪》外，着歌词者甚少。其号为宋本之《五代史平话》，亦是说散本，无歌词。倘此等非由吟唱本改作者，则后世不唱词调不吟偈赞之平词一门，似宋元间亦有之。则谓上文所举第二体至第六体，悉在元人词话范围之内，固亦无不可者。惟稽之《元史》，于词话曰“演唱”，关汉卿杂剧所引词话遗文，亦确是唱词。后

来平词一门，虽与说唱并行，而就一般以说散为主之话本而言，其所从出底本，大抵为说唱之本。则说话之唱词调与吟偈赞二体，其用实较平词为广。宋之说话，小说一名银字儿，可知其用银字管；有弹词，可知其用弦索；有鼓子词，可知其动鼓板。宋元为散乐杂伎最发达之世，其时所谓词话，似当以唱词吟词与说白结合者为主也。

原载一九三三年《师大月刊》十期
——据中华书局1965年版《沧州集》

【评　介】

在中国古代小说研究史上，孙楷第先生是以小说目录学驰名于后世的，他的《中国通俗小说书目》、《日本东京所见小说书目》、《大连图书馆所见小说书目》等成为后世学者研究小说时的必备书目。胡适称赞说："孙先生本意不过是要编一部小说书目，而结果却是建立了科学的中国小说史学，而他自己也因此成为中国研究小说史的专门学者。"①郑振铎认为孙楷第的《中国通俗小说书目》，"便是记载这若干年来的发见的最完备的一部书。所著录的著者姓名，以及各种刊本皆有甚多新颖的发见。有了此书，学者们的摸索寻途之苦，当可减少到最低限度了"。② 当代学者苗怀明认为，《中国通俗小说书目》"无论是搜罗的丰富、编排的有序，还是考辨的精当"，都代表了"当时小说目录学的最高水准"。③

孙楷第先生不但在小说目录学领域取得了杰出的成就，而且在小说考证领域也取得了突出的成就，《词话考》就是他在20世纪30年代发表的一篇力作。该文1933年发表于《师大月刊》第10期，后来又几经修改和补充，收录于作者的《沧州集》，本文所选即出自于

---

① 胡适：《〈日本东京所见中国小说书目提要〉序》，载《胡适文存四集》，黄山书社1996年版，第292页。

② 郑振铎：《〈中国通俗小说书目〉序》，载《中国文学研究》，人民文学出版社2000年版，第436页。

③ 苗怀明：《二十世纪中国小说文献学述略》，中华书局2008年版，第25页。

该书。

20世纪二三十年代，中国古代小说的研究虽然已经取得了初步的成就，但是人们的文体概念并不清晰，存在着不少的误解之处。关于“词话”的概念就是如此。王国维在《宋椠〈大唐三藏取经诗话〉跋》(1913)中认为“以其中有诗有话故得此名。其有词有话者则谓之‘词话’”，并认为“词话”、“诗话”都是宋人“说话”中的一种。① 至于“词话”的具体体制如何，王国维则语焉不详。缪荃孙《京本通俗小说跋》(1915)中认为“宋人词话，即章回小说”，“而宋人词话标题，‘词’字乃‘评’字之讹耳”，缪荃孙竟然认为“词话”一词是错的，应该是“评话”，这说明缪荃孙已经不知道“词话”的含义，想当然地认为“词话”是“评话”。胡适1921年在《〈水浒传〉后考》中认为“词话的词大概是平话一类的书词”，“多是说书的引子”。② 鲁迅《中国小说史略》、谭正璧《中国小说发达史》均对“词话”一词未作解释。因此，孙楷第先生的《词话考》一文，对于纠正当时的学术界对“词话”的种种错误认识和理解，有着十分重要的意义。

孙楷第的《词话考》共分为四部分：一、词话乃元明习语；二、元之词话即宋之说话；三、词话词字之解；四、词话之体制。

从学术史上来看，该文的价值和意义表现在以下几个方面：

第一，该文从文献资料出发，考证出“词话”一词的最早出处。

要弄清“词话”的含义，首先要找到该词的来源和出处。孙楷第先生从文献资料出发，考证出“词话”二字，“盖起于金元之际”，始见于《元史·刑法志·禁令章》，在关汉卿的杂剧《救风尘》中也有“词话”一词出现，说明至少元朝时已有“词话”之名。而在明朝，词话所指的范围比较广，“有目宋人小说为词话者”，“有目时行小说为词话者”，“有目戏文副末开场为词话者”，“有编说唱本名词话者”，“有著书拟说唱本名词话者”，等等。考证某一词语、概念的出处，在没有电子检索的时代，主要靠作者的博闻强识。孙楷第先生考证“词话”的出处，也体现出他学识的渊博。

---

① 王国维：《王国维文集》，中国文史出版社2007年版，第46页。

② 胡适：《胡适文存一集》，黄山书社1996年版，第415页。

第二，该文梳理了“词话”这一口头伎艺发展变化的过程，从历时性的角度分析了“词话”在不同时代所指对象的差异。

孙楷第先生认为，“同一演唱故事杂伎，在唐谓之‘俗讲’；在宋谓之‘说话’，又谓之‘平(评)话’；自元以来谓之‘词话’，今谓之‘说书’，亦有云‘评话’者”。这就从宏观上概括了“词话”这一伎艺在不同时代的不同称谓。至于这一伎艺在不同的时代，在表演方式、表演内容方面有何变化和差异，孙楷第先生则没有论及。不过，在20世纪30年代，宋元话本的研究尚处于初期阶段，孙楷第先生的这一论述对后世学者具有指导意义。

孙楷第先生根据夏伯和《青楼集·时小童传》中的一段话，推测出元代的“词话”，即等于宋人的“说话”，“凡敷演故事用说唱之体者皆称之”，并不限于指“小说”一家。孙楷第先生的这一推测是建立在《青楼集》中“调话”即“词话”的基础上的。如果“调话”一词并非“词话”，那么孙先生的结论就要改写。而且从现有的资料来看，论证“调话”是“词话”的基础十分薄弱，并没有什么版本佐证或文献依据，仅仅以“元明人书无以调话二字连文者”就认为其必然错误，结论未免过于仓促。后来的学者大多对这一观点有所修正。如叶德均认为元代的词话来源于宋代的“陶真”，而不是来源于宋代的“说话”，两者在体制长短、题材和唱词形式等方面各不相同①；顾青虽然认为元代的“词话”和“平话”都来源于宋代的“说话”艺术，但是他认为宋代的“小说”一家发展到元代称“词话”，“讲史”一家发展到元代称“平话”。② 另外，明代中期以后，人们常用“词话”来指口头伎艺及与其相应的书面文学读物，认为两者是二而一的，因而出现了混用的情况。③

第三，该文考证了“词话”中“词”字的三种解释，这对于认识“词话”的性质有重要的参考价值。

---

① 叶德均：《宋元明讲唱文学》，上杂出版社1953年版，第41页。

② 顾青：《说“平话”》，载《中国古代小说研究》(第一辑)，人民文学出版社2005年版，第51页。

③ 参看王庆华：《词话考》，载《学术研究》2009年第2期。

孙楷第先生认为“词”字可以解释为“词调之词”。《清平山堂话本》之《蒋淑贞刎颈鸳鸯会》中有所谓的商调《醋葫芦》小令，并有“奉劳歌伴，先听格律，后听芜词”或“奉劳歌伴，再和前声”之类的套语。词调之词在现存的话本作品中不是太多，可能在刊刻时被删去。

“词”字可解释为“偈赞之词”。孙楷第先生认为，“偈赞之词，在古今说唱本中所用最广。其历史自唐至今，亘千余年，亦至为悠久”，“以其有吟词唱词言之，谓之词话”。当代学者大多称“偈赞之词”为“诗赞之词”。诗赞之词在“小说”话本、“讲史”话本、“说经”话本中是普遍存在的。

“词”字可解释为“骈俪之词”，孙楷第先生以《西湖三塔记》和《秦王词话》为例进行了说明。骈俪之词在现存的话本中也是比较常见的，大多用来描写景物或争斗的场面，《洛阳三怪记》《风月瑞仙亭》等话本作品中都有。容与堂本《水浒传》和世德堂本《西游记》中，也有许多类似的描写。

“词话”之“词”虽然有上述三种解释，但是“词话”的得名与哪一种解释关系最为密切，三种解释哪一种来源最早，孙楷第先生都没有说明。因此，还需要后代学者的深入研究。

孙楷第先生论文的第四部分概括了“古今话本”的六种体制。这里的“古今话本”既包括唐代的讲经文、宋代的鼓子词、宋元的诸宫调，也包括元代的词话、明清的弹词、鼓词等，是一种比较宽泛的“古今话本”的概念。

第四，该文对后来的学者产生了重要的影响。该文发表以后，研究话本小说的学者，特别是研究“词话”的学者，大多都把该文作为重要的参考文献，如叶德均《宋元明讲唱文学》、胡士莹《话本小说概论》都是如此。当然，对于孙楷第先生的具体结论，有的学者可能并不同意，但是学者们无法回避该论文。也就是在这一意义上，确立了该文的学术价值。

**孙楷第相关作品目录：**

《论中国短篇白话小说》，棠棣出版社 1953 年版。

《俗讲、说话与白话小说》，作家出版社 1956 年版。
《中国通俗小说书目》，作家出版社 1957 年版。
《日本东京所见小说书目》，人民文学出版社 1958 年版。
《沧州集》，中华书局 1965 年版。
《沧州后集》，中华书局 1985 年版。
《小说旁证》，人民文学出版社 2000 年版。

（刘相雨　朱祥竟）

# 《清平山堂话本》与《雨窗》《欹枕集》

马　廉

《清平山堂话本》，原藏日本内阁文库。在书目上著录的是：清平山堂，十五种，明板，三本。

内容是：

柳耆卿诗酒玩江楼记

简帖和尚

西湖三塔记

合同文字记

风月瑞仙亭

以上合一册

蓝桥记

快嘴李翠莲记

洛阳三怪记

风月相思

张子房慕道记

以上合一册

阴骘积善

陈巡检梅岭失妻记

五戒禅师私红莲记

刎颈鸳鸯会

杨温拦路虎传

以上合一册

十八年秋，由北平古今小品书籍印行会设法觅得此书照片影印流传。

书中除《西湖三塔记》、《风月瑞仙亭》、《洛阳三怪记》、《风月相思》四种外，板心上方均刊有"清平山堂"字样。当时因为明嘉靖间钱塘人洪子美楩所刻《夷坚志》、《唐诗纪事》二书，板心上亦刻清平山堂，所以定为洪氏所刊。原书没有总名，因其内容是话本系统的小说居多，乃名曰《清平山堂话本》。

我们影印此书之后，总觉得洪氏原刻，决非仅此十五篇而已。所以我在序言里曾说过：

> 此本原书若干，今不可考。盖洪氏当时，搜罗所及，便为梓行，别类定卷，初未之计也。度绎体例，类似丛刻，故多收话本而亦复杂文言小说。

我为了要证实以前的假设，这几年来，老是不断的注意访求。二十二年秋，我的休假期满，正预备由南方动身回平的时候，有一天于无意中购得残书一包，成交后略加整理，居然发见洪氏所刻的其他十二篇话本及《绘事指蒙》一卷。其细目如下：

邹德中《绘事指蒙》一册

《雨窗集上》一册——内含话本五篇

《欹枕集上》残篇七叶——内含话本二篇

《欹枕集下》一册——内含话本五篇

《绘事指蒙》一卷，全书四十三叶，中缺一叶又两半叶。首题"淄川静存居士邹德中编次，钱塘方泉道人洪楩校刊"二行，末书"成化癸巳(九，1473)东原记"。东原疑即德中字也。此书未见传本，仅千顷堂、也是园两家书目著录。板式纸张，与《清平山堂话本》略同，但板心未刊堂名。

所谓话本十二篇，书根上题有"雨窗集上"、"欹枕集下"字样。其内容与已经印行的《清平山堂话本》并无重复。嘉靖时用黄绵纸印，板式完全与日本内阁文库藏本相同。四周单边，板心内匡高六又八分之七公分，阔四又八分之七强公分。中缝上方，八篇刊有"清平山堂"字样。每半叶九行，行二十二字，三篇是每行二十一字的。书中不列书名及编刊人名和时代，也是与日本内阁本一样的。

我对于此书的书根上，费了好几天的研究，才辨识清楚，并且因为字体形式等等，颇似范氏天一阁的藏书，于是调查阮云台《天一阁书目》、薛叔耘《天一阁见存书目》，但是总未见有此书的著录。后来偶然想起玉简斋丛书中有无名氏所钞《四明天一阁藏书目录》，时代似乎尚在阮目之前，或者有此著录，亦未可知。然而偏僻而又带市侩气的宁波，这类工具书，不要说是藏书家不备，就是书店里也无从找起。我自己的书，又远在北平，一时无从证实，只得徒呼负负而已。直至回到北平，检出玉简斋丛书一查，果然不出所料，在这无名氏目录里“岁”字号橱，居然有“雨窗集二本”、“欹枕集二本”的纪载。

无名氏《四明天一阁藏书目录》，末后有“嘉庆壬戌岁六月二十日客寓金阊录”二行。壬戌为清嘉庆七年(一八〇二)，下距阮目编刻时代，尚早六年，则此目为现存阁目中之最早者。但目中已有《图书集成》的著录，其编写时代，至早亦不能在清高宗御赐《图书集成》之前也。

考天一阁后人范懋柱进书，事在清乾隆三十九年甲午(一七七〇)，而蒙赐《图书集成》，即在是年五月。则此无名氏目之编定时代，当在甲午至壬戌之二十八年间，可以无疑。而阮目成书在清嘉庆十三年戊辰(一八〇八)，为后于甲午之三十四年。然则《雨窗欹枕集》之散出阁外，即在此三十余年间亦可断言也。

《雨窗欹枕集》既是阮目以前所散失，下距现在，至少也有一百三十年以上的长时间了。在这长时间中，阁书虽屡遭浩劫，而此书反因流落人间，于饱经丧乱之余，展转流存于无知贾人之手，亦不幸中之大幸。而且书根上残留着的模糊题字，还未经妄人截去，一任其保留原样，不但使我们知道原书旧有的题名，而且我们藉此可以考订其为天一阁的旧藏，真是小说史上一段佳话，而为我平生的一椿快事。

《雨窗欹枕集》的来源，已如上述。然则洪氏话本原来的总称，是否就叫《雨窗欹枕集》呢？这次发见的两本，在书根题字的排列上，觉得行款不同，似乎不是同时写的。所以我疑惑原书并无总称，当时乃随刻随印，而各家有不在同时得到的，其内容也就不相同了。范氏先后得此四册，为便于插架醒目起见，所以才题了这个雅号，似乎不是后人编目时临时题上的——或许就是与洪氏同时的这位大藏书家范东明先生(一五〇六至一五八五)所亲题的也未可知。然则此书的名称，因其来源已经很古，也就不妨称它为《雨窗欹枕集》。

这次发见的十二篇，题着《雨窗集上》的五篇，《欹枕集下》的五篇。还有残存的二篇，在书根题字上可以找出一些与《欹枕集下》行款相同的遗墨，所以就决定它是原来《欹枕集上》册里的残留。其目是：

雨窗集上(五篇全)

花灯轿莲女成佛记(一～一三叶，共十三叶，全，板心有清平山堂字样)

曹伯明错勘赃记(一～五叶，共五叶，全，板心有清平山堂字样)

错认尸(一～一七叶，共十八叶，内有两第三叶，全)

董永遇仙传(一～一〇叶，共十叶，全，叶七～一〇板心有清平山堂字样)

戒指儿记(一～一三叶，存十三叶，后缺，板心有清平山堂字样)

雨窗集下(全缺)

欹枕集上(残存二篇)

羊角哀死战荆轲(四～六叶，存三叶，缺前三叶后一叶，板心有清平山堂字样)；

死生交范张鸡黍(四～七叶，存四叶，缺前三叶，板心有清平山堂字样)

欹枕集下(五篇全)

老冯唐直谏汉文帝(二～八叶，存八叶，缺前一叶)

汉李广世号飞将军(一～六叶，共六叶，全)

夔关姚卞吊诸葛(一～八叶，共八叶，全，二、四两叶板心有清平山堂字样)

霅川萧琛贬霸王(一～九叶，共九叶，全，板心有清平山堂

字样)

李元救朱蛇记(一～八叶，存八叶，后缺)

每册五篇，在日本内阁文库藏本，也是如此。所以这原书似乎还缺《雨窗集下》的五篇，《欹枕集上》的三篇，共计尚缺八篇。这所缺的篇数，是否与日本内阁本重复，很是问题。今假设日本内阁文库藏本原来也是四册，二十篇，则洪氏原书总数的共计，或者是八册四十篇。即使《雨窗集下》的五篇，恰与日本内阁本所缺的重复，那也至少有六册三十篇，是现在可以断定的了。

《雨窗欹枕集》的十二篇，可以分为以下的四类：(一)不见前人著录的三篇，(二)只见冯氏“三言”所选的二篇，(三)见于“三言”所选而又为晁氏《宝文堂书目》著录的三篇，(四)只见于《宝文堂书目》的四篇。今将各篇内容，分条叙之于后。

### (一)不见前人著录的三篇

《花灯轿莲女成佛记》　入话：北宋仁宗妙法莲花经赞诗八句。本文：叙述湖南潭州地方，有开花铺张元善者，同妻王氏二人信佛，得无眼婆婆口授莲花经。无眼婆婆转世作了元善的女儿，取名莲女，后经能仁寺惠光长老指示，一门均成正果。因为莲女是坐化在新人花轿里，故又名《花灯轿儿》。

《曹伯明错勘赃记》　叙述元顺帝至正年间，曹州东关有客店主曹伯明，娶一上厅行首谢小桃，而小桃原有孤老叫倘都军，至是二人设计栽赃陷害伯明，伯明下狱。后来经蒲左丞勘断明白，刺配了倘都军，而罚谢小桃入官为奴。按此篇虽未见前人著录，但是元人杂剧中多有演此者。《录鬼簿》有郑廷玉撰《蒲丞相大断案，曹伯明错勘赃》杂剧，同时武汉臣纪君祥也有此目。今郑、武等所作久已佚失，而故事居然藉此小说以传，亦幸事也。

《董永遇仙传》　叙汉孝子董永，典身葬父，孝感动天，上帝差织女星下嫁，助其织锦偿债，留下一子名仲舒。仲舒经严君平的指点，展转与生母一面。母给银瓶二，分赠仲舒、君平，君平开瓶出火，焚去“上元觉子并知过去未来之书”，而且冲瞎了双目。仲舒后成仙为鹤神。按董永事，最早见于《孝子传》(《太平御览引》)、《搜神记》，纪载均甚简略。演为俗文而情节也比较详细的，要称敦煌卷子里《董永行孝》一篇为最古。卷子是七言有韵的长篇诗，与小说的组织大略相同，不过人名等在小说里稍有更易。卷子永子名仲是对的，而小说改为仲舒；孙宾也改作严君平，未免太滑稽了。仙女三人，改作七人；紫衣女子，改作黄衣。其余叙事结构，却多吻合，盖小说的作者，多半已受有唐五代时一般传说的影响，似乎不是元明人的拟作。与小说情节相同的，明人顾觉宇曾演作《织锦记》传奇，又名《天仙记》，详见《曲海总目提要》卷二十五。明胡应麟《庄岳委谈》中亦引《董永传奇》。但是这二书，现在均无传本。

**(二)只冯氏“三言”所选的二篇**

《错认尸》　叙述北宋仁宗明道年间，浙江路宁海军(原注即今杭州)，有商人乔俊字彦杰，娶妾春香，因以破家。中间有皮匠陈文一妻程氏五娘，错认夫尸一段，故名《错认尸》。按此篇见于《警世通言》第三十三，题为《乔彦杰一妾妻破家》。字句间略有改窜增删，末后并添出乔俊死后附体，王青亦跳湖而死一节。大约“三言”选家冯犹龙氏，嫌王青不受报应，不足快人心，所以才加上的罢?

《戒指儿记》　叙北宋徽宗政和间，丞相陈太常女玉兰，慕才子阮三郎华，私以戒指儿属梅香寄赠。华因思成病，一息恹恹，却仍是不敢告诉父母。友人张远得其详，于是贿托尼姑王守常，设计使二人在小庵中幽会。不幸阮华久病贪欢，猝然暴卒。原书后缺。按此篇与《古今小说》第四，目录题作《闲云庵阮三偿冤债》当是同一故事。《古今小说》今藏日本内阁文库，未见，据《情史》卷三“情私类”，“阮华”一条，其内容即叙此事。末后叙阮华死后，玉兰有娠，不得已诉于父母，求为阮氏未亡妇，阮氏允之，迎归后数月，生一子，取名学龙，玉兰遂蔬缟终身云云。惟《情史》作宋淳熙间事，陈太常不作丞相，庵名作“避廛”，玉兰前后有诗八绝，略有不同。

**(三)见于“三言”所选而又为晁氏《宝文堂书目》著录的三篇**

《羊角哀死战荆轲》　叙春秋时羊角哀、左伯桃二人投楚，途中遇雪不能行。伯桃恐怕二人同死无益，劝角哀独自去楚，自己投桑中而死。后来楚王用上卿礼葬伯桃，伯桃托梦角哀，说是葬地逼近荆轲墓，受荆轲威吓，不能安处，希望迁葬。角哀竟自刎相从地下，助伯桃战胜荆轲。按此篇见于《古今小说》第七，题为《羊角哀舍命全交》。我因为原书残缺，所以篇目据《宝文堂书目》补的，情节是参校《今古奇观》选本。《录鬼簿》有元无名氏撰《羊角哀鬼战荆轲》杂剧，今无传本。清初人有《金兰谊》传奇，亦演此事，详见《曲海总目提要》卷三十一。

《死生交范张鸡黍》 叙汉明帝时汝州张劭，赴东都洛阳应举，途中宿店时，闻邻房有病人声唤，店小二告以一秀才害时症将死，不宜亲近。劭不听，为之侍奉汤药，数日病减，询之乃山阳范式。于是二人结为兄弟，临别式约来年重阳日到汝州与劭相会。届期，劭在家具鸡黍相候，而式竟因事忘却，不及践约。乃思鬼魂或能日行千里，遂自刎死，死后果与劭相晤。劭感其守信践约，亟赴山阳送葬，为文设祭，祭毕，亦自刎而死。按此篇见于《古今小说》第十六，题为《范巨卿鸡黍死生交》。原书残缺，情节是我根据别本《明言》的。元宫天挺撰《死生交范张鸡黍》杂剧，即演此事，今存《古今杂剧三十种》及明息机子《元人杂剧选》、臧晋叔《曲选》中，详见《曲海总目提要》卷三。

《李元吴江救朱蛇》 入话：泛说蛇的故事。本文：叙述宋仁宗时，陈州李元至其父杭州判任所，舟过吴江，见有小儿用竹杖戏打小蛇，元以铜钱百文救其命，放于河边草中而去。后来又过吴江时，有朱秀才者，引元至一宫殿，上有王者。询之始知秀才就是昔日所救之小蛇，王者秀才之父也。王深感元德，以女名称心者妻之。后称心用术盗取试题，元因此登第。按此篇见于《古今小说》第三十四，题为《李公子救蛇获称心》。《青琐高议》后集九《朱蛇记》“李百善救蛇登第”一节，即叙此事。元字曰百善，女子名云姐，不作称心，与此异。

**(四)只见《宝文堂书目》著录的四篇**

《老冯唐直谏汉文帝》 叙汉文帝不用魏尚，以致匈奴屡来寇边。经冯唐直谏，帝乃赦魏尚罪，复其官爵。匈奴王子闻之，领兵连宵遁避。

《汉李广世号飞将军》 叙汉文帝景帝两朝，用兵匈奴，李广屡建奇功，而终不能博得封侯的爵位。

《夔关姚卞吊诸葛》 叙宋仁宗时，有秀才姚卞入川，路过夔关，与蜀汉诸葛亮神会事。

《霅川萧琛贬霸王》 叙齐高帝时，吴兴太守萧猷，立祠弁山，以祀项籍，复于郡厅妆塑霸王神象，宰太劳祭之。猷屡蒙神佑，终身奉祀不懈。到齐武帝时太守李仁，梁武帝时太守孔靖，均以得罪霸王神遭谴而死。靖死后，萧琛于天监十二年除太守。毁郡厅奉祀之神象，并数籍过失，与神决斗，神乃屈服。迁庙于州北。按吴兴项羽神记载，散见于南北朝正史中至夥，而历朝吴兴郡县各志载之尤详，至今尚有“霸王门”之称。本篇所叙时代人名微有舛错，而事实均有所据，其来源盖亦甚古也。

《雨窗欹枕集》十二篇内容如上，现在将日本内阁文库的十五篇也合在一起来研究一下。

《错认尸》，《戒指儿记》，《羊角哀》，《范张鸡黍》，《李元救朱蛇》，《简帖和尚》，《陈巡检》，《刎颈鸳鸯会》，以及《风月瑞仙亭》，《五戒禅师私红莲》，这是与冯氏“三言”有关的十篇文字。我们大致的两面对照一下，觉得冯氏所选，很像就是以洪刻为蓝本的，不过字句间有多少更改或增删罢了。至于洪刻本身结构的笨拙，语气的质朴，似乎都还是宋元人的旧作。其余的十八篇，也显然存有旧本的形式，虽未经冯氏选入“三言”，而多数却是晁氏《宝文堂书目》所著录。

查《宝文堂书目》子杂类，有话本名目多至百余种，洪刻有二十二篇是被著录的，而晁氏与洪子美又同为明嘉靖时人，所以我觉得晁氏的多数未发见的话本，也许还有多少是洪刻的。一方面再拿“三言”与晁目来对，也有二十三篇的名目是相同的。

照这样看来，我们觉得洪氏所刻话本，与冯氏“三言”，以及晁氏所著录的话本名目，这中间确是有密切的关系的。

所以我们并且可以相信：洪氏所刻话本，是根据宋元——至晚也是明初的旧本来刻的，其总数大约还不止四十篇。晁氏《宝文堂书目》著录的话本名称百余种，多半是洪氏清平山堂的刻本。冯氏所选的“三言”，大都也是取材于洪氏的。

现在将这几部有关的书，用表说明在后面。并且因为《也是园书目》著录的十二篇宋人词话名目，《京本通俗小说》所收的九篇和万历间熊刊四种小说，都也有相互的关系，为历来研究小说史的所引用，所以也一并附列在表里，或者看了更可以明白了。

二十三年四月十日马廉写于平妖堂

**清平山堂话本与雨窗欹枕集附表**

<table>
<tr><th></th><th>清平山堂话本</th><th>晁氏宝文堂书目著录</th><th>冯犹龙三言</th><th>钱氏也是园著录</th><th>京本通俗小说</th><th>熊龙峰刊四种小说</th></tr>
<tr><td rowspan="5">雨窗集上</td><td>花灯轿莲女成佛记</td><td></td><td></td><td></td><td></td><td></td></tr>
<tr><td>曹伯明错勘赃记</td><td></td><td></td><td></td><td></td><td></td></tr>
<tr><td>错认尸</td><td></td><td>乔彦杰一妾破家<br>通言33，二刻通言27</td><td></td><td></td><td></td></tr>
<tr><td>董永遇仙传</td><td></td><td></td><td></td><td></td><td></td></tr>
<tr><td>戒指儿记</td><td></td><td>闲云庵阮三偿冤债<br>古今4</td><td></td><td></td><td></td></tr>
<tr><td rowspan="2">欹枕集上残本</td><td>羊角哀死战荆轲</td><td>羊角哀鬼战荆轲</td><td>羊角哀舍命全交，原注一本作羊角哀一死战荆轲<br>古今7，古今12</td><td></td><td></td><td></td></tr>
<tr><td>死生交范张鸡黍</td><td>范张鸡黍死生交</td><td>范巨卿鸡黍死生交<br>古今16，二刻通言19</td><td></td><td></td><td></td></tr>
</table>

续表

| | 清平山堂话本 | 晁氏宝文堂书目著录 | 冯犹龙三言 | 钱氏也是园著录 | 京本通俗小说 | 熊龙峰刊四种小说 |
|---|---|---|---|---|---|---|
| 欹枕集下 | 老冯唐直谏汉文帝 | 冯唐直谏汉文帝 | | | | |
| | 汉李广世号飞将军 | 李广世号将军 | | | | |
| | 夔关姚卞吊诸葛 | 夔关姚卞吊诸葛 | | | | |
| | 雪川萧琛贬霸王 | 雪川萧琛贬霸王 | | | | |
| | 李元吴江救朱蛇 | 李元吴江救朱蛇 | 李公子救蛇获称心<br>古今 34，明言 18 | | | |
| 日本内阁文库藏本一 | 柳耆卿诗酒玩江楼记 | 柳耆卿记？ | | | | |
| | 简帖和尚 | 简帖和尚 | 简帖僧巧骗皇甫妻<br>古今 35 | 简帖和尚 | | |
| | 西湖三塔记 | 西湖三塔记 | | 西湖三塔 | | |
| | 合同文字记 | 合同文字记 | | | | |
| | 风月瑞仙亭 | 风月瑞仙亭 | 俞仲举题诗遇上皇入话，兼善堂通言 6<br>卓文君慧眼识相如，三桂堂<br>通言 24 | | | |

续表

| | 清平山堂话本 | 晁氏宝文堂书目著录 | 冯犹龙三言 | 钱氏也是园著录 | 京本通俗小说 | 熊龙峰刊四种小说 |
|---|---|---|---|---|---|---|
| 日本内阁文库藏本二 | 蓝桥记 | 蓝桥记 | | | | |
| | 快嘴李翠莲记 | 快嘴李翠莲 | | | | |
| | 洛阳三怪记 | 洛阳三怪 | | | | |
| | 风月相思 | 风月相思 | | | | 冯伯玉风月相思小说2 |
| | 张子房慕道记 | 张子房慕道 | | | | |
| 日本内阁文库藏本三 | 阴骘积善 | 阴骘积善 | | | | |
| | 陈巡检梅岭失妻记 | 陈巡检梅岭失妻 | 陈从善梅岭失浑家<br>古今 20，明言22 | | | |
| | 五戒禅师私红莲记 | 五戒禅师私红莲 | 明悟禅师赶五戒前半<br>古今30 | | | |
| | 刎颈鸳鸯会 | 刎颈鸳鸯会 | 蒋淑贞刎颈鸳鸯会<br>通言38 | | | |
| | 杨温拦路虎传 | 杨温拦路虎传 | | | | |
| | | 山亭儿 | 万秀娘仇报山亭儿<br>通言37 | 山亭儿 | | |
| | | 种瓜张老 | 张古老种瓜娶艾女<br>古今33 | 种瓜张老 | | |

续表

| | 清平山堂话本 | 晁氏宝文堂书目著录 | 冯犹龙三言 | 钱氏也是园著录 | 京本通俗小说 | 熊龙峰刊四种小说 |
|---|---|---|---|---|---|---|
| | | 风吹轿儿 | | 风吹轿儿 | | |
| | | 错斩崔宁 | 十五贯戏言成巧祸<br>恒言33 | 错斩崔宁 | 错斩崔宁<br>15 | |
| | | 女报冤 | | 女报冤 | | |
| | | 紫罗盖头 | 紫罗盖头 | | | |
| | | 灯花婆婆 | 灯花婆婆 | | | |
| | | 冯玉梅记 | 范鳅儿双镜重圆<br>通言12 | 冯玉梅团圆 | 冯玉梅团圆16 | |
| | | 李焕生五阵雨记 | | 李焕生五阵雨 | | |
| 日本内阁文库藏本三 | | 小金钱记 | | 小金钱 | | |
| | | 孔淑芳记 | | | | 孔淑芳双鱼扇坠传<br>1 |
| | | 失记章台柳 | | | | 苏长公章台柳传3 |
| | | 彩鸾灯记 | 张舜美元宵得丽女<br>古今23 | | | 张生彩鸾灯传4 |
| | | 玉观音 | 崔待诏生死冤家<br>通言8 | | 碾玉观音<br>10 | |
| | | 勘靴儿 | 勘皮靴单证二郎神<br>恒言12 | | | |

续表

| | 清平山堂话本 | 晁氏宝文堂书目著录 | 冯犹龙三言 | 钱氏也是园著录 | 京本通俗小说 | 熊龙峰刊四种小说 |
|---|---|---|---|---|---|---|
| 日本内阁文库藏本三 | | 金鳗记 | 计押番金鳗产祸<br>通言 20 | | | |
| | | 合色鞋儿 | 陆五汉硬留合色鞋<br>恒言 16 | | | |
| | | 齐晏子二桃杀三学士 | 晏平仲二桃杀三士<br>古今 25，二刻通言 29 | | | |
| | | 沈鸟儿画眉记 | 沈小官一鸟害七命<br>古今 26，明言 8 | | | |
| | | 燕山逢故人 | 杨思温燕山逢故人<br>古今 24 | | | |
| | | 宿香亭记 | 宿香亭张浩遇莺莺<br>通言 29 | | | |
| | | 赵旭遇仁宗传 | 赵伯升茶肆遇仁宗<br>古今 11，明言 10 | | | |
| | | | 陈可常端阳坐化<br>通言 7 | | 菩萨蛮 11 | |
| | | | 一窟鬼癞道人除鬼<br>通言 14 | | 西山一窟鬼 12 | |

续表

| | 清平山堂话本 | 晁氏宝文堂书目著录 | 冯犹龙三言 | 钱氏也是园著录 | 京本通俗小说 | 熊龙峰刊四种小说 |
|---|---|---|---|---|---|---|
| 日本内阁文库藏本三 | | | 张主管志诚脱奇祸<br>通言16 | | 志诚张主管13 | |
| | | | 拗相公饮恨半山堂<br>通言4 | | 拗相公14 | |
| | | | 崔衙内白鹞招妖<br>通言19 | | 定山三怪，未刊 | |
| | | | 金海陵纵欲亡身<br>恒言23 | | 金主亮荒淫，未刊，叶德辉以三桂堂恒言排印 | |

（原载《国立北平图书馆馆刊》第8卷第2号，1934年4月；亦刊于1934年4月14日《大公报·图书副刊》第22期，文字稍有不同。最重要的差别在于，《大公报》文将《戒指儿记》一篇归入“不见前人著录”类。此处据《国立北平图书馆馆刊》排录。）

——据中华书局2006年版《马隅卿小说戏曲论集》

（说明：中华书局排印本表格中“孔淑芳双鱼扇坠传1”、“苏长公章台柳传3”、“张生彩鸾灯传4”原属于《熊龙峰刊四种小说》被误排入《京本通俗小说》中，查《国立北平图书馆馆刊》第8卷第2号，原排版不误。）

【评　介】

谈到宋元话本，《清平山堂话本》是无法跳过的，它是现存宋元小说家话本中最接近原貌的版本，收录了不少宋元话本的代表作，该书能够流传至今，著名的鄞县“五马”教授之一的马廉，功不可没。

马廉(1893—1935)，字隅卿，浙江鄞县人，近现代著名的藏书家、小说戏曲研究家，曾任北平孔德学校总务长，北平师范大学、北京大学教授，曾主管孔德图书馆，1935 年因病猝逝于北京大学讲堂。

1926 年 8 月，马廉继鲁迅先生之后在北大讲授“中国小说史”。由于受到王国维、胡适和鲁迅等人影响，马廉对俗文学产生了浓厚的兴趣，把毕生精力都投入到古典小说、戏曲、弹词、鼓词、宝卷、俚曲等作品收集、整理、研究中，成为著名的小说戏曲收藏家和研究家。作为 20 世纪初著名的藏书家之一，马廉所藏图书多是古典小说戏曲等俗文学领域的珍贵古籍，以明清两代小说、戏曲抄本、刻本为主。他曾先后用了三个书斋名号：“不登大雅堂”、“平妖堂”、“雨窗欹枕室”。从这些源自古典小说戏曲名称的书斋命名就可以看出马廉藏书与治学的特色。马廉一生著述丰硕，有《不登大雅文库书目》、《曲录补正》、《鄞居访书录》、《〈录鬼簿〉新校注》、《京本通俗小说与清平山堂》、《〈曲录〉补正》、《劳久笔记》、《隅卿杂抄》等，译著有《明代之通俗短篇小说》、《论明之小说三言及其他》。

马廉先生病逝后，他的藏书陆续散出。其小说戏曲类的大部分，为北京大学图书馆购藏，部分为首都图书馆所得。北京大学图书馆与首都图书馆合作编辑出版《不登大雅文库藏珍本戏曲丛刊》，共收入马氏戏曲 64 种。

## 一、《清平山堂话本》的发现、购藏与刊印

马廉是一个藏书家，同时也是一个研究者，他的小说研究常常建立在第一手资料的搜集和占有基础上。据说，马廉“少喜搜集明末忠臣义士逸民之遗著”，后来“闻王君静安、周君豫材(树人)之风，则又潜心戏曲小说之研究”(马裕藻《今乐考证跋》)。在那个动荡的时代，搜集和藏书绝不是一件容易的事，不登大雅之堂的小说、戏曲书籍就更不为人重视了，但是马廉却乐此不疲地从事着小说、戏曲的搜集与整理。郑振铎先生曾说自己“常与亡友马隅卿先生相见，他是在北方搜集小说、戏曲和弹词、鼓词等书的，取书共赏，相视而笑，莫逆于心，颇有‘空谷足音’之感”(郑振铎《劫中得书记 · 新序》)。

马廉的家乡宁波，有著名的藏书楼——天一阁，是中国现存最早的私家藏书楼，也是亚洲现有最古老的图书馆和世界最早的三大家族图书馆之一。马廉自小住在天一阁旁的马衙街。1933 年，马廉在故乡偶然购得一包残书，从中发现了天一阁散出的明嘉靖刻本《六十家小说》中的《雨窗集》、《欹枕集》的部分篇章，共 12 篇。这一惊天之喜让马先生更书斋名为“雨窗欹枕室”。1934 年，马廉将这一珍贵刊本交由北平大业印书局影印出版，刊印时定名为《雨窗欹枕集》，使得这批珍贵的宋元话本得以传世。

其实，马廉当时就知道，自己所发现的这个本子并非完整的，而是残本。在此之前，《柳耆卿诗酒玩江楼记》、《简帖和尚》、《西湖三塔记》、《合同文字记》等 15 篇已由日本汉学家盐谷温教授在内阁文库发现了。“1928 年春，日本学者长泽规矩也来华，向马廉出示了该书的照片。马廉随即与友人发起‘古今小品书籍印行会’，托北平京华印书局于 1929 年将 15 篇作品影印出版，仍旧题为《清平山堂话本》”①。然而，日本内阁文库最初发现的本子既没有集名，也不著序目及刊刻年月，只是因为在书版心刻有“清平山堂”字样，于是将其定名为《清平山堂话本》。

1934 年马廉首次将 15 篇《清平山堂话本》与 12 篇《雨窗集》、《欹枕集》合并一体，与《警世通言》、《喻世明言》、《醒世恒言》、《京本通俗小说》、《熊龙峰刊四种小说》进行比较研究。马廉研究后认为，他发现的《雨窗集》、《欹枕集》12 篇与日本内阁文库所藏 15 篇应同为宋元话本小说，原书本应为 60 篇，分《雨窗》、《长灯》、《随航》、《欹枕》、《解闲》、《醒梦》6 集，每集 10 篇，5 篇合订为 1 册，共 60 篇 12 册。所以，他又将这 27 篇合并为一书，并名之曰《六十家小说》。“马廉逝世后，周作人的挽联‘月夜看灯才一梦；雨窗欹枕更何人’，更点明了《雨窗集》、《欹枕集》这两部藏书对马

---

① 肖伊绯：《“小说史上一段佳话”——〈清平山堂话本〉的发现与研究》，载《中华读书报》2012 年 4 月 18 日第 14 版。

氏的重要性。”①

当前，国内流行的《清平山堂话本》依然是从马廉刻本而来。1955 年，文献古籍刊行社曾以马廉的影印本为底本刊行了《清平山堂话本》。1990 年江苏古籍出版社又出版了石昌渝校点本，1992 年上海古籍出版社刊行了王一工标点校注本，2005 年中华书局出版了韩秋自的点校本，2012 年中华书局又出版了程毅中的校注本。

## 二、马廉对《清平山堂话本》的研究

马廉不仅是一个藏书家，还是一个优秀的古典小说研究者。1934 年 4 月 14 日，马廉在《大公报图书副刊》发表了题为《清平山堂话本与雨窗欹枕集》的文章，也就是本文所评述的这篇序言，对新发现的这部书进行了介绍。在这篇文章中，马廉不仅介绍了这部书发现的经过，而且还把自己发现的这 12 篇与日本内阁文库所藏的版本进行了比较。马廉依据书根上题有“雨窗集上”、“欹枕集下”的字样，经过仔细考辨，他发现无论用纸、版式，还是每行的字数以及书中不列书名及编刊人名和时代，均是与日本内阁本一样的。马廉发现这批书颇似范氏天一阁的藏书，于是顺藤摸瓜去调查了阮云台《天一阁书目》、薛叔耘《天一阁见存书目》，但是并未有什么发现。后来，他突然“想起玉简斋丛书中有无名氏所钞《四明天一阁藏书目录》，时代似乎尚在阮目之前，或者有此著录”，检出玉简斋丛书一查，果然在这无名氏目录里“岁”字号橱有“雨窗集二本”、“欹枕集二本”的记载。马廉还指出，《宝文堂书目》所录的许多宋元话本名目实际上有不少就是从《清平山堂话本》搜集的；至于数量，马廉考证得非常清楚，他认为：“《宝文堂书目》子杂类，有话本名目多至百余种，洪刻有二十二篇是被著录的，而晁氏与洪子美又同为明嘉靖时人，所以我觉得晁氏的多数未发见的话本，也许还有多少是洪刻的。”

马廉先生一生著述甚多，《清平山堂话本》只是其中之一，但是

---

① 肖伊绯：《“小说史上一段佳话”——〈清平山堂话本〉的发现与研究》，载《中华读书报》2012 年 4 月 18 日。

就这一发现已经足以让他在中国小说史立足。《清平山堂话本》话本的发现、整理、刊行，对我国小说史尤其是话本小说的研究，无疑具有非常重大的意义与价值。

**马廉相关作品目录：**

《清平山堂话本序目》，1929 年古今小品书籍刊行会影印《清平山堂话本》，马廉为影印本所撰序文。

长泽规矩也著，马廉译：《京本通俗小说与清平山堂》，载《AC 月刊》1930 年第 1 ~3 期。

《清平山堂话本与雨窗欹枕集》，载《大公报图书副刊》1934 年 4 月 14 日。

马廉整理：《雨窗欹枕集》，北平大业印书局 1934 年版。

（冀运鲁）

# 中国小说发达史(存目)

谭正璧

【评　介】

2011年年底，上海古籍出版社将谭先生的15种学术著作(包括两种遗稿)结集出版为《谭正璧学术著作集》，以纪念这位著名的俗文学研究家、文史文献专家和文学家。

谭正璧(1901年11月—1991年12月)，上海嘉定人，字仲圭，笔名谭雯、佩冰、璧厂、赵璧、正璧、桱人、佩冰、易璧、谭嘉定等。谭正璧少时辍学，自学成才，大量涉猎经、史、子、集及野史、笔记、传奇、传记乃至小说、弹词、宝卷等书籍，为日后的学术研究奠定了坚实的基础。新中国成立前曾任上海美专、震旦大学、中国艺术学院教授，新中国成立后曾任中华书局上海编辑所特约编辑，山东齐鲁大学、山东大学、华东师范大学教授。

谭正璧一生著述等身，笔耕不辍，即便是1980年后，双目渐至失明，仍治学不已。在女儿谭寻的帮助下，谭正璧口述，女儿记录，先后整理修订了《话本与古剧》、《说唱文学文献集》、《弹词叙录》、《三言二拍资料》、《木鱼歌·潮州歌叙录》、《曲通蠡测》、《古本稀见小说汇考》、《评弹通考》、《曲海蠡测》、《弹词叙录》等，为古典文学研究保留了大量珍贵的资料。

在众多的著作中，有一部《中国小说发达史》特别值得一提。该书“是仿照鲁迅《中国小说史略》写成，而在《中国小说史略》的基础上有所发展，特别是在作家的介绍、社会文化背景的分析等方面均更为详尽，而且有自己独特的见解，是研究通俗文学的第一部专著”。该书的贡献可以总结为以下几点：

其一，作为较早运用进化论来研究中国小说史研究领域的著作，《中国小说发达史》为后世提供了一条清晰的小说演进路线图。谭正璧先生可谓古代文学研究领域尝试运用进化论研究古代小说乃至古代文学的第一人。民国十八年(1929)由光明书局出版的《中国文学进化史》是最早探索文学进化历程的文学史，被誉为文学史上里程碑式的著作。这部著作以"时代文学"为主线，着重探究文学进化脉络及其原因。王兴康《谭正璧先生的文学研究》①评价该书说："1929年出版的《中国文学进化史》被誉为里程碑式的著作，也是20世纪上半叶文学史创作的标杆。他提出的'文学史不仅是探索文学的沿革和变迁，更是为了指示其未来发展的趋势'这一观点，被专家和学者们认为具有高度'史家的史识'，从而引起了关于这一课题的大讨论，形成中国文学史上的一大景观。而此书更被作为教材，每年重印一次，并被翻译成外文海外发行，一直畅销不衰。"在《中国小说发达史》中，谭正璧先生秉承了文学进化观，注重探索文学沿革变迁的脉络并注重探究其变化的前因后果，不仅让人们了解文学发展的过去，同时也描绘出文学发展的趋势。譬如在这部著作的第五章，谭正璧以专章探讨了宋元小说，该章第三个问题"说话发达的社会背景及其家数"就是对说话兴盛原因的探究。向来研究说话的学者大多根据《酉阳杂俎》及李商隐《骄儿诗》断定说话起于唐代。谭正璧认为，说话虽起于唐代，但当时仅盛行于民间，所以不为文人雅士所欣赏，到了宋代，说话才开始得到广泛流传。

其二，该著作的"时代文学"立场和视野让谭正璧先生的文学史研究和批评更加宽容。谭正璧先生的这部《中国小说发达史》没有厚古薄今，他认为文学是不断发展进化的，故当代小说不必不如唐诗宋词，故而他说自己"编者素嗜通俗文学，于小说尤有特殊爱好，窃不自揆"。同样，开阔的视野让他看到鲁迅先生《中国小说史略》出版十多年来文学史料的新发现，"但自周著《中国小说史略》出版迄今，时间亦逾十载。此十余载中，中国旧小说宝藏之发露，较之十年前周氏著小说史略时，其情形已大相悬殊"。他觉得如果不把这些新材料、

① 王兴康：《谭正璧先生的文学研究》，载《文汇报》2012年1月9日。

新发现公之于世，实在让人惋惜，“而吾人对此无限可贵之宝，尚无人焉为之编述，汇而公之世人之前，不大可惜乎?”他以一颗宽容的心对待学术研究。譬如该书第五章第三节“说话发达的社会背景及其家数”中，在论述说话家数时，谭正璧大体赞同说话有四家之说，但是在具体哪四家的问题上，他对鲁迅、胡适等人的说法并不认同，他指出：“但鲁迅以《武林旧事》为无合生，颇不确。”他进一步举出自己的证据：“周密之书《武林旧事》(六)，叙四科又略异，曰演史，曰说经诨经，曰小说，曰说诨话，无合生。”虽然不认同鲁迅先生的说法，但是谭正璧极度平和，并未自诩高明，对前人失误进行嘲讽，他甚至为鲁迅先生开脱，他说鲁迅先生之所以翻过，“大概因字作‘合笙’，所以不曾看到了”。谭正璧甚至说自己这部著作“参之周氏原作”不少，“并无新意，章节全依《中国小说史略》”，只不过“惟用白话文叙述，故颇受读者欢迎”。谭正璧先生的这部《中国小说发达史》借鉴了鲁迅的《中国小说史略》，在《自序》中，谭正璧先生高度评价了鲁迅的《中国小说史略》“取材专精，颇多创见，以著者为国内文坛之权威，故其书最为当代学者所重”。后来，他又多次表达了对前辈的尊重：“我年少时既无力入大学读书，自然是无法列入鲁迅先生的门下，但我对于他的崇敬比我对于亲承教诲的业师要胜过百倍，却不是用言语所能表达的。”谭正璧做人与做学问都遵循了这样宽容的原则。

其三，这部著作视野极为开阔，而且广搜博采，具有很高的文献学价值。该书在论证过程中旁征博引，正史、野史、笔记、小说、人物传记，甚至传说在此都成了作者的论据。著名文化人杨荫深曾这样评价谭正璧先生：“谭老一生的确孜孜为学，写了不少著作，均可供人永远参考之用，作为文史资料价值，极为名贵。国内固不乏研究国学之人，但搜集资料，往往只供自用，不愿供之于世。以为此种只是抄书工作，无足轻重。实则广搜博采，谈何容易，其精力远远超过研究数倍。”在《自序》中，谭正璧先生曾这样描绘自己搜集文献的过程，“因将十年来浏览所获，尽加网罗，参之周氏原作，写成《发达史》二十余万言”。

**谭正璧相关作品目录：**

《中国小说发达史》，上海光明书局 1935 年版。

《日本所藏中国佚本小说述考》，知行编译社 1945 年版。

《古本稀见小说汇考》，古典文学出版社 1956 年版。

《三言二拍资料汇编》，上海古籍出版社 1980 年版。

《话本与古剧》，上海古籍出版社 1985 年版。

《无声戏与十二楼》，载《话本与古剧》1940 年。

《宋元话本存佚综考》，载《话本与古剧》1941 年。

《宋人小说话本名目内容考》，载《话本与古剧》1942 年。

《宝文堂藏宋元明人话本考》，载《话本与古剧》1942 年。

《唐人传奇给与后代文学的影响》，载《话本与古剧》1942 年。

《三言两拍本事源流述考》，载《话本与古剧》1944 年。

《绿窗新话与醉翁谈录》，载《话本与古剧》1945 年。

《玉堂春故事的演变》，载《话本与古剧》1982 年。

（冀运鲁）

# 《武王伐纣平话》与《封神演义》(存目)

赵景深

【评　介】

民国时期是我国的大变革时期，社会虽然动荡，但是学术研究取得了卓著的成就，各个领域群星璀璨。在俗文学研究领域，涌现出鲁迅、郑振铎、谭正璧、赵景深等著名学者，同时这批学者对宋元小说也予以极大的关注。1920—1926年，鲁迅先生在北京大学、北京女子师范大学讲授小说史，1923年将讲稿整理出版，定名为《中国小说史略》。该书不仅是中国小说史研究中具有里程碑意义的经典著作，更被胡适誉为"是一部开山的创作，搜集甚勤，取材甚精，断制也甚谨严"，该书共28篇，其中用5篇(第十二篇"宋之话本"、第十三篇"宋元之拟话本"、第十四篇"元明传来之讲史(上)"、第十五篇"元明传来之讲史(下)"、第二十一篇"明之拟宋市人小说及后来选本")的篇幅对话本小说进行了深入探讨。其后，宋元小说话本得到了学术界的重视，胡适、郑振铎、马廉、孙楷第、赵景深、叶德均都对这一领域进行了深入研究，他们或考辨话本小说的题材来源，或搜集整理话本小说资料，或者对话本小说时代、作者进行考证，不仅为话本小说研究积累了丰富的资料，同时也提出了许多颇有启发意义的思想。赵景深就是这批蜚声中外的学者中比较突出的一位。

赵景深，20世纪中国杰出的戏剧研究家、翻译家和文学史家、作家，曾用名旭初，笔名邹啸，祖籍四川宜宾，1902年4月25日生于浙江兰溪。1923年加入文学研究会。1930年起任上海复旦大学中文系教授，新中国成立后一直在复旦大学任教。曾任中国古代戏曲研究会会长，中国俗文学学会名誉主席，中国民间文学研究会上海分会主席等。在古典小说、元杂剧和宋元南戏的辑佚和研究方面做了许多开创性的工作，著有《民间故事研究》、《宋元戏曲本事》、《元人杂剧辑选》、《读曲笔记》、《小说戏曲新考》、《曲论初探》、《中国小说丛考》、《中国小说论集》、《小说论丛》、《元人杂剧钩沉》、《明清曲谈》、《元明南戏考略》、《戏曲笔谈》等。

《武王伐纣平话》是元代至治建安虞氏新刊全相平话五种之一，全称《全相平话武王伐纣书》，又题《吕望兴周》，学界素有研究，赵景深先生便是该书研究的开拓者之一。

在《〈武王伐纣平话〉与〈封神演义〉》这篇文章中，赵景深谈到几个问题。

首先是关于《封神演义》与《武王伐纣平话》的承袭问题。赵景深把这篇文章限定在《封神演义》与《武王伐纣平话》的比较上。他认为元朝建安虞氏刊刻的《武王伐纣平话》与商务影印的元至治本《三国志平话》不仅款式完全相同，更重要的是“此书之于《封神演义》也，犹之《三国志平话》之于《三国演义》，关系非常密切，远胜过《大唐三藏取经诗话》之于《西游记》，《大宋宣和遗事》之于《水浒传》”。可以说，没有《武王伐纣平话》就没有《封神演义》。之所以得出这种结论，是因为在赵景深看来，“前二者犹之血肉之于人身，后二者不过是衣服之于人身罢了”。因为《封神》和《三国》无论在题材选择还是思想内容方面都大幅度承袭了《武王伐纣平话》和《三国志平话》，但《西游记》和《水浒传》则不同，它们只不过从《大唐三藏取经诗话》和《大宋宣和遗事》选取了几节故事，大部分还另有来源。

赵景深对《封神演义》故事的演变进行了研究，通过对《封神演义》与《武王伐纣平话》回目的比对，赵景深指出，《封神演义》从开头直到第三十回，除哪吒出世的第十二、十三、十四回外，几乎完全根据《武王伐纣平话》来扩大改编。正因如此，有些学者对《封神演义》评价不高，认为许仲琳只不过是一个改编者，没有多少创造性。这种观点赵景深基本赞同，“《封神演义》的作者只是一个改作者，不是创作者，从我这篇比较文字看来，可说是确定的了”。但是，他同时也看到了《封神演义》的创新点，他指出，《封神演义》并非《武王伐纣平话》的翻版，还是有很多创新的，《封神演义》从第三十一回起，便放开手写去，完全弃掉《武王伐纣平话》，专写神怪的部分了。而且单就篇幅而言，《武王伐纣平话》寥寥几万字，而《封神演义》却洋洋洒洒六十余万字，比平话扩充了约十四倍。

在人物形象方面，《封神演义》都有推陈出新。赵景深先生认为："大约《演义》改《平话》之处，除了增加琐细描写之外，还增加人物。"较之《武王伐纣平话》，《封神演义》增加了许多角色，"一个奸臣费仲不够，再添上尤浑；两个还不够，就又加上飞帘（此人《平话》中亦有之，似是武将）和恶来。殷郊（即《平话》里的殷交）不够，就添上一个弟弟殷红。黄飞虎添上儿子天化和天祥。《封神》中活跃的人物如托塔天王、哪吒、杨戬、杨任、闻太师、土行孙、邓九公及其女蝉玉、哼哈二将郑伦和陈奇、魔家四弟兄等，也都是《平话》里所没有的人物"。原有的人物形象，《封神演义》也进行了重新加工，比如申公豹、殷郊、赵公明、崇侯虎、方相等都经过了作者的重新加工。

在情节构思方面，赵景深认为《封神演义》也有很多亮点，他指出，《武王伐纣平话》虽与《封神演义》题材相同者甚多，却也有小异之处。他还举出文素除妖和姜皇后被杀方式两个例子进行说明。其实，除此之外，《封神演义》还有许多地方敷演得非常成功，比如对文王被囚禁于羑里一事，在《史记·殷本纪》中记载很简单："纣囚西伯羑里。"《武王伐纣平话》以《史记》记载为蓝本，敷演成篇，故事已经粗具规模，但是《封神演义》则铺叙为更详尽和生动的故事。

其次，赵先生对古典小说、戏曲的本事源流做了较为全面的挖掘和梳理，是小说本事考证的重大突破。但就这篇《〈武王伐纣平话〉与〈封神演义〉》而言，可能这方面并不突出，但是这篇文章所在的《中国小说丛考》就颇能彰显赵景深先生的考订之功。该书以考证缜密、见解精湛受到学术界的一致推崇。有学者总结出赵景深在戏曲考订方面的几个特点，分别是：从方志和杂著中发掘资料与线索考订作者的生平；在检读剧作时以心细如发的功夫从纷纭的作品中梳理推断出创作时间的先后；通过对同一题材的作品在不同时期、不同地域、不同版本中剧情、场次、人物、曲白差异的校勘对照科学地判断它们之间的血缘及亲疏关系考证作品的流变。① 上述评价虽然是就赵先生的戏曲研究得出的结论，实际上同样可以用于评价他的宋元小说研究。钱锺书先生曾专门致信赵景深向他约稿，而且特别强调要约考订方面的稿件："公于吾国小说、戏剧之精博，久所钦倒，意欲求大作一篇(考订性质而洋鬼子能懂者)，约三四千字(不论新作抑旧稿)，以光《书林》下期篇幅。"

赵景深继承了清代朴学的治学方面，特别推崇考镜源流的治学方法。这可以从他对鲁迅先生的赞誉中看出。1936 年，鲁迅先生逝世，赵景深在《大晚报》发表《中国小说史家的鲁迅先生》一文，指出"鲁迅的《中国小说史略》是现有的三部同类书中最好的一部，到现在为止，还没有比他写得更好的"。② 之所以如此推崇鲁迅先生这部著作，是因为其考订之功，也正因如此，赵景深对鲁迅耗费多年工夫辑佚考订而成的《古小说钩沉》、《唐宋传奇集》、《小说旧闻钞》三部著作进行了精研细读，并指出其成就在于："分辨伪作，考证源流，用力极勤。"③

虽然赵景深先生不以文献名家。但如鲁迅先生一样，赵景深在文献考订方面锐意搜求，精研细读，具有非常高的学术示范意义。赵景深先生考订古代小说，虽然最初是在报纸上发表豆腐块考订文起家，但是却有不少新发现，譬如，鲁迅先生的《中国小说史略》，赵景深就曾发现了十几处疏漏，并加以补充。他甚至想为鲁迅先生这部著作作一个疏证，1945 年，他在《关于〈中国小说史略〉》中表达了这种愿望："冯沅君拟作《宋元戏曲史疏证》，我也颇有意作《中国小说史略》疏证；但这只是一个愿望罢了。"虽不以文献名家，但是一生勤勤恳恳的考订文章却也汇集成四部分量很重的著述，这就是《小说闲话》、《小说戏曲新考》、《中国小说论集》、《小说论丛》。

---

① 李平：《赵景深教授在戏曲研究领域的杰出贡献》，载《复旦学报》2002 年第 3 期。

② 赵景深：《中国小说丛考》，齐鲁书社 1980 年版。

③ 赵景深：《评介鲁迅的古小说钩沉》，载《中国小说丛考》，齐鲁书社 1980 年版。

再次，赵景深不仅具有深厚的考订功力，而且还有非常好的治学美德。赵景深先生虽然著作等身，但无论为人处世还是做学问，都十分谦虚。这也是学术界一笔非常有意义的财富。赵先生对前辈学者非常尊重，即便是对批评过自己的鲁迅也是如此。他们之间曾发生过一桩“牛奶路”公案。“即鲁迅以轻松诙谐的口吻，指出了赵景深翻译理念的偏差，以及他因此而导致的译文错误——将应译为‘银河’或‘神奶路’的 milkyway 译为‘牛奶路’（见《二心集·风马牛》）。”不过，“对于鲁迅，赵景深一向持尊敬和爱戴的态度。其中对鲁迅在中国古典小说研究方面做出的努力和取得的成就，更是由衷佩服，倍加赞赏”①。不只是对前辈充满尊敬，赵景深还教诲后辈学人亦要如此。赵景深先生《中国戏曲初考》书末有篇代跋《我学习中国古代戏曲的经过》中曾说过：“这篇文章主要介绍五心：爱心、专心、细心、恒心和虚心。另外就是希望中青年对于古典戏曲有兴趣的人，各尽所能地来耕耘这块待开垦的广大的土地。”

赵景深先生一生致力于古典小说戏曲的研究，虽然在宋元小说方面并未有专书论述，但那陆陆续续发表在报刊上的关于古典小说的“豆腐块”文章已经可以奠定他在古典小说研究领域的崇高地位了，上面，通过这篇《〈武王伐纣平话〉与〈封神演义〉》我们已经窥见一斑，赵先生还有更多的治学方法和治学精神还需要进一步研究。

**赵景深相关作品目录：**

《小说戏曲新考》，世界书局 1943 年版。

《小说论丛》，日新出版社 1947 年版。

《中国小说丛考》，齐鲁书社 1983 年版。

《说唐传》非罗贯中作，载《中国小说丛考》1933 年。

《清平山堂话本》，载《中国小说丛考》1934 年。

《雨窗欹枕集》，载《中国小说丛考》1935 年。

《残唐五代史演义》，载《中国小说丛考》1935 年。

---

① 古耜：《〈中国小说史略〉早期品评两家谈》，载《粤海风》2012 年第 5 期。

《重估话本的时代》，载《中国小说丛考》1941 年。

《〈武王伐纣平话〉与〈封神演义〉》，载《中国小说丛考》1941 年。

《〈前汉书平话续集〉与〈西汉演义〉》，载《中国小说丛考》1943 年。

《〈七国春秋后集〉与〈前七国志〉》，载《中国小说丛考》1945 年。

《南宋说话人四家》，载《中国小说丛考》1946 年。

（冀运鲁）

# 谈宋人说话的四家(存目)

李啸仓

【评　介】

谈到宋元话本小说，始终有一个令人困扰的问题，但也是研究宋元小说无法回避的，那就是宋代说话的家数问题。宋人说话家数，可谓是话本小说中聚讼纷纭、歧见丛出的一个话题。学界名家如王国维、鲁迅、胡适、胡怀琛、赵景深、孙楷第、谭正璧、青木正儿、王古鲁、陈汝衡、李啸仓、严敦易、胡士莹、程千帆、张兵、程毅中、萧相恺等，均就这一问题进行过深入的探讨。目前研究界关于说话的家数有十余种看法。看法的大相径庭，众多名家的参与，足以说明这一问题的重要性，同时也反映出该问题的复杂性。

综合前辈们的意见，被列入说话家数者，有以下几种：1. 小说(银字儿)；2. 讲史书(说史)；3. 说经；4. 说参请；5. 合生；6. 说经诨经；7. 商谜；8. 说诨话；9. 说铁骑儿。

对于所谓说话四家之说，李啸仓先生是较突出的研究者之一。李啸仓，曾名李宝德，1944 年毕业于北京大学中文系，中国戏曲史和中国俗文学研究专家。李啸仓先生虽不以小说研究名家，但是他关于宋元小说的研究却在宋元小说研究领域占有十分重要的地位。1941 年，李啸仓发表了《合生考》，认为“合生”为一种说唱伎艺，不属于“说话四家”。之后，他发表了《说话名称解》、《谈宋人说话的四家》、《释银字儿》等进一步予以阐述。①

“说话四家数”最初由成书于南宋理宗端平二年乙未(1235)的

① 李啸仓：《宋元伎艺杂考 · 合生考》，上杂出版社 1953 年版。

灌园耐得翁在《都城纪胜》“瓦舍众伎”条提出。随后，南宋的吴自牧在《梦粱录》卷二十“小说讲经史”条继承了耐得翁“说话四家”的说法。

在此之前，最早涉及说话家数的，是成书于南宋高宗十七年(1147)的孟元老编著的《东京梦华录》。

由于以上关于说话家数的史料，大多语焉不详，致使后人关于说话家数的解释众说纷纭，莫衷一是，使之成为古典小说研究的一个争论焦点。这点李啸仓在《谈宋人说话的四家》中曾明确指出：“据当时各书的记载，有所谓‘说话有四家’之说；这四家的分划，由于各书文辞含混，可左可右，断句很难有固定的标准，遂使‘四家’问题，人执一词，直到现在仍旧缠绕不清，始终不能有一个比较确切而合理的断案。”虽然认为四家划分混乱，但是李啸仓基本认同说话四家的说法，而对于四家的内容和前辈学者的看法则并不尽相同。比如他对“合生”是否为四家之一提出了质疑。他在《合生考》中指出，“合生”为一种说唱伎艺，不属于“说话四家”。

李啸仓认为，宋人说话之家数问题，为南宋之际才逐渐形成的。现代学者较早论及这一问题的是鲁迅先生，鲁迅提出的四家是基于《梦粱录》与《都城纪胜》的说法。李啸仓并不认同鲁迅的说法，他以为：“至于《梦粱录》虽目亦相同，而其文稍有条理可寻，故鲁迅即据之以定四科之目。但细按之，亦有困难。”如果按照鲁迅的分类标准，“说话”的内容当有五种：小说、说参请、讲史书、合生、商谜。

其实对于所谓说话四家，学界早有质疑，胡士莹先生在《话本小说概论》第四章“说话的家数”中就指出：“总观以上诸说，四家之内意见一致的是小说、讲史和说经三家，其余的如说参请、说诨经、说公案、说铁骑儿、说诨话等都有问题。究竟哪些算做一家，哪些算做另一家，恐怕在当时就没有一定的说法，或同时有几种说法。但耐得翁提出四家之说，必然有他的现实根据。”当代学者程毅中先生在《宋元小说研究》中也指出：“说话有四家可能只是耐得翁的一家之言，未必是当时公认的说法。”甚至有学者认为“说话有四家”乃是“耐得翁个人意见”，“并非定论”，宋人“真正说话之分类，实仅三家，即小说、演史、说经”。① 其实学术界对四家说的前三家的看法还是有共识的，这可以从李啸仓《谈宋人说话的四家》这篇文章所列的鲁迅、王国维、胡适等人的七种观点看出。但是问题的关键在于，说话四家究竟是哪四家？一般而言，小说、讲史、说经三家基本为学界认可。但第四家却众说纷纭。比如鲁迅、程毅中认为第四家为合生，谭正璧则认为是商谜。由于众人所据文献，无论是《都城纪胜》、《梦粱录》，还是《繁胜录》都含糊其辞，所以李啸仓认为，必须对学界未达成一致的第四家进行辨正。

李啸仓的这种观点不是凭空而来，他是在充分研究了鲁迅、胡适、王国维、孙楷第、谭正璧、陈汝衡等人的七种说法后得出的结论。在李啸仓看来，孙楷第在《宋朝说话人的家数问题》中以毗连法来看《梦华录》、《繁胜录》、《武林旧事》诸书的思路是“我很同意”的，但可惜的是孙楷第没有把这种方法坚持下去，所以得出的说法就值得商榷了。

李啸仓认为，“合生”是不应归入四家之内的(详见《合生考》第三节“辨合生非说话四家之一”)。李啸仓指出：“谭正璧以为无合生而独以商谜立一子目，如方才所述，若称商谜权附于四家之后与说话类似则可，若说它也为四家之一，总还是不很恰当的。假若说商谜能算做四家之一，则比较起来，合生要比商谜更与说话类似得多，为什么却舍去合生不要，单单地要提出商谜来？而且‘合生’我在前文又已说明它不应算为四家之数。”当然，李啸仓的这种观点也遭到了后人的质疑。“宋代的合生作为一种伎艺的名称，其涵盖是相当广的，它既包括‘指物题咏’的合生诗词，也指称‘起令随令，各占一事’的合生小说。那些认为合生中含有歌唱成分就否认其为说话四家之一的说法是难以立住脚的，今存宋话本《快嘴李翠莲记》中不也含有唱词吗？况且合生既然与小说、讲史、说经并列为说话四家，那么它们之间固当有不同，而不能因为它们之间存在差异就加以否定，否则，求同而不存异，那么说话四家中任何一家的独立性都会被取消掉的。”②尽管

① 皮述民：《宋人“说话”分类的商榷》，载《北方论丛》1987 年第 1 期。

② 王振良：《合生考论》，载《天津师大学报》1998 年第 5 期。

李啸仓的观点并未为学界普遍接受，但是还是有不少学者赞同，如胡莲玉："在说话四家的问题上，笔者赞同陈汝衡、李啸仓等先生的意见。"①

要之，李啸仓先生对说话家数的探讨结论虽未必是最正确的，但是他的研究为我们提供了新的视角和材料，让我们对这一问题的认识提升到新的层面。尤其是他不盲从，更不盲目质疑。他对合生的考证让我们重新认识了合生的性质，他对四家说内容的重新判断过程中所使用的考辨方法值得我们借鉴。

**李啸仓相关作品目录：**

《合生考》、《说话名称解》、《谈宋人说话的四家》三篇文章收于李啸仓《宋元伎艺杂考·合生考》，上杂出版社 1953 年版。

《释银字儿》，载《华北日报·俗文学》1947 年第 16 ~ 18 期。

《宋元灵怪平话——〈醉翁谈录〉所载话本目考证之一》，载《华北日报·俗文学》1947 年第 10 ~ 13 期。

《宋元之烟粉评话——〈醉翁谈录〉所载话本目考证之二》，载《华北日报·俗文学》1948 年第 32 ~ 34 期。

（冀运鲁）

---

① 胡莲玉：《南宋"说话四家"研究的回顾与思考》，载《南京师大学报》（社会科学版）2010 年第 6 期。

# 《京本通俗小说》各篇的年代及其真伪问题

[美]马幼垣　马泰来

## 壹、引　　论

《京本通俗小说》，最早见于缪荃孙《烟画东堂小品》(一九二零年刊)，谓为残本，包括：《碾玉观音》(卷十)、《菩萨蛮》(卷十一)、《西山一窟鬼》(卷十二)、《至诚张主管》(卷十三)、《拗相公》(卷十四)、《错斩崔宁》(卷十五)、《冯玉梅团圆》(卷十六)七篇话本。缪氏跋称："余避难沪上，索居无俚，闻亲串妆奁中有旧钞本书，类乎平话，假而得之。杂庋于《天雨花》、《凤双飞》之中，搜得四册，破烂磨灭，的是影元人写本。首行'京本通俗小说第几卷'。通体皆减笔小写，阅之令人失笑。……尚有《定州三怪》一回，破碎太甚；《金主亮荒淫》两卷，过于秽亵，未敢传摹。"后叶德辉自《醒世恒言》抽刊第二十三卷，单行面世，题曰："《京本通俗小说》第二十一卷，金虏海陵王荒淫"，谓"照宋本刊"(详后)；而《定州(山)三怪》，今亦见《警世通言》，所以缪氏所说的九种话本，皆并存于世。

这短篇小说集所收各话本的年代，胡适《宋人话本八种序》①以为"它们产生的年代约在南宋末年，当十三世纪中期，或中期以后。其中也许有稍早的，但至早不得在宋高宗崩年(一一八七)之前，最晚的也许远在蒙古灭金(一二三四)以后"。自此以后，数十年间，

① 原见亚东图书馆刊《宋人话本八种》，后复收入《胡适文存》三集卷六。

各种小说研究的专书或论文，如谭正璧《中国小说发达史》①、陈汝衡《说书史话》②、葛贤宁《中国小说史》③、方欣庵《白话小说起源考》④、皮述民《宋代小说考证》⑤，不胜枚举，大率沿袭这种看法。惟郑振铎《明清二代的平话集》⑥考证《金主亮荒淫》，以为应是明嘉隆以后的作品，至于其他各篇，则仍以为全是宋人作品。

《京本通俗小说》，缪氏谓“影元人写本”，叶氏谓“宋本”，孙楷第《中国通俗小说书目》⑦按版本排次，列入宋元部、小说总集类。但上引郑振铎专文则根据平话丛刊的进化过程，以为当出现于嘉靖间洪楩刻刊话本之后，而在冯梦龙的三言以前。郑氏以为《京本通俗小说》不是宋元书刊，是正确的，但是把刻刊年代定在明隆万间，则还有讨论的必要。此外，严敦易、叶德均亦以为是明人所编辑⑧，都是较进步的见解。

《京本通俗小说》的整理，先应重订各篇创作年代，以便确定此书是否有不同年代的作品，次及全书编集的问题，藉以论述此书的真正价值。二者各有意义，不可混而为一。本文即按此步骤，略陈管见于后。(《烟画东堂小品》本《京本通俗小说》，尚未得读，现据一九三七年商务印书馆黎烈文标点排印本；黎氏例言谓：“本书以江东老蟫据影元人写本影印之《京本通俗小说》为原本。本书原本间有错字及省笔字，今版一概不改，以全原书真面。”信较可靠。)

---

① 1935 年，上海，光明书局刊。

② 1958 年，作家出版社刊，即前著《说书小史》(1936)的重写本。

③ 1956 年，中华文化出版事业委员会刊。

④ 中山大学语言历史研究所周刊，五集五十二期(1939 年 10 月)。

⑤ 台湾省立师范大学国文研究所集刊，五号(1961 年 6 月)。

⑥ 《小说月报》，二十二卷七、八两期(1931 年 7、8 月)；后收入氏著《中国文学论集》及《中国文学研究》二书。

⑦ 1933 年，中国大辞典编纂处国立北平图书馆刊；1957 年，作家出版社修订重刊。

⑧ 严著《古今小说四十篇的撰述时代》，见 1955 年文学古籍刊行社刊《古今小说》附录。叶著《宋元明讲唱文学》，1953 年，上杂出版社刊。

## 贰、各篇的创作年代

### 一、碾玉观音

《京本通俗小说》卷十，文分上下两部。明冯梦龙编著《警世通言》①卷八作《崔待诏生死冤家》，题目下注："宋人小说，题作《碾玉观音》。"明晁瑮《宝文堂书目》卷中子杂类有《玉观音》一目，尚未能断定是否为同篇。孙楷第《小说旁证》②谓其本事源出宋元间无名氏《异闻总录》卷一所记郭银匠事，但该条除"潭州"一名偶合外，并无显著相类的地方，孙氏所说，不无牵强之嫌。篇首"绍兴年间"句，没有加上"故宋"、"宋朝"字样，文中又称临安府为行在，很明显是南宋人的语气。况且称韩世忠为"三镇节度使咸安郡王"、刘锜为"刘两府"、杨沂中为"阳和王"，说话的主要对象只是市井大众，假如时间渐久，这些名称便不是一般听众所能容易理解，因此这话本的创作年代，当距高宗时不会很远。冯梦龙的附注，显是事实。

### 二、菩萨蛮

《京本通俗小说》卷十一。《警世通言》卷七作《陈可常端阳仙化》。本事源流待考。篇末陈可常的辞世颂："生时重午，为僧重午，得罪重午，死时重午。为前生欠他债负，若不当时承认，又恐他人受苦。今日事已分明，不若抽身回去。五月五日午时书，赤口白舌尽消除。五月五日天中节，赤口白舌尽消灭。"末二句见宋吴自牧《梦粱录》卷三"五月"条："五月重午节……仕宦等家以生硃于午时书'五月五日天中节，赤口白舌尽消灭'之句。"吴自牧为宋季人，可知此话本

① 现据1958年世界书局刊李田意先生影印日本名古屋蓬左文库所藏明金陵兼善堂本，即前人所谓尾州本。

② 北平图书馆馆刊，九卷一号(1935年2月)。

在宋亡前已脍炙人口。此外，篇中称吴益为吴七郡王①，其例和《碾玉观音》一样，显是时人语气，可知这篇是宋人作品。

前人论述这篇年代，每引篇中"话说大宋高宗绍兴年间"一句，作为宋人作品的证据②。这种论证实在很有问题。《古今小说》卷二十六《沈小官一鸟害七命》，篇首便是"话说大宋徽宗朝宣和三年"，可是那篇却是明人作品③，而《古今小说》卷五《穷马周遭际卖䭔媪》谓："话说大唐贞观改元"，卷八《吴保安弃家赎友》谓："话说大唐开元年间"；《警世通言》卷十《钱舍人题诗燕子楼》谓："话说大唐自政治大圣大孝皇帝谥法太宗开基后"，卷三十《金明池吴清逢爱爱》谓："话说大唐德宗皇帝贞元年间"，难道这些都是唐人作品？

### 三、西山一窟鬼

《京本通俗小说》卷十二。《警世通言》卷十四作《一窟鬼癞道人除怪》，下注："宋人小说，旧名《西山一窟鬼》。"本事和南宋沈某④《鬼董》卷四《樊生》条，很是相近，二者是否有因袭关系，暂难下断语⑤。篇中称临安府为行在，而篇首"却说绍兴十年间"句，并不加上"故宋"、"宋朝"、"大宋"字样，显是宋人语气。又"一窟鬼"一

---

① 高宗吴皇后有弟二人，吴益封大宁郡王，吴盖封新兴郡王。宋陈槱《负暄野录》卷上《蒋宣卿书》条，称吴盖为吴八郡王，可知吴七郡王当是吴益。至于话本中称吴七郡王为高宗母舅，"母舅"显为"妻舅"之误，因为高宗的母后姓韦而非姓吴。

② 如上引胡适《宋人话本八种序》、郑振铎《明清二代的平话集》、方欣庵《白话小说起源考》、皮述民《宋代小说考证》，及徐士年《宋元短篇白话小说的思想和艺术》(见氏著《古典小说论集》，1956 年，古典文学出版社刊)。

③ 篇中提及"都察院"，这是明代才有的组织。此外"沈小官"事，据明郎瑛《七修类稿》卷四十五，发生在明英宗天顺年间。

④ 明钱孚所藏残本跋文以为"沈某"是孝光时人。可是书中卷四"嘉定戊寅(宁宗嘉定十一年)春余在都……"，卷二"嘉定癸未(十六年)秋余在都……"，卷三"绍定己丑(理宗绍定二年)三月二十八日……"等句，可知作者在宁、理时尚存世。

⑤ 这篇小说述"绍兴十年间"事，而《鬼董》则谓"此度是绍兴末年事，余近闻之"。

名，亦见宋吴自牧《梦粱录》卷十六《茶肆》条：“中瓦内王妈妈家茶肆，名一窟鬼茶房。”想是当时习用名称。

冯梦龙编著《警世通言》时，注明这篇是“宋人小说”，现在看来，并没有错误。

**四、至诚张主管**

《京本通俗小说》卷十三。《警世通言》卷十六作《小夫人金钱赠年少》①。本事来源待检。谭正璧怀疑这篇小说与晁瑮《宝文堂书目》的《小金钱记》、钱曾《也是园书目》卷十戏曲部宋人词话类的《小金钱》，同是一物，此说甚嫌牵强附会，恐怕和事实有很大距离②。篇中“如今说东京汴州开封府界”，“话说东京汴州开封府界”等句，“东京”之前不加上“故宋”、“宋朝”、“北宋”、“大宋”等词，明是时人语气。

**五、拗相公**

《京本通俗小说》卷十四。《警世通言》卷四作《拗相公饮恨半山堂》。本事大抵据宋刘延世《孙公谈圃》(卷上、卷中)、方勺《泊宅编》(卷上、卷中)、邵伯温《邵氏闻见录》(卷九、十一、十二、十九)、岳珂《桯史》(卷九《金陵无名诗》条)、朱熹《三朝名臣言行录》(卷六)等书所记王安石事迹，及宋王辟之《渑水燕谈录》(卷九《杂录》)、邵博《邵氏闻见后录》(卷廿三)，所述卢多逊被谪岭南事，附益而成③。篇中有“终宋世不得太平”一语，可知不可能是宋人作品④。入话诗“临潼会上胆气消，丹阳县里箫声绝”二句，亦提供若干线索。伍员吴市乞食事，早见《史记》(卷六十六《伍子胥列传》、卷

---

① 兼善堂本书首目次，别作《张主管至诚脱奇祸》。

② 谭正璧《宝文堂书目所录宋元明人话本考》及《三言两拍本事源流述考》二文(见氏著《话本与古剧》，1956年，古典文学出版社刊)。

③ 清王士祯《香祖笔记》卷十：“又如《警世通言》有《拗相公》一篇，述王安石罢相归金陵事，极快人意；乃因卢多逊谪岭南事而稍附益之耳。”

④ 篇中记邵雍在天津桥闻杜鹃声，而说出“终宋世不得太平”一语。查邵雍闻杜鹃声一事，始见雍子伯温《邵氏闻见录》卷十九，但文中并无此语。

七十九《范雎蔡泽列传》)、《越绝书》(卷一《越绝荆平王内传》),及《吴越春秋》(卷一《王僚使公子光传》)。但伍员临潼会大显威风的故事,既不载于史籍,即现存法国巴黎国立图书馆及英国伦敦不列颠博物馆的唐伍子胥变文亦无此情节①,此事晚至元代才开始在戏剧中出现②,所以这篇当是元人作品。此外,篇中"如今说先朝一个宰相……这朝代不近不远,是北宋神宗皇帝年间"等语,也可证明是元人之作。

今人多据篇中"我宋以来,宰相解位,都要带个外任的职衔","后人论我宋元气,都为熙宁变法所坏,所以有靖康之祸"二句,作为这是宋人作品的佐证。查这段话,《警世通言》作"故宋时,凡宰相解位……","后人论宋朝元气……","我宋"字样,当为《京本通俗小说》编者的改动。

### 六、错斩崔宁

《京本通俗小说》卷十五。《醒世恒言》③卷三十三作《十五贯戏言成巧祸》,下注:"宋本作《错斩崔宁》。"④晁瑮《宝文堂书目》,钱曾《述古堂书目》、《也是园书目》,俱有《错斩崔宁》一目。

篇首"先引下一个故事,权做个得胜头回",在正传未开始之前,先加上一个情节类似的小故事来做入话,全篇又以纯讲述式的口语写成,完全是宋人说话的形式。而且正传有"若是说话的,同年生,并肩长,拦腰抱住,把臂拖回,也不见得受这般灾晦"等句,也是以"说话的"自称。冯梦龙编著《恒言》时,亦已注明为"宋本",通观各篇,冯梦龙所加有关原著的附注,都是可靠的。故此,把这篇定为宋

---

① 伯希和(Paul Pelliot)目录2794,3213,及斯坦因(Aurel Stein)目录328,6331。

② 见元郑廷玉《楚昭王(公)疏者下船》杂剧(元刻《古今杂剧三十种》本与明脉望馆钞校内府本,内容字句有异同),及李寿卿《说专诸伍员吹箫》杂剧。

③ 现据1959年世界书局刊李田意先生影印日本东京内阁文库所藏明天启叶敬池刊本。

④ 孙楷第《中国通俗小说书目》卷一宋元部、《错斩崔宁》条,注称:"一名《小刘伶》",《小刘伶》一名,未知何据?

代说话人的脚本，并不是没有理由的。

此外，篇中的强盗“静山大王”，在另一宋人话本《简帖和尚》①中亦有同样名称，也以强盗身分出现。大概这是宋人对强盗的惯用名称，虽然无关宏旨，也可作为此篇是宋人话本的旁证。

前人论述这篇的年代，多引据篇中“我朝元丰年间”等语，作为这是宋人话本的证据。这句话，《恒言》作“却说故宋朝中”，冯梦龙可把它改成“宋朝元丰年间”，并不需要删去年号。关于这两句的分别，愚见以为原文大抵作“却说我宋朝中”字样，如果不是冯氏根据的本子，早已有了改动，便是冯氏以自己是明人，所以易为“故宋”。但是到了《京本通俗小说》的编者，则又作伪性的还原为“我朝元丰年间”。因此，这句话是不能用来考订年代的。

**七、冯玉梅团圆**

《京本通俗小说》卷十六。《警世通言》卷十二作《范鳅儿双镜重圆》。这篇小说，前有很长而独立的入话，题曰：“交互姻缘”，本事源自宋洪迈《夷坚志补》卷十一《徐信妻》条。正传部分，题曰“双镜重圆”，源出宋王明清《摭青杂说》守节条，及唐孟棨《本事诗》情感第一的《徐德言破镜重圆事》。而这三事又分别见于冯梦龙编著的《情史》卷二“情缘类”《徐信》条、卷一“情贞类”《范希周》条，及卷四“情侠类”《杨素》条，文字和《夷坚志补》各书大体无异。但《摭青杂说》、《情史》、《警世通言》、《京本通俗小说》，所记范希周故事的人名，诸书颇有显著出入。《摭青杂说》、《情史》中的吕氏，《警世通言》作吕顺哥，分别还不算大，《京本通俗小说》则作冯玉梅；吕氏的父亲，《摭青杂说》、《情史》、《警世通言》俱作吕忠翊，《京本通俗小说》则作冯忠翊。《摭青杂说》谓：“广州有一兵官郝大夫尝与余说其事”，述事或果有所本。《情史》、《警世通言》都是根源这书，《京本通俗小

---

① 这篇小说见《清平山堂话本》，题目为《简帖和尚》，下注：“亦名《胡姑姑》，又名《错下书》。”页缝皆作《简帖和尚》可知题目有误字。此篇亦即《古今小说》卷三十五《简帖僧巧骗皇甫妻》。《简帖和尚》为宋人话本，证据甚多，将于另文考证《清平山堂话本》时，试为分析，于此不赘。

说》的改动，显然很有问题。大概《京本通俗小说》的编者知悉前人有《冯玉梅团圆》一话本，但在当时已不可得，便故意将《双镜重圆》中重要脚色的名字更改，企图托古；不然，绝没有变更人名的必要。

《宝文堂书目》的《冯玉梅记》，《述古堂书目》的《冯玉梅团圆记》，《也是园书目》的《冯玉梅团圆》，并没有证据可以说与《警世通言》的《范鳅儿双镜重圆》有什么关系。假如《警世通言》卷廿二《宋小官团圆破毡笠》的刘宜春被改为冯玉梅，其他有关角色亦依次改易，说此篇是《冯玉梅团圆》，也无不可！况且文中正传部分的名称是"双镜重圆"也没有"团圆"字样。

篇首"帘卷水西楼"一词，据明田汝成《西湖游览志余》卷二十五《委巷丛谈》，乃明人瞿佑所作，因此这篇不可能是宋或元人的作品，实在无须费词考释。至于篇中"此歌出自我宋建炎年间"、"话说高宗建炎四年"、"我宋"、"高宗"字样，《警世通言》皆作"南宋"，明人作品断无称"我宋"之理，显然是《京本通俗小说》编者故意改动，以便伪托为宋人小说。

### 八、定州三怪

缪跋谓："尚有《定州三怪》一回，破碎太甚"，所以并未刊传，亦未说明卷次，幸而这篇小说尚有传本，见于《警世通言》第十九卷，题曰：《崔衙内白鹞招妖》，下注："古本作《定州三怪》，又云《新罗白鹞》。"这篇小说的源流，有待查考。篇中有"若是说话的当时同年生，并肩长，劝住崔衙内，只好休去"等语，和《错斩崔宁》中"若是说话的，同年生，并肩长，拦腰抱住，把臂拖回，也不见得受这般灾晦"措辞运语，不可以说不极相似，显是当时说话人的惯用语。《错斩崔宁》的年代上文已有考释，这篇也是宋人作品，大概不会有问题。

### 九、金主亮荒淫

缪跋谓："《金主亮荒淫》两卷，过于秽亵，未敢传摹。"所以《京本通俗小说》并没有收入，也没有注明卷次。事实上，这和上述各篇一样，亦存于世，即《醒世恒言》卷二十三《金海陵纵欲亡身》。缪氏虽没刊行这篇故事，后来却出现叶德辉的家刻单刊本，题曰“京本通俗小说第二十一卷，金虏海陵王荒淫”，内封面上有“已未孟冬照宋本刊”字样，并附跋文，以后还有不同的翻刻若干种①。叶氏《郎园读书志》卷六亦收“影宋京本通俗小说金虏海陵王荒淫一卷”跋文，较前跋增出数语：“此影宋本通俗小说，小字本，每叶二十四行，每行十八字，版长工部尺四寸，宽半版三寸弱，卷首标题占小行三行，云《京本通俗小说》第廿一卷，低一格云《金虏海陵王荒淫》三行，四行低二格，七言绝句引起一首。”

表面看来，好像就是叶氏替缪荃孙把这篇刊行面世，实则疑点甚多，不一而足。叶氏只是从《恒言》中抽出此篇，故意把原文开端一段改易为“我朝端平皇帝破灭金国，直取三京，军士回杭，带得虏中书籍不少，一本专说金主海陵庶人贪淫无道，年号初次天德三年……”，以符合宋人语气，企图冒认为《京本通俗小说》的一部分。这事长泽规矩也及郑振铎已先后有明确的辨证，叶氏的伪托可以不必赘言申说。

此篇小说的最大特点，就是篇中牵涉的史事，大率录自元脱脱《金史》海陵本纪及后妃列传，所以文中明言：“后人将史书所载废帝海陵之事，敷衍出一段话文，以为将来之戒。”而《金史》中的海陵记载，主要根据金世宗时编修的《海陵实录》②，叶氏却以为“当时修史诸臣，或据此等记载(此篇小说)采入”(跋文)，可谓本末倒置，不无粗疏的嫌疑。因此，这篇小说最早的年代，绝不可能在《金史》修刊之前。

其次，此篇行文体制极不统一，转抄史书的部分，并不改易，便

① 见长泽规矩也《〈京本通俗小说〉与〈清平山堂话本〉》，原刊《东洋学报》，十七卷二期，马廉译文见北平孔德同学会编辑之《AC 月刊》一至三期，1929 年 4 月至 6 月刊；东生译文见《小说月报》，二十卷六期，1929 年 6 月。又亚东图书馆刊《宋人话本七种》亦收东生译文为附录。

② 说见陶晋生《金海陵帝的伐宋与采石战役的考实》，1963 年，台湾大学文学院刊。

以文言过录下来；其他部分则以语体文写成，而且夹杂大量俚语。这样一篇文言白话相杂运用的小说，要说是勾栏艺人说话时的脚本，是极不可能的。前人把它看作宋人话本，基础上已很成问题。

推定这篇小说的年代，文中不无线索。“那一腔怒气直走到爪哇国去了”，“西洋国出的走盘珠，缅甸国出的缅铃”数句，正是理想的考证对象。

> 爪哇 Java 一名首见元汪大渊《岛夷志略》。其地《后汉书》作叶调，晋法显《佛国记》作耶婆提，皆梵文 Yavadvipa 的对音。《宋书》作阇婆婆达(后二字疑衍)。《旧唐书》作诃陵，即梵文 Kalinga 的省称①。《新唐书》并举诃陵、杜婆 Java、阇婆 Java 三名。宋赵彦卫《云麓漫钞》、周去非《岭外代答》、赵汝适《诸蕃志》及《宋史》等皆作阇婆。元时始改今名，渐成定称，故明时马欢《瀛涯胜览》、费信《星槎胜览》、巩珍《西洋番国志》、张燮《东西洋考》、黄省曾《西洋朝贡典录》等书一律作爪哇。(《明史》分爪哇、阇婆为二传，误甚。)
>
> 缅甸 Burma 为后起名称。其地汉时为夫甘都卢国(?)，后汉时为掸国 Shan。唐以前为朱波国(疑为占婆 Champa 的异译)。唐时为骠国 Pyu。九世纪初，徙都蒲甘 Pugan，Pukan，故宋代载籍，如《诸番志》、《岭外代答》，以及《宋史》，皆以蒲甘名其地。元时始称缅国 Mien。

仅根据这两个地名，这篇已绝不可能是宋人作品，再加上“西洋国”一名，年代便十分明确。

> 西洋国即西洋琐里 Cola，Chola 的省称。地在今南印度

① Kalinga 并为印度古国名。僧伽婆罗(Sangbabhadra)译《佛说孔雀王咒经》作伽陵伽，义净译《佛母大孔雀王咒经》，不空(Amoghavajra)译《佛母大孔雀明王经》并作羯陵伽，《大唐西域记》作羯陵伽。

> Coromandel(13°N. , 80°20′E. )河岸。其地《大唐西域记》作珠利邪 Coliya，即阿拉伯语 Culuyan 的对音。《诸番志》、《岭外代答》、《宋史》等书作注辇 Chulliya。《岛夷志略》、《元史》作马八儿 Mabar。至明时始改称西洋琐里及琐里①。

西洋国一名既始自明代，这问题的答案已很明朗，篇中连举若干南海地名，这种通俗小说的主要读者，只是普通市井百姓，知识水准有限，域外事物的认识更是贫乏。在他们日常遣兴的读物里，要是放进此等地名，而又在他们一般理解范围之内，这种情形，只可能在中国南海交通极为发达，有关故事又盛传民间的时候，才可以产生相配合的时代背景。明代南海交通的发达，非宋元所能比拟，明中叶以后，南海交通的故事(如郑和下西洋的戏剧与小说)更是深入民间。如果在宋人话本里，偶然加上阇婆、蒲甘、注辇一类地名，恐非一般大众所能接受。在元人通俗小说中出现类似地名，也是极不可能的事。惟有迟至郑和下西洋一类故事渐次以通俗读物的形式面世，转而家传户晓，在金海陵这种通俗短篇小说出现此等域外地名，才是可以理解的事。又郑振铎所说："像那末极形尽态的秽亵的描状，又似乎非明嘉隆以后的作者不办。"虽为泛论，亦不失为推定年代的方法。总之，这篇小说既有这数种特征，如果要说是明代中叶以前的作品，便很难自圆其说。近人列这篇为宋人作品，甚至对叶刊本毫无怀疑，说是《京本通俗小说》的第二十一卷②，殊属草率。

---

① 尤侗《外国传》分西洋琐里、琐里为二国，《明史》外国传沿其误，实应为一地，见伯希和《郑和下西洋考》一文(T'oung Pao 通报 1933 年刊，冯承钧汉译本，1935 年，商务印书馆刊)，及冯承钧《中国南洋交通史》，1937 年，商务印书馆刊。

② 如上引葛贤宁《中国小说史》、陈汝衡《说书史话》，及刘大杰《中国文学发展史》，1957 年，古典文学出版社刊；陆澹安《小说词语汇释》，1964 年，中华书局刊。

## 叁、编集年代问题

《京本通俗小说》既如上述，包括几篇明人作品，因此“元人写本”、“宋本”云云，自然不能立说。

郑振铎根据平话丛刊的进化程序，以为嘉靖间刊刻的《清平山堂话本》，万历间熊龙峰刊行的短篇小说，都是单篇行世，并无编制，内容亦甚杂，而且包括若干文言传奇文，可是“《京本通俗小说》则不然，彼已很整齐划一的分了卷数，且所收的话本，性质也极纯粹，似无可怀疑其为出于嘉靖以后之刊物”①。所言甚有见地。不过郑氏把《京本通俗小说》的刊行，列在冯梦龙三言之前，还需详为商榷。

如以《京本通俗小说》和《警世通言》、《醒世恒言》互为比勘，很容易发现巧合的地方，实在多至难以入信：

> (一)《清平山堂话本》现残存话本二十九种，见于《古今小说》、《警世通言》二书的，仅十种；熊龙峰刊短篇小说今存四种，见于《古今小说》的，仅一种，而《清平山堂话本》和熊刊话本比较起来，相同的亦仅一种②，重见的比例都很低。可是《京本通俗小说》所录的九种小说，却俱见于《警世通言》和《醒世恒言》二书。

---

① 见上引郑振铎《明清二代的平话集》一文。

② 《清平山堂话本》中的《戒指儿记》、《羊角哀死战荆轲》、《死生交范张鸡黍》、《陈巡检梅岭失妻记》、《五戒禅师私红莲记》、《李元吴江救朱蛇》、《简帖和尚》七篇，大抵即《古今小说》卷四《闲云庵阮三偿冤债》、卷七《羊角哀舍命全交》、卷十六《范巨卿鸡黍生死交》、卷二十《陈从善梅岭失浑家》、卷三十《明悟禅师赶五戒》、卷三十四《李公子救蛇获称心》、卷三十五《简帖僧巧骗皇甫妻》。又《清平山堂话本》的《风月瑞仙亭》、《错认尸》和《刎颈鸳鸯会》三篇，大抵即《警世通言》卷六《俞仲举题诗遇上皇》的入话、卷三十三《《乔彦杰一妾破家》及卷三十八《蒋淑贞刎颈鸳鸯会》。熊龙峰刊《张生彩鸾灯传》，大抵即《古今小说》卷二十三《张舜美元宵得丽女》，而《清平山堂话本》的《风月相思》大抵即熊刊小说《冯伯玉风月相思》。

(二)《古今小说》、《警世通言》和《清平山堂话本》、熊刊短篇小说各书，相同的几篇，文字也有很大差异，这是本事演化过程所不能避免的。但是《京本通俗小说》和《警世通言》、《醒世恒言》二书比较，重见各篇，文字差别则极少。

(三)《警世通言》、《醒世恒言》二书中，冯梦龙于篇目下，注明"宋人小说"、"宋本"、"古本"字样的，全部重见于《京本通俗小说》，而且除《定州三怪》一篇外，题目亦完全相同。

这样巧合太多，便不可仅用"巧合"二字作为解释。因此，编集年代的问题，大有重为考订的必要。

上文考释《拗相公》、《冯玉梅团圆》时，曾谓《京本通俗小说》编者故意更动《警世通言》篇中的文字，以求托古。除此二篇外，《碾玉观音》、《菩萨蛮》中，亦有《京本通俗小说》源出《警世通言》的证据。

《碾玉观音》入话部分，有诗词十一首，其中《蝶恋花》词一首，《京本通俗小说》以为苏小妹所作，《警世通言》则谓苏小小。查该词见宋何远《春渚记闻》卷七《诗词事略》、王宇《司马才仲传》①，及明陈耀文《花草粹篇》卷七、田汝成《西湖游览志余》卷十六《香奁艳语》、冯梦龙《情史》卷九情幻类《司马才中》条，除《花草粹编》外，四书皆附本事，略谓宋朝司马槱(才仲)梦会苏小小，苏歌该词的前半阙；后司马才仲与秦觏谈及此事，秦觏即续作后半阙。《花草粹编》则以为该词为司马槱一人所作②。考司马才仲梦遇苏小小事，宋人已编为话本，名《钱塘佳梦》，见宋罗烨《新编醉翁谈录》甲集卷一"舌耕序引"、"小说开辟"条所举烟粉类书目③。《碾玉观音》既为宋

① 见明秦淮寓客辑《绿窗女史》冥感部、梦寐。

② 谭正璧谓宋李献民《云斋广录》亦载司马仲梦遇苏小小事。《云斋广录》虽收于《说郛》及《龙威秘书》，但仅转录数条，皆无此事，而此书十卷本，尚未见，未知内容如何，有待将来再为补充。

③ 明弘治十一年金台岳家刻《奇妙全相注释西厢记》、万历乔山堂刘龙田刻《重刻元本题评音释西厢记》，及崇祯十三年西陵天章阁刻《李卓吾先生批点西厢记真本》，皆附《钱塘梦》话本，亦述此事。

人作品，断无误以苏小妹为该词作者的理由，可知原文必作苏小小，而《京本通俗小说》编者因不知司马才仲梦会苏小小故事，以为苏小小不是宋人，未便与入话中各诗词的作者，如王荆公、苏东坡、秦少游、邵尧夫等并列；又见《醒世恒言》卷十一有《苏小妹三难新郎》一话本，遂径改苏小小为苏小妹，毫不理会词中“妾本钱塘江上住”一语，和传说中的苏小妹为西蜀眉山人，并不协和。

又《碾玉观音》一篇，《京本通俗小说》分为上下两部，很是特别，现存各话本皆不见有同样体制。是篇《警世通言》原仅作一卷，但文中有：“这汉子毕竟是何人？且听下回分解”等语，体例和《张生彩鸾灯传》文中“未知久后成得夫妇也不？且听下回分解”，极为相同。《张生彩鸾灯传》到此方从入话转入正传，并无分上下两部的理由与可能。这种过渡语夹在一篇较长的话本里，只是方便勾栏艺人说话时容易分次讲述。《京本通俗小说》的编者不明这种话本体制，所以删去“这汉子毕竟是何人？且听下回分解”二句，并在这里强将话本分为上下两部。这两点已足证明《京本通俗小说》的《碾玉观音》是转抄《警世通言》卷八《崔待诏生死冤家》的。

此外，《菩萨蛮》篇中三次提及吴七郡王的“两个夫人”，《警世通言》俱作“两国夫人”。考宋朝制度，妇人封号，其丈夫位“自执政以上，封夫人；尚书以上，封淑人……直郎以上，封孺人。然夫人有国郡之异”①。“又有封两国夫人之制……表其尊崇”②。吴七郡王为高宗妻舅，妻子本身又是秦桧的长孙女，自然有被封为“两国夫人”的资格。可见《警世通言》的称谓是对的，而《京本通俗小说》的编者，因不明宋朝制度，遂径改为“两个夫人”，此足证《京本通俗小说》后于《警世通言》，否则冯梦龙断无在这通俗小说里，改易此人人皆懂的“两个夫人”为意义难明的“两国夫人”，而且这样的还原，亦未必是冯梦龙所能办得到的。

综合以上各点，《京本通俗小说》毫无疑问是从《警世通言》和《醒世恒言》抽选出来的，编集年代自然也后于“三言”。至于编辑的动

---

① 见《枫窗小牍》卷上。

② 见《云麓漫钞》卷三。

机，更是明显，只是企图伪托一本足以吸引大家注意力的所谓宋人话本集，所以尽将原文"故宋"一类字句，改为"我宋"等语，以附合宋人语气。幸而各篇小说中不无可供考究年代的线索，加上善本《警世通言》、《醒世恒言》的比勘，伪托的真目便无复蔽饰。

## 肆、结　　论

根据以上的考释，《京本通俗小说》只是一部伪书，所收的话本全是从冯梦龙编著的《警世通言》和《醒世恒言》抽选出来，略略改动某些辞句，企图使读者以为是一部前所未闻的早期宋人话本集；而叶德辉的单刊本更是伪本之伪。这双重的作伪完全支配近数十年来宋代通俗小说的探讨，研究者以为《京本通俗小说》在版本上较"三言"更接近原来面目①，这种观念实有修正的必要。《京本通俗小说》既源自《警世通言》和《醒世恒言》，且加上作伪性的改动，就是在文字比勘上，是否有若干价值，亦甚有问题。此书虽为伪本，但所录的各篇，除《拗相公》是元人话本，《冯玉梅团圆》和《金主亮荒淫》二种是明人作品，其余都是宋人旧遗，这是需要特为说明的。

## 附　　论

《京本通俗小说》各篇的年代及其伪托情形，上文已分别考释，研究的结果大概不会和事实有很大距离。可是以目下文献不足，伪托此书的编者，却极不容易查考。以下只是探讨此问题的初步推究，未敢以为定见，将来尤需广引证据，再为考论。现仅略陈管见，另为附论，以与正文有所区别。

伪托古本的动机，如非求利即为求名。《京本通俗小说》的编集

---

①　傅惜华选注《宋人话本选》、胡士莹选注《古代白话短篇小说》、吴晓铃等选注《话本选》、中华书局编《话本选注》等选本，收录的话本，如并见《警世通言》、《醒世恒言》和《京本通俗小说》的，都选用《京本通俗小说》，而不用前二书。

动机，若是求利，编者自然是书肆商贾，而对象只是一般读者。但阅读小说只在娱乐遣兴，读者断不会考究书中话本是否宋人作品。如要说书贾细心将书中“故宋”等词故意改为“我宋”、“高宗”等，吕忠翊吕顺哥改为冯忠翊冯玉梅，根本就没有这样的必要与可能。

《京本通俗小说》的编集动机，既非谋利，便是求名，因此编者极有可能是一位对通俗小说有认识的藏书家。伪托古籍，推敲改易，断非易事，所以伪托者决不会秘不示人，白费心思。《京本通俗小说》是最先由缪荃孙公之于世的，编者也很可能就是缪氏。

缪跋谓所藏《京本通俗小说》四册，“三册尚有钱遵王图书，盖即也是园中物。《错斩崔宁》、《冯玉梅团圆》二回，见于书目……与也是园有合有不合，亦不知其故”。可是钱曾《也是园书目》、《述古堂书目》和《读书敏求记》三书，都没有著录《京本通俗小说》一目。钱氏书目所录宋人词话十二种，显然都是单刊本，而《京本通俗小说》是编次井然的话本集，这点已经绝不相类。又《京本通俗小说》的九篇话本，钱氏著录的只有两种，更包括疑点重重的《冯玉梅团圆》。因此缪氏所举的证据：“三册尚有钱遵王图书”，未免显得薄弱无力①。其次，缪氏据以刊刻的所谓残本《京本通俗小说》，以后未有所闻，全无记录，也是一个值得思索的疑问。

依理推测，缪荃孙曾得《警世通言》和《醒世恒言》，此二书在清季民初是极不易见的。因宋代通俗小说“传本寥寥”，“前只士礼居重刻《宣和遗事》，近则曹君直重刻《五代史平话》，为天壤不易见之书”。又以为《警世通言》和《醒世恒言》二书为明代集刊，价值自然不及宋元旧籍，因此一时兴致，遂从二书选出若干篇冯梦龙注明是宋人作品，或极类宋人话本的，略改字句，编集为《京本通俗小说》一书，更故意引述钱遵王以自重。可是他选用的各篇，见于钱氏书目的仅二种，虽自称“三册尚有钱遵王图书”，亦恐未足服人，只得将《范鳅儿双镜重圆》中的吕顺哥吕忠翊二名改为冯玉梅冯忠翊，题目亦强易为《冯玉梅团圆》以便附合《也是园书目》。复以《碾玉观音》的苏小小不

---

① 《烟画东堂小品》刻本，未见，据胡适《宋人话本八种序》，刻本仅《菩萨蛮》一种，卷首有“虞山钱曾遵王藏书”印。

是宋人，遂改为苏小妹，以配合“所引诗词，皆出宋人，雅韵欲流”。可是改动太多，破漏随之，正留给后人探究真目的线索，则未必是编者所能预料的。

## 补　记

在我们兄弟两人所写的文章中，这篇可说是较有点影响。十数年来，颇有不少同行(多半还是长辈)，因为鄙见，在讨论早期话本时，干脆把《京本通俗小说》弃置不谈，如 Patrick Hanan，“The Early Chinese Short Story: A Critical Theory in Outline”, *Harvard Journal of Asiatic Studies*, 27 (1967), 180①; C. T. Hsia 夏志清, *The Classic Chinese Novel: A Critical Introduction* (New York, 1968), p. 327; H. C. Chang 张心沧, *Chinese Literature: Popular Fiction and Drama* (Edinburg, 1973), p. 123. 三位的著述，早已是行内的名山之作，大家都相当熟悉。日本方面，亦有类似的情形，如大冢秀高，《话本通俗类书：宋代小说话本》，日本中国学会报，二十八期(1976 年 10 月)，页 114 ~ 156，便是据此而屏黜《京本通俗小说》的。

另外亦有以前曾持旧论，以后该从鄙说的。例如星加坡的黄孟文，在他的《宋代白话小说研究》(香港，1971 年)书内，有专章讨论《京本通俗小说》，显然在拙文刊后五六年他尚未看到(书中引的多为三十年代的资料，亦无日本及欧文著述)，但到他以相类的题目撰写博士论文时②，因时地之易，得见拙文及其他资料，《京本通俗小说》便不复列入讨论范围之内。

当然拙文绝非无懈可击。属稿时，我是香港大学二年级的学生，泰来还在念中学，谈不上写学术文章的经验。材料的缺乏又是另一困

---

① 译文见张保民及吴兆芳译，《早期的中国短篇小说》，收入《英美学人论中国古典文学》(香港，1973 年)，页 1 ~ 53，并收入王秋桂编，《韩南中国古典小说论集》(台北，1979 年)，页 1 ~ 43。

② 见 Wong Meng Voon, “Sung-Yuan Vernacular Fiction and Its Conceptual and Stylistic Characteristics” Ph. D. dissertation, University of Washington, 1975.

难，往往因陋就简，连《烟画东堂小品》那样普通的书也找不到，只好用黎烈文标点本。对一篇讲版本考证的文章来说，效果自然要打折扣。

可能因为拙文没有解决全部问题，读者中仍间有觉得应给《京本通俗小说》保留相当的地位，乐蘅军《宋代话本研究》(台北，1969年)便是一例。这书是乐女士在台湾大学的硕士论文。乐女士的疑问，胡万川兄已代我们回答(见后)。至于俄人 I. Tsipersvitch，以为胡适、鲁迅、郑振铎、Jaroslav Prusek 等寥寥几句印象式的话早已确证《京本通俗小说》的真实性，无容置疑，而视一切近代检讨该书版本问题的文字为白费①。证据确凿，竟视而不睹，实在没有和她辩的必要。

拙文出刊后，讨论《京本通俗小说》的文章主要有三篇：

(一) Andre Levy, "Le problem de la et de l'authenticite du recueil dtite contes anciens intitule *King-pen t'ong-sou siao-chouo*", in *Melanges de Sinologie offeries a Monsieur Paul Demieville*, Ⅱ (Paris, 1974), pp. 187-196. ②

(二)胡万川，《京本通俗小说的新发现》，中华文化复兴月刊，十卷十期(1977 年 10 月)页 37 ~ 43③。

(三)苏兴，《京本通俗小说辨疑》，文物，一九七八年三期(1978 年 3 月)，页 71 ~ 74④。

Levy 文 1965 年前已有旧稿，这是改作。胡文的目的主要在继续我们未做的工作(如详勘善本)，苏文则完全是独立进行的工作(直至 1979 年底，苏兴先生始看到拙文)。结论起码有一点是大家都同意的：

---

① I. Taiperovitch, "*Ching-pen t'ung-su Hsiao-shuo*", *in A Sung Bibliography*, ed. Yves Hervouet (Hong Kong, 1978), pp. 483-484.

② 译文见吴圳义译，《京本通俗小说真伪考》，中国古典小说研究专集，一期(1979 年 8 月)，页 109 ~ 121。

③ 这是修订本，此文初稿见中国时报(海外版)，1977 年 3 月 9 日。

④ 此文转载于大公报(香港版)，"艺林，新五七期"，1978 年 3 月 29 日。

《京本通俗小说》是抄自《警世通言》和《醒世恒言》的，不是研究宋人说话和宋人话本的一手资料。

有些朋友和我们谈起，说指缪荃孙为作伪者这一点是拙文最弱的一环，除了推论外，拿不出什么实证。考证离不开资料，大家好像期望我们能找到“Smoking gun”式的证据，始肯相信缪荃孙的无中生有。这种证据，我们目前仍没有(恐怕根本不存在，缪荃孙怎会留下自指其非的物证)，不过釜底抽薪的办法是有的，让以后有机会再交代。

——据中国台湾时报文化出版企业股份有限公司 1987 年版《中国小说史集稿》

【评　介】

马幼垣，广东番禺人，1940 年出生于香港。香港大学文学士、美国耶鲁大学博士。在美国夏威夷大学执教逾四分之一世纪，1996 年退休后任该校荣誉教授，曾在美国斯坦福大学、台湾大学、台湾“清华大学”(新竹)、东海大学、香港大学、香港岭南大学任客座或兼职教授。马幼垣先生著作宏富，文史兼精，以中国古典小说、近代海军和中西交通研究为治学核心，其代表作有：《中国小说史集稿》(中国台北时报文化出版事业有限公司 1980 年版)，《插增本简本水浒传存文辑校》(岭南大学出版社 2004 年版)，《水浒人物之最》(三联书店 2006 年版)，《水浒论衡》(三联书店 2007 年版)，《水浒二论》(三联书店 2007 年版)，《实事与构想：中国小说史论释》(中国台北联经出版社 2007 年版)，与刘绍铭、胡万川合编《中国传统短篇小说选集》(中国台北联经出版社 1979 年版)等。马幼垣先生是《水浒传》研究方面的知名专家，特别是在《水浒传》的版本、校勘等方面成就卓著。

马幼垣先生大器早成，《〈京本通俗小说〉各篇的年代及其真伪问题》是他在香港大学二年级时所写的一篇论文，1965 年 7 月发表于我国台湾的新《清华学报》第 5 卷第 1 期，后来收录于作者《中国小说史集稿》中，本书所选论文即出自该书。该论文是作者刚刚步入学术界时的牛刀初试之作，却在文学研究史上留下了浓墨重彩的一笔。

如要了解马幼垣先生此文的价值和意义，首先要了解《京本通俗小说》一书的情况。《京本通俗小说》是缪荃孙 1915 年编刻的《烟画东堂小品》中的一种。《烟画东堂小品》共有 12 册，35 卷，《京本通俗小说》是其中的两册。编刻者缪荃孙是当时一位大名鼎鼎的人物。

缪荃孙(1844—1919)，字炎之，又字筱珊，号艺风，江苏江阴人，中国近代藏书家、校勘家、教育家、目录学家、史学家、方志学家、金石家，中国近代图书馆事业的奠基人，中国近代教育事业的先驱者之一。他是清光绪三年进士，幼承家学，11 岁修毕五经，丽正书院肄业，习文字学、训诂学和音韵学。24 岁应四川乡试中举。他 33 岁时会试中进士，授翰林院编修，此后从事编撰校勘十余年。1888 年任南菁书院山长，1891 年掌泺源书院，1894 年任南京钟山书院山长兼掌常州龙城书院，1901 年任江楚编译局总纂。1902 年 5 月出任江南学堂总稽查，负责筹建江南最高学府三江师范学堂，并与徐乃昌、柳诒徵等七教席赴东洋考察学务，学堂遂仿日本东京大学，在南京国子监旧址筑校，以后更名两江师范及复建南京高师，为南京大学近代校史之开端。1907 年受聘筹建江南图书馆(今南京图书馆)，出任总办。1909 年受聘创办北京京师图书馆，任正监督。1914 年任清史总纂，1919 年 12 月 22 日在上海逝世。

缪荃孙编刻的《京本通俗小说》原有卷第如下：

第十卷　　碾玉观音
第十一卷　菩萨蛮
第十二卷　西山一窟鬼
第十三卷　志诚张主管
第十四卷　拗相公
第十五卷　错斩崔宁
第十六卷　冯玉梅团圆

缪荃孙在为该书所写的《跋》中说：

余避难沪上，索居无俚，闻亲串妆奁中有旧钞本书，类乎平

> 话，假而得之，杂庋于《天雨花》、《凤双飞》之中，搜得四册，破烂磨灭，的是影元人写本。首行“京本通俗小说第几卷”，通体皆减笔小写，阅之令人失笑。三册尚有钱遵王图书，盖即也是园中物……尚有《定州三怪》一回，破碎太甚；《金主亮荒淫》两卷，过于秽亵，未敢传摹。与也是园有合有不合，亦不知其故。

缪荃孙认为该书“的是影元人写本”。

《烟画东堂小品》之《京本通俗小说》出版后，受到学术界的普遍重视。鲁迅先生在《中国小说史略》第十二篇“宋之话本”中对其作了介绍，“《京本通俗小说》不知本几卷，今存卷十至十六，每卷一篇，曰《碾玉观音》，曰《菩萨蛮》，曰《西山一窟鬼》，曰《志诚张主管》，曰《拗相公》，曰《错斩崔宁》，曰《冯玉梅团圆》等，每篇各具首尾，顷刻可了，与吴自牧所记正同。其取材多在近时，或采之他种说部，主在娱心，而杂以惩劝。体制则什九先以闲话或他事，后乃缀合，以入正文”，并引用了《碾玉观音》开头的一系列诗词以及《西山一窟鬼》中的一段话。上海亚东图书馆 1928 年出版了汪乃刚标点的《宋人话本八种》，即是把《京本通俗小说》中的七篇作品与叶德辉刊刻的《金虏海陵王荒淫》合刊，一共八种，胡适特意为该书写了《序》，认为“我们可以不必怀疑这些小说的年代。这些小说的内部证据可以使我们推定它们产生的年代约在南宋末年，当十三世纪中期，或中期以后。其中也许有稍早的，但最早的不得在宋高宗崩年(一一八九)之前，最晚的也许远在蒙古灭金(一二三四)以后”。1934 年亚东图书馆重新出版该书时，采纳了日本学者长泽规矩也的论文《〈京本通俗小说〉与〈清平山堂〉》的观点，删去了《金虏海陵王荒淫》一篇，改名为《宋人话本七种》。谭正璧的《中国小说发达史》(光明书局 1935 年版)第五章“宋元话本”中介绍了《京本通俗小说》中的八种宋代的小说话本。孙楷第《中国通俗小说书目》卷一《宋元部》“小说总集”中列《京本通俗小说》残存七卷(第十卷至第十六卷)。

当然，质疑的意见也是有的。郑振铎先生《明清二代的平话集》中认为，“就平话的丛刻的进化史迹来看，元代而会产生那末篇幅至少会有十余卷以上的内容纯粹且又编次井然的《京本通俗小说》，实是不可能的事”，因此他认为“《京本通俗小说》当是明代隆万间的产物，其出现当在清平山堂所刻话本后，而在冯梦龙的三言前”。叶德均在《宋元明讲唱文学》(上杂出版社 1953 年版)中认为《京本通俗小说》与洪楩《六十家小说》、冯梦龙的“三言”一样，都是“明代的选辑本”，但是并没有说明具体的理由。

马幼垣先生的论文共分为五部分：引论部分介绍了《京本通俗小说》的概况以及学术界对该书的看法。第二部分论述了《京本通俗小说》中九篇作品的创作年代。作者认为《碾玉观音》、《菩萨蛮》、《西山一窟鬼》、《志诚张主管》、《错斩崔宁》、《定州三怪》这六篇作品的创作年代均可确定为宋代。《拗相公》篇中有“终宋世不得太平”一语，当是元人作品。《冯玉梅团圆》“故意将《双镜重圆》中重要脚色的名字更改，企图托古”，不可能是宋人或元人的作品，应该是明人作品。问题最多的是《金主亮荒淫》，这篇作品大部分抄自元代脱脱《金史》海陵本纪及后妃列传，其产生年代“绝不可能在《金史》修刊之前”，该篇中出现的爪哇国、缅甸国、西洋国等地名，“只可能在中国南海交通极为发达，有关故事又盛传民间的时候，才可以产生相配合的时代背景”，因此该篇应产生于明代中叶以后。第三部分论述了该书的编集年代。作者认为，《京本通俗小说》与《警世通言》、《醒世恒言》相比，相同的篇目文字差别极少，而且全部篇目都见于二书，实在过于“巧合”。另外，《碾玉观音》中苏小小的词被误改为苏小妹的词，《菩萨蛮》中的“两国夫人”被误改为“两个夫人”等。第四部分为结论，作者认为“《京本通俗小说》只是一部伪书，所收的话本全是从冯梦龙编著的《警世通言》和《醒世恒言》抽选出来，略略改动某些辞句，企图使读者以为是一部前所未闻的早期宋人话本集”。最后一部分为附论，作者指出该书的编集动机，“既非谋利，便是求名，因此编者极有可能是一位对通俗小说有认识的藏书家”，作伪者很可能就是刊刻者缪荃孙。

从该文在学术史上的价值和意义来看，主要体现在以下方面：

首先，该文第一次系统而全面地论述了《京本通俗小说》中存在的诸多问题，并首次提出该书是伪作。

《京本通俗小说》刊刻以后，大部分学者相信了缪荃孙“的是影元人写本”的说法，但也不是没有疑问。胡适在《〈宋元话本八种〉序》中就对《海陵王荒淫》中“除了西洋国出的走盘珠，缅甸国出的缅铃，只有人才是活宝”一句提出了怀疑，认为“这句话太像明朝人的口气，使我很生疑心”，但是胡适没有因此怀疑该篇是伪作。郑振铎在《明清二代的平话集》中也对《金主亮荒淫》提出了质疑，并根据“平话的从刻的进化史迹”判断，《京本通俗小说》当产生于明代，刊刻者很可能是喜欢以“京本”标榜的闽地的书商。不过，郑振铎也没有认为该书是伪作。

马幼垣先生则从《京本通俗小说》各篇的创作年代到其编集年代，全面地论述了该书存在的诸多问题，并在此基础上提出该书是伪作。不管学者们是否同意马幼垣先生的结论，但是他提出的一系列问题确实值得学术界进行深入的思考。

其次，该文为小说话本的断代问题提供了新的模式和方法。

一般情况下，判断《京本通俗小说》的真伪，最直接也最可靠的办法是从版本入手。如果有缪荃孙刊刻《京本通俗小说》的底本，直接对其进行版本鉴定就可以了。可是，缪荃孙刊刻《京本通俗小说》的底本，到现在都没有人见过，自然无法鉴定。另外，缪荃孙在《跋》中称该书得自于“某亲串妆奁中”，但是“亲串”为谁，家世如何，亦无一言提及。在这种情况下，学者们只好另辟蹊径。马幼垣先生在判断《京本通俗小说》各篇的创作年代时，除了根据前人的书目著录、冯梦龙《警世通言》和《醒世恒言》的注、前人的相关的文献资料以外，还特别注意文本的语言风格。

马幼垣先生常用的术语为“语气”。如在谈到《碾玉观音》时，作者说“篇首‘绍兴年间’句，没有加上‘故宋’、‘宋朝’字样，文中又称临安府为行在，很明显是南宋人的语气”；《菩萨蛮》“显是时人语气”；《西山一窟鬼》“显是宋人语气”；《至诚张主管》“明是时人语气”；《错斩崔宁》“以纯讲述式的口语写成，完全是宋人说话的形式”；《定州三怪》中有“显是当时说话人的惯用语”等，都是以“语气”作为判断宋元话本的标准。这种断代的方法以后经常被学者们使用。不过，以“语气”作为断代的标准，需要学者有比较强的艺术敏感力，能够准确把握某一时期话本小说的基本风格。同时，这种断代方法也存在着一定的模糊性和不确定性，不同的学者可能会有不同的感受。

小说话本的断代问题是宋元话本研究中一个十分重要的问题，许多学者曾对这一问题进行过探讨，其中胡士莹在《话本小说概论》、许政扬在《话本征时》、程毅中在《宋元小说家话本集》中都曾专门研究过这一问题，并进行了有益的实践。

再次，该文在学术界引起了巨大的反响。

该文发表后，首先引起了我国港台及海外汉学家的关注。美国著名汉学家韩南(Patrick Hannan)、美籍华人学者夏志清、日本学者大冢秀高等都采纳了马幼垣先生的观点。该文也引起了海峡两岸学术界关于《京本通俗小说》真伪问题的争论。我国台湾学者乐蘅军在《宋代话本研究》(我国台湾大学文学院 1969 年版)对马幼垣先生的观点提出了质疑，我国台湾学者胡万川发表了《〈京本通俗小说〉的再发现》(《中华文化复兴月刊》1977 年第 10 卷第 10 期)支持马幼垣先生的观点，并从版本对勘的角度论证了《京本通俗小说》抄自于三桂堂本《警世通言》与衍庆堂本《醒世恒言》。大陆学者苏兴在没有见到马文的情况下，发表了《〈京本通俗小说〉辨疑》(《文物》1978 年第 3 期)，提出了与马文相似的观点。后来苏兴又发表《再谈〈京本通俗小说〉的问题》(《社会科学战线》1983 年第 4 期)继续探讨这一问题，我国台湾学者那宗训则发表《〈京本通俗小说〉的新评价》一文，从七个方面论证《京本通俗小说》并非伪书。大陆学者聂恩彦也认为该书并非伪作。关于这场争论的具体情况以及现在学术界对这一问题的看法和态度，可以参看本书张兵先生的论文《〈京本通俗小说〉的证伪及其意义》和刘相雨关于此文的评介。

《京本通俗小说》的真伪问题现在仍然是一件悬案。悬案出现的原因，除了该书的来历不明之外，另外一个不容易回答的问题是：如果该书是伪书，那么作伪者是谁？是缪荃孙吗？如果作伪者即缪荃孙，那么其作伪动机是什么？为名乎？为利乎？如说为名，缪荃孙当时已经名满天下，还有进一步求名的必要吗？如说求利，缪荃孙当时为什么不将此书单独刊刻，而将其夹入《烟画东堂小品》丛书之中？此外，《烟画东堂小品》丛书 35 卷，除了《京本通俗小说》以外，其他的作品都没有发现伪作，单单只有《京本通俗小说》是伪作吗？关于这一系列的问题，现在还没有一个圆满的解释。另外，上海朵云轩拍卖有限公司 2008 年秋季艺术品拍卖会上拍卖了一套《烟画东堂小品》，成交价 14 560 元，似乎并未因《京本通俗小说》的真伪问题影响其拍卖价格。

**马幼垣相关作品目录：**

《〈京本通俗小说〉各篇的年代及其真伪问题》，载中国台湾新《清华学报》1965 年第 5 卷第 1 期。

《中国小说史集稿》，中国台北时报文化出版企业股份有限公司 1980 年版。

《插增本简本水浒传存文辑校》，岭南大学出版社 2004 年版。

《水浒人物之最》，三联书店 2006 年版。

《水浒论衡》，三联书店 2007 年版。

《水浒二论》，三联书店 2007 年版。

《实事与构想：中国小说史论释》，中国台北联经出版事业公司 2007 年版。

（刘相雨　朱祥竟）

# 论"话本"一词的定义(存目)

[日]增田涉

【评　介】

增田涉(1903—1977)，日本学者，鲁迅先生的学生和朋友，鲁迅作品翻译家和鲁迅研究家，中国文学研究者。自 1949 年起，历任日本岛根大学文学部教授、大阪市立大学文教部教授、关西大学文学部教授，直至 1974 年退休。

1903 年，增田涉出生在日本西部临海的岛根县八束郡惠昙村。在松江的旧制高等学校读书时就热爱文学，并从青木正儿编辑的《支那学》杂志上知道了鲁迅的名字。1926 年进入日本东京帝国大学文学部。当时，一些为军国主义服务的"学者"、"文人"，非常轻视甚至敌视现代中国文化，但是增田涉毅然选择了专攻"中国文学"。其间，增田涉跟几位同学筹建现代中国文学研究会之类的组织，第一次集会是评论鲁迅的作品，增田涉在会上谈了对《故乡》的看法。当时，教授他们"中国小说史"的是盐谷温，教材就是他所著之《中国文学概论讲话》，但是有一个时期，盐谷温却讲了一些来自鲁迅先生的《中国小说史略》的观点和材料，增田涉由此接触到这本书，并很快意识到《中国小说史略》"是中国小说史的一部划时代名著"。

1929 年，增田涉从日本东京帝国大学毕业，很想到中国看看。那时日本的中国研究者往往把北平看做中国的"文化中心"，而增田涉认为，上海对于了解现代中国来说更为重要，因此于 1931 年 3 月到了上海。最初他也不知道鲁迅在上海，"只是因为得到佐藤春夫先生给内山完造先生的介绍信，一天去访问内山书店，恰好听说鲁迅正住在上海，而且每天都到内山书店来的"。"我怀着向他学习的心情，最初是计算着他出现的时间每天到内山书店去”。[①] 由此，增田涉和鲁迅先生相识，并在短暂地学习了《朝花夕拾》和《野草》后，开始了《中国小说史略》的学习，几乎是逐字逐句地听鲁迅先生讲解，仅这本书就花了大约三个月时间。此次增田涉和鲁迅相处大概十个月，有机会对鲁迅先生进行了细致观察和深入研究，写出了全世界第一部综合研究鲁迅生平思想的《鲁迅传》初稿，并且经鲁迅先生亲自改阅，1932 年 4 月发表在日本很有影响的《改造》杂志上。

1931 年 12 月，增田涉回国。之后与鲁迅先生保持密切的书信联系。增田涉本拟立即开始翻译《中国小说史略》，但因编纂、翻译《世界幽默全集·支那篇》无暇顾及，在 1932 年 10 月 21 日或 11 月 3 日致鲁迅的信中方言及此事。虽然增田涉已经听过鲁迅先生全面而详尽的讲解，但是要译成地道的日文，不仅会有文字障碍，而且会遇到中国古制、习俗等各种难题。他将所有疑问大小无遗地记下，鲁迅先生则详细认真地一一作答。正是由于如此的严谨，直到 1934 年 5 月中旬，“史略”的翻译工作才告完成。1935 年 7 月正式发行后，成为日本翻译史上的一座纪念碑，被广泛地采用为大学“中国文学史”课的教材。1936 年 6 月出版的《鲁迅选集》，1936 年 9 月出版的《世界短篇杰作全集》第六卷，增田涉也都圆满地完成了主要的翻译工作。

1936 年 5 月，鲁迅先生重病卧床，增田涉闻讯赶到上海探望。1936 年 10 月 14 日，即鲁迅先生临终前五日，还扶病复信增田涉。鲁迅逝世不久，尽管日本军国主义者发动了侵华战争，但是增田涉还是继续努力翻译和介绍鲁迅的作品。1937 年，他参加了编辑出版《大鲁迅全集》的工作。1940 年，他参加了《现代支那随笔集》的翻译工作。1956 年出版了他翻译的《鲁迅的话》。也是从这一年起，他与松枝茂夫、竹内好编辑十二卷本的《鲁迅选集》。1962 年，增田涉翻译的《阿 Q 正传》单行本出版。他翻译的《阿 Q 正传》等小说，仅从 1962 至 1973 年十年间就再版了三十五次，发行量达四十万册。他所译的鲁迅的小说、散文、杂文有被选作日本学校的课文。

---

① 戈宝权：《鲁迅与增田涉》，载《中国现代文学研究丛刊》1979 年第 1 期。

增田涉的著作，如《鲁迅传》、《鲁迅的印象》、《中国文学史研究》等，内容丰富，材料翔实，拥有众多读者。晚年，他还写了《鲁迅和我》、《内山完造和鲁迅》等文。1976 年 8 月号《文学》杂志上，发表了他的最后一篇关于鲁迅的研究论文《鲁迅与“光复会”》。除了翻译和写作外，增田涉还积极参加日中友好活动和纪念鲁迅的各种活动。1973 年 10 月，他以七十岁的高龄来我国访问，参观了北京的鲁迅故居。1974 年 10 月 19 日在仙台举行鲁迅仙台留学七十周年纪念活动时，他把自己珍藏的与鲁迅先生有关的物品陈列出来，并在纪念会上作了《我的恩师——鲁迅先生》的演讲，在鲁迅碑前种了月桂树。1976 年 10 月 19 日在日本举行“中华人民共和国鲁迅展览会”时，他特地从大阪赶到仙台，参加了开幕式。

增田涉一生献身于翻译和研究鲁迅的工作，成果卓著，而他对中国学术界，特别是宋元话本小说研究形成较大影响的，是发表于 1965 年的《论“话本”一词的定义》一文。这篇论文原刊于《人文研究》十六卷五号，汉语译文刊载在 1981 年中国台北出版的《中国古典小说研究专集》第三集，1988 年第 2 期《古典文学知识》摘要转载。

“话本”一词，《都城纪胜》、《梦粱录》等笔记中较早提及，鲁迅先生在《中国小说史略·宋之话本》中首次将“话本”置于中国古代白话小说史的研究中：

> 然在市井间，则别有艺文兴起。即以俚语著书，叙述故事，谓之“平话”，即今所谓“白话小说”者是也。
>
> 然据现存宋人通俗小说观之，……而实出于杂剧中之“说话”。
>
> 说话之事，虽在说话人各运匠心，随时生发，而仍有底本以作凭依，是为“话本”。
>
> 南宋亡，杂剧消歇，说话遂不复行，然话本盖颇有存者，后人目染，仿以为书，虽已非口谈，而犹存曩体。

以《新编五代史平话》和《京本通俗小说》残本为宋代话本之例，后来之《拍案惊奇》、《醉醒石》等小说者流，《列国演义》、《隋唐演义》等讲史者流，则是仿话本以为书。

此后，这一“话本”概念为学术界广泛接受。郑振铎先生在《明清二代平话集》中、孙楷第先生在《论中国短篇白话小说》中都持相近见解。新中国成立以后至20世纪90年代，几乎所有通行的中国古代小说史和文学史都采用这一说法，胡士莹先生《话本小说概论》中反复强调、论证“话本是说话艺术的底本”，使得“话本”这一概念更加深入人心。在此基础上，衍生出“话本小说”等概念，并逐渐更加细致地描画出我国古代白话小说发生发展的脉络。从某种意义上可以说，《中国小说史略》中提出的这一“话本”概念和“拟话本”概念（虽然后来“拟话本”概念已经发生转移）一起，构建了我国古代白话小说史理论基础。

但是，在《论“话本”一词的定义》这篇文章中，增田涉就《中国小说史略》中的“话本”概念提出质疑，认为：

> 当时可能有由这种“说话人”所讲的说唱故事的底本。但是，是否此种底本就叫做“话本”，却令人怀疑。……而事实上“话本”一词根本没有“说话人的底本”的意思。

他首先指出《中国小说史略》中“说话人的底本即是话本”的根据和论证方法并不可靠：

> 从鲁迅所引的资料可知“话本”一词其来有自。但《梦粱录》中所谓的“话本”是否就是鲁迅所认为的“说话人的底本”？这并没有什么确实、可靠的证据，而且我们并没有发现任何话本。……他由影戏的话本，推而至讲史以至小说。这只是类推而扩大加以解释而已，本身就有问题。

与之有关联的《都城纪胜》和《梦粱录》中的资料，本为大家所熟见，但是为了方便起见，仍录如下：

> 凡傀儡敷演烟粉灵怪故事、铁骑公案之类，其话本或如杂

剧，或如崖词，大抵多虚少实，如巨灵神朱姬大仙之类是也。

影戏，凡影戏乃京师人初以素纸雕镞，后用彩色装皮为之，其话本与讲史书者颇同，大抵真假相半，公忠者雕以正貌，奸邪者与之丑貌，盖亦寓褒贬于市俗之眼戏也。（以上引自《都城纪胜》）

凡傀儡，敷演烟粉、灵怪、铁骑、公案、史书历代君臣将相故事话本，或讲史，或作杂剧，或如崖词。（据增田涉引文而录）

更有弄影戏者……杭城有贾四郎、王升、王闰卿等，熟于摆布，立讲无差。其话本与讲史书者颇同，大抵真假相半，公忠者雕以正貌，奸邪者刻以丑形，盖亦寓褒贬于其间耳。（以上引自《梦粱录》）

对这几条资料的理解，研究者见仁见智；而且，也的确缺少宋代话本存在的确凿证据。不过，据《都城纪胜》所言"其话本或如杂剧"，则关于傀儡，有所谓"话本"。至于《梦粱录》之记述，窃以为应作如下断句：

凡傀儡，敷演烟粉、灵怪、铁骑、公案、史书、历代君臣将相故事，话本或（应该是脱了"作"、"如"之类的字，如下文之"或作杂剧，或如崖词"）讲史，或作杂剧，或如崖词。

即关于傀儡，和关于影戏的记述一样，与《都城纪胜》所记亦相近，亦谓傀儡有"话本"。而且细看"其话本与讲史书者颇同"这样的字句，可知：1. 关于影戏，有所谓"话本"；2. 所谓"讲史书者"，意为"讲史书的话本"，是指关于讲史书，亦有所谓话本。说话与傀儡影戏同为"百戏伎艺"的表演艺术，讲史与小说同为说话伎艺，那么小说有所谓"话本"的推论就并非完全没有道理。

增田涉也并不完全否认说话人有底本。上引《梦粱录》中所言诸著名艺人"熟于摆布，立讲无差"，当是与其讲说之所本相比而言为"无差"。《醉翁谈录·小说引子》"得其兴废，谨按史书；夸此功名，总依故事”下有小注云：“如有小说，但随意据事演说云云。”可见，说话伎艺，小说也好，讲史也好，可能都如鲁迅先生所说，“虽在说话人各运匠心，随时生发，而仍有底本以作凭依”，可以认为“话本”是表演用的底本，而不一定非得是“故事”。如果解释为“故事”，那么《都城纪胜·瓦舍伎艺》条前文刚说过“烟粉灵怪故事”，为什么后面不直接说“故事”，而要特地换成“话本”呢？而且，虽然“历代君臣将相故事”之“故事”古今异义，但是如果按增田涉所述之“史书历代君臣将相故事话本”，将“话本”解释为“故事”，“故事话本”仍略显重复。

在质疑和驳论之后，增田涉提出了自己的观点：

> 详细考察它的惯例用法时，我们发现“话本”有“故事”，但是却没有“说话(人)的底本”的意思。

然后从文献资料和文学作品中遍引二十多条文字，反复论证“话本”一词在宋明文献中除偶尔可作“故事的材料”解释外，其他只能作“故事”解，而根本没有“说话(人)的底本”的意思。其中较具影响力的，当是文中所胪列之材料。在论文的最后，他指出所谓“特例”的《古今小说叙》中的一段文字，并解释了“话本”在日本文献中的含义，但是都不影响其立论。

关于增田涉所举《古今小说叙》中记录的“话本”，萧欣桥先生《关于“话本”定义的思考》(《明清小说研究》1990年第3、4期)已经指出这并非特例，如《警世通言》卷二十八《白娘子永镇雷峰塔》开头便有这样的话：

> 有分教，才人把笔，编成一本风流话本。

不仅是冠之以“本”，而且明言乃才人“把笔”，当是书面创作。另外，元代钟嗣成《录鬼簿》“前辈已死名公才人”陆显之条下注云：“有《好儿赵正》话”，曹楝亭刊本《录鬼簿》作“有《好儿赵正》□本”。二书互校，显然是说陆显之还做过一个《好儿赵正》话本。王秋桂先生在

《〈论“话本”一词的定义〉校后记》中也指出，叶德均先生在《读明代传奇文七种》(收于《戏曲小说丛考》)中引传奇小说《刘生觅莲记》(别题《刘熙寰觅莲记》)之文：

因至书坊，觅得话本，特与生观之。见《天缘奇遇》鄙之……见《荔枝奇逢》、《怀春雅集》留之。(第539页)

这里“话本”也只能解释为“故事书”而不是“故事”。

关于增田涉所列其他材料，萧欣桥等学者亦专文辨析，指出其中一部分乃是出于误解，所涉材料如：

1. 这话本是京师老郎流传。(《古今小说》十五)

2. 此本话文叫做《积善阴骘》，乃是京师老郎传留至今。(《初刻拍案惊奇》二十一)

3. 如今待小子再宣一段话本，叫做“包龙图智赚合同文”。你道这话本出在哪里？乃是宋朝汴梁西关外义定坊，有个居民刘大，名天祥……(初刻《拍案惊奇》三十三)

4. 所以宣这个话本，奉戒世人切不可为着区区财产，伤了天性之恩。(初刻《拍案惊奇》三十三)

5. 所以今日依着本传，把此话文重新流传于世，使人简便好看。(《初刻拍案惊奇》十二)

6. 变出一本蹊跷作怪底小说来。(《古今小说》三十五《简帖僧巧骗皇甫妻》中“底”作“的”，其后之文字完全相同。)

7. 此本话文，高公之德、崔尉之谊、王氏之节，皆是难得的事。(《初刻拍案惊奇》卷二十七)

8. 这一本话文，乃是国朝成化年间浙江杭州府余杭县，有一个人……(《初刻拍案惊奇》卷十二)

9. 此本说话出在祝枝山《西樵野记》中。(《初刻拍案惊奇》卷十二)

10. 这本话乃是元朝大德年间的事。(《初刻拍案惊奇》卷九)

11. 唱一本儿倚翠偷期话。(董解元《西厢记》卷一)

12. 此本话，说唐时这个书生，姓张名珙，字君瑞，西洛人也。(董解元《西厢记》卷一)

13. 若不与后，而今没这本话儿。(董解元《西厢记》卷一)

以上引自萧欣桥先生《关于“话本”定义的思考》，文中总结论述道：“‘话本’作为故事文或故事本子才是它的基本含义，它在有些场合被用来指称抽象故事则是这种基本含义的引申或扩展，或说是与‘说话’和‘话’的混用。”

又如：

1.“话本说徹且作散场”，或者“话本说徹权作散场”。(清平山堂的《简帖和尚》、《合同文字》、《陈巡检梅岭失妻记》等白话小说的末尾)

2. 这两世相逢、古今罕有、至今流传做话本。(《古今小说》三十《明悟禅师赶五戒》)

以上引自刘兴汉先生《对“话本”理论的再审视》(《社会科学战线》1996 年第 4 期)，肯定鲁迅先生把“话本”解释为“说话人的底本”的说法是不错的。

也有研究者接续增田涉观点，并加强论证，或补充材料。如下：

1. 你看这段话文，出在那个朝代？什么地方？(《醒世恒言》卷三十五)

2. 后人将史书所载废帝海陵之事，敷演出一段话文，以为将来之戒。(《醒世恒言》卷二十三)

3. 从来说鬼神难欺，无如此一段话本，最为真实骇听。(《初刻拍案惊奇》卷十四)

以上引自胡莲玉《再辨“话本”非“说话人之底本”》(《南京师大学报》(社科版)2003 年第 5 期)，作者认为，在这些例子中，“话本”、“话文”等也显指故事，而非故事本子。

在增田涉发表此文的20世纪60年代，中日文化交流较少，此文未引起中国学术界的广泛注意。但是海外中国古代小说研究者有的接受了增田涉的观点，韩南《宋元白话小说·评近代系年法》、《中国白话小说史》中便舍“话本”而用“白话小说”。后来增田涉此文的中译文出版，《古典文学知识》也发表了摘要，此论点逐渐对中国学术界产生影响。1988年6月在大连召开的第五次明清小说座谈会上，中外学者就话本的定义问题展开过讨论。施蛰存先生之《说“话本”》(《文史知识》1988年第10期)，以及以上所述萧欣桥先生之《关于“话本”定义的思考》、刘兴汉先生之《对“话本”理论的再审视》等论文，即针对增田涉此文而发。大部分学者仍肯定“话本”的传统定义，除上所述之外，还有多种小说史，如张兵先生之《话本小说史话》、欧阳代发先生之《话本小说史》、程毅中先生之《宋元小说研究》、石麟先生之《话本小说通论》、陈大康先生之《明代小说史》，等等。

有的学者对增田涉的观点表示认同，有的在此基础上对传统白话小说理论提出修正意见。王秋桂《〈论“话本”一词的定义〉校后记》，结合说书的实际情形来支持增田涉的论点，同时又指出，“话本”也用来指“故事本子”，“宋元人说书如有底本，形式当较似《醉翁谈录》或其所引的《绿窗新话》”。周兆新先生从宋元说话人所用底本的形态入手进行考察，认为其底本只记录故事梗概、诗词赋赞和其他参考资料，而且诗词赋赞往往集中在一起，附在故事梗概之后，与实际的讲唱情况有很大不同①。《中国古代小说百科全书》“话本”条：“其实，‘话本’二字就是故事的意思。”石昌渝先生《中国小说源流论》认为“话本”含义有三：传奇小说、抽象的故事、白话故事本子；而非说话艺人的底本。胡莲玉《再辨“话本”非“说话人之底本”》中又罗列了选自“三言”、“二拍”等作品中的例子，补充论证“话本”一词应当解释为“故事”(包含伎艺性的故事及谈话的资料)，主张取消“话本”是“说话人的底本”这一概念，而以“话本”作为现代人对宋元时代这类具有明显口传文学特征的作品的命名，并只专取其狭义，专指“小说

① 《“话本”释义》，载《国学研究》第2卷。

话本”。

对“话本”传统概念的质疑，对我国古代白话小说研究带来一定的影响，比如对“拟话本”概念的质疑甚至否定。萧相恺先生《宋元小说史》中提出用“市人小说”来替代“话本”。周兆新先生主张取消“拟话本”①。傅承洲先生认为：“既然话本不是说话人的底本，而是故事的意思，‘拟话本’一词的根基也就动摇了。”“如果一定要说明清文人创作的白话短篇小说是对某种艺术形式的模拟，那也不是模拟底本，而是模拟说话艺术。作为一个文体概念，拟话本缺乏科学依据”，提出以“艺人话本”和“文人话本”来分别指称宋元艺人讲述的故事和明清文人写作的白话短篇小说。② 其他问题还有如对“话本”、“话本小说”作品的厘定，我国古代白话小说的近源，说话人底本形态，说话伎艺和白话小说关系等问题的讨论和争议，等等，也和对“话本”概念认识的分歧有一定关系。

即使赞同鲁迅先生“话本”概念的学者，仍然在不断尝试更科学地界定“话本”、“拟话本”、“话本小说”等概念，试图更准确地把握我国古代白话小说的发生发展。胡士莹先生《话本小说概论》有专章讨论“话本的名称”。张兵先生《话本小说史的分期问题》(《复旦学报》(社科版)1988 年第 4 期)、《话本的定义及其他》(《苏州大学学报》(哲社版)1990 年第 4 期)等论文讨论了“话本”、“拟话本”、“话本小说”的概念和作品厘定。萧欣桥先生《话本研究二题》(《浙江学刊》2000 年第 5 期)中认为，虽然鲁迅先生的说法能够成立，但是指出现在人们看到的已不是话本而是话本小说，主张明清拟作应以明清拟话本小说或明清话本体小说来替代。

关于“话本”一词的定义，迄今仍然在讨论中。但是，对于我国古代白话小说和说话伎艺的密切关系，基本上可以达成共识，“话本”的传统定义，其实也是认识并重视这种密切关系的一种表现。这场讨论的展开和增田涉此文有一定关系，同时也应该认识到，更深刻

① 《“话本”释义》，载《国学研究》第 2 卷。

② 《艺人话本与文人话本》，载《湖北民族学院学报》(哲社版)2002 年第 4 期；《拟话本概念的理论缺失》，载《文艺研究》2008 年第 4 期。

的原因还在于我国古代白话小说自身的特点。我国古代白话小说发展史本身就具有复杂性，加之客观条件限制，相关文献资料阙如，因此，对于白话小说发生、发展的一些情况难以彻底理清。随着我国古代小说研究的深入，"说话"伎艺有无底本，这种底本是否称为"话本"，"说话"底本是否为我国白话小说的源头等一系列问题，逐渐呈现出来。另外，关于"话本"之所以会被理解成"故事"，而且乍看之下感觉很能讲得通的原因，研究者们从"话本"一词的语义(可参看胡士莹先生《话本小说概论》章六)、"话本"既供讲说又供阅读的双重功能等方面进行了总结(可参看刘兴汉先生《对"话本"理论的再审视》等文)，同时，也可能和我国古代说话伎艺本来就源于讲故事的活动，而白话小说作品也往往有重故事的特点有关，也和当时话本概念界定不太严谨，使用也较随意，和其他名称多有混用的情况有关。对"话本"定义的理解，和对"拟话本"、"话本小说"等概念的理解一样，反映了不同时期、不同研究者对白话小说发展史不同的认识。这些讨论都是为了能够更准确、更清晰地认识白话小说的产生发展，是小说史研究深入发展的结果，并且会促进研究的进一步发展。

**增田涉相关作品目录：**

《鲁迅的印象》，讲谈社 1948 年版。

《中国文学史研究　"文学革命"与前夜的人们》，岩波书店 1967 年版。

《西学东渐与中国事情　"杂书"札记》，岩波书店 1979 年版。

《杂书杂谈》，汲古书院 1983 年版。

**增田涉翻译作品：**

鲁迅：《鲁迅选集》，增田涉与佐藤春夫共同编译，岩波文库、岩波书店 1935 年版。

鲁迅：《支那小说史》，サイレン社 1935 年版。

鲁迅：《大鲁迅全集》，增田涉与井上红梅、鹿地亘、佐藤春夫、胡风、许广平等共同编译，改造社 1937 年版。

鲁迅：《鲁迅作品集》(第 1 卷)，东西出版社 1946 年版。

蒲松龄：《聊斋志异》(选译)，新流社 1948 年版。

鲁迅:《鲁迅语录》, 创元社 1955 年版。

司马迁:《史记物语》, 讲谈社 1956 年版。

《新 · 十八史略物语》(全 12 卷, 别卷 2), 增田涉与奥野信太郎、佐藤春夫共同编译, 河出书房 1956—1957 年版。

鲁迅:《鲁迅选集》(全 12 卷), 增田涉与松枝茂夫、竹内好共同编译, 岩波书店 1956 年版。

(王领妹)

# 《话本选》序言

范　宁

## 一

在中国文学发展的道路上，宋代的白话小说——“话本”①的出现，是一件大事，它标志着祖国文学进入了一段新的里程，一个新的时代。鲁迅先生在《中国小说史略》第十二篇《宋之话本》中说得很好。他说：

> 宋一代文人之为志怪，既平实而乏文彩，其传奇，又多托往事而避近闻，拟古且远不逮，更无独创之可言矣。然在市井间，则别有艺文兴起。即以俚语著书，叙述故事，谓之“平话”，即今所谓“白话小说”者是也。

这种体裁的作品，鲁迅先生还说它“主意则在述市井间事”。这就是说，产生在宋代的这些白话小说的内容和形式都具有一些特色。这些作品广泛地反映了社会上各个阶层的人们的生活。特别是城市中的小商人、手工业者的生活和理想，痛苦和欢乐，几乎成为这些作品

---

①　十一世纪前后，北宋都城开封，随着农业和手工业的发展，商业经济也显得繁荣起来。都市人口一天一天的增多，为了适应广大居民的文化生活需要，一些公共场所集结了大批从事游艺、杂耍、歌舞、扮演戏剧和讲说故事的人。当时说故事叫做“说话”，他们为了便于记诵传习，有时也写下来，这种底稿叫做“话本”。

的演述者所选择的主要的题材。在中国文学史上，市井“小民”和他们的生活大量地被写进艺术作品里，受到赞扬，的确是从这个时期开始的。这是文学上一种新生的进步的现象。我国文学创作在唐代一度繁荣以后，经过五代到北宋初年，作品中所反映的生活面逐渐窄狭，如同西昆体的诗，甚至于到达空虚的地步，就在这时候出现了生活气息浓郁的白话小说，无可争辩，它替祖国文学开创了一个新的局面。

文学上这种新局面的出现是有它的社会根源的。原来十一世纪前后，北宋王朝完成了全国的统一，重建起来一个中央集权的专制帝国。在帝国的开头几十年中，阶级矛盾表面趋向和缓，社会呈现一种和平安定的形势。由于广大人民辛勤的劳动，生产力得到进一步的提高，社会上积累了大量的财富。作为政治中心的都城汴梁(开封)，随着农业和手工业的发展，商业经济也显得繁荣茂盛起来。都市人口一天一天的增多，市民队伍不断地扩大，为了适应这些人的文化生活需要，一些公共场所集结了大批从事游艺、杂要、歌舞、扮演戏剧和讲说故事的人。这些讲故事和听故事的人都属于市民阶层，因之故事内容必须为他们所能理解和接受。这就是说，故事中的人物和事件一定得是他们所熟悉的，否则讲起来不易生动，听的人也很乏味。这样，在客观需要之下必然产生反映市民生活的作品。当然，这里必须声明的，宋代的市民还不是近代市民。宋代城市的手工业，基本上是官手工业。这些手工业发达也是畸形的，大都是为满足大官僚、大地主、大商人的穷奢极侈的豪华场面而生产。所以当统治集团疯狂的追求生活享受，手工作坊就更加增多，而手工业者的人数也相应的扩大。一面是纵情逸乐，一面是辛苦劳作，这就是宋代西昆体、欧晏词和白话小说两种文学分歧的历史的社会的根源。同时我们也看得很清楚，作为反映市井“小民”的健康的生活和情感的白话小说，是一种富于生命力的新的文艺，它有无限的前程。直到南宋，白话小说的创作并没有因为帝国在政治上和军事上的软弱无力而跟随着衰歇，相反的，我们从《都城纪胜》、《武林旧事》、《醉翁谈录》等书中记载看到，在旧有的基础之上，这种新的文艺还获得了蓬勃的发展。

但到了元明两代，都市讲说故事这一行业，不见记载。明佚名氏著《如梦录》，虽然是模仿《东京梦华录》的写法。但是其中也一字不提“说话”这件事。元明人偶尔谈到说唱故事的人，指的不是瞎子就是妓女，并且没有明白地说是在固定的时间和固定的地点向听众宣讲的。如姜南在《蓉塘诗话》卷二《洗砚新录》演小说条讲：

> 世之瞽者或男或女，有学弹琵琶，演说古今小说，以觅衣食。北方最多，京师特盛。南京、杭州亦有之。

此外夏庭芝《青楼集》，田汝成《西湖游览志余》，都有类似的记载。大概由于元明时代戏剧艺术特别发达，人们被这一新的表演艺术所吸引，转移了原来欣赏“说话”的兴趣，因而“说话”这一行业似乎有些衰歇。在中国文学史上的元明时代，戏剧和小说这两种文学体裁的分化，逐渐明朗。演唱成为戏剧的专长。讲唱的小说渐渐少了，出现了一些不能讲唱的小说。鲁迅先生曾称这种小说叫做“拟话本”。“拟话本”虽然不能讲唱，但是这个时期的印刷十分发达，它一样能够得到广泛的传播。中国历史进入明代，资本主义的生产关系，开始萌芽，市民阶层逐渐壮大了。这个阶层在生活中可歌可泣的故事，积累得更多起来，它给作者们提供了丰富的素材。因此，“拟话本”连同前面所说的“话本”，其中最优秀部分，今天我们读起来，觉得由于作者们对于中下阶层的人们的生活的熟悉，以及对于现实社会关系的相当深刻的理解，他们生动地描写了一些典型人物和事件，故事的确是感人的。

“话本”小说这种文学体裁和传统的诗歌散文作品的形式不一样。“话本”一般包括两个部分：散文和韵文。这两种成分交织地出现在一篇故事之中。它们的作用是有所分工的。一般说来，散文部分总是叙事的，韵文部分则多半是描写。在早期的“话本”中，韵文地位十分显要。晚后因为散文部分描写成分的增多，它就成为可有可无的了。这种韵文最初是可唱的，如《刎颈鸳鸯会》①用“商调醋葫芦”的词调，就是标明这段韵文要用“商调”来唱的。但到“拟话本”中因为作者动机不是供人说唱的，这种形式也就给取消了。这些韵文和散文

① 《清平山堂话本》，又《警世通言》第三十八卷。

的关系，一般有两种：一是韵文重复散文所叙述的意思，加以歌颂和赞评。另一是韵文当做全篇文章一个重要环节，即在叙述故事到紧要处，它或写景，或状物，往往起一种承上启下的衔接作用。

韵文在作品中这两种形式构成“话本”小说的创作特点。首先由于需要对所叙述的事件加以歌颂和赞评，因之小说的讲述者不能只是站在事件的旁边来叙述事件，而要以事件的裁判者的身分出现。如《冯玉梅团圆》①中的入话，写南宋建炎间有两对夫妻被乱军冲散，途中错成交互配合，后来“一对两双，恰恰相逢”，于是“将妻子兑转，各还其旧”。作者在叙述这一故事的结尾说：“夫换妻兮妻换夫，这场交易好糊涂；相逢总是天公巧，一笑灯前认故吾。”从歌中的“相逢总是天公巧”，我们体察到作者对待他们这种不幸的遭遇是同情的。又如《三现身包龙图断冤》②中，作者在这个故事的末尾歌颂包拯说：“诗句藏谜谁解明，包公一断鬼神惊。寄言暗室亏心者，莫道天公鉴不清。”这里作者用“包公一断鬼神惊”，表现了他对于“暗室亏心者”的肮脏生活的厌恶。话本作者这种对待他所描述的人物和事件的明辨是非的态度，对于所描写的生活现象的判断的解释，可以说是这些小说的一种特点。

另外，作者们喜欢用韵文来写景状物，也是话本的特点。陈师道《后山诗话》说：“范文正公为《岳阳楼记》，用对语说时景，世以为奇。尹师鲁读之曰：‘传奇体尔。’传奇，唐裴铏所著小说也。”这里指出“用对语说时景”是小说的特征。“对语”即骈对，《古今谭概》儇弄部第二十二“对语”条和周晖《续金陵琐事》卷下“对语择婿”条，都是这样解释的。本来在“话本”中，韵文有诗词，有杂曲，也有的是骈词对语。如《杨温拦路虎传》③中写杨温被劫去妻子和财物后，垂头丧气走进杨员外开的茶馆里，茶博士端上茶来，“这茶是：溪岩胜地，乘晓露剪拂云芽；玉井甘泉，汲清水烧汤烹下。赵州一碗知滋味，清入肌肤远睡魔。”后来他将离开茶馆时看到山东夜叉李贵生得

---

① 《京本通俗小说》第十六卷。

② 《警世通言》第十三卷。

③ 《清平山堂话本》。

"身长丈二，腰阔数围，青纱巾四结带垂，金帽环两边耀日。纻丝袍束腰衬体，鼠腰兜奈口慢裆，锦搭膊上尽藏雪雁，玉腰带柳串金鱼。有如五通菩萨下天堂，好似那灌口二郎离宝殿"。这些都是对语。一般说来，"话本"小说许多地方写景状物大都采用韵文的。我们经常遇着要是写到一个人生得如何，或者天色景物怎样时，接着就是韵文出现。不管是诗、词、杂曲，还是骈文、对语，很少例外。一篇作品中，对于人物和事件进行细致的描写时用韵文，一般叙述用散文，这种文学形式是话本的特色。

"话本"这两个特点使它和其他文学作品的形式区别开来。

## 二

许多短篇白话小说的故事都取材于民间传说。其中有些故事在前人的笔记著作中也曾记载过。这些故事中的人物有的是历史上实有其人的，如《拗相公》①中的王安石，《陈御史巧勘金钗钿》中的陈濂，《唐解元出奇玩世》中的唐伯虎(寅)，但这些故事情节却来自传说。若《拗相公》一篇，清人王士祯《香祖笔记》卷十说它是说故事的人，"乃因卢多逊谪岭南事，而稍附益之耳"，不是真实情形。巧勘金钗钿也不见于历史记载。《唐解元出奇玩世》明王行父《耳谈》说是陈元超的故事，也有说是华之任或俞见安的故事的，传闻还不一致。有些故事中的人物和情节却都是虚构的。如《碾玉观音》中的崔待诏以及他和养娘秀秀私奔的故事，《快嘴李翠莲》中的李翠莲和她的出嫁故事，《乔太守乱点鸳鸯谱》②中的兄弟和姊妹的故事。乔太守乱点鸳鸯谱的故事，在宋人罗烨编的《醉翁谈录》丙集卷一宝窗秘语《因兄姊得成夫妇》中，已具雏形。此外《濯缨亭杂记》(褚人获《坚瓠秘集》卷四引)载明正德间事，《笑史》载明嘉靖昆山民事也很相似，但人名完全不同。只有《瑕弋篇》(褚人获《坚瓠癸集》卷三引)故事人名与小说全同，似是转录小说情节。但从这些纷歧的记载中，可以看出这样的

① 《京本通俗小说》第十四卷。

② 《醒世恒言》第八卷。

故事在民间流行很广的。

也有一些故事中的人物和事件都是出于史书记载，相当接近真实的史事。如《木棉庵郑虎臣报冤》①的故事和《宋史·贾似道传》中记载大致相似。《沈小霞相会出师表》中的沈炼和严嵩的故事也都符合史实。像《古今小说》中的《汪信之一死救全家》吧，记的是宋淳熙(1174—1189)年间一件实事，改动也不很大。这些故事虽然不免有的是"七分实事，三分虚构"，但这也只在细节描写上，为了加强艺术的效果，不可避免地变动和增减了一些情节。本来宋代都市讲故事的人，讲"小说"这一行业也敷演历史事实的。耐得翁《都城纪胜》"瓦舍众伎"条说到"讲史"时，谓"讲史"最怕"小说人"，因为他们能把"一朝一代故事，顷刻间提破(《梦粱录》作捏合)"，不像"讲史"那样冗长，因而容易吸引听众。

自然，还有一些故事的人物和事件直接取材于当时的社会现实生活的。如《错斩崔宁》、《蒋兴哥重会珍珠衫》、《施润泽滩阙遇友》，描写了一些手工业者和小本商人的生活和精神面貌。又如《张廷秀逃生救父》、《侯官县烈女歼仇》，前者写封建地主阶级的财产纠纷，赵昂的"谋财害命"；后者写权豪恶霸设计占夺他人的娇妻美女，方六一的"渔色杀人"，对于剥削者阶级的生活揭露是十分露骨的。此外也还有一些简短而带幻想性质的故事，例如：《灌园叟晚逢仙女》、《白娘子永镇雷峰塔》。这些神仙故事虽然不是现实生活中的题材，但和取材于现实生活的作品一样，都被逼人的真实性从头到尾的贯穿起来。

这些题材来源不同的短篇白话小说，从前有人给它分过类。比如《都城纪胜》把它分做三大类，即(一)银字儿，如：烟粉、灵怪、传奇；(二)说公案，如：搏刀、赶棒及发迹变泰；(三)说铁骑儿，如：士马金鼓之事。到了《梦粱录》又取消了三大类的分划法，而将所列举的子目独立起来成为七类，去掉了铁骑儿。后来《醉翁谈录》又去掉了发迹变泰，另分为八类，即：灵怪、烟粉、传奇、公案、朴刀、杆棒、妖术、神仙。这种分类法到了明朝，由于大批"拟话本"的出

① 《古今小说》第二十二卷。

现，已经不适用了。举一例子说吧，像《醒世恒言》中的《三孝廉让产立高名》，放到八类中哪一类都不恰当。所以晁瑮刻的《宝文堂书目》就放弃了这种分类法，钱曾刻《也是园书目》笼统地把它称作“词话”。当然，晁、钱这种分类法不是好的分类法，它一点也不能标示出作品的内容来。作为意识形态的文学，它是客观现实的反映，虽然由于每一个作者注意的生活方面有所不同，但是作品的分类完全是可能的。但因为历史不断前进和发展，社会生活日逐变化和复杂，生活的各个方面都有可能被写进任何一种文学体裁，因之作品分类的变动也是必要的。短篇白话小说这一文学体裁，它所描写的对象，或者说生活画面是相当广阔的。同时因为时代不同，作者们各人所注意的生活方面也是不一样的。我们觉得晁、钱不沿袭旧的分类法是可以的，但他那种简单化的做法，却不很可取。我们不打算采用这种分类和使用这些名词，因为“词话”既太笼统，而把女性称做“烟粉”也极不妥当。因此，我们下面将按作品主题的性质，分类讨论。

## 三

在宋代都市中从事讲故事这一行业的人，根据《东京梦华录》、《西湖老人繁胜录》和《都城纪胜》、《梦粱录》、《醉翁谈录》等书记载，为数颇多。《醉翁谈录》小说开辟条记宋时说故事的情形是：

> 举断模，按师表规模；靠敷演，令看官清耳。只凭三寸舌，褒贬是非；略咽万余言，讲论古今。说收拾寻常有百万套，谈话头动辄是数千回。

而且记下当时“话本”目录和话本多种。这些话本如辛集卷一神仙嘉会类《裴航遇云英于蓝桥》，即《清平山堂话本》的《蓝桥记》。《蓝桥记》和《裴航遇云英于蓝桥》两者文字完全相同，只是《蓝桥记》前面多一首“入话”诗，末尾添上两句散场时谢幕词。这篇文字是从唐人裴铏传奇《裴航》故事抄出来的。话本比传奇文字略有删改，但基本上是根据裴氏原文转述的。宋代说话人往往用唐人小说作为蓝本，这也是一个例证。本来说故事这种风气，并不创始于宋。唐元微之《长庆集·酬翰林白学士代书一百韵》诗说："翰墨题名尽，光阴听话移。"自注云："又尝于新昌宅(听)说一枝花话，自寅至巳，犹未毕词也。"一枝花乃唐宋歌伎自況。这里所说一枝花话即伎女李娃故事。元微之听过这个故事后，曾写了一首《李娃行》。这首诗《元氏长庆集》虽然没有收入，但《许彦周诗话》和任渊《后山诗注》卷一《徐氏闲轩诗》注中都曾引用。白居易的弟弟白行简也曾根据这个故事写了一篇小说《李娃传》。《醉翁谈录》癸集卷一不负心类《李亚仙不负郑元和》话本，就是根据这篇小说删节改写的(曾慥《类说》卷二十八载此文题作《汧国夫人传》)，注云：旧名一枝花。今天我们看到的这篇删改唐代小说而成的话本，比原文要简略些。可能是说话人没有把自己发挥的部分加上去，写下的只是故事梗概而已。明晁瑮(嘉靖年间人)《宝文堂分类书目》子部杂类有《李亚仙记》，当即余公仁(崇祯间人)刊本《燕居笔记》第七卷《郑元和嫖遇李亚仙记》的简称。这本《李亚仙记》有许多地方和《李娃传》不同，显明地搀入了一些说话人的语气。但是这不可能是宋人话本，因为它不仅只是语句上有增加，而且情节也有改动，不尽符合原来的故事，显系时代更迟的东西。

宋代都市中说故事的人，不仅所用话本的题材有些是唐人作品，就是某些习俗规矩也是沿袭唐代的。前面我们看到元微之白居易等人听讲一枝花故事，时间是"自寅至巳"。孟元老《东京梦华录》里讲到"京瓦伎艺"时说宋代演唱情形也是"每日五更，头回小杂剧，差晚看不及矣"。都是在天还没有明亮就开始的。开始得这样早，有些人来晚了就会听到没头没脑的故事。为了避免这个缺点，说话人在演述正故事以前，先念几首诗或讲一个和正文类似或相反的故事，引人入胜，叫做"入话"，或"得胜头回"，或"笑要头回"。使先到的人不至于感到冷清清，怪难受的。这种生活习惯的特殊，以致影响到通俗小说的形式，也是一件很有意思的事情。

根据《醉翁谈录》记载宋代说话是："讲论处，不滞搭，不絮烦。敷演处，有规模，有收拾。冷淡处，提掇得有家数。热闹处，敷演得越久长。曰得词，念得诗，说得话，使得砌。"可见说话人在"话本"以外，添加的零言碎语是很多的。今天这种临场实际演出时的外加成分，我们已经看不到了，他们所写下来的故事梗概的真本，也没有完整地保留下来。我们所能看到的是元明人的选辑本。有些现场说法的东西已被刊落了。现存选辑宋人小说的书，有《京本通俗小说》，“清平山堂”所印的话本，和《三言》中的部分作品。这些话本都经过后人重订，其中“清平山堂”刻本改动比较少。一般说来，散文部分大致保留下来，韵文部分都受到删削或改变。这些小说的形式和唐五代流行的俗讲用的底本——变文，是有些相似的。变文大概是演佛经的故事的。但也有的讲一般世俗故事的。说话和俗讲都属于宣讲故事，相互影响，自属可能。况且变文到后来已有脱离佛教传统性质，而变成了文学创作，和写传奇小说一样。王定保《摭言》卷十说：

> 皇甫松著《醉乡日月》三卷，自叙之矣。或曰松，奇章表甥，然公不荐，因襄阳大水，遂为《大水变》，极言诽谤。

《佛祖统纪》卷三十九引释门正统也说“开元括地变文”是不根据佛经而编写出来的作品，并且禁止“传习惑众”。可见变文到了后来本身也成为小说性质，它和一般小说已经很接近，因此两种作品形式的混同，也是很自然的现象。

宋元人编“话本”，目的是预备讲唱用的。但到了后来有些人模仿话本的形式做起小说来，不预备讲唱用，只供人们阅读。这些“拟话本”有冯梦龙的《三言》（其中有一部分是宋元人话本），凌濛初的《二拍》，佚名的《石点头》、《醉醒石》、《照世杯》、《幻影》、《豆棚闲话》等。清代李渔的《连城璧》、《十二楼》，周楫的《西湖二集》，徐述夔的《五色石》，芾斋主人的《二刻醒世恒言》和杜纲的《娱目醒心编》等等也属这类性质的小说。

“拟话本”有些也和“话本”一样写得很出色。有些“拟话本”还似乎是“话本”的脱胎换骨。它是原来的“话本”经过后人增删修改，加工提炼而成的。前面我们说宋人采用唐人小说作为说唱故事的依据，一般仍保留原来的情节和语气。但明人的“拟话本”就不像这样了。我们看《古今小说》中的《吴保安弃家赎友》、《张古老种瓜娶文女》和

《醒世恒言》中的《独孤生归途闹梦》、《薛录事鱼服证仙》这四个故事吧。吴保安事见《唐书·忠义传》,《太平广记》卷一百六十六引牛肃《纪闻》,也记载了这件事。张古老和薛录事的故事都见李复言《续幽怪录》,《太平广记》卷十六和卷四百七十一也曾分别引用。独孤生事见《太平广记》卷二百八十一引《河东记》,白行简《三梦记》载此事,作为他所记的三梦之一。这四个故事都被搜罗在《太平广记》中。根据《醉翁谈录》说《太平广记》是宋代说故事的人必读书的一种。我们从《独孤生归途闹梦》中主角不作刘幽求(见《三梦记》)而作"独孤遐叔",知道"拟话本"所据的底本是《太平广记》。我们又从宋人话本《蓝桥记》和唐人小说《裴航》的那种关系,推测"独孤遐叔"可能曾经充当说话人的蓝本用过。此外,《张古老种瓜娶文女》也应该是根据《醉翁谈录》所载话本名目中《太平钱》故事改编。《太平钱》即《太平广记》中的《张老》故事,这点在明人所写的《太平钱传奇》中完全可以证实的。

但"拟话本"的末期作品,比起"话本"来,读过后不易感动人。主要原因就是这些作品一味摹拟,缺乏现实生活基础。"话本"一般能引起我们一种真挚、亲切的感受。而一些末流的"拟话本"却把生活表现得十分干枯乏味,鲁迅先生说它"诰诫连篇,喧宾夺主","形式仅存而精神与宋完全不同了"。虽然有一些比较好的,如同《拍案惊奇》中的《韩秀才乘乱聘娇妻,吴太守怜才立姻薄》写金朝奉择婿悔婚的无赖行为,真实生动;《陶家翁大雨留宾,蒋震卿片言得妇》写蒋震卿和陶幼芳一段姻缘故事,轻松明快,甚有情趣;《幻影》中的《千金苦不易,一死乐伸冤》写地痞讹诈,官吏糊涂,很生动;《八两杀二命,一雷诛七凶》写贫农阮胜在重税苛征之下,逐渐破产,无法生活,只得典卖妻子,故事沉痛动人。至于《西湖二集》中的《吴越王再世索江山》,实抄袭《古今小说》中的《临安里钱婆留发迹》。《初刻拍案惊奇》第二十三回《大姊魂游完宿愿,小姨病起续前缘》,也抄袭瞿佑《剪灯新话》卷一《金凤钗》。又第三十五回《诉穷汉暂掌别人钱,看财奴刁买冤家主》,全抄元郑廷玉《看钱奴买冤家债主》杂剧对白。《二刻拍案惊奇》中的《叠居奇程客得助,三救厄海神显灵》,抄自蔡羽的《辽阳海神传》,《娱目醒心编》的《赔遗金暗中获隽,拒美色眼下登科》，抄袭《幻影》中《情词无可逗，羞杀抱琵琶》。其《愚百姓人招假置，贤县主天配良缘》写钱监生同着一班无赖，仗势欺人，为非作歹，企图骗娶尤寿姑，情节亦似抄袭《钱秀才错占凤凰俦》故事。《二刻醒世恒言》的《申屠氏报仇死节》，乃抄袭《石点头》的《侯官县烈女歼仇》。这种抄袭的盛行，就有力的证明这些作者对于现实生活的缺乏经验和理解，弄得古代短篇白话小说，恹恹无生气了。

## 四

"话本"和"拟话本"，这类通俗小说体裁在中国文学史上，从出现、成长、发展到衰落，中间经过数百年的时间。作者既非一人，写作年代也有早有晚，中间更经不同阶层的人们修改，显然这些作品的成就是有高低差别的。有些作品还含有浓厚的封建思想，但总的说来还是有一个共同的特色，就是那些优秀的作品中，不仅在形式上而且在内容上都和为统治阶级服务的歌功颂德的封建贵族文学相对立。它揭露了封建社会里面的种种罪恶和黑暗。在封建社会里它是在统治者的歧视和咒骂声中生长和茁壮起来的。它被诬蔑为诲淫诲盗的东西。这些作品指责了昏官滑吏和豪富权贵，而肯定地描写了市井小民。它广泛地反映了我国宋元以来几个朝代的中下层人民的生活和理想，并真实地给当时社会生活、风俗习惯等方面做了生动的描绘，加上这些故事所描述的生活情节主要的是城市的手工业者、中小商人以及其他阶级的居民所熟悉和了解的，所以容易引起他们的兴趣与满足他们的要求。明人叶盛的《水东日记》卷二十一说："今书坊相传射利之徒，伪为小说杂书。南人喜谈如汉小王(光武)、蔡伯喈(邕)、杨六使(文广)，北人喜谈如继母大贤等事甚多。农工商贩，钞写绘画，家畜而人有之。痴骙女妇，尤所酷好，好事者因目为女通鉴，有以也。"可见通俗小说在市井小民中获得了广大的读者，而妇女对它尤感兴趣。田汝成《西湖游览志余》卷二十也说：小说《红莲》、《柳翠》、《雷峰塔》、《双鱼扇缀》等，在社会上成了瞽者演唱以觅取衣食时最受听众欢迎和爱好的故事。这些故事正如《醉翁谈录》里面有一首诗提到宋代讲唱小说故事的情形所说：

春浓花艳佳人胆，月黑风寒壮士心。讲论只凭三寸舌，秤评天下浅和深。

这首诗的前二句，透露了“话本”文学内容两个重要方面。的确今天我们所看到的通俗小说，以男女爱恋为主题的作品占着相当大的比重，而且突出的表现了女性的坚决和勇敢。所谓“春浓花艳佳人胆”，正说明青年男女对于摧毁封建势力的迫切要求。在这方面，《闹樊楼多情周胜仙》描写得很出色。周胜仙在金明池上遇见了范二郎，“四目相视，俱各有情”，她主动地机智地表白了自己的爱情。而且她爱得是那么执著。父母不能阻止她，死亡也不能威胁她。她的形象，典型地表现了一位心地纯良的姑娘，如何为了幸福生活的实现，不顾一切地狂热地追求着自己选中的情人。同样，《碾玉观音》中的秀秀养娘，《金明池吴清逢爱爱》①中的卢爱爱，都在一种要求性爱的自由的愿望支持下，表现了对封建社会中女性的悲剧命运的控诉。她们大胆地冲破封建礼教的藩篱，“废寝忘餐，放心不下”，为了实现众人都替她们喝彩的“好对夫妻”。她们都走着“私订终身”的叛逆者的道路。

出现在“话本”和“拟话本”这些作品中的男女关系的描写是多样的，生动的，也是十分复杂的。但作者们对男女爱情的基本态度，都是要求真挚和诚恳，而且彼此忠实的。如《乐小舍拼生觅偶》②，写乐和与喜顺娘，“两个同学读书”，“遂私下约为夫妇”，后来因为贵贱悬殊，结亲受阻。但两人情爱，始终不变。一天，当乐和看到自己所爱的女子顺娘被浪潮卷去，他并不会潜水，然而“为情所使”，跳下江里去。为了爱情，他们可以牺牲一切，紧紧牢牢地把两个人的生命拴在一起了。又如《吴衙内邻舟赴约》，写吴彦和贺秀娥，“四目相视，且惊且喜”，终于暗中结合。当他们的秘密被母亲察破以后，秀娥斩钉截铁地告诉她的母亲：“儿与吴衙内，誓同生死，各不更改。”

① 《警世通言》第三十卷。

② 《警世通言》第二十三卷。

结果成就了一对美满姻缘。在封建社会里男女爱恋要受到各种各样的限制，是不自由的。不少的这类故事，诉说了不同遭遇的人物的爱慕和痛苦。如同《宿香亭张浩遇莺莺》①中，张浩和李莺虽已私许偕老，但因“家有严亲，礼法所拘”，好事多磨。《吹凤箫女诱东墙》中的潘用中和黄杏春二人早已情投意合，无奈重门深锁，不能会见，终因相思情重，怏悒郁闷，卧病在床。《合影楼》中屠珍生和管玉娟，因双方父母不和，彼此有个嫌隙，加上管提举又是个道学先生，处处要主持风教，以致男欢女爱，只能在“影里盘桓”。至于《李将军错认舅，刘氏女诡从夫》中的刘翠翠和金定，虽因大祸飞来，横遭拆散，但做鬼仍旧团聚在一起。《宋小官团圆破毡笠》②中，刘翁夫妇因为宋金“得个痨瘵之疾”，心生一计，将他抛弃在一荒僻无人的地方，企图另招佳婿。但女儿宜春却叫天叫地，哭着说：“还我宋郎来。”暴力手段可以拆散人间夫妇关系，但是毁损不掉两个跳跃的心。

相反的，小说的作者们对于那些在爱情上不忠实的，欺骗对方，有时甚至损毁了爱情的人，也通过人民对待作品中主角的态度，表达了人民的感情和愿望。如《杜十娘怒沉百宝箱》，作者对于李甲负心薄倖，无限痛恨，并在写杜十娘沉江后，反映了“旁观的人，无不咬牙切齿”的不平情绪。又如《王娇鸾百年长恨》，作者对于忘恩负义的周廷章，写其结局被“乱棒打杀”，“满城无人不称快”。都在一定程度上表现了人民对于忠于爱情的人的同情。

至于若有第三者敢于从中破坏他人爱情的，作者们一定会把他自己的激动和愤怒通过故事情节的发展表达出来。如《陈御史巧勘金钗钿》，梁尚宾的破坏旁人美满幸福的生活，这种不义的行为得到了公正的谴责。在作者对陈御史断案的“神明烛照”的颂扬中，自然包藏有作者自己的希望和憎恨。同样，若是用欺骗手段，企图得到爱情的人，小说中更是予以辛辣的讽刺。如《钱秀才错占凤凰俦》中的颜俊，就因为癞蝦蟆想吃天鹅肉，至于“求妻到底无妻”，博得一个“满面羞惭”、“抱头鼠窜”的狼狈场面。在《简帖和尚》那篇小说中，作者更借

① 《警世通言》第二十九卷。

② 《警世通言》第二十二卷。

书会先生的口，大大的奚落了那个贪财好色的僧人。

一般说来，小说的作者们，对于尊重女性、珍惜爱情的人，无不予以颂扬；对于玩弄女性、薄情负义的男子，莫不作严正的斥责。

除开对于爱情的真实和坚贞的赞扬，以及恋人们的自动的忠诚和对于封建礼教加诸青年男女身上的枷锁的抗议的描写外，有些作品还有力地表现了“月黑风寒壮士心”这一主题。宋元以后的中国社会，封建制度已逐渐露出后期特有的紊乱情势。官吏的贪酷昏愦，人民由于严重的剥削，被迫起来反抗的事件，不断地产生。社会秩序也就呈现动荡不安。诚如《京本通俗小说》中《冯玉梅团圆》故事所说，不少人都走上和统治者对立的道路，“风高放火，月黑杀人。无粮同饿，得肉均分”。他们的理想是企图靠自己的本领和朋友的帮助，争取过着有饭大家吃的生活。这里，作者在《万秀娘仇报山亭儿》中，对于孝义尹宗的行为的歌颂，这位“指望偷些个物事，卖来养活八十岁的老娘”的人，遇着他人处境最困难的时候，“路见不平，拔刀相助”，结果牺牲了性命。至于《宋四公大闹禁魂张》，写宋四公、赵正、侯兴、王秀等偷儿乞丐和官府作对、“激恼京师”的种种举动，十分机巧。尤其是《神偷寄兴一枝梅》中的懒龙的行为，除开敏捷、机智的动作外，他把偷来的财物分送给贫苦穷极的人们，更是表现了流浪者和沉在社会底层的人物特有的性格。这种性格是在统治阶级的凶恶压迫下残酷斗争中所孕育出来的性格。宋四公、赵正等伶俐机灵的偷儿形象，表现了对于贪心不足的剥削者的自发的抗议，并体现了在残酷的掠夺下丧失了生产资料的无业游民迫切希求获得温饱的欲望。

和这类尖锐地反映了封建社会的矛盾有关联的一个主题，就是“摘奸发复，雪枉洗冤”的公案故事。除了爱情故事而外，这些故事在白话小说中也常常是很动人的。但爱情故事是唐人小说早就存在的主题，只有公案故事虽然六朝人志怪小说中偶然也有，不过它却是在宋元以后才特别发达起来的。唐人小说中有剑侠一类故事，这就是说，唐朝人对于洗雪冤枉总是寄托在一些剑侠身上，而宋朝人对于洗雪冤枉就不这样想了。他们在现实生活中体察到真正的能够替人伸冤的人，不是剑侠，而是“侠盗”，象花和尚、武行者这些草泽英雄。但是这些人往往是一刀快意，对付公开地欺压良善的权豪势要倒可以，而用以对付隐蔽的和玩弄两面手法的坏人就不妥当了。这里需要精明细致的考察，公正、精悍、伶俐的官吏形象就这样创造出来了。这些官吏在作品中总是和那些糊涂的、愚蠢的、贪虐的，不敢开罪豪强的怯懦的官吏对立。他们常常地作为正义的维护者而出现。像《简帖和尚》、《三现身包龙图断冤》、《陈御史巧勘金钗钿》、《张廷秀逃生救父》、《侯官县烈女歼仇》，这里包拯和陈濂可以算做能吏的榜样。这些作品中的坏人都是以隐蔽的方式进行陷害活动，多数场合还是装做好人的样子出现。《张廷秀逃生救父》中的赵昂、《侯官县烈女歼仇》中的方六一，这两个人物形象表现出来的剥削者奸诈、阴险、毒辣的性格是很典型的。他们正如受害人申屠娘子所认定："我一向只道你是好人，原来是兽心人面"，除开丑恶的贪欲以外，一切法律道德对于他们都是不存在的。

宋元以来白话短篇小说，不仅只是描写了青年男女对于自由恋爱的渴慕，和在残酷的掠夺下的人们燃烧着复仇的火焰，还有一部分故事也暴露了僧侣、地主、官僚、恶霸的凶蛮与无耻。《简帖和尚》、《汪大尹火烧宝莲寺》①和《西山观设箓度亡魂》②，《赵县君乔送黄柑》③和《夸妙术丹客提金》④，作者描写了官僚地主阶级和僧道的荒淫无耻和愚蠢丑恶。《杨温拦路虎传》更指出恶霸豪强的公开劫掠。在《错斩崔宁》一节中，作者对于陈二姐和崔宁的冤死，非常感慨的说："这段冤枉仔细可以推详出来，谁想问官糊涂，只图了事；不想捶楚之下，何求不得?"对于丝毫不关心人民的生命财产的官吏，作者深致不满。至于《贪婪汉六院卖风流》⑤、《走安南玉马换猩绒》描写了贪官的种种卑鄙手段，尤其是对吾爱陶的刻画，真是淋漓尽致。在这个官僚身上集中地反映了剥削阶级利己者的丑恶的情欲。

在这些作品中还反映了科举制度的弊端和人们对这个制度的不满

---

① 《醒世恒言》第三十九卷。

② 《初刻拍案惊奇》第十七回(这里采用《今古奇观》的标题)。

③ 《二刻拍案惊奇》第十四卷。

④ 《初刻拍案惊奇》第十八回(这里采用《今古奇观》的标题)。

⑤ 《石点头》第八卷。

情绪。《黄秀才徼灵玉马坠》①和《李谪仙醉草吓蛮书》②中都有两句诗说："不愿文章中天下，只愿文章中试官。"对于只会"乱圈乱点"的"盲试官"的取录文章的漫无标准，反映了封建社会中普通知识分子的愤慨。而《巧妓佐夫成名》中的曹妙哥的一派议论，更是有力地揭发了这个制度的腐朽性质。

一般说来，在长时期遭受封建统治阶级的压迫和由于生产的分散而带来的缺乏组织观念的个体劳动者，为了抵抗日渐沦于破产的命运，需要彼此具有长远与忠诚的团结互助的。但是在私有者的社会中，人与人之间充满矛盾阻碍这一希望的实现。这里小说的作者们也着重的描写了这一方面。在《施润泽滩阙遇友》③中，作者歌颂一种超乎寻常利害关系的友爱。所谓"万贯钱财如粪土，一分仁义值千金"，正反映了封建社会里个体劳动者不希望剥削他人，要求自食其力的理想。又如《沈小霞相会出师表》写贾石冒了性命的危险，对于沈家父子的一片真情的爱护，也是超乎平常利害关系的。小说的作者们感到在充满了利害关系的封建社会中，所谓"交道奸如鬼"，知心朋友的难得，写出了《俞伯牙摔琴谢知音》④的故事，真是"春风满面皆朋友，欲觅知音难上难"。这一连串的故事都显示了被权势和名誉地位扭曲了的个性要求自由的舒展。

相反的，对于背恩寡信的人，损害友谊的人，作者也通过《李汧公穷邸遇侠客》⑤中的房德夫妇的形象，表达了人民对于忘恩负义的人的厌恶。

此外有些篇章，像《王安石三难苏学士》、《刘东山夸技顺城门》，讽刺了骄傲自满者。《转运汉巧遇洞庭红》⑥、《叠居奇程客得助》，表现了以私有制为基础的小商品生产者社会中的个体劳动者在激烈的

---

① 《醒世恒言》第三十二卷。

② 《警世通言》第九卷。

③ 《醒世恒言》第十八卷。

④ 《警世通言》第一卷。

⑤ 《醒世恒言》第三十卷。

⑥ 《初刻拍案惊奇》第一回。

竞争中，或者发财，或者破产时特有的幻想。《杨思温燕山逢故人》①、《白玉娘忍苦成夫》，在一定程度上流露出来了汉民族受到外族侵略者的迫害，因而激起憎恨侵略者的情绪。《快嘴李翠莲记》中，通过李翠莲的伶俐的语言讥讽了所谓“三从四德”，并在李翠莲这个形象里面，体现了普通女性渴望摆脱封建统治者所加在她们身上的精神的枷锁。《苏知县罗衫再合》、《白堤政迹》②，颂扬了清官，或准备做清官者的生活，而《苏知县罗衫再合》更写出了“为富不仁，为仁不富”的血淋淋的事实。

作为短篇白话小说的正面人物，手工业者和小本商人的劳动生活也是作品中的描写对象。总之一句话，这些优秀的现实主义的作品帮助了我们认识和了解宋元明清时代的广泛的社会生活面貌。

## 五

根据上面对“话本”和“拟话本”的题材和主题的选择范围的检视，我们觉得这种体裁所接触的生活面还是相当广阔的。其中关于歌颂劳动和爱情的主题，和作者们在这方面创造的典型的人物形象，这里打算再继续探讨一下。

恩格斯在《家庭、私有制和国家的起源》一书中关于阶级社会的男女性爱的论述，其中许多精辟的意见对于我们进一步分析话本小说中的爱情主题是有很大的帮助的。按照恩格斯的意见，统治阶级的婚姻都是由双方的阶级地位来决定，常常是权衡利害的婚姻，个人的性爱不起多大的作用。婚姻的缔结完完全全的依靠经济条件的考虑为转移，无论男女都不照他们个人的品格，而按他们财产来评价了。恩格斯说：“以双方的相互爱情高于其他一切考虑为结婚理由的事情，在统治阶级的实际生活中是从来没有听说过的。只有在风流逸事中，或在毫无顾忌的被压迫阶级中才有这样的事情。”这就是说，统治阶级男女的结合决定于某种利益，而不决定于个人的感情。只有被压迫阶

① 《古今小说》第二十四卷。

② 《西湖拾遗》卷三。

级才把爱情作为婚姻基础。恩格斯就是这样明确的揭露了阶级社会男女关系的实质。

在话本小说中，由于作者们对于现实生活的湛深了解，和创作态度的严肃忠实，不少作品，达到了现实主义的较高成就。作者观察和描写事物的深刻、准确，有些地方是十分惊人的。

封建社会里有一种人把结婚当作一种政治或经济的行为。他们往往利用和最有权势的人或最有钱的人结联姻好以增进自己的名誉地位。《金玉奴棒打薄情郎》的莫稽和金玉奴就是如此。莫稽在感情上并不十分爱恋金玉奴，只是因为“衣食不周，无力婚娶，何不俯就他家，一举两得”。这个时刻希望爬上统治阶级的野心勃勃的青年，就“白白的得了个美妻，又且丰衣足食，事事称怀”。当他在金家帮助之下而获得了功名利禄以后，有了钱也有了势，就马上想到另娶一人，也就是说“早知有今日富贵，怕没王侯贵戚招赘为婿”。要借新的联姻以提高自己的政治地位了。至于生活在封建制度下的金玉奴遵从父亲的意思，要“嫁个士人”，依靠丈夫，“挣个出头”。她虽然爱敬莫稽，但是她所关心的只是如何提高对方的社会地位，而不是自己是否真正的被人爱。这在她被莫稽推堕下水又被淮西转运使许德厚收为义女以后，第二次以官家小姐的名义再度和莫稽完聚时，还是念念于“夫荣妻贵”，和曾经置己身于死地的人“和好”如初。当然金玉奴的性情是忠厚的，不过他们的婚姻正所谓“同床异梦”的典型例证。作者借许德厚的口说：“贤婿常恨令岳翁卑贱，以致夫妇失爱，几乎不终。今下官备员如何，只怕爵位不高，尚未满贤婿之意。”这就不仅只是拆穿了莫稽的结婚秘密和隐衷，也暴露了封建思想和人类美好生活不可调和的对立。

莫稽和金玉奴的结合是封建性的，对于统治阶级的口味是适合的。但作者却无情的揭露了一个利己者的灵魂的污浊，并通过莫稽这个人物的形象说明了权衡利害的婚姻，实际是造成生活不幸的祸根。

和金玉奴故事相反的是莘瑶琴的道路。《卖油郎独占花魁》中的莘瑶琴和秦重的故事显示了以个人爱情为基础的双方结合的新型的婚姻。莘瑶琴的走到这条道路也是逐渐摸索而认识到的。当王九妈逼着莘瑶琴为娼接客时，她说：“要我会客时，除非见了亲生爹妈，他肯做主时，方才使得。”还是要把自己的肉体和命运交给父母安排的。但当她在残酷的现实社会里打了几个滚后，亲身体验到秦重这位年轻的小本商人和那些“但知买笑追欢的乐意”的王孙贵客不同，她初次没有被当做取乐解闷的对象，而被恢复了人的尊严，受到敬重。在秦重的身上她看到一个东西在闪光，但她乍一看到只是动了一动心，并未能一下子就牢固地抓着它。直到她认识了这个东西是爱情的时候，才说出了“一句心腹之言”：“我要嫁你。”她就这样把婚姻基础建筑在两个人的互爱上，再不提起她的父母了。

金玉奴希望通过婚姻变为贵妇人，锦衣玉食。而莘瑶琴却愿委身于市井小民，“布衣蔬食，死而无怨”。她们两人所走的道路不同，她们所选择的对象也不同。但这两个故事同样的反映了历史的真实，反映了不同阶层的男女的不同的结合方式。

最不幸而沉重的一个故事就是《杜十娘怒沉百宝箱》。杜十娘渴望被人爱，而钟情于一个并不真心爱她的人。她想走莘瑶琴的道路，但是错误地选择了一位像金玉奴所委身的那样的对象。杜媺是一个精明能干，有主张，有办法的少女。她用她的智慧和美色去赢得一位“忠厚志诚”的没有什么主意的人的爱情。她完全不考虑到这位贵公子始终没有忘怀“承继家业”，不会“为妾而触父，因妓而弃家”，做一个“浮浪不经之人”。她似乎有计划有步骤地安排好了他们的生活。她想和她的丈夫“侨居苏杭，流连山水”，过着自由美好的生活。但当一步一步去占有她的对象，做到最后一着时，这位公子在一千两白银和爱妾两者之间，权衡利害，而终于选择了“千金”以后，她“微窥公子，欣欣似有喜色”，才恍然大悟，她的美好理想完全破灭了。她没有得到什么反而给别人出卖了。这个故事清楚地说明了金钱是这个悲剧的真正的主角。在阶级社会里，爱情在统治阶级当中不可能离开利害关系，独立起来扮演一幕动人的戏剧。李甲坐在一位心中燃烧得炽火般的热爱着他的情人身旁，所想的不是“方图百年欢笑”，而是“我得千金，可借口以见吾父母”。正如杜十娘所骂：“妾椟中有玉，恨郎眼内无珠。”这个故事有力地说明了谁是自己的意中人，决定这个问题的绝对不是他个人的自由意志，而是身家的利益。作者在这里塑造了一个令人永远难忘的崇高女性的形象。她的遭遇，她的痛苦，感动了每一个听众和读者。虽然作者在主观上还未能认识到造成杜十娘的痛苦是整个的社会制度，不是某一个人，但杜十娘的愤怒沉江却鲜明地暴露了封建主义是杀害她的真正的凶手。

金玉奴、莘瑶琴、杜十娘等人物的命运，是封建社会中无数女性的生活在艺术形象上的正确反映。金玉奴过着由父母代办的没有感情的夫妇生活，杜十娘坠入“遇人不淑”的悲惨结局，莘瑶琴在从良以后开始缔造起一个互相了解互相尊重的和睦家庭。这三种结合方式事实上概括了封建社会中可能结合的男女关系，但只有后一种生活才是真正幸福的。“花烛洞房，欢喜无限”，它接近了近代的性爱生活。作者把这种幸福生活和那些被压迫者结连在一起，正和恩格斯所指出欧洲中世纪的社会情况相同，也符合我国历史的实际。

除开这些动人的爱情故事外，作者们还着重地描写了手工业者和小本商人的勤劳和忠厚。如同《碾玉观音》这篇小说，碾玉工人崔宁不仅劳动得十分出色，而且性情十分厚道。当他和秀秀养娘私逃到潭州时，“就潭州市里，讨间房屋，出面招牌，写着‘行在崔待诏碾玉生活’”。于是对他的爱人秀秀说：“这里离行在有二千余里了，料得无事。你我安心，好做长久夫妻。”从这个朴素的描写中，我们看到这个碾玉工人是如何爱好劳动和热爱生活，他的性格的优美比起那位咸安郡王来，真是天壤之别。又如《卖油郎独占花魁》写秦重每日挑个油担，把贩来的“上好净油”，不搀和半点假料，卖与顾主。并且在称斤论两时，“也放些宽”，俭吃俭用，给人的印象也是良好的。无疑的，作者们总以爱护和兴奋的心情描写他们劳动生活的变化。不少作者们还通过作品中人物的谈话，直接歌颂劳动。如《风月瑞仙亭》中，司马相如向卓文君建议开一个小酒店以维持生活时说：“良田万顷，不如薄艺随身。”《张孝基陈留认父》中说：“农工商贾虽然贱，各务营生不辞倦，从来劳苦皆习成，习成劳苦筋力健。”他们都把“薄艺”“贱业”看得比富贵王侯更高尚。这在认劳动为可耻的阶级社会里，尊重劳动的思想是难能而可贵的。在《钱多处白丁横带》中，作者赤裸裸地表示了劳动的可贵。一切非生产手段都不可恃，万贯家财和一郡之主，转眼灰飞烟灭，只有劳动生产却是“荣耀的下梢头”。

这是一个绝大的讽刺，而且带着对于企图不劳而获的剥削者的轻蔑与谐谑。

幸福的生活应该从劳动中取得。在《陈御史巧勘金钗钿》的入话中，作者写金孝从外面拾得银子三十两回家，他的母亲说："依我看来，这银子虽然不是你设心谋得来的，也不是辛苦挣来的。只怕无功受禄，反受其殃。"这就反映了人民要求用诚实的劳动去取得幸福的意识。正如《张古老种瓜娶文女》里，赞美那个甜瓜同时也赞美了劳动说："绿叶和根嫩，黄花向顶开；香从辛里得，甜向苦中来。"劳动的果实的享受永远是辛苦的代价。

短篇白话小说的作者们不仅描写了人民的劳动生活，而且赞扬了生产技艺。在《张廷秀逃生救父》中，张廷秀父子的出色的技巧，使得那个员外赞不绝口。又如《灌园叟晚逢仙女》中，秋公对于栽培花木的勤劳，细心爱护，甚至不让禽鸟食掉一个花实，"故此产的果品最多，却又大而甘美"。这种通过出色的劳动本身来描写劳动人民，在短篇白话小说里是数见不鲜的。

短篇白话小说的作者们，刻画出来了不少勤劳、俭朴而忠厚的劳动人民的典型形象。《碾玉观音》中的崔宁，《合同文字记》中的刘安住，《小夫人金钱赠年少》中的张主管，《卖油郎独占花魁》中的秦重，一个个都生动可爱。虽然这些人物的身上还多少保留了一些封建家长制下的淳朴驯顺，但是他们的心地的的确确是善良的。他们尊重别人也希望受到别人尊重。在一定的程度上也流露出来一些被压迫者的思想感情。

短篇白话小说中出现这一类的典型人物形象，会不会是偶然的？应该说不是的。

我国封建社会内庄园地主经济的手工业和商业在宋朝有很大的发展，随着手工业和商业的发展，城市经济日渐繁荣起来，小商品生产者和商人因之极为活跃。在元代竟有以"商贩所获之赀，趋附权臣，营求入仕"(《元史·陈祐传》)的人，这一阶层在社会中也就渐露头角。他们的生活成为白话小说的重要题材。到了明朝，由于社会生产力的上升和统治者对工商业曾经采取一定的扶持政策，商品货币经济逐渐兴旺，国内资本主义生产关系稀疏地萌芽起来。徐一夔《始丰稿·织工对》所谓“机户出资，机工出力”即记载这一事实。惟直至明末，城市手工业作坊才得到进一步的发展，集结在城市的手工业者和商人也多起来了。渐渐地这些人形成了一个社会集团，但从反映到白话小说中的这个集团看来，还没有摆脱封建政治约束的要求。不过这个阶层在许多方面都表现了他们不同于封建统治者，有着自己的理想和自己的性格。白话小说中，许多作品也刻画了这类性格的人物，如《卖油郎独占花魁》中的秦重，《蒋兴哥重会珍珠衫》中的蒋兴哥。他们把人当作人看待，把别人看做具有和自己一样的独立人格的人。同时，作为封建制度下的女性，更由于她们从经济到思想都受到奴役的重累，她们自觉地产生一种恢复人的尊严的愿望。这就是我国宋元以来产生反映这些人物的生活的作品的社会基础，同时也就是“话本”小说中典型形象的社会根源。

宋元以来的白话小说，不仅只是刻画了一些典型的形象，而且有着许多成功的出色的心理描写。心理描写通常是指行为的动机的描写，不是行为本身的描写。但通过行为去表现动机，也叫做心理描写。拿《白玉娘忍苦成夫》来说吧，男主角程万里和女主角白玉娘都是赵宋王朝高级官吏的子女。他们同做了元蒙军人的俘虏而被配做夫妻。程万里“流落异国”，时常想“乘间逃归”。白玉娘也希望她的丈夫能够“觅便逃归，图个显祖扬宗”，做出一番事业。他们的想望是一致的。但是他们都是生活在一种敌视这种想望的环境下，他们受到张万户的压迫，也受到他的垂怜。这样一种特殊的情况，使得他们“夫妻且说三分话，未可全抛一片心”。小说的作者描写了他们两颗同样企图挣脱奴隶身分的心，但不幸只能在孤立中进行一些隐蔽的搏斗。通过程万里对白玉娘一次又一次的误会，细腻地显示了两个人的各种心理活动。也从程万里的高度警惕性中反映了斗争的尖锐、复杂和紧张。

当程万里乍一听到白玉娘劝他“背主逃走”时，他“心中想道：‘他是妇人女子，怎么有如此丈夫见识，道着我的心事？况且寻常人家，夫妇分别，还要留恋不舍。今成亲三日，恩爱方才起头，岂有反劝我还乡之理？只怕还是张万户教她来试我。'"这样他就在第二天早晨当张万户的面把这件事说破了。等到张万户发怒，要吊打白玉娘时，他"心中懊悔道：'原来他是真心，到是我害他了！'"后见玉娘得到夫人救助，没有受到处罚，他"心中又想道：'还是做下圈套来试我。若不是，怎么这样大怒，要打一百，夫人刚开口讨饶，便一下不打？况夫人在里面，那里晓得这般快就出来救护？且喜昨夜不曾说别的言语还好。'"这里作者刻画程万里的心理如何精细、机警、伶俐。凭着这紧张气氛渲染，就整个俘掳了读者的心。

小说的讲述者描写一个人心理时，使用的方法是多样的。除开像前面那种细腻的描绘外，许多地方还运用了不经意的三言两语表达出人们最繁复的心情来。如同《志诚张主管》①中写张胜元夜观灯，失散了游伴，信步走到旧日主人张员外门前，看到门上贴着一张"手榜"。于是：

> 张胜去这灯光下，看这手榜上写着道："开封府左军巡院勘到百姓张士廉为不合……"方才看到"不合"二个字，兀自不知道因甚罪，则见灯笼底下一人喝声道："你好大胆！来这里看甚的？"张主管吃了一惊，拽开脚步便走。那喝的人大踏步赶将来，叫道："是什么人？直恁大胆，夜晚间看这榜做甚么？"唬得张胜便走。渐次间行到巷口，待要转弯归去，相次二更。见一轮明月，正照着当空。

最后"见一轮明月，正照着当空"。这两句话，看来很平常，并无深意。但我们要是想一想，张主管被人追赶，吓得"拽开脚步便走"，正是心惊胆碎，不复知天地何色，直到停住脚步，看到后面没人赶来，才"见一轮明月，正照着当空"。好像新发现似的。这种心境，当一人被恐惧占领了心理活动的全部领域时，他除开生命外，其

① 《京本通俗小说》第十三卷，又《警世通言》卷十六改题《小夫人金钱赠年少》。

他一切不复注意时，的确是如此。作者这等地方，不用许多词句说明一个人的心情的急速变化，只用“见一轮明月，正照着当空”十个字，十分形象的表明了一个人脱离险境后的愉快和轻松，这比用一大堆抽象的形容语句能给予我们更深刻的印象。

但短篇白话小说的作者们描写一个人的内心活动时，经常还不是采取这种借助自然景物来作烘云托月的方式。最常见的却是用生活本身的形式揭露人物内心的冲突和矛盾。举《蒋兴哥重会珍珠衫》为例吧，蒋兴哥对他的妻子王三巧的爱情是深厚的，但是不能原谅她的不贞行为。在他内心中交织着这两种感情，使得他久别回乡，“望见了自家门首，不觉坠下泪来”。“搬完了行李，只说去看看丈人丈母，依旧到船上住了一夜”。这样终于把王三巧休离了。过后王三巧改嫁吴知县时，蒋兴哥“雇了人夫，将楼上十六个箱笼原封不动，连钥匙送到吴知县船上，交割与三巧儿，当个赔嫁”。这里作者把蒋兴哥写得多么安详和宁静！但是这只能是表面的，实际上蒋兴哥的内心是充满了矛盾、紊乱和痛苦的。他的这种行为、动作，使得旁人议论纷纷，“笑他痴呆”或者“骂他没志气”。正是他的内心矛盾的表现方式的这样特别，才招惹来了一些误解。同样，王三巧的内心也是充满了矛盾的，她爱蒋兴哥，她也意识到她将失去这种爱的权利。但作者并不用许多笔墨去剖析她的心情，只是让事情自然地发展下去，让她和丈夫见了面。当两颗心跳跃得应该是最厉害的，也是最紧张的时候，作者这样写：“进得自家门里，少不得忍住了气，勉强相见，兴哥并无言语。三巧儿自己心虚，觉得满脸惭愧，不敢殷勤上前扳话。”无言，这是符合于发生在现实生活中事件的具体情况的。要是让他们亲密的谈话，或扭打起来，都不合两个人这时的心情的。然而也就在这种生活本身的形式中表现了蒋兴哥和王三巧的内心最隐秘的痛苦。善于从人物的行动中体现人物的内心生活，不须运用作品中人物内省式的语言，或是作者从旁开肠破肚细致地描述角色的心理变化，这种描写手法是古代短篇白话小说所经常使用的，它增强作品的故事性，有时还更生动更真实地显现了人物的性格。

## 七

作为古代短篇白话小说艺术上的共同特征的，还不是细致的心理分析，而是人物的行动、对话的描写多于心理的描写，用人物的行动、对话来表现事件的发展和关联，故事的完整，以及鲜明的人物个性。在《宋四公大闹禁魂张》这篇小说里，作者通过一系列的行动把个在“地上拾得一文钱，把来磨作镜儿，捍做磬儿，掐做锯儿，叫声我儿，做个嘴儿，放入篋儿”的贪婪吝啬的张员外写得神情活现。张员外看到他的主管给予一个穷汉两文钱，马上对主管说：“好也。主管，你做甚么把两文撇与他！一日两文，千日两贯。”于是不讲道理地把别人一笊篱的钱，都倾在自己的钱堆里。他的库房的防卫也是与众不同的。外面“有个陷马坑，两只恶狗”，还派五个家人轮流打更。内面“有一个纸人儿，手里托着个银球，底下做着关捩子，踏着关捩子，银球脱在地下，有条合溜，直滚到员外床前”。但这样严密还是被宋四公机灵地把库房中的银物偷走了。当他一看到自己的失物，“认得是土库中东西，还痛起来，放声大哭”。后来这失物收不回来，就在土库中“自缢而死”。作者对于这个土财主的刻画不用一点儿心理描写，只凭他的行动、谈话就把事件的发展和他的个性充分地表现出来了。在《万秀娘仇报山亭儿》中，作者写万员外对于陶铁僧的监督，那样小心细致，也是十分典型的。当他发现陶铁僧私下藏起四十个铜钱时，叫过铁僧来问道：“你在我家里几年？”陶铁僧道：“……却也有十四五年。”万员外道：“你一日只做偷我五十钱，十日五百，一个月一贯五百，一年十八贯，十五年来你偷了我二百七十贯钱……”这真是奇怪的推算。《古今小说》上有一个眉批说：“是个财主算法，不漏水滴。”的确，这个谈话中，把个不知厌足的财主心理活动揭露得再清楚不过了。在《庄子休鼓盆成大道》①、《勘皮靴单证二郎神》、《等不得重新羞墓，穷不了连掇巍科》等故事中，人物行为、对话的描写都表现了一些动人的场面。庄子休和那个扇坟妇人的

① 《警世通言》第二卷。

谈话，以及归家后的行动和同他妻子的谈话，都显示了他的夫权主义的自私意识活动的猖獗。韩玉翘的性的苦闷也是通过她的一些行为和谈话中反映出来的。从苏秀才与莫氏行为的叙述和他们的对话，作者暴露了他们从结合到分离全部故事的秘密。

人物行动的叙述和大量对话的运用，在古代短篇白话小说中占着重要的地位。小说的作者们往往利用对话表现了人生多样的思想感情和各种复杂的人物性格。如《侯官县烈女歼仇》中的恶霸方六一设计冤杀董昌，谋娶他的妻子申屠娘子，当方六一串通姚二妈做媒婆去说亲时，申屠娘子猛然惊醒，乃假意的应允，说："方六一是大财主，怕没有名门闺女为配，却要娶我这二婚人。"那媒婆回答说："热油苦菜，各随心爱。我外甥想慕花容月貌多时了，若得娘子共枕同衾，便心满意足，怎说二婚的话。"于是申屠娘子笑道："我是穷秀才妻子，有甚好处！实劳恁般错爱……"这里，十分简短的对话，把媒婆的得意忘形，申屠娘子由悲痛而愤恨，由愤恨而转化成欢笑，种种复杂情况都表现出来了。"想慕花容月貌多时了"，一句话就泄露了全部设计谋害的秘密。而这句话出于一个心里系念着"重重相酬"的媒婆口中，又是多么自然。当申屠娘子笑着说："却劳恁般错爱"时，一位精明伶俐，处理问题沉着果断的女性形象，立即出现在每一个读者的面前。又如《贪婪汉六院卖风流》，作者描写一个"善治财赋"的收税官吾爱陶说：

> 一日早堂放关，见几只小猪船，随着众货船过去。吾爱陶喝道："这是漏税的，拿过来！"铺家禀道："贩小猪的原不起税。"吾爱陶道："胡说！若俱如此不起税，国课从何来？"贩猪的再三禀称："此是旧例蠲免，衙前立碑可据。请老爷查看，便知明白。"吾爱陶道："我今新例，倒不作准，看甚么旧碑。分付每猪十口，抽一口送入公衙，恃顽者倍罚。"贩猪的无可奈何，忍气吞声，照数输纳。刚放过小猪船，背后一只小船摇将过来。吾爱陶教闸官看是何船，闸官看了一看，禀复是本地民船，船中只有两个妇女，几盒礼物，并无别货。吾爱陶道："妇女便是货物相同，如何不投税，难道人倒不如畜生么！……"

这里，吾爱陶的一些对话，突出地表明了我国历史上酷吏的面目。这类官僚看来很“精明”，他能想出各种剥削的方式，创设许多“新例”。吾爱陶说：“难道人倒不如畜生么！”就是根据这个奇怪的理由，他蛮横地强迫每个坐船经过闸口的人，留下买路钱。并且规定：“不论男女，每人要纳银五分，十五岁以下小厮、丫头止纳三分。”这种官僚真可说是一个狡猾、固执而又无赖的典型人物了。又如《错斩崔宁》中陈二姐和她丈夫刘贵的谈话，那样冷静、怯懦、低声下气。陈二姐这个被封建制度压迫和折磨得失去了主宰自己命运的信心，并惯于逆来顺受的女性性格，鲜明无比的出现在我们眼前。当她听到刘贵说把她“典与一个客人”时，她没有丝毫怨怒，只问“官人今日在何处吃酒来？”“大姐姐如何不来？”还是非常关注丈夫的生活。这是一个多么善良的妇女典型。

一般说来，作品中运用对话除开提供多的描写手段外，还有它独立的艺术效果。人和人的关系的描写既是小说的主要部分，那末直接使用两个人的谈话是最恰当的生动的表现法。对话比起单纯的由作者从旁观叙述或者加以介绍来得亲切。这种描述的方法往往能够在人们想象中引起较为深刻的印象。正所谓使人“如闻其声，如见其人”。这样，对话的任务和意义就十分重要了，它在一定程度上成为构成作品中人物的鲜明个性的重要手段。切合人物身分和具体时间、地点、时机的对话，在一篇小说中往往能够使人记忆得长久。我们读过《碾玉观音》、《杜十娘怒沉百宝箱》等都会有这样一种感觉。

## 八

无论从思想上或者从艺术上说，短篇白话小说这一文学体裁，像前面所分析的那样，它的创作成就是可以肯定的。当然，今天我们看来它还是有一些缺点。首先就是广大的农民的生活和斗争没有受到重视。虽然《醉翁谈录》里所列话本目录有《徐京落草》、《黄巢拨乱》等名目，但因为这些作品没有留传下来，它的具体内容是否正确地反映了农民斗争，我们弄不清楚，不能作过多的推测。不过一般说来，农民生活的描写在“话本”中是没有什么地位的。

其次，短篇白话小说一方面反映了封建制度和封建道德所加在人民身上的痛苦，并且对封建社会秩序某些方面表示不满。这些作者中有许多人特别的以同情的笔调描写了手工业者，小本商人，偷儿和妓女的生活，并把这些人当作小说中的正面人物，表现了一些进步观点。但他们另一方面却有意无意地向读者灌输因果报应和宿命观念，把人与人之间所发生的一切事件想借鬼神的主宰来予以阐明。有的地方甚至把封建关系错误的了解成为驾凌乎人们意志之上的神的安排，好像君臣主仆的关系是天然的，合理的。不理解这种社会关系是特定的生产方式的产物，表现了编著者的世界观的狭隘性。许多重要的白话小说都受到这种果报思想的影响，使得非常动人的现实故事都披上了宗教迷信的外衣。很多作者还忠实于现实生活的表达，以致除了少数作品而外，果报说退居次要的地位，不发生主导作用。像《蒋兴哥重会珍珠衫》、《卖油郎独占花魁》，果报的思想虽然有，可是它丝毫也不动摇作品本身的价值。但有些作品却显然受到了伤害，如《冯玉梅团圆》说范鳅儿夫妇能够团圆是因为他做了一些背叛人民的“积阴积德”的事，这就歪曲了现实。又《杜十娘怒沉百宝箱》中的一些迷信成分，虽然作者用意在说明“善有善报，恶有恶报”，但无疑的这些东西的加入，冲淡了悲剧的气氛和情调。至于《史弘肇龙虎君臣会》①把史弘肇一生的变化说成命中注定，《穷秀才岁暮解囊积阴德》②把几个具有一定程度的现实性的故事涂上了果报的色彩，严重的损毁了这些作品的价值。

除开因果报应的思想外，古代白话小说还有一些淫秽的描写。有些作者津津有味地叙述男女的肉欲关系，充分的表现了小市民的低级趣味。他们并不把这种现象的存在和封建末期统治阶级道德上的腐臭和崩溃联系起来，而多数场合还是用它去描写正面人物的生活。

一般的说，小说作者们善于描写光明与黑暗，善与恶，美好愿望

---

① 《古今小说》第十五卷。

② 《娱目醒心编》第三卷。

与强暴压迫两方面的斗争，通过各种不同的人物形象向黑暗的人吃人的罪恶世界勇敢地挑战。虽然这些作品的主角总是以自己个人去对抗社会的姿态出现，但这种人物是代表了被压迫者对于压迫者的抗议的。不过作者们在处理冲突，解决矛盾的方法，有时让作品的主人公及其命运从属于一些偶然的事件，如《沈小官一鸟害七命》①中，沈小官等人的死亡，几乎全是偶然。《金玉奴棒打薄情郎》中金玉奴堕水后的被救，而救者又恰巧是莫稽的上司，也都太偶然。这种偶然性的插入，使得事件的发展过程简单化，妨害了情节充分展开和通过情节显露人物性格。自然，这并不是说作品应该完全排斥偶然情节，偶然成分也可以有，最好是不要让它在事件的变化发展中起决定性的作用，因为要是这样就会妨碍对事物内在联系的深刻揭露，同时也削弱作品感人的力量。我们读古代短篇白话小说，常常因为巧合的情节弄成事件未能充分发展而感到不满足，不得不算是这些小说的一个缺点了。

在短篇白话小说中，最初由于边说边唱，所以有散文也有韵文。韵文和散文在描写上也有一定程度的分工。但到后来，韵文和散文在描写上的分工，渐不明确，韵文变成了附加成分，有时还显得赘累。许多韵文已经不复是整篇文章的有机组成部分，而成为诗句无聊的堆砌，破坏了结构的完美。有些诗句还被不同的作者搬来运去，给人一种陈腔滥调和公式化的感觉。

但总地说来，由于宋元以来的短篇白话小说鲜明地反映了我国封建社会的一些真实情况，提供了一种足以反映比较复杂的现实生活的新的文学形式，出色地提炼了活的语言，从人民生活中吸取了丰富多样的题材，其中的优秀的作品无疑地已经成为我国古代的宝贵的文学遗产的一个组成部分。

## 九

末了，我们应该交代一下关于本书的编选工作。这里三十八篇作

① 《古今小说》第二十六卷。

品是从我们今天所能看到的四百多篇短篇话本和拟话本里挑选出来的。书名叫《话本选》，实际不包括长篇讲史的。选择的标准是要求思想性和艺术性都较好，并适当的照顾到题材和著作时代。有的作品如《合影楼》，虽然看来写得纤巧了一些，而且存在着严重的缺点，像结局的安排，那样庸俗，比起“三言”中的作品要逊色得多，但是这个作品通过复杂的穿插，在一定的程度上揭露了封建道德的虚伪性和反动性，在晚期拟话本中毕竟还算较好的一篇，也就入选了。我们编选这本书的目的，除开提供读者一些较好的作品外，同时还希望通过这个选本使读者得窥数百年间短篇白话小说创作的全貌。

为了便于读者阅读，较难理解的词、语和重要的人名、地名、官名等都尽可能地做了一些注释。注释的文字力求平易简要，一般都不注明根据和出处，只是某些特殊的情况，才引证了原始材料。原文里明显的错误都尽所能地根据版本、文意或者我们自己的判断加以改正。可疑而不便改动的就在注释里说明。有些猥亵的词句和过于谬误的言论，也作了部分的删节，但尽可能的保存原书的本来面目。这样做可能不妥当，或者还不免有错误，希望读者们随时指正。

先后参加这个选集工作的有孙楷第同志、郑振铎同志、吴晓铃同志、周妙中同志和我。其中文字校核、标点、注释等主要是由周妙中同志担任的。全部正文和注释都经过吴晓铃同志和我两个人加以修改和补充。我们三人应该对这个选集共同负责。所选的篇目，何其芳同志出力尤多。关于官制和科举制度部分的注释，很多地方都请教过王伯祥同志。在本书选注的过程中，本所古代文学组的同志们和人民文学出版社编辑部的同志们都提过许多宝贵的意见，在这里谨向热心帮助我们的同志们致以衷心的感谢！

范宁　一九五八年八月三十一日

——据人民文学出版社 1959 年版《话本选》

【评　介】

范宁(1916—1997)，江西瑞昌人，民盟成员。1916 年 8 月 7 日出生在江西瑞昌县西乡范家湾村，先入私塾，后就读于江苏南京私立成美中学。1937 年考入北平师范学院，1939 年转入西南联合大学，1942 年大学毕业后考入西南联合大学清华研究生院，导师为闻一多教授、朱自清教授；1944 年 11 月研究生毕业。1946 年 7 月，清华大学复校，任助教。1948 年被聘为清华大学讲师，1951 年被天津津沽大学中文系聘为副教授、教研室主任。1953 年，北京大学文学研究所成立，应所长郑振铎、何其芳邀请入所，被聘为副研究员。1957 年开始任《光明日报》副刊《文学遗产》编委；1966 年夏，以“资产阶级反动学术权威”的罪名被揪出。1977 年，文学所并入中国社会科学院，仍任副研究员。1979 年被评为研究员，1984 年受聘为中国社会科学院研究生院教授。1997 年 12 月 5 日逝世，享年 81 岁。著有《论魏晋志怪小说的传播和知识分子思想分化的关系》、《白居易》、《中国文学史》(部分)、《中国通史》(部分)、《水浒传版本源流考》、《博物志校证》、《论研究中国文学史规律问题》等，其论文后来大部分被收录在《范宁古典文学研究文集》(重庆出版社 2006 年版)或《中国社会科学院学者文选：范宁集》(中国社会科学出版社 2007 年版)中。

范宁先生的研究领域十分广泛，从魏晋南北朝文学到元明清文学都有涉及，其研究兴趣主要集中在元明清文学方面。这篇《序言》是为人民文学出版社 1959 年 3 月出版的《话本选》而写的。《话本选》从现存的四百多篇话本小说作品中，如“三言二拍”、《清平山堂话本》、《京本通俗小说》、《醉醒石》、《照世杯》、《西湖二集》、《十二楼》，挑选出有代表性的作品三十八篇。其中宋代的话本大概有十篇，《碾玉观音》、《错斩崔宁》(两篇均选自《京本通俗小说》)、《简帖和尚》、《快嘴李翠莲记》(两篇均选自《清平山堂话本》)、《宋四公大闹禁魂张》(选自《古今小说》)、《万秀娘仇报山亭儿》(选自《警世通言》)、《勘皮靴单证二郎神》、《闹樊楼多情周胜仙》(两篇均选自《醒世恒言》)，其他的则为明清时期的话本。

参加编写的人员除了范宁以外，还有孙楷第、郑振铎、吴晓铃、周妙中等人，都是当时十分著名的学者。范宁为此书写了长达 2.4 万字的序言，全面地论述了话本小说的体裁特点、题材来源、主要内容、艺术成就以及局限和不足等方面，实际上是一篇代表了当时话本小说研究水平的专题论文。

该论文共分为九大部分，主要内容如下：

第一部分论述了宋代话本产生和发展的社会根源以及话本体裁方面的特点。作者认为宋代商品经济的繁荣、市民阶层的壮大等是话本产生的社会根源。话本在体裁方面不同于诗歌和散文，话本都由两部分组成——散文和韵文，两者有着不同的分工，“散文部分总是叙事的，韵文部分则多半是描写”，“对于人物和事件进行细致的描写时用韵文，一般叙述用散文”。

第二部分论述了话本的题材来源：有的话本取材于民间传说，其中的人物是历史上实有的，但是故事内容来自传说；有的话本出于史书记载，内容比较接近真实的史事；有的话本则直接取材于当时的现实生活；还有的话本来源于神仙故事，等等。可见，话本的题材来源是十分广泛的。

第三部分论述了宋代话本与唐代说话、唐传奇、唐代变文以及明代拟话本的关系。作者认为，宋代话本“不仅所用话本的题材有些是唐人作品，就是某些习俗规矩也是沿袭唐代的”，而其形式又和唐五代流行的变文有些相似。明代的拟话本与宋代的话本比起来，“读过后不易感动人。主要原因是这些作品一味摹仿，缺乏现实生活基础”。

第四部分重点论述了话本中婚姻爱情类的作品与侠义公案类的作品的特点。作者用“春浓花艳佳人胆”来概括其中爱情类的作品，认为“小说的作者们，对于尊重女性、珍惜爱情的人，无不予以颂扬；对于玩弄女性、薄情负义的男子，莫不作严正的斥责”。作者用“月黑风寒壮士心”来概括其中的侠义公案类作品，认为侠义英雄的理想是“企图靠自己的本领和朋友的帮助，争取过着有饭大家吃的生活”，而公案故事中塑造了“公正、精悍、伶俐”的官吏形象。另外，对于揭露科举制度弊端的作品，以及反映僧侣和恶霸的凶蛮、无耻的作品也进行了论述。

第五部分对话本中歌颂劳动和爱情的作品进行了深入分析。作者以《金玉奴棒打薄情郎》、《卖油郎独占花魁》、《杜十娘怒沉百宝箱》为例，详细地分析了这三篇作品中劳动和爱情的关系，认为“金玉奴、莘瑶琴、杜十娘等人物的命运，是封建社会中无数女性的生活在艺术形象上的正确反映。金玉奴过着由父母代办的没有感情的夫妇生活，杜十娘坠入'遇人不淑'的悲惨结局，莘瑶琴在从良以后开始缔造起一个互相了解互相尊重的和睦家庭。这三种结合方式事实上概括了封建社会中可能结合的男女关系，但只有后一种生活才是真正幸福的"。另外，有些话本作品还着重描写了手工业者和小本商人的勤劳和忠厚，"《碾玉观音》中的崔宁、《合同文字记》中的刘安住、《小夫人金钱赠少年》中的张主管、《卖油郎独占花魁》中的秦重，一个个都生动可爱。虽然这些人物的身上还多少保留了一些封建家长制下的淳朴驯顺，但是他们的心地的的确确是善良的。他们尊重别人也希望受到别人尊重。在一定的程度上也流露出来一些被压迫者的思想感情"。

第六部分论述了话本的心理描写。话本中心理描写的方式有很多种，有时通过人物的行为去表现人物的心理，有时用景色描写来烘托人物的心理，有时用生活本身的形式揭露人物内心的冲突和矛盾。作者以《白玉娘忍苦成夫》、《志诚张主管》和《蒋兴哥重会珍珠衫》为例，分别进行了分析。

第七部分论述了话本中人物的行动、语言描写。作者认为话本"往往利用对话表现了人生多样的思想感情和各种复杂的人物性格"，"它在一定程度上成为构成作品中人物的鲜明个性的重要手段。切合人物身份和具体时间、地点、时机的对话，在一篇小说中往往能够使人记忆得长久"。

第八部分论述了话本中存在的因果报应、淫秽描写、情节巧合等缺点。作者认为"偶然成分也可以有，最好是不要让它在事件的变化发展中起决定性的作用，因为要是这样就会妨碍对事物内在联系的深刻揭露，同时也削弱作品感人的力量"。

第九部分交代了选文的标准、体例以及各部分的负责人等情况。

从这九部分的内容来看，第四部分和第五部分论述话本的思想内容，第六部分和第七部分论述话本的艺术特色，这四部分是论文的重点，也是论文的精华，所占篇幅也比较长。

该文在话本小说研究史上的价值和意义主要表现在以下几个方面：

第一，该论文是20世纪50年代运用马克思列宁主义的文艺观念来分析话本的最有代表性的作品。

20世纪50年代，中国文艺界曾经发生了三次比较大的文艺运动，即1951年对电影《武训传》的批评，1954年对胡适、俞平伯《红楼梦》研究中主观唯心论的批评，1955年对胡风的批判。通过这一系列的文艺运动，大部分知识分子逐渐习惯并接受了马克思列宁主义的文艺观念。许多在新中国成立以前就已经取得了杰出成就的古典文学研究者，也在尝试运用新的马克思列宁主义的文艺观念来评价古代文学作品。

在当时的社会背景下，学术界在评价古代文学作品时，往往比较强调作品的阶级性、政治性和人民性，努力挖掘作品中那些反映阶级矛盾、阶级斗争的内容，特别是反映下层人民反抗统治阶级压迫和斗争的内容，因此，形成一种基本的评价模式：作品揭露了某某统治阶级(或官僚阶层)压迫和剥削人民的罪恶，赞扬了某某劳动人民坚强不屈的反抗精神，表现了作者对某某下层人民的深切同情等。在论述话本的思想内容时，范宁指出"那些优秀的作品中，不仅在形式上而且在内容上都和为统治阶级服务的歌功颂德的封建贵族文学相对立。它揭露了封建社会里面的种种罪恶和黑暗。在封建社会里它是在统治者的歧视和咒骂声中生长和茁壮起来的。它被诬蔑为诲淫诲盗的东西。这些作品指责了昏官滑吏和豪富权贵，而肯定地描写了市井小民"。在谈到《金玉奴棒打薄情郎》时，他说："莫稽和金玉奴的结合是封建性的，对于统治阶级的口味是适合的。"这种对于话本作品的评价，其评价标准和使用的术语都是那个时代通用的，带有明显的时代特点。但是，作者没有停留在这种表面的贴标签式的评价上面，而是通过对于具体文本的细腻分析，发现了蕴涵在作品背后的深刻的人生观和价值观。如作者通过对《闹樊楼多情周胜仙》、《乐小舍拚生觅偶》、《吴衙内邻舟赴约》、《宋小官团圆破毡笠》等话本作品的分析，赞扬了作品中的男女主人公对于爱情的热烈追求，作者以抒情的口吻赞扬周胜仙，"她爱得是那么执着。父母不能阻止她，死亡也不能威胁她。她的形象，典型地表现了一位心地纯良的姑娘，如何为了幸福生活的实现，不顾一切地狂热地追求着自己选中的情人"；他评价刘宜春，“暴力手段可以拆散人间夫妇关系，但是毁损不掉两个跳跃的心”。在此基础上，他认为这些作品的共同特点在于，“作者们对男女爱情的基本态度，都是要求真挚和诚恳，而且彼此忠实的”；“对于那些在爱情上不忠实的，欺骗对方，有时甚至损毁了爱情的人，也通过人民对待作品中主角的态度，表达了人民的感情和愿望”。

由此可以看出，范先生对话本的分析是建立在对话本作品的深刻理解和同情的基础之上的，因而其评价是公允的，令人信服的。而当时的一些论文，往往将文学作品作为分析阶级斗争、阶级矛盾的样本，片面地、过分地强调文学作品的阶级性，忽略了文学作品中反映人性的部分，因而在作品评价中出现较大的偏差。诚然，文学作品是有阶级性的，但是并非只有阶级性，它还有一些反映人类共同的爱好或追求的所谓的“人性”部分。范先生在运用马列文论来分析话本作品时，则避免了上述缺点。这也反映出范先生对马列文论的运用已经比较成熟。

20 世纪五六十年代曾经出现了一批话本选集，如上海四联书店 1955 年出版了傅惜华选注《宋元话本集》，共选作品十八篇；中国青年出版社 1956 年 12 月出版了胡士莹选注的《古代白话短篇小说选》，共选择宋元明话本小说十篇；中华书局 1960 年 3 月出版了中华书局上海编辑所编辑的《话本选》，共选作品八篇。与上述几部话本选集相比，范宁等人编选的《话本选》规模是最大的，共选作品三十八篇。其他各书前也都有序言，但是都不如该文论述得详细、透彻。这批话本选集的集中出版，也与当时的社会环境有一定的关系。当时的文艺界提出文艺要为大众服务，要为广大工农兵服务，而话本恰巧是在中下层民众中产生，并且是在中下层社会流行的文艺样式，因此，话本选集受到人们的青睐。

第二，论文第六部分、第七部分对话本艺术特点的分析，深入到文本内部，探讨了话本作品的民族形式和民族特点。

作者重点论述了两个方面：心理描写和对话描写。

在话本作品中，一般很少采用大段的、静态的心理描写，而是结合人物的语言、行动、神态或者景物描写等方面进行动态的心理描写，如《白玉娘忍苦成夫》、《志诚张主管》、《蒋兴哥重会珍珠衫》等都是如此，作者由此得出结论，“善于从人物的行动中体现人物的内心生活，不须运用作品中人物内省式的语言，或是作者从旁开肠破肚细致地描述角色的心理变化。这种描写手法是古代短篇白话小说所经常使用的，它增强作品的故事性，有时还更生动更真实地显现了人物的性格”。

人物对话描写在塑造人物过程中也发挥了重要的作用，作者通过对《宋四公大闹禁魂张》、《侯官县烈女歼仇》、《贪婪汉六院卖风流》等作品中对话的分析，得出结论，“小说的作者们往往利用对话表现了人生多样的思想感情和各种复杂的人物性格”，“对话比起单纯的由作者从旁观叙述或者加以介绍来得亲切”，“它在一定程度上成为构成作品中人物的鲜明个性的重要手段”。这种建立在作品分析基础上的结论，是十分可靠的，也是令人信服的，这种朴实的文风在当时也是比较少见的。

第三，论文关于话本小说中情节偶然性的论述具有启发意义。

作者认为，话本小说“处理冲突、解决矛盾的方法，有时让作品的主人公及其命运从属于一些偶然的事件”，而这种偶然性的插入，“使得事件的发展过程简单化，妨害了情节充分展开和通过情节显露人物性格”。作者认为，“偶然成分也可以有，最好是不要让它在事件的变化发展中起决定性的作用”。

话本小说的内容大多是“耳目之内日用起居”(凌濛初《拍案惊奇序》)之事，与日常生活的关系比较密切。那么，如何在平凡的日常生活中营造出故事的传奇色彩，激发起读者的阅读兴趣，自然是话本小说家需要考虑的问题。偶然性事件的插入会使平淡的生活陡起波澜，正常的生活轨迹也会随之改变，从而激发起人们的好奇心。另外，话本小说要求在一个相对比较短的时间内叙述一个较为完整的故事，也需要插入一些偶然事件，以加速故事发展的进程。这些都表明，偶然性事件的插入，既是话本故事内容的需要，也是这种文学体裁的要求，是有其存在的合理性的。因此，人们谈到话本作品中的故事情节时，常用一句俗语“无巧不成书”来概括，这种“巧”即是指话本小说中的偶然性事件。如《蒋兴哥重会珍珠衫》中，蒋兴哥与王三巧离婚后，蒋兴哥续娶的妻子恰恰是与王三巧偷情的陈大郎的妻子平氏；蒋兴哥与人打官司时，审理案件的恰恰是王三巧后嫁的丈夫吴杰。这种“巧合”性的事件，大大增加了故事的传奇色彩，激发了读者的阅读兴趣，也加速了故事发展的进程，使作品中的人物、事件更加集中，人物之间的关系更加复杂，矛盾冲突的发展更加激烈，人物的性格也在这一过程中更加突出。

当然，如果作品中的人物、事件“太”过巧合，就会使读者怀疑故事本身的真实性和合理性，从而影响了作品的艺术效果。在“三言二拍”中，这种“巧合”基本上还在正常的范围之内，到了李渔的《连城璧》、《十二楼》中，这种“巧合”就有些过分了，使人一看就知道是假的，从而影响了作品的可信性。李渔的作品娱乐性色彩明显增加了，而思想内容的深刻性则减少了，作品显得浅薄，甚至粗俗。

范宁先生看到了话本小说中普遍存在的这一问题，并提出了自己的观点，其学术眼光是十分敏锐的。

第四，论文对《京本通俗小说》的看法。

论文第三部分论述宋代话本时，说：“现存选辑本宋人小说的书，有《京本通俗小说》、‘清平山堂’所印的话本和《三言》中的部分作品。这些话本都经过后人重订，其中‘清平山堂’刻本改动比较少。”在这段话中，作者认为“清平山堂”刻本改动比较少，而对于《京本通俗小说》不置一言，这不禁让人觉得奇怪。

《京本通俗小说》最早是由缪荃孙于 1915 年刊刻的，缪荃孙在《跋》中认为该书“的是影元人写本”，并称宋版的书在 20 世纪初已为“天壤不易见之书”。因此，该书出版后，受到学术界的重视。鲁迅在《中国小说史略》中就已提到该书，胡适认为“这些小说的内部证据可以使我们推定他们产生的年代约在南宋末年，当十三世纪中期，或中期以后”（胡适《〈宋人话本八种〉序》）。此后的话本小说研究者，大多重视此书。在 20 世纪 50 年代，还没有人提出《京本通俗小说》是伪书（马幼垣、马泰来先生的论文《论〈京本通俗小说〉各篇的年代及其真伪问题》1965 年始在《清华学报》发表；苏兴的论文《〈京本通俗小说〉辨疑》1978 年才在《文物》第 3 期发表）。范宁先生对《京本通俗小说》未加重视，是否意味着他当时已经意识到了该书存在作伪的嫌疑？（当然，范宁先生的观点也可能受到了郑振铎先生的影响。郑振铎在《明清二代的平话集》中认为该书“当是隆万间的产物，其出现当在清平山堂所刻话本后，而在冯梦龙的“三言”前。)不过，他重视“清平山堂”刻本而轻视《京本通俗小说》，至少表明他对该书是持保留态度的。从这里我们也可以看出，范宁先生在材料的使用上是十分谨慎的。

**范宁相关作品目录：**

《范宁古典文学研究文集》，重庆出版社 2006 年版。

《中国社会科学院学者文选：范宁集》，中国社会科学出版社 2007 年版。

吴晓铃、范宁、周妙中选注：《话本选》，人民文学出版社 1959 年版。

（朱祥竟）

# 话本征时

许政扬

## 简帖和尚

清平山堂所刻《简帖和尚》，文学史家公认为宋代话本，无异辞。这多半是因为钱曾《也是园书目》曾经把包括本篇在内的十几篇小说一起题作“宋人词话”之故。清初藏书家的鉴定，自应受到重视。但是，能不能认为这里已排除了误断的一切可能性了呢？我们看到，把宋人话本混称为“词话”，已经蹈袭了明代人的错误了；至于在作品时代的问题上，钱曾手里的答数是否正确，似乎也须要进一步验算。

可惜，藏书家没在任何地方述说过自己这种判断的来源或依据。因此，当我们重新提出这一问题来时，就不得不暂时阖上书目，把视线移到作品中来。

《简帖和尚》中有一段情节：皇甫松在拷讯婢女不得要领之余，忿然把四个捕役叫来投官。作者表白云：这四个人“是本地方所由，如今叫做连手，又叫做巡军”。

在小说的这个断面上，我们发见了它隐藏着的年轮。

话本家使用了一个不常见的词：“所由”。这个词在话本创作的当时，早已从活的口语世界中引退，并为新词“连手”和“巡军”所接替。作者为此特别作了解释。语言的历史曾经说明，口语中的语词，随着社会生活的发展，处在不断新陈代谢的过程中。如果说，语法和语音的稳定性是相对的，那么在词汇的领域中，这种稳定性还要弱一些。不错，有一些词具有很强的生命力，它们一直从殷墟甲骨上生气勃勃地走进了今天的学生词典中。但是另外还有许多词，却只活了或短或长的一段时间，便失去了生命。而这里“所由”一词死亡的时刻，正好标示着这个话本降生的时刻。

在把问题从一篇作品的年代简化为一个词的年代之后，就必须将我们的考查稍稍推前。原因是，此处碰到的这个词正是一个唐代人的习用语，在当时的官私文牍中触目皆是。但唐人所谓“所由”，初非专指一职一司，上而京兆尹①、卫尉②、左右卫率府③，下至省吏④、税卒⑤，都有此称。因为按词义讲，“由”是“经”的意思，“事必经由其手，故谓之所由”。⑥ 所以巡卒捕吏，自然也可以这样称谓。长庆中，白居易守杭，仍岁暵旱，他于是穷究钱塘湖利害，为文刻石，以示后来。“其石函南笕并诸小笕闼，非浇田时，并须封闭筑塞，数令巡检，小有漏泄，罪责所由，即无盗泄之弊矣。又若霖雨三日以上，即往往堤决，须所由巡守，预为之防”。⑦ 这里的“所由”，便是巡防堤笕的吏卒。长庆二年，张平叔上疏请官自卖盐，“乡村去州县远处，令所由将盐就村粜易”。“两市军人，富商大贾，或行财贿，邀截喧诉，请令所由切加收捉”。⑧ 这是指收捉私盐的军士。在唐人小说中，也不乏这种例子。康骈《剧谈录》(卷上)载潘将军亡珠故事，盗珠者是怀一身绝技的少女，为“京兆府解停所由王超”访获。⑨《太

---

① 《资治通鉴》卷二四三《唐纪》五十九，胡三省注：“京尹任烦剧，故唐人谓府县官为‘所由’。”

② 郭湜《高力士外传》：“十二月，至凤翔，被贼臣李辅国诏外随驾甲仗，上皇曰：‘临至王城，何用此物。’悉令收付所由。”

③ 张鷟《龙筋凤髓判》卷四：御史弹东宫，每微行不设仪仗，“所由率丁让等，并请付法”。

④ 《唐会要》卷八十二《当直》：姚崇为紫微令，不欲当真。“所由吏数持直簿诣之”。崇题其簿云云。刘肃《大唐新语》卷十三亦载此事，“所由”但作“令史”。

⑤ 《通鉴》卷二五二《唐纪》六十八，胡注：“所由，谓催督租税之吏卒。”

⑥ 《通鉴》卷二四二《唐纪》五十八，胡注。

⑦ 《白香山集》卷五十九《钱塘湖石记》。

⑧ 《韩昌黎集》卷四十《论盐法事宜状》。

⑨ 亦见《太平广记》卷一百九十六。

平广记》卷四四八《李参军》，记王颙杀狐，老狐萧公诉于都督陶贞益，中云："所由谒萧对事，陶于正厅立待。"又宋王谠《唐语林》(卷四)称，德宗令捕勤政楼下所过绿衣人，万年捕贼官李铭"出召干事所由，春明门外数里，应有诸司旧职事伎艺人，悉搜罗之，而绿衣果在其中"。这几处的"所由"，都是官司收捕罪人的差役。

根据上面提到的材料，我们也许可以作出推论，话本中所指称逻卒为"所由"的时代该是唐代吧。但这是不确切的。因为这个名称虽然出现于唐，实际上直到宋代依然是人们口边的一个常用词。李焘《续资治通鉴长编》卷七十四载大中祥符三年八月，因皇城司亲事卒骚扰，下令："自今非奸盗及民俗异事所由司不即擒捕者，勿得以闻。"司马光《涑水纪闻》(卷五)记仁宗时尚、杨二美人得宠，"尚氏父自所由除直殿"。谓从卒伍骤跻班行。释文莹《玉壶清话》(卷八)："安鸿渐滑稽轻薄，或传凌侍郎策，世绪本微，其父曾为镇所由，公方成童，父携拜鸿渐，为立一名，渐因命名曰'教之安'，言'所由生'也。"这是暗用经语讥笑凌的父亲当过隶卒。北宋末，唐恪为中书侍郎，聂昌为同知枢密院事，冯澥对钦宗说："陛下以曹司为相，所由为枢密，事将奈何?"意思说唐乃昏懦俗吏，聂不过充一街卒的才具，不足以当军国重任。事见徐梦莘《三朝北盟会编》卷六十五。开封都城内外"所由"员额，景德五年有诏裁减，每厢二人至五人不等，另有"都所由"一名。《宋会要辑稿》(《兵》三"厢巡"条)载之甚悉。这些都是北宋的事实。至于南渡以后，情况并没有改变。项安节《家说》云："今坊市公人，谓之'所由'。"①说得最为明确。《家说》作于庆元中，可知"所由"一词，无论北宋南宋，始终活在人们的口头。

话本说："如今叫做连手，又叫做巡军。"连手一称未见。置巡军以充巡捕之职，却是元明制度。《元史》卷一〇一《兵志》四：

---

① 武英殿聚珍版《项氏家说》，从《永乐大典》辑出，内容不全。此据《通鉴》卷二四三胡注转引。

元制，都邑设弓手，以防盗也。内而京师，有南北两城兵马司；外而诸府所辖州县，设县尉司、巡检司、捕盗所：皆置巡军、弓手。而其数则有多寡之不同。职巡逻，专捕获。

州县设弓手，本宋旧制；至别立巡军，则系元代新创。巡军和弓手不同，弓手专主缉捕，而巡军则兼街市徼察。元代政府为了加强统治，曾一再增加内外巡军的名额，以京师大都一地而言，兵马司和留守司统领的巡军，就不下数千人。

从巡军设置于元而“所由”之称南宋时仍流行这一事实看来，话本《简帖和尚》不可能是宋代作品，它必定产生于元代以后。

故事述僧人就逮，解到开封府后，即“押下左司理院”勘讯。按宋开封府设左右军巡院，无司理院。北宋时京府（开封、河南、应天、大名）悉然。司理院是外州次府的衙门。只有南宋临安府不同，因为它本是诸州，充作“行在”，故设左右司理院如旧。这一点宋代的人也是决不容弄错的。

引首“错封书”一节，罗烨《醉翁谈录》（乙集卷二）记是吴仁叔妻王氏事。明彭大翼《山堂肆考》亦载之，王代作韩氏，并以吴仁叔为元人。当有所据。① 然则入话也是一个元代的故事。

至此，接下去必然要问，既然《简帖和尚》并非宋人所做，那末它毕竟是元，还是明呢？话本的一些细节表明，它的诞生离开宋亡还不会十分久远。例如故事结末，僧人犯奸准“杂犯”断罪，尚依宋律，与元、明不合②；边军衣袄从京师押送，宋代定制如此③；呼吏胥为“前行”，军士为“上名”，都是宋、元间习俗；而其中描绘的人物服

---

① 此事亦见《崖下放言》，作郭晖妻。陈衍断为后人误入，参看《元诗纪事》卷三十六。

② 参看《宋刑统》卷二十六《杂律》、《元史》卷一〇四《刑法志》三、《元典章·刑部》卷十六《杂犯》、《大明律集解》卷二十六《杂犯》。元律“诸僧尼道士女冠犯奸”，在《奸非》篇，明律“僧道犯奸”隶“犯奸”，皆不属“杂犯律”。

③ 此元人尚多知之，参看元无名氏《衣袄车》（《孤本元明杂剧》）、武汉臣《生金阁》（《元曲选》）诸剧。

饰，也流行于宋末元初。① 这些情况都向我们提示：应该把它归入元人作品的行列。

元代的话本一向与宋、明作品相混，不易识别。所以许多文学史论述元代通俗文学，往往只谈杂剧，不及小说。有人甚至设想，话本小说在宋代以后曾出现过衰歇的局面。因此，把宋、元、明三代的作品认真地区别开来，将不只有助于探究各个不同时期的短篇小说艺术上的具体特点，而且对于话本发展历史的全貌的了解，也不无稗益。事实上流传下来的元代话本不在少数，《简帖和尚》便是其中颇为出色的一篇。

这里似乎应该说明，小说创作于元代这一事实并不妨碍它的题材可以来自宋时。尽管研究者们还不能找到故事的真正出处，我们也有理由相信，话本把事件的发生安排在北宋的京城里，完全不是仅仅出于作者对这个时代的特殊兴趣。(这种兴趣我们在别的话本中曾经碰到过。)因为当小说家着手对这样一个和尚奸骗人妻的案件进行艺术处理时，他实际上面封着的正是前代的一个相当严重的社会问题。

---

① 这里只举僧人改装所裹“高样大桶子头巾”为例。按此制创自苏轼，所以有“子瞻样”、“东坡帽”等名称。李荐《师友谈记》：“士大夫近年仿东坡，桶高檐短，名帽曰‘子瞻样’。”《王直方诗话》：“元祐之初，士夫效东坡顶短檐高桶帽，谓之‘子瞻样’。”东坡作《椰子冠》诗，篇末自嘲亦云：“更著短檐高屋帽，东坡何事不违时。”帽屋，亦犹帽桶。而吕本中《紫微杂志》乃云：“东坡喜戴矮帽，当时谓之东坡帽。”此“矮”当指帽檐，非谓帽身。至其流行，诸书皆言当时已有仿制者。王得臣《麈史》卷上：“比年复作短檐者，檐一二寸，其身直高，而不为锐势。”——盖即“子瞻样”。然观宋人图画，如张择端《清明上河图》中，人物千数，而绝无一人戴此，知东都实未大行。南渡后期，服之者始渐众。周密《齐东野语》卷二十记当时谜语：“又有以今人名藏古人名者，云‘人人皆戴子瞻样’——仲长统。”(按：与“众长桶”谐音。)则宋季元初，此巾即以风靡一时了。其著之者，多为文士辈。故南戏《张协状元》云：“秀才家须看读书，识之乎者也，裹高桶头巾，着皮靴，劈劈朴朴。”又，杨显之《酷寒亭》杂剧(第三折)诗云：“江南景致实堪夸，煎肉豆腐炒冬瓜，一领布衫二丈五，桶子头巾三尺八。”杨氏此剧必作于江南新下之时，北人乍见南中风土不同，因致诧笑。“三尺八”虽是剧家夸语，然亦足见其高了。明代东坡巾，帽高已杀，檐与桶齐，无复宋元旧制。王圻《三才图会·衣服》编有图，可参看。

宋代佛教的发展有一个触目的现象——僧侣队伍的无限制膨胀。宋初全国僧尼尚不过六万多，天禧末暴增至四十余万①，到宣和七年统计，僧道总数已超过了百万人②。这首先当然是统治阶级提倡佛教的结果。由于赵宋统治者一开始就充分认识佛教对封建政治的积极的辅助作用，所以除了个别时期因为崇奉道教而稍稍抑制释氏外，他们不仅热心地创建寺宇，赐予产业，给僧人以种种特权，奖给紫衣、师号，并且常常下诏普度僧尼。天禧三年一次便度了二十六万人(包括道士)③。然而僧侣人数高速度增长的更主要的原因还在于宋代政府把鬻卖度牒视作一项切实易行的生财之道。起初尚有限额，不久便狂印滥卖起来；南宋时财政支绌，往往干脆给降大量度牒以充各种经费。出家必须纳钱的结果终于是只须纳钱便可出家。于是在庞大的僧侣群中，沉淀了不少社会渣滓：游民、恶棍、盗贼，以至杀人犯④。丛林变成了亡命之徒的逋逃薮，他们花钱买取一领袈裟以掩盖住过去的罪恶，用度牒作护符继续作奸犯科。和尚不但掠夺、杀人、并且宿娼、姘居、蓄妾，而诱骗良家妇女的丑闻秽事也层出不穷⑤。“僧杂犯者众”⑥成为一个使宋代正直的人们疾首的现实问题。不用说，僧徒的这种惊人的道德败坏，正是当时统治阶级推行的宗教政策的直接和必然的结果。

然而两宋寺院的肮脏黑暗，在历史上决不是独一无二的。元代缁流无耻的程度，便大大超过了他们的前辈。当时，宗教和政治进一步紧密地勾结起来，从而使僧侣们取得了无上的权威。“朝廷所以敬礼

① 李攸《宋朝事实》卷七。

② 王栐《燕翼诒谋录》卷五。

③ 《宋朝事实》卷七。

④ 天圣三年，马亮上言：“天下僧以数十万计，间或为盗，而民颇患之。”见《宋朝事实》卷七。司马光《涑水纪闻》卷七载有杀人犯自披剃为僧。

⑤ 陶谷《清异录》载京师大相国寺僧有妻曰“梵嫂”。王明清《挥麈三录》卷三记天章寺长老德范纳婢妾。田汝成《西湖游览志余》卷二十五谓宋时临安九里松一街人家妇女，皆僧外宅。至僧人诱骗妇女，变佛宇为魔窟者，南宋临安一地，即有鹿苑寺、柳洲寺等多起，见赵葵《行营杂录》及田汝成《西湖游览志余》。

⑥ 谢采伯《密斋笔记》卷五。

而尊信之者，无所不用其至，虽帝后妃主，皆因受戒而为之膜拜”。在黑暗统治的年代里，权力和罪恶总是孪生的。于是那些剃光了头的贵人们，“气焰熏灼，延于四方，为害不可胜言”。西番僧佩带着金字圆符，络绎道路，到处强占民舍，迫逐男子，奸淫妇女①。当然也不仅番僧如此。叶子奇《草木子》(卷四下)：

都下受戒，自妃子以下至大臣妻室，时时延帝师堂下戒师，于帐中受戒，诵咒作法。凡受戒时，其夫自外归，闻娘子受戒，则至房不入。妃主之寡者，间数日则亲自赴堂受戒：恣其淫佚，名曰“大布施”，又曰“以身布施”。其流之行，中原河北，僧皆有妻，公然居佛殿两庑。赴斋称师娘，病则于佛前首鞠，许披袈裟三日。殆与常人无异，特无发耳。

更其耸人听闻的是，有些地区，年轻貌美的女人，全被和尚霸占②。为了“照顾”出外的僧官，政府还特地设立“明因站”，将一些女尼集中到那里去，供他们玩弄③。这种和尚专用的官立妓院，在佛教史上大概也可以算得咄咄怪事。所以，如果说宋代出家人奸淫是犯罪，因而还不得不偷偷摸摸；那么在元代，这种事情既普遍又公开，因为它们得到了统治阶级的庇护④。难怪当时的人要那样恨恨地讽嘲了：“近寺人家不重僧，远来和尚好看经。莫道出家便受戒，那个猫儿不吃腥。”⑤目击这样凶似豺虎、行同狗彘的谗猫在光天化日之下肆意破人家室、夺人妻女的人们，听到这篇话本中的故事时，将会有怎样的感触涌上心头呢？这是不难推想的。

---

① 并见《元史》卷二〇二《释老传》。

② 陶宗仪《辍耕录》卷二十八“白县尹诗”条：嘉兴白县尹得代，过姚庄，访僧胜福州。闲游市井间，见妇人女子皆浓妆艳饰。因问从行者，或答云：“风俗使然。少艾者，僧之宠；下此则皆道人所有。”

③ 周密《志雅堂杂钞》卷下。此书作于元初。

④ 元代虽然曾累次下令，使僧有妻者还俗，但并未严格执行。《元史》卷三十八《顺帝本纪》一：“凡有妻室之僧，令还俗为民。既而复听为僧。”

⑤ 张国宾《合汗衫》第三折。

《简帖和尚》小说中对僧侣的诡谲淫恶的揭发，以至嬉笑怒骂，都是咏史诗式的。在挞伐前代的恶人恶德的时候，它倾诉了元代人民的生活激情。

虽然小说中对那个和尚着墨并不多——甚至连姓字都未一提；但读者还是从作品的杼轴一新的艺术意匠中强烈地感到了他的阴险和恶毒。由于把奸僧的行藏写得倏隐忽现，扑朔迷离，艺术上便产生了一种直接效果，见得这一人物躲在阴暗之处，含沙射影，幢幢往来，如鬼似蜮；而骗术的巧妙也有力地表现了他的狡狯、毒辣、老谋深算：只利用一封百把字的假信，便使人们一个个掉进他的陷阱，轻而易举地把皇甫松的妻子夺取到手。

不出奸僧所料，皇甫松接到匿名信后，果然暴跳如雷，对杨氏打骂交加，而且不容辩白，决然送官勒休。皇甫松的这种凶暴专横，并无什么特别之处，因为封建时代本来就是夫权的时代。值得一提的倒是，在元代社会里，妇女的被压迫地位也有一些新的特征。元代上层阶级的统治带来了一些落后的习俗和制度：当时蒙古的规矩，父兄死了，庶母和姊嫂都可以像财物一样由子弟收继①。按照元朝惯例，即便内外大臣得罪，他们的妻子也即断归他人②。——女人和奴隶、牲畜完全没有区别。所以元代人不只说："妻子如衣服"，而且更进一步说："媳妇儿是墙上泥皮。"③然而，难道不正是因为这种观念的支配，皇甫松才迫不及待地用自己的双手摧毁了自己的家庭，把从小相处的妻子推入敌人的怀抱吗？这就事实上表明了夫权思想对于婚姻生活的严重的危害性，表明了没有爱情、没有相互尊重的封建夫妇关系不可能给人们带来真正的家庭幸福。

同样，骗子手也预见到了官府可能采取的态度：他们全不追究事实便草草地判决了离异。

---

① 《元史》卷三十四《文宗本纪》三、卷四十四《顺帝本纪》七，参看《辍耕录》卷十五《高丽氏守节》、卷二十八《醋钵儿》二条。

② 此历朝皆然。天历中，陕西行台御史孔思迪曾建请废除这种制度，见《元史》卷三十三《文宗本纪》二。

③ 元时俗语，见无名氏《神奴儿》(第一折)、《刘弘嫁婢》(第二折)、石君宝《秋胡戏妻》(第二折)、郑廷玉《楚昭公》(第四折)等杂剧。

话本的题目下面有一行小注，标明本篇是“公案传奇”。公案故事的最通常格局是：好人蒙害，清官雪冤。人们经常指出，文学作品中清官的形象反映了古代遭到政治迫害的人民的善良的愿望，这无疑是对的；但是，假如把元代的这类故事，拿来和当时一年之内全国竟发现近二万名贪官污吏和五千多桩冤狱的现实政治对照，我们有时不禁会感到：这种愿望毕竟也只是一支蜡粘的翅膀罢了。而《简帖和尚》中的开封府官吏，由于他们的颟顸、循情，却实际上只起了一种作用，就是最后地帮助了奸僧实现他的骗局。可见，这篇话本脱掉了一般公案故事的陈旧外套，因而也摆脱了它们普遍的思想局限。

僧侣的罪恶、妇女的从属地位和官僚政治的黑暗腐败，三者在元代都是突出和典型的。因此，在这三条黑线的交叉点上产生的《简帖和尚》故事，不用说对那个时代的人们有着特别深切的现实的认识意义。这样，我们也就不难从这篇小说的思想内容上为它在元代社会中的出现和流行找到解释。

## 戒指儿记

收入天一阁《雨窗集》的《戒指儿记》，今仅残存十许叶。《古今小说》载此篇全文(卷四，改题《闲云庵阮三偿冤债》)，字句则略有删润。郑振铎先生曾下过评语：“文字古朴，而饶自然之趣；且直叙曰‘家住西京河南府梧桐街兔演巷’云云，当是宋人之作。”①结论的根据，似还不能算作十分充分。因为宋朝以河南府洛阳为西京，是不待宋人而后方能知道的。至于风格，近年严敦易先生便提出过截然不同的意见：“少浑朴的气息，不像是宋人的。”但严先生也觉得“叙称‘西京河南府’，类宋元人口气”。所以最后把本篇创作的时代，归入“存疑”。②

《戒指儿记》究是哪一时代的作品，这或者并不是难以考查明白的问题。小说中可以找到一些片段，恰似地层中的生物化石一样，能

① 《明清二代的平话集》，见《中国文学论集》。

② 《古今小说四十篇的撰述时代》，见古典文学出版社印《古今小说》附册。

够确定它形成的年代。

这篇恋爱故事中有一点颇为新鲜：封建时代的恋爱公式也许可以说是“一见钟情”吧，但陈玉兰在“钟情”于阮华的时候，彼此却甚至连“一见”之缘也还未有过。只因为这位小姐想起她“爹曾说阮三点报朝中驸马，因使用不到，退回家”，一念之间遂动了爱慕之心。冯梦龙在“退回家”下面添了一句“才貌必然出众”，深得作者原意，更清楚地点出了女孩子的心理过程。“点报驸马”一事，这里虽只侧笔一提，却是小说家手里燃点陈、阮二人爱情的一片火绒，情节上不可缺少。

封建王朝招选驸马的事迹，人们是耳熟能详的。小说戏曲中这类关目难道还少么？但是驸马公开招选的办法，却是近世才行用的，宋时便绝无此制。两宋公主的选尚，不外以下两途：一是直接出于“上意”——皇帝的命令，如宋太祖改嫁王承衍之妻，使尚昭庆公主①，秉杜太后遗意，而以永庆公主下嫁魏咸信②。又如哲宗念韩琦功绩而把神宗第三女嫁给其子韩嘉彦③，理宗感杨太后拥立之恩而把公主嫁给她的侄儿杨镇④。赵宋一代大部分的公主都是这样嫁出去的。偶然也采取另一办法，令近臣帮助物色，例如哲宗为大长公主(神宗女)择配，指明要狄咏(狄青子)那样的人物⑤；南宋时理宗也曾诏宰臣商议选尚，但是意见没有采纳⑥。所以两宋公主的婚事，既不名副其实地由公侯作主，也并不普遍地招选。元代公主(元制亲王女亦称公主)之婿，大都是蒙古、色目人；“汉人”中高丽⑦、女真人⑧，也有

① 邵伯温《闻见前录》卷一。

② 《宋史》卷二四九《魏咸信传》。

③ 《宋史》卷二四八《公主传》。

④ 《宋史》卷二四八《公主传》。

⑤ 范公偁《过庭录》。

⑥ 《宋史》卷二四八《公主传》。

⑦ 元时高丽王累世尚公主，故称“驸马高丽国王”，参看《元史》卷二〇八《高丽传》。

⑧ 如女真人脱欢，尚宪宗孙女，见《元史》卷一六二《刘国杰传》。

为驸马的。“然元室之制，非勋臣世族及封国之君，则莫得尚主”。①因此汉族平民，根本与此无关。直到明代，才定出了由礼部出榜，招选驸马，任人报点的规矩。《明史》卷五十五：

凡选驸马，礼部榜谕，在京官员军民子弟，年十四至十六，容貌齐整，行止端庄，有家教者报名。司礼内臣于诸王馆会选。不中，则博访于畿内、山东、河内。

选中三人，先送礼部培养，然后择吉赴御前，钦点一人为驸马②。足见阮华“点报驸马，因使用不到，退回家”来，完全是明代的制度。

阮华的父兄，都是商贩。宋代商人的社会地位低微，婚姻上也受到严重歧视。熙宁十年有诏云：

缌麻以上亲不得与诸司胥吏出职、纳粟得官，及进纳、伎术、工商、杂类（按谓娼、奴）、恶逆之家子孙通婚。③

婿家必须有“三世食禄”或“三代有任州县官或殿直以上者”，方为合格。还得召保；如瞒冒成婚，以违制论。宗室之女尚且禁止与商人联姻，则皇帝的公主可知了。宋朝东床人选，国初皆取藩镇功臣子弟，后来也必勋旧阀阅。其人则初期因唐相贯，但择文士；英宗以后，也参取儒士。这都是志传具在，灼然可见的。

明制则不然。招选驸马时，不唯“官员军民子弟”，都许报名，并不排斥商贾，而且事实上常常不从士族中选取。谢肇淛《五杂俎》（卷十五）：

国朝驸马尚主，皆不用衣冠子弟，但于畿辅良家，或武弁家，择其俊秀者尚主之。

---

① 《元史》卷一〇九《公主表序》。

② 《明会典》卷七十《选择驸马》。

③ 《宋史》卷一一五《礼志》十八。

我们过去常奇怪，何以无论张廷玉《明史》、万斯同《明史》、王鸿绪《明史稿》、傅维麟《明书》，乃至焦竑《国朝献征录》，于诸朝驸马，除初期少数功臣子弟外，往往都不书他们的家世？老实说，在几百年前的历史家眼中，这些人的出身，还值得一提么？

可以得出结论，像阮华这样的商贩子弟，会去应选驸马，对宋代的人说来，是完全不能设想的。同样也可以得出结论：话本《戒指儿记》只能是明代人的手笔。

明代统治阶级容许与商人通婚，并非单个的偶然现象。例如，在科举方面，宋朝规定，“工商异类”，不得应试①；明代也取消了对工商的禁令②。这些事实清楚地表明，从宋到明，商人、手工业者、或者说“市民”的社会力量已经大大地增长。他们不只铺平了个人通向封建政治的道路，而且也动手拆除婚姻关系的樊篱。

这当然不等于说，到了明代，商人——那怕只是在婚姻上——已经丝毫不受歧视。恰恰相反，统治阶级任何时候都要全力保护自己的地位和权利，而门当户对则是根深蒂固的信念。所以在官僚地主阶级中，像小说中陈太常那样的人物毕竟依然占着绝大多数。他们“只管要拣门择户，扳高嫌低”，把“当朝将相之子”悬为乘龙快婿的第一条件。阮华这个商人的儿子，即使对门而居，耳目至近，也自然是不容攀附的。然而年青的一代有自己的理想和作为，他们往往一下子打乱了老一辈的心爱的安排。当木已成舟之后，陈太常竟也只好承认这门亲事，丢掉“当朝将相”的要求，接受这个商贩人家作为亲戚往来。这里同样也反映出了富有时代特征的内容：新兴的社会力量那样有力地冲击着官僚地主阶级关闭着的大门，以致那些封建保守的势力已经常常要被迫作出让步。

当然，这篇小说的思想内容并不单纯。作者不单给自己的故事戴上了一顶“不婚不嫁，弄出丑吒”的封建帽子，最终干脆还搬来一座

---

① 《宋史》卷一五五《选举志》一。

② 明代除学校训导、罢闲官吏与居父母之丧者外，只有“倡优之家”明文规定不许入试。见《明史》卷七十《选举志》二。

贞节牌坊，把女主人公的往事“一床锦被遮盖了”。看样子，他对于封建的妇女道德十分倾心。然而，即使最粗心的读者也会感觉到，这决不是作品的真正思想。因为小说家在描写陈玉兰和阮华相爱的时候，涂染在形象上的感情色彩完全不是什么嫌恶和责骂，而是十足的赞赏。于是，这样一幅古怪的图案便出现了：面目可憎的封建说教和与之水火冰炭的进步意识被剪贴在一起，口头上对贞节的颂扬和内心对偷情的礼赞被嫁接在一起。

这种思想观点上的混乱和矛盾，是那样明显，那样离奇，它在明代的话本中具有某种典型意义。如果我的理解不错，那末这事实上也是一定历史时期的社会关系的一种反映。陪随着市民的逐渐壮大，这个阶层的一些思想意识，作为旧事物的否定，也开始在社会生活的各个方面显示出影响。以爱情——婚姻自由的思想而论，从元到明的阶段，便是表现得越来越强烈、越来越鲜明的阶段。这在小说戏曲作品中特别是如此。因此，对于为什么从元代中叶起，统治阶级又狂热地通过一切手段(政治的、思想教育的)加紧宣传妇女贞节，也就无足深怪了：后者正是前者的反动。明太祖即位后的头几个月，便命令儒臣修编《女诫》①。巡按督学采访贞女烈妇事迹，每年奏请赐祠立坊，规定为一种制度。从实录、方志所载一时被骗葬送在贞节牌坊之下的妇女达到一万多人——据说这还是极不完全的统计数字②来看，应该承认官方的措施的确收到了不小的效果。生活在这个时代的一般市民，既然还不能摆脱自己身上的封建桎梏，那末尽管他们真正向往的是那样一种离经叛道的思想，也就不能不在这儿那儿表示自己对名教的忠顺。由此可见，话本小说的思想复杂性，反映了这一历史时期市民的成长、他们的进步性，也反映了他们的不成熟、软弱和局限。

故事中阮华暴卒一节的处理是非常糟糕的。那些色情低级的笔墨不只引起人们的厌恶，而且直接损害作品的主题：它降低了作为正面人物的主要形象的风采。无怪乎古典小说的读者常常抱怨这种嗜膻逐臭的趣味，视为话本的白璧之瑕了。但若试图加以区分，则我们也决

---

① 谈迁《国榷》卷三。

② 《明史》卷三〇一《列女传》。

不能说，宋、元、明三代作品之间，全无一点差别。一般说来，宋代小说家在描写男女关系方面，态度还是较为严肃的。元代作品中无理取闹的情节已有增加。只是到了明代人的手里，类似的庸俗噱头才像感冒一样流行起来。上述情况说明，话本小说的这一缺点，也是和明代的社会风气联系着的。有明一代官僚、地主、豪商们的生活荒淫，达到恬不知耻的地步。上层阶级的邪僻作风，不可避免地腐蚀了这个社会，也沾污了文学和艺术。试看，出诸士大夫之手的初、二刻《拍案惊奇》，其文字猥恶之处，远比民间的小说作品为甚，就可以了然于其间的关系了。十分不幸，话本《戒指儿记》也从孕育它的时代里带来了这样的一块难看的胎记。

——据中华书局1984年版《许政扬文存》

【评　介】

许政扬(1925—1966)，男，字照蕴，浙江海宁人。自幼聪慧，五六岁已经能够背诵近千首的古诗。中学、大学期间就熟练掌握了英、法、日三门外语。1949年考入燕京大学中文系研究院，成为燕京大学中文系研究院第一届(共录取两人，另一人是周汝昌)研究生，也是新中国第一批研究生。期间，受业于孙楷第先生，并选定了宋元小说戏曲作为自己的研究方向。1952年研究生毕业后，他被分配到南开大学任教，之后的五六年时间是其学术研究的黄金时期。但1958年后，受政治思潮影响，本来与世无争的许氏，却多次成为批判对象，身心受到极大摧残。1966年“文革”伊始，即被认定为南开大学中文系的“老反党集团”成员之一，虽身患重病仍被强迫劳改。特别是在红卫兵抄家时，放火烧掉了许氏苦心积累的数万张资料卡片以及著述手稿，这让本已身心俱疲，只能从学术研究中找到一丝抚慰的许氏彻底失去了生活的支撑，第二天即投水而死，享年41岁。因其为“专政对象”，所以许氏死后被草草火化，骨灰都未能留存下来。“文革”结束后，许氏所谓的“问题”被彻底平反。当人们试图安葬许氏以寄托哀思并慰其英灵时，只能象征性地在骨灰盒中放入了由他校注的、人民文学出版社出版的《古今小说》(即《喻世明言》，这在当时也是他唯一的著作)。许氏英年早逝，并且许多研究手稿在“文革”期间散失或被焚毁，留存于世的著述除校注本《古今小说》外，只有汇集其发表于期刊和报纸的论文、部分遗作、残稿而成的《许政扬文存》一部(1984 年中华书局出版)。

此篇论文原发表于《南开大学学报》1963 年第 1 期，原名《话本征时(一)》(可见许政扬先生不仅对《简帖和尚》、《戒指儿记》两篇话本小说的断代有自己的看法，还计划写或者已经写了其他篇目，只不过此后他再也没有机会发表自己的研究成果。此文也是许政扬病中所作)，后收入《许政扬文存》中。

根据孟元老《东京梦华录》、周密《武林旧事》等书的记载，我们知道从宋代开始说话已经成为勾栏瓦舍的常见表演，并涌现出了一批深受追捧的说书艺人，如《武林旧事》卷六《诸色伎艺人》中所记载的以说小说闻名的说话人就有蔡和、李公佐、小张四郎等 52 人之多。特别是罗烨《醉翁谈录》卷一《小说开辟》中著录了 107 篇话本的题目，让我们对当时说话的题材内容有了一个大体的了解。但问题是，以上文献记载只能说明从宋代开始说话这种口头艺术的兴盛，而作为书面文学、供人案头阅读的话本小说是怎样一种形态，发展到了怎样的程度，在小说发展史中占有怎样的地位，我们迫切地想找到答案，可是实际情况却不容乐观，除了 1979 年在西安发现的元刻本《新编红白蜘蛛小说》残页外，其他早期小说家话本皆收录在《清平山堂话本》、《熊龙峰刊行小说四种》、“三言”等明代刊刻的话本小说集中。它们不仅收录有宋元时期的所谓“古本”，而且也搜集了不少明代文人的拟作。那么，其中哪些是宋元时期的话本小说，哪些是明代人创作的作品呢？话本小说的断代对于小说研究者来说无疑是一项具有极大“魅力”的课题，因为作品产生时代的判断，从小处说可以让我们更准确、深入地把握小说的内容主旨，从大处说直接关系到我们对小说发展脉络的梳理以及对宋元文学地位的评判。也正是由于这一问题的重要性，因此从赵景深、孙楷第、郑振铎、谭正璧等老一辈学者开始，小说研究者就没有停止过对话本小说产生时代的探讨。虽然不同的学者对同一话本时代的判断可能并不相同，但其使用的方法却多不出胡士莹《话本小说概论》中所概括的几类：

1. 依据话本的体裁、语言风格；

2. 话本中叙述的社会风俗习惯；

3. 话本中反映的社会思想意识；

4. 以同一内容的话本互相比勘；

5. 考查地理、官职及典章制度；

6. 从官史、杂史、笔记以及诗文集等互相参证；

7. 依据宋戏文、杂剧、金院本，证明话本中的故事，在当时的表演情形和话本所反映的时代背景来探讨其成篇时代；

8. 参考现代人研究所积累的见解。

许政扬长于考证，深得乾嘉朴学之精髓，因此治学往往从对一字一词的解释入手，其深厚的文献积累和卡片功夫，使他的论文提出的都是“真问题”，得出的观点也多是不刊之论，至少也能成为立得住的一家之言。《话本征时》一文(此篇论文分别对《简帖和尚》、《戒指儿记》进行研究，其实完全可以看做两篇独立的小论文)很好地体现了许政扬的治学特点，其结论在后世也产生了很大影响。

对于《简帖和尚》的时代，郑振铎《明清二代的平话集》认为它是确定无疑的宋代话本，谭正璧《三言两拍本事源流述考》中也说此篇“十九可决定为宋人作品”。这些小说研究的大家之所以能如此确定，很关键的一个证据就是清代钱曾《也是园书目》将其归入“宋人词话”。书目在文献考证中的重要性自不待言，更何况它还是著名的藏书家兼版本学家的记载。但是，利用书目断代的前提是书目的著录必须是准确无误的，那么，《也是园书目》对于《简帖和尚》产生时代的判断是否正确呢？许政扬一开始就表明了自己的观点：钱曾也有误判的可能，从他沿袭了明代人的错误，将“宋人话本混称为‘词话’”，就说明其对话本并没有进行深入的研究，而且钱曾在《也是园书目》中也没有说明他作出如此判断的根据，因此，我们不能迷信这一书目的记载。这种质疑是学术研究严谨性的必然要求，所以，后世学者也多有附和。如章培恒《关于现存的所谓“宋话本”》(《上海大学学报》1996年第1期)一文中指出，在那样“轻视白话的时代”，钱曾是否将通俗小说作为“严肃的学术工作”是值得怀疑的。同时我们也不能排除他作为藏书家“把较晚的话本作为‘宋人词话’来著录的可能性”。程毅中《宋元小说研究》也认为“书目著录是重要文献资料”，但也绝不能盲从书目，还“要有坚强的旁证”。旁证从何而来？当然最直接、最可靠的就是作品本身。因此许政扬提出“把视线移到作品中来”。立足于文本来寻找断代的证据并不是许氏的首创。如郑振铎《明清二代的平话集》中就经常以作品表现的“作风情调”及语言风格来作为断代的依据，其中多有像“就其风格内容及著作的口气而论，似可定其为宋元人所作”，“其叙情述态，描摹心理，俱甚当行出色，当为宋人之作无疑”这样的论断。虽然此后也多有学者以此立论，但毫无疑问，此种依据虽最为直观，却也是主观随意性最大、最没有说服力的一种（何况现在流传下来的宋元话本多多少少还都经过了明人的修改润色）。许政扬作为乾嘉朴学的信徒，必然不会从此入手，而是“把问题从一篇作品的年代简化为一个词的年代”，这个词就是话本中出现的“所由”一词：“‘所由’一词死亡的时刻，正好标示着这个话本降生的时刻。”的确，许多典章制度、官衔地名都带有一定的时代性特征，是话本小说“隐藏着的年轮”。此前的学者对此也是非常重视的，如赵景深写于 1934 年的《清平山堂话本》（后被收入《中国小说丛考》）中就曾以《简帖和尚》为例指出，倘若能考证出“连手”、“巡军”产生的时间，对确定其时代肯定大有益处。许政扬是否受到了赵景深此文的启发我们不得而知，但即使是受其启发，最终问题的解决还是许政扬的功劳最大。在没有电子文献检索工具之前，此种名物制度，要想明确其源流，对于具有深厚学术功底的学者来说，也只能靠博览群书以及日积月累的归类摘抄，所以绝非易事。《话本征时》则旁征博引，指出“所由”在唐代已经成为常用语，宋代仍然沿用，“无论北宋南宋，始终活在人们的口头”。结合话本中所作的解释，在话本产生的当时，“所由”已不再使用，“如今叫做连手，又叫做巡军”。研究到这里，其实已经极大地撼动了《简帖和尚》为宋代话本的成说：宋代“所由”一词一直在使用，并且也没有资料佐证“连手”或“巡军”的称呼已经产生。接下来，只要找出“连手”或“巡军”其中任意一个词的产生时代，问题自然就会明了了（“连手”与“巡军”是同一时期对同一名物的不同称呼，“连手”在典籍中皆未见记载，或许其为“巡军”的俗称）。许政扬在《元史》中发现了对于“巡军”的记载，并得出了“别立巡军，则系元代新创”的结论（这一结论看似简单，其实也是需要深厚的学术积累的。研究者都知道“说有容易说无难”，要想确定“巡军”为元代新创，必须首先确定元代之前无此设置，而这就需要对前代的官制、兵制非常熟悉）。进而，许政扬认为《简帖和尚》不可能是宋代作品，它必定产生于元代以后。当然，我们前面也提到，所谓宋元话本多多少少都经过了后人的加工改编，已非当时的面貌，因此，“从一篇作品的年代简化为一个词的年代”，即仅凭一个词语产生的时代来判断整部作品的时代还略显单薄。程毅中《宋元小说研究》针对许政扬的考证就指出：“‘如今’等插话正说明它是元代加的注释。”的确，话本作品中这种插入的解释性话语还是很常见的。如《错认尸》中便有“这浙江路宁海军，即今杭州”的类似话语。现在我们听说书时也会发现，说书人当说到古地名时，为了使听众明白，往往也会加入“在今天某某地方”的解释。由此我们联想到话本作品中的官职、地名，常常宋制、元制甚至明制混用，我们不能排除其中有后来的说书人或编订者加上了古今对照的插话（随着时间的推移，也会产生这种情况：人们对古地名、官名越来越陌生，说话人为了简便，于是直接用今名代替了古名）。当然，作为一个严谨的学者，许政扬的论证并没有因考证出“巡军”产生的时代而停止，他还指出了话本中开封府“左司理院”的错误：“宋代开封府设左右军巡院，无司理院。”如果是宋代人创作的话本，这种近乎常识性的错误是不应出现的。另外，他还通过话本中人物服饰、律法习俗等细节都与宋元时期相符，排除了话本产生于明代的可能，再加上《简帖和尚》的入话“错封书”是元代故事，所以许政扬这才最终判定《简帖和尚》是一个元代话本。此后这一结论得到了学者的普遍认可，胡士莹《话本小说概论》、欧阳代发《话本小说史》都完全采用了许政扬的研究成果，将《简帖和尚》归为元代话本。即使是反对者也无法越过许政扬的研究，如程毅中《宋元小说研究》虽仍坚持《简帖和尚》为宋代话本，但也只是在许政扬研究的基础上所作的另一种解释，无法从根本上否定许政扬的结论。

“元代的话本一向与宋、明作品相混，不易识别。”（许政扬《话本征时》）时至今日，虽然断代研究取得了不小的成就，但仍有许多话本的产生时代在模棱两可之间。宋元话本的断代尤其如此。由于文献材料的缺乏，以及元代话本对宋代话本继承过多而使二者之间的风格差异不甚明显，因此造成了将宋、元作品细分的困难。郑振铎在《明清二代的平话集》中虽划定了宋代作品，而对于元代话本“虽相信其必甚多，却始终不能举出一篇来”，他将确定为宋代、明代之外的作品笼统地称为元明之间的作品。当代的话本研究者，在谈到宋元话本时也往往合而论之。如程毅中《宋元小说研究》、萧相恺《宋元小说史》都是这样。但是，正如张兵《宋辽金元小说史》所说：“倘若我们不把这些小说话本的著作年代搞清楚，又怎能明了南宋和元、明等各个不同时代小说话本的概貌，从而使研究工作建立在坚实的科学基础之上呢?”若回避作品的时代，就会使宋元话本的研究成为空中楼阁，丧失其科学性。对这一问题的重要性，许政扬也是有清醒认识的：“把宋、元、明三代的作品认真地区别开来，将不只有助于探究各个不同时期的短篇小说艺术上的具体特点，而且对于话本发展历史的全貌的了解，也不无稗益。”对于时下的研究而言，这仍是具有指导意义的。

另外，值得我们关注的是，现在有学者对“宋元话本”提出质疑(当然也包括《简帖和尚》)，如傅承洲《宋元小说话本志疑》(《云南民族大学学报》2004 年第 5 期)认为“现存这些所谓的宋元话本，不仅经过了无数说话艺人的讲述、加工，而且明人将它们搜集起来、编辑成册的时候，又根据自己的文艺观点作了大量的修改乃至重写”。拿元刊本《红白蜘蛛》残页与《醒世恒言》中《郑节使立功神臂弓》的对应情节相比较，这种改编虽未“伤筋动骨”，但也“面目全非”了。① 因此，我们现在所见到的明刊本中的宋元小说话本都不是真正意义上的宋元作品。这样一来，虽然这些明刊宋元小说话本有很高的文献价值，“从现存的几十种明刊宋元小说话本，我们可以大体了解宋元小说话本题材的分布状况，得知婚恋题材与公案题材是宋元小说话本的主要内容。就某一篇作品而言，我们也可以据此了解这一故事产生的大致

① 黄永年：《论元刻〈新编红白蜘蛛小说〉残页》，载《中华文史论丛》1982 年第 1 辑。

年代以及主要人物与故事梗概。往往就是这些宋元话本，明代不同时期都有改刻，我们据此可以了解这一故事的演变情况，还可以通过不同版本的比勘，分析改写者的创作思想”。但是，“我们不能根据这些作品来分析宋元话本的思想与艺术，尤其是不能据此来分析宋元话本的细节描写、心理描写、肖像描写、语言艺术等”。这种意见是符合宋元话本的实际的，体现了一种严谨科学的研究态度，应该引起话本小说研究者的充分关注。

关于话本小说《戒指儿记》的断代，在许政扬之前也有不同意见。如郑振铎比较肯定地认为此篇为宋代话本，严敦易则认为其风格不像宋人作品，但有类似宋人的口气，因此将之归入“暂时还不能较明确地判断的”一类。许政扬非常自信地表示，解决这一问题其实并不难，因为他已经找到了可以确定《戒指儿记》形成年代的“生物化石”：能够表征时代的典章制度——“点报驸马”。许政扬再次显现了他的深厚文献功底，他引经据典，斩钉截铁地断定：宋元时期绝无此种制度，因此也就排除了《戒指儿记》为宋元话本的可能。紧接着，他依据《明史》的记载认为“直到明代，才定出了由礼部出榜，招选驸马，任人报点的规矩”。另外，他还进一步指出，话本中阮华的父兄皆为商贩，而宋代的商人社会地位低微，“像阮华这样的商贩子弟，会去应选驸马，对宋代的人说来，是完全不能设想的”。因此，阮华这种家庭出身的人报名参加驸马择选的现象，也只能出现在商业、商人地位普遍提高的明朝。谢肇淛《五杂俎》就明确地说，明代为公主选配驸马，不论出身，“择其俊秀者尚主之”。所以许政扬最后得出结论：“话本《戒指儿记》只能是明代人的手笔。”整个论证一气呵成，几乎滴水不漏，让人无法反驳。虽然只是对作品一处细节即一种制度的考证，但与判断其他话本时代的情况不同，此处细节与情节发展的关系至为紧密。陈玉兰与阮三素未谋面，陈玉兰之所以主动结交阮三，就是因为她曾听父亲说阮三曾经点报过朝中驸马，而既然有胆量去参选驸马，其才貌必然有过人之处。所以“这里虽只侧笔一提，却是小说家手里燃点陈、阮二人爱情的一片火绒，情节上不可缺少”。因此，自许政扬此文一出，《戒指儿记》为明代话本几成定论(随之，《古今小说》中的《闲云庵阮三偿冤债》也是明代话本无疑)。胡士莹《话本小说概论》、程毅中《宋元小说研究》、欧阳代发《话本小说史》都是无保留地采纳了许政扬的结论。

从《话本征时》一文我们可以看出，许政扬治学态度严谨，从一个字词、一个名物制度入手，抽丝剥茧，层层论证，研究扎实，结论可靠。但许政扬又不满足于单纯的考证，因为毕竟他是一位古典文学的研究者。所以，他利用自己考证出来的结论，深入分析小说文本的主旨特色，总能给人一种耳目一新、豁然开朗的感觉。在确定了《简帖和尚》为元代话本后，许政扬指出“《简帖和尚》小说中对僧侣的诡谲淫恶的揭发，以至嬉笑怒骂，都是咏史诗式的。在挞伐前代的恶人恶德的时候，它倾诉了元代人民的生活激情”。因为宋元时代(许氏特别说明“小说创作于元代这一事实并不妨碍它的题材可以来自宋时”)，寺院极其黑暗，僧侣多已不是清修的善士，而成了“游民、恶棍、盗贼，以至杀人犯”的藏身所，他们“不但掠夺、杀人，并且宿娼、姘居、蓄妾，而诱骗良家妇女的丑闻秽事也层出不穷”，成了社会的一大毒瘤、公害。因此，“当小说家着手对这样一个和尚奸骗人妻的案件进行艺术处理时，他实际上面临着的正是前代的一个相当严重的社会问题”。当把作品置于此种情景之下，我们更能深入认识《简帖和尚》这篇话本，了解作者的创作意图，甚至能够想象得到当时民众在听到或看到这一故事时的反应。许政扬对于《戒指儿记》的研究也是如此。以《戒指儿记》为明代话本的结论为基础，许政扬通过小说故事分析了其所体现出的鲜明时代特征：“新兴的社会力量那样有力地冲击着官僚地主阶级关闭着的大门，以致那些封建保守的势力已经常常要被迫作出让步。”“话本小说的思想复杂性，反映了这一历史时期市民的成长、他们的进步性，也反映了他们的不成熟、软弱和局限。”此种揭示，无疑为我们透彻地理解作品提供了一把钥匙。进入新世纪以来，如果以研究方法来区分，古代文学研究界可以简单地分为两派：文献考证派和文本阐释派，长于考证者往往轻视文学分析，认为其太虚，主观性太强；长于文学分析、阐释者也多看不惯考证者的做派，琐琐碎碎，多是文献的罗列，缺乏“思想性”、可读性，使文学研究远离了文学而成了历史的附庸。其实，两种治学方法没有所谓优劣之分，二者缺一不可：没有严谨的考证为基础，文学分析很容易偏离科学的方向；没有文学本真性的指引，为了考证而考证，那么结论也只能成为一种死的知识。许政扬《话本征时》所体现出的考论结合的治学思路，对我们今天的研究仍然是具有启发示范意义的。

许政扬对于话本小说研究的贡献，除《话本征时》一文外，《宋元小说戏曲语释》(共3篇，见《许政扬文存》)也涉及对话本小说词语的解释，如话本中经常出现的"叉手唱诺"、"抄手唱诺"，以及说话家常见的口头语——"叉手不离分寸"(《简帖和尚》、《古今小说·宋四公大闹禁魂张》中即有出现)，对于"抄手"或"叉手"前人多有误解，许氏引用了大量文献说明"抄手"即是"叉手"，是古代的一种敬礼，行礼的方式与作揖近似，不过，"作揖则两手自下而上，又自上而下"，"叉手时两手是掩定胸前不动的"。因此，许政扬得出结论："在古代，跪拜是最为隆重的敬礼；其次则揖；至于叉手，那仅仅是极其一般的礼貌了。"了解了这一点不仅使我们获得了古代礼俗知识，更重要的是对于文本的细读也是大有裨益的。其他如对"魔合罗"、"一笏"等词语的解释，对我们解读小说话本也不无帮助。另外，许政扬对话本小说的贡献还体现在他对《古今小说》的校注上。此书1958年由人民文学出版社出版，共有注释1 160余条，涉及疑难词语、典章制度、地名人名、风俗人情等方方面面。由于深厚的文献功底，保证了多数注释是准确、精到的(当然，作为第一部系统校注本，不可能尽善尽美。20世纪90年代陈曦钟在许本基础上对《喻世明言》进行了重新校注，注释增加到3 500余条，并修正了许注的一些讹误)。这一校注本在很长一段时间内都是最为完善、最为权威的版本，人民文学出版社多次重印(直至现在，凡人民文学出版社出版的带有注释的《喻世明言》版本，几乎皆为许注本)，对于《古今小说》的普及及其研究的推动都发挥了重要作用。值得一提的是，许政扬还为校注本《古今小说》写了一篇《"校注古今小说"前言》，论述了话本的产生发展、话本的性质、作者等问题，可以看做简明扼要的话本小说史。他在这篇前言中还重点对《古今小说》的思想内容进行了分析，许多观点到现在仍是具有生命力或启发意义的。如他认为，《古今小说》中取得成就最高的是反映爱情和婚姻的作品；《陈从善梅岭失浑家》、《杨谦之客舫遇侠僧》"都反映着封建时代那些对自己的前途感到无限恐惧的边臣逐客们的幻想”；“说话是一种群众性的艺术，说话人是民间的艺人，所以话本的内容常常受到人民的观点的直接影响”。

**许政扬相关作品目录：**

《话本征时(一)》，载《南开大学学报》1963 年第 1 期(收入《许政扬文存》，中华书局 1984 年版)。

《古今小说》(校注本)，人民文学出版社 1958 年版。

（贾海建）

# 话本小说概论(存目录)

胡士莹

第一章　“说话”的起源和演变

　　第一节　“说话”艺术溯源

　　第二节　魏晋六朝的“徘优小说”和“说肥瘦”

　　第三节　唐代民间、宫廷、寺院中的说话

　　　　一、民间的说话

　　　　二、宫廷中的说话

　　　　三、寺院里的俗讲

　　第四节　唐代传奇、通俗文学与话本的关系

　　　　一、传奇

　　　　二、通俗文学

　　　　　　1. 话本

　　　　　　2. 词文

　　　　　　3. 变文

　　　　　　4. 讲经文

　　　　　　5. 俗赋

第二章　宋代的说话

　　第一节　两宋都市的繁荣和“说话”业的盛况

　　第二节　宋代说话演出的概况

　　　　一、演出的地方

　　　　　　1. 瓦子勾栏

　　　　　　2. 茶肆酒楼

　　　　　　3. 露天空地与街道

　　　　　　4. 寺庙

5. 私人府第
6. 宫廷
7. 乡村
二、招子
三、开场和收钱
第三节　宋代的说话人和话本作者
一、张山人
二、王与之
三、内侍纲
四、李纲
五、张本
六、史惠英、陆妙静等
七、王六大夫
八、王防御
九、丘机山
十、秋山
附两宋说话人姓名表
第四节　编写话本的团体——书会
一、书会
二、书会先生
三、才人
第五节　说话人的行会组织——雄辩社
一、雄辩社
二、老郎
第三章　宋代说话的政治倾向和艺术特色
第一节　说话人的基本立场和思想倾向
第二节　说话的艺术
一、讲说的艺术特色
二、穿插敷衍
三、使砌
四、歌唱

第三节　说话与戏剧
一、戏剧本事与说话题材相互袭用
二、剧本与话本在艺术上相互影响
三、戏剧中说话伎艺表演形式的运用
四、说话表演对戏剧表演的影响
第四章　说话的家数
第一节　北宋“说话”的科目
第二节　南宋“说话”四家数
第三节　银字儿与铁骑儿
第四节　说参请及其他
一、说参请
二、新话
三、诨经
四、诨话
五、说药
六、野呵小说
第五节　合生与商谜
第五章　话本
第一节　话本的写定与刊印
第二节　“小说”话本的体制
一、题目
二、篇首
三、入话
四、头回
五、正话
六、篇尾
第三节　宋代文人的拟话本和说话的参考书
第六章　话本的名称
第一节　话本是说话艺术的底本
第二节　话·说话·话本
第三节　话本与小说

第四节　话本与平话
第五节　话本与诗话
第六节　话本与词话
一、乐曲系的词话
二、诗赞系的词话
第七章　现存的宋人话本
第一节　序例
第二节　词文——《梁公九谏》
第三节　诗话——《大唐三藏取经诗话》
第四节　小说——《碾玉观音》等四十种
第八章　宋元以来官私著述中所载的宋人话本名目
第一节　《醉翁谈录》著录的宋人“说话”名目
一、灵怪——《杨元子》等十六种
二、烟粉——《推车鬼》等十六种
三、传奇——《莺莺传》等十八种
四、公案——《石头孙立》等十六种
五、朴刀——《大虎头》等十一种
六、杆棒——《花和尚》等十一种
七、神仙——《种叟神记》等十种
八、妖术——《西山聂隐娘》等九种
九、其他——《黄巢》等十种
第二节　宋人著述中记载的话本名目《邵青起义》等六种
第三节　《宝文堂书目》著录的宋人话本名目《灯花婆婆》等四十八种
第四节　《也是园书目》著录的宋人话本名目《灯花婆婆》等十六种
第九章　元代的说书与话本
第一节　元代社会对说书的影响
第二节　元代的说书和说书艺人
一、时小童母女
二、胡仲彬兄妹

三、朱桂英
第三节　元代的剧作家兼话本作者
一、陆显之
二、金仁杰
第四节　元代的话本
一、流传者——《柳耆卿诗酒玩江楼记》等十六种
二、残存和失传者——《西游记》等四种
第十章　宋元话本的思想性与艺术性
附录　宋元话本钩沈——《王魁》等五种
第十一章　明代的说书和话本
第一节　明代社会对说书和话本的影响
第二节　明代的说书
一、说水浒
二、统治阶级对平话的利用
三、揭露地主恶霸罪行的说书
四、农民起义军中的说书
五、相国寺说书
六、盲艺人及其他
第三节　明末清初的说书家柳敬亭
第四节　明代的说唱词话叙录
第五节　拟话本的繁兴和发展
第六节　话本集的纂辑
第七节　明代的传奇文和通俗类书
第十二章　《三言》、《二拍》及其他拟话本小说
第一节　《三言》编写者冯梦龙及其文学观
第二节　冯梦龙对《三言》的整理和加工
第三节　《三言》的思想性与艺术性
一、《三言》的题材
1. 以爱情为主题的作品
2. 揭露封建统治阶级的内部斗争和官僚、地主、恶霸罪行的

3. 描写知识分子的生活与科举制度罪恶的
4. 歌颂市民群众的道德、斥责背信弃义行为的
二、《三言》的艺术特点
1. 人物形象的塑造和性格的刻画
2. 题材的扩展和生活素材的丰富
3. 结构体制
4. 语言的运用和提炼
第四节 《二拍》及其他拟话本的分析批判
第十三章 明代话本的著录和叙录
第一节 《宝文堂书目》著录的明人话本名目——《风月相思》等二十六种
第二节 现存明人编撰的话本集叙录
一、总集——《京本通俗小说》等六种
二、专集——《初刻拍案惊奇》等十四种
三、选集——《小说传奇合刊》等四种
附录：明人话本钩沉
一、《李亚仙记》
二、《张于湖宿女贞观》
三、《杜丽娘慕色还魂》
第十四章 明代拟话本故事的来源和影响
第一节 《三言》故事的来源和影响
一、《喻世明言》二十九篇
二、《警世通言》二十一篇
三、《醒世恒言》三十三篇
第二节 《二拍》故事的来源和影响
一、《初刻拍案惊奇》四十篇
二、《二刻拍案惊奇》三十八篇
第三节 《石点头》等故事的来源和影响
一、《石点头》十三篇
二、《西湖二集》三十四篇
三、《醉醒石》二篇

四、《艳镜》七篇
第十五章　清代的说书和拟话本
第一节　清代说书的演变和话本的衰歇
第二节　清代的话本作者和说书艺人
一、拟话本作者
1. 李渔
附录:《李笠翁小传》
2. 徐震
3. 石天基
4. 徐述夔
二、说书艺人
1. 宫廷中的说书人韩圭湖
2. 浦琳与《清风闸》
3. 叶霜林的《宗留守交印》
4. 邹必显的《飞跎传》
5. 王周士的弹词理论
6. 胡文汇的南词
7. 石玉昆与《龙图公案》
8. 龚午亭与《清风闸》
9. 马如飞与《珍珠塔》
第三节　清人编刊的话本集叙录
一、总集——《跨天虹》一种
二、专集——《清夜钟》等三十三种
三、选集——《觉世雅言》等十三种
第十六章　明清说公案
第一节　公案小说的演变
第二节　明代的公案小说
一、《包公案》
二、《海公案》
三、其他
第三节　清代的公案(侠义)小说

一、《施公案》

二、《彭公案》

三、《龙图耳录》与《三侠五义》

第十七章　关于讲史

第一节　讲史的起源和发展

第二节　“讲史”话本的体制

一、篇幅曼长，分卷分目

二、“开场诗”和“散场诗”

三、断代编年的叙事方法

第三节　元代刊印的讲史话本

一、宋人旧编元人增益者

1.《新编五代史平话》

2.《新刊大宋宣和遗事》

二、元人编刊者

1.《全相平话武王伐封书》上中下三卷

2.《全相平话乐毅图齐七国春秋后集》上中下三卷

3.《全相秦并六国平话》上中下三卷

4.《全相平话前汉书续集》上中下三卷

5.《新全相三国志平话》上中下三卷

6.《吴越春秋连象平话》

7.《薛仁贵征辽事略》

第四节　由讲史到章回小说

一、《宣和遗事》与《水浒传》

二、《三国志平话》与《三国志通俗演义》

三、《武王伐封书》与《封神演义》

第十八章　总论

话本小说的发展规律和展望

——据中华书局1980年版《话本小说概论》

【评　介】

胡士莹(1901—1979)，浙江平湖人，字宛春，室名霜红簃。四岁时因病患重听，性格沉静，喜爱读书写字。幼承家学，十岁便能背诵四书如流。少时即爱好古典诗词，十五岁时所作诗词已惊动老前辈。1920 年人南京高等师范，为文史部特别生，当时老师，如吴梅等均为一时名宿，在诗词戏曲方面对他影响很大。1923 年毕业后，在家乡诒谷学校稚川中学、南京私立东方公学等校任教。三十岁后开始研究目录学、版本学，沉浸其中约七年。1931 年起，开始大量搜集收藏通俗文学资料。当时，他每天用行楷抄书，有时一天要抄一万字，同时做校书和做笔记等工作，这为日后的研究奠定了深厚的基础。1938 年他到上海，开始与郑振铎、赵景深、谭正璧等共同研讨小说、戏曲和通俗文学，此后便一直以小说、戏曲为治学重点。在沪期间，激于抗战形势，爱国热情更加高扬，参加“午社”，定期集会，作诗填词，文采风流，辉映一时，文风也由“婉和韶令之韵”转变为“呻吟呼吁之声”。1940 年，应郑振铎邀请，到暨南大学中文系任教，之后曾先后任复旦大学、圣约翰大学、光华大学和上海临时大学教授。1941 年 10 月，积极参与夏承焘等人发起龚定庵逝世百年祭这一有特殊纪念意义的活动。1942 年创作的《六么令·送瞿禅还永嘉》，深切表达了忧念时局，渴望收复祖国山河之情。同年，毅然支持其独子参加新四军。抗日战争胜利后，任杭州之江大学文学院教授。新中国成立后，历任浙江师范学院、杭州大学教授、中国科学院浙江分院语言文学研究室(后改为杭州大学语言文学研究室)研究员等，参加《辞海》的编纂工作。晚年主要从事宋元明清文学的教学工作，进行古典小说、戏曲等通俗文学的研究。胡先生一生勤勤恳恳，兢兢业业，六十岁以后还坚持每周登台讲课八学时，培养了大批中青年教师和研究生，病中还在筹划编撰多卷本的《中国古代小说提要》。但是终因积劳成疾，于 1979 年 3 月 8 日在杭州病逝。胡士莹先生一生嗜书如癖，所藏小说、戏曲、宝卷、弹词数量丰厚，其中不少珍本和孤本，后遭抄毁，所余三千余册，则如胡先生遗愿，捐献给了杭州大学。

胡士莹先生自幼深受中国传统文化濡染，工诗、词、书、棋。浦江清先生有诗称赞他在填词上的造诣："蕙风云殁疆村髦，天下音声付年少。浙中并起有三人：宛春、徐、陆皆驰妙。"三十岁以前之词作集《霜红词》传世。胡先生中学时便写得一手好字，每天坚持学书，以此自娱，书法作品曾在北京、上海、杭州等地展出，《〈鲁迅诗歌选〉小楷字帖》(内分甲体、乙体)深受书法界好评。

胡士莹先生惠泽后人之尤多者在戏曲、小说等通俗文学研究方面。《弹词宝卷书目》收录弹词书目二百七十余种，宝卷书目二百余种，成为历来此类书目中较完备的一种。所撰《变文考略》、《词话考释》、《弹词散论》、《漫说鼓词》等论文，集中考察了这些说唱文学形式的渊源、流变、体制、社会意义等。在戏曲方面，做了《牧羊记》(与钱南扬合作)、《紫钗记》、《紫箫记》、《雷峰塔传奇》的整理和校注工作。1960年完成《吟风阁杂剧校注》，据乾隆刊本，校以写韵楼本，收短剧三十个，注释详明，阐发精当，为此剧迄今最佳读本。校注同时，撰写《读〈吟风阁杂剧〉札记》，考证各剧材料来源，解读其思想意义。1981年出版的《苑春杂著》，对"说话"进行了考证，对话本小说的发展规律、体制进行了总结。还分析了《杜十娘怒沉百宝箱》和《卖油郎独占花魁》两篇话本小说。

胡士莹先生对于中国古典文学各体多有所涉猎，而尤其爱好话本，曾不惮烦，不惜重金，多方搜购。新中国成立后，在杭州大学授课，主要讲授话本小说，在近二十年的时间里，爬梳剔抉话本相关材料，整理成为讲稿。后来，杭州大学成立语言文学研究室，先生始锐意撰写《话本小说概论》书稿，发凡起例，分题编纂。自1962年至1973年，四易其稿，终析为十八章六十四节，八十万言，上联远古，下迄明清，虽名"概论"，实乃话本小说研究的百科全书。①

此前，鲁迅先生《中国小说史略》第十二篇"宋之话本"、第十三篇"宋元之拟话本"、第二十一篇"明之拟宋市人小说及后来选本"这三篇专题论述，勾勒了话本小说的基本框架。孙楷第先生《中国通俗小说书目》、《日本东京所见小说书目》、《俗讲、说话与白话小说》等

① 赵景深：《话本小说概论·序》，载《话本小说概论》，中华书局1980年版，第5页。

话本小说的目录学成果、话本小说的发生发展、作品存佚考证等方面也取得了重要的研究成果。谭正璧先生的《三言二拍资料》在话本小说本事方面实现重大突破。叶德均先生的《宋元明讲唱文学》、《戏曲小说丛考》，赵景深先生的《中国小说丛考》等，对话本起源和体制等问题也进行了深入探讨。但就话本小说研究的总体状况而言，仍然比较零散。《话本小说概论》既集已有成果之大成，又多有创获，自成体系，是较早的一部全面探讨话本小说发展史的专著。赵景深先生在《序言》里说这部书是"精心结撰的、论断比较恰当的、内容丰富的、总结性的著作"①，可谓知言。

## 一

从内容上看，《话本小说概论》是话本小说研究的大全之书，关于宋元话本的研究是其中的重要组成部分。《话本小说概论》以朝代先后为序，自远古迄明清，考察了宋元话本小说发生、发展的过程。考镜源流，条分缕析，使读者对话本小说的发生、发展及其流变、影响有一个整体的认识。

### （一）清晰地梳理了宋元话本小说的源与流

在话本渊源这一问题上，胡士莹先生以劳动说为基础，从"说话"伎艺的起源讲起，追溯了"说故事的活动"这一远源，而后指出俳优侏儒职业化说故事的活动在"说话"伎艺发展过程中的重要意义，界定了这一阶段是"说话"伎艺的萌芽阶段。接着，胡士莹先生梳理了"说话"伎艺从魏晋六朝的"俳优小说"和"说肥瘦"到唐代民间、宫廷、寺院中的"说话"的演变过程，也是"说话"伎艺从萌芽到成熟的发展过程，并考察了唐代传奇、通俗文学与话本的关系，指出："这些文学作品，都给宋代话本以或多或少的影响。特别是市人小说，它和宋代的市民文学必然是一脉相承的。"然后从传奇和通俗文学（本章

---

① 赵景深：《话本小说概论·序》，载《话本小说概论》，中华书局 1980 年版，第 1 页。

主要结合话本、词文、变文、讲经文、俗赋几种文体)两个方面，考察了它们和宋代话本的承袭关系。

在此基础上切入宋、元话本小说的研究，然后顺流而下至明、清。在内容安排上，往往先对各个时代“说话”伎艺、说话艺人的情况进行考察；接着介绍话本小说和拟话本的创作、编纂情况，包括话本小说和拟话本的作者，话本的写定、刊印和结集，本事和流变，思想内容和艺术水平，以及与其他文学艺术形式的关系，等等；还对宋元话本作品的存佚、断代、存目等进行了考订，另附有宋、元、明代话本钩沉。这样以朝代为经，以说话伎艺和话本、拟话本的发展为纬，可以明白看出“说话”伎艺、话本、话本小说、拟话本等相互之间的密切关系、各自相对独立的发展道路以及与戏剧等其他文艺形式之间的互相渗透，话本小说在宋、元、明、清各代的发展状况和特点也非常直观地展现出来。

值得一提的是，胡士莹先生还特地专章探讨了讲史，因为虽然作为说话科目，“讲史”和“小说”分庭抗礼，但是在内容上并无绝对界限，而且有合流互益现象。这一章追溯了讲史的渊源和发展，总结了讲史的特点和讲史话本体制，考订了元代刊印的讲史话本作品，并考察了由讲史到讲史与小说、铁骑儿合流再到长篇章回小说，从而脱离讲唱伎艺成为独立文学作品这一必然而又复杂的发展过程。“从讲史话本的发展，不但可以看到‘小说’和‘讲史’消长汇合的踪迹，更可以看到长篇章回小说产生和发展的社会历史原因。”(《话本小说概论》，第694页)

最后，胡士莹先生根据从唐至清一千数百年间话本小说和拟话本小说的发展过程，对话本小说发展的基本特点进行了一个规律性的总结，指出市民矛盾的两重性是话本小说发展的内在原因，而话本小说与市民(农民)群众的关系、与知识分子和艺人的结合，是其发展的重要因素，并表示了对新时期发展新的群众性的口头文学的憧憬和展望。

### (二)比较详细地描绘出了宋元“说话”伎艺的演出情况和发展脉络

话本是“说话”艺术的文学底本，基于这一点对“说话”进行考察，是从艺术实践层面上明确了“说话”伎艺和话本小说的关系，以及与其他讲唱文学互相之间的影响。

关于宋元“说话”伎艺情况，《话本小说概论》从“说话”发展繁荣的原因、演出情况、说话的家数、说话人及其组织、话本作者及其组织、说话的内容及其艺术特色、说话与戏剧等其他艺术形式的关系等多个方面进行。胡士莹先生从官史私撰和文学作品中搜集了丰富的资料，从演出的场地到招子的形式和内容，从开场和收钱到穿插敷衍、歌唱使砌等“说话”的艺术技巧，从故事的内容到思想倾向，一一精描细画，更为那些甚至连名字都没有完整记录的说书人钩稽若干生平和说书资料，不仅让读者了解了“说话”演出的时与地，而且让那人群熙熙攘攘、勾栏邀棚鳞次栉比、招子鲜明夺目、说书人绘声绘色、听众沉醉不已的场面，栩栩然如在目前，令人有身临其境、目睹其色、耳聆其声之感，这样，“说话”作为一门伎艺便立体地呈现在读者面前。而这种全面的考察和展示，使读者既看到了说书人的艺术实践和话本小说的互补互益，又在很大程度上为话本小说的研究复原了一个真实而生动的背景，读者对宋元话本小说的认识也将更加真切。

同时，由宋到元，到明、清，“说话”伎艺在内容、形式、话本创作者、地域分化等方面也经历了一系列的发展流变。这首先由于时代背景的变迁，包括政治制度、经济发展状况、社会各阶层力量的消长、价值观念和审美风尚等多个层面。《话本小说概论》对唐、宋、元、明、清各代社会状况都进行了考察，指出它们对说话伎艺和话本小说发展的具体影响，其中一以贯之的一点，是城市经济的繁荣发展、市民阶层的壮大和文化知识的普及，使得市民有力量要求并且反映自己政治经济要求、道德观念和文化娱乐需要的文艺。

以唐、宋、元三代为例，城市经济的发展和市民阶层的力量在唐代开始粗具规模，相应地，“说话”艺术也只是开始以广大市民为听众，“说话”表演的场所也往往是在寺院里，而且不是经常性的。虽然较之汉魏六朝形式上有了改进，故事性大大增强，但是在思想内容和艺术水平上仍然有一定局限。两宋时代，农业得到恢复，手工业和商业也迅速发展，城市日益繁荣，城市人口增加，胡士莹先生又联系宋代的禁军制度、坊市合一、取消宵禁、瓦子勾栏的兴盛和南宋的偏安杭州等因素，进一步阐明了两宋都市的繁荣和市民阶层的壮大，使得市民的文学和伎艺得到很大发展，“说话”业(特别是南宋)也盛况空前。因此较之于唐代，宋代“说话”表演的地方已经主要在瓦子勾栏，此外从茶肆酒楼到私人府第，从寺庙、宫廷到乡村，也都曾有说话艺人表演的舞台，“说话”在市民大众中间的普及程度无疑大大增加了，其内容范围也更加广泛，其中南宋时代反映民族矛盾和斗争的内容更具时代色彩。而其时“小说”更受欢迎，以致“讲史”最畏小说人。至于元代，则由于社会经济的备受摧残、尖锐的民族矛盾和统治者的迫害政策，对说书产生了复杂的影响，比如“小说”发展受到限制，而“讲史”得到较大发展，成为广泛流行的“平话”，终于发展成为长篇小说。不过“小说”艺术仍然代代相承，没有中断，直至明末清初说书艺术的再一次提高。

另外则在于“说话”伎艺自身的发展。从内容上而言，“说话”有不同的“科目”、“家数”，诸般“科目”、“家数”在不同时期又有此消彼长或者兴起与衰歇，这既是现实生活多样性、多变性的真实反映，也是“说话”伎艺日趋成熟之后，愈加职业化、专业化的自然结果。胡士莹先生对说话的家数进行了细致的考证，认为北宋说话科目有讲史、小说、说诨话、说三分、五代史(《话本小说概论》，第100页)，分别介绍了各科目表演或者流行的情形。对于南宋说话家数，此前就已经众说纷纭，针对这个问题，胡士莹先生认为，应该重视首先提出家数问题的《都城纪胜》，于是在参考赵景深等诸位先生研究成果的基础上，结合《都城纪胜》行文中的四个“事”字，认为南宋说话家数有四，分别为：(1)小说，即银字儿；(2)说铁骑儿；(3)说经、说参请、说诨经；(4)讲史书(《话本小说概论》，第107页)。除了对这四家的渊源、内容与表演、发展情况进行说明外，还旁及说药、说野呵等“说话”伎艺的其他项目。并且指出，随着宋元时代更迭，不仅“说话”的具体内容随之有所改变，而且还出现了“小说”和“讲史”势力一消一长的变化。

从宋元“说话”伎艺的专业和艺术水平看，也都有很大提升。胡士莹先生通过勾稽大量文献资料，对这一状况进行了充分说明，例如，宋代出现了众多著名说书艺人，有编写话本的团体书会，有说话人的行会组织雄辩社，元代虽然相对少些，但是仍然有时小童母女、胡仲彬兄妹等人，而且元代还有陆显之、金仁杰等身兼剧作家和话本作者的知识分子，这是和宋代的不同之处。经过胡士莹先生的总结，我们还知道，宋代“说话”艺术水平已经相当高，不仅注重情节、语言、声调、节奏、情态在表演时的作用，而且自觉运用穿插敷衍、使砌等艺术手法，胡士莹先生还引用了元人胡祗遹所论女艺人说书的九个条件，也可谓是说书经验技巧在元代得到不断积累和总结的一个表现。

**（三）对话本小说本身的研究**

比如话本、话本小说、拟话本等概念界定，话本的写定和刊印，体制和名称，思想内容和艺术水平，作品的厘定，现存宋元话本和官私著述所存名目的考订等，胡先生进行了全面研究，搜集了丰富的资料。

以“话本”、“拟话本”等概念界定而论，鲁迅先生《中国小说史略》第十二篇“宋元话本”谓：“说话之事，虽在说话人各运匠心，随时生发，而仍有底本以作凭依，是为‘话本’。”这一概念后来多被沿用。在第十三篇“宋元之拟话本”中谓：“说话既盛行，则当时若干著作，自亦蒙话本之影响。”应该视那些受话本影响、形式上又相似的，而又非创作的作品为“拟话本”，而不论其为讲史或者小说，并以《大唐三藏法师取经记》和《大宋宣和遗事》为例。由此可见：第一，鲁迅先生所谓“拟话本”这一阶段是从话本到著作的过渡阶段；第二，鲁迅先生所谓“拟话本”创作的成分不多。在第二十一篇“明之拟宋市人小说及后来选本”中有关于“宋市人小说”和“拟宋市人小说”的概念：

> 明之说话人亦大率以讲史事得名，间亦说经诨经，而讲小说者殊希有。惟至明末，则宋市人小说之流复起，或存旧文，或出新制，顿又广行世间，但旧名湮昧，不复称市人小说也。

又曰：

> 宋市人小说，虽亦间参训喻，然主意则在述市井间事，用以娱心；及明人拟作末流，乃诰诫连篇，喧而夺主，且多艳称荣遇，回护士人，故形式仅存而精神与宋迥异矣。

联系这一篇中鲁迅先生所列举之作品，可见：(1)宋市人小说仅关乎“小说”这一家数，不同于第十三篇中所谓“拟话本”同时包括小说和讲史；(2)明末复起之拟宋市人小说，创作的成分较多；(3)拟作保留了宋市人小说的形式。

“话本”和“拟话本”的概念自鲁迅先生提出以来，为话本小说研究提供了一个基本的格局，但是，鲁迅先生虽然明确了“话本”指说话人的底本，但是对于“拟话本”的概念并没有明确界定，在《宋元之拟话本》中所列举的拟话本，是《青琐高议》等受到话本影响的作品，以及全体被其变易的《大唐三藏法师取经记》和《大宋宣和遗事》。当今学术界所谓的拟话本，已经不是《中国小说史略》中所指称的这类作品，而是以“三言”、“二拍”、《西湖二集》、《醉醒石》等为代表的一类作品，与“史略”中所谓“拟宋市人小说”大体相近。

胡士莹先生在总结以往研究的基础上，明确界定了这几个概念：

第一，《话本小说概论》开宗明义，明确“话本是‘说话’艺术的文学底本”(《话本小说概论》，第1页)。

第二，由话本加工而成的①，可称为话本小说(《话本小说概论》，第156页)。可见胡士莹先生“话本小说”的概念，强调的是从伎艺性到文学性、从口头到书面、从讲唱到阅读、从整理加工到创作的过渡。这里所谓的话本小说，既包括长篇讲史，也包括短篇小说。但是，胡士莹先生只就“日进一帙”等来谈，并没有举出具体的作品为例，或许因为加工与创作之间，本来就难以区分吧。但是这也应该是话本小说发展所经历的真实的过程。

第三，模仿话本而创作的，可称为拟话本小说(《话本小说概论》，第156页)。可见，胡士莹先生对于拟话本的概念，应该是与

① 刻印出来，主要供阅读的本子——笔者注。

鲁迅先生“拟宋市人小说”的指称类似，并且都重视“创作”这一因素在界定概念中的意义。

虽然目前对话本、拟话本、话本小说的概念仍然在讨论中，有的学者对“话本是说话艺人的底本”的概念提出质疑，也有的学者认为没有必要区分话本、拟话本——或者统称为话本小说，或者取消拟话本这一名称——但是胡士莹先生关于这几个概念的界定仍有其研究史意义，因为这样一来，这几个概念便成为话本小说发展过程中的几个标志性的点，这些概念的准确界定，不仅有助于作品的厘定，而且以这几个概念作为话本小说不同发展阶段的参照，由供说讲到供阅读，由秘本到刊印贩卖，由口头讲说伎艺到书面白话文学，由民间集体创作到文人模拟创作的话本小说发展史也更加清晰了。

鉴于唐宋以来“话本”和其他概念混用等情况，《话本小说概论》章六“话本的名称”专门讨论了这一系列问题，如话本与小说、平话、诗话、词话等，澄清了这些概念，对于“话本”和其他相关诸名称的关系，对于话本发展中的几种常见形式，也将都有更清楚的认识。

关于“小说”话本的体制，众说纷纭，特别是对于正话之前的部分，明代人于“入话”与“头回”便常常混淆，或称“入话”，或称“头回”。鲁迅先生《中国小说史略》中认为“小说”话本“体制则什九先以闲话或他事，后乃缀合，以入正文”，“凡其上半，谓之‘得胜头回’”。在《中国小说的历史的变迁》中也说：“起首先说一个冒头，或用诗词，或仍用故事，名叫‘得胜头回’——‘头回’是前回之意；‘得胜’是吉利语。——以后才入本文。”郑振铎先生《中国文学论集》认为篇首闲话、诗词、故事都是入话的不同形式而已。胡士莹先生将前一种观点中的“入话”分为“篇首”和“入话”，认为前者是话本开头的诗词，后者则解释诗词以引入正话，在表演中也起着聚集、肃静听众的作用。这样，胡士莹先生认为“小说”话本的基本体裁可分为六个部分：题目、篇首、入话、头回、正话、结尾。由于话本小说本身的复杂性，关于体制的具体分剖、“入话”等概念所包含内容的范围以及体制自身的演变等问题，仍然在研究讨论中，而胡士莹先生的观点无疑具有重要参考意义。

胡士莹先生对现存宋元话本和官私著述中所存话本名目的考订成

果非常突出。在讨论现存宋元话本的时候固然辨时代、别真伪、考本事、察流变，在整理宋元话本名目的时候，也是采用书录解题的形式，不仅胪列书名、辨别异名、考证存佚，而且考订本事出处，以及话本题材被当时民间其他伎艺和戏剧互相采用的情形，这样就将宋元话本置于彼时的文艺发展环境中，置于整个文学发展史中，不仅明了了话本本身的一些相关问题，而且了解了宋元时代多种伎艺之间、多种文学形式之间的相互关系，也了解了宋元话本小说的文学史地位。这些资料以及所辑佚文，为日后的研究工作提供了丰富的基础资料。

## 二

在研究方法上，《话本小说概论》集考证、史料、艺术分析、叙录于一身。胡士莹先生对话本小说的研究和同时代其他研究者相似，是在大量话本小说搜集出版、总结前人研究成果的基础上进行深入研究的。话本小说湮没既久，很多话本小说都经过了曲折的发现、考订过程，因此，考证、文献学研究成为话本小说研究的一大特色，而且这种研究是一种基础性研究，它为其他研究范式提供了资料支持。鲁迅、郑振铎、孙楷第、赵景深、谭正璧等很多学者都做过这样的工作，胡士莹先生无疑是其中非常突出的。搜集宋元时代部分说书艺人的资料，为他们写了小小传记；详细考证说话的家数，以及说话伎艺表演的很多具体情形。论述过去的话本小说和拟话本小说也是极为宏富、用力极勤的。短篇话本共著录到七十种以上。对是否是宋元话本进行厘定，并且判断其时代。在辑逸方面也很有成绩，如第十二章的附录《负情侬传》、第十三章附录的《明人话本钩沉》等。成果之丰厚历来备受学人推崇，这得益于胡士莹先生深厚的旧学功底，得益于他早年即开始的在目录学、版本学、校勘学下的功夫。

不过，正如胡士莹先生所强调的，目录学是最根本的基础学问，版本学可供考据之用，校勘和辨正工作对做好专门学问也有很大意义，但是这些学问本身并不是目的，做这些研究最终还是要为文学研究服务。因此，《话本小说概论》亦重考论结合，对宋代说话的艺术特色、宋元话本的思想性和艺术性都进行了阐发。而且，正因为有扎实的考证工作为基础，对文学作品和现象的论述往往能够切合实际，阐幽发微，正确把握文学发展的规律。在谈到剧本与话本在艺术上的相互影响时，胡士莹先生根据《都城胜记》、《梦粱录》记载，说明剧本和话本相似的地方主要在语言艺术方面，然后通过对比作品，说明戏剧和说话关系之密切，并且根据我国戏剧和说话在宋代的发展程度，推论戏剧和说话的相互影响是必然的，而“戏剧向说话吸取的东西，可能还较多”(《话本小说概论》第95页)。在讨论《新全相三国志平话》时，除了说明该书的内容、版本、体制、影响等问题，胡士莹先生还就两个问题进行了论述。第一个是就该书“头回”以刘邦、吕后、韩信、彭越、英布的一桩公案带起整个故事的设想，推论其原因大概在于“当时的说话人，深知民间对于历史上的著名人物，含冤而死，心怀不平，于是借三国分汉的故事造为因果报应之说，以慰藉大众，取快一时”(《话本小说概论》，第726~727页)，从说话人心理和听众审美需求方面作出解释。第二个是胡士莹先生注意到该书所表现的拥刘贬曹的倾向非常鲜明，他从其时人民对好皇帝的幻想、对重建以汉族为主体的统一国家的希望，以及封建正统观念的影响三个方面进行解释，并指出这也是三国平话很受群众欢迎的原因之一。至于诸如对讲史特点的总结、对话本小说发展规律的总结等，也是在细致的考证工作基础上、在掌握大量文学文献资料基础上进一步思考论证得出的结论。

另外还有不少地方颇能给后学以启示。

其一，正确认识和把握艺术发展的一般规律，遇到意见分歧时，根据这种认识和把握作出正确的判断。比如，关于讲史的起源不能确考，当时论者有两种说法，其一认为讲史渊源于唐代民间讲说的历史故事，认为敦煌变文中有一部分是讲历史故事，这些历史题材和当代题材的变文，实际上就可以看做唐代的讲史。其二认为讲史渊源于晚唐的《咏史诗》，认为主要是用来向宫廷进讲，作为月殿花台消闲之用，与南宋供话幕士无异。胡士莹先生则指出，“按照艺术发展的一般规律，倒颇可能是《咏史诗》吸取了民间说唱历史故事的长处(包括俗讲形式的长处)”(《话本小说概论》，第696页)。胡先生明确了讲史是渊源于唐代或更早时代的民间说唱历史故事的伎艺活动，再结合文献资料的证明，指出第一种说法的部分合理之处和第二种说法的不合理之处，也为考察讲史起源确立了一个正确的方向。

其二，在研究文学问题或者现象的时候，结合彼时彼地经济、政治、思想文化等方面的因素。关于宋元话本小说研究部分也是如此，不仅在论述“说话”伎艺和话本发展等大的问题时将这些作为总的背景作出说明，而且在分析宋元话本发展过程中的一些现象时，也是将其放到当时的文化环境当中进行解读，因此往往能够得出较准确的论断。“说话”家数，南宋有说经，北宋独无，胡士莹先生认为，“大概说经在北宋尚未进入瓦子，至南宋始成为一家数”(《话本小说概论》，第101页)。对于这个现象，胡先生联系两宋佛、道势力的消长，对“说话”家数的影响进行探讨。在谈到“说铁骑儿”时，胡先生根据《都城纪胜》和《梦粱录》中的记载以及其他相关资料，指出“说铁骑儿”是“说话”四家之一，不过在南宋“说话”家数中，保持得并不长久便取消了。对于这种现象，胡士莹先生先考证“说铁骑儿”的涵义和内容是专门讲说宋代的战争，具有现实性，而后联系南宋民族矛盾尖锐的形势，指出“铁骑儿”由此种形势而自成一家，然亦因此种形势而受到钳制，从而对这一现象进行解释。

## 三

在治学态度上，胡士莹先生既有大胆尝试，也有锲而不舍，而态度之严谨，亦堪为范。《话本小说概论》在宋元话本研究部分，于诸多研究尚不透彻或者存在争议的问题，作出许多比较准确的论断，对于另外一些根据当时所掌握的材料或者所具有的理论高度仍然不能准确考订或者周密论证的问题，或者存疑，或者谨慎提出看法。如《梅大郎》、《狄昭认父》、《月井文》等本事不详；如《谢溏落梅》本事不详，而谭正璧先生有谓“梅”为“海”的怀疑，具录之以备一说；如《马谏议》本事不能确考，叶德均和孙楷第先生都曾提出各自看法，胡士莹先生则均据材料提出质疑；如《千圣姑》等，亦不能确考，则将别种书目、文学作品或者其他文献中可能相关的资料具录之以备再考。

对于具体的作家作品的研究是这样，对于关系宋元话本小说和古代小说发展史的一些问题也是如此。在谈到“说参请”时，胡士莹先生追溯了这种伎艺的源与流，尝试考察了其内容和表演情形，但是根据当时所有材料，就“说参请”与“诨经”之间的是否有后者逐渐取代前者的递变过程这一问题，胡士莹先生仍保留疑问。在“话本的名称”一章中谈到“话本与小说”，关于话本常被称为小说，胡士莹先生认为主要原因当是“话本”系说话艺术底本的总称，而“小说”、“平话”等则是“话本”的分类名称。但是，胡士莹先生同时指出，话本称为“小说”可能还有另一层意义。“话本”本是伎艺性的名称，“小说”是说话科目之一，后来，话本由说话底本变成故事性文学读物，而当时最先这样被加工的大抵是“小说”话本，因此，汇刻时作为题名的“小说”则已经变成文学名称，这可能是后来大部分故事性文学读物都被习称为小说的一个原因（详细论述请参看《话本小说概论》第161～163页）。这一命题的确关乎我国白话小说的产生和发展，关乎“小说”这一文学名词的萌芽和形成，至今应该仍有其研究空间，胡士莹先生的这一意见，则是日后研究的重要参考。

这种严谨的态度，保证了宋元话本研究的科学性，而这些地方也许将成为日后研究的参考或者新起点。

## 四

作为话本小说研究方面的总结性著作，《话本小说概论》对话本小说以至古代文学的研究工作都有相当的启示和影响。

《话本小说概论》对话本小说进行专门史研究，以时间为经对其进行史学梳理，使话本小说的发展脉络清晰地展现在我们面前，是小说类型史写作的开创性尝试，也堪称典范性著作。从话本小说研究的实际可以看出，以“话本小说”为研究对象进行“专门史”研究是话本研究的一大特色，胡士莹先生具有开创之功。欧阳代发先生的《话本小说史》亦先介绍话本小说相关概念、体制、发展阶段、源流、萌生等情况，然后以朝代为时间序列，从宋代至清代写出了各个朝代话本的不同特色。萧欣桥、刘福元先生的《话本小说史》也是如此，而且也是由说话伎艺而至话本作品，对自唐至清的说话和话本小说进行了系统的考察。这些都可看出《话本小说概论》在研究范式和著作体例上的影响。

胡士莹先生针对话本研究中的一些问题提出了切实可行的方法或者判断标准。比如在作品这一问题上提出的一系列推勘方法：

(1)依据话本的体裁、语言风格；

(2)话本中叙述的社会风俗习惯；

(3)话本中反映的社会思想意识；

(4)以同一内容的话本互相比勘；

(5)考察地理、官职及典章制度；

(6)从官史、杂史、笔记及诗文集等互相参证；

(7)依据宋戏文、杂剧、金院本，证明话本中的故事，在当时的表演情形和话本所反映的时代背景来探讨其成篇时代；

(8)参考现代人研究所积累的见解。

至于“一文之互见者，择其较早的一种来判断，然后推及后出者”(详见《话本小说概论》，第196页)。话本小说的断代问题，既有重要意义，也有很多困难。对于这个问题，赵景深、孙楷第、郑振铎、谭正璧等学者已经做过很多尝试，并且积累了一些经验，包括利用目录等外部的文史资料，以及立足文本、从作品内部入手等。以后者为例，郑振铎《明清二代的平话集》中就经常以作品表现的“作风情调”及语言风格来作为断代的依据，许政扬则“把问题从一篇作品的年代简化为一个词的年代”，从习用字词、典章制度、官衔地名等入手。胡士莹先生在这些经验的基础上，总结出这一系列推勘方法，至今仍有很高的实践价值。运用这套方法，胡士莹先生断定宋代小说话本40篇，元代16篇，虽然对某些作品的断代仍然存在争议，但是这些成果无疑为更好地研究相关作品提供了重要参考。此后，关于作品断代问题不断有学者继续进行探讨，如贾海建先生《宋元小说话本的断代方法述论》(《德州学院学报》2007年2月)就是在此基础上，加之张兵先生《宋辽金元小说史》等诸著作中所论列，对断代方法进行的又一次总结。

又如在判断是不是话本这一问题上，胡士莹先生就《警世通言》中的《钱舍人题诗燕子楼》、《宿香亭张浩遇莺莺》等用文言写作而类似传奇的话本和《清平山堂话本》中的《刎颈鸳鸯会》等其他说唱文体的作品，指出：判断它们是不是话本，“还是主要从它们的内容是否属于市民文学，形式是否主要地具有‘说话人’特点来看问题”(《话本小说概论》，第197页)，并肯定它们确实是话本(关于《钱舍人题诗燕子楼》可参看《话本小说概论》第224~225页的考证，关于《宿香亭张浩遇莺莺》可参看第229页的考证，关于《刎颈鸳鸯会》可参看第214~215页的考证)。这种思路也体现在胡士莹先生提到考察一种文艺的形成和发展时的态度，即“不能仅局限于它的形式体制，主要的应研究它的内容……”(《话本小说概论》，第697页)这些在今后的文学研究中仍有其指导意义。

## 五

《话本小说概论》虽然是在教学讲稿基础上充实整理而成的，但这是胡士莹先生近半个世纪研究话本小说的总结，也可谓是这一专题研究的总结。对宋元话本的研究系统而全面，根据对艺术发展的一般规律的认识，结合文献材料的运用，对存在分歧的问题作出比较正确的论断，结合社会文化对宋元话本小说发展史上的一些现象进行比较合理的解释，对于那些由于客观条件限制而暂时不能完满解答的问题，或是存疑，或是小心提出自己的见解。集合原有成果而又能提出独到见解，廓清问题所在而又为日后研究提供参考，在系统周密地对话本小说进行研究的同时，也确立了《话本小说概论》在话本小说研究史以至古代文学研究史上的地位。至于时代等原因，在分析文学发展的社会背景和动力、“说话”和话本小说思想倾向等问题时存在的一些问题，则和许多其他领域中的类似问题一样，是时代所烙之印，也许隐痛，但是这是胡士莹先生学术研究的真实的一部分，也是话本小说研究史的真实的一部分，不必回避，也不能苛责。苟能够以不懈之勤奋和努力，继承胡士莹先生研究之成果和方法，接续他深入钻研之精神和严谨之态度，加之以今日之新工具、新材料、新方法，以开话本小说研究、文学研究之新天地，庶几不负胡士莹先生遗著矣。

**胡士莹相关作品目录：**

《错斩崔宁》，载《光明日报》1956 年 8 月 5 日。

《谈〈京本通俗小说〉》，载《杭州日报》1956 年 12 月 11 日。

《白蛇故事的发展》，载《浙江日报》1956 年 12 月 16 日。

《古代白话短篇小说选》，中国青年出版社 1956 年版。

《杜十娘故事的演变》，载《浙江日报》1957 年 2 月 22 日。

《宛春杂著》，浙江人民出版社 1981 年版。

《宋代的"公案传奇"与元代的"公案剧"》，载《河北大学学报》1982 年第 2 期。

（王领妹）

# 宋元小说史

萧相恺

## 第三章 “讲史”类市人小说

宋人“说话”，有“讲史”一家；宋元的市人小说，便也有“讲史”一支。“讲史”是宋人“说话”的一个重要门类，而且是宋代最早发达起来的一个门类；“讲史”类市人小说也是宋元市人小说中的重要一支，而且是最早刻印成书的一支。讲宋元市人小说的发展史，故先从“讲史”入手。

### 第一节 概说

何谓“讲史”？《都城纪胜》“瓦舍众伎”条曾下过这样的定义：

> 讲史书，讲说前代书史文传、兴废争战之事。

《梦粱录》卷二十“小说讲经史”也作过类似的说明：

> 讲史书者，谓讲说《通鉴》、汉、唐历代书史文传、兴废争战之事，有戴书生、……徐宣教，又有王六大夫，元系御前供话，为幕士请给讲，诸史俱通，于咸淳年间，敷演《复华篇》及中兴名将传，听者纷纷，盖讲得字真不俗，记问渊源甚广耳。

从这两种史籍的记载来看，“讲史”首先是所讲乃“前代”之事。吴自牧把讲宋代事的《复华篇》及中兴名将传也列入“讲史”一类，似与那

“前代”二字相背。《复华篇》所讲的内容，现今已难确指，而所谓“中兴名将传”当即《醉翁谈录·小说开辟》所载“新话说张、韩、刘、岳”之属。从张俊、韩世忠、刘光世、岳飞所处的宋高宗、宋孝宗朝到王六大夫所在的宋度宗咸淳年间，历经光宗、宁宗、理宗三朝，当然也可算是“前代”的史事。因此，二书所论，在这一点上，实并无本质的不同。其次，所讲之事要见诸书史文传，而且要是兴废争战的大事。还拿那“中兴名将传”来说，张、韩、刘、岳诸人抗击金人的南侵，正是关系国家兴衰、民族存亡的大事；今存的“讲史”类市人小说如《三国志平话》《五代史平话》也证实了这一点。所讲若非有关兴废的大事，则虽为前代之事，也算不得“讲史”，如《史弘肇龙虎君臣会》《临安里钱婆留发迹》等，前人和今人便都不把它们归入“讲史”一门，而归入“小说”类中。“讲史”和“小说”的另一个大的区别则在“讲史”的故事内容“真假相半”，而“小说”则“多虚少实”①，这大约也是人们不将上述两篇作品列入“讲史”而将其列入“小说”类中的原因之一。

“讲史”，后代也有称“评话”、“平话”的。《水浒传》容与堂本第九十回，写燕青、李逵入东京看灯，来到桑家瓦子，“听的上面说评话，正说《三国志》，说到关云长刮骨疗毒”。明蒋大器(庸愚子)所作的《三国通俗演义》序说：“前代尝以野史作为评话，令瞽者演说，其间言辞鄙谬，又失之于野，士君子多厌之。”蒋大器所讲的“评话”，当然是早期的讲三国故事的市人小说。这些都是明证。今存的元至治间所刊五种“讲史”类市人小说，则明标着“平话”二字，此外还有《新编五代史平话》一种。但“评话”(“平话”)却决不是“讲史”类市人小说的专称。《四库全书总目》卷五十四“杂史”类存目三“平播始末”条，说到武弁也能写作平话，附注道：

> 按《永乐大典》有平话一门，所收至夥，皆优人以前代轶事敷衍成文。

① 参见《都城纪胜》“瓦舍众伎”条。

这条资料也常被人引用来说明“平话”系专指“讲史”类市人小说。但《永乐大典》所收平话，至今许多连目都不存，我们找不到多少实证。而注中所说“以前代轶事敷衍成文”也与宋人给“讲史”类市人小说所下定义相去甚远。就是《永乐大典》所收“平话”全是“讲史”类市人小说，至多也不过说明，“讲史”类市人小说可称“平话”，证明不了“平话”专指“讲史”类市人小说。

元朝“小说”类市人小说《勘皮靴单证二郎神》写道：

> 过了两个月，却是韩夫人设酒还席。叫下一名说评话的先生，说了几回书。节次说及唐朝宣宗宫内，也是一个韩夫人，为因不沾雨露之恩，思量无计奈何，偶向红叶上题诗一首，流出御沟。

这位“说评话的先生”所说的御沟流红故事，就显然不是“讲史”小说。明代《警世通言》卷十一《苏知县罗衫再合》“头回”讲过一个暗寓酒色财气害人的故事之后，接下来便说：

> 这段评话，虽说酒色财气一般有过，细看起来……无如财色二字害事。

同书卷十七《钝秀才一朝交泰》“头回”之后也说：

> 列位看官们，内中倘有胯下忍辱的韩信，妻不下机的苏秦，听在下说这段评话，各人回去硬挺着头颈过日，以待时来……

这两处所说的“评话”，也非指“讲史”。至清，更连《平妖传》《禅真逸史》《金瓶梅》也都称平话了①。要之，“评话”（“平话”）本是南宋后期“说话”的别称，拟市人小说要“拟”“说话”的体例，当然也称“评话”。清则不仅把宋时的“说话”称评话（今还有所谓扬州评话），

① 《茶香室丛钞》卷十七。

亦且把许多通俗小说称作“评话”了。

从现存的文献记载看，还在北宋的中前期，“说话”中的“讲史”便开始孕育发展。高承的《事物纪原》卷九载：

……仁宗时，市人有能谈三国者。

稍后，苏轼的《东坡志林》中也说：

王彭尝云：“涂巷小儿薄劣，其家所厌苦，辄与钱，令聚坐听说古话。说至三国事，闻刘玄德败，频蹙眉，有出涕者；闻曹操败，即喜跃畅快。”

到北宋末期，东京“说话”艺人中，专“讲史”书的，据《东京梦华录》所载，便有李慥、杨中立、张十一、徐明、赵世亨、贾九六人，比“小说”类艺人多了一倍。还有专说“三分”的霍四究，专说《五代史》的尹常卖。可见其时的“讲史”已经相当的发达了。进入南宋，随着整个“说话”业的发展繁荣，“讲史”一家也进入了它的高峰期。元杨维桢《东维子文集》卷六《送朱女士桂英演史序》载：

当思陵上太皇号，孝宗奉太皇寿，……演史为张氏、宋氏、陈氏……

洪迈的《夷坚志》支丁卷三说：

吕德卿偕其友出嘉会门外茶肆中坐，见幅纸用绯帖其尾云：“今晚讲说《汉书》。”

《西湖老人繁胜录》“瓦市”谓：

南瓦、中瓦、大瓦、北瓦、蒲桥瓦。惟北瓦大，有勾栏一十三座，常是两座勾栏专说史书……

《三朝北盟会编》卷二四三苗耀《神麓记》曰：

> 有说使人刘敏讲演书籍，至五代梁末帝，以诛友珪句，充（萧案：充即完颜充，完颜亮之弟）拍案厉声曰："有如是乎！"

这一系列文献记载说明，南宋"说话"伎艺中的"讲史"一家，受到了上至皇室贵族，下至平民百姓的普遍欢迎，可见它的普及程度。所讲内容也由《三国志》《五代史》扩展到了宋前的几乎所有朝代的历史大事。特别值得注意的是，"讲史"的题材还扩展到了同代前朝的历史大事，即所谓"新话"。

入元，"小说"多被禁止，"讲史"却因其题材与现实相隔较远，仍在顽强地发展着。《三国志》《五代史》仍是艺人们常讲的题目①，似乎还有说春秋战国故事的②。

宋元"说话"中"讲史"一门及市人小说中"讲史"一支之所以繁荣，除了上述促使"说话"繁荣的共因之外，还有其独特的原因，那就是丰富的官私史书和繁荣的以历史为题材的文学艺术。在中国，史书之中本多小说的因子，且不要说稗官野史所收多民间的"街谈巷语"，就是官修的史书如《史记》，其中不少事实也曾在民间流传讲说过。能够传讲史事、掌故，在那时是一种有知识的标志。到了唐代，一种有说有唱的变文，便已开始说唱王昭君、汉将王陵、伍子胥等历史故事，而市人小说中，则已有了《韩衾（擒）虎话本》《前汉刘家太子传》等；李商隐的《骄儿诗》中，也有了"或笑张飞胡，或笑邓艾吃"的话，他写的虽可能是"戏弄"之类的民间伎艺，这伎艺的内容却分明出自"三国"的历史。唐时还有许多咏史、怀古诗赋出现，杜牧的《阿房宫赋》和《赤壁怀古》就是颇有名气的篇章。有一个以创作咏史诗著名的诗人胡曾，他的诗便常被平话和后世的长篇通俗小说引用。史传文学和咏史、怀古诗赋的发达，一方面为"说话"艺人的演说史书提

---

① 杨维桢《东维子文集》卷六《送朱女士桂英演史序》。

② 参见《乐府新声》佚名《满庭芳》中《对玉梳》第一折。

供了一种浓烈的文化氛围；一方面又为他们准备了现成的创作素材。

因为年代久远，宋元“说话”中的“讲史”文本或多遗佚，或当时并未整理，现今所存者甚少，唯九种而已。这九种“讲史”类市人小说，按其所叙故事的朝代顺序，分别是：《武王伐纣平话》《七国春秋平话后集》《秦并六国平话》《前汉书平话续集》《三国志平话》《薛仁贵征辽事略》《五代史平话》《宣和遗事》。

这些平话，大约都曾由“说话”艺人在勾栏瓦肆中讲说过，因此，都留有“说话”的痕迹。它的体制与“说话”相合：开头、结尾都有诗，开场诗或概括全史，如《武王伐纣平话》：“三皇五帝夏商周，秦汉三分吴魏刘，晋宋齐梁南北史，隋唐五代宋金收。”或概括本书内容，如《三国志平话》：“江东吴土蜀地川，曹操英勇占中原；不是三人分天下，来报高祖斩首冤。”也有进行评论的，如《宣和遗事》：“暂时罢鼓膝间琴，闲把遗编阅古今。常叹贤君务勤俭，深悲庸主事荒淫。致平端自亲贤哲，稔乱无非近佞臣。说破兴亡多少事，高山流水有知音。”结尾诗总结全篇，多慷慨议论，以垂训诫。篇中也时有韵语，或用以描写，或用来评论。每部故事的开头，也都有个“引子”，“引子”一般述所讲故事发生朝代之前的历史概况。《五代史平话》便从“洪荒既判”起，直叙到隋亡唐兴，唐太宗命袁天纲观天象，得了“非青非白非红赤，川田十八无人耕”的谶语，暗示黄巢乱天下；《宣和遗事》也从唐尧虞舜起，直叙到宋英宗时邵康节洛阳闻杜鹃啼叫，预言天下将乱；《秦并六国平话》并且明说“这头回且说个大略，详细根原，后回便见”。

“讲史”类市人小说的语言，总是文、白相间。一般出于说话人想象出来的故事，或者本就是民间传说，语言便多为白话口语，充满着生活气息；而出于史书记载的事件便多文言，但已是经过改造的文言，比起一般的史书来，又显得通俗朴拙，而且，常常有不通的地方。

“讲史”因为叙的是历史，所以篇幅比起其他门类的市人小说来，一般都要长得多。一长，“说话”时便不是一天两天能够讲得完，这就需要分段、立目；成为书面文学后，便也要分卷分节，并立有节目。

为了显示出历史发展的清晰线索，“讲史”类市人小说的整体叙事，不用《史记》《汉书》的纪传体，而用《资治通鉴》编年断代的形式；但在叙述到某一个人物时，又时时露出受《史记》等史传文学的影响来。

“讲史”写的是历史，但又不是历史书。“讲史”类市人小说的作者依傍史书，又运用自己的想象，虚构出许多细节，使一些大的历史事件具体化，使许多历史人物形象化，有时候，连一些大的历史事件也是作者虚构出来的。较为后出的“讲史”，还加进了许多神怪的成分。

审视一下今存的宋元“讲史”类市人小说，反映的都是战乱或足以导致战乱的大事。作者们对于升平治世的题材似乎很不感兴趣。这一方面当然是由于战乱之事，可以耸动听众，容易敷衍，而乱世英雄，常常由平民百姓跃居显位，“发迹变泰”，甚至称王成帝，又为市井细民所艳羡。另一方面则正是由于平民百姓惧怕战乱，希望借历史作镜子，以制止战乱的再次发生。这是一种二律背反的矛盾心态，这种矛盾心态，在这类小说中几乎随处可见。

因为“讲史”多反映争战废兴的大事，所以，尽管一些作品对朝代的废兴更替，英雄的成败得失，时常有宿命的解释，但无论哪一部作品，都程度不同地暴露和鞭挞给人民带来灾难的弄权误国的佞臣，荒淫残暴的帝王；希望有清廉能干的官员出现，特别幻想有宽厚仁慈、爱民如子的君主降世。

今存的“讲史”类市人小说，除《薛仁贵征辽事略》见于《永乐大典》，为明刻，其他都初刻于元。但并不是说，这些小说都成书于元代。由于市人小说，尤其是“讲史”本身的世代累积型特点，现在，我们已很难判定这些小说准确的成书年代，我们只能按照其基本定型的年代来叙述介绍。

## 第二节　《三国志平话》和《五代史平话》

根据现存的各种文献记载，“讲史”类市人小说中，最早诞生、最早定型的，乃是《三国志平话》和《五代史平话》。《东京梦华录》所录“崇观以来在京瓦肆伎艺”中便有“霍四究说‘三分’，尹常卖《五代史》”。这说明，最迟至北宋徽宗赵佶继位之时，上述两种平话已基本定型。而《三国志平话》之出，则还可追溯到宋仁宗朝①。它的出现，当比《五代史平话》要早，这不仅因为现存文献记载说三国事的时代较早，其文本所载也提供了实证。在《五代史平话》的“引子”中，记有刘邦杀功臣韩信、彭越、陈豨之事，谓：

> 这三个功臣，抱屈衔冤，诉于天帝。天帝可怜见三功臣无辜被戮，令他每三个托生做三个豪杰出来：韩信去曹家托生，做着个曹操；彭越去孙家托生，做着个孙权；陈豨去那宗室家托生，做着个刘备。这三个分了他的天下：曹操篡夺献帝，立国号曰“魏”；刘先主图兴复汉室，立国号曰“蜀”；孙权自兴兵荆州，立国号曰“吴”。三国各有史，道是《三国志》是也。

这一段关于三国产生因由的民间传说，自应为说“三分”的艺人首先借用，或便是他们的创造也未可知。而《三国志平话》的“头回”中，恰有一个叙三国产生因由的书生司马仲相阴司断案故事，说是仲相于“御园中看亡秦之书”，“毁骂始皇，有怨天公之心”，因此被迎入“报冤殿中”，为阴司之君。韩信、彭越、英布三鬼告汉高祖刘邦屈死功臣。仲相审问，“各人取讫招伏，写表闻奏天公”，玉皇敕道：

> ……汉高祖负其功臣，却交三人分其汉朝天下：交韩信分中原为曹操，交彭越为蜀川刘备，交英布分江东长沙吴王为孙权，交汉高祖生许昌为献帝，吕后为伏皇后，……交蒯通生济州，……复姓诸葛，名亮字孔明，……交仲相生在阳间，复姓司马，字仲达，三国并收，独霸天下。

这虽是《三国志平话》的一个“头回”，但从其内容看，却已是“三分”故事的一个不可分割的部分，它应该是早期的说“三分”中便有的故事，而不是待说《五代史》有了韩信、彭越、陈稀三人转世，分了汉

① 参见高承《事物纪原》。

家天下之说后才重编一个故事搅入《三国志平话》之中。《三国志平话》的开场诗曰："江东吴土蜀地川，曹操英勇占中原；不是三人分天下，来报高祖斩首冤。"曹丕受禅，又有诗曰："屈斩东宫绝汉孙，善台魏祖立仇君；都来五帝阴司报，司马图王杀未轻。"都与"头回"所叙故事相呼应，更证明此故事乃说"三分"原本就有。

今存的《三国志平话》的最早版本，为元英宗至治间(1321—1323)建安虞氏所刊，分上中下三卷，各卷卷端题"至治新刊全相平话三国志"，上图下文，文半叶二十行，行二十字，图七十幅，图题六十九个，不少也见诸正文之中。原刊本藏日本内阁文库。国内有影印本、古典文学出版社排印本等。

可以看出，这部《三国志平话》只是当日某个"说话"艺人讲说"三分"的提纲，或者是艺人说"三分"的摘要。许多地方只保留了一个故事的框架，有些地方甚至一个标题之下只有百十个字。"张飞摔袁襄"应该是说"三分"中一个十分动人的故事，关汉卿《关张双赴西蜀梦》第二折写张飞的鬼魂说："石亭驿上袁襄怎生结末？恼犯我，拿起他，天灵摔破。"《诸葛亮博望烧屯》第三折中，张飞又说："我也曾鞭督邮魂飘荡，石亭驿里摔袁祥(襄)。"《关云长千里独行》第四折，《刘玄德醉走黄鹤楼》一、四折等，也都有称赞摔袁襄之举的话。可以想见，说"三分"艺人渲染的张飞摔袁襄，是何等的轰轰烈烈！但保留在平话中这一标题之下的却只有：

> 张飞拿住袁襄，用手举起，于石亭上便摔。左右众官不劝，遂摔杀袁襄。

加上前面叙述因由，总共也不过一百八十三字。

也正因为它只是当日艺人说"三分"的提纲或摘要，所以不仅情节线条粗疏，缺少必要的细节描绘，亦且多有叫人摸不着头脑的地方。下卷写孟获作反，诸葛亮引军南征，到不危城，便出现了没头没脑的几句话：

> 引三万军出战，关索诈败。吕凯赶离城约三十里，人告吕凯

言："诸葛使计夺了不危城，拿了家小。"吕凯复回。

诸葛亮如何令关索诈败，关索又是何等样的人物，他又是如何诈败等等，皆未作任何交代。若非有人考出宋代便有关索的传说①，若非近年出土了明成化间刊刻的《新编全相说唱花关索传》等，这花关索的故事，岂不成了千古悬案？

尽管如此，《三国志平话》还不失为一部有特色的平话。它的上卷正话由黄巾起义写起，接下来叙刘备、关羽、张飞的出身、结义，乘时起事，止于曹操杀吕布、陈宫。中卷从汉献帝宣召刘、关、张写起，接叙献帝密诏国舅董成及刘、关、张等诛杀曹操不果，刘备出任豫州牧，止于赤壁之战，刘备东吴娶亲，与孙夫人回荆州。下卷起于气死周瑜，接叙刘备袭取西川，止于三国一统为晋。书的前半部着重写张飞的"勇冠天下"，后半部着重写诸葛亮的智谋。

全书以三国历史的大轮廓为骨架，却又完全不受史料的约束，故事有许多是来自里巷传闻，或便是"说话"艺人自己的虚构，颇有些民间文学的色彩。"头回"所叙的司马仲相阴司断案的故事，虽然给全书罩上了因果报应的宿命观念，但却鲜明地表现了人民对汉高祖杀功臣这桩历史公案的看法。由这桩公案引出整个三国故事，设想也算新奇生动，很能吸引人。这个故事，后来又被扩充，以《闹阴司司马貌断狱》为题，收入冯梦龙所编的《古今小说》中，还编成了戏剧，可见人民对这个故事的喜爱。接下来叙孙学究因病自投地穴，获医书，传张角，张角藉以为世人治病，收得徒众十万人，因此造反；刘、关、张三结义，破黄巾军，因十常侍勒索钱财未予，不仅未得奖赏，反遭太守、督邮欺辱，张飞杀太守，鞭督邮，投太行山落草，后来皇帝杀十常侍，派董成"将七人首级往太行山"招安，以及三战吕布，张飞独战吕布，王允计献貂蝉给董卓，吴夫人见刘备胸盘金蛇而不忍杀之，诸葛亮遇神女于黄婆店等等，这些情节的构筑，都颇为奇特，无不显露出它的民间文学的特点来。这些情节在后来的《三国志通俗演义》中多被删除，为的是增强历史真实性，但《三国志通俗演义》的

① 余嘉锡《论学杂著》。

基本情节，却是由这平话确定下来的，这一点，我们只要将两书的情节略加比勘便可明白。

《五代史平话》凡十卷，梁、唐、晋、汉、周各上下两卷，国内未见著录，是曹元忠于光绪辛丑年(1901)游杭州时，从常熟张敦伯家获得，元忠以为是“宋巾箱本”。曹得到此书的时候，《梁史》《汉史》都缺下卷，实存八卷。后由毗陵董氏诵芬室影印行世，古典文学出版社又曾排印发行。胡士莹先生《话本小说概论》指出它是“宋人旧编”，除了上面所说北宋崇宗、大观间，已有专说《五代史》的专家，应基本定型外，又从书中找到许多内证。比如，其中有许多颂扬赵宋王朝的文字：《唐史平话》卷下“祝天早生圣人”一节里，叙明宗“于宫中每夜焚香，告天密祷曰：‘臣本胡人，不能做中国主，致今甲兵未息，生灵愁苦。愿得上天早生圣人，为中国万民之主。’”《周史平话》卷上开场诗中有“谁知天意归真主，夹马营中王气新”之句等。但胡士莹先生也指出，这部《五代史平话》是经过元人增益刊印的。根据主要有三：一是书称“评话”，而“评话”一词，至元代才用；二是“书中往往直称赵匡胤、赵玄朗的名字”而不避讳。《周史平话》卷上中还有：

> 汉之国祚遂为周太祖郭威取了也。复有人咏道：
>
> 忆昔澶州推戴时，欺人寡妇与痴儿。
> 周朝才得九年后，寡妇孤儿又被欺。

说赵匡胤陈桥兵变，是欺人“寡妇孤儿”，这当是大忌。胡士莹先生的观点很有道理。又有人根据书中的地名及引用文字等方面的情况，说它是金人所刊，也可备一说。

《新编五代史平话》叙五代兴废争战的历史，与《三国志平话》相比，显得更近史实，这大约与五代离作者创作时的北宋更为靠近，传说较少，而史实更为清晰有关。它虽也参考了新、旧《五代史》，但主要依傍的史书则是《资治通鉴》，用的也是纯粹的《通鉴》编年体。在按年月叙述史实时，不仅史实与《通鉴》相同，句子也有许多相近或全同的：

大顺元年……四月……初，张濬因杨复恭以进，复恭中废，更附田令孜而薄复恭。及复恭再用事，深恨之。上知濬与复恭有隙，特亲倚之。濬亦以功名为己任，每自比谢安、裴度。克用之讨黄巢屯河中也，濬为都统判官。克用薄其为人，闻其作相，私谓诏使曰："张公好虚谈而无实用，倾覆之士也，主上采虚名而用之，他日交乱天下，必是人也。"濬闻而衔之。(《通鉴·唐纪》七十四"昭宗大顺元年")

大顺元年……四月，张濬因杨复恭以进，复附田令孜，而待复恭寖疏。昭宗知张濬与杨复恭有嫌隙，特用张濬为宰相。濬每以谢安、王导自比。李克用甚轻忽之，听得濬拜相，谓诏使道："张公好虚谈而无实用，倾覆小人也。主上采虚名而相之，他日必能交乱天下。"濬听得这言语，深恨之。(《五代唐史平话》卷上)

从上引的两段话中，我们很可以看出这平话对《资治通鉴》的依傍程度，也很可以看出这书语言风格的大致情况。有些地方，评书的作者则在《资治通鉴》所记大事的基础上加以扩充渲染，比如，《资治通鉴》《后唐纪》"庄宗同光元年"，叙"王彦章引兵逾汶水"败于李从珂，于是退保中都，一共四十九字，至《五代唐史平话》中，文字便扩充到三倍多，不仅写了王彦章与李从珂在阵前的对话，也简要地描写了二人的争斗："话讫，二将马交，如二龙夺宝波心，似两虎争餐岩畔。"王彦章兵败被擒就义一段则似据欧阳修《新五代史》中王彦章传改写而成：

彦章伤重马踣被擒，庄宗见之曰："尔常以孺子待我，今日服乎?"又曰："尔善战者，何不守兖州而守中都？中都无壁垒，何以自固?"彦章对曰："大事已去，非人力可为!"(《新五代史·死节传》)

彦章创重马跌，为李绍奇活捉，并其将张汉杰等二百余人，斩首六千级，器械辎重不计其数。将王彦章、张汉杰等押赴唐主军前，献俘奏捷。唐主呼王彦章问曰："你平常间诋毁我做'李亚子斗鸡小儿，初何足言'。今日为小儿拿来，你怎生作活计么？道还着服咱小儿么？你素号名将，何不守兖州？怎不思中都无城壁，何以自保？如此料事，非计之善，所以为我擒也。"彦章对曰："彦章力非不足，谋非不深，奈天命已去，人亦无如之何也。"(《五代唐史平话》卷中)

平话在这些地方，语言则半文半白，而以文言为基调，但当作者离开了《资治通鉴》等史书，一任自己的想象张开翅膀翱翔的时候，那情形则又大不一样：

黄巢因下第了，点检行囊，没十日都使尽，又不会做甚经纪，所谓："床头黄金尽，壮士无颜色。"那时分又是秋来天气，黄巢愁闷中未免题了一首诗，道是："柄柄芰荷枯，叶叶梧桐坠。细雨洒霏霏，催促寒天气。蛩吟败草根，雁落平沙地。不是路途人，怎知这滋味！"题了这诗后，则见一阵价起的是秋风，一阵价下的是秋雨。望家乡又在数千里之外，身下没些个盘缠，名既不成，利又不遂，也只是收拾起些个盘费离了长安……

枯荷败叶，秋风秋雨，这环境，这气氛，恰显出英雄末路来。作者分明是个驾驭白话语言的强手。《警世通言》卷三十七《万秀娘仇报山亭儿》中也有基本相同的一段描写：

这陶铁僧小后生家，寻常和罗棰不曾收拾得一个，包裹里有得些个钱物，没十日都使尽了，又被万员外分付尽一襄阳府开茶坊底行院。这陶铁僧没经纪，无讨饭吃处。当时正是秋间天色，古人有一首诗道："柄柄芰荷枯，叶叶梧桐坠。细雨洒霏微，催促寒天气。蛩吟败草根，雁落平沙地。不是路途人，怎知这滋味。"一阵价起底是秋风，一阵价下底是秋雨……

两段引文，渊源十分清楚。这正是“说话”人的语言。在《五代史平话》中，每当叙及主要人物如黄巢、朱温、刘知远、郭威的出身以及他们发达的经过时，便多用这种语言渲染烘托，使得人物形象生动，特别是写郭威发迹前的无赖行径，简直入木三分。可惜，当这些英雄一发迹，叙事则依傍《资治通鉴》，平话中的英雄形象便也为史迹所掩没。

中国的历史悠久漫长，“说话”艺人却首先选中“三国”“五代”两段历史，这很有些值得深思的地方。这两段历史，有许多相似之处，处在这两个历史时代的人民，多是在烽火漫天的争战中提心吊胆地打发时日，而“五代”的那种“易君变国若传邮”的战乱生活，对于宋初的人来说，又简直就像在昨天，体验真切，说来仍能叫人心惊肉跳。三国的这段历史，也很能使宋初的人想起昨天的生活。这两部平话的思想倾向，也很有些相同的地方。

基于对战乱生活的厌倦和恐惧，二书都流露出对仁君贤相的渴望。《三国志平话》拥刘贬曹的倾向，确实相当明显，不排斥其中有“封建统治阶级的正统观念”在作怪，但最主要的原因，还是老百姓希望有一个好皇帝。刘备正是因为他的宽厚仁慈、爱民如子、求贤若渴，才获得人民的拥戴的。平话中有许多这方面的描写：

> 至来日，玄德听得后的(军)闹，问是甚人。小军告曰：“是樊城、辛冶百姓赶皇叔来此。”玄德问曰：“百姓何来此?”内中一人告曰：“皇叔仁德之人，曹操兵已至，杀人不知其数，俺百姓来随皇叔，便死不悔。”皇叔言曰：“其军缓行。”皇叔军同百姓南行，离荆州三日，军师告皇叔：“曹贼近，家族相逐，倘顾百姓，曹贼赶上奈何?”玄德不语。听的后军闹也，玄德问为何，人告曰：“曹操军后杀者百姓。”分军三队而起。

仁爱与残暴鲜明对比，怪不得连“小儿闻刘玄德败”也要“蹙眉”、“出涕”，“闻曹操败，即喜跃畅快”了。

刘备的求贤若渴，也是身处逆境、郁郁不得志的书会才人所乐于称道的，平话中便相当详细地写了刘备“三往茅庐谒卧龙”的事。这反映了市井细民迫切要求改变自己地位的心态。

在《五代史平话》中，对于仁君的颂扬，则多从对封建统治者的残暴不仁、贪婪成性的鞭挞中曲折地反映出来。为了争夺地盘，几乎所有掌握军队的人都搜刮民财以养军士。泰宁军节度使慕容彦超因为“府库空竭，无财帛可赏募将士，乃大括民财，应副军前用度。有匿财坐罪而死者，不可胜数”。又几乎是所有的军队，每攻下一城，皆大肆抢掠，城池常常为之一空。就连基本上被肯定的周太祖的军队，攻下兖州后也大肆掠掳，“民间……无甚储蓄，军卒愤怒”，竟“俘杀居民以万计”。除了这种曲折的反映，书中也不乏对仁君的正面歌颂。唐明宗李嗣源，便是作者歌颂的仁君之一，他继帝位后：

> 大赦天下，简汰后宫，量留百人，宦官三十人，教坊百人，鹰坊二十人，御厨五十人，诏中外毋得献鹰、奇玩。凡诸司使务，有名无实，废之。仍遣诸军就食京畿，以省馈运。除夏秋之税，却诸侯之贡。初政清明，有可称者。

对于周世宗柴荣，作者更是赞颂备至：

> 五代都来十二君，世宗英特更仁明。出师命将谁能敌？立法均田非徇名。木刻农夫崇本业，铜销佛像便苍生。皇天倘假数年寿，坐使中原见太平。

不止赞颂，而且对他的年寿不永惋惜不已。对于好皇帝的盼望，实际上也是对太平世道的盼望，对好皇帝的赞颂，实际也是对军阀残暴杀戮的谴责和鞭笞，这两者本是一致的。

辅佐仁君，消弭战祸，施行仁政，贤臣的作用甚大。因此，在歌颂好皇帝的同时，这两种平话对于贤臣也极力赞颂。《三国志平话》描写了军师诸葛亮。平话中的诸葛亮充满了民间传说的情趣。他是人，又是神，不仅有智有勇，且能祭风——赤壁之战，借东风以破曹操；又能降温——南征过泸水，“其江泛热，不能进，武侯抚琴，其江水自冷，军师令军速过”；还可驱神——为了不让刘备死讯给敌国的星象家知道，他“压住帝星”，使不坠落，在五丈原还曾压住他自己的“将星”，死后还能令神给司马懿送信。他为官清正，不谋私，不徇情。他有个儿子，生性懦弱，因此，他不许儿子做官，“恐为官污吾清名”。“乡人”马谡失了街亭，他依法斩之，不顾乡情。后主亲近、信任宦官佞臣，他敢于直斥，说后主将受“万代史官骂名”。他“治民，省刑罚，薄税敛”，并且爱“庄农”，将宫中无用之物发卖，买米粮救灾，并用作军粮。人民爱戴他，他死后不仅军士“哀声动地”，老百姓听了，也像死了父母一样悲痛。《五代史平话》也写了不少这样的贤臣，写得最感人的首推辅佐晋王李存勖建立后唐的张承业。当李存勖骤胜而轻敌之时，他“入卧内，手褰帷帐，抚晋王曰：‘如今怎是王安寝之时？’”晋王出征，军府政事全托张承业一人，承业尽心经营。但当晋王向他要钱“蒱博及给与伶人”时，他每每“靳惜不与”，甚至晋王要他拿些钱给王子继岌使用，他也不给，说：“此钱乃大王留以养战士的，承业不敢乱下破用。”晋王怒骂，他仍不给，“仆老敕使耳，惜此库钱，欲佐大王成伯业也。大王既不爱惜，可自取之，何必问老仆？只恐怕财尽人散，无所成就耳！”晋王要杀他，他仍不松口，说：“老仆受先王顾托，誓愿为国家聚财练卒，诛这汴贼(指朱温)，若以爱惜库物遭大王杀死，仆见先王于地下，面无愧色矣。”忠心耿耿，正直无私，爱惜民财，胜过性命，这正是老百姓心目中的好官。

还有一点，也很值得注意：《三国志平话》中歌颂的对象，大多是来自平民。刘备，虽是帝王的后代，却已流落于民间，“与母织席编履为生”，十常侍之一的段珪骂他“上桑村乞食饿夫”，世族子弟袁襄骂他是“织席编履村夫”。关羽的身世，《平话》中没有明确交待，但他显然是个亡命徒。张飞家虽然富有，但他本人仍是个无功名的“白身”。诸葛亮也“出身低微，元是庄农”，躬耕于野，致使曹操、夏侯惇、孙权、周瑜都骂他是“村夫”、“牧牛村夫”、“诸葛村夫”，起初，甚至连张飞都瞧不起他，说：“牧牛村夫岂能为军令！”《五代史平话》中，朱温和他的母亲、两个哥哥都在徐州录事押司刘崇家，“驱口受佣工作”，朱温为刘家放猪；石敬瑭出外游荡，在娄忒没家做小厮，还牧过羊；刘知远七岁丧父，“家贫母寡，无以自赡”，随改嫁的母亲至慕容家，后又流浪到李家喂马；郭威也只是普通农家出身，浪迹江湖，后来投身行伍。五代竟有四个开国皇帝出身微寒。两种平话中这些主要人物的出身，固然有些也与史实相符，但也有不少是对历史的有意改篡。这是很能看出创作者的立场和心态来的。一方面是惧怕战乱，一方面又对出身寒微人的发迹变泰不无艳羡，这正是当时市井细民的立场和心态。“三国”和“五代”这段战乱历史，恰为这种立场和心态的表露，提供了极好的素材。“说话”艺人之所以首选这两段历史讲说，恐怕这是重要原因。

## 第三节 《前汉书平话续集》和《秦并六国平话》

按照《都城纪胜》的记载，“讲史”必须是“讲说书史文传、兴废争战之事”，而书史文传记载兴废争战这样的大事，首先强调的是“信”，虽有时也不免神鬼妄诞的成分，但毕竟只是少数。“讲史”艺人据以讲说，当然不必如书史文传那样讲求真实，而需要有适度的虚构，但最多也只能是“真假相半”（后人且要求“七实三虚”），决不能“虚多实少”，这才是“讲史”的正格。最早定型的《三国志平话》《五代史平话》便是这一类“讲史”市人小说。而《前汉书平话续集》与《秦并六国平话》则是沿着这一正统之路前行的两种平话。

《前汉书平话续集》的成型也比较早。有人以为《宋事实类苑》所记宋初“党进过市，见缚栏为戏者，驻马问：‘汝所言为何？’优者曰：‘说韩信’……”及梅尧臣诗《吕缙叔云永嘉僧希用隐居能谈史汉书讲说邀余寄之》便透露出了艺人说《汉书》的讯息①，这虽还有可疑之处，但生活在南宋前期的洪迈在嘉会门外茶肆中看见了“今晚讲说《汉书》”的招帖②，而生活于南宋末期的诗人刘克庄又在农村中看见了“市优”同样的演出，写下了“纵谈楚汉割鸿沟”、“听到虞姬直是愁”的诗句③，通俗小说理论家罗烨也知道“说话”艺人讲说的节目中

① 胡士莹《话本小说概论》。

② 《夷坚志》丁集卷三《班固入梦》条。

③ 见《后村先生大全集》卷十《田舍即事》十首之九。

有说征战的“刘、项争雄”①，刘克庄、罗烨所讲的，据郑振铎先生《插图本中国文学史》第四十八章第五节所论推测，该是《前汉书平话正集》中的重要内容，可惜这部平话已佚，然而，这些史实足可证明南宋时确有艺人讲说《汉书》，而且还相当普及。因此，最迟到南宋中后期，上述《前汉书平话正续集》便已定型。到元代，又有许多写汉朝事的杂剧，虽剧本已多失传，从题目还可以看出，有些似是根据这平话敷衍而成，至少也与平话有某种渊源关系。这些杂剧是：《汉高祖诈游云梦》(钟嗣成)、《吕太后使计斩韩信》(李寿卿)、《隋何赚风魔蒯通》(无名氏)、《汉高祖哭韩信》(郑廷玉)、《吕太后醢彭越》(石君宝)、《汉张良辞朝归山》(王仲文)、《吕太后饿刘友》(于伯渊)、《吕太后祭浐水》(李寿卿)、《周亚夫屯细柳营》(王廷秀)、《周亚夫军细柳》(郑光祖)。另有《吕太后人彘戚夫人》(马致远)或也受平话的某种影响，尽管平话中并无吕太后将戚夫人刑为人彘的情节。在元人传奇中，还有《十大功劳》《周勃太尉》等，也可能与这平话有某种关联。这一切，似也在证明着《前汉书平话续集》在南宋的中后期已然定型。

这部《前汉书平话续集》凡三卷，为元至治间建安虞氏所刊五种平话之一，原本藏日本内阁文库。上图下文，图三十七幅，图上标题三十七个。正文卷端题“新刊全相前汉书平话续集”，文半叶二十行，行二十字。第一图题下镌刻工姓名曰：樵川吴俊甫。本书不像其他平话那样有“引子”，劈头就说“时大汉五年十一月某日，项王自刎而死，年三十一岁”，这开头的突兀而起，说明此书的前面确有过一个《正集》存在，而《正集》所叙也确有“刘、项争雄”的内容。《正集》起于何事，今已难稽考，止于项羽垓下被围，乌江自刎则可断言，《续集》紧接开头几句之后，有一首“赠项王诗”，也证明了这一点：

> 刀剑垓心夜不停，楚歌散尽八千兵。溃围破敌三更出，失路都无百骑行。单剑指呼犹斩将，万人辟易尚何惊！不言决死天亡楚，四海干戈卒未宁。

① 《醉翁谈录·小说开辟》。

书称《前汉书平话续集》，素材自来源于《汉书》。其故事骨架乃由《汉书》中的《高帝纪》《高后纪》，以及韩信、英布、彭越、萧何、张良、陈平、“高五王”、周勃等传中事迹组成，作者在此基础上加以扩充，益以虚构的细节，又以民间传说充实于其中。

这部平话对《汉书》的忠实程度，大大高于《三国志平话》之于《三国志》，书中的主要故事，殆皆可从《汉书》中找到根据，尽管有时在《汉书》中只是一言半语。只有极少数的故事，如韩信部下六将为“与韩信报仇”反刘邦；樊亢救刘长；刘泽用田子春计，赚取吕后授与二十五万军马；樊亢监宴，杀吕超，救诸文武大臣；刘邦为英布怨魂报冤，吕后为刘邦、韩信、彭越、英布、戚氏、赵王神魂追命等似未见于《汉书》。但《汉书·高祖纪》有“八年冬，上东击韩信余寇于东垣”一语，此韩信乃韩王信，平话艺人或借移于韩信部将。又“高五王传”有刘章侍高后宴饮，“诸吕中有一人醉亡，章追，拔剑斩之而还报”，平话艺人或一事而两用，一写刘长于侍惠帝宴饮时，以金锤击审存死，一用于樊亢杀吕超。

《前汉书平话续集》虽十分忠实于《汉书》，却又不像《五代史平话》那样多抄录《五代史》原文，所有采自《汉书》的故事，都经过了作者的加工、扩充、改写；从整体看，语言也较《五代史平话》通俗、顺畅。比如，吕后杀惠帝太子事，《汉书》凡二见。一是《高后纪》：

> 太后立帝姊鲁元公主为皇后，无子，取后宫美人子名之以为太子。……少帝自知非皇后子，出怨言，皇太后幽之永巷……

一是在《外戚传》中：

> 吕太后……以公主配帝为皇后，欲其生子，万方，终无子，乃使阳为有身，取后宫美人子名之，杀其母，立所名子为太子。惠帝崩，太子立为帝。四年，乃自知非皇后所出，言曰：太后安能杀吾母而名我？我壮，即为所为。太后闻而患之，恐其作乱，乃幽之永巷，……遂幽死，……更立恒山王弘为皇帝。

平话所据，显为《外戚传》。但平话作者进行了颇大的改造，说是惠帝归天一月后，太后令六宫大使张石庆“于民间买十数个怀孕妇人”入宫。后来“屠户张永之妻”“降生一子，生得端严，可为后主”。于是将其余“九个妇人”“尽推入井中，用大石盖了井口”闷死。还写在长乐宫做满月，陈平揶揄嘲笑，后封“太子”为“常山王”，说这“常山王”一日“于龙床睡着，庶人无分，被八爪金龙推下龙床”，也因此而得知自己乃屠人之子，“拂袖归于后宫”，终被吕后使人装入布袋，压死于后宫之中。字数也相当《外戚传》有关文字的五倍多，又将惠帝之子与常山王牵合成了一人。又如，《外戚传》记吕后杀赵王如意一节仅八十余字，到《前汉书平话续集》中，便扩展到了一千余字。而其语言风格，则从下引一段文字可见一斑：

> 前后三个月余，忽有一日，黑风一阵簇入未央宫殿下，惠帝惊视，至赵王死处，闻空中哭声不绝，其赵王死处，地草不生。惠帝伤心不忍，烦恼感恨。

比起那部《五代史平话》来，此书无疑是有所发展的。

《前汉书平话续集》虽在史实上相当忠实于《汉书》，但其所持的观点却与《汉书》大为不同，这主要体现在：

一、对待项羽的态度：平话作者认为，司马迁关于“项王不知己，不能用贤，失天下，言天亡项王，非战之罪，岂不谬哉”的评论不公，极赞“项王有八德”：“英雄之至”一；“断之明”二；“勇略之深”三；“仁之大矣”四；“言之厚”五；“知其命者”六；“有耻之不爱其生”七；“知死有分定”八。说他“有终有始”，功多过寡。他之所以败亡，确实是天意，不是项王自己的过失。

二、对待韩信、陈豨、彭越、英布等被汉高祖所杀功臣的态度：按《汉书》记载，刘邦虽难脱杀功臣之嫌，但出于为尊者讳，总是闪烁其词；平话作者的态度则极其显明。他们有意张皇《汉书》的闪烁处，如《高帝纪》有“汉王还至定陶，驰入齐王信壁，夺其军”一语，平话作者便由此衍出了以下一大段：

汉王亦将兵至定陶。……望见一营垒雄壮。汉王问左右曰："何营也?"左右曰："乃齐王韩信之营。"汉王停骖视之，久看信营。当日汉王心中疑虑，而密问子房曰："项氏已灭，韩信尚执天下兵权，其信之略，威震四海，天下无敌，吾实畏之。"子房愕然惊恐，谓曰："方今天下初定，大王不宜有此疑心，恐有泄漏。信若有变，非羽之敌也。信之威畏，王自思之。"汉王问曰："自古丧大业宗禋者，其所斩有由矣。"

这就张皇出了韩信后来被杀的真实的原因。后来的高皇游云梦，擒楚王，贬之为淮阴侯，闲置于都城，谓因韩信匿楚将钟离昧，不过是借口而已。这就无异在告诉听众(读者)：韩信，乃至陈豨的图谋造反，完全是刘邦疑忌功臣的结果；而彭越的不接驾，扯诏，则是因为刘邦杀韩信的缘故，彭越于是也被诱杀，"体肉作羹"，英布食之，吐入江中，"尽化为螃蟹"，于是又激反英布。这一连串的不幸，皆自高皇、吕后出。显然，平话作者对被杀的功臣寄予了深深的同情。萧何为吕后所逼，设计骗韩信入宫，吕后使人擒杀韩信，平话写道：

其时天昏地暗，日月无光，长安无有一个不下泪。哀哉！哀哉！四方人民嗟叹不息："可惜枉坏了元帅！"人皆言萧何共吕后定计。当日萧何三箭，登坛拜将，今日成败都是萧何用机，人皆作念怨之。

又作诗曰："可惜淮阴侯，曾分高祖忧；三秦如席卷，燕赵刻时收。夜堰沙囊水，舒斩逆臣头；高祖无后幸，吕后斩诸侯。"作品写彭越被杀，也是"此时青天失色，日月无光"，"西京人民尽皆言高祖无道，怨气冲天。忽降血气三日，田苗皆死"。

三、对待刘邦和吕后的态度。在平话作者的心目中，赫赫皇帝刘邦只不过是个过河拆桥的无用小人。书中写蒯通在刘邦面前，痛陈韩信十大该杀的"罪过"(十大功)，正是对刘邦过河拆桥小人行径的有力揭露与辛辣嘲讽。又写刘邦与陈豨、英布对阵，大败亏输，损兵折将，还特地虚构了韩信手下六将与蒯通起兵反汉，围攻长安，索要吕后为韩信报仇，逼得刘邦无奈，在城中找了个颜貌与吕后相似的妇人杀了，将脑袋拿去诓骗六将的情节，来反映刘邦的无用与可怜。但就是这个刘邦，却坐稳了江山，英雄们一个个死在他的手中。本不该出现，或者说平话作者不愿它出现的事，在历史上却确实出现了，于是他们也只好与项羽一样，深深地叹息：天命所归，有什么办法呢？陈豨在感知这天命所归后，只得远走番邦；英布在感知这天命所归后，只得束手就擒；六将在感知这天命所归，虽处在胜利时刻，也"拔剑自刎而死"。用"天命"来解释竟成的历史，似乎是平话作者没有办法的一种办法。实在是老天也没长眼睛，却让这样无道又无用的小人得志！元睢景臣的散曲《高祖还乡》对刘邦无赖行径的无情鞭挞，对他还乡时华贵威严仪仗的辛辣的嘲讽，似乎很得力于这平话的启迪。

平话鞭挞的重点，更在吕后的身上。如果说，刘邦是个无用小人，吕后则更阴险狠毒，如果说在刘邦身上尚存在一点良心，而吕后则毫无人性。还在刘邦生前，这个女人便于宫中私通沈孛，又当着丈夫的面，诬彭越曾要夺她为妻；刘邦死后，这个女人百计杀害刘邦生前的宠姬戚夫人和她的儿子赵王如意，致使惠帝惊惧而死；惠帝死后，这个女人又在民间买得十个怀孕妇人，将其中张屠夫妻子所生儿子充作惠帝子，立为太子，其余九个孕妇便被活活推入井中淹死，后来，又用布袋盛土，将所立太子闷杀；太子死后，这个女人又硬逼刘肥、刘泽、刘友等七王将"前妻休离"，另娶吕氏诸女，又将得罪后妻吕氏的刘友毒死，还违背刘邦遗嘱，将吕产、吕禄、吕超封王。在中国的古典小说中，如此有力地鞭挞开国皇帝和皇后，恐怕要算这部《前汉书平话续集》了。

"天道好还"，刘邦到底被死去了的英布眼中冤气扑倒，从此一病不起；吕后则被韩信、彭越、戚夫人等冤死的鬼魂索命死去。比起《三国志平话》中写玉皇教韩信、彭越、英布三人分了汉家天下的报应更来得直捷、迅速。天命、报应当然都是唯心主义的东西，是老百姓迷信观念的反映，但在本书中，却又强烈地表达了人民的一种爱憎感情。作者似乎是有意要与《三国志平话》的头回有所不同。这不同还表现在《三国志平话》的头回，有意将这杀功臣的罪过全部或主要归在刘邦头上，这无疑更合历史真实；而本书则将杀功臣的罪过主要归在吕后的头上，显示出一种为更尊者讳的倾向，或许还显示出一种落后妇女观的端倪，以后的《西汉演义》便张皇了这种观点，而吕后的形象也因此而更加突出。

这部《前汉书平话续集》较之《三国志平话》和《五代史平话》内容更为集中，说是《前汉书平话续集》，实际只集中于刘邦、吕后的杀功臣，其中又重在写吕后斩韩信事。杀彭越、英布由杀韩信引发；吕后杀戚夫人，害诸刘是刘邦杀韩信等功臣的报应；樊亢、刘泽等诛诸吕又是吕后斩韩信等功臣及杀诸刘、戚夫人的报应，所有的情节皆围绕着斩韩信这个中心，因此比起它之前的两部平话《三国志》和《五代史》来，结构也更为紧凑。过河拆桥，杀戮功臣和无辜，本来就是易于引起人们愤恨和同情之事，因此，这平话一路叙去，很能够吸引读者，尽管它仍然粗朴、幼稚，可读性却相当强。它的绝大多数故事情节，也为后来的《西汉演义》所袭用，关于这一点，赵景深《中国小说丛考》第 110 ~ 11l 页曾作详细比较。

《秦并六国平话》，有元至治间建安虞氏刊本，原本藏日本内阁文库。书凡三卷，正文上图下文，图五十一幅，图上标题五十一个。文半叶二十行，行二十字。第一图标刻工姓名曰黄叔安。目前通行的影印本之外有上海古籍出版社排印本等。

书殆为元人所编，故多元人语气。卷下写秦始皇令蒙恬监修长城，谓“宋朝王荆公有诗道：秦皇筑城何太愚，天实亡秦非北胡；一朝祸起萧墙内，渭水咸阳不复都”。称“宋朝王荆公”，显非宋人语。

这平话有“头回”。“头回”自唐尧、虞舜、夏商周三代说起，直说到春秋、战国、秦并六国，又概括了秦的兴亡，然后接道：“这头回且说个大略，详细根原，后回便见。”可见它乃是一本独立的平话。书首有诗道：

世代茫茫几聚尘，闲将《史记》细铺陈。

则平话所据，主要是《史记》无疑，而细勘全书，又可看出作者还参考了《战国策》等史籍。作书的宗旨乃在劝谏“后之有天下者应借鉴”

秦之“尚诈力”而不行仁义，结果仅“三世而亡”。

这也是一部正统的“讲史”类市人小说，所叙皆“兴废争战”之事。全书系年记事，骨架由《秦始皇本纪》构成，而以相关的世家、列传如楚世家、赵、魏、韩世家、王翦传、吕不韦传、刺客传、项羽纪、高祖纪、留侯世家等为补充，一些大事，殆皆可于史书中找到依据。比如，平话写吕不韦的一大段，几全出《史记·吕不韦传》，连句子也多从传中抄录，略举开头一段以作比较：

> ……秦数攻赵，赵不甚礼子楚。子楚秦诸庶孽孙，质于诸侯，车乘不饶，居处困，不得意。吕不韦贾邯郸，见而怜之曰：“此奇物可居。”乃往见子楚，说曰：“……安国君爱幸华阳夫人，华阳夫人无子，能立適嗣者独华阳夫人耳。今子兄弟二十人，子又居中，不甚见幸，……不韦虽贫，请以千金为子西游，事安国君及华阳夫人，立子为適嗣。”子楚乃顿首曰：“必如君策，请得分秦国与君共之。”(加黑点的文字为《秦并六国平话》所有)

当然，在有些地方，作者也增加了一些具体的描写。如写吕不韦以有孕之妾献给子楚时，描写其妾道：

> 绝色倾城，但见歌喉清亮，舞态婆娑。调弦成合格新声；品竹作出尘雅韵。琴调古操，棋覆新图。吟诗联句追风雅，见于篇中；搦管丹青夺造化，生于笔下。玉肌花貌，莲步柳腰，谈论接陪，精神举措。

特别是在写争战大事之时，作者更多大胆的虚构，详细地描写敌我双方的厮杀、阵战及斗智斗勇的情形。其详细的程度是《五代史平话》与《三国志平话》所难与比并，而与后世的长篇讲史小说相类似。正话起首写秦始皇六年，楚合六国伐秦一事，在《楚世家》只如下数语：

> 秦王政立，二十二年与诸侯共伐秦，不利而去。

在《秦始皇本纪》中，也只如下数语：

> 韩、魏、赵、卫、楚共击秦，取寿陵。秦出兵，五国兵罢，拔卫，迫东郡……

在《王翦传》中，则连其率兵攻六国军的记载也没有。平话却依据上面数语，敷衍了六国以楚襄王为首伐秦，始皇命王翦、王贲领兵二万与六国军相抗近七千字一大段。为故事发展和人物形象塑造的需要，平话作者还特意将史事的时间及与史事相联的人物倒错。李斯谏逐客，事在始皇十年，平话移于二十六年；十七年攻韩者，《始皇纪》谓为内史腾，平话移置于王翦；十八年，秦围赵邯郸者为端和，平话又移置王翦，让他与赵将李牧抗争。其糅合若干史事于一处叙述，平话中也屡屡出现。作者写徐福奉始皇之命入海求仙，来到"三神仙之祠"，便又牵合始皇使人伐湘山树，焚其山一事，最后说"五百童男童女并徐福尽丧其身"。至谓秦灭楚时而孟尝君、春申君尚在，则属于失考了。

以史实为本，注重故事情节的构筑和发展，注重人物的塑造，是这部平话的一大特点，也开了后世长篇历史小说如《新列国志》等小说的先声。而与其前面的平话相比，就其今存的文本来看，则无论其写作技巧，还是白话语言的熟练运用程度，皆可看出它的发展来。

与《前汉书平话续集》比，本书在对待刘邦的态度上也有明显的不同，那就是，前者以十分激烈的态度否定刘邦，后者却竭力赞扬，称其"宽仁爱人"；于项羽，则虽赞其勇武，却抨击其戮咸阳、焚宫室、杀义帝，说"项羽无道，放弑其主，天下之贼也"。有人推测，这平话与《前汉书平话续集》"出一人之手"，似缺少根据。

姜殿扬《三国志平话》跋谓："书中……人名、地名、官职，往往多非本字。作者师承白话，未见史传正文，每以同音习见之字通用之；省俗形近，传录讹误，又复杂出其间，坊贾据以入梓，难可校订，盖出自江湖小说人师徒相传之脚本。"很有道理。这部《秦并六国平话》虽也时有错讹，但与《三国志平话》的性质不同，作者对史传颇为熟悉，不像《三国志平话》，甚至也不像《前汉书平话续集》的好用民间传说，其原始作者殆为有一定修养的文化人。书中的语言文字虽仍显得质朴，却比《三国志平话》《五代史平话》，甚至也比《前汉书平话续集》成熟、顺畅。而且风格比较统一，似出一人之手。不像《五代史平话》时而通俗顺畅，时而又半文半白，时而又全用文言。而且作者在叙述故事的过程中，也比上述三书更注重人物形貌、阵战场面、交手动作、环境气氛的描写，尽管这些描写尚多雷同处，但也应该说是一种进步：

> 王翦打扮：耀日银盔盖顶，身穿蜀锦战袍，肩担一百二十斤三尖刀，四十八环棹刀，跨一匹赤色马出阵。张晃出阵打话。二骑相交，惹起四野愁云，镇(振)起满天杀气。人似南山虎，马若北海龙。王翦战三十合诈败，张晃赶将来。二马(相)并，王翦举刀斩落，张晃翻身，下脚捎空。王翦(回)头，招起三军喊杀，楚兵大败。东砍西斫，南倾北倒，星罗云散，七断八续……

就是后世长篇通俗小说描写两将阵前厮杀，也多用这种套路。

## 第四节　《武王伐纣书》与《乐毅图齐七国春秋平话后集》

在“讲史”类市人小说发展到元代的时候，慢慢地形成了两个不同的流派：一派仍沿着正统的“讲史”格局前行，但描写更趋细致；一派则力图摆脱旧来格局，力图革新，在内容的耸动听众上做文章。《武王伐纣书》与《乐毅图齐七国春秋平话后集》便属于后一派。

《武王伐纣书》和《乐毅图齐七国春秋平话后集》是两部既具历史性，又具神魔性的完全不同于上面几节所讲的平话，是平话作者将文言小说中的“神怪”和市人小说中的“灵怪”“神仙”融入“讲史”之中的产物。对于只铺叙史事，创造贤主暴君、英雄奸小的正统平话来说，它们无疑是一种变体。

《武王伐纣书》三卷，别题《吕望兴周》。存元至治间建安虞氏刻本。上图下文。文半叶十八行，行二十字。图上有题，类乎回目，图凡四十二幅，题也四十二个。原本藏日本内阁文库。通行的有影印本、上海古籍出版社排印本等。

这是一部元人编刊的平话，卷首诗中谓“三皇五帝夏商周，秦汉三分吴魏刘，晋宋齐梁南北史，隋唐五代宋金收”就是证明。又据柳存仁考证，“摘星楼”为南宋末丞相贾似道在扬州所建①，这也说明，《武王伐纣书》之出，只能在元初到至治之间。

《武王伐纣书》的主要内容，都概括在书末武王和姜子牙数说纣王的“十条大过”之中。武王道：

> 不仁无道之纣，尔囚吾父，醢吾弟身为肉酱，共妲己取乐，是一过也；虿盆、酒池、肉林、炮烙之刑苦害宫妃，是二过也；尔去摘星楼上撺下姜皇后攧死，山陵不修，葬后宫第七棵梧桐树下，是三过也；你信妲己之言，远窜太子，是四过也；杀害忠臣，贬剥忠良，是五过也。

姜太公接着说：

> 不仁之君，尔杀吾母是六过也；尔醢黄飞虎之妻，有何罪名，是七过也；尔信妲己之言，剖孕妇，辨阴阳，是八过也；尔信妲己之言，斫胫看髓，是九过也；尔信妲己之言，修筑台阁，劳废民力，费仲谗言，自乱天下，是十过也。

本书描写重点，并非如题目所示，而是在揭露纣王的荒淫无道，以为后世君王之鉴。这重点部分所叙，皆在书之上、中卷中。

此前记录商亡周兴的史书，也是以此为重点的。《史记·殷纪》中关于纣王的那一部分便是如此。司马迁说纣王“好酒淫乐，嬖于妇人，爱妲己，妲己之言是从”；还说他“厚赋税以实鹿台之钱”，“以酒为池，县肉为林，使男女倮，相逐其间，为长夜之饮”，设“炮烙之法”，以治“诸侯有畔者”；又说有“九侯女不憙淫，纣怒杀而醢九侯，鄂侯争之，强辩之疾，并脯鄂侯”，“剖比干观其心”，“囚西伯羑里”，废商容，囚箕子，任“善谀好利”之奸小如费仲、恶来。《史

① 见《西星集》。

记·周纪》中也有纣“囚西伯于羑里”、“西伯献洛西之地请纣去炮烙之刑”、“纣昏乱暴虐滋甚，杀王子比干，囚箕子，太师庇、少师彊抱其乐器奔周”以及“纣维妇人言是用，自弃其先祖，肆祀不答，昏弃其家国，遗其王父母弟不用，乃维四方之多罪逋逃是崇、是信、是长、是使，俾暴虐于百姓，以奸轨于商国”等记载。

将史书所载与平话两相对照，可知平话所写，多少都有一点依据，即使平话中的剖腹验胎、斫胫看髓等，也是有史书中“刳剔孕妇”、“斮朝涉之胫”为由头的。

《武王伐纣书》下卷写到武王伐纣，吕尚兴周。平话所叙，也多有所本。早在《尚书》的《牧誓》《武成》篇中，便有关于殷周战争的记载。《牧誓》虽是一篇誓师辞，“然气焰已是咄咄逼人。《武成》则更是张皇其事，极力形容周殷二族间战争的激烈，甚且有‘血流飘杵’等过于夸张的形容语”①。宋敕修的《太平御览》卷三〇一引《鬻子》说：“虎旅百万，陈于商郊，起自黄鸟，至于赤斧，走如疾风，声如振霆，三军之士，靡不失色。”而武王令姜太公“把白旄麾之”，纣军“反走”。《史记·周纪》记载则更为详细：

> 诸侯兵会者车四千乘，陈师牧野。帝纣闻武王来，亦发兵七十万人距武王。武王使师尚父与百夫致师，以大卒驰帝纣师，纣师虽众，皆无战之心，心欲武王亟入，纣师皆倒兵以战，以开武王。武王驰之，纣兵皆崩畔纣。纣走反，入登于鹿台之上，蒙衣其珠玉自燔于火而死。……以黄钺斩纣头，县太白之旗。已而至纣之嬖妾二女，二女皆经自杀……

《史记·齐太公世家》亦载：

> 吕尚盖尝穷困年老矣，以鱼钓奸周西伯。……周西伯猎，……载与俱归，立为师。……武王即位，九年，欲修文王业，东伐以观诸侯集否。师行，师尚父左杖黄钺，右把白旄以誓

① 郑振铎《插图本中国文学史》。

> 曰：苍兕苍兕，总尔众庶，与尔舟楫，后至者斩。遂至盟津，诸侯不期而会者八百诸侯。……还师，……居二年，……武王将伐纣，卜龟，兆不吉，风雨暴至，群公尽惧，唯太公彊之，劝武王。武王于是遂行，……遂追斩纣。……师尚父牵牲史佚策祝以告神，讨纣之罪……

正因为《武王伐纣书》在内容上有以上依傍，所以它仍不失为一种“讲史”类市人小说。但殷周之交离元朝年代久远，史籍湮没，当年纣王荒淫的详情及殷周战事的具体情况，都缺少可靠的记载，仅存的一点史籍，又每每带上神话的痕迹，于是，平话的作者就利用史籍记载的若干空白，凭借《尚书》中《牧誓》《武成》，《逸周书》，《史记》中《殷纪》《周纪》《齐太公世家》等所叙的这一点点历史的框架和由头，一任自己的想象，在神奇怪异的海洋中遨游，敷衍铺排出一个个离奇古怪、色彩斑斓的故事。

《武王伐纣书》中的神怪故事，大多集中在上、中两卷之中。这些故事大都是作为若干史事的具体化、情节化而设计的。比如史书载有纣尝“刳剔孕妇”、“斮朝涉之胫”；平话在写妲己为狐精的基础上写道：

> 有一日，妲己奏曰：“子童辨得孕妇腹中是男是女。”王曰：“如何知之?”妲己曰：“恐王不信，试将数个孕身妇人，臣妾辨之。”

于是演出了剖腹验胎，日废百人之命的惨剧。纣王、妲己在鹿台上见少者渡河怕冷而老者撩衣便过，因此演出了“斫胫”看验髓之满盈与否，至日残害数十人性命的悲剧。又比如，史载纣曾“剖比干观其心”，平话作者便敷衍出比干侍纣王宴，见一九尾金毛野狐，取箭射中，并除妖狐百数，又尝于硕州任上，用柴点火，熏一狐穴，因与妲己结怨的情节，终被妲己进谗言“臣闻比干是大贤人也，心有七窍，为人所以聪明智慧”，而被剖腹掏心。再如，史载文王囚羑里而演《易》，平话则由此而敷衍了好多个文王卜课，灵验异常的故事。当然，书中也有不少是因为本身情节发展的需要，无中生有的准神话创造。玉女的赠纣王绶带，妖狐的吸苏妲己魂魄化作苏妲己入宫，文素的赠纣王宝剑镇妖等等，皆属此类，而最为怪异的当是雷震的出世：

> 二人语话中间，早至巳时，果然有浓云密布，狂风微起，遍满长空，东西雾长，南北云生，须臾雷震雹（电）闪，雨下不止，顷刻平地成河，沟渠翻浪。……姬昌见古墓自摧，伫目视之，见一女子尸，形宛然如生，却被大雷震破女子之腹，内有一孩儿啼……

然而就是这一切，也都附着于整个历史事件的大框架之中。

《武王伐纣书》最值得称道的地方，是它对无道君王残酷暴虐统治的无比痛恨和愤怒谴责，以及对贤明政治的无比渴望和对仁君贤臣的热烈赞颂。在平话作者的眼中，妖乱之兴，皆由纣王而起。因为他的好色贪淫，对一个泥塑木雕的玉女想入非非，神魂颠倒，不能如欲，又大索天下美女，这才引出九尾金毛狐，换下苏妲己的灵魂，进入富贵显赫的宫廷。此后，这妖狐在宫中作恶，也几乎每一件事都是通过纣王进行，她和佞臣费仲，只不过是依顺着纣王淫暴的本性行事。周武王、姜太公将这一切罪过都归到纣王的名下，实在是至公至正之论。在这部平话中，较少后来小说、戏曲中的那种女色亡国、女子祸水的观念：妲己本不是首恶，且她也不是女人而是妖魅。它的残忍如进谗言，杀皇后，剖比干，虿盆炮烙，剖腹斫胫等，则是妖性作怪，与女人也隔了一层。

另有一点值得注意的是，伯夷、叔齐几乎在所有的史籍中，都被当作情操高洁、忠贞不贰的典范来颂扬，而本书却写他们二人劝谏武王“休兵罢战”，武王不纳，“遂贬二人”：

> ……去首阳山下，不食周粟，采厥薇草而食之，饿于首阳之下，化作石人，后有诗为证。诗曰：“让匪巢由义亦乖，不知天命匹夫灾；将图暴虐诚能阻，何是崎岖助纣来。”又诗曰：“孤竹齐夷耻战争，望尘遮道请休兵；首阳山倒有平地，应是

无人说姓名。”

认为他们是“不知天命”之人，并对他们采取了批判的态度。而对纣王的太子殷交的大义反亲却给予了热情的赞扬，其中很有点老百姓反暴君的思想。

《武王伐纣书》正面人物中的主角，自当是姜尚。书中写周文王与姜尚的君臣遇合，颇类《三国志平话》中刘备与诸葛亮。姜尚的身份地位也与诸葛亮差不多，只是更多一点神秘色彩，未知是否受到《三国志平话》的影响。

《武王伐纣书》于史事之中夹着许多神怪故事，这在当时无疑是一种创新。其得失如何，当视站在什么角度来审视，以“讲史”而言，是失大于得；从“神魔”观之，它则有开启的作用，是得大于失。而且，处在一个创新阶段，作者能将史事与神怪故事如此自然地糅合在一起，也确非易事。

这部《武王伐纣书》，后来经余邵鱼改写，放进了《列国志》的西周部分中①，题“余邵鱼编集”的《列国志》未见，题陈眉公批评与题陈继儒重校的《列国志》的第一卷，内容与本书基本相同。再后又被重新创作成《封神演义》。《封神演义》的前三十四回，除了叙哪吒出世的第十二至十四回外，绝大部分故事都采自《武王伐纣平话》，但《封神演义》扩充了它的内容，描写也更细致了。与《武王伐纣平话》不同的是，《封神演义》内容的重心已经偏移到殷周两国的争战上。在描写战争时，作者增添了许多正邪神道的腾挪变化、斗宝斗法的情节，神魔性的成分，大大加强，而历史性则相对削弱，终于进入了神魔小说的范畴。

《乐毅图齐七国春秋平话后集》凡三卷。有元至治间建安虞氏刊本。上图下文，图皆有标题，共四十二个，第一图镌刻工曰“樵川吴俊甫”。文半叶十九行，行十九字。流行的有影印本、上海古籍出版社排印本等。

书称《后集》，自先有《前集》在。《前集》今不可见，其内容据

---

① 参见孙楷第《日本东京所见中国小说书目》“封神演义”条。

《后集》起首推测，当叙孙庞斗智的故事。罗烨的《醉翁谈录·小说开辟》中，有“论机谋，有孙、庞斗智”的话。盖当时已有《乐毅图齐七国春秋平话前集》内容的“说话”名目，或《前集》便是在这“孙、庞斗智”的基础上扩展而成，其成书的时间，则似也已经进入元代。《后集》卷上叙齐使孙膑伐燕，破之；燕昭王立，勤政用贤，国势大张，而齐愍王无道，孙膑几为所杀，终于大乱，燕乃拜乐毅为帅，伐齐；卷中叙乐毅破齐，孙膑、田单败燕兵复齐。乐毅再图齐国而与孙膑斗阵；卷下主要叙孙膑、乐毅的师父鬼谷子、黄伯杨斗阵、斗法。

较之《武王伐纣书》，该平话在神魔路上走得更远。卷上、卷中两部分还有若干史迹可寻，如孟子见齐宣王，燕王传位与丞相子之，齐人伐燕，燕人立昭王，燕昭王招贤，乐毅伐齐，齐王出走，淖齿杀齐湣王，齐人使反间计，燕使骑劫代毅，齐人使火牛阵破燕兵，齐七十余城皆复，齐襄王立等等，于《史记·燕召公世家》及《史记》之《乐毅》《田单》传中，都有简略的记载，唯平话将伐燕之章子、复齐之田单的功劳，皆归于孙膑头上与史载有异。卷下叙鬼谷子与黄伯杨斗阵斗法，虽人名或可从史书中查到，其事实却皆无迹可寻。

春秋无义战，关于这一点，平话的作者也十分清楚，所以卷首诗便说：“七雄战斗乱春秋，兵革相持不肯休。专务霸强为上国，从兹安肯更尊周?”当然，他写作平话的目的不在对齐、燕之间的战争性质作出评判，平话的主旨似是在“论机谋”，卷首的另一首诗中有两句谓：“燕邦乐毅齐孙膑，谋略纵横七国中。”压卷诗更谓：“纵横斗智乐孙辈，青史昭垂万世名。”都是在歌颂所谓的“智”与“谋”。

作者着力描写的，也是那个智谋超群的齐将孙膑。作者之所以将破燕章子，复齐田单的事迹，一一移到孙膑的身上，之所以构筑了许多历史上无迹可寻的故事，都是为了突出这样一点：正是靠了孙膑的智谋，齐国才能战胜燕国，才能转危为安。也正因为作了这样的集中，孙膑这个人物形象，才显得分外充实，很有活力。

智谋的运用和发挥离不开具体的人，这自然要涉及到人材的问题。燕昭王任贤与能，广罗人材，得到乐毅等人，燕国于是强大，攻伐齐国，连下七十余城。燕昭王中孙膑反间计，以骑劫代乐毅，结果被齐兵打败，齐城得而复失。齐用孙膑，破了燕国；齐湣王黜退孙膑，乐毅方得纵横于齐，待到齐襄王立，复请孙膑出山，才又转危为安。这在客观上体现了人材的重要，平话明显地赞颂了任贤与能的君王。

《乐毅图齐七国春秋平话后集》最为无稽的是卷中的后一部分和卷下，但最能耸动吸引听众的也是这一部分。因为不受史事的限制，于是作者可以任凭自己的想象，按着“冷淡处提掇得有家数，热闹处敷衍得越久长”①的原则说开去，从“乐毅再图齐”之后，反反复复、一层接一层地写孙膑与乐毅斗勇斗智、此输彼胜，终于引出双方的师父，然后写了个“迷魂阵”，由斗勇斗智又进到斗阵斗法，最后以阵破齐胜、立庙封神作结，人物、事件都十分集中，叙写也相对具体，因之人物形象和故事情节给人的印象也较深刻。

这是一部保存“说话”原貌颇多的“讲史”类市人小说，书中有不少“言者是谁”、“却说”、“且休说”、“且说”等“说话”人习用的语言。而且，书中也多“说话”人常用的调侃和噱头：

> 膑曰：“……你空为百万之师，尔不辱邈你上祖乐羊子节概，交别人就身上摘了印?”毅曰：“你不辱邈你上祖孙武子十八国之师，父母皮肉不可毁伤，交人刖了两只脚。”膑曰：“刖我足时非强，庞涓仗天子之威。”毅道：“我不仗皇帝之势，此也便杀你。”膑道：“把如你先杀，我不好先杀你?”轮起沉香木拐，觑着乐毅头上便打，未知性命如何？毅曰：“自从盘古王初分，不似这瘸汉大胆。”看乐毅肯饶么？……膑曰：“尔仗众杀我非强，你敢放我出寨，取少军兵来敌你多兵，则一阵便见高低。”乐毅曰：“这汉使脱身之计。”毅曰：“我不放你出去。”膑曰：“你不放我出去，你敢做爷娘养着我么？……”

平话写两人斗口，其语气特点，皆显现出“说话”时的原始状态。

《乐毅图齐七国春秋平话后集》写了“封神”，《武王伐纣书》也写了封神。但在《武王伐纣书》中，实在并没有固定的、明确的“封神”

① 罗烨《醉翁谈录》“小说开辟”条。

人，许多地方只交代了受封者。比如卷上说“胡嵩，此人是游魂神。鲗吼是大耗神。右将军佶留，此人是小耗神。纣王又教四门都检点魏鬼、魏岁，此二人是剑杀二神也”。卷中谓妲己为“妖精之神”，说“本州太守，此是吊客神也”。这些神究竟是谁封的，为什么这样封，都没有说出一个所以然来。卷下写：“费仲曰：‘交崇侯虎为大将，教薛延沱为副将，此人封为白虎神；尉迟桓，此人封为青龙神；要来攻，此人封为来往神；申屠豹，此人封为豹尾神；戌庚，此人封为太岁神。’”也未明封神者为何人。唯下面一段总算有些交待：

> 太公教建法场，刽子蒙令，斩了崇侯虎，献首级武王，封为夜灵神也。

封神的似是武王，也可能是太公，仍是不够分明。《乐毅图齐七国春秋平话后集》则十分明确：

> 鬼谷谓乐毅曰：“为你布迷魂阵，杀坏生灵。吾今做个葬主。”……令齐襄王加封黄伯杨回风仙人，次加封乐毅奉圣仙人，又加封张晃出世仙人。把众仙都加官位。次加封鬼谷先生普惠仙人。孙子等亦加封了。

这封神的显然是齐襄王。受封的为双方主要将领，弥合了双方的怨仇。这一方面可以看出它和《武王伐纣书》的渊源关系，一方面又可以看出它深深地影响了后来的《封神演义》。书中的斗阵斗法，尤其是摆、破迷魂阵，更对《封神演义》有深刻的影响。

## 第五节 《宣和遗事》

《宣和遗事》一书，明代郎瑛的《七修类稿》便说有刊本存在。《百川书志》《宝文堂书目》《也是园书目》等都曾著录。今存的本子很多，备载于《中国通俗小说总目提要》该条中，不另赘。此外，尚有一种明刻本《古本宣和遗事》，凡二卷，半叶九行，行二十字，白口，四周单边，有圈点批评。藏南京图书馆。

杨维祯《东维子文集》卷六《送朱女士桂英演史序》记有一个“善记稗官小说，演史于三国五季”的女艺人朱桂英，其中说到：

> 因延致舟中，为予说道艮岳及秦太师事，座客倾耳耸(听)。

所谓“说道艮岳……事”，不知与《宣和遗事》是否相同，若即为讲说《宣和遗事》，则这便是迄今所知有关这篇“讲史”类市人小说的最早记载了。

关于《宣和遗事》成书年代，明代的高儒以为在宋(《百川书志》“宣和遗事”注谓“宋人所记”)，但胡应麟却不同意高儒的意见，在《少室山房笔丛·庄岳委谈下》中，他说：

> 世所传《宣和遗事》极鄙俚，然亦是胜国时间阎俗说，中有南儒及省元等字面。

尔后，则许多人都从高说。《也是园书目》便将它列入“宋人词话”类中，《士礼居丛书》本的跋并断言其所据底本“当出宋刊”。宋刊之说，如今已没多少人相信了，但书出于宋的观点影响却很大。胡士莹先生《话本小说概论》也认为它是“宋人旧编”。对于胡应麟提到的书中有许多元代的痕迹，大家都是用“元人增益”去加以解释。

《宣和遗事》是掇拾删节前人的诗文、笔记、稗编杂录、官私书史而成，鲁迅说它剽取之书有十种(见《中国小说史略》)。这些书，有许多确系宋人的作品，但《遗事》成书却确实在元。

第一，书一开头在列举宋以前各代荒淫君主家破国亡或社稷颠危之后说：

> 今日说话的也说一个无道的君王信用小人、荒淫无度，把那祖宗浑沌的世界坏了，父子将身投北去也……

尔后又说他：

朝欢暮乐，依稀似剑阁孟蜀王；论爱色贪杯，仿佛如金陵陈后主，……取乐追欢，朝纲不理……

又说：

道君好道事荒淫。道君骄佚奢淫极。

作者将宋徽宗与陈后主、孟蜀王、唐明皇并列，这倒也罢了，还将他与夏桀、商纣、周幽王、隋炀帝相联，说他是个“无道的君王”，“荒淫无度”，“骄佚奢淫”至极，甚至说：“古来贪色荒淫主，那肯平康宿妓家。”道君竟连上述的昏君还不如。宋人有谁如此大胆，身居当朝而敢如此辱骂皇帝的祖宗？要知道，还在宋高宗绍兴年间，对于所谓“有干国体”的“野史”便曾多次严禁，发生过李光父子的“妄著私史”、“对人扬说”，致使李光遭革，永不复用，其子发配，一批官员如胡寅等连坐的大案（详见《续资治通鉴》卷一二八）；宋宁宗时，又禁野史《中兴小记》等；“宝绍间，《江湖集》出，刘潜夫诗云：‘不是朱三能跋扈，却缘郑五欠经纶。’又云：‘东风谬掌花权柄，却忌孤高不主张。’敖器之诗云：‘梧桐秋雨何王府，杨柳春风彼相桥。’曾景建诗云：‘九十日春景晴少，一千年事乱时多。’当国者见而恶之，并行贬斥。”（引自《鹤林玉露》，《齐东野语》也载此事，略有不同。）据说，这些诗句是“哀济邸（皇子赵竑封济国公，后封济王，与史弥远不合）而诮弥远”的，诗人们的遭遇是或贬或流，可见南宋的文网还是颇为严密的。而在《宣和遗事》中，竟然引有了这类违碍诗句“夜月池台王傅宅，春风杨柳太师桥”①。

第二，书中有“赵洪恩唤生下孩儿名做匡胤”，“话说宋朝失政”的话，又称宋高宗为“皇子构”，这不合宋人的习惯。书中尚有“南儒”、“省元”等字样，则更非元人莫属。

第三，书中记有宋太宗问陈抟事：

---

① 原诗为刘子翚作，题作《汴京纪事》，两句原为：“秋风梧桐皇子宅，春风杨柳相公桥。”

"朕立国以来，将来运祚如何?"陈抟奏道："宋朝以仁得天下，以义结人心，不患不久长，但卜都之地：一汴、二杭、三闽、四广。"

"三闽"指蒙古兵陷临安，张世杰、陆秀夫等拥立益王于福州一事；"四广"指端宗驾崩，文天祥、陆秀夫等继立卫王，流徙于南海崖山事，皆非宋人所知者。

第四，书中引有刘后村的诗两首。后村名克庄，卒于南宋度宗咸淳五年，距临安陷落仅七年，"说话"艺人援其诗人"话"，当是他死后之事，似也应已入元。

第五，书中叙徽宗亲佞臣，章惇、蔡京相继拜相，一时童贯等先后得进一大段，全本《宋史·徽宗纪》，有许多句子且与《宣和遗事》相同，兹略举数例，以资比较：

(大观)二年春正月壬子朔，受八宝大庆殿，赦天下，文武进位一等。蔡京表贺符瑞。……蔡京进太师，加童贯节度使仍宣抚。……四月甲辰，复洮州。五月庚戌朔，日有食之，辛亥虑囚，以复洮州功，赐蔡京玉带，加童贯检校司空仍宣抚。(《宋史》)

大观二年春正月朔，御大庆殿，受八宝，赦天下。蔡京言："天下郡国所上符瑞八十七所。"拜表称贺。蔡京进太师，加童贯节度仍宣抚使。夏五月，日食，以复洮州功，赐蔡京玉带，加童贯检校司空仍宣抚。(《遗事》)

政和元年春正月己巳，以贤妃王氏为德妃。壬申，毁京师淫祠一千三十八区。(《宋史》)

政和元年春正月，毁京师淫祠一千三百余区。(《遗事》)

(政和)二年春正月甲子，制上书邪等人并不除监司。二月戊子朔，蔡京复太师致仕，赐第京师。……十一月……戊寅，日南至，受元圭于大庆殿，赦天下。辛巳，蔡京进封鲁国公。(《宋史》)

政和二年春二月，蔡京复太师，赐第京师。……冬，十一月戊寅，日南至，御大庆殿，受元圭，大赦。蔡京进封鲁国公。(《遗事》)

(政和)三年春正月……癸酉，追封王安石为舒王、子雱为临川伯，配飨文宣王庙。(《宋史》)

政和三年春正月，诏封王安石，追封舒王，又封其子王雱为临川伯，配享文宣王庙从祀。(《遗事》)

《宋史》为元丞相脱脱等修撰。

第六，书中引有《宣和讲篇》，称吕省元撰。吕省元实即吕中。中字时可，晋江人，淳祐七年进士，迁国子监丞，兼崇政殿说书。主张进讲经史要依正文讲解，不能因为避忌而有所减益，说这样不仅可以明白古今治乱的道理，又能革除臣子谄谀的恶习。因为耿直遭忌，后来被当权者徙于汀州。著有《演易十图》《皇朝大事记》等。《宣和讲篇》为《皇朝大事记》中的一篇。淳祐七年，离临安陷落仅二十九年。《皇朝大事记》的写作完毕，当是吕中徙汀州以后的事，再加刊印流传或传抄流布的时间，至少已近宋亡。而《遗事》又直称其"省元"，更证明引述此篇时已经入元。

若把《宣和遗事》作者的构思立意，与《宣和讲篇》的主旨作一比较，便可发现，《遗事》的作者，是完全接受了吕中的观点，并以此作为全书的中心思想的。《宣和讲篇》以为世人论宣和之失在"征辽"、"通女真"、"取燕"，"任郭药师"、"纳张瑴"，"未是通论"，即使没有这些事情，北宋也逃不脱败亡的命运，为什么呢？吕中说：

> 盖宣和之患，自熙宁至宣和，小人用事六十余年，奸幸之积久矣。

《宣和遗事》的作者也指出“今人不恨宣和误，却恨宣和误伐燕”的错误，以为“致平端自亲贤哲，稔乱无非近佞臣”，是宋徽宗“信用小人”，断送了赵姓的半壁河山。并说：

> 宋朝失政，国丧家亡，祸根起于王安石引用婿蔡卞及姻党蔡京在朝……

作者盛赞《宣和讲篇》“说得宣和过失，最是的当”。作者正是按照吕中的思想和《宣和讲篇》中所提及的许多事情来选取材料，结构篇章，旨在反映宋“自熙宁至宣和”六十余年间“小人用事”、“奸幸之积久矣”的历史真实。

《宣和遗事》中留有那么多元代的痕迹，再用元人增益去解释，硬断它为“宋人旧编”，显然是讲不通的。该书编成于元该是无庸置疑。

《宣和遗事》完全是掇拾前人的诗文、笔记，稗编杂录，官私史书，市人小说等凑集而成。全书除“引子”外，可分三大部分。第一部分写宋徽宗亲佞臣，崇道士，恋女色，远贤哲，大兴花石纲之役，弄得天怨人怒，方腊反于江南，宋江起自河北。其中王安石变法，事多出自《续宋编年资治通鉴》，又有与市人小说《拗相公》相同处；章惇、蔡京相继入相，一时佞臣、道士俱进一段则出《宋史·徽宗纪》；方腊、宋江起义一段似出自宋市人小说；宋徽宗私幸李师师，宋人笔记《贵耳集》《浩然斋杂谈》《汴都平康记》《墨庄漫录》《瓮天脞语》等都有记载，无名氏传奇《李师师外传》尤为详尽；道士林灵素进用的故事，宋人笔记中叙及的也不少；叙宋徽宗于京师预赏元宵及元宵看灯一段尚未见及出处。第二部分叙金人南下，攻陷汴京，徽宗、钦宗被掳北去，受尽侮辱。第三部分叙宋高宗即位定都临安经过。二、三部分多由黄冀之的《南烬纪闻》及托名辛弃疾的《窃愤录》《窃愤续录》删节而成。其中泥马渡康王事出自《南渡记》。

本书虽杂录多种旧籍而成，但却有一个贯穿始终的统一思想。作者是想要通过对这段史事的回顾，来总结宋人失国的历史原因。该书的开场诗说："常叹贤君务勤俭，深悲庸主事荒淫。致平端自亲贤哲，稔乱无非近佞臣。"不务勤俭，不亲贤哲，专事荒淫，专近佞臣，这正是宋徽宗败亡被掳，也正是宋人失国的最主要的教训。痛定思痛，所以作者对于宋徽宗的荒淫无度，对于蔡京等人的媚君误国，表现出无比的痛恨，书中竭力揭露、鞭挞了他们的无耻行径。全书也充满了强烈的民族感情，有关金军攻陷汴京以后掠抢奸淫的事情，有关帝后蒙尘北去途中所遭金人折磨污辱的故事，作者简直是用血和泪编写的，明里是对金军罪行的控诉，暗里也是对蒙古军罪恶的揭露，就中还透露出一种凛然的民族正气，也流露出对民族沦亡的深深悲怆。这种强烈的民族感情，还蕴含在对李纲、宗泽等力主抗敌的民族英雄的热情颂扬之中。请看对宗泽临终时的描写：

> 宗泽疽发背死，临终无一语及家事，但连呼"过河"者三；又厉声高吟曰："出师未捷身先死，长使英雄泪满襟！"遗表犹赞高宗还京。

这是很能激励当时人民的民族精神的。

跟《五代史平话》一样，《宣和遗事》也是用的《通鉴》体，也时有全用文言的章节，时有全用白话的段落。写得最好的要数宋徽宗私幸李师师及宋徽宗元宵观灯两段。这里的李师师故事，主人公不是李师师，它虽改变了《李师师外传》把李师师写成一个有民族气节妓女形象的思路，却配合着本书的主旨，揭露了帝王的荒淫无耻：三宫六院不满足，还要嫖娼宿妓，甚至为妓女与臣民贾奕争风吃醋，要打要杀，宋徽宗哪还有一点帝王体统？描述也相当细致委婉。元宵观灯，对于东京的繁华作了详尽的描画和渲染：

> 宣和六年正月十四夜，去大内门直上一条红绵绳上，飞下一个仙鹤儿来。口内衔一道诏书。有一员中使接得展开，奉圣旨："宣万姓。"有那快行家，手中把着金字牌，喝道："宣万姓！"少

> 刻，京师民有似云浪，尽头上戴着玉梅、雪柳、闹蛾儿，直到鳌山下看灯。却去宣德门直上，有三四个贵官……得了圣旨，交撒下金钱银钱，与万姓抢金钱。……是夜撒金钱后，万姓各各遍游市井。……至十五夜，……那看灯底百姓，休问富贵贫贱、老少尊卑，尽到端门下赐御酒一杯……

简直是一幅太平盛世图。但作者不是在颂升平，而是在唱挽歌。就在宋徽宗大悦之时，扫兴的事情便出现了：

> 忽有一人，黑色布衣，若寺僧童行状，从人众中跳身出来，以手画帘，出指斥至尊之语。

这人虽被官府“断了足筋，俄施刀脔，血肉狼藉”，但金人接着也就来了，“真个是：青春过了增华发，欢乐既极哀情来!”在这繁华的描写背后，又包含着多少故国黍离之情!

本书影响最大的当然还是叙宋江梁山泊聚义那一段，因为那是后来著名的长篇小说《水浒传》的雏形。《水浒传》的前半部官逼民反的主题，在这部平话中实已基本确定。平话中写道：

> 李彦狠括民田，威震三路，夺民资财，重敛租课，克剥太甚，盗贼四起。曩时清溪之寇，实由朱勔父子侵害东南之民，怨结数路，方腊一呼，四境响应。

宋江等三十六人聚义，也是因朱勔“运花石纲”，梁师成给蔡京送“十万贯金珠珍宝，奇巧匹段”上寿诱发出来的。《水浒传》的基本轮廓，也在平话中大体确定：从各路起事到汇聚梁山泊，再到受招安，征方腊，始末皆备。《水浒传》中的许多情节，诸如“智取生辰纲”，“义释晁盖”，“宋江杀惜”，“杨志卖刀”，“宋江获天书”等，平话中也已粗具。就连《水浒传》中三十六员天罡星的姓名绰号，也备载其中，只微有不同。它确实是《水浒传》的蓝本，对研究《水浒传》成书的历史，无疑具有十分重要的价值。

《宣和遗事》不仅对《水浒传》影响巨大，对陈忱《水浒后传》的影响也很明显。陈忱的思想明显与《遗事》作者相通，《后传》前半段叙金人南犯，二帝北去，蔡京等“六贼”远窜，基调与《遗事》完全一致。那种凛然的民族气节，那种国破家亡的悲愤感情，那种对金军暴行的愤慨，那种对误国佞臣、奸道的痛恨，无一不与《遗事》相合。就连英雄立国海外后再回临安，巧遇杭州西湖李师师卖笑的情节，也是《遗事》中“流落湖湘间”一语的延伸。

《宣和遗事》的风格，与《五代史平话》很有些相似处：抄录旧籍，全为文言；来自市人小说，或作者自己虚拟，或采自民间传说者，则皆为相当流畅的白话。鲁迅先生《中国小说史略》说它“近讲史而非口谈，似小说而无捏合……虽亦有词有说，而非全出于说话人……而精采遂逊”，且全书“由作者掇拾故书”、成说等而成，又“未加融会”，故结构也不完整。这一点与《五代史平话》也差近，且更觉粗疏。但全书的总体制，如首有“头回”，取材于史书文传，编年叙述，中间插入诗词骈句，诗起诗结等等，颇合“说话”中“讲史”的体制；“头回”之后，接道“今日说话的，也说一个无道的君王”，段落的开头，又多用“且说”、“话说”之类，都证明它是一本“讲史”市人小说，或作者为“说话”艺人提供的脚本。

### 第六节 “讲史”市人小说的历史地位

上述宋元“讲史”类市人小说，几乎都是当时“说话”的提纲或摘录，它们的原本全貌，我们现今已无从得知，只能就尚存的文本来作研究并进行评论。实事求是地说，若单篇的、孤立的，从文学的角度看，这批“讲史”市人小说的美学价值，实在不够高。它们的语言大多文白相间，除少数特例外，大多显得拙朴生硬，甚且有许多不通的地方，反映出作者在使用俚语著书时的捉襟见肘的情况。作品的叙事也都比较简率。对于人物，作者主要不是想表现他们的性格，而是重在进行道德评判，所以书中绝大多数人物一出现便已作好性格定位，以后再也看不出发展变化来，因之形象不鲜明，给人的印象也不深刻。但如果我们把它们视作一个群体，这个群体在中国小说发展史上的意义便是难以估量了。

中国虽是个多元文化的国家，而这一小说群主要体现出来的却是颇为同一的儒文化色彩。大约因了其作者多为下层平民，故在儒家思想之中，又特重“民为邦本”的思想，强烈地反映出普通老百姓对行仁政、薄赋敛、扬忠信、抑奸佞的迫切愿望。《乐毅图齐七国春秋平话后集》中对燕昭王即位后燕国政治情况的描述，很能反映这种愿望与要求：

> 内施其仁，外布其德；君不矜尊，臣不施名；养老尊贤；教其术，畜其能；吊死问孤，济寒赈贫，与百姓同甘共苦，轻徭薄赋；慎狱讼，实府库，劝农桑：民富国强，众安如堵。

《三国志平话》对刘备的颂扬，《五代史平话》对唐明宗李嗣源、周世宗柴荣的颂扬，《武王伐纣书》对周文王、周武王的颂扬；《三国志平话》对曹操的谴责，《武王伐纣书》对纣王的抨击，《宣和遗事》对宋徽宗的谴责，乃至《秦并六国平话》对秦始皇，《前汉书平话续集》对刘邦、吕后的抨击等等，皆从某一个方面体现了这种思想的价值取向。而平话对诸葛亮、姜尚、张承业等辅佐明主、消弭战祸、实施仁政的忠臣的歌颂，对进谗害忠、引诱君王淫乐施暴的奸佞如费仲、妲己、蔡京、童贯等的鞭笞，则又从另一方面体现了上述的思想倾向。“讲史”市人小说群对前此儒家思想的承继和发展，对这种儒家思想的形象化，无疑地影响了此后一代又一代的平民百姓，也影响了此后一代又一代的伟大小说家如施耐庵、罗贯中等，对中国优秀传统文化的形成和发展，承继和光大，起了极其重要的作用。

王国维曾经说过，《五代史平话》《宣和遗事》等书，乃是“后世小说分章回之祖”。这个“祖”字，道出了这一小说群对后世长篇小说的巨大影响，道出了它们在宋元乃至整个中国小说史上的特殊地位。

从内容上讲，这批小说中的大多数，乃为后世不少长篇小说早有蓝本提供了实证。《武王伐纣书》为《列国志》的西周部分所本，更是《封神演义》的蓝本。《乐毅图齐七国春秋平话后集》影响了《后七国志乐田演义》，唯孙膑的戏主要靠田单唱，也没有那些怪异的斗阵斗法，更近乎历史，而其已佚的《七国前集》(?)，则很可能是《前七国志孙庞演义》的蓝本。《前汉书平话续集》加上已佚的《正集》(?)，合起来恰好是《西汉演义》的蓝本。《三国志平话》为《三国演义》所本，《宣和遗事》中关于宋江三十六人事为《水浒传》所本等等，都说明了这一问题。孙楷第、赵景深等前辈学者在这方面都做过较为详细的比勘工作。赵景深《中国小说丛考》对《武王伐纣书》与《封神演义》进行比勘，并列表如下：

| 《武王伐纣书》 | 《封神演义》 |
| --- | --- |
| (上)1 汤王祝网<br>2 纣王梦玉女授玉带 | 1 纣王女娲宫进香 |
| 3 九尾狐换妲己神魂<br>4 纣王纳妲己 | 3 姬昌解围进妲己<br>4 恩州驿狐狸死妲己 |
| 5 宝剑惊妲己 | 5 云中子进剑除妖 |
| 6 文王遇雷震子 | 10 姬伯燕山收雷震 |
| 7 八伯诸侯修台阁 | 25 苏妲己请妖赴宴(一) |
| 8 西伯谏纣王 | 11 羑里城囚西伯侯(一) |
| 9 西伯宝钏惊妲己 | |
| 10 摘星楼推杀姜皇后 | 7 费仲计废姜皇后 |
| 11 酒池虿盆 | 17 苏妲己置造虿盆 |
| 12 炮烙铜柱 | 6 纣王无道造炮烙 |
| 13 太子金盏打妲己<br>14 胡嵩劫法场救太子<br>15 殷交梦神赐破纣斧 | 8 方弼方相反朝歌<br>9 商容九间殿死节 |
| (中)16 刳剔孕妇 | 89 纣王敲骨破孕妇(一) |
| 17 纣王斫胫 | |
| 18 皂雕爪妲己 | 28 西伯兵伐崇侯虎 |
| 19 文王囚羑里城 | 11 羑里城囚西伯侯(二) |
| 20 赐西伯子肉酱 | 19 伯邑考进贡赎罪 |
| 21 西伯吐子肉成兔子 | 22 西伯侯文王吐子 |
| 23 太公捉黄飞虎 | |
| 25 飞廉费孟追太公 | |

| | |
|---|---|
| 26 比干射九尾狐狸…………… | 25 苏妲己请妖赴宴(二) |
| 27 剖比干之心…………………… | 26 妲己设计害比干 |
| 28 剪箕子发……………………… | 89 纣王敲骨剖孕妇(二) |
| 29 太公弃妻……………………… | 18 子牙谏主隐磻溪 |
| 30 文王梦飞熊…………………… | 23 文王夜梦飞熊兆 |
| (下)31 文王求太公…………………… | 24 渭水文王聘子牙 |
| 32 太公下山……………………… | 24 渭水文王聘子牙 |
| 33 武王拜太公为将…………… | 29 斩侯虎文王托孤 |
| 34 南宫列杀费达 | |
| 35 离娄师旷战高祁二将……… | 90 子牙捉神荼郁垒 |
| 36 伯夷叔齐谏武王…………… | 68 首阳山夷齐阻兵 |
| 37 太公烧荆索谷破乌文画…… | 91 蟠龙岭烧邬文化 |
| 38 太公水淹五将 | |
| 39 太公破纣兵 | |
| 40 八伯诸侯会孟津…………… | 88 武王白鱼跃龙舟 |
| 41 烹费仲………………………… | 39 姜子牙冰冻歧山 |
| 42 武王斩纣王妲己…………… | 96 子牙发柬擒妲己 |
| | 97 摘星楼纣王自焚 |

除了在内容上显示出这批小说与后世某些长篇小说之间存在着亲密的血缘关系外，更重要的是，它们还从作品的结构模式到情节构筑，从叙事视角到叙事方式、叙事体制、叙事语言，都规范着后世的长篇小说，尤其是讲史小说。比如说，后世的长篇小说大多有所谓“楔子”，这“楔子”便是由这批小说的“头回”脱化出来的。又如，后世的长篇小说皆分章分回；回首回末有诗词；叙事至每回终了，都有“要知后事如何，且听下回分解”之类的话，以制造悬念；下回起首便以“却说”云云承接前回；中间则用“且说”、“却说”之类提示段落。这些结构特点，在“讲史”市人小说中已开始出现。再如，后世长篇小说的叙事模式，多为一种全知全觉的方式，即作者站在一种洞察一切无所不知的地位去安排故事，叙述人物。这种叙事模式的产生，与其本身源于“说话”关系至为密切。“说话”艺人正是用这种方

式来讲述故事的。

以历史为题材的小说，如何处理史实与虚构的关系，是一个颇为重要的问题。在这一方面，宋元“讲史”类市人小说的艺术实践，也为后世的历史演义小说提供了借鉴。其中贴近史事的一派，直接影响了《东周列国志》《西汉演义》《东汉演义》《三国志通俗演义》等等；这一派与“小说”类市人小说中的“朴刀”、“杆棒”，文言小说中的侠义一脉相融合，则影响了《水浒传》《杨家府演义》《飞龙全传》等英雄传奇小说；而其中只借历史的框架和由头，掺入许多神怪故事的一派，与“小说”类市人小说中的“灵怪”、“神仙”及文言小说中的志怪一脉相融合，则又形成了后世的神魔小说如《封神演义》《女仙外史》等等。而从内容题材和形式体制综合来看，这些小说的影响则一直延续到近代，就是在今天的一些通俗长篇小说中，我们也还能感觉到它们的影子或余迹的存在，称它们是中国长篇小说的父祖，是再恰当也不过了。

这批小说不仅影响着后世的长篇小说，也深深地影响着后世的戏曲艺术。戏曲之中的许多题材，不少来源于这批小说之中。今知元及元明之际的三国故事杂剧便有五十多种，许多都本于《三国志平话》。《前汉书平话续集》的内容为后世戏曲采用的，在第二节中已约略讲到。可以这样说：这批宋元“讲史”市人小说，每一部都影响了一批戏曲。因此，它们不仅在中国小说史上有颇高的地位，在中国的戏剧史上也该有一席之地。

——据浙江古籍出版社 1997 年版《宋元小说史》

【评　介】

萧相恺，1942 年 10 月出生，江西省永新县人，江苏省社会科学院研究员，文学研究所所长，《明清小说研究》主编，享受国务院特殊津贴。1960 年毕业于江西省立永新中学（今任弼时中学），因病未能参加高考，同年至江苏省淮阴市参加工作，并开始自学。1966 年于徐州师范学院中文科函授毕业。曾任中学教员、教导副主任、副校长、淮阴教育学院中文系教员，主要研究中国古代小说，兼攻中国古代戏曲。有专著《水浒新议》(重庆出版社 1983 年版，与欧阳健合著)、《珍本禁毁小说大观——稗海访书录》(中州古籍出版社 1992 年版)、《宋元小说简史》(辽宁教育出版社 1992 年版)、《世情小说史话》(辽宁教育出版社 1992 年版)、《宋元小说史》(浙江古籍出版社 1997 年版)、《世情小说史》(浙江古籍出版社 1998 年版)、《中国文言小说家评传》(中州古籍出版社 2004 年版)、《世情小说简史》(山西人民出版社 2005 年版)、《中国古代小说考论编》(凤凰出版社 2010 年版)、《话说水浒传》(江苏人民出版社 2012 年版)。编著有《中国通俗小说总目提要》(中国文联出版公司 1990 年版，与欧阳健合作)、《中国通俗小说鉴赏辞典》(南京大学出版社 1994 年版，周钧韬、欧阳健同为主编)。古籍整理方面，有《宋元小说话本集》(中州古籍出版社 1987 年版，与欧阳健合作)、《宋元说经话本集》(中州古籍出版社 1991 年版，与欧阳健合作)、《宛如约》(春风文艺出版社 1987 年版)、《〈隋史遗文〉校注》(中州古籍出版社 1990 年版，与欧阳健合作)、《别本二刻拍案惊奇》(浙江古籍出版社 1993 年版)等。代表论文主要有《水浒作者代表什么阶级思想》(《社会科学研究》1980 年第 4 期)、《对才子佳人小说问题的思考》(《明清小说研究》1988 年第 2 期)、《关于通俗小说起源研究中几个问题的辩证》(《复旦学报》1993 年第 5 期)、《新发现瞿佑〈妙集吟堂诗话〉考索》(《南京大学学报》2004 年第 2 期)、《和邦额文言小说〈霁园杂记〉考论》(《文学遗产》2004 年第 3 期)、《水浒传成书于嘉靖说辨证》(《文学遗产》2007 年第 5 期，与苗怀明合作)、《水浒传成书于嘉靖说再辨证》(《文学遗产》2008 年第 6 期，与苗怀明合作)，等等。

《宋元小说史》是“中国小说史丛书”中的一部断代小说史，1997 年由浙江古籍出版社出版。该书上编论述市人小说，下编论述文言小说。上编前两章总述市人小说、“说话”伎艺的发展概况、繁荣原因以及“说话”对后世小说的影响等，第三章至第五章分别论述“讲史”、“小说”和“说经”三类市人小说。“‘讲史’类市人小说”是《宋元小说史》的第三章。

该章共有六节。第一节概说，介绍了讲史的概念、讲史在宋元时期的发展情况。萧先生认为“评话”(“平话”)本是南宋后期“说话”的别称，而不是“讲史”类市人小说的专称，南宋时期的“讲史”受到了“上至皇室贵族，下至平民百姓的普遍欢迎”。第二节到第五节，萧先生按照宋元讲史类小说“基本定型的年代”分别讲述了最早定型的《三国志平话》和《五代史平话》，沿此正统之路前行的《前汉书平话续集》和《秦并六国平话》，发生变异革新的《武王伐纣书》和《乐毅图齐七国春秋平话后集》以及掇拾众书而成的《宣和遗事》。第六节从整体上论述了“讲史”类市人小说的历史地位。萧先生认为这一小说群主要体现出来的是“颇为统一的儒文化色彩”，为后世不少长篇小说早有蓝本提供了实证，而且“它们还从作品的结构模式到情节建筑，从叙事视角到叙事方式、叙事体制、叙事语言，都规范着后世的长篇小说”。

从学术史上来看，其价值和意义主要表现在以下方面：

首先，萧先生勾勒了宋元讲史类市人小说发展的基本线索和大体脉络，并在此基础上论述了各讲史作品之间在思想内容和艺术形式方面的异同。

“讲史”在宋元时期是非常盛行的，但是要勾勒其发展的基本线索，探索其发展演变的基本规律，又是非常困难的。这是因为现存的宋元讲史作品是有限的，一共有九种，即《梁公九谏》、《武王伐纣平话》、《七国春秋平话后集》、《秦并六国平话》、《前汉书平话续集》、《三国志平话》、《薛仁贵征辽事略》、《五代史平话》、《宣和遗事》。这九种作品的刊刻年代和故事“基本定型的年代”，又是十分复杂的。其中《薛仁贵征辽事略》收录于《永乐大典》，是明代刊印的；《梁公九谏》收录于《士礼居丛书》，一般认为是宋代刊印的；《武王伐纣平话》、《七国春秋平话后集》、《秦并六国平话》、《前汉书平话续集》、《三国志平话》出自于元代至治年间建安虞氏刊印的《全相平话五种》；《五代史平话》和《宣和遗事》的刊刻年代和“基本定型”的年代，学术界或认为是宋朝，或认为是元朝，有很大的分歧。因此，大多数的小说史和文学史在论述这些作品时，往往逐篇论述，并不涉及这些作品之间的关系。萧先生却迎难而上，对这一问题提出了自己的认识和见解。不管我们是否同意萧先生的观点，但是萧先生的这种努力是非常值得肯定的。

学术界对于宋元讲史话本的研究，其实早就开始了。鲁迅在《中国小说史略》中已经论及《梁公九谏》、《五代史平话》、《宣和遗事》、《三国志平话》四部讲史平话，并论述了《三国志平话》与《三国演义》、《宣和遗事》与《水浒传》之间的关系。孙楷第《中国通俗小说书目》著录了宋元讲史平话的存佚情况。谭正璧在《中国小说发达史》(光明书局 1935 年版)第五章“宋元话本”中概括介绍了除《薛仁贵征辽事略》以外的八种讲史话本的基本内容，但是还没有对这些作品进行深入的研究。赵景深在 20 世纪 40 年代深入探讨了《武王伐纣平话》与《封神演义》、《七国春秋后集》与《前七国志》、《前汉书平话续集》与《西汉演义》之间的关系(见《中国小说丛考》，齐鲁书社 1980 年版)，其研究方法和研究结论非常富有启发性。胡士莹《话本小说概论》(中华书局 1980 年版)第十七章“关于讲史”中详细、系统地论述了这九种话本的版本、刊刻、成书、主要内容等方面的情况，代表了那个时期的最高研究水平，但跟全书八十万字的皇皇巨著相比，讲史的内容所占的比例较少。

萧先生用故事“基本定型的年代”来勾勒宋元讲史类市人小说的发展脉络，比用作品刊刻的年代来进行探讨，在理论上更加合理，在实践上也更加可行。这是因为“讲史”类作品在刊刻前大多曾经在民间流行过，各种文献资料对此都有记载，便于确定其定型的大体时间，而学术界对于有些作品的刊刻时间却有不同的意见。由于采用了不同的分类标准，萧先生所论讲史话本的顺序，迥然不同于其他同类著作，如：

谭正璧《中国小说发达史》：《梁公九谏》、“全相平话”五种、《五代史平话》、《宣和遗事》。

胡士莹《话本小说概论》：《五代史平话》、《宣和遗事》(上二为“宋人旧编元人增益者”)、“全相平话”五种、《吴越春秋连象平话》(未见其书)、《薛仁贵征辽事略》(上七为“元人编刊”)。

程毅中《宋元小说研究》：《梁公九谏》、“全相平话”五种(《三国志平话》独占一节)、《薛仁贵征辽事略》、《五代史平话》、《宣和遗事》。

萧欣桥《话本小说史》：《五代史平话》、“全相平话”、《宣和遗事》、《薛仁贵征辽事略》。

可以看出，谭正璧、胡士莹、萧欣桥三人大多是以刊刻时间的先后来论述讲史话本的，只有程毅中的书看不出排列的标准。但是，由于各位学者对于《五代史平话》和《宣和遗事》两书的刊刻时间认识不同，导致出现排列的差别。

萧相恺《宋元小说史》则与上述诸书均有不同：《三国志平话》与《五代史平话》为一节，《前汉书平话续集》与《秦并六国平话》为一节，《武王伐纣书》与《乐毅图齐七国春秋平话后集》为一节，《宣和遗事》为一节。

萧先生认为这七种作品中《三国志平话》和《五代史平话》产生时间最早，最迟在徽宗时期已经定型；其次是《前汉书平话续集》，最迟在南宋中后期已经定型；其余皆元代作品。在按时间顺序对各部作品的风格进行考察之后，以对史书的忠实程度为标准，萧先生梳理出了讲史话本的源流正变：《三国志平话》和《五代史平话》是“讲史”类市人小说的正格，发展到元代，“慢慢地形成了两个不同的流派：一派仍沿着正统的‘讲史’格局前行，但描写更趋细致；一派则力图摆脱旧来格局，力图革新，在内容的耸动听众上做文章”，《前汉书平话续集》、《秦并六国平话》与《宣和遗事》属于前一派，而《武王伐纣书》与《乐毅图齐七国春秋平话后集》便属于后一派。对于前一派，萧先生则多着眼于它们对《三国志平话》和《五代史平话》的发展，多从语言、结构、思想倾向等方面来分析；对于后一派，萧先生则多着眼于对《三国志平话》和《五代史平话》的创新，从它们吸收小说话本中灵怪、神仙故事的特点来分析。实际上，讲史话本对小说话本的吸收并不仅限于神魔，对朴刀、杆棒等话本的艺术特点也有吸收。萧先生对讲史流变的梳理是很有道理的。对后一派的得失，萧先生的看法也很注意分寸，他说：“这在当时无疑是一种创新。其得失如何，当视站在什么角度来审视，以‘讲史’而言，是失大于得；从‘神魔’观之，它则有开启的作用，是得大于失。”这确实是一种实事求是的态度。

《宣和遗事》是一部比较特殊的话本，它的产生时间及作品性质都备受争议。萧先生将它放在最后单独论述。说它性质特殊，是因为它不是敷衍了“书史文传”，而是杂取以往的笔记小说及话本小说拼凑而成。鲁迅《中国小说史略》第十三篇“宋元之拟话本”说它剽取之书大约有十种，并说“近讲史而非口谈，似小说而无捏合……虽亦有词有说，而非全出于说话人，乃由作者掇拾故书，益以小说，补缀联属，勉成一书，故形式仅存，而精彩遂逊”。而胡士莹更认为“它的形式虽类似话本体裁，却并非真正的话本……它的性质实为‘小说’与‘讲史’杂糅的书”。① 但萧先生仍认为这是一部讲史市人小说。从萧先生理清的讲史话本发展脉络来看，吸收小说话本的因素是讲史话本发展的一个表现，不能因此认为它不是讲史作品。

对于《宣和遗事》成书年代，学界有三种看法：其一，认为此书是宋人旧刊。钱曾《也是园书目》将它列于“宋人词话”中。其二，认为此书为宋人旧编，元人增益刊印。此说最早提出者是鲁迅，但只是推测之语。胡士莹则肯定其“为宋人旧编元人刊印之本”。胡先生的观点影响很大。其三，认为此书为元人编刊。这也是本书所持观点。

萧先生提出了六条论据：一、作者将宋徽宗与陈后主、孟蜀王、唐明皇并列，又将他与夏桀、商纣、周幽王、隋炀帝相联，这样的批判态度在宋代不大可能；二、直呼赵匡胤、赵洪恩的姓名；三、宋太宗问陈抟事，陈抟回答“卜都之地，一汴、二杭、三闽、四广”，非宋人所能知；四、引刘克庄诗两首，刘克庄生活于南宋末期；五、部分章节与《宋史·徽宗纪》文字相合，《宋史》为元朝丞相脱脱等撰；六、文字及立意受吕省元《宣和讲篇》影响极大。萧先生认为，“《宣和遗事》中留有那么多元代的痕迹，再用元人增益去解释，硬断它为‘宋人旧编’，显然是讲不通的。该书编成于元该是无庸置疑”。

应该说，萧先生的论据还是比较有力的。程毅中先生也认为，“此书至少经过元人修订，不可能出于宋刊”。②

不过，萧先生没有论述《梁公九谏》和《薛仁贵征辽事略》。胡士莹先生认为今传本《梁公九谏》为北宋作品，已被改成散文，不同于原来的词文了。程毅中认为该文近似“小说”，其语言风格和敦煌小说相当接近，但是仍然把它放在“讲史”中来介绍。萧先生在《宋元小

---

① 《话本小说概论》，中华书局 1980 年版，第 714 页。

② 《宋元小说研究》，江苏古籍出版社 1998 年版，第 298 页。

说研究》第49页中提到宋元的"讲史"类市人小说有9种，但是只列出了其中的8种，不知未列的一种是否即《梁公九谏》?《薛仁贵征辽事略》为明代刊印的，虽然大多数学者认为该作品是元代的，萧先生对该书还是略而不论，可能是出于谨慎的考虑吧。

萧先生在如此杂乱无章、众说纷纭的材料中，勾勒出了宋元讲史话本发展的脉络，对讲史类市人小说的研究作出了重要贡献，也反映出萧先生敏锐的学术洞察力和缜密的逻辑分析能力。

其次，萧先生对宋元讲史类市人小说的思想内容和艺术特色进行了细腻的分析，这在此前的同类著作中是比较少见的。

学术界对于宋元讲史类市人小说的研究，经历了一个逐渐深入的过程。鲁迅、谭正璧等学者在谈及该类作品时，大多是简单、概括地介绍一下文本的内容，对于具体文本的分析则比较少。赵景深先生开始对该类作品的文本进行细致的研究，但是赵先生研究的重点是该类作品对明清历史演义小说的影响。胡士莹先生从该类作品的刊刻、成书时间、故事素材等方面进行了论述，但是对于文本的分析仍然比较简略。萧先生在前代和当今学者研究的基础上，对于该类作品的文本进行了深入的分析和研究。

如萧先生在介绍了《三国志平话》和《五代史平话》的刊刻时间、题材来源等基本情况以后，又对两书的共同特点进行了阐述和分析，如"二书都流露出对仁君贤相的渴望"，其中"刘备正是因为他的宽厚仁慈、爱民如子、求贤若渴，才获得人民的拥戴"，而在《五代史平话》中，"对于仁君的赞扬，则多从对封建统治者的残暴不仁、贪婪成性的鞭挞中曲折地反映出来"；"两种平话对于贤臣也极力赞颂"，《三国志平话》中的诸葛亮、《五代史平话》中的张承业都是忠心耿耿、正直无私、爱惜民财的好官。

再如，在谈到《前汉书平话续集》时，萧先生认为该书"虽在史实上相当忠实于《汉书》，但其所持的观点却与《汉书》大为不同"，如对待项羽的态度，对待韩信等被汉高祖所杀功臣的态度，对待刘邦和吕后的态度等方面，都与《汉书》不同，"平话鞭挞的重点，更在吕后的身上。如果说，刘邦是个无用小人，吕后则更阴险狠毒，如果说在刘邦身上尚存在一点良心，而吕后则毫无人性"。对于该书的缺点，萧先生也毫不隐晦，批评该书“将杀功臣的罪过主要归在吕后的头上，显示出一种为更尊者讳的倾向，或许还显示出一种落后妇女观的端倪”。

从总体上来看，萧先生对文本的分析细腻独到，评价公允合理，能够给读者以启发和思考。

再次，萧先生注意吸收学术界的研究成果，使用新的学术概念。

萧先生在本书中没有采用学术界习用的“话本”的概念来指代宋元时期流行的白话小说，而是用“市人小说”这一概念来代替，这反映了作者与时俱进的学术精神。作者在《卷头语》中对此作了解释，用“话本”来指“直接由‘说话’伎艺而来，以说散为主体的书面文学”是不够妥当、不够科学的。很明显，萧先生接受了日本学者增田涉《论“话本”一词的定义》中的观点，认为话本不是指说话人的底本，而是指伎艺性的故事。萧先生将“市人小说”的概念上溯到唐代段成式的《酉阳杂俎》，以说明该概念渊源有自。其实，鲁迅在《中国小说史略》中也曾使用过这一概念，其第二十一篇的标题即“明之拟宋市人小说及后来选本”。不过，用“市人小说”的概念来代替“话本”是否妥当，仍然是值得探讨的。萧先生该书问世十余年来，学术界采纳这一概念的仍然很少，大多数学者仍然习惯于使用“话本”这一传统概念。另外，萧先生认为“评话”(“平话”)是南宋后期“说话”的别称，这一观点与学术界大多数学者的观点也有不同。学术界一般认为，“平话”(“评话”一词的出现要晚于“平话”)是元代始出现的概念，在元代指的是“说话”中的“讲史”一家，在明清时期所指范围则比较广泛。不过，萧先生的观点作为一家之言，也是值得注意的。

在当前研究宋元话本的学者中，萧先生是其中最有成就的学者之一，值得我们学习。

**萧相恺相关作品目录：**

《宋元小说史》，浙江古籍出版社 1997 年版。

《宋元小说简史》，辽宁教育出版社 1992 年版。

《中国古代小说考论编》，凤凰出版社 2010 年版。

《话说水浒传》，江苏人民出版社 2012 年版。

《宋元小说话本集》，中州古籍出版社 1987 年版，与欧阳健合作。

《宋元说经话本集》，中州古籍出版社 1991 年版，与欧阳健合作。

《别本二刻拍案惊奇》，浙江古籍出版社 1993 年版。

《关于通俗小说起源研究中几个问题的辩证》，载《复旦学报》1993 年第 5 期。

《水浒传成书于嘉靖说辨证》，载《文学遗产》2007 年第 5 期，与苗怀明合作。

《水浒传成书于嘉靖说再辨证》，载《文学遗产》2008 年第 6 期，与苗怀明合作。

（刘相雨　牛司凯）

# 宋元小说研究

程毅中

## 第十章　宋元小说话本

### 第一节　小说话本的著录与断代

小说的题材非常广泛。《醉翁谈录·小说开辟》把小说分为八个门类，并且举出了一百零七篇话本作为实例：

**灵　怪**

杨元子　汀州记　崔智韬　李达道　红蜘蛛
铁瓮儿　水月仙　大槐王　妮子记　铁车记
葫芦儿　人虎传　太平钱　巴蕉扇　八怪国
无鬼论

**烟　粉**

推车鬼　灰骨匣　呼猿洞　闹宝录　燕子楼
贺小师　杨舜俞　青脚狼　错还魂　侧金盏
刁六十　斗车兵　钱塘佳梦　锦庄春游　柳参军
牛渚亭

**传　奇**

莺莺传　爱爱词　张康题壁　钱榆骂海　鸳鸯灯
夜游湖　紫香囊　徐都尉　惠娘魄偶　王魁负心
桃叶渡　牡丹记　花萼楼　章台柳　卓文君
李亚仙　崔护觅水　唐辅采莲

**公　案**

石头孙立　姜女寻夫　忧小十　驴垛儿　大烧灯
商氏儿　三现身　火杴笼　八角井　药巴子
独行虎　铁秤槌　河沙院　戴嗣宗　大朝国寺
圣手二郎

**朴　刀**

大虎头　李从吉　杨令公　十条龙　青面兽
季铁铃　陶铁僧　赖五郎　圣人虎　王沙马海
燕四马八

**杆　棒**

花和尚　武行者　飞龙记　梅大郎　斗刀楼
拦路虎　高拔钉　徐京落草(原作章)　五郎为僧
王温上边　狄昭认父

**神　仙**

种叟神记　月井文　金光洞　竹叶舟　黄粮(粱)梦
粉合儿　马谏议　许岩　四仙斗圣　谢溏落海

**妖　术**

西山聂隐娘　村邻亲　严师道　千圣姑　皮箧袋
骊山老母　贝州王则　红线盗印　丑女报恩

上面所举的这些话本绝大部分已经失传了。但这个书目已经为小说史提供了非常重要的史料，使我们对宋代小说家话本能有一个比较具体的了解。当然，首先还要确定《醉翁谈录》的成书年代。原书题庐陵罗烨编，日本影印时说是"观澜堂藏孤本宋椠"，有人对"宋椠"表示怀疑，认为书中有元人的诗①。《醉翁谈录》是一本说话资料的汇编，可能收有不同时期的作品。但除了《小说引子》里有"万载升平复版图"的诗句外，《小说开辟》里还说到"分州、军、县、镇之程途"、"新话说张、韩、刘、岳"等话，都是南宋人的口气。因此，至

① 所举如吴仁叔妻王氏的诗，《隽水录》、《崖下放言》引作郭晖妻诗，作者还有疑问。

少《小说引子》和《小说开辟》这两篇说话人的宣言，作为南宋话本的史料是可靠的。书中各卷节录唐宋传奇和诗话笔记，分列“私情公案”、“烟粉欢合”、“神仙嘉会”等门类，大致与小说家的“烟粉”、“传奇”、“神仙”等类题材相应。所收故事有《王魁负心桂英死报》、《红绡密约张生负李氏娘》、《乐昌公主破镜重圆》、《李亚仙不负郑元和》、《韩翃柳氏远离再会》等，应即小说《王魁负心》、《鸳鸯灯》、《徐都尉》、《李亚仙》、《章台柳》的素材。此外，《小说开辟》所举的篇名，不少从题目上就可以考知它的内容和出处①。现存的话本，有一些可以与《小说开辟》相印证的，但又不一定就是宋人小说的原貌，情况比较复杂。

1979 年，西安市文物管理委员会清理出了一张元刻本《新编红白蜘蛛小说》残页，这是“本世纪以来小说资料上的重大发现”②。这个残页只存四百字左右，但已给我们提供了不少新的小说史料。残文如下：

> 临行妇女再三嘱付道：“你去争名夺利，千里送君，终有一别。”便分付两个孩儿与这郑信道：“看妾今日之面，切勿嗔骂。”这郑信去脊背上背了一张弓，两只手抱着一儿一女，妇女送着离了官殿，迤逦地去到路口，不忍相别，便道：“丈夫保重将息！”郑信道：“我妻宽心，省可烦恼。”言罢，雨泪如倾，大恸而别。妇女自去。郑信将着孩儿，一路地哭，回头看时，杳无踪迹。但见：
>
> 青云藏宝殿，薄雾隐回廊。审听不闻箫鼓之音，遍视已失峰峦之势。日霞宫想归海上，神仙女料返蓬莱。　多应看罢僧繇画，卷起丹青十幅图。
>
> 郑信到得路口看时，却是汾州大路，径直去河东太原府投事

① 参看谭正璧《醉翁谈录所录宋人话本名目考》、胡士莹《话本小说概论》第八章第一节，但都不完全确切。

② 见黄永年《记元刻〈新编红白蜘蛛小说〉残页》，载《中华文史论丛》1982 年第 1 辑。

充军。太原府主却是种相公讳师□，见了郑信，相他有分发迹，收留刺充名字。郑信因献神臂弓，相公见喜，差充帐前管事指挥，依样做造。后来收番累获战功。百姓皆感大恩，兼立生祠，次后升转□镇节度使。直到如今，留下这跳橙弩儿。后来身□□次阴功护国，敕封官至皮场明灵昭惠大王。到□□迹遗踪尚在。正是：

萧萧斑竹映回廊，霭霭祥云笼庙宇。

话本说彻，权做散场。

第一，这个残页是《红白蜘蛛》的末页，最后一行尾题作"新编红白蜘蛛小说"，表明这种短篇话本的通名就称作"小说"。

第二，《红白蜘蛛》的篇名可以和《小说开辟》所举的《红蜘蛛》相印证，而且可以据以证明"红蜘蛛"中间脱了一个"白"字，并从而确认《红白蜘蛛》是一篇元代之前的作品(《宝文堂书目》著录正作《红白蜘蛛记》)。

第三，《红白蜘蛛》显示了宋元小说话本的原始面貌，除了文体特征、语言习惯之外，末尾还有"话本说彻权做散场"八个字，可以与洪刻本的小说相印证。如《合同文字记》末尾也有"话本说彻，权作散场"两句，《简帖和尚》末尾有"话本说彻，且作散场"两句，说明洪刻本基本上保持了早期话本的原貌，而且当时说话人也确把这种小说称作"话本"。

第四，《红白蜘蛛》是《醒世恒言》第三十一卷《郑节使立功神臂弓》的前身，元刻本残存的是第十页，也就是末一页。全文只有十页，估计约四千多字。而《郑节使》的文字大约多出了一倍，情节有不少增改，说明是后人的修订本。从这一页的比较，可以看出修订本大体上改得更为详尽曲折，但也有改得失真的地方。

小说里郑信身后"敕封官至皮场明灵昭惠大王"，这个称号与《咸淳临安志》卷七十三引《国朝会要》所载大观元年十一月改封皮场神为明灵昭惠王相合，到咸淳五年十一月就加封显祐了①。这篇小说虽是

① 参考前举黄永年文。

元刻本，但写作年代还在咸淳五年(1269)之前，不妨其为“先人书会留传”的旧本。皮场庙神本来是主管医药的，北宋时已附会为神农，而且说是先有神农祠，汉献帝时才赐号皮场庙。按《汴京遗迹志》卷十一皮场公庙条注：

> 或曰：皮场公，即郑大夫子皮也，代父子展为上卿，执国政，郑饥而未及麦，民病。子皮以父之命饩国人粟户一钟，郑人德之，立庙以祀之。而汴城距郑不远，故亦庙祀焉。

郑信封为皮场神，可能从郑子皮的名称讹传而来。南宋时临安也建立了皮场庙，威灵显赫，甚至参加考试的文人学子也要去祈祷①。又把神臂弓的创造加到郑信身上，和“收番累立战功”的事迹结合起来，就成为一个讲抗金将领发迹变泰的故事。《红白蜘蛛》的发现，既证明了《郑节使立功神臂弓》是较晚的修订本，又为宋元话本提供了一个标尺，从而提高了洪刻本《六十家小说》的史料价值。

话本的断代是一个复杂的问题。尤其是小说家的话本，年代的下限更难以判断。除《红白蜘蛛》有元刻残页外，其余都刻印于明代，洪刻本《六十家小说》刻印于嘉靖年间，已在元代灭亡之后的一百多年，至于冯梦龙编辑的“三言”，年代更晚。因此，对小说家话本的年代，历来有许多不同看法。

书目著录是重要的文献资料，但还要有坚强的旁证，才能确定现存作品的真伪和年代。如《也是园书目》所著录“宋人词话”中有《冯玉梅团圆》一篇，现存《京本通俗小说》本疑问很多，不能信以为据。又如《宝文堂书目》子杂类所著录的一批小说，到底是话本还是传奇，是宋代、元代还是明代前期的作品，都不大清楚。然而书目毕竟是一个重要依据，不能不引为佐证。这里先根据文献记载举出一批比较可靠的篇目。

甲 《醉翁谈录·小说开辟》所著录者：

---

① 王栐《燕翼贻谋录》卷四：“今行都试礼部者，皆祷于皮场庙，皮场即剥皮所也。”

1 《红蜘蛛》，当作《红白蜘蛛》。有残页及修订本。

2 《鸳鸯灯》，应即熊龙峰刻本《张生彩鸾灯传》的头回故事，仅存梗概。结局与《醉翁谈录》所载《红绡密约张生负李氏娘》不同。

3 《卓文君》，应即洪刻本的《风月瑞仙亭》。抄本《述古堂书目》亦列入宋人词话①。

4 《三现身》，当即《警世通言》第十三卷《三现身包龙图断冤》。

5 《陶铁僧》，当即《警世通言》第三十七卷《万秀娘仇报山亭儿》。话本结尾说："话名只唤做《山亭儿》，亦名《十条龙陶铁僧孝义尹宗事迹》。"《小说开辟》另有《十条龙》一目，或即此本异名。《也是园书目》宋人词话中著录作《小亭儿》，"小"当为"山"字之讹。《宝文堂书目》正作《山亭儿》。

6 《拦路虎》，当即洪刻本《杨温拦路虎传》。

7 《赵正激恼京师》，《小说开辟》在灵怪、烟粉八类篇目外又提到"说赵正激恼京师"，似即《古今小说》第三十六卷《宋四公大闹禁魂张》。《宝文堂书目》著录有《赵正侯兴》，或即此本。《录鬼簿》卷上说陆显之有《好儿赵正》话本，学者多认为即《宋四公大闹禁魂张》。但话中没有说到"好儿"的名称，而且明刻李九我批评本《破窑记》第七出白："山泊中休说浪子燕青，大路上不数好儿赵正。"原注："赵正，与宋江同时，抢掠往来客商，落草以为强寇。"这个好儿赵正是"强寇"而不是小偷，恐怕是另一版本。

以上七种见于《醉翁谈录》，都是较早的作品。其中《鸳鸯灯》只存一个节本，疑非原貌。此外如《燕子楼》、《钱塘佳梦》、《崔护觅水》等，也可以用《警世通言》的《钱舍人题诗燕子楼》、明刻本《西厢记》附载的《钱塘梦》、《警世通言》第三十卷的头回来作参证，但语言风格与前几种差别较大，像是修订本。

乙 《也是园书目》、《述古堂书目》称为宋人词话者：

8 《种瓜张老》，当即《古今小说》第三十三卷《张古老种瓜娶文女》。《宝文堂书目》亦曾著录。

9 《错斩崔宁》，即《醒世恒言》第三十三卷《十五贯戏言成巧

---

① 据孙楷第《中国通俗小说书目》引。

祸》。原注："宋本作《错斩崔宁》。"《宝文堂书目》亦曾著录。

10 《西湖三塔》，现存洪刻本作《西湖三塔记》。《宝文堂书目》也有"记"字。

11 《简帖和尚》，现存洪刻本。《宝文堂书目》亦曾著录。《古今小说》第三十五卷题作《简帖僧巧骗皇甫妻》，文字略有不同。

12 《合同文字记》，见抄本《述古堂书目》。现存洪刻本。《宝文堂书目》亦曾著录。《拍案惊奇》第三十三卷亦演此事，则据元杂剧《合同文字》改写，题作《张员外义抚螟蛉子，包龙图智赚合同文》。

13 《玩江楼记》，见抄本《述古堂书目》。《古今小说》绿天馆主人序以《玩江楼》为南宋话本，似即洪刻本的《柳耆卿诗酒玩江楼记》。但话中所引《浪里来》词，疑出戴善甫《玩江楼》杂剧，恐为元以后的作品。

丙 冯梦龙称为"宋人小说"或"古本"者：

14 《碾玉观音》，《警世通言》第八卷《崔待诏生死冤家》原注："宋人小说题作《碾玉观音》。"《宝文堂书目》著录有《玉观音》，似即此篇。

15 《西山一窟鬼》，《警世通言》第十四卷《一窟鬼癞道人除怪》原注："宋人小说旧名《西山一窟鬼》。"

16 《定山三怪》，《警世通言》第十九卷《崔衙内白鹞招妖》原注："古本作《定山三怪》，又云《新罗白鹞》。"

以上十六种见于前人记载，虽然也不无疑问，但不能轻易否定。当然，现存的话本不一定完全是宋元小说的原貌。另一方面，宋元作品当然不止于此。孙楷第《中国通俗小说书目》宋元部著录小说有存本的三十种①，胡士莹《话本小说概论》中列举了现存宋人作品四十种、元人作品十六种，有些证据不足，不无需要继续研究的地方。

从作品的内证看，主要依据是语言风格和故事所涉及的名物制度。当代学者根据语言特征和其他文献资料，判断一部分话本的年代，已经取得了不少成就。不过使用这种方法，也会遇到一些困难，

① 孙目把《大唐三藏取经记》和《大唐三藏取经诗话》、《卓文君》和《风月瑞仙亭》分别著录，因此实际上不到三十种。

因为现存的话本往往经过了不止一次的修改补充，情况十分复杂。

冯梦龙编纂的“三言”，对于旧传话本曾作过或多或少的修改。我们只要拿洪刻本《六十家小说》与“三言”中相同的篇目作一比较，就可以明白。《古今小说》中的《众名姬春风吊柳七》对于《柳耆卿诗酒玩江楼记》来说，就是夺胎换骨地改造过了。冯梦龙对洪刻本小说的修改，一般说都是改得好的，但也不免破坏了原作的语言风格，抹掉了它的文体特征和时代特征。例如《风月瑞仙亭》里的“且说卓文君去绣房里中每每存想”一句，在《警世通言》(兼善堂本)第六卷中改成“且说卓文君在绣房中闲坐”。用“去”字作介词，是宋元时代汉语特征之一。《红白蜘蛛》里就有“这郑信去脊背上背了一张弓”、“迤逦地去到路口”、“径直去河东太原府投事充军”等话，这里的“去”字相当于“往”字、“在”字，而用“在”字则是较晚的语言习惯了。

又如《陈巡检梅岭失妻记》中说：“仔细看时，和店房都不见了，和王吉也吃(原作气)一惊。”这里的“和”字相当于后世的“连”字，常见于宋人文献。如秦观《阮郎归》词：“衡阳犹有雁来书，郴阳和雁无。”①而在《古今小说》的《陈从善梅岭失浑家》里则把第二句改为“连王吉也吃一惊”，那就是更晚的说法了。

类似的改动，在“三言”中屡见不鲜。这些话本或多或少经过了后人的修改，并没有完整地保存原来的语言风格，因而不能简单地根据个别例证来判断作品的年代。汉语史学者在运用明刻本的话本来研究语言年代的时候，发现了不少矛盾的现象，认为“现存的‘话本’大概都经过不断修改补充，修改补充的结果，增加了‘话本’语言层次的复杂性”②。它就像被挖掘者扰乱了的土层，很难清理出古代文化堆积的年代了。

话本的内证，还可以结合语词所指明的名物制度来进行研究。在这方面前人已经作了大量的工作，取得了不少成果。如许政扬《话本

① 参看张相《诗词曲语辞汇释》，中华书局 1954 年第 2 版。

② 引自刘坚《略谈“话本”的语言年代问题》，载《运城师专学报》1985 年第 1 期。

征时》一文曾对《简帖和尚》作了精密的考证①。他从话本中有“是本地方所由，如今叫做连手，又叫做巡军”等插话，推断它产生于元代以后，非常精辟。但“如今”等插话正说明它是元代人加的注释，而小说里所写的许多细节都符合于宋代的习俗，还不能排斥原著产生于宋代，而修订完成于元人之手。《简帖和尚》到了《古今小说》里，又有一些文字被冯梦龙或别人作了修改。如开头的一首《鹧鸪天》，原作引用的是辛弃疾词。第一句“白苧千袍入嫩凉”，“千”字是“新”字之误，编者臆改“千袍”为“轻衫”，还可以讲得通；第八句“明年此日青云去”，根据的是四卷本《稼轩词》，编者妄改为“明知此日登云去”，那就对原作太不尊重了。

话本里的地名问题也很复杂，有的用宋制，有的用元制，有的又用明制，既不能不注意这些地名的时代特征，又不能根据一两个地名就确定全篇的年代。如《警世通言》中的《拗相公饮恨半山堂》说王安石初任“庆元府鄞县知县”，庆元府是南宋绍熙五年(1194)宁宗即位以后所改，到元代则改称庆元路，入明后又改为宁波府②。如果按王安石生活的年代，就该称明州了。又如《五戒禅师私红莲记》开头说的地名是“浙江路宁海军”，“宁海军”是北宋时的旧称，但又不完全符合历史，北宋时只称两浙路而没有浙江路。《错认尸》说：“这浙江路宁海军，即今杭州是也。”显然是元代以后人的注解。然而也不能排除它原是宋代旧本，而后来的说话人或编订者又加上了古今对照的插话。话本作为一种口头文学的底本，在流传中不断经过修改补充，这是常有的现象。我们只能根据现有的资料，从作品的主体部分来讨论它基本上属于哪一时代的作品。

从前面所举的十六篇旁证较多的宋元小说看，大致可以归纳出一些话本的特征，如前有入话或头回故事，后有“话本说彻，权作散场”等结束语或评论性的诗词。中间常有说话人自问自答、自述自评的插话，还有说话人惯用的表白。例如《简帖和尚》说了头回故事之

---

① 《许政扬文存》，中华书局1984年第1版，第256页。

② 参看浦江清《谈京本通俗小说》，见《浦江清文录》，人民文学出版社1989年第2版，第201页。

后，说：

> 这便唤做《错封书》，下来说底便是《错下书》。有个官人，夫妻两口儿正在坐地，一个人送封简帖儿来与他浑家。只因这封简帖儿，变出一本跷蹊作怪的小说来。

又如《三现身包龙图断冤》中间的评论：

> 若还是说话的同年生，并肩长，拦腰抱住，把臂拖回。孙押司只吃着酒消遣一夜，千不合万不合上床去睡，却教孙押司只就当年当月当日当夜，死得不如《五代史》李存孝、《汉书》里彭越。

这种说话人常用的叙事方式是话本的特征之一，当然明清的拟话本也能摹仿，但是如果和作品的其他特征结合起来，大致可以判定它是否话本。

如前所说，话本有繁本和简本两种类型。元代以前的刻本只有一个《红白蜘蛛》的残页，近似简本。所以现在讨论宋元小说话本应以保存原貌较多的洪刻本《六十家小说》为主要依据。洪刻本中口语化程度较高的繁本如《简帖和尚》、《西湖三塔记》、《杨温拦路虎传》显然是话本。还有一些口语化程度较低的，也不能否定其为说话人的底本，甚至像《蓝桥记》这样只是提纲式的故事摘要，也应是说话人的素材。对小说的阅读鉴赏来说，当然会注重艺术成就较高的繁本；但作为小说史的研究来说，就不能不对现有作品进行全面的考察。

现存洪刻本小说中，有一篇《风月相思》最为特殊，它是一篇很长的传奇小说，而且还是明代作品，风格近似《剪灯新话》。只是开端有一首作为“入话”的诗。洪楩把它编入《六十家小说》，可能因为说话人曾把它作为素材，和其他底本编在一起了。但问题还很难解释①。

① 孙楷第《中国通俗小说书目》在明清小说部（甲）里收录了《风月相思》（熊龙峰刻本题作《冯伯玉风月相思小说》），就因为它见于《六十家小说》。

《六十家小说》中有一部分文言语汇较多、情节也比较简单的作品，如《老冯唐直谏汉文帝》、《汉李广世号飞将军》等，大部分抄自史书，也有虚构成分。话本的特征很少，但也不能断定它不是说话人的底本。

《六十家小说》里兼收了宋、元、明三代的作品，就一篇作品来说，又可能经过了几代人的修订。其中除《风月相思》外，还有《戒指儿记》从商人子弟也能点报驸马的制度可以定为明代作品①。

又如《刎颈鸳鸯会》中用了“浙江杭州府”的地名，是明代的建置。但只凭这一点就判断它是明代作品，证据还不够充分。这种以《商调·醋葫芦》配合故事说唱的格式，与北宋时演唱崔莺莺故事的《商调·蝶恋花》鼓子词相同，来源很早，很可能是根据旧本加以修订的。此外，还有一部分作品被研究者指出各种迹象定为明代作品的，证据也不十分有力，只能存疑。

如果以前述初定的十六种作品作为标尺，再结合其他内证、外证，那么繁本中的一部分作品，由于口语化程度较高，容易看出说话人的语言特征，可以大致定为宋元话本，例如：

《洛阳三怪记》 话中说“今时临安府官巷口花市”，保持着南宋人口吻。结尾说：“话名叫做《洛阳三怪记》。”也是话本常规。

《陈巡检梅岭失妻记》 开头为“话说大宋徽宗宣和三年上春”，结尾有“话本说彻，权作散场”结语。但话中说到“全真道人”，似出金代全真教流行之后。

《五戒禅师私红莲记》 话中称“浙江路宁海军”，又称“杭州临安府”，似经元人修改。《古今小说》的《明悟禅师赶五戒》，又多处只称“杭州”，更出其后。

《花灯轿莲女成佛记》 开头引“大宋皇帝第四帝仁宗皇帝做的”诗，话中称“湖南潭州”，还是宋元以前的旧名（明洪武五年改称长沙府）。

《曹伯明错勘赃记》 开头为“话说大元朝至正年间”，又称“曹州东平府管下东关”，仍沿用宋代旧制，东平府元改为东平路，明改为

① 参看《许政扬文存·话本征时》。

东平州。

《错认尸》 开头为“话说大宋仁宗皇帝明道元年，这浙江路宁海军(原注：即今杭州是也。)”。

《夔关姚卞吊诸葛》 叙宋人事，真切详悉，当据宋人记载。姚卞吊诸葛诗，《三国志通俗演义》第二十一卷《孔明秋风五丈原》一节中引作“宋尚书姚伯善”作的古风，似即依据小说。话中人物成都安抚晁尧臣，《三国志通俗演义》亦引其《登铜雀台》、《赋八阵图》诗，称为宋鄄郡太守，可与《吊诸葛》参证。姚卞《酹江月》词，亦载于《花草粹编》卷十，文字颇多不同，又似别有所本。从语言风格看，近似宋元作品①。

“三言”的编印年代更晚，经过修改的地方更多，但冯梦龙原注就明说其中有宋人小说。如果以前面初步确定的一些话本为标尺，参照汉语史研究的成果，还可以从语言特征上鉴定一部分宋元作品，或者说基本上是宋元作品。如：

| | |
|---|---|
| 《新桥市韩五卖春情》 | 或即《宝文堂书目》的《三梦僧记》。 |
| 《史弘肇龙虎君臣会》 | 《宝文堂书目》作《史弘肇传》。 |
| 《杨思温燕山逢故人》 | 《宝文堂书目》作《燕山逢故人郑意娘传》。 |
| 《任孝子烈性为神》 | 《宝文堂书目》作《任珪五颗头》。 |
| 《陈可常端阳仙化》 | 《京本通俗小说》作《菩萨蛮》，不知所据。 |
| 《小夫人金钱赠年少》 | 《京本通俗小说》作《志诚张主管》，不知所据。南戏有《志诚主管鬼情集》。 |
| 《计押番金鳗产祸》 | 原注：“旧名《金鳗记》。” |
| 《宿香亭张浩遇莺莺》 | 据《青琐高议》别集《张浩》敷演，人名有所补充，情节有所增饰。结尾说：“话名《宿香亭张浩遇莺莺》。”文言语汇甚多，尚属简本类型。 |

① 参看拙作《从姚卞吊诸葛诗谈小说家话本的断代问题》，载《文学遗产》1994 年第 1 期。

《皂角林大王假形》

《福禄寿三星度世》

《勘皮靴单证二郎神》《宝文堂书目》作《勘靴儿》。

《闹樊楼多情周胜仙》

以上这一批小说是语言风格比较鲜明的，大多数研究者认为是宋元作品，即使最谨慎的学者也承认其为早期短篇小说。如果适当放宽一些，把艺术加工较少的简本和经过明代人稍加修改的繁本都算在内，还有不少作品可以列入，例如《金明池吴清逢爱爱》一篇，话中有不少宋元时代的词汇，但又有一些稍晚的语言现象，像是经过了后人的修订。又如洪刻本的一些简本，除确有明代内证的少数几篇，大多数都没有可资断代的确证。

从语言特征来考证作品的年代，带有一定的相对性，因为语言变化是很缓慢的。但它又有相当的稳定性，只要把确知的明人作品和已知的宋元作品作一对比，其风格的不同也是很显著的。再结合故事内容及其中的名物制度、风俗习惯、生活气息，我们大致可以看出作品的某些时代特征。逐篇考证当然不可能，这里只能举一两个例子来试作说明。

例如《杨思温燕山逢故人》，当即《宝文堂书目》所著录的《燕山逢故人郑意娘传》或《燕山逢故人》。它的素材来自《夷坚志》丁集卷九的《太原意娘》，话本里也明说根据的是《夷坚志》，然而结尾的一段情节却是《夷坚志》所不载的。《夷坚志》只有很简单的几句话：

> 后数年，韩无以为家，竟有所娶，而于故妻墓稍益疏，梦其来，怨恚甚切，曰："我在彼甚安，君强携我，今正违誓。不忍独寂寞，须屈君同此况味。"韩愧怖得病，知不可免，不数日卒。

在话本里，这一段却敷演成两千字左右的故事，非常曲折详尽。无名氏《鬼董》卷一又有一篇张师厚再娶刘氏的故事：

> 张师厚，太原人，娶同郡崔氏懿娘为妻，琴瑟甚谐。生一

> 子，甫期而卒。懿娘念之，因感疾而亦卒。师厚乃更娶白庄刘氏。刘已嫁丧夫，再醮师厚，性实残刻而妒急。师厚嬖而畏之，为所禁制如处女，不得浪出。师厚于故妻墓未能忘情，时一往。刘怨且怒，乘间挟健妇往，击碎其祠堂，又迫师厚发取其骨，投之江。师厚归，夜垂涕屏处。刘怒诟曰："吾故夫美而俊，簪缨家也。尔何物，鷃弁为人奴，乃污渎我！尔犹悼亡，我独不念旧耶?"遂大恸。俄尔疾作，故夫凭焉，叫呼怒骂，以其背盟而醮也。师厚呼法师张云老治之，懿娘亦现形于旁，曰："余安崔氏，尔强以余归，又弃言焉，又毁余祠，沉余骨，胡宁忍之！余不尔贷也。"师厚百拜祈哀，乃没。刘亦苏。秋夕，刘强师厚出游，犹有所畏，呼云老与之偕。白昼饮酣，艤舟龙湾，刘方曼声而歌，波心忽砉然而分，一丈夫绿袍乘马，出自水底。刘掩面曰："法师救我！故夫来矣。"绿袍舒臂丈余，挽刘入水。云老法无所施，徒呼篙师赴救。及得之岸旁，气已绝矣。师厚方惊恸，俄黑雾起于船中，有人蓬首被血而立，懿娘也。云老拔剑罡步而前，剑坠于水。云老徒手搏之，误中师厚，相纷拏久之。傔人入视，则师厚殒于拳下矣。时群奴皆目见之，故云老只坐黥流云。《夷坚丁志》载《太原意娘》，正此一事，但以意娘为王氏，师厚为从善，又不及刘氏事。案此新奇而怪，全在再娶一节，而洪公不详知，故复载之，以补《夷坚》之阙。

这个故事和《郑意娘传》后半段基本相同。但《鬼董》说师厚姓张，而话本说思厚姓韩；女主角是崔懿娘，《夷坚志》说的是王意娘，而话本却说是郑意娘，可见其中有不少虚构改编的细节。《鬼董》所谓"洪公不详知"的再娶一节，可能就出于说话人的敷演，未必别有所据。而《鬼董》所记载的张师厚再娶故事，倒可能是从民间流传的话本里听来的，否则怎么会把崔懿娘的事和王意娘连在一起呢?《郑意娘传》故事大概产生在《鬼董》之前，因为话本里充满了南宋人国破家亡和生离死别的思想感情，反映了那个特定时代的社会风貌。话本里的一些细节描写，也都透露了当时都市生活的气息。说话人采取王意娘被掳后不屈强暴而死的素材，编出了一本民族大灾难的悲剧。在金、元两次灭宋的战乱中，皇帝后妃以至平民工匠都曾被掳略到北方去，妇女更是深受苦难。郑意娘就是一个典型形象。话本对燕山逢故人的环境作了很真实细致的描写，在热闹繁华的燕山都市里渲染了阴暗凄凉的气氛。因此有人对它作了这样的评论："从小说的情致以及它所显示的作者的生活经验来看，作者(不管是说话人或书会先生)很像是一个北宋遗民。……至于所描叙出来的他乡遇故人的亦喜亦悲的激动，不遭飘沦之苦的人也很难写得如此真切。"①虽然北宋遗民的推测不能成立，因为说话人已经引用到了《夷坚志》，不过它的确不像是元代以后的作者所能模拟的。作者的文学修养很深，《夷坚志》只说意娘在壁上题有小词，又说韩师厚也题了一首悼亡词，并没有写出原文。话本里拟作了好几首诗词，可称情文俱茂。特别值得注意的是，《花草粹编》卷十二还收了一首郑意娘(原注：韩师厚妻)的《胜州令》词，不见于《古今小说》本的《郑意娘传》，可见明代另有一种不同的版本②。

又如《宋四公大闹禁魂张》所描写的汴梁都市生活和风土习俗，达到了高度的真实，当时的社会景象，如在眼前。话本开头一段写禁魂张为富不仁，欺凌捉笊篱的乞丐，如果和《鬼董》里周宝故事中质库财主逼迫当衣服的军人那一段对看(见前第五章)，更可以体会这篇小说是多么真实地再现了当时的社会生活。

## 第二节 小说话本的题材与主题

小说的题材，按《醉翁谈录》的分法，共有八个门类。我们就据以略作分析。

第一类是"灵怪"，《醉翁谈录·小说开辟》所举的篇目有《杨元子》等十六种。其中《崔智韬》大概即唐人《集异记》的崔韬逢雌虎故事(见《太平广记》卷四三三)，《人虎传》大概即《宣室志》的李徵化虎故

---

① 何满子《古代白话短篇小说选集》，上海古籍出版社 1983 年第 1 版，第 111 页，《杨思温燕山逢故人》评解。

② 《宝文堂书目》著录《燕山逢故人郑意娘传》和《燕山逢故人》两目，或非一本。

事(见《太平广记》卷四二七),《李达道》和《无鬼论》当即《云斋广录》的《西蜀异遇》、《无鬼论》(见前)。《红蜘蛛》即现存残页的《红白蜘蛛》,《恒言》里的《郑节使立功神臂弓》是它的修订本,但从语言风格看也不会太晚,已见前述。

现存的小说话本应属灵怪类的很多,如《西山一窟鬼》、《定山三怪》、《西湖三塔记》。宋元小说家特别爱讲三怪故事,《洛阳三怪记》和《通言》里的《福禄寿三星度世》也是同一结构。《陈巡检梅岭失妻记》、《金鳗记》(《通言》卷二十)、《皂角林大王现形》(《通言》卷三十六)等也应该归入灵怪类。小说话本现存的以灵怪故事为最多,说明它接受了古代志怪小说的影响,而又有新的创造,因此,《小说开辟》把灵怪排在第一位,恐怕是有道理的。

灵怪小说的主题思想不很明朗,一般地只是征奇话异,为说怪而说怪,以情节惊险动人。但有的灵怪故事里也熔铸了不少社会生活的片断,和以往的志怪小说显然不同。如《西山一窟鬼》开头讲王婆为吴秀才说媒的一段对话,声口毕肖,如见其人,充分表现了市井社会的风貌习俗。《金鳗记》在因果报应的构架里写出了一个失足少女堕落为罪犯的历程,纤悉详尽,非常合乎情理,可以与《鬼董》的陈琡故事相参证(见前)。《金鳗记》很富于生活内容,实际上也许可以算作公案小说。

第二类是"烟粉",《小说开辟》所举例子有《推车鬼》等十六篇。其中《杨舜俞》当即《青琐高议》的《越娘记》故事,《柳参军》当即温庭筠《干膜子》的《华州参军》故事(见《太平广记》卷三四二)。《钱塘佳梦》当即《云斋广录》的《钱塘异梦》故事,现存有附载于明刻本《西厢记》的《钱塘梦》,但情节反较《云斋广录》简略,只是一个简本。《燕子楼》大概即《通言》的《钱舍人题诗燕子楼》,比《丽情集》所收燕子楼诗故事又有扩展,在关盼盼和诗病死之后又添出钱易梦见盼盼鬼魂的情节,因此它归属于烟粉而不属传奇了。

从已知的故事内容看,烟粉小说讲的都以女鬼为主角。似乎是宋元小说特有的名称。但《醉翁谈录》已集所收"烟粉欢合"故事却无女鬼。《小说开辟》所说的《灰骨匣》可能即现存的《杨思温燕山逢故人》,这是烟粉小说中最富于时代色彩和生活气息的作品(详见前述）。

此外，理应列入烟粉小说的还有《碾玉观音》和《通言》里的《小夫人金钱赠年少》、《金明池吴清逢爱爱》等①。《碾玉观音》是宋元小说的一篇代表作。璩秀秀是裱褙匠的女儿，被咸安郡王指名要到府里去当刺绣奴婢。她爱上了碾玉工人崔宁，趁一次府中失火混乱的机会，找崔宁一起私奔远处，自谋幸福生活，不料被郡王府的郭排军遇见，报告了咸安郡王。郡王把秀秀抓回去，活活打死了，崔宁则被解送临安府判罪。崔宁在发遣途中又遇璩秀秀，一起上建康府同居。后因皇帝宣召崔宁修理玉观音，回到临安，又被郭排军看见，报告了郡王。郡王命郭排军带人把璩秀秀抓到府里来，秀秀却不见了。郡王打了郭排军五十棒作为惩罚。最后才说穿璩秀秀是鬼。这个鬼魂复仇故事写了一个市民阶层女性的悲惨遭遇。咸安郡王始终播弄着她的命运，拆散她的家庭，剥削她的劳动，破坏她的婚姻，最后残害了她的生命，充分体现了封建统治者对平民百姓的沉重压迫。《碾玉观音》不是一个荒诞离奇的鬼故事，而是一篇富有社会内容的写实小说。

《小夫人金钱赠年少》里的小夫人，《金明池吴清逢爱爱》里的卢爱爱，也都是成鬼之后还热烈追求爱情的女性，在反抗封建礼教、争取幸福生活等方面和璩秀秀有共同之处，但是社会内容不那么丰富了。

《闹樊楼多情周胜仙》是一个爱情故事，虽然末尾也有鬼魂出现，但主体部分是写现实生活的，实际上不能算烟粉小说。它和《碾玉观音》一样塑造了市民阶层的新型女性形象，光彩照人。这个故事结构借鉴自《清尊录》的《大桶张氏》，但主题已有变化。《大桶张氏》是富商违约别娶，孙氏女气愤而死，复活后上张家问罪，又被推倒致死。《闹樊楼》则是贩海商人周大郎不许女儿嫁开酒店的范二郎，遂致周胜仙气愤而死。这个情节更近似《夷坚庚志》卷一《鄂州南市女》故事（见前），然而《夷坚志》说茶店仆彭先自己拒绝婚姻，而《闹樊楼》则强调家长阻止，就把主题的反封建意义点明了。《鄂州南市女》的吴氏女身上还有一些弱点，如开头很羞怯，后来又主动愿从盗墓贼，显

① 《金明池》从语言风格看似年代较晚，可能明人修订的成分较多。

得软弱。这些弱点在周胜仙身上就消除干净了。这个故事揭露了封建社会婚姻制度的不合理，也表现了青年男女追求幸福的美好理想。它是宋元小说的优秀代表作之一。

第三类是“传奇”，《小说开辟》所举的例子有《莺莺传》等十八篇。其中《莺莺传》大概即元稹《莺莺传》故事，《爱爱词》可能即苏舜钦《爱爱歌》本事。《鸳鸯灯》现存有《醉翁谈录》所收《红绡密约张生负李氏娘》和《张生彩鸾灯传》的头回，两种文本都是简本，而且情节不同。《王魁负心》有《醉翁谈录》所收《王魁负心桂英死报》，虽然还是文言的传奇体小说，但情节已相当完整，实际上就是说话人的底本，后出的《最娱情》本《王魁》并没有多少超出它的地方。《李亚仙》当即《李娃传》故事，现存的《最娱情》本《郑元和》却不像是宋元时代的话本。《崔护觅水》可能即《金明池吴清逢爱爱》的头回，但只是一个节本。《卓文君》大概即洪刻本的《风月瑞仙亭》，也还是一个简本。

从已知的故事内容看，“传奇”类都是讲人间爱情的，对“传奇”一词已经赋予了新的概念，似乎只限于男女恋爱故事，唐宋传奇里其他题材的故事就归入了别的门类。但《王魁负心》的结尾也有鬼魂索命的情节，却没有归入烟粉类。宋元话本里传奇类的小说肯定很多，决不止《小说开辟》所提到的这些。如《通言》的《宿香亭张浩遇莺莺》，取材于《青琐高议》的《张浩》，但又增添了几个人名和部分情节，大概出于说话人或书会才人的增订，但口语化程度不高，可能即《小说开辟》所举的《牡丹记》①。此外还有不少爱情故事的小说。唐宋传奇里爱情故事最为显赫，几乎早已成为传奇的唯一题材了。宋元小说里爱情故事也很多，但现存作品的成就却不很突出。如《风月瑞仙亭》只是一个简单的故事节要。卓文君私奔司马相如的史实载于司马迁的《史记》，早已作为才子佳人的典故而流传于世。《西京杂记》卷二又记载了司马相如以鹔鹴裘贳酒与文君欢饮的故事，唐陈翰《异闻集》里收了“相如挑琴”的琴歌(《类说》本仅存节要)。宋元以来有关司马相如、卓文君题材的戏曲很多，元汤式有《风月瑞仙亭》杂剧，与小说同名。卓文君到瑞仙亭去私会司马相如，这个情节不见

---

① 元睢景臣有《莺莺牡丹记》杂剧，当演同一故事。

于《史记》，是说话人编造出来的。小说不说卓文君是寡妇，而说她是“及笄未聘”的闺阁千金，就更加强了她大胆叛逆的性格。小说有一定的创造性，但加工比较粗糙，语言也不够通俗流利，似乎还是一种从提纲式过渡到语录式的本子。直到收入《通言》时，也没有多大的改进。

传奇类小说主要宣扬了青年男女追求恋爱自由和婚姻自主的合理要求，但主人公多数是才子佳人而不是市民阶层的儿女，因此这类作品的叛逆性和真实性却不如烟粉类的作品。

第四类是“公案”，《小说开辟》所举的例子有《石头孙立》等十六篇。其中《三现身》当即《通言》的《三现身包龙图断冤》，这是一篇艺术技巧很高明的小说。它讲孙押司的妻子与小孙押司通奸，设计谋杀了丈夫，撺在井里，小孙押司又假装孙押司投河死了。孙押司的鬼魂三次现身，托丫头迎儿替他申冤。最后包公断明冤案，真相大白。开头一段讲金剑先生李杰算命，判定孙押司当夜三更三点便死，完全是故弄玄虚，可是却果真应验，几乎把读者引入歧途，信以为孙押司之死真是命中注定的。《三现身》的故事影响很大，清浦琳《清风闸》就采用了《三现身》的情节结构。清人的文言小说借鉴《三现身》故事的很多，如赵季莹《途说》卷一《相士》、梁恭辰《劝戒三录》卷四《鬼乞伸冤》、汤用中《翼驷稗编》卷四《奸杀诈幻二案》、潘纶恩《道听途说》卷一《祝霭》、齐学裘《见闻续录》卷二十二《成衣匠奸计》等①，都是同一个故事的翻版。令人奇怪的是《小说开辟》还收有《姜女寻夫》一目，应该就是传统的孟姜女故事，不知何以属于公案类。

现存的小说话本应属公案类的还有不少。如《简帖和尚》原本标明是“公案传奇”，《错斩崔宁》和《合同文字记》显然是公案小说。宋元时公案小说盛行，有人认为公案小说就是从宋代才开始兴起的。判案故事当然古已有之，但公案作为文艺题材类别的名称，实始于宋。宋代人编辑过《折狱龟鉴》、《棠阴比事》、《名公书判清明集》等案例专集，可见狱讼案件的繁多。包公作为一个清官的艺术形象，也产生

---

① 参看拙著《古代小说史料漫话》，辽宁教育出版社 1992 年 10 月第 1 版，第 31 页。

于宋代，正反映人民反对滥官污吏而呼唤清官能吏的愿望。当时社会混乱，吏治窳败，由商品经济发展而引起了贫富对立，盗贼四起。而封建官僚或则贪污腐败，徇私枉法，或则昏愦糊涂，草菅人命，造成了许多冤狱。因此小说家话本里出现了《错下书》(即《简帖和尚》)、《错认尸》、《错勘赃》、《错斩崔宁》等一系列冤、假、错案，就揭露了司法官吏的罪恶，申诉了人民的疾苦。公案故事在宋元小说中成为一类重要的题材，也说明说话人注视现实、贴近生活的创作态度。公案小说的盛行，的确可以看出宋元时代社会风貌的一个侧面。

第五类“朴刀”和第六类“杆棒”性质相同，都是英雄豪侠的故事。《小说开辟》所举的例子有《大虎头》等二十一种。其中《十条龙》或《陶铁僧》当即《通言》的《万秀娘仇报山亭儿》，《拦路虎》当即现存的《杨温拦路虎传》，《青面兽》、《花和尚》、《武行者》应是已经失传的水浒英雄故事，《杨令公》、《五郎为僧》应是杨家将故事，《飞龙记》大概是赵匡胤发迹变泰的故事。

《万秀娘仇报山亭儿》结尾说：“话名只唤做《山亭儿》，亦名《十条龙陶铁僧孝义尹宗事迹》。”它讲的是强盗十条龙苗忠、大字焦吉和陶铁僧合谋抢劫了万秀娘和她的金银财物，又把她卖了。万秀娘几经磨难，幸而得到了尹宗的帮助，逃出牢笼。不料在尹宗送她回家的途中，又遇上苗忠、焦吉，仗义救人的尹宗竟被他们杀了。话本中的尹宗是正面人物，可是却得到了不幸的结局。陶铁僧只因被茶坊主万员外逼得走投无路，才铤而走险，跟上苗忠、焦吉去拦劫万秀娘。说话人把陶铁僧塑造成了一个反面人物，然而也在一定程度上接触到了雇主与伙计之间的阶级矛盾。最后有四句评语说：“万员外刻深招祸，陶铁僧穷极行凶，生报仇秀娘坚忍，死为神孝义尹宗。”说话人批判了万员外的“刻深招祸”，也揭示了陶铁僧“穷极行凶”的发展过程。

这里我们不妨先看一下“万员外刻深招祸”的一段描写：

只见陶铁僧栾了四五十钱，鹰觑鹘望，看布帘里面，约莫没人见，把那见钱怀中便搋。万员外慢腾腾地掀开布帘出来，柜身里凳子上坐地，见陶铁僧舒手去怀里摸一摸，唤做自搜，腰间解下衣带，取下布袱，两只手提住布袱角，向空一抖，拍着肚皮和

> 腰，意思间分说：教万员外看道，我不曾偷你钱。万员外叫过陶铁僧来问道："方才我见你栾四五十钱在手里，望这布帘里一望了，便揌了。你实对我说，钱却不计利害。见你解了布袋，空中抖一抖，真个瞒得我好！你这钱藏在那里？说与我，我到饶你；若不说，送你去官司。"陶铁僧又大拇指不离方寸地道："告员外，实不敢相瞒，是有四五十钱安在一个去处。"那厮指道："安在挂着底浪荡灯铁片儿上。"万员外把凳子站起脚上去，果然是一垛儿，安着四五十钱。万员外复身再来凳上坐地，叫这陶铁僧来问道："你在我家里几年？"陶铁僧道："从小里随先老底便在员外宅里掉茶盏抹托子，自从老底死后，罪过员外收留，养得大，却也有十四五年。"万员外道："你一日只做偷我五十钱，十日五百，一个月一贯五百，一年十八贯。十五年来，你偷了我二百七十贯钱。如今不欲送你去官司，你且闲休！"当下发遣了陶铁僧。

这一段写两个人的对话非常生动，万员外骗出了陶铁僧偷钱的实情，就跟他算总账，十五年的时间累计到二百七十贯钱，完全是一种讹诈手段。最后把陶铁僧辞退了，还分付襄阳府开茶坊的行院，都不用他，逼得陶铁僧"没讨饭吃处"。因此说话人评论万员外是"刻深招祸"，陶铁僧是"穷极行凶"，这个结论是正确的。可是小说并没有继续往这方面写，下半篇着重写"孝义尹宗"行善而遭不幸，主题就分散了。说明说话人的观点不够鲜明，还不善于提炼主题，突出重点。

朴刀杆棒类的小说，主要是写英雄人物的武艺，往往和他们的发迹变泰有关。《杨温拦路虎传》是杆棒故事的一个标本。杨温虽然是杨令公的曾孙，"武艺高强，智谋深粹"，然而手中没有武器时，就束手无策，妻子也被人劫了。后来单身与陈千部下的众喽啰厮斗，也被人缚了。终于依靠陈千的喽啰和马都头的弓手才把杨达打败，夺回妻子。最后杨温却做到了安远军节度使、检校少保，说是"能将智勇安边境，自此扬名满世间"。小说写得比较平直，除了杨温与李贵比棒的场面，并没有夸大杨温的本领。杨温也是一个平常的现实的人。从这点说，《拦路虎传》的写法是贴近生活的，但整个故事的主题却不大鲜明，有些地方还不如《陈巡检梅岭失妻记》里陈辛骄傲自负因致失妻的情节写得较为合理。

《通言》里的《赵太祖千里送京娘》也是一个杆棒故事，可能与《飞龙记》有传承关系。这篇小说集中讲赵匡胤未曾发迹变泰时的侠义事迹，在艺术上比《拦路虎传》就有所提高，显然是一篇较晚的作品了。

第七类“神仙”和第八类“妖术”，题材相似，大部分取材于唐宋人的古体小说。其中如《竹叶舟》、《黄粮(粱)梦》、《西山聂隐娘》、《红线盗印》等从题目就可以考见它的故事内容。还有《种叟神记》一篇可能即现存的《张古老种瓜娶文女》。后者即使是另一篇作品，也可以视为宋元小说，即《也是园书目》称为宋人词话的《种瓜张老》。这篇话本取材于唐人李复言的《续玄怪录》(或作牛僧孺《玄怪录》)。如果把它和作为素材的原著进行比较，就可以看出说话人或书会才人再创作的技巧。它开头用了好几篇诗词作为入话，接着对《续玄怪录·张老》的故事作了精细的加工，如张老请张媒、李媒两个媒婆说亲那一大段细节，就加入了许多当时市井生活的内容。结尾张公点明：“我本上仙长兴张古老，文女乃上天玉女，只因思凡，上帝恐被凡人点污，故令吾托此态取归上天。”张老自称为张古老，似即影射唐代的通玄先生张果，在宋元时已成为八仙之一。《种瓜张老》是神仙小说的一个标本，在艺术上也是比较成熟的。现存的《张子房慕道记》则近于讲史。

妖术类里的《贝州王则》虽然没有传本，但《平妖传》里的王则故事可能还保存着宋元话本的枝节，正如《水浒传》里可能保存着《青面兽》、《花和尚》、《武行者》的片断。《平妖传》相传为罗贯中所编，书中确有一些书会留传的痕迹(详后)，还可以参证。

现存的宋元小说，题材很广，不一定都能分入《小说开辟》所举的八类。如《六十家小说》所收的《花灯轿莲女成佛记》就近于说经，《老冯唐直谏汉文帝》就近于讲史，《快嘴李翠莲记》也决非八类名称所能包括的。

## 第三节　小说话本的艺术成就

小说家的话本是宋元市井文学的代表作，是中国小说史上的一个新高峰。它反映了一个时代的新思想、新观念，在艺术上也形成了一种新文体、新风格。

人物形象是文艺作品思想性和艺术性的结合点。宋元小说塑造了一批新型的人物形象，尤其是女性形象，如周胜仙、璩秀秀、郑意娘、李翠莲以及李莺莺、卓文君这样的人物，都是市民阶层理想的化身。他们在争取恋爱自由、婚姻自主和人格独立方面，带有鲜明的新人的品格。例如《闹樊楼》里的周胜仙，是一个贩海商人的女儿，她遇见了开酒店的范小二，就强烈地爱上了他。小说写她的出场就非常精彩，周胜仙在茶坊里没法和范二郎交谈，就采用了击鼓传声的手法：

> 那女子在茶坊里，四目相视，俱各有情。这女孩儿心里暗暗地喜欢，自思量道："若是我嫁得一个似这般子弟，可知好哩。今日当面挫过，再来那里去讨？"正思量道："如何着个道理和他说话，问他曾娶妻也不曾。"那跟来女子和妳子，都不知许多事。你道好巧，只听得外面水桶响，女孩儿眉头一纵，计上心来，便叫："卖水的，你倾些甜蜜蜜的糖水来。"那人倾一盏糖水在铜盂儿里，递与那女子。那女子接得在手，才上口一呷，便把那个铜盂儿望空打一丢，便叫："好好！你却来暗算我！你道我是兀谁？"那范二听得道："我且听那女子说。"那女孩儿道："我是曹门里周大郎的女儿。我的小名叫作胜仙小娘子，年一十八岁，不曾吃人暗算。你今却来算我！我是不曾嫁的女孩儿。"这范二自思量道："这言语蹊蹊，分明是说与我听。"这卖水的道："告小娘子，小人怎敢暗算。"女孩儿道："如何不是暗算我？盏子里有条草。"卖水的道："也不为利害。"女孩儿道："你待算我喉咙，却恨我爹爹不在家里。我爹若在家，与你打官司。"

这几句别出心裁的对话，就把一个机智泼辣、热情大胆的少女写活了。周胜仙的父亲是个贩海商人，嫌范二郎不是大户人家，不许女儿嫁他，她一气便气死了。埋葬之后，掘坟贼朱真打开了她的棺材，她又复活了，被迫随从了朱真，但始终不忘范二郎，找机会逃出去找他。范二郎当她是鬼，顺手拿起汤桶儿打她，竟把她打死了。她的鬼魂并不恨范二郎，还来救他脱罪。周胜仙对爱情是主动的、执着的。她坚决争取婚姻自主，抗拒了她父亲的意志，挣脱了强盗朱真的控制，一心追求范二郎，达到了不顾一切的地步，最后却得到了悲惨的结局。周胜仙鬼魂出场是一种幻想，只是美好理想不能实现时的精神寄托。这种幻想在宋元小说里表现得非常普遍，非常强烈。《碾玉观音》也是一个突出的例子。

璩秀秀是裱褙匠的女儿，自己又善于刺绣，是个劳动妇女。她生活在大城市里，见闻比较广阔，形成了她热爱自由、勇于反抗的性格。她被迫送进了郡王府，给人家做奴婢，当然是不会甘心忍受的。她要争取人身的自由，又要争取婚姻的自由。她要取得人格的独立，又必须先取得经济生活的独立。于是她就选择了崔宁作为共同奋斗的伴侣。她主动要求崔宁和她一起逃奔远方，甚至采取了一些讹诈威胁的手段。他们自由幸福的生活刚刚开始，却被多嘴的郭排军破坏了。她被咸安郡王抓回去打死之后，还是九死未悔，变了鬼也要跟崔宁和父母生活在一起。最后让郭排军挨了一顿打，算是报了冤仇，对咸安郡王只能作一次警告处分。璩秀秀的鬼魂形象充分表现了她那种真挚强烈的爱情和坚强不屈的斗争性，也在一定程度上表现了正义战胜强权的积极愿望。当然，她放过了主要的仇人咸安郡王，还是暴露了市民阶层的软弱性。

《快嘴李翠莲记》是一篇体制很特别的作品①。话本中串连了一系列李翠莲的唱词，绝大部分押仄声韵，估计节奏很快，近似现代的快板，正好突出了“快嘴”的特点。李翠莲是李员外的女儿，“女红针指，书史百家，无所不通，只是口嘴快些”。她不像是大家闺秀，而像是一个市民人家的姑娘。据她自述：

女儿不是夸伶俐，从小生得有志气。纺得纱，绩得苎，能裁

① 洪刻本篇末题作“新编小说”，仍为小说的一体。多数研究者认为是元代作品；也有人认为是明代作品，证据之一是文中的“网巾”是明代才有的，但并非确证，元人谢宗可就有咏网巾的诗。此从众说。

能补能绣刺。做得粗，整得细，三茶六饭一时备。推得磨，捣得碓，受得辛苦吃得累。烧卖匾食有何难，三汤二割我也会。到晚来，能仔细，大门关了小门闭，刷净锅儿掩厨柜，前后收拾自用意。

看来是一个精明能干的女性，可是她能说会道，不肯逆来顺受，违反了三从四德，所以处处受到压制和斥责。父母教训她，公婆责备她，众人都埋怨她，她毫不屈服，还要坚决反抗，完全是一个封建礼教的叛逆者。按照历来《女诫》、《女范》等书的教训，女性必须以顺从为天职。李翠莲却彻底否定了这一套规矩，她在新婚的那天，就大撒其野，骂了媒婆，打了撒帐的先生，训斥了丈夫，最后甚至顶撞了公婆。她公公教训她说：

女人家须要温柔稳重，说话安详，方是做媳妇的道理，那曾见这样长舌妇人！

可是她回答说：

公是大，婆是大，伯伯姆姆且坐下。两个老的休得骂，且听媳妇来禀话。你儿媳妇也不村，你儿媳妇也不诈。从小生来性刚直，说(话)儿说了必无挂。公婆不必苦憎嫌，十分不然休了罢。也不愁，也不怕，搭搭凤子回去罢。也不招，也不嫁，不搽胭粉不妆画。上下穿件缟素衣，侍奉双亲过了罢。记得几个古贤人，张良、蒯文通说话，陆贾、萧何快调文，子建、杨修也不亚，张仪、苏秦说六国，吴晏(晏婴)、管仲说五霸，六计陈平、李左车，十二干(甘)罗并子夏。这些古人能说话，齐家治国平天下。公公要奴不说话，将我口儿缝住罢。

尽管她是个平凡而带有点俗气的妇女，然而她偏要和古时的贤人相比，真是大胆妄为了。所以夫家把她休了，回到娘家又受父母兄嫂的埋怨。她说："夫家娘家着不得，剃了头发做师姑。"最后出家去了。

她宁愿归依佛教，可能因为佛教徒在某些生活方式上倒是不受封建礼法限制的。我们从宋代的禅宗语录里可以看到一些个性解放的迹象，也许这就是李翠莲与生俱来的一点“佛性”。《快嘴李翠莲记》突出表现她的“快嘴”，很可能从敦煌本的《齖䶗新妇文》演化而来。它的入话说：“虽无子路才能智，单取人前一笑声。”说话人为了取乐耍笑，对李翠莲的描写不无夸张之处，因而主题不大鲜明。但总的倾向，对李翠莲这种畸形的叛逆性还是有赞赏和同情的，与敦煌本《齖䶗新妇文》的偏重谴责就有所不同。在道学思想日益完善强固的宋元时代，像李翠莲这样特立独行的女性，只能在市民社会里出现。说话人深入于那个市民社会，对于市井人物非常熟悉，而且有深厚的感情，采用写实和写意相结合的手法，塑造了一批新型的人物形象。这是宋元话本的主要成就。

《醉翁谈录·小说引子》有两句诗说：“春浓花艳佳人胆，月黑风寒壮士心。”（这两句诗也见于《山亭儿》的开头。）吴组缃先生曾指出：“其中所说的‘佳人胆’、‘壮士心’，概括了宋元话本小说的主要内容，也抓住了当时社会现实的主要问题。这不止点明了宋元话本小说的主题与题材，也说明了作者们对其所描写的现实问题的爱憎态度。‘佳人胆’的对立面是封建礼教的压迫；‘壮士心’的对立面是封建政治的压迫，具体说来是官僚与富贵之家。”①这是非常精辟的论断。宋元小说着重描写的是佳人的“胆”，而不是佳人的貌，这是和许多才子佳人小说不同的地方，也是它最值得注意的地方。宋元小说里的佳人，突出的一点是胆子大。周胜仙、璩秀秀如此，卓文君、李莺莺也是如此。他们都主动地追求争取自己所爱的男子，毫无顾忌，其勇气是令人惊讶的。至于像李翠莲那样激烈地蔑视封建礼教，那就更是胆大包天了。

“壮士心”写的是英雄豪侠的义气，应该是朴刀、杆棒类故事的主要内容。然而现存的话本极少，如《花和尚》等水浒英雄故事都已失传。《杨温拦路虎传》写的是杨令公的曾孙，虽然精通武艺，然而

---

① 吴组缃、沈天佑《宋元文学史稿》，北京大学出版社 1989 年第 1 版，第 231 页。

连自己的妻子也保护不了，最后还是靠陈千和马都头等人的帮助，才把妻子夺了回来。事迹并不十分显赫，人物形象并不十分高大，似乎写得平淡无奇，可是却比较真实，没有夸大英雄人物的能耐，可以说还是写实手法。《山亭儿》里的尹宗应该说是一个壮士，然而也是双拳难敌四手，不幸被强盗杀害了，没来得及做成辉煌的业绩。从现存的小说话本看来，"壮士心"似乎不如"佳人胆"写得成功，也许"壮士心"在说铁骑儿故事里有充分的体现，可惜现存的作品里却找不到这类题材。

总的说，宋元小说已经写出了不少新的人物，除了佳人和壮士，还有手工业工人、商人、胥吏、妓女、媒婆、盗贼等，这些从前都是文学作品里没有地位的"小人物"，现在却成了小说里的主人公。鲁迅曾说"《三侠五义》为市井细民写心，乃似较有《水浒》余韵"①，但"为市井细民写心"的作品，实不始于《水浒》，而始于宋元小说家的话本。其成功的主要原因就在于说话人和书会才人置身于市井社会之中，洞察了市井细民的肝胆和心态。这是一个历史的变迁。恩格斯在《大陆上的运动》中说：

> 德国人开始发现，近十年来，在小说的性质方面发生了一个彻底的革命，先前在这类著作中充当主人公的是国王和王子，现在却是穷人和受轻视的阶级了，而构成小说内容的，则是这些人的生活和命运、欢乐和痛苦。最后，他们发现，作家当中的这个新流派——乔治·桑、欧仁·苏和查·狄更斯就属于这一派——无疑地是时代的旗帜②。

从这个意义上看，话本在中国小说史上也可以说是一个革命，但并没有那么彻底。因为市民阶层生长在封建社会里，还没有形成独立的政治力量和思想体系，话本里一般明显地含有市井细民的庸俗观

① 《中国小说史略》第二十七篇。

② 《马克思恩格斯全集》，人民出版社，1956年12月第1版，第1卷，第594页。

念，也带有封建文人的礼教观念和佛道的宗教观念，往往造成了不和谐的杂音。

小说作为一种说唱文学，特别注重细节描写。一些优秀作品，其细节描写之真实是非常突出的。如《错斩崔宁》并没有故布疑阵，说话人一再说明刘贵被杀前后的情形，重复交代二姐确是当夜在邻居家借宿一宵，让听众注意事实的真相：既然二姐当夜住在朱三老家里，当然就不可能是杀人的凶手，从而也点明了错斩崔宁的“错”字。作者在演说错斩崔宁的过程中，也从各方面说明了“错”的原因。除了官府“率意断狱”的主要原因之外，还有许多错综复杂的因素。而直接的导火线是所谓“十五贯戏言成巧祸”的一句戏言。刘贵对陈二姐说的戏言，说的人也许出于无心，听的人却当作有意。且看话本里是怎样说的：

那刘官人一来有了几分酒，二来怪他开得门迟了，且戏言吓他一吓，便道：“说出来又恐你见怪，不说时又须通你得知。只是我一时无奈，没计可施，只得把你典与一个客人。又因舍不得你，只典得十五贯钱。若是我有些好处，加利赎你回来；若是照前这般不顺溜，只索罢了！”那小娘子听了，欲待不信，又见十五贯钱堆在面前；欲待信来，他平白与我没半句言语，大娘子又过得好，怎么便下得这等狠心辣手。狐疑不决，只得再问道：“虽然如此，也须通知我爹娘一声。”刘官人道：“若是通知你爹娘，此事断然不成。你明日且到了人家，我慢慢央人与你爹娘说通，他也须怪我不得。”小娘子又问：“官人今日在何处吃酒来？”刘官人道：“便是把你典与人，写了文书，吃他的酒才来的。”小娘子又问：“大姐姐如何不来？”刘官人道：“他因不忍见你分离，待得你明日出了门才来。这也是我没计奈何，一言为定。”说罢，暗地忍不住笑，不脱衣裳，睡在床上，不觉睡去了。那小娘子好生摆脱不下：“不知他卖我与甚色样人家？我须先去爹娘家里说知。就是他明日有人来要我，寻到我家，也须有个下落。”沉吟了一会，却把这十五贯钱，一垛儿堆在刘官人脚后边。趁他酒醉，轻轻的收拾了随身衣服，款款的开了门出去，拽上了门，却去左边一个相熟的邻舍叫做朱三老儿家里，与朱三妈借宿了一夜。说道："丈夫今日无端卖我，我须先去与爹娘说知。烦你明日对他说一声，既有了主顾，可同我丈夫到爹娘家中来讨个分晓，也须有个下落。"那邻舍道："小娘子说得有理。你只顾自去，我便与刘官人说知就里。"过了一宵，小娘子作别去了，不题。

这一段对话和心态的描写真是入情入理，不但安排了情节发展，而且表现了丰富的生活内容和具体的思想性格。刘贵这番戏言是在酒醉和生气的状态下说出来的，小娘子听了他的话，虽然欲待不信，可是真看到十五贯钱堆在面前，刘贵又真在人家吃了酒回来，他又说得头头是道，不由人不信。尽管他们家里平日相处得还好，可是当时社会里妇女的命运是掌握在男人手里的，何况陈二姐还是一个小老婆，随时都可以像货物一样被人买卖。宋代人买卖妾婢的习惯非常通行，苏轼、辛弃疾的诗词也写到过这种情况。而且刘贵家里也的确穷困好久了，正没有办法筹划生计，完全有可能下"这等狠心辣手"。陈二姐虽然并不敢提出抗议，可是总得回家告诉一下爹娘，让他们知道"有个下落"。因此她就不顾一切地偷偷地溜出门去了。临走时她把十五贯钱堆在刘贵脚后边，还拽上了门，才去左边邻舍朱三老儿家借宿了一夜——这是因为她不敢在夜里独自走路，天亮了又怕被丈夫发觉走不脱。这一段十分真实地刻画了陈二姐精细而善良的性格，即使在匆忙逃走时还关心丈夫的钱财和门户，考虑到自己的行动举止。同时又交代了钱堆在刘贵脚边，门没有关上，陈二姐确在朱三老儿家和朱三妈共宿了一夜。这就为下面故事的发展作好了充分的准备。这些细节达到了高度的真实，应该是从丰富的生活体验中提炼出来的。

宋元小说的细节描写，在一些公案类话本里表现得也很突出。如《勘皮靴单证二郎神》里说三都捉事使臣冉贵从一只皮靴上一步步追究出假扮二郎神奸淫妇女的真犯，情节曲折离奇，而推理合乎逻辑，很像近代的侦探小说。冉贵先从皮靴里找出了铺户任一郎造的纸条，就从任一郎坐簿上查出了定制的主顾，又从而查到了皮靴的下落，已送给了蔡京的门生杨时，再跟踪追查到杨时已经把皮靴施舍给了二郎神。这时可能有人会相信这案真是二郎神兴妖作怪了，但冉贵却说："我也晓得不干任一郎事，也不干蔡太师、杨知县事。若说二郎神所为，难道神道做这等亏心行当不成。一定是庙中左近妖人所为。"他就扮作收买杂货的常卖收购到了另一只皮靴，终于找出了真犯孙神通。这个冉贵大概实有其人，因此他的故事曾为"京师老郎流传"。《平妖传》第十一回(四十回本第二十九回)里也有冉贵出场，说是："其人姓冉名贵，叫做冉土宿，一只眼常闭，天下世界上人做不得的事，他便做得，与温殿直捉了许多疑难公事，因此温殿直喜他。"话中说杨时是蔡京门生，虽出附会，也有一定依据。①

又如《宋四公大闹禁魂张》的细节描写也达到了非常精确的程度。讲到宋四公行窃的一段，说他"夜至三更前后，向金梁桥桥上四文钱买两只焦酸馅"，用来药倒两只恶狗。焦酸馅是宋代街市上最大众化的一种点心。据孟元老《东京梦华录》卷三《马行街铺席》条记载："夜市直至三更尽，才五更又复开张。如要闹去处，通晓不绝；寻常四梢远静去处，夜市亦有燋酸馅(原作豏)……之类。"(焦酸馅亦见于《梦粱录》卷十三《夜市》条)因此宋四公在三更前后能从金梁桥上买到两只焦酸馅，是完全符合北宋时汴梁的生活实况的。前面还说宋四公叫店小二买一百钱爊肉、五十钱蒸饼，准备在路程上吃。这些酸馅、爊肉、蒸饼等，都见于《东京梦华录》和《梦粱录》等宋人记载，是当时街市上随处可见的食品。小说中提到的新郑门、金梁桥、大相国寺、桑家瓦、白虎桥等，都是汴梁实有的地名。作为故事展开的背景如街市、酒楼、茶坊等，也描写得仿佛亲临其境，简直可以与张择端的《清明上河图》相印证。说话人如果不是对汴梁的生活环境非常熟悉的话，恐怕是很难编得如此精细准确的。《宋四公》里描写赵正一连用智斗过宋四公、捉弄侯兴、取笑王秀、算计马翰、警告滕大尹，都很巧妙。试看赵正骗取王秀金丝罐的一段，描写曲折细腻，入情入理，就像一个个镜头呈现在读者眼前：

---

① 蔡京召用杨时事，见王明清《挥麈后录》卷三《张柔直劝蔡元长收拾人材》条及《宋史·道学传》。《金瓶梅词话》第十四回也说杨时是蔡京门生。

赵正走过金梁桥来，去米铺前撮几颗红米，又去菜担上摘些个叶子，和米和叶子，安在口里，一处嚼教碎。再走到王秀架子边，漾下六文钱，买两个酸馅，特骨地脱一文在地下。王秀去拾那地上一文钱，被赵正吐那米和菜在头巾上，自把了酸馅去。却在金梁桥顶上立地，见个小的跳将来，赵正道："小哥，与你五文钱，你看那卖酸馅王公头巾上一堆虫蚁屎。你去说与他，不要道我说。"那小的真个去说道："王公，你看头巾上！"王秀除下头巾来，只道是虫蚁屎，入去茶坊里揩抹了。走出来架子上看时，不见了那金丝罐。原来赵正见王秀入茶坊去揩那头巾，等他眼慢，拿在袖子里便行，一径走往侯兴家去。

说话人所描写的宋代汴梁的社会面貌，完全符合生活的真实，而且也符合历史的真实。话本里所说的缉捕使臣马翰，当时确有其人。据李焘《续资治通鉴长编》卷五十二记载：

(真宗咸平五年五月庚戌)皇城司言：亲从第二指挥使马翰称在京有群贼，愿自缉逐收捕。上谓辅臣曰："朕尹京日，闻翰以缉贼为名，乃有三害：都市豪民惧其纠察，常厚赂之，一也；每获贼赃，量以当死之数送官，余悉入己，且戒军巡吏不令穷究，二也；常畜无赖十余辈，俾之侦察，其扰人不下于翰，三也。顾其事未彰败，不欲去之。自今捕贼，止委开封府，勿使翰复预其事。"

马翰就是这样一个贪官酷吏，宋真宗赵恒也洞察其奸，无怪乎宋四公、赵正等要对他进行报复，置之于死地是他罪有应得的。所以话本结尾诗说："只因贪吝惹非殃，引到东京盗贼狂。亏杀龙图包大尹，始知官好民自安。"民不安是由于官不好，这一点还是点了题的。这篇小说的主题本来应该是官逼民偷，官逼民反，可惜在整个故事里表达得不够明确。

灵怪小说如《西山一窟鬼》，主体是讲鬼故事，当然是虚构的，但有些细节却写得十分真实，如王婆为吴洪说媒的一段：

当日正在学堂里教书，只听得青布帘儿上铃声响，走将一个人入来。吴教授看那入来的人，不是别人，却是半年前搬去的邻舍王婆——元来那婆子是撮合山，专靠做媒为生。吴教授相揖罢，道："多时不见，而今婆婆在那里住？"婆子道："只道教授忘了老媳妇。如今老媳妇在钱塘门里沿城住。"教授问："婆婆高寿？"婆子道："老媳妇犬马之年七十有五。教授青春多少？"教授道："小子二十有二。"婆子道："教授方才二十有二，却像三十以上人。想教授每日价费多少心神。据我媳妇愚见，也少不得一个小娘子相伴。"教授道："我这里也几次问人来，却没这般头脑。"婆子道："这个不是冤家不聚会，好教官人得知，却有一头好亲在这里：一千贯钱房卧，带一个从嫁；又好人材，却有一床乐器都会，又写得算得；又是咘嗻大官府第出身。只要嫁个读书官人。教授却是要也不？"教授听得说罢，喜从天降，笑逐颜开，道："若还真个有这人时，可知好哩！只是这个小娘子如今在那里？"

这一段对话把两个人的声音笑貌和神情变化都写出来了，真是如闻其声，如见其人。小说家话本里写了不少媒婆说亲的对话，如《三现身》和《史弘肇龙虎君臣会》、《张古老种瓜娶文女》里都有媒婆出场，都写得神情毕肖，和《水浒传》里说风情的王婆一样，都是市井社会常见的人物，正是说话人所熟悉的对象。又如《闹樊楼》中写茶坊、《燕山逢故人》中写酒楼的场景，也都是都市生活的真实写照，可以和《东京梦华录》、《梦粱录》相参看。

中国古代小说多数以情节为中心，唐代传奇特别注重了故事的布局设计，由此产生了"传奇性"的艺术特征。话本是要讲给人听的，更需要有很强的传奇性，才能吸引听众。宋元小说的特点之一，就是情节曲折离奇，引人入胜。例如《碾玉观音》讲到咸安郡王把璩秀秀抓入后花园之后，并没有交代后事如何，却说崔宁在路上见到她赶来同行，就一起上建康居住。一直说到郭排军再次告密，勒下军令状来取她入府，才说穿她原来已经是鬼了。又如《简帖和尚》，说话人一开头就说一个官人托卖馉饳的僧儿送简帖给杨氏小娘子，可是并不说明他是什么人，为什么要这样做，只是一路说下去，展开故事情节，直到杨氏小娘子重遇故夫之后，那个洪和尚才自己吐露真情，原来是他设下圈套，故意教僧儿送简帖来愚弄她丈夫的。说话人采用了追叙的手法，不用全知全见的视点，而从旁观者的角度叙述故事的发展，完全符合情节演进的逻辑。另一方面，这些故事又是故布疑阵，设置悬念，结构非常巧妙，足见作者的匠心。

还有如公案小说《三现身》，开头说孙押司算命，卖卦先生说他当夜必死。当夜三更三点孙押司果然投河死了，令人惊讶不已，难道真是算卦有准吗？接着说孙押司三次现身，还是不说明他到底怎么死的。直到包公打破哑谜，才揭穿真相，令人豁然明白，得到一种意外的愉悦。不仅讲鬼魂诉冤的故事，就是讲人间故事也是如此。如《菩萨蛮》说陈可常做了两首《菩萨蛮》词，有赏新荷的词句，而新荷又招认与他奸宿有孕。不仅吴七郡王信以为真，就是读者也未免怀疑。后来可常屈打成招，沉冤不白，直到新荷自己说出真情，才得水落石出。这些手法都是说唱文学的艺术特点。

当然，说话人追求故事的传奇性，往往要编造一些离奇的情节，设置一些意外的波折，借助于偶然性的巧合。如《错斩崔宁》中戏言成巧祸的“巧”，就产生于陈小娘子巧遇带了十五贯钱的崔宁，而最后又收结于王氏大娘子巧遇了杀他丈夫的静山大王。这显然是有意的虚构，缺乏必然性的逻辑。又如《三现身》中开头一段金剑先生为孙押司算卦，实际上是故弄玄虚；结尾讲包公梦见一联对子，即使真有鬼魂能现身诉冤，也是多余的赘笔。这就违背了生活的情理。不少话本所讲的故事，尤其是灵怪故事，从整体上说是虚构的，而某些细节却讲得头头是道，引人入胜，在现场听话时可以信以为真，但回头一想却是经不起推敲的。这也是说唱文学难以避免的通病。

小说家话本是用说话人的口吻写的，所以说话人常常跳出故事之外，站到台前，以第一人称的叙事方法来进行解释、评论和自问自答。例如：

看官听说：这段公事，果然是小娘子与那崔宁谋财害命的时节，他两人须连夜逃走他方，怎的又去邻舍人家借宿一宵？明早又走到爹娘家去，却被人捉住了？这段冤枉，仔细可以推详出来。谁想问官糊涂，只图了事，不想捶楚之下，何求不得。冥冥之中，积了阴骘，远在儿孙近在身，他两个冤魂也须放你不过。所以做官的切不可率意断狱，任情用刑，也要求个公平明允。道不得个死者不可复生，断者不可复续，可胜叹哉！（《错斩崔宁》）

这一段评论尖锐地批判了昏官庸吏的“率意断狱、任情用刑”，态度非常鲜明。又如：

高氏虽自清洁，也欠些聪明之处，错干了此事。既知其情，只可好好打发了小二出门，便了此事。今来千不合、万不合将他绞死，后来自家被人首告，打死在狱，灭门绝户。（《错认尸》）

这种评论是话本的特征之一。因此现代艺人说评书就是带评论的故事。

说话人常用提问的方式，引起听众的注意，从头回过渡到正文或提示故事要点。如《碾玉观音》说：“说话的，因甚说这春归词？”《西山一窟鬼》说：“我且问你：这个秀才姓甚名谁？”《史弘肇龙虎君臣会》说：

说话的，你因甚的头回说这“八难龙笛词”？自家今日不说别的，说两个客人将一对龙笛蕲材来东峰东岱岳烧献。只因烧这蕲材，却教郑州奉宁军一个上厅行首，有分做两国夫人，嫁一个好汉，后来为当朝四镇令公，名标青史，直到如今，做几回花锦似话说。这未发迹的好汉，却姓甚名谁？怎地发迹变泰？

这种插话缩短了说话人与听众的距离，就像两人对话，有问有答，令人感到十分亲切。中国小说的一个艺术特征，就是承受了说唱文学的传统，作者时隐时现，经常变换叙事的角度。说话人时常采用对话的方式和听众交流，时而离开角色，作客观的评述；时而进入角色，摹拟人物的声情，更加强了故事的真实感。所以在扮演故事的舞台艺术发展成熟之后，说唱艺术如评话、弹词等仍然拥有大量的听众，就因为它有一种独特的艺术魅力。

话本的语言艺术，还表现在说话人善于运用一些插科打诨，笑耍逗趣。如《简帖和尚》中讲皇甫殿直拷问迎儿：

> 那妮子吃不得打，口中道出一句来："三个月殿直出去，小娘子夜夜和个人睡。"皇甫殿直道："好也！"放下妮子来，解了绦，道："你且来，我问你，是和兀谁睡？"那妮子揩着眼泪道："告殿直，实不敢相瞒，自从殿直出去后，小娘子夜夜和个人睡，不是别人，却是和迎儿睡。"

这就是忙中闲笔，故意腾挪，相当于金圣叹所谓的"欲合故纵法"(《读第五才子书法》)。又如《西山一窟鬼》中写李乐娘和锦儿的美貌：

> 教授把三寸舌尖舐破窗眼儿张一张，喝声采不知高低，道："两个都不是人！"如何不是人？元来见他生得好了，只道那妇人是南海观音见，锦儿是玉皇殿下侍香玉女。恁地道他不是人。

这也是故作惊人之语，就像相声那样给听众抖开了一个响亮的"包袱"。

"小说"是一种说唱文学，它在体制上有许多特点。例如开头照例有一段"入话"，这是说话人开讲正文前所说的前言，近似唐代讲唱经文之前的押座文。一来是吸引听众的注意，使大家安静下来；二来是等待迟到的听众陆续入座，即使错过了"入话"，也不影响听正文。现在江南弹词艺人往往在开场时先唱一两只"开篇"，明代人称之为"摊头"(见钱希言《戏瑕》。现在上海青浦人还把开篇称作"摊头")。这种入话一般只是一首或几首诗词，如清平山堂刻本的小说，多数开头标明"入话"两字，而下面却只有一首诗。有些小说开头先讲一个意义相近或相反的小故事，则往往说明是“头回”。如《错斩崔宁》)的前半段，讲了一个魏鹏举的故事，说话人交代：“且先引下一个故事来，权做个德胜头回。”(《京本通俗小说》作“得胜头回”)钱希言《戏瑕》卷一《水浒传》条说：“词话每本头上有请客一段，权做个德胜利市头回。此政是宋朝人借彼形此、无中生有妙处。”这种小故事应该称作“头回”。《秦并六国平话》开头先讲了一段先秦历史的概论之后，也说明：“这头回且说个大略，详细根原，后回便见。”它和宋代杂剧一样，把开头的一段叫作头回。《东京梦华录》卷五《京瓦伎艺》条曾说：“每日五更头回小杂剧，差晚看不及矣。”可见小说，讲史乃至杂剧都有头回的部分。这种体制来源于《诗经》的“兴”。

有些小说引用诗词开场，并没有故事。如《碾玉观音》开头讲春归词，用以引入咸安郡王的游春活动；《种瓜张老》开头讲雪诗，用来兴起韦恕雪中走了一匹白马；《西湖三塔记》开头引西湖诗词，借以介绍西湖古迹。这种诗词，也可称作头回(明代早期刻本多称作“入话”)，有的是借用前人现成作品。比较特殊的如《西山一窟鬼》开头引了沈文述的《念奴娇》词，接着又一句一句讲解，“原来皆是集古人词章之句”。从这些讲解看，话本作者的文学修养不低。正如江东老蟫(缪荃孙)《京本通俗小说跋》所说：“所引诗词，皆出宋人，雅韵欲流。”更值得注意的是上面已引到的《史弘肇龙虎君臣会》的头回，叫做《八难龙笛词》，是有故事情节的。话文先引了刘季孙、熊元素的诗之后，讲洪迈写了一首《龙笛词》，众人都夸羡不已，突然有一个孔通判却指出：“此词八句，偷了古人作的杂诗词各一句也。”接着他就逐一指出每句话的出处，证明每一句都偷用了古人的现成词语。这除了表明作者熟读古人诗词以外，还反映了宋代诗坛的一种特殊现象。宋代以黄庭坚为领袖的江西派诗人，提倡以文字为诗，以才学为诗，要求“无一字无来处”，结果是“拆东补西裳作带”，成为一种公然以偷袭为能事的诗风。江西派的诗人这么做了，说话人也这么讲了，替他一句一句地找出了来处，却借孔通判之口，说是洪迈偷了古人的词句。这实际上正是对当时诗风的一种讽嘲。可是说话人也是拿这一点本领在向听众卖弄才学，表明他“非庸常浅识之流，有博览该通之理”，“论才词有欧、苏、黄、陈佳句，说古诗是李、杜、韩、柳篇章”(《醉翁谈录·小说开辟》)。这一点就足以说明，说话人或书会才人注意了向传统文化学习，学了不少士大夫阶层的文人文学，结果是促进了两种文学的交流融合，使通俗文学发生了一次飞跃的变化。宋元时代的说话人一般地既有较高的文化修养，又有深厚的生活阅历，就有独到的优势，因此才取得了崭新的成就。宋元话本乃至《三国志通俗演义》和《水浒传》，都是市民文学与文人文学相结合的成果。但有些话本只有简本，尤其是讲史家的平话多经删改，脱误很多，不能反映话本的实际成就。幸而一部分小说家的话本还比较完整详明，能大致反映宋元说话的艺术水平。我们今天讨论话本的历史成就，正是以一部分繁本小说作依据的。

宋元小说家话本对中国小说发展的重大作用，是显而易见的。首先，最直接的影响当然是拟话本的兴起。明清的短篇白话小说都是摹拟话本体的作品。冯梦龙的“三言”里除了收入宋元旧篇之外，也有明代的话本和拟话本，还有冯梦龙自己的新作，但只有《老门生三世报恩》一篇可以确认。凌濛初的“二拍”绝大部分都是拟话本，嗣后的《型世言》、《醉醒石》、《石点头》等就全部是拟话本体的短篇小说了。这一系列的小说集，自然可以认为是宋元小说家话本的直系继承者。其次，对于长篇白话小说的发展，小说家也起了积极的作用。如《水浒传》除了讲史的成分，就有朴刀杆棒乃至公案小说的成分，融会成了题材新鲜、内容丰富的长篇小说。有的学者曾指出《水浒传》出自小说家，与出自讲史家的演义有别。其实所谓说话四家的门户早已被创作的实践所突破了。又如《金瓶梅词话》，目前不少研究者认为它是第一部作家个人创作的长篇小说。不管它是否出于一人之手，作为第一部长篇的世情小说，还带着从话本蜕变而来的印记。它不仅以“词话”命名，表明它是话本体的作品，而且书中移植了许多宋元小说话本的情节结构，足以说明作者自觉地从话本里吸取了营养。再次，小说家话本对文言小说也有一定影响。明代的新体传奇除了文字浅俗，还多少借鉴了诗话体小说的体制格式，演化出一种“诗文小说”。《剪灯新话·牡丹灯记》中符氏女鬼自供说“作千万人风流话本”，就是指它的故事本身。《刘生觅莲记》把《荔枝奇逢》、《怀春雅集》等也称作“话本”。因此有人把这一部分明代通俗化的传奇称为“文言话本”。最突出的例证是烟水散人(徐震)的《美人书》，基本上还是文言文写的传奇小说，却采用了话本的体制。志怪体小说也有移植自宋元话本的，如《三现身》故事之屡经夺胎换骨的改编①。至于在情节结构、叙事手法、语言艺术等方面，宋元小说话本对明清通俗小说的影响，更是随处可见。可以说，中国小说史上的一大变迁，主要是由宋元小说家的话本引起的。

——据江苏古籍出版社 1998 年版《宋元小说研究》

【评　介】

程毅中(1930—　)，笔名程弘，江苏苏州人。1955 年毕业于北京大学中文系，任西安石油学校语文教师。1956 年考入北京大学，为中国文学史研究生，导师为浦江清教授。浦江清教授去世后，导师为吴组缃教授。1958 年调入中华书局工作，历任编辑、编辑室主任、副总编辑，1983 年评定编审职称，1992 年退休，现任中央文史研究馆馆员，享受国务院特殊津贴。

程毅中先生长期从事文学古籍的整理出版工作，编发过《全元散曲》、《王船山诗文集》、《海瑞集》、《徐渭集》、《杜诗详注》及影宋本《(尤刻)文选》、《新刊校定集注杜诗》等；在主持中华书局文学编辑室工作期间，制定了古代文学总集及《中国古典文学基本丛书》、《古小说丛刊》、《明清传奇选刊》等书的整理出版规划，策划组织了《先秦汉魏晋南北朝诗》、《全唐文》、《全辽文》、《元诗选》、《明文海》、《全金元词》、《全清词钞》、《古本小说丛刊》、《管锥编》、《楚辞注疏长编》、《词话丛编》等书的出版。

程毅中先生校点的古籍有《燕丹子》(中华书局 1985 年版)，《隋唐嘉话》(中华书局 1979 年版)，《玄怪录》、《续玄怪录》(中华书局 1982 年版)，《京本通俗小说》(江苏古籍出版社 1991 年版)，《新编五代史平话》(江苏古籍出版社 1993 年版)，《轮回醒世》(中华书局

① 参看前第二节。

2008 年版)，《花影集》(中华书局 2008 年版)，《清平山堂话本》(中华书局 2012 年版)，等等。

程毅中先生的主要研究领域为中国古代小说，著作有《宋元话本》(中华书局 1964 年初版，1980 年再版，2003 年新一版)、《古小说简目》(中华书局 1981 年版)、《唐代小说史话》(文化艺术出版社 1990 年版)、《古代小说史料漫话》(辽宁教育出版社 1992 年版)、《不绝如缕的歌声：中国诗体流变》(香港中华书局 1989 年版)、《宋元小说研究》(江苏古籍出版社 1998 年版)、《宋元小说家话本集》(齐鲁书社 2000 年版)、《古籍整理浅谈》(北京燕山出版社 2001 年版)、《唐代小说史》(人民文学出版社 2003 年版)、《古代小说史料简论》(山西人民出版社 2005 年版)、《明代小说丛稿》(人民文学出版社 2006 年版)、《程毅中文存》(中华书局 2006 年版)、《古体小说论要》(华龄出版社 2009 年版)、《程毅中文存续编》(中华书局 2010 年版)，等等。

程毅中先生多年来勤奋耕耘，著述宏富，特别是退休以后，他有了更多的精力专门从事学术研究，著述颇多，在他身上深刻地体现了老一辈学者以学术为生命的精神，非常值得年轻的学者学习。程先生研究的领域十分广阔，他关于宋元话本研究方面的专著主要有：《宋元话本》、《宋元小说研究》、《宋元小说家话本集》等。

程先生的《宋元话本》于 1964 年由中华书局出版，这是新中国成立后出版的第一部关于宋元话本的学术著作，在学术史上具有开拓之功。该书是作者于 1957 年在北京大学读研究生时，导师浦江清先生给他指定的学年论文题目。后来，浦江清先生因病辞世，作者离开学校以后把论文完成，后来又加以增订，由中华书局作为知识读物之一出版。该书虽然不到十万字，但是其规模、体制奠定了作者以后研究宋元话本的基础。该书共分为四章，第一章为说话和话本，介绍了话本的渊源和宋代说话流行的情况以及话本的编写；第二章介绍了讲史家话本的名目、体制、题材和讲史的主题思想及艺术成就；第三章介绍了小说家话本的题材、篇目、体制，重点介绍了小说话本的思想内容和艺术特色；第四章介绍了宋元话本在文学史上的地位、作用、影响以及话本的研究和整理情况。该书的最后部分按照时间顺序介绍了话本的研究和整理情况，列出了从20世纪初到20世纪60年代宋元话本的整理、研究情况以及主要的研究人员，具有重要的参考价值。

程毅中的《宋元小说研究》是作者退休以后出版的又一部力作。这是一本断代小说史研究专著，全书共十二章，其中前七章论述的是宋元文言小说，后五章是论述宋元话本的，包括第八章“说话与话本”，第九章“宋元讲史平话”，第十章“宋元小说话本”，第十一章“说经与《大唐三藏取经诗话》”，第十二章“通俗小说的两座高峰”。这部分的内容虽然是以作者早年的著作《宋元话本》为基础的，但是无论从论述的深度、广度，还是从资料的丰富性、详赡性等方面都远远超出了前者，是作者多年学术积累、厚积薄发的研究成果。本书所选的即为其中第十章的内容。该章共分为三节：

第一节“小说话本的著录和断代”。本节首先根据罗烨《醉翁谈录·小说开辟》的记载，列举了宋代小说家话本的8大门类共107篇篇目，其中灵怪类16篇，烟粉类16篇，传奇类18篇，公案类16篇，朴刀类11篇，杆棒类11篇，神仙类10篇，妖术类9篇。这8类基本上概括了当时小说话本的题材类型，其篇目的多少又反映了当时流行的情况。其次，详细介绍了1979年在西安市发现的元刻本《新编红白蜘蛛小说》残页的情况，并给予了高度评价。《新编红白蜘蛛小说》残页是新中国成立以后发现的为数不多的关于宋元话本的实物材料，弥足珍贵。再次，列举了现存的宋元小说家话本的篇目，包括《醉翁谈录·小说开辟》著录的《红蜘蛛》、《鸳鸯灯》、《卓文君》等7篇，《也是园书目》、《述古堂书目》著录的《种瓜张老》、《错斩崔宁》、《西湖三塔》等9篇，洪楩刻本《六十家小说》中的《洛阳三怪记》、《陈巡检梅岭失妻记》、《五戒禅师私红莲记》等7篇以及“三言”中的《新桥市韩五卖春情》、《史弘肇龙虎君臣回》、《杨思温燕山逢故人》等12篇，合计35篇。

第二节“小说话本的题材与主题”。作者根据《醉翁谈录》的分类方法，分别论述了每类话本的现存作品及其主要特点，重点论述了灵怪、烟粉、传奇、公案4类，对朴刀、杆棒、神仙、妖术4类的论述相对简略。而按照《醉翁谈录》的分类方法来论述宋元小说家话本已成为学术界的共识，此前萧相恺的《宋元小说史》和此后萧欣桥、刘福元的《话本小说史》都是如此。

第三节“小说话本的艺术成就及其影响”。首先，宋元小说塑造了一批新型的人物形象，尤其是女性形象，如周胜仙、璩秀秀、郑意娘、李翠莲等，这些女性大胆、泼辣，“春浓花艳佳人胆”概括了这部分女性的特点；其次，小说的细节描写非常真实、精确；最后，小说的情节曲折离奇，引人入胜，作者往往借助一些偶然性的巧合制造故事的悬念。另外，作者常常采用对话的方式与读者交流或作客观的评论。宋元小说话本直接影响了拟话本小说，对长篇白话小说和文言小说的发展均有一定的影响。

该文在学术史上的价值和意义，主要表现在以下方面：

第一，对宋元小说家话本断代问题的重视。

宋元小说家话本的断代问题是学术界颇有争议的问题。争议的原因主要有两个：一是宋元小说家话本与宋元“说话”艺术有着密切的关系，而“说话”是一种口头表演艺术，由于古代缺乏录音录像的工具，这种表演艺术的具体情形如何，现在学术界还没有一致的看法。从《东京梦华录》、《都城纪胜》、《西湖老人繁胜录》、《梦粱录》、《武林旧事》等文献记载来看，宋代的“说话”艺术是十分繁荣的，并且形成了不同的“家数”，其中学术界公认的有“小说”、“讲史”、“说经”三家。那么，宋元的“说话”人在“说话”时有没有可供参考的底本？如果有底本，这些底本的情形如何？这些底本与现存的小说家话本是一种什么样的关系？是真实记录还是差别巨大？对于这些问题，学术界看法不一。二是现存的所谓“宋元小说家话本”都是元代或元代以后刊印的，这些作品在刊印时都不同程度地经过了元人或明人的修改，那么，它们能够在多大程度上反映宋元小说家话本的真实情况，实在难以弄清楚。

基于以上两个方面的原因，学术界对于现存的话本作品要不要区分出哪些是宋元的作品存在争议。不过，大部分学者认为，这种区分是很有必要的。只有区分出来宋元的作品，我们才能进一步了解宋元话本的基本情况，才能够深入地研究其思想内容和艺术特点以及其对后世的影响，否则宋元话本的研究就成了无本之木，无源之水。胡士莹先生在《话本小说概论》中著录了宋代的小说话本 40 种，元代的小说话本 16 种；欧阳健、萧相恺先生的《宋元小说话本集》(中州古籍出版社 1987 年版)收录宋元小说话本 67 篇；欧阳代发先生的《话本小说史》(武汉出版社 1994 年版)著录宋代小说话本 35 种，元代小说话本 12 种；张兵先生的《宋元话本》(春风文艺出版社 1999 年版)著录宋代的小说话本 32 篇，元代小说话本 19 篇。程毅中先生在本书中著录宋元小说话本 35 篇。

既然要区分出宋元时代的作品，就需要有一个判断的标准和方法。

现存的元代刊刻的小说家话本只有 1979 年在西安发现的《新编红白蜘蛛小说》残页，残存四百字左右，这一残页的发现意义重大，不但“使人们第一次看到元刻小说话本的真面目”，而且“可用它来鉴别传世的旧小说话本，看其中哪些保存了宋元时的真面目”。① 残页虽然可以用来鉴别传世的话本，但是毕竟只有一页，可以借鉴的东西有限。除此以外，现存的小说话本大多是明代刊印的，主要保存在洪楩刊刻《六十家小说》、《熊龙峰刊行小说四种》以及冯梦龙编著的“三言”之中，那么，采用什么办法来进行鉴别呢？

胡士莹先生在《话本小说概论 · 现存的宋人话本》②中列举了八种方法：

> 1. 依据话本的体裁、语言风格；
> 2. 话本中叙述的社会风俗习惯；
> 3. 话本中反映的社会思想意识；
> 4. 以同一内容的话本互相比勘；
> 5. 考查地理、官职及典章制度；
> 6. 从官史、杂史、笔记以及诗文集等互相参证；
> 7. 依据宋戏文、杂剧、金院本，证明话本中的故事，在当时的表演情形和话本所反映的时代背景来探讨其成篇时代；

① 黄永年:《记元刻〈新编红白蜘蛛小说〉残页》，载《黄永年古籍述论集》，中华书局 2007 年版。

② 胡士莹:《话本小说概论》，中华书局 1980 年版，第 196 页。

8. 参考现代人研究所积累的见解。

学者们在鉴别某一具体作品时，可能只采用其中的一种或几种方法，如胡适主要依据话本的体裁和语言风格来判断（胡适《〈宋元话本八种〉序》），郑振铎主要从作品的社会风俗习惯来判断（《明清二代的平话集》），许政扬的《话本征时》主要根据地理、官职及典章制度进行判断（见《许政扬文存》，中华书局 1984 年版），等等。

程毅中先生对话本的断代有自己的理解和研究，概括起来有以下几个方面：

首先应该重视书目著录，见于前人记载的作品，不能轻易否认，但并不是说书目著录的所有作品都是真实的，还必须有坚强的旁证，才能确定作品的真伪和产生的年代。

其次，要依据语言风格以及特定时代、特定环境中的社会风貌和生活习俗，从名物制度等方面来确定。

再次，将话本的语言特征和其他材料结合起来确定一部分作品的时代。

最后，可以从作品的思想内容来判断它产生的时代背景。

限于本书的体例和篇幅，程先生在书中对此没有进行详细的阐释。后来，他在《宋元小说家话本集》（齐鲁书社 2000 年版）的《前言》中结合具体的作品，进行了更加详细的阐释和论证。

程毅中先生的《宋元小说家话本集》收录宋元小说家话本 40 篇，存目叙录 22 篇，所收小说以影印的《清平山堂话本》和天许斋刻本《古今小说》、兼善堂刻本《警世通言》、叶敬池刻本《醒世恒言》为底本，参校晚出的各本。所收作品原则上以元代以前（含元代）为限，但基于话本流传的特点，经过明人修订而主体尚存宋元旧观，语言成分仍以宋元为主，或者说尚无确切反证者也酌情予以收录。所收小说，以见于著录的先后为序，但《也是园书目》《述古堂书目》注明为“宋人词话”者，则列在清平山堂刻本之前。辑注主要包括解题、话本原文和词语注释三部分。解题部分考述每篇的著作年代、本事源流及影响，词语注释部分主要以话本注释话本，在第一次出现时作汇释。该书是程先生在话本断代理论指导下的实践之作，注释、考证非常严谨，具有重要的学术价值。

对于小说话本的断代，程先生主张“从作品的主体部分来讨论它基本上属于哪一个时代的作品”，而不是从某个词语、地名或典章制度来断代。例如《简帖和尚》一文，许政扬在《话本征时》中根据“巡军”一词断定它产生于元代以后。程先生则根据“左班殿直”、押运衣袄到边关的差使、僧人犯奸按“杂犯”判罪以及枣槊巷、大相国寺、天汉州桥等地名，综合各方面的情况，认为《简帖和尚》应是宋代的旧本，而“巡军”一词应是元代的说话人后来插增上去的，话本的主体还是宋代的。另外，程先生在《从姚卞吊诸葛诗谈小说家话本的断代问题》(《文学遗产》1994 年第 1 期)、《略谈宋元小说的考证和估价》(《古典文学知识》1999 年第 5 期)、《〈三国志演义〉与宋元话本》(《文学遗产》2012 年第 2 期) 等论文中对这一问题也有进一步的论述。从总体上来看，程先生的这种断代方法还是比较稳妥的，在实践上也能够行得通。

第二，程毅中先生关于小说话本的相关论述是以文献为基础的，文笔平实，特别重视小说话本的源与流。

如果我们将该书与萧相恺先生的《宋元小说史》(浙江古籍出版社 1997 年版) 相比，就会发现两书关于宋元小说话本的论述有着截然不同的风格。程毅中先生在书中对话本的来源、传承等文献资料介绍得比较多，而对于话本的思想内容和艺术特点的分析比较少。如在谈到《风月瑞仙亭》时，程先生就介绍了司马相如和卓文君故事的“源”：从司马迁的《史记》，到《西京杂记》，再到唐朝陈翰《异闻集》、元代汤式的《风月瑞仙亭》杂剧等。在谈到《三现身包龙图断冤》时，程先生介绍了该故事的“流”：清代浦琳《清风闸》就采用了《三现身》的情节结构，清人的文言小说借鉴《三现身》故事的很多，如赵季莹《途说》卷一《相士》、梁恭辰《劝戒三录》卷四《鬼乞伸冤》、汤用中《翼駉稗编》卷四《奸杀诈幻二案》、潘纶恩《道听途说》卷一《祝霭》、齐学裘《见闻续录》卷二十二《成衣匠奸计》等。萧相恺先生的《宋元小说史》则对宋元小说文本的分析十分细腻，如他对于《小夫人金钱赠年少》、《杨思温燕山逢故人》、《闹樊楼多情周胜仙》等的分析都精彩、独到，发人深省，对于话本在结构、主题、人物形象方面的矛盾性和复杂性的分析鞭辟入里，给人启发。两书呈现出不同的风格，各有千秋。而后来的萧欣桥、刘福元先生《话本小说史》(浙江古籍出版社2003年版)则基本采用了程先生一书的写法。

第三，程先生注意到了文言小说与话本小说的互动关系。话本小说与文言小说之间并非壁垒森严，井水不犯河水，而是互相借鉴、互相吸收、共同发展的。

《醉翁谈录·小说开辟》有言：

> 夫小说者，虽为末学，尤务多闻。非庸常浅识之流，有博览该通之理。幼习《太平广记》，长攻历代史书。烟粉奇传，素蕴胸次之间；风月须知，只在唇吻之上。《夷坚志》无有不览，《琇莹集》所载皆通。

上面的这段话虽带有小说家自吹自擂的某些特点，但是大体上还是属实的。宋元的小说家对文言小说集《太平广记》、《夷坚志》还是比较熟悉的，有不少作品的素材就取自这两种书。程先生在书中对《杨思温燕山逢故人》的题材来源进行了分析。程先生指出，该故事的素材来自于《夷坚志》丁集卷九的《太原意娘》，但是结尾的一段情节却是《夷坚志》所没有的；而无名氏《鬼董》卷一中有一篇张师厚再娶的故事与《杨思温燕山逢故人》的后半段基本相同。程先生认为，《杨思温燕山逢故人》的故事，“大概产生在《鬼董》之前，因为话本里充满了南宋人国破家亡和生离死别的思想感情，反映了那个特定时代的社会风貌。话本里的一些细节描写，也都透露了当时都市生活的气息”；而《鬼董》里的故事，“倒可能是从民间流传的话本里听来的”。如果这种情况属实，在《杨思温燕山逢故人》这篇话本中，我们可以看到文言小说与话本小说的亲密互动：《杨思温燕山逢故人》取材于文言小说《夷坚志》，而文言小说《鬼董》又取材于话本《杨思温燕山逢故人》。(孙楷第先生此有不同看法，“疑话本原文只就《夷坚丁志》敷衍，后人复取《鬼董》所载附益之”。① 另外，在谈到宋元小说家话本的影响时，程先生认为，“明代的新体传奇除了文字浅俗，还多少借鉴了诗话体小说的体制格式，演化出一种‘诗文小说’”，“最突出的例证是烟水散人(徐震)的《美人书》，基本上还是文言文写的传奇小说，却采用了话本的体制”。

文言小说对话本小说的影响，学者们大多注意到了，而话本小说对于文言小说的影响，还没有引起学术界的足够重视。

第四，程先生在论述小说话本的艺术成就时，特别强调细节的真实，其他学者对此论述较少。这种细节的真实，不仅指人物对话和心理描写的入情入理，如《错斩崔宁》中刘贵醉酒后和陈二姐的一段对话；也包括作品背景的真实性，如《宋四公大闹禁魂张》中对“作为故事展开的背景如街市、酒楼、茶坊等，也描写得仿佛亲临其境，简直可以与张择端的《清明上河图》相印证”。这种细节的真实，反映了作者对于市井生活的熟悉，也是作家艺术水平逐渐提高的一种标志。

综上所述，程毅中先生是近年来在宋元话本研究领域成就最高的学者，他数十年如一日，对宋元话本的研究一直充满热情，而且老当益壮，值得后辈景仰和学习。

**程毅中相关作品目录：**

《宋元话本》，中华书局 1964 年版。

《宋元小说研究》，江苏古籍出版社 1998 年版。

《宋元小说家话本集》，齐鲁书社 2000 年版。

《古代小说史料简论》，山西人民出版社 2005 年版。

《明代小说丛稿》，人民文学出版社 2006 年版。

《从姚卞吊诸葛诗谈小说家话本的断代问题》，载《文学遗产》1994 年第 1 期。

《略谈宋元小说的考证和估价》，载《古典文学知识》1999 年第 5 期。

《从〈商调蝶恋花〉到〈刎颈鸳鸯会〉》——《〈宋元小说研究〉补订

① 孙楷第：《小说旁证》，人民文学出版社 2000 年版，第 69 页。

之一》，载《文学遗产》2002 年第 1 期。

《宋人说诨话与〈问答录〉——〈宋元小说研究〉》订补之二，载《文学遗产》2003 年第 1 期。

《〈三国志演义〉与宋元话本》，载《文学遗产》2012 年第 2 期。

《碾玉观音》与刘锜的诗词，载《文史知识》2013 年第 7 期。

（刘相雨）

# 《京本通俗小说》的证伪及其意义

张　兵

1915年，《京本通俗小说》作为"烟画东堂小品丛书"的一种由缪荃孙刊行于世。缪荃孙(1844—1919)，别号江东老蟫，是著名的藏书家。在刊本《京本通俗小说》后的"跋"中叙述了他是如何发现此书的："余避难沪上，索居无俚，闻亲串妆奁中有旧钞本书，类乎平话，假而得之，杂庋于《天雨花》、《凤双飞》之中，搜得四册，破烂磨灭，的是影元人写本。首行《京本通俗小说》第几卷，通体皆减笔小写，阅之令人失笑。三册尚有钱遵王图书，盖即也是园中物。"由于《京本通俗小说》所收的话本《碾玉观音》、《菩萨蛮》、《西山一窟鬼》、《志诚张主管》、《拗相公》、《错斩崔宁》、《冯玉梅团圆》，是我国话本小说史上的代表作，它的问世，引起了学者们的极大兴趣。然而，自1928年至今的60余年间，海内外的不少学者对缪刊《京本通俗小说》的真实性提出了怀疑，并由此触发了一场关于《京本通俗小说》真伪问题的讨论。这是我国文学史，尤其是话本小说史上的一件大事。本文拟对这场讨论的来龙去脉作一初步的梳理，并申述鄙见，同时对《京本通俗小说》证伪的意义略作探讨。

## "《京本通俗小说》真伪问题"讨论的回顾

缪刊《京本通俗小说》辑录话本七篇，它们被分别标为"《京本通俗小说》第十卷至第十六卷"。但据缪荃孙的"跋"说：此书的"《定州三怪》一回，破碎太甚，《金主亮荒淫》两卷，过于秽亵，未敢传摹"。可知他发现的残册原本实为九篇小说。因为缪刊《京本通俗小说》尚缺《定州三怪》和《金主亮荒淫》两篇，叶德辉在缪荃孙之后不久，即刊行了其中之一的《金主亮荒淫》的单行本，并题为“《京本通俗小说》第二十一卷”。正是叶德辉的这个好事之举，暴露了《京本通俗小说》作伪的痕迹，并引起了研究者的注意。“《京本通俗小说》的真伪问题”的讨论由此拉开帷幕。

1928 年 6 月，日本著名汉学家长泽规矩也发表《〈京本通俗小说〉和清平山堂》的长篇论文，率先提出叶氏刊行的《金虏海陵王荒淫》的单行本“疑点很多”。他在详细地分析了叶氏刊本的纸质、装帧、行款等版本情况以及篇名、卷数等与缪氏所刊之《京本通俗小说》不同，尤其是把叶氏在“跋”中所透露的《金虏海陵王荒淫》的来源与缪氏生前编定的《郎园读书志》的文字作了认真的考订后说：“博识如叶德辉，无论如何猜想，实不能不令人以为是故意伪造而把嫌疑集于他的一身了。”当长泽规矩也把叶刊《金虏海陵王荒淫》和衍庆堂本《醒世恒言》中的相关小说一一对勘，发现两者正误基本相同，而仅有个别文字的差异，从而得出明确的结论：“我认为这单行本是依衍庆堂本《恒言》来伪作的。”

但长泽规矩也的上述意见并未引起国内学者的注意。1930 年，郑振铎在《明清二代的平话集》一文中还把《京本通俗小说》视作“伟大的话本集”。尽管他也认为叶德辉刊行的《金虏海陵王荒淫》是“最成问题”的，但只怀疑《京本通俗小说》的创作年代而不怀疑书本身，指出它“是明代隆、万间的产物，其出现当在清平山堂所刊话本后，而在冯梦龙的‘三言’前”。

这一观点，在国内学术界甚为流行。1951 年，孙楷第在田汝成的《西湖游览志余》卷二十五中发现了《冯玉梅团圆》一篇的开头题为“帘卷水西楼”的一首《南乡子》词。该书注明此词为瞿佑所作。瞿佑是元末明初(1341—1427)人，其主要生活年代在明初，“帘卷水西楼”词的写作年代当为明初。这一发现，从根本上动摇了《京本通俗小说》“的是影元人写本”的缪“跋”。因为在宋元人的作品中是不可能有明人词出现的。但孙楷第仍不怀疑《京本通俗小说》的真实性，甚至还坚持说它是一部“选辑宋人小说的书”。

囿于孙楷第的观点实难自圆其说，胡士莹等人提出“窜入”说，赞成郑、孙之主张。《话本小说概论》一书为了证明《京本通俗小说》

所收小说皆为宋元人之作，乃称《冯玉梅团圆》篇首的《南乡子》词是后来明人的“窜入”，而非作品本身所有。不仅如此，胡士莹还据此认定明人的“窜入”宋元之作是一种普遍的文化现象，所以，他在判断若干话本的著作年代时，往往将作品中出现的一些具有明代特征的事物归之为明人的“窜入”。如《警世通言》卷三十八《蒋淑真刎颈鸳鸯会》开头有“浙江杭州府武林门外”一语，三地名均为明代所特有，而胡士莹认为此篇为宋人作品说：“南宋人无临安为杭州府之理，明人窜改的痕迹也很显然。”类似的例子在胡著中很多。正如有的研究者所说：“作品中的地名、习俗、引述的诗文等等，本是考证作品时代的有力内证。如没有充分确凿的依据，是不能随时意说是后人‘窜入’而加以否认的。”①

直到上世纪六十年代，长泽规矩也的意见才得到了学者的响应。美籍学者马幼垣和马泰来于 1965 年 7 月发表《〈京本通俗小说〉各篇的年代及其真伪》一文②，认定《京本通俗小说》是一部伪书。其主要论证是(据苏兴概述)：

(一)缪氏在《京本通俗小说》的“跋”里说所藏《京本通俗小说》四册，其中“三册尚有钱遵王图书，盖即也是园中物”。但是，钱曾的《也是园书目》、《述古堂书目》、《读书敏求记》三书里，却都没有著录《京本通俗小说》一书。而且钱曾书中所录的宋人词话十二种，都是单行本，而《京本通俗小说》则是编次井然的话本集，根本不同类，这是可疑之处。

(二)考定《拗相公》为元代作品；《金主亮荒淫》和《冯玉梅团圆》两篇为明朝作品，后者很可能是缪氏据《也是园书目》的同一篇名，因而窜改“三言”中《范鳅儿双镜团圆》一篇而成。

(三)“三言”一百二十篇和《六十家小说》残存的二十九篇仅有十篇互见，和《熊龙峰刊行小说四种》仅一篇互见，而《京本通俗小说》各篇全见于“三言”中，亦是可疑。

---

① 见戚仁《关于“三言”作品写作年代的若干问题》，载复旦大学出版社《古典文学丛考第一辑》。

② 刊新《清华学报》五卷第一期。

(四)清本、熊刊和“三言”相同各篇的文字差异大，《京本通俗小说》与“三言”则差别极小。

(五)“三言”中篇目下注明“宋人小说”、“宋本”、“古本”的诸篇全见于《京本通俗小说》，除《定州三怪》外，其余题目完全不同。

(六)《碾玉观音》入话词之一，“三言”作“苏小小”，而《京本通俗小说》作“苏小妹”，这是由于缪氏不知有司马才仲梦苏小小的故事所改，以合乎篇中诗词都出自宋人的话。

(七)《菩萨蛮》中三次提到吴七郡王的“二个夫人”，“三言”皆作“两国夫人”。这也是《京本通俗小说》的编著不明宋制而妄改。

此文如一石投水，再次激发了学术界关注《京本通俗小说》真伪问题的热情。1969 年 12 月，台湾大学文学院出版了乐蘅军的《宋代话本研究》一书，作者针对马氏兄弟的意见，提出四点质疑，认为他们所说的七点理由，还不足以证明《京本通俗小说》是伪作的观点。

1979 年，台湾学者胡万川在《中华文化复兴月刊》十卷十期发表《〈京本通俗小说〉的再发现》一文和给编辑部的两封信，用《警世通言》的兼善堂本分别与缪刊《京本通俗小说》中相关的六篇小说对勘，又用《警世恒言》的叶敬池本和衍庆堂本与《错斩崔宁》对勘，从其文字异同的比较中窥知《警世通言》和《警世恒言》与《京本通俗小说》的嬗变之迹为：

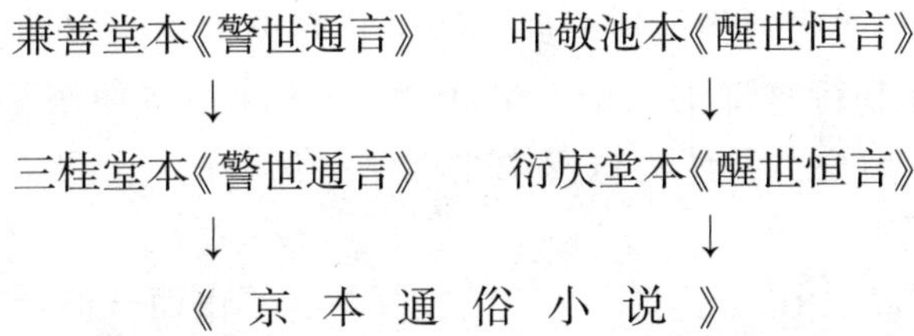


胡氏的对勘说明：后出的三桂堂本《警世通言》和叶敬池本《醒世恒言》更改了原刊本的文字，而所谓的《京本通俗小说》的编者又据其中的七篇话本在表明朝代的关键字句上做了手脚。

几乎在海峡彼岸的学者向《京本通俗小说》的真实性提出挑战的同时，苏兴也在 1978 年《文物》第 3 期上发表《〈京本通俗小说〉辨疑》一文，对《京本通俗小说》开始诘难。除了和马氏兄弟相同的理由外，还提出如下论证：

（一）《京本通俗小说》一书的残失“太偶然了”。

（二）考察《六十家小说》和《大宋宣和遗事》等作品，可知《京本通俗小说》在表明年代的关键性字眼上做了窜改。

（三）《六十家小说》中有七篇小说被辑入“三言”，两者的文字差违较大，这和《京本通俗小说》里的七篇小说基本沿袭“三言”（仅有个别文字改动）的情况迥异。如果说同是冯梦龙的艺术加工，两者不会有如此差别。

（四）《菩萨蛮》中有“虞山钱曾遵王藏书”的篆文印章，与常见的钱氏的藏书印“钱曾遵王藏书”的文字不同。人们只有在书贾用来冒充宋版的《经典释文》一类书上才见到过此章。这种盖在另一本伪造书上的同一印章，说明有可能也是缪氏拙劣的伪造。

（五）《京本通俗小说》的缪“跋”对书的来源闪烁其词，所云“通体皆减笔小写”，实出于饶心舫（香舫）之手。他是缪氏作伪的帮手。《京本通俗小说》的书页上有“陶子彝棨”的字样，恰证明了此点。

（六）《京本通俗小说》辑录话本的标题，有的同“三言”，有的拈自钱目，有的系主观虚拟。而《拗相公》则是从王士祯《香祖笔记》卷十得到启发而定。王没有见过《京本通俗小说》，只在叙述到王安石罢相南归时，才把《警世通言》刊载的《拗相公饮恨半山堂》简称为《拗相公》。缪荃孙欣然接受为“根据”，恰暴露了他随心赝作的破绽。

苏兴的结论是：“我则不仅怀疑此书不但不是宋人作品，而且进一步怀疑在缪荃孙刊行这部书之前，世间就没有过《京本通俗小说》这么一部书；直率地说，我认为这部书是缪荃孙假造的；话本不假，话本汇集成书是假。”

海峡两岸的学者，在疏于文化交流的情况下，不谋而合地走到了一处。他们的研究成果，获得了大多数学者的首肯。章培恒、马美信编选的《古代白话短篇小说选》在《碾玉观音》篇的说明即是一例。

然而，围绕《京本通俗小说》真伪问题的讨论没有结束。1982 年第1、4 期《山西师大学报》发表了聂恩彦《〈京本通俗小说〉探考》和《〈京本通俗小说〉再探考》两文，不同意苏兴等人的观点，但因提不出新的证据而并未引起人们的重视。倒是台湾学者那宗训发表的《〈京本通俗小说〉的新评价》一文，使否定派面临着新的挑战。此文从时代、人名和衔头、《南乡子》词、书目及宋人小说、三桂堂本《警世通言》、衍庆堂本《醒世恒言》以及俗字等七个方面逐一进行反驳，认为《京本通俗小说》绝对不是自“三言”中抽出来的。“它是一本独立小说，在明代就有的。”同年第 69 卷 6 期《大陆杂志》又发表了他的《从俗字看〈京本通俗小说〉是否伪作》的文章，将《京本通俗小说》中出现的俗字与明代读物的俗字作了比较，认为两者是一致的：“一部伪作把俗字写到这个地步是不可能的。我们必须相信《京本通俗小说》是明代就有的书，它在‘三言’出版以前就存在。”

苏兴坚持自己的观点，他在《〈京本通俗小说〉外志》一文中着重论述了《冯玉梅团圆》和《拗相公》两篇是明人作品，而《错斩崔宁》似乎也没有编入过《京本通俗小说》。因为《曲海总目提要》的撰写者在著书时曾提到这则故事而没有见过此书。另外，他在《再谈〈京本通俗小说〉的问题》一文中，从“朝代的称谓”入手，回答了学术界的不同意见。他在“附记”中说：“谓《京本通俗小说》是赝造之书，源出‘三言’中的《通言》和《恒言》，应该说是不刊之论了；说伪造者是缪荃孙，则接近不刊之论，还不能结论。”并提出：只要追查台北市“中央图书馆”入藏的那一部《警世通言》的接受源流，那么一切真相就会大白。可惜其祖本在抗战中毁于兵燹，已无法核查。这样，“《京本通俗小说》是一部伪书”的结论，尚留下最后的一个尾巴。

## 《京本通俗小说》证伪有据

上面简略地叙述了《京本通俗小说》真伪问题讨论的历史轨迹，我认为，要解决这一学术“悬案”的全部关键，是确定书中各篇话本的写作年代。只要我们能找到一篇作品确定是明人所写，那么，缪荃孙所说的《京本通俗小说》是“影元人写本”的说法就不攻自破了。正是基于这样的认识，我对《京本通俗小说》辑录的《拗相公》、《冯玉梅团圆》和《金主亮荒淫》作了重点考察，并在前辈学者和时贤同仁已奠定的基础上，又有若干新的发现。可以肯定，上述三篇小说是明人所作，缪刊《京本通俗小说》的真实性并不可靠。下面结合具体作品，逐一叙述一孔之见。

**（一）《拗相公》**

第一，小说开头有王安石“初任浙江庆元府鄞县知县”的话。戚仁说：“浙江，唐分为浙东、浙西道，宋为两浙路。《明史·地理志》云：浙江，《禹贡》扬州之域，元置江浙等处行中书省，又分置浙东道宣慰使司属焉。太祖戊戌年十二月置中书分省，丙午年十二月罢分省，置浙江等处行中书省。……（洪武）九年六月改行中书省为承宣布政使司。可见，‘浙江’作为一个行政区域名称，始于明代。”①其所依据的是史籍的记载，当为可信。我们知道，在宋人的作品中是不可能出现明地名的。聂恩彦提出“庆元府”为宋地名，这是事实，但明人使用宋地名之事，也可理解，故不足以说明此篇为宋作。

第二，篇中有“终宋世不得太平”句，马幼垣、马泰来曾据此否定宋作，非常正确。

第三，作品中有“这朝代不近不远，是北宋神宗皇帝年间”。这也是明人口吻。如系元人，一般不会说：“这朝代不近”之类的话。

第四，据苏兴考证，此篇故事系对赵弼《效颦集》中《钟离叟妪传》的改写。② 我同意这一看法。因为从罗烨的《醉翁谈录》来看，话本作者必须“幼习《太平广记》，长攻历代史书”，除了从生活中撷取创作题材外，还要从大量的“说部”中去寻觅。这是一般话本的成型规律。反之，在我国话本小说史上，我们很难找到把白话小说改成文言小说的例子。

**（二）《冯玉梅团圆》**

小说入话中说：“徐信和他做了一对夫妻，上路直到建康，正值高宗天子南渡即位，改元建炎，出榜招军，徐信去充了个军校，就于建康城中居住。”史载高宗即位的南京，地处今河南商丘，无须“南渡”。宋人对此地理常识当不会误记。而明亦曾建都于南京，即今江

① 戚仁《关于“三言”中若干作品著作年代的考辨》，见《中国古典文学研究》第1期，复旦大学出版社，1983年8月出版。

② 详见《〈京本通俗小说〉外志》一文。

苏省南京市，也即文中所说的“建康”。由于时代的隔阂，明人把江苏的南京和商丘的南京相混而说“高宗南渡即位”的话，倒是非常可能的。如《金瓶梅》一百回也有同样的错误。另外，孙楷第指出的篇首《南乡子》词，也是本篇为明人所作的有力例证。

### （三）《金主亮荒淫》

此篇已有不少学者指出，当为明代作品。此不赘。我再补充三条例证。

第一，篇中有“况且这些骚挞子，干事不瞒儿女”句，其中的“骚挞子”一语，系对金人的蔑称，不会出自宋元人之口。

第二，小说中贵哥说：“除了西洋国出的走盘珠，缅甸国出的缅铃，只有人才是活宝。”这“走盘珠”和“缅铃”都是舶来品。宋元时代，海禁未开，何来此两物？而在明代，尤其是嘉靖以后，中外通航，贸易日增，贵哥提及的“走盘珠”和“缅铃”之事，不为稀罕。贵哥赞簪儿的韵文中有“异邦”的话，也是一例。

第三，全篇的艺术风貌极类《金瓶梅词话》，尤其是“贵哥说风情”一段，相似于《金瓶梅词话》中的“王婆贪贿说风情”。已有学者撰文论述它们为同时代的作品。

有人说，《京本通俗小说》中收入以上三篇明代小说，只能说明它不是“影元人写本”，并不能证明它不是明代的拟话本集，而它的编集年代在“三言”之前。这正是现代学术界甚为流行的观点。如郑振铎是“明代隆、万说”的首创者，孙楷第也赞成此说，聂恩彦、李嘉瑞、那宗训等皆持此观点。最近出版的《中国通俗小说总目提要》一书，在《京本通俗小说》条下说：“看来，此书不一定是伪书，但也不会是‘影元人写本’，可能是明代中、后期出版的一部话本小说集。”①我以为，这种说法也是值得商榷的。《京本通俗小说》也不可能是在“三言”以前出现的明代话本小说集。

前年，我曾应辽宁教育出版社之邀，写过一本名为《话本小说史

① 见江苏省社科院明清小说研究中心编《中国通俗小说总目提要》，中国文联出版公司，1990年2月出版。

话》的小书。在叙述到“《京本通俗小说》是一部什么样的书”时，曾将兼善堂本《警世通言》中的《崔待诏生死冤家》和《京本通俗小说》中的《碾玉观音》作一比较，发现两者在结构上有一个很大的差别在于：《碾玉观音》是上、下两回，而《崔待诏生死冤家》则不分回。这引起了我的注意。两篇小说的回数不一。这一事实恰说明了《警世通言》一书在前，而《京本通俗小说》在后。因为对勘兼善堂本《警世通言》的《崔待诏生死冤家》和收入《京本通俗小说》的《碾玉观音》，发现在《碾玉观音》的上、下回连接处有“这汉子毕竟是何人？且听下回分解”一语，而《崔待诏生死冤家》则没有这句话。有人说，这可能是冯梦龙为齐体例而删，但通观“三言”的所有其他作品，又找不出第二个例子。退一步讲，此语如果真是《警世通言》的编纂者冯梦龙所删，那么，这岂不是“画蛇添足”，暴露了原作是上、下两回的真相，而与其改变的意图相违。看来，唯一正确的解释是：缪荃孙在把《警世通言》中题为“宋人小说题作《碾玉观音》”的《崔待诏生死冤家》一篇辑入《京本通俗小说》时，发现原作是单篇不分回的小说，而这句话又明显地与全篇不合，故将其删去，但视其体例和内容，似又可分为上、下两回，所以又径自作了改动。殊不知这样一来，反露出了作伪者的马脚。聪明反被聪明误，这是缪荃孙所始料不及的。

另外，能说明《京本通俗小说》的作品是选自《警世通言》和《醒世恒言》的例子，是把它和《六十家小说》作对比。这项工作已有人做过。我们从两者的简单比较中可以看到一个明显的事实：在冯梦龙编纂的“三言”中，收入了《六十家小说》的十篇小说，它们在结集时，都经过了冯梦龙的较大的艺术加工。如《柳耆卿诗酒玩江楼记》，几乎是通篇作了改写，人物和基本情节均与原作有所不同。而缪刊《京本通俗小说》中的七篇小说，和“三言”中的有关作品相比，皆只有个别文字的改动，且大多数是只改动了朝代的称谓。如果说，《京本通俗小说》的成书在“三言”以前，冯梦龙为何要厚此薄彼，独青睐于《六十家小说》而轻视《京本通俗小说》呢？这显然是说不通的。合理的解释也只有一个，即：是《京本通俗小说》抄缀“三言”作品而成的，而非“三言”改编《京本通俗小说》。

由上观之，我以为，说《京本通俗小说》是一部伪书是有充分根据的。正如苏兴所说，如果我们同意《京本通俗小说》是一部伪书的结论，自应当把它从中国文学宝库中剔除掉。虽然编入书中的七篇小说是货真价实的话本小说，它们在话本小说史占有一席之地，但作为一部书，《京本通俗小说》不应该再继续存在，以免贻误后人。

## 《京本通俗小说》证伪的意义

近几年来，学术界对《京本通俗小说》真伪问题的讨论较为冷寂，究其原因，似与双方皆找不到新的历史材料来支持自己的学术主张有关。本文之所以要重提这一问题，除了笔者有前面叙及的若干证伪新依据以外，还认为它有着重大的学术意义。《京本通俗小说》的证伪，不仅仅关系到此书本身的价值，而且还涉及对我国古代小说史，尤其是话本小说史发展的重新认识以及对冯梦龙在《三言》中的创作价值的基本评价。应该说，弄清《京本通俗小说》的真伪，是我国古代小说史，尤其是话本小说史研究的一项基础工作，值得重视。

七年前，我在《话本小说中的分期问题》(刊《复旦学报》1988 年第 4 期)一文中说过："在研究话本小说史的分期问题时，我们还会遇到的另一问题是：如何判定现存话本小说的著作年代，它直接关系到话本小说分期问题研究的科学基础。如果不把现存话本小说的著作年代搞清楚，我们就不能明了各个历史时期话本小说的概貌和基本特征，又怎么能对话本小说的分期问题得出正确的答案呢?"话本小说单篇作品著作年代的判定尚且如此，而汇集我国七篇早期话本的专书《京本通俗小说》的真伪，则更是直接关系到话本小说史研究的根本问题了。由于封建社会中统治者对小说的轻视，又加上历史年代的久远，我国现存的话本小说作品很少，尤其是宋元时代的小说，更是寥若晨星。如果要窥其原貌的话，仅有十多年前黄永年先生在西安发现的那张《红白蜘蛛》的残页。倘若《京本通俗小说》真如缪荃孙所说"的是影元人写本"，那不啻是话本小说研究者的福音。不过，缪刊《京本通俗小说》的伪造之迹实在太过于露骨了，已无人相信缪荃孙氏所说"的是影元人写本"的话。但这几篇话本，在"三言"中大多于题目下有"宋人小说×××"的字样而受到格外珍视。已故的胡士莹先生在《话本小说概论》一书的第七章“现存的宋人话本”中说：“现存的宋人话本，除极少数是留传下来的单行本外，大多数皆散见于明人汇辑的《京本通俗小说》、《六十家小说》、《古今小说》、《警世通言》、《醒世恒言》等书中”，并且特意标明是“按照各书编刊的先后时代为序，依次排列”的。其第四节是探讨小说话本的专节，开宗明义就说：“见于《京本通俗小说》的七种”，然后一一列举缪刊伪书的作品，逐一予以探讨。尽管胡先生不承认它是“影元人写本”，但仍把《京本通俗小说》置于《六十家小说》等书之前，认为它是我国现存最早的话本小说作品专集，这一看法显然是受了缪刊《京本通俗小说》影响之结果。由于胡先生是国内著名的话本小说研究专家，所著《话本小说概论》是“第一部篇幅宏大、资料丰富、论述广泛，具有较高学术质量的书”，所以，这种看法影响很大。在建国后编写的各种文学史、小说史著作中，差不多全接受了此一观点。《京本通俗小说》的证伪，无疑意味着对这种传统主张之藩篱的突破。由于学者们的不懈努力，将《京本通俗小说》的证伪推向学术前沿，现在看来，话本小说的某些问题，理应需要重新认识。

《京本通俗小说》的证伪，是个较为重大的学术课题，本文对此仅作一初步的探讨，意在引起治中国小说史者的重视。如有错误之处，恳祈方家指正。

本文原刊《海上论丛》第2辑

——据中国文史出版社2005年版《张兵小说论集》

【评　介】

张兵，原名张林昌。1947年6月出生于上海市南汇县(现改为南汇区)。1966年7月毕业于上海市第六师范学校，后回乡任教。1978年1月至1982年1月在复旦大学中文系学习，毕业后留校为复旦大学教师。1985年1月定职为编辑，1993年1月晋升为副编审(兼副教授)，2002年1月晋升为编审(兼教授)，曾任《复旦学报》(社会科学版)编审，兼复旦大学古籍整理研究所教授。张兵先生的主要学术著作有《宋元话本赏析》(广西教育出版社1991年版，与吴伟斌合作)、

《话本小说史话》(辽宁教育出版社 1992 年版)、《凌濛初与两拍》(辽宁教育出版社 1992 年版)、《文康与儿女英雄传》(辽宁教育出版社 1992 年版)、《宋元话本》(春风文艺出版社 1999 年版)、《宋辽金元小说史》(复旦大学出版社 2001 年版)、《张兵小说论集》(中国文史出版社 2005 年版),等等,共有专著十余部,发表论文百余篇。其中,1992 年由辽宁教育出版社出版的《话本小说史话》、《凌濛初与两拍》和《文康与儿女英雄传》三本书荣获全国第七届"国家图书奖"。

张兵先生自 20 世纪 80 年代以来,一直从事话本小说的研究,在该领域辛勤耕耘,收获颇丰,是国内研究话本小说的杰出学者之一。

张先生与吴伟斌合作的《宋元话本赏析》共选话本小说 8 篇,包括《碾玉观音》《张生彩鸾灯传》《宿香亭张浩遇莺莺》《闹樊楼多情周胜仙》《错斩崔宁》《简帖和尚》《快嘴李翠莲记》《张孝基陈留认舅》。每篇先引原文,后有词语注释和欣赏文章,对于普及宋元话本作品有重要意义,该书 1994 年又由中国台北开今文化事业出版公司出版。他的《话本小说史话》将话本小说的发展分为四个时期:萌芽期——唐代,发展期——宋元,全盛期——明至清初,衰落期——清中叶至清末。他从唐代的诗话、变文讲起,重点评述了宋元话本,详细介绍了明清话本小说中具有代表性的作品及其思想内容和艺术成就,阐明了它们在中国小说史上的地位。他认为宋代的说话只有小说、讲史和说经三家,所谓的四家之说是靠不住的。在宋元话本部分,他将其按题材类型分为了四类:爱情、神幻、豪侠、讽世,并以代表性的作品作了阐述。在该书中,张先生就明确地指出《京本通俗小说》是一部靠不住的伪书。他的《宋元话本》为插图本中国文学小丛书之一,全书共分为十二节,其中概说、唐话本、北宋话本各一节,南宋话本六节,元代话本两节,影响一节。本书重点论述的是南宋话本,包括南宋话本的概况、体制、分类、思想内容以及各类话本的代表作品;元代话本介绍了其小说和讲史话本,特别是讲史话本,介绍得比较详细。《张兵小说论集》分为上下两编,上编为话本编,下编为小说编。话本编约占全书一半的篇幅,《〈京本通俗小说〉的证伪及其意义》就出自该书。

《〈京本通俗小说〉的证伪及其意义》是一篇学术综述类的文章,

评价的是在20世纪轰动一时的《京本通俗小说》的真伪问题。论文共分为三大部分：

一是“《京本通俗小说》真伪问题”讨论的回顾：作者从缪荃孙1915年刊印《京本通俗小说》的缘起开始，介绍了日本汉学家长泽规矩也1928年对叶德辉刊印的《金虏海陵王荒淫》单行本的质疑，郑振铎、孙楷第、胡士莹对《京本通俗小说》中相关问题的认识。论文用大量篇幅详细介绍了20世纪60年代到80年代美籍学者马幼垣、马泰来兄弟，我国台湾学者胡万川，大陆学者苏兴等对《京本通俗小说》的质疑及其主要理由，也简单介绍了乐蘅军、那宗训、聂恩彦等学者对《京本通俗小说》的肯定及其理由。

二是《京本通俗小说》证伪有据：作者利用前辈和时贤的相关学术成果，结合自己的研究成果，指出《京本通俗小说》中的《拗相公》、《冯玉梅团圆》和《金主亮荒淫》三篇应为明代作品，因此《京本通俗小说》是一部伪书。

三是《京本通俗小说》证伪的意义：作者认为判定话本小说的著作年代，直接关系到话本小说的分期问题。如果《京本通俗小说》为真，在话本小说史上应该大书特书；如果该书是伪造的，自应把它从小说史上剔除。而现在的学术界，对该书的真伪问题还存在一些模糊不清的认识，因此展开讨论还是很有意义的。

张兵先生的这篇论文，虽然谈的是学术史上一个十分具体的问题，却涉及宋元话本研究的诸多方面。该文在学术史上的价值和意义，主要表现在以下方面：

一、明确提出《京本通俗小说》是一部伪书，态度鲜明

国内学术界对于《京本通俗小说》的真伪问题大多出言谨慎，不轻易地否定该书。当然，这与该书的复杂状况有密切的关系。

《京本通俗小说》的真伪问题现在已经成为一件学术公案。公案出现的原因主要有以下几点：

首先，该书的来历不明。缪荃孙在《烟画东堂小品》本《京本通俗小说》的《跋》中记载了自己发现该书的经过：

余避难沪上，索居无俚，闻亲串妆奁中有旧钞本书，类乎平

> 话。假而得之，杂庋于《天雨花》、《凤双飞》之中，搜得四册，破烂磨灭，的是影元人写本。首行《京本通俗小说》第几卷，通体皆减笔小写，阅之令人失笑。三册尚有钱遵王图书，盖即也是园中物……尚有《定州三怪》一回，破碎太甚；《金主亮荒淫》两卷，过于秽亵，未敢传摹。与也是园有合有不合，亦不知其故。

缪荃孙说该书发现于“亲串妆奁中”，至于该亲串的姓名、家世等具体情况则语焉不详，令人无从查考。在近代学术史上，许多重要资料的发现也都出于偶然，但是均不妨碍这些文献的真实性与可靠性。如曹元忠 1911 年游杭州时在常熟张敦伯家发现《五代史平话》(见曹元忠《五代史平话跋》)，马廉 1933 年秋天在家乡宁波发现《清平山堂话本》中的《雨窗集》和《欹枕集》等(见马廉《〈清平山堂话本〉与〈雨窗集〉和〈欹枕集〉》)。缪荃孙的《跋》却让人疑窦丛生。

其次，在元明两代的公私书目中，至今都没有发现关于此书的任何记载。缪荃孙认为该书是“的是影元人写本”，但是并没有说明判断的依据；又说“三册尚有钱遵王图书”，似乎钱曾收藏过此书，但是钱曾《也是园书目》、《述古堂书目》、《读书敏求记》等都没有著录《京本通俗小说》。① 该书的出现似乎是从天而降，无影无踪。

再次，该书的藏书印章也很可疑。苏兴先生指出，《京本通俗小说》中的《菩萨蛮》一篇盖有“虞山钱曾遵王藏书”的印章，但是今天我们看到的钱遵王收藏过的一些书，都没有钱氏印章。钱氏的藏书章有“钱曾遵王藏书”，但是没有“虞山钱曾遵王藏书”，这样的印章在伪造的宋版《经典释文》上曾经用过，因此该印章可能是同一书贾造假用的。②

还有，该书还受到了叶德辉伪造的《金虏海陵王亡身》的牵连。《艺风堂友朋书札》中有叶德辉写给缪荃孙的信(第三十九函)：“前拟借金主亮小说评话，不知借否？示知，以便来取。”发函的时间署“丙辰九月霜降”，即 1916 年公历 10 月间，《京本通俗小说》出版的第二

---

① 参看钱曾：《虞山钱遵王藏书目录汇编》，上海古籍出版社 2005 年版。

② 苏兴：《京本通俗小说辨疑》，载《文物》1978 年第 3 期。

年。缪荃孙没有理睬他，结果在缪死后，叶德辉就刊印了《金虏海陵王亡身》，称为《京本通俗小说》第二十一卷。① 日本学者长泽规矩也1928年发表《〈京本通俗小说〉和〈清平山堂〉》的长篇论文，认为叶德辉刊刻的《金虏海陵王亡身》存在着诸多问题，是依据衍庆堂本《醒世恒言》伪造的。受其牵连，人们联想到《京本通俗小说》中的其他作品也是伪造的。

最后，《京本通俗小说》作伪的动机不明。如果说《京本通俗小说》是伪造的，伪造者为谁？其动机为何？为名乎？为利乎？虽然马幼垣、苏兴等人认为作伪者可能是缪荃孙，但是对其作伪动机尚没有令人信服的解释。

综合以上诸种原因，《京本通俗小说》的真伪问题至今仍然是个悬案。

在马幼垣、马泰来兄弟和苏兴分别提出《京本通俗小说》的真伪问题以前，尽管学者们对该书的成书时间存在不同看法（如郑振铎在《明清二代的平话集》中认为该书“当是明代隆、万间的产物；其出现当在清平山堂所刻话本后，而在冯梦龙的‘三言’前”），但是都认为该书是真的，鲁迅《中国小说史略》、胡适《宋人话本八种序》、谭正璧《中国小说发达史》、陈汝衡《说书小史》等都是如此。在《京本通俗小说》的真伪问题提出以后，参与争论的乐蘅军、那宗训、聂恩彦等人坚持为真，胡万川坚持为假。

胡士莹先生的《话本小说概论》第七章“现存的宋人话本”在谈到小说家话本时首先列举了《京本通俗小说》中的七篇作品，但是需要注意的是该书虽然在1980年5月出版，但是书稿完成应在1977年，赵景深为其写的《序》最后署名时间是1977年10月1日。也就是说，胡士莹在生前可能没有见到苏兴的文章，马幼垣、马泰来的文章估计他也没有看到。袁世硕先生为《古本小说集成》中的《京本通俗小说》（上海古籍出版社1995年版）所写的《前言》中，认为该书虽为赝品，但“所收小说却多为宋人话本小说。在话本小说研究发轫之始，此书

① 苏兴：《再谈〈京本通俗小说〉的问题》，载《社会科学战线》1983年第4期。

之出现曾使人信以为真，却也发生了良好的影响，引起研究者注目宋人小话本，并据之开始了宋人话本小说的体式成就之研究”。徐朔方先生则根据《金瓶梅》第一回、第二回、第一百回中的故事受到《志诚张主管》的影响，而《金瓶梅》的成书要早于《警世通言》，“可以肯定《志诚张主管》不来自《警世通言》。如果它的现存版本不是最早的同一故事的原始版本，那么它必定另有依据”①。萧相恺先生的《话本小说史》认为，“如硬要说是缪氏本人作伪，却也未必，书中那末多的减笔俗字，便不是作伪者能轻易作得来的。很可能是明中后期的一个本子，缪氏只是失察而已”②。石昌渝主编的《中国古代小说总目》(山西教育出版社 2004 年版)在“京本通俗小说”条目中著录为“明佚名编”，认为该书虽然值得怀疑，但是未确认作伪者是缪荃孙，“如果元明时期真的有这么一部话本小说集存在的话，相信它的编选者是一位文学眼光颇高的人士才对”。萧欣桥、刘福元的《话本小说史》(浙江古籍出版社 2003 年版)采纳了郑振铎的观点，认为该书“可能是隆、万间的产物，其出现当在清平山堂话本之后，而在冯梦龙‘三言’之前”。

从上面的论述可以看出，国内学术界对于《京本通俗小说》的真伪问题还存在着不同的意见，有些学者认为该书即使是伪造的，是赝品，其所选作品也大多是宋代的，其伪造者也不一定是缪荃孙。

二、话本的断代及其方法

现存的小说家话本大多数是明代刊印的，元代刊印的小说家话本只有 1979 年在西安发现的《新编〈红白蜘蛛〉小说》残页③，由于该残页只有四百字左右，可资比较、借鉴的资料较少。现存的小说家话本，多保存在《六十家小说》《熊龙峰刊小说四种》和冯梦龙的“三言”之中，是否应该从这些作品中区分出哪些作品是宋代的？哪些是元代的？哪些是明代的？大多数学者主张进行区分，认为只有区分了不同

---

① 徐朔方：《关于〈京本通俗小说〉》，载《文学遗产》1997 年第 4 期。

② 萧相恺：《话本小说史》，浙江古籍出版社 1997 年版，第 103 页。

③ 具体情况见黄永年：《记元刻〈新编红白蜘蛛小说〉残页》，载《中华文史论丛》1982 年第 1 辑。

时代的作品，才能了解某一个时代的创作情况以及其在思想、艺术方面的特点。只有极少数学者认为这种区分意义不大。如章培恒先生认为“今天所见话本，实没有一种是货真价实的宋话本，至少已经过元人的增润”①。

胡士莹《话本小说概论》，欧阳代发《话本小说史》，欧阳健、萧相恺编订《宋元小说话本集》，程毅中《宋元小说研究》等都对哪些作品是宋元话本进行了区分。张兵先生也是较早地明确地主张对话本作品进行时代区分的学者。他在其专著《宋元话本》(春风文艺出版社1999年版)中就不厌其烦地列举了《六十家小说》的12篇和“三言”中的15篇宋代小说家话本的篇目，对于元代小说家话本的篇目，他也一一进行了列举。

国内外学者对于话本的断代方法，大致不出胡士莹《话本小说概论·现存的宋人话本》中所列举的八种方法：

(1)依据话本的体裁、语言风格；
(2)话本中叙述的社会风俗习惯；
(3)话本中反映的社会思想意识；
(4)以同一内容的话本互相比勘；
(5)考查地理、官职及典章制度；
(6)从官史、杂史、笔记以及诗文集等互相参证；
(7)依据宋戏文、杂剧、金院本，证明话本中的故事，在当时的表演情形和话本所反映的时代背景来探讨其成篇时代；
(8)参考现代人研究所积累的见解。

在不同的话本作品中，人们使用的方法和侧重点各有不同，有的话本可能只用到一种方法，有的可能要用到数种方法。具体到《京本通俗小说》中，学者们主要运用了以下方法：

(一)“语气”

---

① 章培恒：《关于现存的所谓“宋话本”》，载《上海大学学报》1996年第1期。

马幼垣兄弟在其论文中，多次用到“语气”一词。如关于《碾玉观音》，他说“文中又称临安府为行在，很明显是南宋人的语气”；《菩萨蛮》“篇中称吴益为吴七郡王，显是时人语气，可知这篇是宋人作品”；《西山一窟鬼》“篇中临安府为行在……显是宋人语气”；《至诚张主管》“明是时人语气”。这种根据话本的行文语气来判断话本时代的方法，有其科学性和可行性，不过，需要研究者有比较强的语言敏感力，熟悉宋代话本的语言风格，熟悉宋代的官名、地名、风俗等。同时，这种断代方法也有一定的随意性和不确定性，因为不同的学者对于什么是“宋人的语气”，可能会有不同的理解。

（二）对于“我朝”“我宋”的理解

学者们经过版本比对发现，《京本通俗小说》中的七篇作品都能在《警世通言》或《醒世恒言》中找到，并且与三桂堂本《警世通言》、衍庆堂本《醒世恒言》中的相应篇目极为一致，其主要差别在于《京本通俗小说》将《警世通言》或《醒世恒言》相应篇目中表示朝代的“故宋”“宋朝”改成了“我宋”“我朝”。那么，“我宋”“我朝”能否成为判断话本成书时代的依据呢？

胡适在《〈宋元话本八种〉序》中说：

> 《冯玉梅》篇说“我宋建炎年间”；《错斩崔宁》篇说“我朝元丰年间”；《菩萨蛮》篇说“大宋绍兴年间”；《拗相公》篇说“先朝一个宰相”，又说“我宋元气都为熙宁变法所坏”：这些都可证明这些小说产生的时代是在南宋。

很明显，胡适是把“我朝”“我宋”作为了判断话本产生时代的依据。而苏兴认为“宋代说话人说宋时事给宋时人听，本不必特殊表明‘我宋’‘我朝’，《京本通俗小说》之‘我宋’‘我朝’云云，则反而显示出做贼心虚，露出了本非宋人而硬充宋人马脚”。① 后来，苏兴进一步阐释说，“宋人凡称‘我宋’、‘我朝’者，是对以前朝代或并世的辽、金而言，否则就是宋人处新朝（元）时的特殊称谓，而‘我宋’的对立

① 苏兴：《〈京本通俗小说〉辨疑》，载《文物》1978 年第 3 期。

面便是‘你元’”。① 而从相关的文献资料来看，宋朝人是可以自称“我宋”“我朝”的，不一定非要处于对立面时方才使用这一词语。因此，笔者以为，学者们没有必要纠结于“我朝”“我宋”等表面词语，主要还是看话本所反映的社会思想意识、社会风俗习惯以及其中的地理、官职、典章制度等。该词语如果作为判断宋代话本的依据，也仅能当作旁证使用，不能作为直接的或唯一的证据使用。

（三）关于“窜入”问题

张兵先生在论文中批评胡士莹先生在话本断代时，“往往将作品中出现的一些具有明代特征的事物归之为明人的‘窜入’”。这种批评有一定的道理。

在话本的研究中，许多学者都试图通过作品中的地理沿革、官职称谓、典章制度或词汇语法的变化等所谓的“内证”来判断作品的产生时代，并取得了一定的成就，如许政扬《话本征时》（见《许政扬文存》，中华书局 1984 年版）、程毅中《从姚卞吊诸葛诗谈小说家话本的断代问题》（《文学遗产》1994 年第 1 期）、戚仁《关于“三言”中若干作品著作年代的考辨》（《中国古典文学研究》第 1 期，复旦大学出版社 1983 年版）等。

从总体上来看，通过作品的“内证”来判断作品的成书时代，是比较可靠的，也是比较有说服力的。近年来，这种研究方法在其他的古代小说研究中也被频繁使用。不过，我们也应该注意这种方法的应用范围：该方法对于作家独创的小说作品较为适合，对于那些所谓的“世代累积型”文学作品（即作品曾经长期在民间流行，最后才由一个作家写定成书），如《三国演义》、《水浒传》、《西游记》等，就不太适合。在“世代累积型”作品中，各个时代的民间艺人都可能在作品中加入具有自己时代特征的内容，因此作品中的“内证”只可以用来判断作品成书的下限，却不能用来判断作品成书的上限。现存的话本作品也多属于“世代累积型”。由于现存的话本大多是明代刊印的，明代以前的民间艺人都可能在其中加入他们时代的一些内容。因此，

① 苏兴：《再谈〈京本通俗小说〉的问题》，载《社会科学战线》1983 年第 4 期。

在判断话本作品的成书时代时，我们应该结合正史、野史、笔记、书目等种种文献资料，从整体上来看作品反映的主要是哪一个时代的内容，然后综合种种情况进行判断。如果仅仅从一个或某个细节就下结论或断语，可能会出现偏差。也是在这样的情况下，胡士莹等学者提出了“窜入”说，这是针对话本小说的特殊情况而提出的，也是有一定道理的。

当然，出现上述分歧的最根本的原因还在于原始文献的不足。如果有完整的宋代刊印的话本流传到今天，一切问题也就冰消瓦解了。在文献不足的情况下，学者们试图从现存的作品中分辨出哪些是宋元作品，这种努力是值得肯定的，出现种种分歧也是正常的。我们相信，经过一代又一代学者的努力，其中的问题终究会得到解决的。

**张兵相关作品目录：**

《宋元话本赏析》，广西教育出版社 1991 年版，与吴伟斌合作。

《话本小说史话》，辽宁教育出版社 1992 年版。

《宋元话本》，春风文艺出版社 1999 年版。

《宋辽金元小说史》，复旦大学出版社 2001 年版。

《张兵小说论集》，中国文史出版社 2005 年版。

（刘相雨　朱祥竟）

# “词话”辨正

王庆华

**摘要**：通过对“词话”一词相关古典文献资料全面系统的梳理辨析，对前人研究的诸多误识进行了深入辨正，重点指出，从宋元说唱伎艺及其名称发展演化的整个历史背景来看，“词话”之命名应为宋元说唱伎艺演化的结果，它是与“平话”相伴而生，从演说方式角度对当时盛行的主要说唱伎艺进行区分的产物；“词话”并非仅为元明流行的一种说唱伎艺及话本的专称，在明后期及清前期主要作为白话通俗小说和宋元小说家话本的泛称使用，一些学者沿袭“元明流行的一种说唱伎艺及话本的专称”对明后期和清前期的“词话”相关文献进行阐释，造成了多种误读；“词话”被引申为白话通俗小说和宋元小说家话本的泛称，既与“词话”、“平话”、“说书”等口头伎艺名称的混用有关，也与明人指称通俗文学的习惯密不可分。

**关键词**：词话　命名　通俗小说　泛称

作为中国小说史上重要的文体概念之一，“词话”一词在20世纪20—30年代中国小说史研究展开之初就已受到学界很大关注。之后，许多学者撰文对其内涵和指称对象进行了详尽考证。① 80年代，学

① 这些文章主要有孙楷第《词话考》，《师大月刊》1933年10期；叶德均《说词话》，《东方杂志》第四十三卷四号；叶德均《宋元明讲唱文学》，《戏曲小说丛考》，中华书局1979年版；胡士莹《话本小说概论》第六章《话本的名称》第六节《话本与词话》，中华书局1980年版；胡士莹《词话考释》，《宛春杂著》，浙江人民出版社1981年版。

界又以60年代末发现的明成化刊本说唱词话为文献依据，对其相关问题进行了一番新的探讨。① 虽然这些研究论著对“词话”的命名内涵、指称对象及其体制特征、渊源流变等基本问题都已做了较全面的论述和界定，但依然存在认识理解不尽一致、许多说法似是而非等诸多问题，特别是材料误读和以偏概全尤为突出。本文试图通过“词话”一词相关文献资料的重新梳理辨析，对前辈学者旧说的主要误识进行深入辨正。

## 一、“词话”之命名：宋元说唱伎艺演化的结果

“词话”作为伎艺名称最早见于元代，专指当时流行的一种独立的诗赞系讲唱伎艺，这已基本成为学界共识。通常，前辈学者对“词话”命名依据的解释多集中于“词”字之释义，即“词”指诗赞唱词，该伎艺因诗赞唱词而被称为“词话”，如孙楷第《词话考》称：“元明人所谓‘词话’，其‘词’字以文章家及说唱人所云‘词’者考之，可有三种解释：一词调之词；……二偈赞之词；……三骈丽之词。”[1](P101)叶德均《宋元明讲唱文学》：“所以词话和明清弹词、鼓词的‘词’的意义完全相同。但这称诗赞为‘词’的，也不始于元代词话，唐五代俗讲中的《季布骂阵词文》《后土夫人词》的‘词文’或‘词’，就是指诗赞词而言。”[2](P658)李时人《“词话”新证》：“元明词话之‘词’实因‘唱词’而起。”[3]然而，“词话”之“词”字释义实际上仅仅解决了我们对“词话”词语本身的认识问题，而并不能很好地说明“词话”伎艺的命名问题。其实，“词话”伎艺的命名如果放置在宋元说唱伎艺及其名称发展演化的历史背景中来看，更应看作宋元说唱伎艺发展演化的结果。

---

① 如赵景深《谈明成化刊本“说唱词话”》，《文物》1972年11期；谭正璧、谭寻《明成化刊本说唱词话述考》，《文献》1980年3期、4期；胡士莹《话本小说概论》第十一章《明代的说书和话本》第四节《明代的说唱词话叙录》；周启付《谈明成化刊本“说唱词话”》，《文学遗产》1982年2期；李时人《“词话”新证》，《文学遗产》1986年1期；

作为诗赞系讲唱伎艺，元之“词话”通常被认为是由唐五代词文，宋代陶真、涯词发展而来的。① 也就是说，宋之“陶真”、“涯词”基本可看作元之“词话”的前身。现存宋代“陶真”“涯词”的直接相关史料非常稀少，很难说明其伎艺形式，而只能通过一些间接史料作出推测性描述。大多数学者通常将其认定为一种以七言诗赞为主的讲唱伎艺。② “陶真”发展到元明时期，依然保持了其原有的称谓，如元末高明《琵琶记》第十七出“义仓”：“激得老夫性发，只得唱个陶真。”“涯词”之名称，元代似乎就失传了(或许，被混称作“陶真”)。元代，指称诗赞系讲唱伎艺的名称实际上主要有“陶真”和“词话”两种。从明代相关文献资料来看，“词话”和“陶真”指称的应为同一对象，如郎瑛《七修类稿》卷二十二说：“闾阎陶真之本之起，亦曰：‘太祖太宗真宗帝，四祖仁宗有道君。’国初瞿存斋(佑)过汴之诗有‘陌头盲女无愁恨，能拨琵琶说赵家’，皆指宋也。”其中，“太祖太宗真宗帝，四祖仁宗有道君”与明成化刊本说唱词话《新刊说唱包龙图断曹国舅公案传》《新刻全相说唱张文贵传》《新编说唱包龙图断白虎精传》开头的唱词完全相同。因此，元代“陶真“和“词话”也应为同一种诗赞系讲唱伎艺的两种不同称谓。这实际上表明，“词话”是宋之“陶真”(或“涯词”)发展到元代后新起的别称。那么，“陶真”(或“涯词”)发展到元代之后，为什么会被别称为“词话”呢？

---

① 如叶德均《宋元明讲唱文学》将诗赞系讲唱文学的谱系列为宋之涯词、陶真，元之词话，并称：“词话是元明时讲唱文学的名称，它除了增加十字句外，和陶真并没有什么不同。”(《戏曲小说丛考》657 页)李时人《“词话”新证》：“唐五代词文正是元明词话的先河。”“词话上承唐五代词文，其名虽不见宋人记载，然宋代实不乏其体，如陶真、涯词。”

② 如叶德均《宋元明讲唱文学》通过傀儡戏的唱词间接推断：“傀儡戏所用的涯词也是以七言诗赞为主，如《西厢记》诸宫调卷四‘傀儡儿’两支就是如此，它和陶真同属诗赞系统。”(《戏曲小说丛考》650 页)另外，从明代文献中“陶真”的相关记载来看，“陶真”确为七言诗赞，而明之“陶真”应与宋之“陶真”一脉相承。

“词话”“平话”都起源于元代初年①，两者大体发生于同一时期，而且，从“词话”指以唱词的方式敷演故事，“平话”指以平说(散说)的方式敷演故事②来看，两者在命名上亦具有鲜明的对峙性。可见，“词话”与“平话”一定是相伴而生，并从演说方式角度进行区分的一对伎艺概念。

宋代说唱伎艺主要有“说话”(包括“小说”、“讲史”、“说经”、“说铁骑儿”等)、“鼓子词”、“唱赚”、“覆赚”、“诸宫调”、“涯词”、“陶真”等，元代主要有“陶真”、“词话”、“货郎儿”、“诸宫调”、“平话”、“小说”等。由宋至元，“鼓子词”、“唱赚”、“覆赚”等以宋代词调为韵文的乐曲系讲唱伎艺已基本消亡，盛行一时的诸宫调也已走向衰落，至元末则“罕有人解”③；“说话”伎艺中的“说经”、“说铁骑”基本消亡，“小说”也已衰落，“讲史”别称为“平话”，继续盛行。在这些说唱伎艺种类的消长变化中，大多数伎艺沿用着原有的名称，而只有“陶真”、“讲史”出现了新的别称“词话”、“平话”。这应当不仅仅是一种历史的偶然。随着“诸宫调”、“鼓子词”、“唱赚”、“覆赚”等乐曲系讲唱伎艺的衰落消亡，更为通俗明白的诗赞系

---

① 参见顾青《说“平话”》(《中国古代小说研究》第一辑，人民文学出版社2005年版)，该文对“平话”出现于元初有较充分的论证。同时，从“词话”之称元代初期就已较多地进入政府“禁令”、杂剧来看，也应起源于元初，如关汉卿《赵盼儿风月救风尘》第三折[滚绣球][么篇]：“那唱词话的有两句留文：‘咱也曾武陵溪畔曾相识，今日佯推不认人。’”完颜纳丹等纂《通制条格》卷二十七“搬词”：“至元十一年十一月中书省大司农司呈：河南河北巡行劝农官申：顺天路东鹿县镇头店聚约百人，搬唱词话。社长田秀等约量断罪外，本司看详：除系籍正式乐人外，其余农民、市户、良家子弟，若有不务正业，习学散乐，搬唱词话，并行禁约。”

② 参见顾青《说“平话”》一文对“平话”之“平”为“平说”的论述。

③ 陶宗仪《辍耕录》卷二十七：“金章宗时，董解元所编《西厢记》，世代未远，尚罕有人能解之者，况今杂剧中曲调之冗乎。”

“陶真”日趋兴盛，“陶真”在发展过程中，题材内容不断扩大①；同时，“说话”伎艺中的“小说”、“说经”、“说铁骑儿”趋于衰落消亡，而“讲史”成为独秀的一枝继续盛行。这时，人们更需要从演说方式的角度，对这两种最为盛行的主要说唱伎艺进行区分，于是便出现了对举的“词话”、“平话”。另外，“陶真”之名主要流行于南方，很可能，“词话”是“陶真”伎艺从南方流传到北方以后出现的。因此，“词话”之命名应看作宋元说唱伎艺发展演化的结果。

元代还有“诗话”伎艺名称与“词话”非常相近，很可能也是在宋元说唱伎艺发展演化的背景下，受到当时流行的“词话”、“平话”名称影响而昙花一现的一种称谓。“诗话”作为伎艺名称见于《大唐三藏取经诗话》。《大唐三藏取经诗话》现存两种宋元刻本，一本为小字本，题《大唐三藏取经诗话》，另一本为大字本，题《新雕大唐三藏法师取经记》，通常认为两者源于同一祖本。“诗话”之名仅见于小字本。小字本卷末有“中瓦子张家印”一行，王国维《大唐三藏取经诗话跋》据此认定该书刊刻于南宋，但后来不知何因又改称元本②。鲁迅《中国小说史略》第十三篇“宋元之拟话本”则认为可能刊于元代。综合各家之说，《大唐三藏取经诗话》的刊刻年代应大体在元代初年。近年来，一些学者经深入考辨认为，该书虽刊刻较晚，但成书年代“至迟也该在北宋”③、“可能早在晚唐、五代就已成书”④。也就是说，现存《大唐三藏取经诗话》是元代初期之书坊主以晚唐五代或北

---

① 从《西厢记诸宫调》和元杂剧《诸宫调风月紫云亭》曲词中提及的诸宫调作品来看，金元诸宫调伎艺的题材已涉及讲史、烟粉、灵怪、传奇等。“陶真”与“诸宫调”同为讲唱伎艺，也应具备了广泛的题材内容。而且，明成化刊本说唱词话涉及讲史、公案、传奇、灵怪等多种题材类型，其中，许多作品“颇有可能是从元刊本翻刻的”，因此，元代“陶真”“词话”等诗赞系讲唱文学的题材也应非常丰富。

② 参见《王国维遗书》之《两浙古刊本考》卷上《辛　元杂本》曾著录“《大唐三藏取经诗话》”。

③ 参见刘坚《〈大唐三藏取经诗话〉写作年代蠡测》，《中国语文》1982 年 5 期。

④ 参见李时人、蔡镜浩《〈大唐三藏取经诗话〉成书时代考辨》，《徐州师范学院学报》1982 年 3 期。

宋的旧抄本(或刊本)为底本重新刊刻的。那么，题名中的“诗话”一词为原本所有，还是后刻者新题呢？从现存相关文献资料来看，“诗话”更可能属元初后刊者的新题，而且极有可能是刊刻者自创的新词。因为，一、大字本题《新雕大唐三藏法师取经记》，并无“诗话”之称，可见“诗话”并非祖本原题；二、“诗话”一词并不符合宋代说唱伎艺的命名方式，而与元初流行的“词话”、“平话”相对；三、“诗话”作为伎艺名称仅仅见于此书，其他文献并无记载。许多学者认为，这部作品被称为“诗话”是因其中人物“以诗代话”的诗赞，所谓“以诗代话”，就是每一段结尾处，人物咏诗言志，即以诗赞代替人物的独白或对白。这种体制实际上是“唐、五代变文话本体制的表现”①，如果因此而被称为“诗话”则显然属于元初人的一种妄称，而且很可能是根据当时流行的“词话”、“平话”名称而自造的。

## 二、“词话”之另一种指称：白话通俗小说或宋元小说家话本的泛称

目前，学界对“词话”一词的理解和界定仅仅限定为“元明流行的一种说唱伎艺及其话本的专称”。其实，在明后期和清前期，“词话”主要用作白话通俗小说或宋元小说家话本的泛称。

明前期的文献典籍中，关于“词话”的资料并不多，但都非常明确地沿袭元人的用法，指称诗赞系讲唱伎艺及其话本，如都穆《都公谈纂》卷一：“君佐出寻瞽人善词话者十数辈，诈传上命。明日，诸瞽毕集，背负琵琶。”徐渭《徐文长佚稿》卷四《吕布宅诗序》云：“布妻，诸史及与布相关者诸人之传并无姓，又安得有‘貂蝉’之名。始村瞎子习极俚小说，本《三国志》，与今《水浒传》一辙，为弹唱词话耳。”“善词话者”“为弹唱词话”中的“词话”显然为讲唱伎艺名称。当然，由这种说唱伎艺转换而来的话本自然也依旧称为“词话”，如明成化刊本“说唱词话”的一些作品扉页上明确题写着其文类名称“词

---

① 参见李时人、蔡镜浩《大唐三藏取经诗话校注》之《前言》，中华书局1997年版。

话”——《新编说唱全相石郎驸马传》“说唱词话传”、《新编说唱包龙图断歪乌盆传》“全相说唱词话”、《新刊全相莺哥孝义传》“新刻说唱足本词话”等。直到明中后期，模拟这种伎艺形式的文人拟作也都命名为“词话”，如杨慎的《历代史略十段锦词话》、诸圣邻的《大唐秦王词话》。然而，从相关文献资料来看，“词话”的此类用法实际上主要流行于明中期以前，明代后期和清前期则已很少专指这种具有独特体制的说唱伎艺，而主要作为白话通俗小说或宋元小说家话本的泛称使用。一些学者在使用明后期和清前期文献中关于“词话”的史料时，依然沿袭元代和明前期“词话”之内涵和指称进行阐释，造成了多种“史料误读”，这种误读遮蔽了“词话”另一种内涵和指称的存在。

熊大木《大宋中兴通俗演义序》(嘉靖三十一年)：“武穆王《精忠传》，原有小说，未及于全文。今得浙之刊本，著述王之事实，甚得其悉。然而意寓文墨，纲由大纪，士大夫以下遽尔未明乎理者，或有之矣。近因眷连杨子素号涌泉者，挟是书谒于愚曰：‘敢劳代吾演出辞话，庶使愚夫愚妇亦识其意。’”“辞话”即“词话”之误，所谓“演出辞话”，就是将上文之“意寓文墨，纲由大纪”的著作敷演为“词话”(或以“词话”的形式敷演)。这样做是为了使“愚夫愚妇亦识其意”。此处，“词话”既指《大宋武穆王演义》，又泛指此类白话通俗小说作品。李大年《唐书志传通俗演义序》(嘉靖三十二年)：“《唐书演义》书林熊子锺谷编集。书成以视余。逐首末阅之，似有紊乱《通鉴纲目》之非。人或曰：‘若然，则是书不足以行世矣。’余又曰：‘虽出其一臆之见，于坊间《三国志》、《水浒传》相仿，未必无可取。且词话中诗词檄书颇据文理，使俗人骚客披之，自亦得诸欢慕，岂以其全谬而忽之耶?’”“词话中诗词檄书颇据文理”指《唐书演义》中的诗词檄书非常符合为文之道。这里，“词话”显然就指《唐书演义》。《大宋武穆王演义》《唐书演义》是典型的白话通俗小说，它们被泛称为“词话”无疑属于借用。

万历年间，钱希言在《狯园》《桐薪》《戏瑕》等笔记中多次使用“词话”一词，如：

《戏瑕》卷一：“词话每本头上有‘请客’一段，权做过(个)

'德(得)胜利市头回'。此正是宋朝人借彼形此，无中生有妙处。游情泛韵，脍炙人口，非深于词家者，不足与道也。微独杂说为然，即《水浒传》一部，逐回有之，全学《史记》体。文待诏诸公暇日喜听人说宋江，先讲摊头半日，功父犹及与闻。今坊间刻本，是郭武定删后书矣。郭固跗注大僚，其于词家风马，故奇文悉被划剃，真施氏之罪人也。"

此处之"词话"相当于其他人所说的宋人"小说"，如郎瑛《七修类稿》卷二十二："小说起宋仁宗时，盖时太平盛久，国家闲暇，日欲进一奇怪之事以娱之，故小说得胜头回之后，即云话说赵宋某年。""得胜利市头回"应指宋元小说家话本中的"入话"，许多"入话"包含一连串的诗词，特别是宋词，所以钱氏称之"游情泛韵，脍炙人口，非深于词家者，不足与道也"。大概《水浒传》早期刊本也曾逐回包含"入话"，只是后来被郭勋翻刻时删除了。显然，此处之"词话"就是指称宋元小说家话本。称"词话"为"每本"，以"本"为单位，大概指的是单行本，而非话本集。

《狯园》卷十二"二郎庙"条："宋朝有《紫罗盖头》词话，指此神也。"

《桐薪》卷一"灯花婆婆"条："宋人《灯花婆婆》词话甚奇，然本于段文昌《诺皋记》两段说中来。"

《桐薪》卷二"公赤"条："考宋朝词话有《灯花婆婆》，第一回载本朝皇宋出三绝。"

"《灯花婆婆》词话""《紫罗盖头》词话"曾被晁氏《宝文堂书目·子杂类》著录，其中，《灯花婆婆》还曾作为古本《水浒传》的"致语"之一。两者无疑应为宋元小说家话本。在这两段文字中，"词话"显然也是作为宋代小说家话本的文类概念使用的。

《桐薪》卷三："逍遥子商调《蝶恋花》十一首，盖宋朝词话中可被弦索者。以后逗露出金人董解元《北西厢》来，而元人王实父、关汉卿又演作北剧。”

“逍遥子商调《蝶恋花》十一首”指宋代赵令畤的《元微之崔莺莺商调蝶恋花》鼓子词。钱氏认为，该作品属于宋朝“词话”中可由音乐伴奏而歌唱的。它后来发展为金代董解元《西厢记诸宫调》。可见，在钱氏看来，宋朝“词话”大多属不可歌唱的，而《蝶恋花》只不过是一种特例。此处之“词话”，也应指称宋代“小说”伎艺或其话本。

《桐薪》卷三：“《金统残唐记》载其(黄巢)事甚详，而中间极夸李存孝之勇，复其冤。为此书者，全为存孝而作也。后来词话，悉僑于此。武宗南幸，夜忽传旨：取《金统残唐记》善本。中官重价购之，肆中一部售五十金。今人耽嗜《水浒》、《三国》而不传《金统》，是未尝见其书耳。”

《金统残唐记》应为一部跟《水浒传》《三国志通俗演义》相类的白话通俗小说。① “后来词话，悉僑于此”应指后来的“词话”都以《金统残唐记》为敷演的底本。那么，此处之“词话”无疑指称当时的口头文学伎艺。然而，它到底是指诗赞系讲唱伎艺“词话”还是散说体伎艺“平(评)话”、“说书”呢？这恐怕已难以确指。因为当时“词话”“平话”混称的情况已相当普遍。不过，从当时一般情形推断，此处之“词话”，更应指“说书”或“评话”。因为，明代中后期的文人普遍认为，当时盛行的“说书”伎艺和“通俗演义”都是由宋代的“小说”(或“说话”)伎艺及其话本发展而来的，钱氏将宋人之“小说”伎艺及其话本称为“词话”，自然也就可能将当时盛行的“说书”“评话”也用“词话”指代。而且，像《金统残唐记》这样长篇巨制的历史题材作品，更可能被“平话”伎艺敷演。

有的学者将上述几段引文中的“词话”理解为诗赞系的讲唱伎艺，甚至由《戏瑕》卷一推断出《水浒传词话》的存在，并引证其他材料进

---

① 此类记载还见于《金陵琐事剩录》卷一“金统残唐”条，称：“武宗一日要《金统残唐》小说看，求之不得。一内侍以五十金买之以进览。”

行论证，得出《水浒传》由词话本演变为散文本的结论。① 这实在是一种误解，不可不辨。从上述具体考释可见，此段文字中，钱氏所谓“词话”指宋元小说家话本，并不存在所谓的《水浒传词话》，且明代文献中相关的说法也都是指“古本《水浒传》小说”曾含有“入话”或“头回”。现存明刊本《水浒传》中的诗赞之词虽有可能是说唱词话之遗文，但也应是散文本《水浒传》借鉴说唱词话的结果，而非词话本演变为散文本的产物。因为，这些诗赞之词数量极少，而且主要用于状物和咏赞人物，而非叙事，与小说家话本的韵文使用习惯完全相同。也就是说，这些诗赞之词是完全按照小说家话本韵文的使用习惯被借鉴过来的。当然，元明说唱词话的取材广泛，以水浒故事为题材也是很有可能的，也可能存在水浒故事的说唱词话话本，现存《水浒传》刊本中的诗赞之词或许就是借鉴的此类话本。但这并不能说明现存《水浒传》由词话本演化而来。从明代相关文献资料来看，明人多认为《水浒传》源于“说话”，属“通俗演义”系统，而与说唱词话并无多大关系，如绿天馆主人《古今小说叙》：“若通俗演义，不知何昉。按南宋供奉局，有说话人，如今说书之流。其文必通俗，其作者莫可考。……暨施、罗两公，鼓吹胡元，而《三国志》、《水浒》、《平妖》诸传，遂成巨观。”天都外臣《水浒传叙》：“小说之兴，始于宋仁宗。于时天下小康，边衅未动。……其书无虑数百十家，而《水浒》称为行中第一。”

清初，钱曾《也是园书目》卷十《戏曲小说·宋人词话》著录作品十六种，有《灯花婆婆》、《风吹轿儿》、《冯玉梅团圆》、《种瓜张老》、《错斩崔宁》、《简帖和尚》、《紫罗盖头》、《山亭儿》、《李焕生五阵雨》、《女报冤》、《西湖三塔》、《小金钱》、《宣和遗事》四卷、《烟粉小说》四卷、《奇闻类记》十卷、《湖海奇闻》二卷。其中，《灯花婆婆》、《风吹轿儿》、《冯玉梅团圆》、《种瓜张老》、《错斩崔宁》、《简帖和尚》、《紫罗盖头》、《山亭儿》、《李焕生五阵雨》、《女报冤》、《西湖三塔》、《小金钱》为单篇流行的宋元小说家话本；《宣和

① 参见胡士莹《话本小说概论》第六章《话本的名称》第六节《话本与词话》和《宛春杂著》之《词话考释》的有关论述。

遗事》为宋元讲史平话；《湖海奇闻》被晁氏《宝文堂书目》卷中《子杂类》和《百川书志》卷五《小史类》著录，且《百川书志》称其："聚人品、脂粉、禽兽、木石、器皿五类灵怪七十二事。"《宝文堂书目》卷中《子杂类》和《百川书志》卷五《小史类》多著录通俗小说作品，因此，《湖海奇闻》大概也为通俗小说集。《烟粉小说》、《奇闻类记》大概与《湖海奇闻》性质相类。这十六种作品还被姚燮《今乐考证·缘起·说书》著录为"宋人说书本目"，可见，这些作品确实为散文本之通俗小说，而非讲唱体的"词话"。此处"词话"被别称为"说书本"，也应泛指宋代的"白话通俗小说"。

此外，还有个别通俗小说被直接冠以"词话"之名，如《金瓶梅词话》、《新编梧桐影词话》等。在这些题名中，"词话"也并非讲唱伎艺概念，而应为"白话通俗小说"类型概念，相当于"演义"等。《金瓶梅词话》名为"词话"，却与明成化刊本说唱词话体裁完全不同，实际上为诗词曲运用相对较多的白话通俗小说，《续金瓶梅后集凡例》称："小说类有诗词，前集名为词话，多用旧曲，今因题附以新词，参入正论，较之他作，颇多佳句，不至有套腐鄙俚之病。"显然，"小说类有诗词，前集名为词话，多用旧曲"，实际上把"词话"和"小说"基本看作同一概念；《梧桐影词话》为清初啸花轩刊本，目录页题"新编梧桐影词话目次"，该书名为"词话"，实为一般白话通俗小说。显然，这些题名之"词话"也应作为白话通俗小说的泛称看待。

## 三、"词话"另一指称之成因：口头伎艺的混称和通俗文学的指称习惯

"词话"被引申为宋代小说家话本或白话通俗小说的泛称，既与"词话"、"平话"、"说书"等口头伎艺名称的混用有关，也与明人指称通俗文学的习惯密不可分。

元代的诗赞系讲唱文学主要以"词话"、"陶真"来指称，而明代则"异常混乱，据文献的记载共有十种不同的名称，而本质都是诗赞系的讲唱。"它们是"陶真"、"词说"、"词话"、"说词"、"唱词"、

“文词说唱”、“打谈”、“门词”和“门事”、“盲词”或“瞽词”、“弹词”。① 明中期以后，“陶真”、“弹词”等名称开始逐渐盛行，如郎瑛《七修类稿》卷二十二说：“闾阎陶真之本之起，亦曰：‘太祖太宗真宗帝，四祖仁宗有道君。’国初瞿存斋(佑)过汴之诗有‘陌头盲女无愁恨，能拨琵琶说赵家’，皆指宋也。”田汝成《西湖游览志余》卷二十：“杭州男女瞽者，多学琵琶，唱古今小说、平话，以觅衣食，谓之陶真。”沈德符《万历野获编》卷十八“冤狱”条：“畜二瞽妓，教以弹词，博金钱，夜则侍酒。”臧懋循《负苞堂文集》卷三《弹词小纪》载：“若有弹词，多瞽者以小鼓板唱于九衢三市，亦有妇女以被弦索，盖变之最下者也。”明传奇《醉月缘》第九折题名为《弹词》，且提及许多“弹词”作品。这样，“词话”这一名称本身的指称和内涵便逐渐不为人知了，以至于有了“元人弹词”之说，如徐復祚《三家村老委谈》：“汤若士……《南柯》《邯郸》二传，本若士、臧晋叔先生所作元人弹词来。”臧懋循《负苞堂文集》卷三《侠游录小引》：“余少时，见卢松菊老人云，杨廉夫有仙游、梦游、侠游、冥游录四种，实足为元人弹词之祖。”②于是，便出现了“词话”、“评话”、“说书”等伎艺名称的“混称”现象，如《古今小说》卷一《蒋兴哥重会珍珠衫》：“看官，则今日听我说《珍珠衫》这套词话，可见果报不爽。”“听我说《珍珠衫》这套词话”完全是说书人做场的口吻，“词话”显然是在称呼自己的伎艺。演说《蒋兴哥重会珍珠衫》应属“评话”伎艺，如《警世通言》卷十一《苏知县罗衫再合》：“这段评话，虽说酒、色、财、气一般有过……”《警世通言》卷十七《钝秀才一朝交泰》：“听在下说这段评话。”称为“词话”应为伎艺名称的混用。袁于令《双莺传》杂剧第四折[羽调排歌]云：“(小旦)一面差人去请柳麻子说书，混帐到天明罢了。……(小旦)说词话，间戏嘲，管教胡乱到今宵。”《梅里诗辑》卷

① 参见叶德均《宋元明讲唱文学》有关论述。

② 这类现象在古代通俗文艺中比较普遍，如明代人连诸宫调的名称都不知道，徐復祚《三家村老委谈》称《西厢记诸宫调》为“说唱本”，徐渭评本《西厢记》也称它为“弹唱词”，胡应麟《少室山房笔丛》卷四十一称它为“金人词说”，毛西河《西河词话》称为“搊弹词”。

四朱一是有《听柳敬亭词话》诗。柳敬亭以散说的评话著名，无说唱词话事，这里的“词话”无疑指“评话”。清初钱谦益《列朝诗集》甲集卷十六《王行传》：“市药籍，记药物，应对如流。迨晚，为主妪演说稗官词话，背诵至数十本。”从“演说”“背诵”等搬演方式来看，此处“演说稗官词话”也应指“评话”“说书”。

明人指称通俗文学时，常常把口头文学伎艺名称与其相应的书面文学读物混为一谈，认为两者是二而一的，如天都外臣《水浒传叙》：“小说之兴，始于宋仁宗。于时天下小康，边衅未动。人主垂衣之暇，命教坊乐部，纂取野记，按以歌词，与秘戏优工，相杂而奏。是后盛行，遍于朝野，盖虽不经，亦太平乐事，含哺击壤之遗也。其书无虑数百十家，而《水浒》称为行中第一。”把口头伎艺的“小说”与《水浒》等书面的“通俗演义”混为一谈。笑花主人《今古奇观序》：“至有宋孝皇以天下养太上，命侍从访民间奇事，日进一回，谓之‘说话人’。而通俗演义一种，乃始盛行。然事多鄙俚，加以忌讳，读史嚼蜡，殊不足观。元施、罗二公大鬯斯道，《水浒》、《三国》奇奇正正，河汉无极，论者以二集配伯喈、《西厢》传奇，号四大书。厥观伟矣！迄于皇明，文治聿新，作者竞爽，勿论廊庙鸿编，即稗官野史，卓然敻绝千古。说书一家，亦有专门。然《金瓶》书丽，贻讥于诲淫；《西游》、《西洋》，逞臆于画鬼，无关风化，奚取连篇？”将书面的“通俗演义”和口头的“说书”伎艺混为一谈。黄宗羲《柳敬亭传》：“于是谓之曰：‘说书虽小技，然必勾性情，习方俗，……’”吴伟业《柳敬亭传》：“莫君之言曰：‘夫演义虽小技，其以辨性情，考方俗，形容万类，不与儒者异道。”吴氏将柳敬亭的“说书”伎艺称为“演义”，也应为两者的混称。

在这样一种背景下，“词话”自然就容易成为白话通俗小说和宋代小说家话本的泛称。当然，相对于当时更为流行的“演义”“小说”等通俗小说文体概念来说，“词话”一词被如此借用也有其一定的独特内涵。无论是“游情泛韵，脍炙人口，非深于词家者，不足与道也”，还是“前集名为词话，多用旧曲，今因题附以新词”，都特别突出了其中较多的诗词曲等韵文。也许，一些文人特别使用“词话”就是为了凸现此类作品的这种独特之处。显然，这种用法属于“词话”

原义和指称对象模糊不清之后，文人的一种臆测。这样的臆测性用法在不登大雅之堂的通俗文学领域是非常普遍的。

[参考文献]

[1]孙楷第．沧州集[M]．北京：中华书局，1965.

[2]叶德均．戏曲小说丛考[M]．北京：中华书局，1979.

[3]李时人．“词话”新证[J]．文学遗产，1986，(1).

[4]刘坚．《大唐三藏取经诗话》写作年代蠡测[J]．中国语文，1982，(5).

[5]李时人，蔡镜浩．《大唐三藏取经诗话》成书时代考辨[J]．徐州师范学院学报，1982，(3).

[6]李时人，蔡镜浩．大唐三藏取经诗话校注(前言)[M]．北京：中华书局，1997.

——据《学术研究》2009 年第 2 期

【评　介】

王庆华(1974—　)，男，河北行唐人，华东师范大学中文系教授，主要研究方向为中国古代小说与小说学。王庆华先生 2003 年毕业于华东师范大学，获文学博士学位，导师为谭帆教授，博士论文题目为《话本小说文体形态研究》。其博士论文修改后由华东师范大学出版社 2006 年 10 月出版，改名为《话本小说文体研究》。该书是国内学术界较早的专门从文体的角度来研究话本小说的一本专著。谭帆先生在《话本小说文体研究》的《序》中指出，该书的特色和价值主要体现在三个方面：首先，这是一部以话本小说文体为独立研究对象的专门论著，着重于话本小说文体的形式研究。其次，作者在对话本小说文体作专门研究中，体现了比较开阔的研究视野。再次，本书史料非常丰富，话本小说文体发生、发展和演变规律的揭示是建立在较为扎实的文本细读基础之上的。(关于该书的详细介绍，可参看本书中的“论著提要”部分。)

《“词话”辨正》一文是作者在其话本小说文体研究的基础上完成的，该文发表于上海社会科学院主办的《学术研究》2009 年第 2 期。

论文共分为三部分：

第一，“词话”之命名：宋元说唱伎艺演化的结果。作者认为，“词话”作为伎艺名称最早见于元代，专指当时流行的一种独立的以七言诗赞为主的讲唱伎艺，它是由唐五代词文，宋代陶真、涯词发展而来的。元代“陶真”和“词话”为同一种诗赞，系讲唱伎艺的两种不同称谓，“词话”是与“平话”对立的两个概念，是从演说方式的角度对两种讲唱伎艺进行区分的结果。

第二，“词话”之另一种指称：白话通俗小说或宋元小说家话本的泛称。作者认为，明代前期的文献典籍中，“词话”主要指诗赞系讲唱伎艺及其话本；在明后期和清前期，“词话”主要作为白话通俗小说或宋元小说家话本的泛称使用。有的学者没有对此进行区分，造成了许多史料误读。

第三，“词话”另一指称之成因：口头伎艺的混称和通俗文学的指称习惯。作者指出，明代的人们经常将“词话”“平话”“说书”“弹词”等口头伎艺混用，并常常把口头伎艺名称与其相应的书面文学读物混为一谈，认为两者是二而一的。这种混乱的用法造成了人们的一些误解。

本文在学术史上的价值和意义，主要表现在以下两个方面：

第一，从历时性的角度区分了词话的不同含义和具体指称，使人们对词话这一文体的认识深入了一步。

从学术史上来看，最早的研究词话的专题论文当属孙楷第的《词话考》，该文 1933 年 10 月发表于《师大月刊》。在《词话考》中，孙楷第先生首先考证出“词话”最早来源于元代，见于《元史》卷一百五《刑法志·禁令章》，而明清时期“词话”的概念十分混乱，宋人小说、时行小说唱本、戏文副末开场、编说唱本以及著书拟说唱本等都被称为“词话”。孙楷第先生还认为，元之“词话”来源于宋之“说话”(包括“小说”、“讲史”、“说经”)，词话在唐代被称为“俗讲”；“词话”之“词”有三种解释：词调之词、偈赞之词和骈俪之词。此后，叶德均在《宋元明讲唱文学》(上杂出版社 1953 年版)、胡士莹在《话本小说概论》(中华书局 1980 年版)、李时人在《“词话”新证》(《文学遗产》1986 年第 1 期)、顾青在《说“平话”》(《中国古代小说研究》第一辑，人民文学出版社 2005 年版）以及王庆华在《“词话”辨正》（《学术研究》2009 年第 2 期）中都对这一问题进行了论述，各家的观点在细节方面各有不同。

叶德均先生认为“词话”是元明时期诗赞系的讲唱文学，“它除了增加十字句外，和陶真并没有什么不同。它在元明时最为兴盛，到了明末就分化为鼓词、弹词两类”①；而宋代“说话”伎艺中的“小说”属于乐曲系的短篇讲唱文学。在叶德均看来，元代的词话来源于宋代的“陶真”，而不是来源于宋代的“说话”，两者在体制长短、题材和唱词形式等方面各不相同。② 在“词话”的来源方面，叶德均的观点不同于孙楷第。

胡士莹先生认为“词话之名，虽不见于宋代文献中，其实在宋代早就有了”③，他的“词话”概念十分宽泛，既包括乐曲系的鼓子词、诸宫调，又包括诗赞系的“陶真”、“弹唱姻缘”等。胡士莹先生的这种宽泛的“词话”观念，遮蔽了各种讲唱伎艺之间的细微差别，不利于探讨各种伎艺之间的发展与变化。

李时人先生根据 1967 年出土的明代成化年间刊刻的十六种“说唱词话”的说、唱部分的统计，指出“词话的演出当以唱为主，以说为辅”，元明词话是“一种有别于说话、鼓子词、诸宫调等的说唱艺术形式，在说唱艺术中实际是独立门庭的”；词话上承唐五代的词文，在宋代为陶真和涯词，明中叶以后分化为鼓词和弹词。可以看出，在词话的来源问题上，李时人的观点与叶德均的观点是一致的，而与孙楷第、胡士莹两人的观点不同。

顾青先生认为，“与讲史发展至元代称平话一样，小说这一说话伎艺，发展至元代，也出现一个名称，叫‘词话’。在今天看来，词话是讲唱文学中的一种了，有音乐伴奏，有说有唱，尤其是其中有韵的诗词部分，都是唱出来的。词话之得名，正体现了这一唱的特点”。在顾青先生看来，元代的“词话”和“平话”都来源于宋代“说

① 叶德均：《宋元明清唱文学》，上杂出版社 1953 年版，第 39 页。

② 叶德均：《宋元明清唱文学》，上杂出版社 1953 年版，第 41 页。

③ 胡士莹：《话本小说概论》，中华书局 1980 年版，第 175 页。

话”艺术，其中的“小说”一家发展到元代称“词话”，“讲史”一家发展到元代称“平话”，而到了明代，“平话”和“词话”出现了合流的趋势，并且用它来指称话本作品或白话小说。

王庆华先生的论文借鉴了孙楷第、叶德均、顾青等人的研究成果，又提出了不同于前人的观点，如他同意顾青先生提出的“词话”是与“平话”对立的两个概念，但是不同意顾青先生的元代“词话”来源于宋代“小说”的观点，而认为“词话”来源于“陶真”等，特别是在论文的第二、第三部分，他详细地分析了明清时期人们对“词话”概念的种种混用的情况，为我们正确解读明清时期的相关史料提供了很大的帮助。

第二，论文对《水浒传词话》的有无，提出了自己的观点和看法。

明代钱希言《戏瑕》中有一段话，屡屡被研究《水浒传》的学者引用：

> 《戏瑕》卷一：“词话每本头上有‘请客’一段，权做过(个)‘德(得)胜利市头回’。此正是宋朝人借彼形此，无中生有妙处。游情泛韵，脍炙人口，非深于词家者，不足与道也。微独杂说为然，即《水浒传》一部，逐回有之，全学《史记》体。文待诏诸公暇日喜听人说宋江，先讲摊头半日，功父犹及与闻。今坊间刻本，是郭武定删后书矣。郭固跗注大僚，其于词家风马，故奇文悉被刬剃，真施氏之罪人也。”

王庆华先生认为，此处的“词话”是指宋元小说家话本，在《水浒传》的成书过程中，“并不存在所谓的《水浒传》词话”，“现存明刊本《水浒传》中的诗赞之词虽有可能是说唱词话之遗文，但也应是散文本《水浒传》借鉴说唱词话的结果，而非词话本演变为散文本的产物”。

关于文学史上是否存在过《水浒传》词话，学术界是有争议的。孙楷第先生在其写于 1941 年 12 月的《〈水浒传〉旧本考——由明新安刊大涤余人序本百回本水浒传推测旧本水浒传》中认为，“旧本《水浒传》应为词话”，并且“《水浒》本子，自宋金至元末，为词话时期。自明中叶以还迄于明季，为说散本通俗演义时期”。① 其重要证据即新安刊本第四十八回中宋江征讨祝家庄时，有“独龙山前独龙冈，独龙冈上祝家庄……”等一大段诗赞，认为这是词话本“刊落未净者”。叶德均在《宋元明说唱文学》中同意孙楷第的意见，也认为存在过《水浒传词话》，“从元末到明嘉靖以前的《水浒传》，应是全部为韵散夹用的词话本”(见该书第49页)。他还补充了嘉靖刊本第五十一回中“龙虎山中走煞罡，英雄豪杰起多方”等例证。胡士莹先生在《话本小说概论》中也说：“从文学形式的发展来看，以上种种，都可证明《水浒》在散文本通行之前，是有夹说夹唱的词话本的。”(见该书第192页)当代学者纪德君先生在《〈水浒传〉与说唱词话之关系新证》(《广州大学学报》2012年第11卷)一文中也认为，“考查与‘旧本’较为接近的明容与堂百回本《李卓吾先生批评忠义水浒传》，不难发现《水浒传》从诗词赞语的运用到场景描绘、情节建构等，都有较突出的程式化倾向，而这些程式无疑源自民间的口头传统，也可以说是水浒词话留下的胎记”，他从两个方面论述了“水浒词话”遗存的表现：一是诗词韵语等的因袭、重复；二是人物、情节描写的程式化。

张国光先生则持相反意见，他认为在百回繁本《水浒传》之前不存在所谓的词话本，“只能说明《水浒》吸收了少数短篇词话，也不能认为在百回本《水浒》之前有大型的完整的词话本《水浒》”②。不过，持这一观点的学者相对较少。

从整体上来看，大部分学者认为，在《水浒传》的成书过程中，曾经出现或存在过《水浒传词话》。虽然到今天为止，我们仍然没有发现任何元、明时期的《水浒传词话》刊本，但是从现存的明刊本《水浒传》上，仍然可以看到《水浒传词话》曾经存在过的种种迹象。

王庆华先生在论文中提出并不存在所谓的《水浒传词话》，为我们认识《水浒传词话》提供了另外的一种思路。不过，王先生论文的

① 孙楷第：《〈水浒传〉旧本考》，载《沧州集》，中华书局1965年版，第123、143页。

② 张国光：《再评聂绀弩等先生的〈水浒〉简本先于繁本说——兼辨〈水浒〉成书之前并无所谓“词话本”流传》，载《湖北大学学报》1987年第5期。

重点并不在于此，他在论文中没有就此问题展开论述。无论如何，这都是《水浒传》研究中一个十分重要的问题。

在学术史上，有时提出一个有价值的学术问题比解决一个问题更有意义。

**王庆华相关作品目录：**

《话本小说文体研究》，华东师范大学出版社 2006 年版。

《论明末话本小说文体之雅俗分流》，载《明清小说研究》2006 年第 4 期。

《论清前期话本小说文体之适俗化发展》，载《中文自学指导》2006 年第 5 期。

《论清中后期话本小说文体之变异》，载《北方论丛》2006 年第 5 期。

《话本小说文体形态的初步独立——〈清平山堂话本〉文体形态论考》，载《华东师大学报》2003 年第 1 期。

《“平话”辨正》，载《兰州学刊》2009 年第 12 期。

《“词话”辨正》，载《学术研究》2009 年第 2 期。

谭帆、王庆华：《小说考》，载《文学评论》2011 年第 6 期。

（刘相雨　朱祥竟）

# 《新编五代史平话》成书探源

罗筱玉

**摘要** 此前未见著录、直至清末才发现的《新编五代史平话》，对后世古典小说的研究具有重要意义。然迄今为止，有关该平话的题材来源、编刊年代等一些基本问题，至今仍存在歧误，更缺乏对其文本层面的进一步深入研究。本文力图将《五代史平话》置于雅俗文学、文化的整体系统中来考辨这些基本问题，认为该平话主要取资于《资治通鉴纲目》而非《资治通鉴》，为元代下层文人新编刊印而非宋人旧编元人增益刊行；编刊时间不会早于宁宗嘉定十二年，可能在元至大三年至元至治间。在此基础上，本文进一步逆探其成因，推测其可能是在元代文人学术上渐宗程朱理学、史学上更重《纲目》研究、文学上提倡“宗唐得古”的雅正风尚等几个方面的综合影响下编纂而成的。

**关键词** 《五代史平话》 《资治通鉴纲目》 成书 探源

《新编五代史平话》(后简称《五代史平话》或《平话》)，佚名撰。书分《五代梁史平话》、《五代唐史平话》(后分别简称《梁史平话》、《唐史平话》)等五种，每种二卷共十卷。然今传本已非足本，颇有缺佚。该书系清光绪二十七年(1901)曹元忠游杭州时得之于常熟人张敦伯家。1911 年董康诵芬室借以影印，称《景宋残本五代平话》，后有曹元忠跋，此后各本皆从此本流出。除孙楷第《中国通俗小说书目》外未见前人著录。它的发现，被视为话本中之惊人秘籍，对后世古典小说研究具有重要意义。然迄今为止，有关研究多拘于话本乃至古典小说整体研究的格局，有关该平话题材来源、编刊年代等基本问题，至今仍存在歧误，这不仅影响到《平话》本身研究的进一步深入；也未能为近来颇多以《平话》为语汇对象的近代汉语相关研究提供更坚实的基础研究成果。

对于《平话》的题材来源，以往学者或笼统地称其“大抵都是根据正史”①；或因其“分成《梁史平话》、《唐史平话》……五大块”依次叙事，指实其所据正史为《旧五代史》②。对该平话成书过程中的题材来源、编刊时代等问题进行了较深入考论的是丁锡根《〈五代史平话〉成书考述》、宁希元《〈五代史平话〉为金人所作考》二文。丁、宁二文将《平话》与胡注《资治通鉴》(后简称《通鉴》)③五代部分对勘后，发现《平话》虽与元刊胡注本《通鉴》多有出入，但这些出入又多暗合于宋刊《通鉴》，故而认为《平话》大体依据《通鉴》中刊于绍兴二年浙东茶盐公使库的余姚本(即“十二行本”)或涵芬楼影印宋本(即“乙十一行本”)改编成文。其中宁文更审慎地指出，由于《平话》有一部分与此二种宋刊《通鉴》有关文字亦有出入，怀疑《平话》有可能改编自今已失传之某一宋刊《通鉴》。上述诸专著或论文皆不及详辨《平话》所参鉴之《五代史详节》(后简称《详节》)、《新唐书》、《后汉书》与元人陈栎之《历代通略》诸书。

对于《平话》之编刊年代，曹元忠跋直称之为“宋巾箱本”，“或出南渡小说家所为，而书贾刻之。”④翻刻者董康亦认为其为宋椠无疑。这一观点影响了此后很多学者，如鲁迅《中国小说史略》径视其为宋代作品⑤，胡士莹《话本小说概论》则较审慎，认为此平话基本可断为宋人旧编，但“经过元人修订才刊印出来的”⑥。这一“宋编元刊”观点此后几乎得到学界普遍认同。上述丁、宁二文虽然都认为《平话》大体依据《通鉴》改编而来，然结论迥异，丁文认为《平话》“成书

---

① 胡士莹《话本小说概论》(下)，中华书局1980年版，第713页。

② 欧阳健《历史小说史》，浙江古籍出版社2003年版，第40页。

③ 本文所指胡注本《通鉴》，系中华书局1956年版胡三省注《资治通鉴》，下文所指之“十二行本”、“乙十一行本”系章钰所校之宋刊《通鉴》九种中的两种(后简称章校)。

④ 《古本小说集成·五代史平话》，上海古籍出版社1990年版，第297页。此后所引各平话皆用《古本小说集成》本。

⑤ 鲁迅《中国小说史略》第十二篇，人民文学出版社1973年版。

⑥ 胡士莹《话本小说概论》(下)，中华书局1980年版，第713页。

于光宗绍熙前后，但今本或由元人改题《新编五代史平话》刊刻，且少有增益”①，即认同其为“宋编元刊”；而宁文则认为《平话》为金人所为，成书于金亡前后。以上除丁、宁二文外均未详加考论。

本文在前人研究的基础上对该平话题材来源、编刊年代等问题重为考辨。考察的结果，笔者认为该平话编刊都可能在元代，为元代下层文人新编刊印而非宋人旧编元人增益刊行者；其书主要取资于《资治通鉴纲目》(后简称《纲目》)②而非《通鉴》；编刊时间不会早于宁宗嘉定十二年，可能在元至大三年至元至治间。在此基础上，本文力图将《平话》置于雅俗文学、文化的整体系统中来逆探其成因，推测其之所以形成这么一种面目，可能是受到元代文人学术上渐宗程朱理学、史学上更重《纲目》研究、文学上提倡“宗唐得古”之诗文风尚等几个方面的综合影响而成。

## 一、《五代史平话》的题材来源

弄清《五代史平话》的题材来源，不仅是考辨其编刊年代的重要依据之一，也是我们对其深入研究的基础。

首先，我们认为《平话》不大可能取资于《旧五代史》。尽管《旧五代史》分五大块分朝叙事，这可能给《平话》编者以某种启发。然笔者仔细点勘，几乎找不到《平话》取鉴《旧五代史》的痕迹，而且只要比勘一下《平话》与现存《旧五代史》就很容易感觉到，纪传体因叙事过于散落而不易牵聚成文，改编起来很费力。

其次，《平话》大体依据《通鉴》改编而成，笔者亦曾以为是经得起覆核的观点，但经过仔细比读后，发现《平话》对五代之君概称之为“主”，如“梁主”、“唐主”等③；且《唐史平话》于唐亡后用“天祐”

---

① 丁锡根《〈五代史〉成书考述》，《复旦学报》1991 年第 5 期，第 67 ~ 68 页。

② 本文所指《纲目》，系用元建安詹光祖至元丁亥(1287)月崖书堂本，藏北京图书馆，简称元建本，因页码模糊仅指出引文所在之卷与“纲”。

③ 《周史平话》或书“周太祖”，或称“世宗”，系取资于《详节》的缘故，然亦时称“周主”。

年号直到后唐庄宗同光元年。对于五代诸君，无论《通鉴》抑或新旧《五代史》诸书，概称五代诸帝之庙号或谥号如“梁太祖”、“唐庄宗”等，惟朱熹《纲目》与《平话》同。故笔者将《平话》与《纲目》等书仔细比勘后，发现《平话》所据史书并非《通鉴》、新旧《五代史》等书，而是《纲目》、《详节》、《新唐书》、《后汉书》诸书，另有特征显示编者很可能曾参鉴过元人陈栎《历代通略》等史评论著作，今详析如下。

**(一)《平话》系取资于《纲目》**

1.《平话》之讹误可反证其所据者为《纲目》而非胡注《通鉴》

诚如丁锡根先生所言，《平话》找不到《通鉴》胡注的痕迹①。而《平话》之讹误亦可反证其不据胡注《通鉴》而是改编自《纲目》。如：

> 时赵玄朗(即宋宣祖，太祖之父也。)时为马军副都指挥使，引兵夜至，传呼开门，赵太祖曰：“父子虽是至亲……决难奉命。”明旦乃许入。(《周史平话》卷下，第276页)
>
> 后数日，宣祖皇帝为马军副都指挥使，(宣祖讳弘殷。)引兵夜半至滁州城下，传呼开门。太祖皇帝曰：“父子虽至亲，……不敢奉命。”[章校：十二行本“命”下有“明旦乃得入”五字；十一行本同。](《通鉴》卷二九二，第9538页)
>
> 时宣祖为马军副都指挥使，引兵夜至，传呼开门，太祖曰：“父子虽至亲……不敢奉命。”明旦乃得入。(《纲目》卷五九“二月，周主命我太祖将兵……”)

对读上述引文即可看出，《平话》编者并未见过胡注本，因《纲目》并未像胡注本注明“宣祖讳弘殷”，以致将太祖之父“赵弘殷”误为真宗凭空杜撰之赵氏先祖“赵玄朗”。据此似可推测《平话》编者不大可能为避讳甚严的宋人，因为从整体上看，此人为具有相当文才学识的读书人。此可为《平话》取资于《纲目》之一反证。又如：

---

① 丁锡根《〈五代史平话〉成书考述》，第68页。

嗣源曰："吾年十三事献祖，视吾犹子，又事先帝垂五十年，经营攻战……"(《唐史平话》卷下，第106页)

监国曰："吾年十三事献祖……视吾犹子。又事武皇垂三十年，先帝垂二十年，经纶天下……"(《通鉴》卷二七五，第8982页)

监国曰："吾年十三事献祖……视吾犹子，又事武皇先帝垂五十年，经纶攻战……"(《纲目》卷五五"唐主嗣源立")

对比上引三段文字，可知《纲目》将《通鉴》中"又事武皇垂三十年，先帝垂二十年"合并为"又事武皇先帝垂五十年"，《平话》编者因漏失了《纲目》中的"武皇"二字，故有"又事先帝垂五十年"之年数舛误。然此误可以反证《平话》改编自《纲目》，否则不致有此讹误。另如《唐史平话》："张彦将诏书裂碎，掷地上，手把那戟南向诟骂朝廷。"(卷上，第71页)此段胡注《通鉴》原文为：

彦裂诏书抵于地，戟手南向诟朝廷。(《左传》：公戟其手。杜预《注》曰：抵徙屈肘如戟形。……郑玄曰：人挟弓矢，戟其肘。孔颖达《正义》曰：谓射者左手弣弓而右手弯之，则戟其肘。)(《通鉴》卷二六九，第8788页)

若《平话》所据为胡注本《通鉴》，当不致误"戟手"为"手把那戟"了，因《纲目》卷五四此段无胡三省注，故可推测《平话》改编自《纲目》。似此尚多，不赘述。

2. 当《纲目》与《通鉴》叙述出处出现差异时，《平话》与《纲目》合

《纲目》目下所叙史事虽多同《通鉴》原文，然亦偶有差异。就五代部分而言，《纲目》与《通鉴》原文有差别处，《平话》却与之全同。如《唐史平话》：

却说那刘皇后生自寒族，其父以医卜为业……父闻其贵，诣魏州上谒，后深耻之……命笞之宫门外。后性狡悍淫妒，专务蓄财……及为后，四方贡献皆分为二：一以献天子，一以献中

官……惟以写佛经布施尼僧而已。(卷下，第100~101页)

有关刘后之事《通鉴》分属《后梁纪》与《后唐纪》，袁枢《通鉴纪事本末》中此事见于卷四一上之《邺都之变》中，无刘氏贵后笞其父于宫门外一事。《详节》虽也合在一块叙述，但语言明显与《平话》不合①，但《纲目》卷五五与《唐史平话》不仅都是捏合在一块叙述，且语言全同。

3. 当《平话》与宋刊《通鉴》之“十二行本”、“乙十一行本”相吻合时，与《纲目》亦全合

宁希元先生曾将《平话》与胡注本《通鉴》进行比对，发现二者之出入多达二十七处，而这些出入多暗合于宋刊《通鉴》之“十二行本”与“乙十一行本”。② 经笔者重为比勘后发现，这些出入全合于元建本《纲目》五代部分的相关文字(编者稍加改写处不算)。如：

> 即日归太原，邑邑成疾。(《唐史平话》卷上，第81页)
>
> 即归晋阳，邑邑成疾，不复起。(《纲目》卷五五“晋得传国宝”)
>
> 即归晋王[章校：十二行本“王”作“阳”；乙十一行本同。]邑[章校：十二行本重“邑”字；乙十一行本同。]，成疾，不复起。(《通鉴》卷二七一，第8863页)

又如《通鉴·后周纪》(卷二九一，第9485页)：“民有诉讼……乃听讼于台省。”章校为：“十二行本‘讼’作‘诣’，无‘于’字；乙十一本同。”《周史平话》(卷上，第247页)、《纲目》(卷五九《周立诉讼法》)正为“乃听诣台省”，与“十二行本”、“乙十一行本”合。

更值得注意的是，当《平话》与“十二行本”、“乙十一行本”微有差异时，与《纲目》却合若符契。如《唐史平话》：“上帅后妃百官皆拜

---

① 《四库全书存目丛书》，齐鲁书社1996年版，史部第131册，第135页。

② 宁希元《〈五代史平话〉为金人所作考》，《文献》1989年第1期，第23~24页。

之，惟郭崇韬不拜”(卷下，第102页)。据章校，“十二行本”与“乙十一行本”“拜之”后皆有“独郭崇韬不拜”，胡注本无此六字；而《纲目》卷五五正为“惟郭崇韬不拜”，与《平话》一字不差。此外，《平话》中有独见于《通鉴》之“乙十一行本”的相关文字，亦与元建本《纲目》相关文字全合。国图所藏南宋国子监本《纲目》(简称宋本)与元建本《纲目》五代部分差别不大，仅有数处不同。如《通鉴》卷二九三《后周纪》四：“终不负永陵一培土。”胡三省注：“欧史作‘一抔土’。”《周史平话》卷下与“乙十一行本”均作“一抔土”；元建本作“一杯土”(卷五九“唐遣孙晟奉表于周”)，“杯”当为“抔”之形误，可视同《平话》；而宋本作“一培土”。又如《唐史平话》：“天复二年八月，朱全忠弑昭宗，立太子祝为帝。”(卷上，第66页)元建本《纲目》亦作“祝”(卷五三“秋八月全忠弑帝于椒殿，太子祝即位”)；而宋本同胡注本《通鉴》皆为“柷”，不误。又如《周史平话》：“不如纵之，使敌人怀德，则兵易解也。”(卷下，第283页)元建本《纲目》卷五九与之全合，胡注本《通鉴》无此十四字；据章校“十二行本”与“乙十一行本”“深”下有“不如纵之以德于敌，则兵易解”(《通鉴》卷二九三，第9558~9559页)，与宋本《纲目》同，皆为十三字。可见，相较宋本《纲目》而言，《平话》更接近于元建本《纲目》。

因此，与其说《平话》源于《通鉴》之“十二行本”或“乙十一行本”抑或其他失传宋本，毋宁说它更有可能源于元建本《纲目》。通览全编，《平话》基本上都像《纲目》于纲的年月下，紧接着叙述目下史事，编者不时对其加以通俗化改写而已，以此《平话》不似其他几种元刊平话，于五代年月记载特别清晰，甚少讹误，未尝不因其改编自《纲目》之故。

### (二)《平话》曾依傍《详节》、《新唐书》、《后汉书》诸书

《平话》取资于《详节》处如《周史平话》卷上：

> 周太祖自河中入，阳立旻孩儿刘赟为汉嗣。……周太祖见郑珙，具道所以立赟之意，且自指其颈以示郑珙曰：“郭雀儿待做天子时，做已多时。传示刘节使，自古怎有雕青花项天子耶！幸

公无疑。”……刘旻……乃即位于晋阳，号曰“东汉”。（第 238 ~ 239 页）

周太祖之自魏入，阳立长子赟为汉嗣。……周太祖少贱……世谓之“郭雀儿”。太祖见旻使者，具道所以立赟之意，因自指其颈以示使者曰：“自古岂有雕青天子？幸公无疑。”（《详节》，史部第 131 册，第 182 页）

周太祖之自魏入也，未敢即立，乃白汉太后立旻子赟为汉嗣。……周太祖少贱……世谓之“郭雀儿”。太祖见旻使者，具道所以立赟之意，因自指其颈以示使者曰：“自古岂有雕青天子？幸公无以我为疑。”（《新五代史》卷七十《东汉世家》，第 864 页）

《通鉴》、《纲目》俱称太原刘旻政权为“北汉”，《新五代史》、《详节》皆称其为“东汉”。将上引三段文字相比较，《新五代史》与《详节》大体相同，仅有“立”、“幸公无以我为疑”与“阳立”、“幸公无疑”之区别，后二者皆为《平话》所袭取，可见《平话》更近于《详节》。至于“花项”一词可能为《平话》编者参采自《史纂通要》卷十七《后周》：“威指谓之曰：‘自古岂有花项天子耶？’”①《辽史》虽亦称其为“东汉”，但《平话》无多参考《辽史》痕迹。又如：

就那三垂冈置酒，伶人奏百年歌，至于衰老之际，悲歌凄切，坐上有垂泣者。李存勖方五岁，在克用侍侧，乃抚髀道：“大丈夫当从少年立功名，何为悲凄于晚景邪？”克用慨然道：“此奇儿也！后二十年，必能代我战于此地也。”（《唐史平话》卷上，第 57 页）

初，克用……置酒三垂岗。伶人奏百年歌，至于衰老之际。声甚悲。坐上皆凄怆，时存勖在侧，方五岁，克用慨然曰：“此奇儿也，后二十年其能代我战于此乎！”（《详节》，史部第 131 册，第 129 页）

---

① 胡一桂《史纂通要》，文渊阁《四库全书》第 688 册，第 331 页。

初，克用……置酒三垂岗。伶人奏百年歌，至于衰老之际。声辞甚悲。坐上皆凄怆，时存勖在侧，方五岁，克用慨然捋须，指而笑曰："吾行老矣，此奇儿也，后二十年其能代我战于此乎！"(《新五代史》卷五，第41页)

此三垂岗置酒悲歌情节，《旧五代史》与《通鉴》、《纲目》俱无，至于五岁存勖之抚髀慨叹语，应为平话编者所增之小说语。《平话》编者若据《新五代史》，不应漏略克用"捋须"、"指而笑"这两个生动细节。因《详节》省略，故《平话》亦无，显然《平话》更近于《详节》。其他例证不一一赘述。

此外，《平话》编者亦曾偶一采用《新唐书》、《后汉书》等书。这种情况大多出现在平话编者所加之"间隙"，即叙述史事间所增加之小故事。如：

那权万纪在太宗时分，奏宣、尧(饶)部中可凿山冶银，岁取数百万。太宗责万纪道："天子所少者，嘉谋善政，有益于百姓者。公不能进贤推善，乃以利规我，欲比方我做汉之灵帝、威帝耶?"斥使还第。(《周史平话》卷上，第249页)

数年复召万纪为侍书御史，即奏言宣、饶部中可凿山冶银，岁取数百万。帝让曰："天子所乏嘉谋善政、有益于下者，公不推贤进善，乃以利规我，欲方我汉桓、灵邪?"斥使还第。(《新唐书·权万纪传》，第3939页。)

《通鉴》卷一九四、《纲目》卷三九下有相关内容，但明显与《平话》有出入，对比上引两段文字，可见《平话》作者曾偶一取材于《新唐书》。又如：

话说里说那汉光武南驰……及至滹沱河，有候吏还报："河水澌流，无船怎生得渡?"……光武遣那王霸驰至河探听，霸……托言冰坚可渡。……有数骑过未了而冰解。王霸谢道："明公至德，获神灵之佑，虽武王白鱼之瑞，何以加此?"(《唐史

平话》卷上，第78页）

光武即南驰……及至滹沱河……候吏还白河水流澌，无船不可济。……光武令霸往视之。霸……还即诡曰："冰坚可度。"……乃令霸护度，未毕数骑而冰解。光武谓霸曰："安吾众得济免者，卿之力也。"霸谢曰："此明公至德，神灵之佑，虽武王白鱼之应，无以加此。"（《后汉书·王霸传》，第735页）

比对《通鉴》卷三九、《纲目》卷九上与《后汉书》相关文字，可知《通鉴》、《纲目》源自《后汉书》，然二书俱无王霸语瑞之事，惟《后汉书》有，可视为《平话》编者曾取材于《后汉书》之一证。而《梁史平话》卷上言朱温张夫人系宋州刺史张蕤之女，不见于新旧《五代史》及《通鉴》与《纲目》，孙光宪《北梦琐言》卷十七言及此事，《平话》编者似曾参考过此类子书。

**（三）《平话》很可能参鉴过元人陈栎之《历代通略》**

《平话》编者每欲对所叙历史发表感慨时，很可能取鉴过元人，如陈栎《历代通略》等史评类著作。如《梁史平话》：

……伏羲画八卦而文籍生，黄帝垂衣裳而天下治。……这黄帝做着个厮杀的头脑，教天下后世习用干戈。……秦王名世民的……正（贞）观年间，米斗三钱，外户不闭，马牛孳畜，遍满原野。行旅出数千里之外，不要赍带粮草。蛮夷君长，各各带刀宿卫，系颈阙庭。一年之间，天下死刑只有二十九人。（卷上，第1~4页）

《历代通略》①：

伏羲法而象之，始画八卦以通神明之德……繇是文籍生焉。……轩辕黄帝治五兵以征之……兵争乃始于此矣。又始制轩

① 陈栎《历代通略》，文渊阁《四库全书》第688册。

> 冕垂衣裳……而天下大治……(卷一，第 3 ~ 4 页)
>
> 太宗……首听仇臣魏徵之言以行仁义……定府兵，置府六百三十……则似乡遂之师；定口分世业之田，则似井田之画；并省冗员，限官任才，则欲如六卿之率属；谨三覆五覆之奏，定律令格式，鉴铜人明堂，炙经而不笞背，则欲如五刑之禁暴。是以贞观之治，号称太平，斗米三钱，外户不闭，突厥之渠系头阙庭，北海之滨悉为郡县；蛮夷君长带刀宿卫，天下死罪岁仅二十九人(《史纂通要》为"二十四人")……一时君臣同心同德，房玄龄之善谋，杜如晦之善断，李靖之兼资文武……魏徵之谏诤为心，王珪之激浊扬清……(卷二，第 45 页)

不仅《梁史平话》，《晋史平话》亦曾有取于此段，如：

> 契丹夷狄之国……向无太宗……用房、杜之贤臣，任李靖之将才，信魏证(征)之忠谋，听王珪之善谏，建府立卫，如周官乡遂之师；口分世业，似周官井田之制；限官任才，如六卿之承属；定律令格式，除肉刑、笞背，如五刑之禁暴。故能致正(贞)观太平之治，使突厥之渠系颈阙庭，蛮夷君长带刀宿卫……(卷上，第 124 页)

比勘一下《平话》与元人陈栎之《历代通略》，可据以推测《梁史平话》卷上与《晋史平话》卷上都可能参考节取过陈书。《平话》节取陈书与编改《纲目》之目下文字如出一辙，即节取几个重要句段或字段，其余则取其意而加以通俗化或骈偶化改写。

又如：

> 话说李存勖……麾下诸将皆是白首行阵之人，晋王结以恩信，断以英武，故能服真定，并山东，囊括渔阳，包举魏博。策马渡河，而朱温殄灭；偏师入蜀，而王衍就擒。如此所为，不负当年三矢告先王庙的素愿。使听张承业苦口之谏，却僧传真之佞说，迟迟岁月，俟梁寇削平，复唐社稷。不然，灭梁之后，进承

> 唐统，庶有以自别于一时僭窃之徒盗于大位的。可惜着志小气骄，夸功自大，用宦官做监军，用伶人做刺史，酷好伶人倡优之戏，狎侮亵慢，无君人之度。(《唐史平话》卷下，第83页)
>
> 诸将皆白首行阵，与武皇克用并辔齐驱。存勖乃能以恩信结其心，英果折其气……继是服真定，并山东，取渔阳，兼魏博，败契丹，无不如意。策马渡河，朱梁陨灭，三矢告庙，志愿毕酬。……王衍恃险倨慢，偏师西指而剑阁不守。……惜其器小志近，骄心易生，灭梁之后，矜功自喜，御众无法。便嬖进用，惟妇刘后之言是听，惟俳优畋猎之事是好……庄宗果继父志，尽忠于唐，剿除朱梁，复唐社稷，立其后嗣，上也；苟不能然，俟其灭梁，正其罪以告天下，然后称尊以绍唐统，次也；乃弃张承业之忠谋，不待灭梁已即大位，卒无以异于一时之僭取者……(《历代通略》卷二，第56～57页)

对比上所引两段文字可知，《平话》作者很可能参考了元人陈栎之《历代通略》卷二，而陈书又多有所取于胡一桂《史纂通要》卷十七，《平话》编者似也曾对胡书微加采择。① 该编者具有相当不错的文才，既参采《历代通略》与《史纂通要》，又借鉴贾谊《过秦论》的语言气势与结构布局，杂采成文，故颇具文采声情。从其所代撰的诗赞等亦可看出，该编者确是“一位很高明的文人学士”②。

综上所述，《平话》大体依据《纲目》成文，当《纲目》相关史事过简时，《平话》间亦采用《详节》。日本学者氏冈真士《平话所据之史料》一文亦有相关论述，正可互为补充证明。然周兆新先生怀疑《平话》有极少数句子不大可能来自二书，如“长兴三年二月，初令国子监刻九经板印卖。”(《唐史平话》卷下，第112页)《详节》无，而《纲

---

① 《平话》编者似也曾对胡书微加采择，如《唐史平话》卷下：“……庶有以自别于一时僭窃之徒盗于大位的。可惜着志小气骄……无君人之度。”似源于《史纂通要》卷十七：“……志小气骄，矜功自喜……已不足以辱南面之位。……虽曰不正，亦庶几有以自别于一时纷纷盗贼之徒矣……”(第325～326页)

② 郑振铎《郑振铎古典文学论文集》，上海古籍出版社2009年版，第378页。

目》卷五五为："二月，唐初刻九经版印卖之。"因而疑其另有所本。①然而笔者觉得上段文字还是源于《纲目》，可能为《平话》编者将《纲目》卷五五与卷五九中两段话稍加整合改写而成，因《纲目》卷五九"六月，周九经板成"下有："初，唐明宗之世令国子监校正九经，刻板印卖，至是板成献之。"这在《平话》中并不少见。

此外，在《平话》编者所加之"间隙"中，曾依傍过《新唐书》、《后汉书》甚或《北梦琐言》诸书。另《周史平话》目录"世宗殂"下尚有"皇子宗训即位"、"赵太祖改国号为宋"等已佚的七段情节，这些情节依次存在于李焘《续资治通鉴长编》中，可见《平话》编者也可能参考过李书。其史论部分则很可能主要参据元人陈栎《历代通略》、间亦采鉴胡一桂《史纂通要》而成。

## 二、《五代史平话》的成书年代

对《五代史平话》成书年代的研究，大致有"宋本"、"宋编元刊"、"金编金刊"三种主要观点，尤其是"宋编元刊"之说影响深远。本文在上文详析《平话》引书的基础上，重为考辨，认为今传本《平话》为元人所编撰并刊印行世者，今论析如下。

### （一）断定《平话》为宋时旧本，证据不足

曹元忠之"宋本"说直接影响到后人对此书成书年代的评判，但书中明显属于宋以后才有的叙述，使此说被胡士莹先生修订为"宋人所编、元人增益刊行"说而受到学界普遍认同。胡先生《话本小说概论》举出《平话》为宋人旧编的主要证据有：1. 就思想倾向来看，"作者对宋代开国之君是带着颂扬的口气的"，如《周史平话》卷上开场诗有"谁知天意归真主，夹马营中王气新"之句，卷下目录如"军士推戴赵太祖"、"赵太祖受恭帝禅"等，似对赵匡胤陈桥兵变夺取后周政权有所回护，应是宋人的思想意识。2. 从"话本"的艺术风格看，书中

---

① 参见周兆新《对〈新编五代史平话〉的几点认识》，《元代文化研究》（第一辑），北京师范大学出版社2001年版，第443～444页。

所叙各国君主发迹故事，民间故事色彩极浓，当是“宋代说话人的口头实录”①。而上所述丁文认为《平话》既由宋刊《通鉴》改编而成，则其为宋人编写可不言而喻，故未多加考证，但事实并非如此。

宋代讲史艺人的五代讲说中流行郭威、刘知远这类发迹变泰故事，至元代，因关合现实的小说一门遭到统治者的压制而使讲史尤盛，这类五代故事的讲说、编撰较宋时亦当更盛。如结合《平话》用语来看，相较宋代，它更可能是吸取了元代讲史艺人的说书成果。且《平话》系改编自《纲目》，南宋时《通鉴》、《纲目》研究并重，而“元明学风，治《纲目》者多，治《通鉴》者少”②。当元代北方统治者似乎更倾向于主张元继金统、金继辽统时，汉族文人《纲目》类的研究则极力主张元继宋统。③ 因此，回护宋王朝的意识就不限于宋人，元末陈桱《通鉴续编》之“重夏轻夷”倾向甚至比《纲目》还更明显而强烈。至于《周史平话》目录如“赵太祖受恭帝禅”等，或因《平话》沿袭李焘《续资治通鉴长编》或《宋史全文资治通鉴》标题的缘故。至于《平话》中时称赵匡胤为“赵太祖”或“宋太祖”，元人史评类著作如《历代通略》、《史纂通要》及元人杂剧《太华山陈抟高卧》中皆称其为“宋太祖”，且《平话》不时直称其名“赵匡胤”，都说明“宋人所编”之证据不足。

### (二)《平话》为金人编刊之证据不足

不同意“宋编元刊”观点的有宁希元《〈五代史平话〉为金人所作考》一文。其有力的证据一是从其题材来源来判断，认为《平话》大都由《通鉴》而出，间采《新五代史》而不用《旧五代史》，因《旧五代史》于金章宗泰和七年已禁止不用，故中原人不得而见；加上《平话》系采用宋刊《通鉴》以及不用元胡三省注本，故宁先生认为《平话》不可能出自南宋人而是金人之手笔。其实据张元济先生考证，南宋一朝在金泰和七年之前先已摈弃《薛史》，且宋、金两朝都实际上并未禁绝

---

① 胡士莹《话本小说概论》(下)，第712～713页。

② 陈垣《通鉴胡注表微》，辽宁教育出版社1997年版，第40页。

③ 傅骏博士论文《金元通鉴学研究》，第15～16页。

《薛史》，只在学令内予以限用而已①，加上《平话》并非依据《通鉴》而是凭依《纲目》改编成文，故不能据此得出《平话》为金人所作于金亡前后的结论。

二是从《平话》所引地名来据以判断。《周史平话》中叙郭威乃“山东路邢州唐山县地名尧山人氏”，宁文以为邢州于“……北宋时升为‘信德府’，属河北东路。入金后复为‘邢州’，始属山东西路”，又因《汉史平话》中的“太原路”为元太祖十三年(1218)始立，而此年为金宣宗兴定二年，下距蒙古灭金还有十六年之久，从而断定《平话》就产生于金亡前后。然当笔者检括《大清一统志》卷二十时发现，邢州自金天会七年降为州一直到元初皆属河北西路，与宋时一样从未隶属于山东西路，至元二年(1265)后则为顺德路了。因而《平话》之“山东路邢州”令人费解，或系“河北路”之误？抑或据唐以来“山东”指太行山以东的习惯用法。② 如此则邢州确在山东，《平话》或据此称“山东路邢州”？至于唐山县，宋时为尧山县，“金改曰唐山，仍属邢州。元至元二年并入内邱县，后复置，属顺德路”(《大清一统志》卷二十)，则“邢州唐山县”是金天会七年至元至元二年(1265)间的名称。至于《汉史平话》之“太原路”，唐、宋、金时皆称太原府，属河东北路。元太祖十一年立太原路总管府，大德九年以地震改冀宁路(《元史》卷五八《地理》一)。则“太原路”的称呼为元太祖十一年(1216)至元成宗大德九年(1305 年)之间的事。《汉史平话》卷上既称太原路，又称太原府，说明地名习用久了往往会被时人沿袭一段时间，民间不会随行政变更而马上变换其称呼，据此难以断定《平话》之确切编刊年代。

总体上看，金代的《通鉴》研究无论从广度和深度都无法和宋、元相比。加上宋、金南北对抗时期，文化交流几乎隔绝，北方普通文

---

① 陈尚君《旧五代史新辑会证·前言》，复旦大学出版社 2005 年版，第 23～24 页。

② 如杜甫《兵车行》：“君不闻汉家山东(太行之东，唐都长安，凡河北诸道皆为山东)。二百州，千村万落生荆杞。”(《全唐诗》卷二一六，中华书局 1960 年版，第 2254 页。)

人很难及时获取南方如《纲目》、《详节》等为《平话》所参据之最新研究成果。这些著作在元代以前大多仅在南宋辖区内得刊刻和流传，故而《平话》编者不太可能为金人。南宋讲说五代史虽盛，其底本当亦不少，然不大可能为今传本《五代史平话》。因为如果今本《平话》编者为宋末人，则在全书改编过程中不应全用北人甚或元人口吻(这也可排除元人增益的可能)，更谈不上参据元人著作。何况在金末、宋末那种战乱频仍时代，大量儒家文化典籍和文物遭到洗劫和毁坏；下层文士救死不暇之际，哪能从容不迫地采鉴如此众多的史、子著作从而编改成书？若没有书坊提供的资料来源是很难想象的。而宋元以来建阳书坊所刊刻的图书中有大量史部图书，其中通鉴类著作尤其是纲目体最多，至有“天下书籍备于建阳之书坊”之称。① 鉴于《纲目》在元代之巨大影响，本文推测《平话》为元人改编自《纲目》并由建安书坊刊行，大体还是成立的。

### (三)《平话》很可能为元人所编刊

《平话》可能为元人所编刊的证据有：

1.《平话》存在颇多“元人痕迹”

如不囿于宋人旧编的观点，则胡士莹先生所列之“元人痕迹”其实就可能是《平话》为元人编刊的证据，且较“宋编元刊”更顺情合理。如《周史平话》卷上之“忆昔澶州推戴时，欺人寡妇与痴儿。周朝才得九年后，寡妇孤儿又被欺”一诗，确是宋人所不敢讲，当为元人语气；书中有避宋讳如讳“匡”、“胤”等，然又“每于宋讳不能尽避”，曹元忠认为是“刊自坊肆”的缘故，胡先生则断定“未避讳的部分是经过后人窜改的”。如果我们转换一下视角，若《平话》编刊于元人，则可认为元代著书基本不讳，又因依据《纲目》、《详节》等书改编，且距宋亡亦未太远，故《平话》或讳或不讳。另外，“平话”一词不见于宋人作品，当始于元人，且董氏影刻本的版式、字体刀法(圆劲的颜体)皆极类元椠。② 我们可据以上众多“元人痕迹”推断，《平话》很可

---

① 方彦寿《建阳刻书史》，中国社会出版社2003年版，第222～223页。

② 参见胡士莹《话本小说概论》(下)，第712～713页。

能为元人编纂并予以刻板刊行者。

2.《平话》中多为元人用语

据笔者统计，《平话》的语词被《元语言词典》①收入并有其他元代文献可证为元代用语者约占《平话》总体用语的一半以上，且这些语词亦多见于元刊全相平话五种。如《平话》中频频出现“每”，且多为复词“咱每”、“您每”。据吕叔湘《汉语语法论文集·说们》一文考证，宋元时代北方系方言用“每”，南方系方言用“们”，其中元代文献大多数用“每”字，仅少数用“们”字。② 而“每”用于“咱”、“您”之后，“根”用为介词“跟”的情况元以前少见，而在元刊《三国志平话》、《秦并六国平话》等书中却多次出现。另《慧因寺志》卷七《碑记》中收录的元代圣旨碑文有：

> ……皇帝圣旨：管军人官人每根底……藏经的勾当，在意整治……本宗崇先寺里的和尚每依着他的言语里行者。岑山地土园林物业不拣是谁休倚气力侵占者。……③

这篇用硬译公牍文体写成的元朝皇帝诏书，其“语汇采自元代汉语口语，而语法却是蒙古式的”④。其中的“每”、“勾当”、“在意”、“言语”、“气力”等词频频出现于《平话》中，如“为天下君不是易事，您可在意着。”(《周史平话》卷上，第253页)“咱的女孩儿述律见在朔方，有气力。”(《晋史平话》卷上，第127页)加上“驱口”(元时“男曰奴，女曰婢，总曰驱口”。见《辍耕录》卷十七)、“头口”、“平话”、“平章”、“使命(即使者)”等大量元代特有的名词，“咱”(多达一百九十二次)、您(多不表尊称，计一百五十一次)、“每”、“恁地”、

---

① 李崇兴、黄树先等编著《元语言词典》，上海教育出版社1998年版。

② 江蓝生《近代汉语探源》，商务印书馆2000年版，第143页。

③ 转引自陈高华《杭州慧因寺的元代白话碑》，《浙江社会科学》2007年第1期，第169～170页。

④ 参亦邻真《元代硬译公牍文体》，《元史论丛》第1辑，中华书局1982年版。

“辽丁”、“厮”(北人俗称“厮”，南人谓“痣”)等大量元代北方习用语出现在《平话》编纂的全过程中，颇能说明《平话》不是在宋人旧本的基础上增饰而成，而是元人新编才有的现象。考虑到有元一代严重的流民问题几乎与其相终始，或可据此推测《平话》改编者系北人或熟悉北方风土人情的北土南迁文人。

此外，《平话》所增撰故事中的人名为元人习用名。如《晋史平话》：

> ……娄忒没见说，便唤他孩儿阿速鲁出来，将两匹马、二张弓与两个试那武艺。……那娄忒没的浑家兀歹儿道……(卷上，第126页)

此段文字可能源于元时艺人所演说的五代石敬瑭故事之一，其中的人名像“娄忒没”、“阿速鲁”、“兀歹儿”不似汉人名字。据《元史词典·词目索引》，元人中名为兀××的很常见，诸如“兀术”、“兀里卜”者多达几十人；名如阿术鲁者，《元史》有传者为二，一为曾从太祖亲征有功的蒙古将领；一为拔都之子元代附马阿术鲁。① 说明《汉史平话》中有关石敬瑭出身故事系编者吸收元代说书人的相关故事增饰而成。

3.《平话》所反映的社会风习颇具元代特征

平话作为一种易受地缘风俗与社会生活影响的文体，反过来也可凭其所反映的社会风习来辨认其所处时代。在称呼方面，元代汉族妇女在结婚以后，通常在自己的姓以前加一“阿”字，称为“阿刘”、“阿马”等，有时还把丈夫的姓加在前面，如张阿刘、杨阿马等，一如《汉史平话》称刘知远之母为“刘阿苏”。这种称呼究竟起于何时，还有待进一步研究。洪金富先生指出这种称呼至少可上溯到宋代②，他以宋文献《清明集》为例，但此集中并无“×阿×”之称呼。故这种“×阿×”的称呼究竟起于何时，仍不清楚，但可以肯定的是，这种形式

① 邱树森主编《元史辞典》，山东教育出版社2002年版，第542页。

② 洪金富《数目字人名说》，《史语所集刊》第五十八本，第372页。

在元代南北都很普遍，是有文献可征的。

在风俗方面，《梁史平话》卷上虚撰的黄巢与朱温兄弟结义故事，较以元刊《三国志平话》中著名的桃园结义故事，以及元杂剧中大量的这类结义故事，反映的正是元代流行异姓结义的风习。赘婚与再婚虽然宋时亦多见，然元代似乎更盛，再婚、赘婿在南、北都普遍存在，这从《元典章》多次就这方面制订律令就可看出。① 这些在《平话》中都有所体现，如《平话》叙及五代开国君王出身故事中，除大家熟知的刘知远、郭威入赘故事外，连朱温也安排了一个入赘姊夫家的经历；《汉史平话》中刘阿苏再嫁慕容三郎，其小叔不仅没阻难，且帮她出主意，执状由县令批准其因家贫于服内即改嫁，可见朝野上下对再婚的宽容。从《平话》所反映的社会风习看，具有较明显的元代社会特征，这从某种意义上可成为其为元人编刊的旁证。

综上所述，《五代史平话》为熟悉北方风土人情的不第文人，以《纲目》为主要依据，间亦袭取了《详节》、《新唐书》、《后汉书》、《历代通略》等书的一些内容与宋、元民间的五代故事。惟编刊自元人，故目录及每卷首尾辄大书《新编五代某史平话》而非如《三国志平话》等书明标为“新刊”。因《平话》所据为《纲目》，而《纲目》由真德秀于宋宁宗嘉定己卯(1219)初刊于泉州，此初刊本(即“温陵本”)所传不应太广，是年真德秀易帅江右，临行请求将书板移送国子监，所刊即王国维所称之南宋国子监本，宋亡后书板完好入于元西湖书院，因有此板故元代官方未将《纲目》重新刻板。而书坊为谋利，屡有刻印者如元建本、元安福州东李氏留耕堂本(刊于1295年后)等，因时有宋板掺入，故时避宋讳。②《平话》编者既为元代北方不第文人，因而不太可能据“温陵本”或南宋国子监本改编，民间坊刻本更易得而据以凭依。上文已明，《平话》近于元建本《纲目》(刊于1287年)，其所参据之陈栎《历代通略》撰成于元至大三年(1310)，建阳书坊当

① 陈高华、史卫民《中国风俗通史》(元代卷)，上海文艺出版社2001年版，第493~502页。

② 参严文儒《〈通鉴纲目〉宋元版本考》，《华东师范大学学报》(哲社版)1993年第3期。

有刻本①。或可据此推断,《平话》可能编成于元至大三年后,不早于嘉定十二年(1219)。

另元至治所刊之《秦并六国平话》与《梁史平话》不仅字体、版式相似,用语(包括习用语、诗词韵语)、口吻亦相近②,尤其是开篇极为相似,皆以大致相近的"鸿蒙肇判,风气始开"与"粤自鸿荒既判,风气始开"二语接叙历代兴亡;编纂方法上亦属同一机杼:二书在史事方面主要遵从《史记》或《纲目》等史书,一遇战事可扩大敷演,便于叙述史事进程中加塞敷演之文。据此或可推测《秦并六国平话》与《五代史平话》之间本系衣钵相承关系,前者很可能"原来是一部独立的讲史话本,其与体裁风格不同的《武王伐纣书》等并列,当自建安虞氏刊印这套平话丛书始"③。如此,则其初编刊时间当早于建安书坊"新刊"之至治年间,或可推测《平话》编刊时间可能与之相近,约在元至大三年(1310)至元至治(1321—1323)间,可以肯定的是其编刊时间不会早于嘉定十二年(1219)。

近来以《平话》为对象的词汇学方面的研究颇多,这一推论能为这类相关研究提供一个重新认识与思考的前提与基础。如有学人认为,"关于《新编五代史平话》,学术界公认是金朝灭亡之前就成书的,金亡于公元1234年,因而,这一例(指《汉史平话》:"教咱弟兄好不羞了面皮")的出现,就把肯定式'好不'的出现时间提前到十三世纪初年"④。这类结论因此仍有商榷的必要。

---

① 汪炎昶《定宇先生行状》:"闽坊购得其本,皆刊行于世",其中当包括《历代通略》,见陈栎《定宇集》卷十七,文渊阁《四库全书》,第1205册,第444页。

② 譬如"三纲沦,九法斁"、"龙争虎战"等语词既同,所杜撰书表中用语亦极相似,如《晋史平话》卷下石敬瑭上废帝表有:"彼时悔之亦噬脐矣。"《秦并六国平话》卷上秦王致六国书亦有:"彼时噬脐,悔之何及?"

③ 胡士莹《话本小说概论》(下),第723~724页。

④ 曹小云《〈五代史平话〉中已有肯定式"好不"用例出现》,《中国语文》1996年第2期,第150页。

## 三、《五代史平话》成书探源

编创者、编创方式及其演变对于通俗文体的最终成型及其艺术成就具有重要影响。宋末元初周密《武林旧事》卷六《诸色伎艺人》记《演史》一门，有讲史艺人乔万卷等多达二十三人，可见南宋讲史一门较北宋为更盛，其间当有讲说《五代史》者。现存《平话》既云“新编”，当不同于《东京梦华录》所言之北宋“尹常卖《五代史》”，亦不同于诗人陆游幼年所听说过的《五代史》。① 两宋《五代史》旧本虽已不存，仍可从元杂剧中得其仿佛：“《五代史》至轻呵也有二百合”(《对玉梳》第一折)，“《五代史》般聒聒炒炒”(佚名撰《满庭芳》，《乐府新声》)。证以现存关汉卿《刘夫人庆赏五侯宴》等剧本可知，有关五代历史的讲史、杂剧的兴趣点大概在两个方面：一是挖掘、虚构李存孝、王彦章等历史人物的勇武善战及其悲剧命运；一是五代诸帝、将相发迹变泰情事；这些大体被其后的《残唐五代史演义传》所吸收、保留。这类《五代史》旧本若留存下来的话当与《三国志平话》等相似，而现存《平话》却呈现出完全不同的面貌：欲去瞽传诙谐之气，一依史书规摹，摒弃了北宋以来讲史、杂剧中既有的“闹吵吵”热闹情节。

本文所关注的是，为什么会在元代出现这么一种另类的、主要依傍《纲目》等史书编纂而成的《平话》？它真的“殆同史抄”没有多大价值吗？笔者欲从元代文学、学术思潮变迁与史学观念变化等多个层面对这些问题予以探讨。

### (一)元代文学、学术思潮与《平话》成书

元代文风的衍变几乎与其学术的流变同步。元初北方学术本承金代学术，兼取北宋诸家而以苏学为主，然自宋儒赵复北上，程朱理学渐成北方主流学术。而在南宋，朱熹理学并没有形成朱学独尊的局面。文学上元初北方代表诗文作家中郝经、刘因、姚燧一派承金末奇

① 陆游《老学庵笔记》卷六：“俗说唐五代间事，每及功臣，多云‘赐无畏’。”中华书局 1979 年版，第 75 页。

崛重气之脉，诗学李贺，文学韩愈；卢挚、王恽一派接金末平易淡泊一脉，诗学元、白更上追魏晋，文宗宋代欧、苏。元诗人中引用频率最高的诗人是杜甫。然而元初宗唐风气虽已形成，对创作的影响还较有限，至元中期的大德、延祐时期，朝野皆以“宗唐”、“雅正”相倡，提倡“宗唐得古”，逐渐形成了那种雍容和缓、平易正大的“盛世之文”①。

经过两宋讲史长期的涵养，加上文学思潮中雅正文风对编创者的濡染，元代平话已有雅俗分流的趋势，这从现存平话亦可看出。作为元代“宗唐得古”思潮下的文人中的一员，《平话》编者自不能不受影响，全不似艺人所编之《三国志平话》等袭用晚唐胡曾、周昙等人的开口见喉式的咏史诗，在时风即“宗唐”、“雅正”思潮影响下，其所引用或略加点化者多为唐人中王维(《送元二使安西》二句)、杜甫(《孤雁》、《李监宅》四句)、白居易(《疑梦》、《长恨歌》二句)、李贺(《将进酒》)、郑谷(《渚宫乱后作》)、吕洞宾(《大云寺茶诗》)诸人诗歌，其中吕洞宾咏茶诗不仅因其通俗，还可能因全真教而受到关注；唯一的宋人邵雍(《观十六国吟》二句、《隋朝吟》二句)则可能是作为理学大师而引用其相关咏史诗。可见，这位编者很可能是元中期的一位熟悉唐宋诗词的北方文人。

《平话》中对黄巢落第所作的细腻生动的心理与景物描写，弥漫于其中的是元代文人普遍感受到的浓重的乱离感与失意感(“上国献书还不达，故园经乱又空归”)，以及无能为力的虚渺感(“世境飒然如梦断，岂能和泪拜亲闱”)。直如编者所言：“不是路途人，怎知这滋味?”由此生命体认进而审视历史、古人时，《平话》编者发现了历史的虚幻本质，不禁感慨历代之兴废如“风灯明灭里”，故一如其他元散曲作家一样，《平话》编者“好将道眼为旁观”，往往以故作清醒的彻悟姿态、冷静而嘲谑的口吻调侃起历史与古人来。② 如《梁史平话》卷上编者调侃轩辕皇帝：“这黄帝做着个厮杀的头脑，教天下后

---

① 查洪德《理学背景下的元代文论与诗文》，中华书局2005年版，第60～64页。

② 刘明今《辽金元文学史案》，上海古籍出版社2004年版，第194页。

世习用干戈。”《周史平话》卷上漫嘲五代汉、周二代：“汉祚相传仅四春，区区篡位漫劳神。浮荣易若草头露，大位归之花项人。”这种编撰心态直接影响到此后的《三国志通俗演义》等文人所撰之历史小说。平话在形成和发展演变过程中一直受到雅俗两种文化、文学的培育、浸染和制约，从《平话》所透露出的价值判断、审美精神，亦有助于从旁推证其形成、定型于元时文人之手。

### (二)元代史学研究特点与《平话》成书

南宋盛行的义理化史学强调把理学中的天理作为历史学的本体，视天理为决定社会历史盛衰兴亡的根本、为规范人类社会的最高原则。朱熹《纲目》就是这一史学观念的产物与代表。然《纲目》在南宋的影响主要在于以纲目体撰修当代史书，如南宋陈均《皇朝编年纲目备要》、佚名撰《中兴两朝编年纲目》诸书，似尚未波及于通俗文学领域。至元代，随着理学的传播与发展，也由于朱熹《纲目》的思想适应了元代儒士的民族抵触情绪，元代士人对《纲目》表现出极大的兴趣，以至于“世之言《纲目》者，亦无虑数十家”(揭傒斯《通鉴纲目书法序》,《揭文安公文粹》卷一)；并希望四方学者“相与讲习”，使“朱子继《春秋》之笔，焕然以明”①，这就使朱熹《纲目》的影响深入到了元代各个阶层的文人。在这种史学氛围下，《平话》编者以《纲目》为主要依据，将《纲目》中的“春秋笔法”引入通俗文学领域，成为有明一代“按鉴演义”一派之源头，正是再自然不过的事。

从整体上看，《平话》上承并大力发展了唐代的单篇演史变文，下启明清文人的长篇历史演义，成为中国古代史学社会化、文学化过程中承前启后的重要一环。由《五代史》旧本到今传本《平话》的演进过程实质上就是平话文人化的过程。其语言虽文白夹杂尚未至融洽，其史事之改编与民间之说话亦未臻浑融，然在元代“大俗小雅”的文学整体格局的影响下，编者试图用口语去改造历史的纯文言叙事，“目的在于使不同的语言相互接触”，力图使民间话语和精英话语“多

---

① 倪士毅《朱子纲目凡例序》,《宋元学案》卷七〇，世界书局2009年版，第1335页。

音齐鸣”(heteroglossia)，使之成为一个“艺术地组织起来的系统”①。然《平话》编者囿于才力，“据旧史即难于抒写”(鲁迅《中国小说史略》语)，欲“以蹇涩支离之笔，抒广末猛贲之调，而无大力控抟，无豪气运贯，欲为‘盛大’而未见‘春容’”②。但是《平话》编者的这种早期实践与探索对此后的《三国志通俗演义》等书而言，实具有多个层面的借鉴与规避意义，其效果与影响决不是“殆同史抄”一语所能涵括的。胡士莹先生称其“实开创了长篇历史小说的规模，为后来的通俗演义和英雄传奇小说打开了门径”③，并非虚誉。

——据《文学遗产》2012 年第 6 期

【评　介】

罗筱玉(1971—　)，女，湖南邵阳人，2001 年毕业于湘潭大学，获文学硕士学位；2005 年毕业于复旦大学，获文学博士学位；2010 年进入中国社会科学院博士后流动站工作，从事的项目《〈资治通鉴〉与唐五代别史杂纂》获得第 49 批中国博士后科学基金面上二等资助。其博士学位论文是《宋元讲史话本研究》，修改后由中国社会科学出版社 2010 年出版。罗筱玉女士现为温州大学人文学院教授，主要从事中国古代文学的教学与科研工作，主要研究方向为唐宋文学，曾经独立主持浙江省社科规划课题——《宋元讲史话本研究》；主持温州市文化工程课题——《南宋温州文士群体研究》；在《古籍整理研究学刊》、《古籍研究》、《社会科学家》、《中州学刊》、《温州大学学报》等刊物发表学术论文数篇，参与古籍整理，如傅璇琮先生主编的《五代史书汇编》中《五代春秋》、《五代春秋志疑》诸书的校辑整理。

《〈新编五代史平话〉成书探源》一文是在其多年研究的基础上写

① 李作霖《〈新编五代史平话〉的话语形式及其含蕴》，《中国文学研究》2011 年第 2 期。

② 钱基博《〈中国文学史〉中评姚燧之文语》，中华书局 1993 年整理本，第 765 页。

③ 胡士莹《话本小说概论》(下)，第 714 页。

成的一篇学术功力扎实、新见迭出的优秀论文，该文约一万八千字，发表于《文学遗产》2012 年第 6 期。

论文共分为三大部分：

第一部分为《新编五代史平话》的题材来源：作者将《新编五代史平话》与《资治通鉴纲目》等书仔细比勘后，“发现《平话》所据史书并非《通鉴》、新旧《五代史》等书，而是《纲目》、《详节》、《新唐书》、《后汉书》诸书，另有特征显示编者很可能曾参鉴过元人陈栎《历代通略》等史评论著作”。

第二部分为《新编五代史平话》的成书年代：作者认为学术界将《新编五代史平话》断定为宋时旧本或金人编刊证据不足，该书存在颇多元人痕迹，多为元人用语，所反映的社会风习也颇具元代特征，因而认为该书为元人编撰并刊印，其编者可能是元代北方不第文人，可能编成于元至大三年后，不早于嘉定十二年。

第三部分为《新编五代史平话》成书探源：作者认为《新编五代史平话》的成书是在元代思想上渐宗程朱理学，史学上更重视《纲目》研究，文学上提倡“宗唐得古”的雅正风尚等几个方面的综合影响下编纂而成的。

从学术史上来看，该文的价值和意义主要表现在以下方面：

第一，作者对《新编五代史平话》的题材来源重新进行了考察，在详细的文本比勘的基础上，得出了新的结论，使人们对《新编五代史平话》的认识更加深入了。

《新编五代史平话》的题材来源明显可分为两大部分，一部分来源于民间传说或宋元的说话艺术，另一部分来源于史书。《新编五代史平话》各史开头部分叙述黄巢、朱温、石敬瑭、刘知远、郭威等人发迹的故事，大多来自于民间传说或宋元的说话艺术，而各史中叙述的主体部分，大多来自于史书。前者约占全书的四分之一，后者约占全书的四分之三。鲁迅先生早就注意到，该书“大抵史上大事，即无发挥，一涉细故，便多增饰，状以骈俪，证以诗歌，又杂诨词，以博笑噱”①。而学者们重点探讨的是《新编五代史平话》中那些来自于史书的部分。

宁希元先生是比较早的从文本角度来探讨《新编五代史平话》题材来源的学者。他认为“书中所叙历史大事，都由《通鉴》五代部分剪辑而成，有些地方虽易为口语，但更多的却是原文的直录或节抄。总计全书十之八、九的篇幅，都由《通鉴》而出，实际上这是一个不太高明的《通鉴》(五代部分)的缩编本”，除了《资治通鉴》外，“欧阳修的《新五代史》，是《五代史平话》的作者间或采用的史书，以补充《通鉴》叙事之不足，但仍是整段整段地节录”。宁先生发现，《新编五代史平话》没有直接采用薛居正的《旧五代史》，而且“平话作者所使用的《通鉴》，实为宋本，而胡三省注本不及见焉”，他因此得出结论，“书实为金人所作，其成书年代，当在金亡前后”②。

无独有偶，丁锡根先生也从文本的角度探讨过《新编五代史平话》的题材来源，并得出了和宁希元先生相似的结论。他在《〈五代史平话〉成书考述》(《复旦学报》1991 年第 5 期)一文中，经过文本的比对，得出结论“《五代史平话》其主要部分的内容皆取材《通鉴》，其结构脉络亦多依傍《通鉴》体例，可以毫不夸张地说，离开《通鉴》，也就不存在《五代史平话》的具体内容”，他同时注意到，《新编五代史平话》没有受到元代胡三省注本《资治通鉴》的影响，其所依据的应是宋代刊印的《资治通鉴》，“经过比勘，有迹象表明，它依据改编的版本有二：刊于绍兴二年(1132)浙东茶盐公使库的余姚本或刊于宋光宗绍熙间(1190—1194)的本子(即涵芬楼影印宋本)”。

萧相恺先生认为，《新编五代史平话》“主要依傍的史书是《资治通鉴》，用的也是纯粹的《通鉴》编年体”，但是有时则在《资治通鉴》所记大事的基础上加以扩充渲染。③

程毅中先生也认为，“《平话》基本上依据《通鉴》加以敷演，还有

---

① 鲁迅：《中国小说史略》，人民文学出版社 1973 年版，第 97 页。

② 宁希元：《〈五代史平话〉为金人所作考》，载《文献》1989 年第 1 期。

③ 萧相恺：《宋元小说史》，浙江古籍出版社 1997 年版，第 56～57 页。

许多照抄原书的文字，但是往往有所改动”①。

也就是说，在国内学术界，大部分学者认为，《新编五代史平话》所依傍的史书是《资治通鉴》，这几乎成为学术界的共识。

周兆新先生在《对〈新编五代史平话〉的几点认识》②中提到日本学者氏冈真士的论文《平话所依据的史书》(《日本中国学会报》第49集，1997年10月18日发行)，认为该书并非直接取材于《资治通鉴》和《旧五代史》、《新五代史》，而是直接取材于《资治通鉴纲目》和《五代史详节》，与罗筱玉女士的研究结论有相同的地方。周兆新先生对氏冈真士的结论有所保留，认为该书中“直接取材于史书的部分，也有极少数句子，不大可能来自《纲目》与《详节》”。笔者没有见到氏冈真士的论文，不知其在论据和论证方式上与罗筱玉女士的论文有何差别。

从罗筱玉女士的论文来看，其结论是能够成立的，特别是她注意到：“当《纲目》与《通鉴》叙述出处出现差异时，《平话》与《纲目》合”；“当《平话》与宋刊《通鉴》之‘十二行本’、‘乙十一行本’相吻合时，与《纲目》亦全合”。这两点都是国内学术界所没有注意到的，所以她得出结论，“与其说《平话》源于《通鉴》之‘十二行本’或‘乙十一行本’抑或其他失传宋本，毋宁说它更有可能源于元建本《纲目》”。

罗筱玉女士在论文中提到《新编五代史平话》还可能参考过元人陈栎之《历代通略》、《五代史详节》、《后汉书》等书，并举了一些具体的例证，这都是国内学术界很少有人注意到的，也是作者论文的创新之处，反映出作者较为扎实的文献基础和对材料的敏感力。特别是陈栎之《历代通略》，研究文学的人很少关注到该书。这也从一个侧面说明，当代学者要想取得古代文学研究的突破，不能再画地为牢，仅仅局限于文学的范围，而应该将学术视野放宽，结合运用史学、文

---

① 程毅中：《宋元小说研究》，江苏古籍出版社1998年版，第291页。

② 北京师范大学古籍所编：《元代文化研究》，北京师范大学出版社2001年版，第442~448页。

献学、语言学等方面的研究成果。

第二，作者对《新编五代史平话》的成书年代进行了重新考证，认为现在学术界的三种看法——“宋本”、“宋编元刊”和“金编金刊”都证据不足，在此基础上，作者提出了“元人编刊”的新观点，并提供了新的证据和理由。

从学术史上来看，学术界对《新编五代史平话》的成书时间经历了一个变化的过程。

“宋本”说：20 世纪初的学者大多认为此书为“宋本”。1911 年董康诵芬室首次影印该书时，题名为《景宋残本五代平话》，即已称之为“宋残本”，该书的发现者曹元忠在《跋》中称“疑此平话或出南渡小说家所为，而书贾刻之”。鲁迅《中国小说史略》第十二篇“宋之话本”与谭正璧《中国小说发达史》第五章“宋元话本”都介绍了该书，但是比较简略。

“宋编元刊”说：这是当前学术界占主流地位的观点。胡士莹先生在《话本小说概论》(中华书局 1980 年版) 中提出该书为宋人旧编、元人增益刊印的，书中既有宋代话本的风格特点，又夹杂着元人的语气等。丁锡根先生在《〈五代史平话〉成书考述》中认为该书“成书时代约在光宗绍熙元年 (1190) 以后，最早不会超出高宗绍兴三年 (1133)”，但他同时指出“今本或由元人改题《新编五代史平话》刊刻，且少有增益”。袁世硕先生在《古本小说集成 · 五代史平话前言》中认为“此书可断为宋人旧编”，但是“其题名和刊行，是在元代”。萧相恺先生在《宋元小说史》中也基本同意胡士莹先生的观点。

“金人编刊”说：宁希元在《〈五代史平话〉为金人所作考》一文中提出，“此书实为金人所作，其成书年代，当在金亡前后”。当前学术界明确支持这一观点的学者较少，程毅中先生在《宋元小说研究》中对这一观点作了介绍，萧相恺先生在《宋元小说史》中认为这种观点也可备一说。

“元人编刊”说：罗筱玉女士运用语言学、民俗学研究的成果，提出了《新编五代史平话》为元人编刊的新结论，并认为该书“可能编成于元至大三年后，不早于嘉定十二年”。这种观点为我们重新认识

《新编五代史平话》一书提供了新的思路。

“元人编刊”说与学术界占主流地位的“宋编元刊”说的主要区别，在于《新编五代史平话》的主体部分是宋代完成的还是元代完成的，前者主张在元代完成，后者主张在宋代完成。罗烨的《醉翁谈录》卷五《京瓦伎艺》就提到北宋都城东京就有了说《五代史》的专家尹常卖，吴自牧的《梦粱录》卷二十《小说讲经史》中记载了当时讲史的艺人有戴书生、周进士、张小娘子、宋小娘子、邱机山、徐宣教、王六大夫等人。胡士莹在《话本小说概论》中统计出两宋的说话艺人 110 人，其中讲史的有 32 人，可见讲史艺术在当时是非常繁荣的。但是，现存的《新编五代史平话》与宋代的讲史内容有多少是相同的，又实在无法估算。我国台湾学者黄东阳也认为《新编五代史平话》“其刊行主要提供案头阅读之用，不仅绝非说话人的底本，亦不可能是说话人实际演述记录”。① 大陆学者卢世华也认为《新编五代史平话》“并非是说话人的底本，而是一位熟悉说话人的下层文人模仿当时流行的五代史讲史并抄袭改编《资治通鉴》等史书而成的一部通俗读物”。② 如果这种情况属实的话，那么，该书就与宋代的讲史伎艺没有什么继承关系。从《新编五代史平话》的全部内容来看，该书缺乏紧张多变的故事情节，不太适合于勾栏瓦舍的演出。因此，该书是元人编刊用来阅读的文学作品的可能性还是比较大的。

目前，由于材料本身的不足，各种说法并存的情况还将持续一个时期。

第三，作者对《新编五代史平话》成书于元代的思想和文化渊源进行了探讨，这使作者的结论建立在深厚的基础之上，也使本文显得厚重、大气。

以前的学者在探讨《新编五代史平话》的成书时间时，往往从文献入手，就文献谈文献，较少从思想、文化的渊源来探讨这一问题。

---

① 黄东阳：《“历史诠释”禁制的容让——〈新编五代史平话〉对朝代兴替诠解的方法及其影响》，载《汉学研究集刊》2007 年第 5 期，第 93 ~ 118 页。

② 卢世华：《元代平话研究》，中华书局 2009 年版，第 102 页。

作者的这一研究思路再次显示出了其开阔的学术视野。当然，限于文章的篇幅，该文对于元代的文学、史学思潮与《新编五代史平话》的成书之间的关系论述还不够充分，特别是元代的文学思潮与平话成书关系的论述，尚有牵强之嫌，但是作者的这种努力精神是值得肯定和学习的。

**罗筱玉相关作品目录：**

《宋元讲史话本研究》，中国社会科学出版社 2010 年版。

《〈新编五代史平话〉成书探源》，载《文学遗产》2012 年第 6 期。

《〈梁公九谏〉成书考述》，载《古籍整理研究学刊》2005 年第 6 期。

（刘相雨）

# 二十世纪以来宋元话本研究论著提要

# 二十世纪以来宋元话本研究论著提要

### 宋元戏曲史

王国维著，东方出版社 1996 年 3 月出版。

《宋元戏曲史》写成于 1912 年年底 1913 年年初，主要版本是民国四年(1915)的《文学丛刻》本。1921 年 2 月再版，其后于 1927 年、1930 年、1933 年、1934 年、1935 年多次再版。上海书店“民国丛书”系列第一编第 63 册，根据商务印书馆 1934 年版影印。

全书共十六章，以宋、元两朝为重点，重点说明中国戏曲的源流演变。书中介绍了古代巫者的装神和娱神，春秋战国时代倡优的戏谑和讽谏，汉代的角觝戏，唐代的歌舞戏、滑稽戏、参军戏等。书中认为，宋代滑稽戏得到进一步发展，而小说与讲史的故事结构、傀儡戏和影戏的人物造型、舞队的形体动作、乐曲的成套唱腔，都促进了宋杂剧的形成。

该书第三章为“宋之小说杂戏”，王国维认为：“宋之小说，则不以著述为事，而以讲演为事。”其所谓的“宋之小说”即指宋元话本，而不是指宋代的文言小说。他根据灌园耐得翁《都城纪事》的记载，认为说话四家为“一小说，一说经，一说参请，一说史书”。他还认为宋元话本的发展对戏曲的发展有着重要的影响，“其发达之迹，虽略与戏曲平行，而后世戏剧之题目，多取诸此，其结构亦多依仿为之，所以资戏剧之发达者，实不少也”。

### 中国小说史略

鲁迅著，人民文学出版社 1973 年 8 月出版。

这是鲁迅 1920—1924 年在北京大学讲授“中国小说史”课程的讲义，原名《中国小说史大略》。初版本于 1923 年 12 月及 1924 年 6 月分上、下两卷由北京大学第一院新潮社发行，改名为《中国小说史略》。鲁迅在 1923 年 10 月 17 日《序言》中说："中国之小说自来无史；有之，则先见于外国人所作之中国文学史中，而后中国人所作者中亦有之，然其量皆不及全书之什一，故于小说仍不详。"1925 年 9 月，作者稍加修改后由北新书局合为一册印行。1930 年，鲁迅又对其中三篇作了修订，再版重印。鲁迅在 1930 年版的《题记》中说："故仅能于第十四、十五及二十一篇，稍施改订，余则以别无新意，大率仍为旧文。"第十四、十五篇分别是"元明传来之讲史(上)"、"元明传来之讲史(下)"，第二十一篇为"明之拟宋市人小说及后来选本"。

全书共有 28 篇，叙述中国古代小说发生、发展、演变过程，始于神话与传说，迄于清末谴责小说，是中国第一部小说专史。鲁迅另有《中国小说的历史变迁》一篇，是作者 1924 年 7 月在西安讲学时的讲稿，可以看做《中国小说史略》的提要，现收入《鲁迅全集》。单行本亦附载此篇。上海书店"民国丛书"系列第二编第 61 册，根据北新书局 1932 年版影印。

**宋人话本八种**

汪乃刚标点，胡适写有《〈宋人话本八种〉序》，上海亚东图书馆 1928 年 9 月出版，1929 年 5 月再版。

该书是把缪荃孙 1915 年刊印的《京本通俗小说》中的七篇，即第十卷《碾玉观音》、第十一卷《菩萨蛮》、第十二卷《西山一窟鬼》、第十三卷《志诚张主管》、第十四卷《拗相公》、第十五卷《错斩崔宁》、第十六卷《冯玉梅团圆》，再加上叶德辉刊印的第二十一卷《金虏海陵王荒淫》合刊在一起，共八种"宋人话本"。胡适为该书写了较长的《序》。胡适在《序》中认为，"我们可以不必怀疑这些小说的年代。这些小说的内部证据可以使我们推定它们产生的年代约在南宋末年，当十三世纪中期，或中期以后。其中也许有稍早的，但至早的不得在宋高宗崩年(一一八九)之前，最晚的也许远在蒙古灭金(一二三四)以后"。对于南宋的说话四家，胡适的观点和王国维、鲁迅都不同，他认为说话四家为：(1)小说；(2)讲史；(3)傀儡，"其话本或如杂剧，或如崖词，大抵多虚少实”；(4)影戏，“其话本与讲史书者颇同，大抵真假相半”。对于宋人话本的体制，胡适认为，“鲁迅先生说引子的作用，最明白了；但他解释‘得胜头回’，似不无可以讨论之处。《得胜令》乃是曲调之名。本来说书人开讲之前，听众未齐到，必须打鼓开场，《得胜令》当是常用的鼓调，《得胜令》又名《得胜回头》，转为《得胜头回》。后来说书人开讲时，往往因听众未齐，须慢慢地说到正文，故或用诗词，或用故事，也‘权做个得胜头回’”。比较来看，胡适关于“得胜头回”的解释比鲁迅更加合理一些。

**宋人话本七种**

中国书店 1988 年版，根据上海亚东图书馆 1951 年版影印。

该书是上海亚东图书馆 1928 年版《宋人话本八种》的重印本，重印时删去了《金虏海陵王荒淫》一篇，成为七篇。胡适写了《宋人话本重订本小序》(1934 年 1 月 13 日)，说明了删去《金虏海陵王荒淫》一篇的原因。日本学者长泽规矩也经过考证，认为该篇是叶德辉依照衍庆堂本《醒世恒言》伪作的，并不是缪荃孙所说的本子。胡适采纳了这一意见，这一看法也成为学术界的共识。该书收录了汪乃刚翻译，长泽规矩也著的《京本通俗小说与清平山堂》长篇论文，具有重要的学术价值。

**论中国短篇白话小说**

孙楷第著，棠棣出版社 1953 年 11 月出版，1953 年 12 月再版。

本书为中国古典文学研究丛刊之一，王耳主编，有郑振铎 1953 年 10 月 2 日写的《序》，郑振铎在《序》中深有体会地谈到了当时研究小说的困难：既没有比较完整的相关记载，也没有重要的作品集，一些小说作品流传不广，比较难得。郑振铎称赞孙楷第的《中国通俗小说书目》“是最好的一部小说文献，给我们开启了一个找书的门径”，而该书“又由‘目录之学’而更深入地研究小说的流变与发展。他从古代的许多文献材料里，细心而正确地找出有关小说的资料来，而加以整理、研究”，“许多见解是精辟的，许多材料是第一手的”，对该书给予了较高评价。

该书包括五篇文章：《中国短篇白话小说的发展与艺术上的特点》(原载《文艺报》1951 年 4 月 22 日，四卷三期)、《宋朝说话人的家数问题》(原载《学文杂志》1930 年创刊号)、《说话考》(原载《师大月刊》1933 年第 10 期)、《词话考》(原载《师大月刊》1933 年第 10 期)、《唐代俗讲轨范与其本之体裁》(原载北京大学《国学季刊》第六卷第二号，1937 年模印，1938 年装于长沙)。孙楷第在该书中将中国白话短篇小说的发展，由唐至明，分为三个阶段："一是'转变'，二是'说话'，三是短篇小说(指明代的文人话本)。转变唐朝最盛，说话宋朝最盛，短篇小说明末才有，亦以明末为最盛。"他认为宋代的"说话四家"：1. 小说：银字儿、烟粉、灵怪、传奇、说公案、说铁骑儿；2. 说经：说参请、说诨经、弹唱因缘；3. 讲史书；4. 合生、商谜。这四家之说与其他学者的不同主要在于他把"合生""商谜"算在四家之内，而许多学者认为它们不属于"说话"四家。

**中国小说发达史**

谭正璧著，光明书局 1935 年版。

谭正璧在 1935 年 6 月 26 日《序》中，对于此前的几部小说史，如张静庐《中国小说史大纲》、周树人《中国小说史略》、范烟桥《中国小说史》进行了简单的评价，其中对于周树人《中国小说史略》评价较高，认为其书"取材专精，颇多创见"。但是，他认为周树人《中国小说史略》出版以后，又有许多新的小说作品及研究资料被发现，而这些在《中国小说史略》中没有反映。谭书对于 20 世纪二三十年代新发现的小说资料进行了介绍和论述，特别是"对于每一时代某种作品所以发生或其所以发达之历史原因或社会背景，尤三致意焉"。

该书共七章，第一章"古代神话"，第二章"汉代神仙故事"，第三章"六朝鬼神志怪书"，第四章"唐代传奇"，第五章为"宋元话本"，第六章、第七章为"明清通俗小说"。可以看出，该书的结构框架与鲁迅《中国小说史略》相近。第五章"宋元话本"部分，分别介绍了宋元的小说话本、说经话本和讲史话本。这种内容安排方式，被后来的众多话本小说史所采纳。不过，该书对话本内容的介绍比较多，对于话本的评价较少。该书也提出了说话四家的问题，认为四家"即指小说、说铁骑儿、说经、说参请”，他把“讲史”排除在四家之外，把“说经”“说参请”分为两家，与其他的学者有很大的差异。他还认为“话本这个名字，为当时一切伎艺人员所用文字底本的共名，不是‘说话’一技所独有的”；他认为“此书(指《取经诗话》)与《三国志平话》一流话本，当为说话人预备演说时用的大纲摘要，在讲说时可以随意把它延长或另加穿插”。

**说书小史**

陈汝衡著，上海书店“民国丛书”系列第三编第56册，根据上海中华书局1936年2月版影印。

前有作者1935年2月的《序言》。

本书共十二章，前三章分别为“说书源流”、“宋代说书概况”和“话本”，是关于宋元话本的。其他章节分别为：第四章“大说话家柳敬亭”、第五章“说话两大派别”、第六章“平话”、第七章“弹词”、第八章“苏州说书”、第九章“上海说书”、第十章“扬州说书”、第十一章“开篇”、第十二章“说书之艺术”。

他在第二章关于说话四家的论述，曾引起学术界的关注，他认为说话四家为：

(一)小说……一名银字儿，包括烟粉、灵怪、传奇；

(二)说公案(搏拳提刀赶棒、发迹变泰之事)、说铁骑儿(士马金鼓之事)；

(三)说经(说佛书)、说参请(宾主参禅悟道等事)、说诨经；

(四)讲史(讲说通鉴汉唐历代书史文传、兴废战争之事)。

**中国小说史**

郭箴一著，商务印书馆1939年版影印。

上海书店“民国丛书”系列第二编第61册，根据商务印书馆1939年版影印。

本书共七章，按朝代进行划分，第五章为宋元，第四节至第七节讲宋元话本，不过内容比较简略。

### 中国小说丛考

赵景深著，齐鲁书社 1980 年出版。

赵景深在 1980 年 1 月所写的《序》中说：“解放前我写过四本关于中国小说史的考证文章，那就是《小说闲话》(1935—1936)、《小说戏曲新考》上卷《小说编》(1936—1938)、《中国小说论集》(一名《银字集》，1938—1943)以及《小说论丛》(1944—1947)”，其目的是“想以这书来作为《中国小说史略》的补充资料”。书中关于宋元话本的论文主要有：《南宋说话人四家》、《重估话本的时代》、《〈武王伐纣平话〉与〈封神演义〉》、《〈七国春秋后集〉与〈前七国志〉》、《〈前汉书平话续集〉与〈西汉演义〉》等。其中《南宋说话人四家》提出说话四家“应以小说、说经(附说参请)、讲史以及说诨话为四家”，他认为“无论从原文结构或各类本身性质来看，合生和商谜也都不是说话”(第 75 页)。他认为说诨话为四家之一，这一点并没有得到大部分学者的认可。在《〈武王伐纣平话〉与〈封神演义〉》中，他将两书的情节进行了比对，认为“《封神演义》从开头直到第三十回，除哪吒出世的第十二、三、四回外，几乎完全根据《平话》来扩大改编。从第三十一回起，便放开手写去，完全弃掉《平话》，专写神怪的部分了；中间只把《烹费仲》和《伯夷叔齐谏武王》插在里面，这两小节算是《平话》里所有的。作者直写到第八十七回孟津会师，方才想到《平话》上还有材料不曾用进去，这才再用《平话》里的材料，加敲骨破孕妇、千里眼与顺风耳、火烧郇文化等”。这种对文本的详细比勘，在当时的小说研究界还是比较少的，对于后来的学者有很大的启发。

### 宋元明讲唱文学

叶德均著，上杂出版社 1953 年出版。

该书分为五部分，分别为：1. 讲唱文学的一般情形；2. 乐曲系讲唱文学；3. 诗赞系讲唱文学上(涯词和陶真)；4. 诗赞系讲唱文学中(词话)；5. 诗赞系讲唱文学下(从词话到弹词、鼓词)。论述的内容包括宋代的陶真、涯词、鼓子词、诸宫调、覆赚；元代的词话、驭说、货郎儿；明清的弹词、鼓词、宝卷等。他认为“宋元小说一类的话本原是韵散夹用的讲唱文学，到了明代，一部分小说篇幅加长，又趋向全部散文化，就和长篇的讲史混而不分，所以到明清时就很少知道宋代小说原是短篇讲唱文学了”。宋元小说是否属于讲唱文学，现在学术界是存在争议的。

**宋元伎艺杂考**

李啸仓著，上杂出版社 1953 年出版。

全书共收文章十篇，其中《合生考》《说话名称解》《谈宋人说话的四家》《释银字儿》是关于宋元话本的。

**宋元话本集**

傅惜华选注，四联书店 1955 年出版。

本集选话本十八篇，《导言》对这些话本的本事来源、作品时期、著录书目、流传版本进行了说明。这十八篇分别是：《冯玉梅团圆》《菩萨蛮》《拗相公》《杨温拦路虎传》《简帖和尚》《合同文字记》《错斩崔宁》《山亭儿》《沈鸟儿画眉记》《快嘴李翠莲记》《西山一窟鬼》《碾玉观音》《志诚张主管》《种瓜张老》《定山三怪》《梅岭失妻记》《西湖三塔记》《郑意娘传》。

**宋元话本选**

东北人民大学古典文学教研室编，东北人民大学教务处教材出版科 1955 年印制。

该书选择宋元话本六篇，包括《碾玉观音》、《冯玉梅团圆》、《错斩崔宁》、《众名姬春风吊柳七》、《大宋宣和遗事》(节选)、《新编五代汉史平话》，并对其中一些难懂的词语进行了注释。

**说书史话**

陈汝衡著，人民文学出版社 1987 年出版。

作者 1956 年 10 月 14 日于上海写的《后记》中说，“这本书的前身是一九三六年初出版的《说书小史》(中华书局)”，“比较二十年前的《说书小史》增加篇幅约五六倍。并且不论从内容和形式、立场和观点去看，显然是和过去截然不同的书。它编写的目的，是要把那些散碎的资料经过疏通理解，寻出它们的内在联系，以及和人民生活的关系，然后再把它们贯穿起来，安插在一定位置上”。

本书共分七章，除了第一章“绪论”和第七章“说书展望”外，其余五章按时间顺序分为“唐代说书”、“北宋说书”、“南宋说书”、“元明说书”和“清代说书”。其中第四章“南宋说书”部分“论南宋说话四家”颇受学术界重视。第六章“清代说书”篇幅最长，约占总字数的一半。他认为南宋说话四家如下表：

| 说话四家 | 内　　容 |
|---|---|
| 1. 银字儿 | 烟粉、灵怪、传奇 |
| 2. 说公案、说铁骑儿 | 朴刀杆棒、发迹变泰之事、士马金鼓之事 |
| 3. 说经、说参请、说诨经 | 演说佛书、参禅悟道等 |
| 4. 讲史书 | 讲说前代书史文传、兴废战争之事 |

附注：1、2 两项总称小说。

他认为“今存的所谓宋元话本小说，绝大部分都是经过元明人士增订和加工的，因此我们很难断定它们成书的确切年代”。他较早地意识到了宋元话本研究的困境，即研究对象的不确定性和不稳定性。这一点在后来的研究中越来越突出，以致近年来在这一领域继续耕耘的学者非常少，学术成果也难以有较大的进展。

**俗讲、说话与白话小说**

孙楷第著，作家出版社 1956 年出版。

该书与《论中国短篇白话小说》内容基本相同，只是由作者修订补充，改题书名，由作家出版社重新出版。

**话本与古剧**

谭正璧著，谭寻补正，上海古籍出版社 1985 年出版。

上海古典文学出版社 1956 年 6 月曾经出版该书。全书分为上、下两卷，上卷为话本之部，共收论文八篇；下篇为古剧之部，共收论文八篇。其中《宋元话本存佚综考》、《宋人小说话本名目内容考》、《宝文堂藏宋元明人话本考》、《唐人传奇给与后代文学的影响》、《〈绿窗新话〉与〈醉翁谈录〉》等与宋元话本有关。

**古代白话短篇小说选**

胡士莹选注，中国青年出版社 1956 年 12 月出版，1962 年 10 月第二版。

本书共选择宋元明话本小说十篇，分别是《碾玉观音》(《京本通俗小说》卷十)、《错斩崔宁》(《京本通俗小说》卷十五)、《滕大尹鬼断家私》(《古今小说》卷十)、《金玉奴棒打薄情郎》(《古今小说》卷二十七)、《汪信之一死救全家》(《古今小说》卷三十九)、《沈小霞相会出师表》(《古今小说》卷四十)、《白娘子永镇雷峰塔》(《警世通言》卷二十八)、《杜十娘怒沉百宝箱》(《警世通言》卷三十二)、《卖油郎独占花魁》(《醒世恒言》卷三)、《灌园叟晚逢仙女》(《醒世恒言》卷四)。

作者在编例中说："这本选集是以青年读者为对象的。编选本书的目的，是通过这介绍和解释的工作，使青年读者能比较容易地欣赏和理解这些中国古代的短篇白话小说，知道我国古典文学的优美，知道我国古代人民的勤劳、勇敢和忠贞：从而可以在文学修养上和性格培养上得到一些好处，并增加对伟大祖国的光辉历史和文学遗产的热爱。因此，编选的原则是，选择人民的，有民主精神、反抗精种的，高尚健康的作品。"本书的序言系统地介绍了古代白话小说的知识。每篇均作详细注释，并在选文后用一定的篇幅进行欣赏，指出选文的优缺点，以帮助读者理解作品。

**话本选**

吴晓铃、范宁、周妙中选注，人民文学出版社 1959 年 3 月第一版，1984 年 12 月第二次印刷(共两册)。

该书共选择从宋代到清代的话本 38 篇，"选择的标准是要求思想性和艺术性都比较好，并适当地照顾到题材和著作时代"，"为了便于读者阅读，较难理解的词语和重要的人名、地名、官名等都尽可能地做了一些注释。注释的文字力求平易简要，一般都不注明根据和出处，只是某些特殊的情况，才引证了原始材料。原文里明显的错误都尽所能地根据版本、文意或者我们自己的判断加以改正。可疑而不便改动的就在注释里说明”。范宁写了长达36页的序言，序言运用阶级分析的观点，从话本的题材、内容和艺术特色等方面全面地论述了话本的特点，并指出其因果报应等方面的历史局限性，是一篇代表了当时研究水平的专题论文。

**话本选注**

中华书局上海编辑所编辑(共两册)，中华书局1960年3月第一版，1962年10月第4次印刷。

该书“选择的标准是内容比较健康，艺术性比较强，也照顾到主题和题材的多样性。为了帮助读者了解作品内容，每篇都作了简略的说明和较为详细的注释。对某些不大纯净的描写和个别词句，还慎重地作了必要的删节”。上册包括：《快嘴李翠莲记》、《碾玉观音》、《宋四公大闹禁魂张》、《灌园叟晚逢仙女》；下册包括：《沈小霞相会出师表》、《杜十娘怒沉百宝箱》、《刘东山夸技顺城门》，其中《碾玉观音》、《错斩崔宁》、《快嘴李翠莲记》、《宋四公大闹禁魂张》一般认为是宋元话本。这是一本普及性的文学读物。

**话本选注**

上海古籍出版社选，上海古籍出版社1980年出版。

该书《前言》中说：“这部分是我们从《京本通俗小说》、《清平山堂活本》、《古今小说》、《喻世明言》、《警世通言》、《醒世恒言》等书中选出的，一共八篇。选择的标准是内容比较健康，艺术性比较强，也照顾到主题和题材的多样性。”

该书曾于1962年由原中华书局上海编辑所出版，此次经过修订增删，被列入《中国古典文学作品选读》丛书，重新出版，包括《碾玉观音》、《错斩崔宁》、《快嘴李翠莲记》、《沈小霞相会出师表》、《王安石三难苏学士》、《杜十娘怒沉百宝箱》、《灌园叟晚逢仙女》、《刘东山夸技顺城门》，其中前三篇被学术界认为是宋元话本。与1962年版相比，删去了《宋四公大闹禁魂张》一篇，增加了《王安石三难苏学士》一篇。

**宋元话本**

程毅中著，中华书局1964年第一版，1980年10月第二版。

作者1980年3月在《再版附记》中说："这本小册子是二十年前的习作，还是导师浦江清先生给我指定的论文题目。当我写成初稿时，浦先生早已与世长辞了。后来又加以增订，于一九六四年作为《知识丛书》之一由中华书局出版。"

该书共分为四章，第一章介绍了话本的渊源和宋代说话流行的情况以及话本的编写；第二章介绍了讲史家话本的名目、体制、题材和讲史的主题思想及艺术成就；第三章介绍了小说家话本的题材、篇目、体制，重点介绍了小说的思想内容和艺术特色；第四章介绍了宋元话本在文学史上的地位、作用和影响以及话本的研究和整理情况。该书在分析宋元话本的思想内容和艺术特色时，一般运用阶级分析的观点，从小说的人民性、阶级性等角度来评析作品，带有时代的特点。

该书的最后部分按照时间顺序介绍了话本的研究和整理情况，罗列了从20世纪初到20世纪60年代宋元话本的整理、研究情况以及主要的研究人员，具有重要的参考价值。该书也是新中国成立后第一部关于宋元话本研究的专著，其开拓之功不可磨灭。

**宋元明清近代文学史参考资料**

第一分册，北京电视大学中文系61级编，内部发行，1964年8月印制。

该书分宋文、宋诗、宋词和宋元话本。在宋元话本部分，收录话本四篇：《快嘴李翠莲记》《错斩崔宁》《碾玉观音》《宋四公大闹禁魂张》。

**话本楔子汇说**

该书未目见，存目。

庄因著，中国台北台大文学院1965年印制。

本书包括四章：《楔子》、《楔子的来龙去脉》、《话本楔子的体裁》、《话本中几个楔子异名的诠释》。

**宋代话本研究**

该书未目见，存目。

乐蘅军著，中国台北台大文学院1969年印制。

本书讨论的问题主要有：话本产生的背景(包含时代与文体)、特质(包含形式与内容)、现存作品之考订以及艺术上的得失，包括描写的技巧、结构的处理、主题的赋予、风格的表现等。

**宋话本的研究**

该书未目见，存目。

何志平著，中国台中东海大学中研所1973年硕士学位论文。

本书以《京本通俗小说》中的七篇作品和《清平山堂话本》中的四篇作品——《简帖和尚》《西湖三塔记》《风月瑞仙亭》《杨温拦路虎传》为研究对象，以作品分析的方式，逐篇讨论，阐明宋话本在文学上的成就与价值，进而探讨宋话本在中国文学史上的地位。其意义概括为五个方面：

一、由情节小说渐进到人物小说；

二、开始普遍地有主题意识；

三、由少数人的文学进为大众文学；

四、由口头上的死语言进为活语言；

五、由平面的叙述进为立体的展示。

**话本与小说**

该书未目见，存目。

潘寿康著，中国台北黎明文化事业股份有限公司1973年出版。

该书共包括十五篇论文，其中《宋元的说话人和话本艺术》《现存宋元话本考》《大唐三藏取经诗话》《宣和遗事》是关于宋元话本的。

**宋元明平话研究**

该书未目见，存目。

李本耀著，中国台北师大国文研究所 1973 年硕士学位论文。

本书共六章，包括《话本之诞生》、《话本之特质》、《话本之考实》、《元至治全相平话五种》、《明代之平话集及拟作》、《宋短篇话本之风格论》。

**话本小说论**

原田季清著，中国台北祥志出版社 1975 年出版。

该书未目见，《研究宋元小说专著序目》收录有该书前言、绪论、目次、结论等。

**短篇白话小说的文学论**

该书未目见，存目。

杜奕英著，中国台中东海大学中研所 1978 年硕士学位论文。

本书以《京本通俗小说》中的七篇作品为主，以《清平山堂话本》中的作品为辅进行研究。内容包括说话的家数、话本小说的年代、语言、艺术特征、作品分析(人物个性、结构情节、对话、悬疑、主题)等。

**元至治新刊全相平话五种研究**

该书未目见，存目。

李宜涯著，中国台北文化学院中研所 1978 年硕士学位论文。

内容包括三部分：故事之探源、故事之演化、故事产生之缘由。

**韩南中国古典小说论集**

王秋桂编，中国台北联经出版事业股份有限公司 1979 年出版。

本集收韩南教授(Professor Patrick D. Hanan)所作有关中国古典小说的论文七篇及附录一篇。包括《早期中国短篇小说》、《〈古今小说〉中某些故事的作者问题》、《宋元白话小说：评近代系年法》、《〈蒋兴哥重会珍珠衫〉与〈杜十娘怒沉百宝箱〉撰述考》、《凌濛初的初、二刻拍案惊奇》、《云门传：从说唱到短篇小说》、《〈平妖传〉著者问题之研究》。附录：《乐府红珊考》。

**话本小说概论**

胡士莹著，中华书局1980年版。

本书分上、下两册，赵景深所作的《序》中称赞该书是“精心结撰的、论断比较恰当的、内容丰富的、总结性的著作”，称之为“研究话本的百科全书”。该书共分十八章，全面地论述了话本小说的起源、发生、发展、繁荣、衰落的过程。

第一章“‘说话’的起源和演变”。胡士莹认为说话艺术起源于先秦时代的“俳优侏儒”，秦汉时代说话艺术已经较为发达，四川成都出土的击鼓俑，生动地反映了当时的情况。魏晋六朝出现了“俳优小说”和“说肥瘦”活动。唐代说话在民间、宫廷、寺庙都十分流行。

第二章“宋代的说话”。胡士莹认为宋代都市经济的繁荣与说话艺术的流行有着密切的关系，说话人演出的地点主要在瓦子勾栏、茶肆酒楼，有时也在乡村、寺庙或者露天空地等。根据《东京梦华录》、西湖老人《繁胜录》、《梦粱录》、《武林旧事》等书的记载，宋代的说话人有一百一十人。编写话本的团体叫书会，会员叫书会先生，说话人的行会组织叫雄辩社，雄辩社中名位高、年辈长，并有精湛伎艺和学问的称为老郎。

第三章“宋代说话的政治倾向和艺术特色”。该部分运用马克思主义的文艺观念，从反映阶级矛盾和阶级斗争的角度，肯定了宋代说话的进步政治倾向和主要的艺术特色。

第四章“说话的家数”，列举了王国维、鲁迅、孙楷第、谭正璧、赵景深、陈汝衡、李啸仓、青木正儿、严敦易、王古鲁等人对“说话四家”的不同意见。胡士莹认为说话四家应该是：

1. 小说(即银字儿)——烟粉、灵怪、传奇、说公案，皆是朴刀杆棒及发迹变泰之事；

2. 说铁骑儿——士马金鼓之事；

3. 说经——演说佛书　说参请——宾主参禅悟道等事；说诨经；

4. 讲史书——讲说前代书史文传兴废战争之事。

他的这种观点得到了赵景深教授的肯定和支持。

第五章“话本”：主要介绍“小说”话本的基本体制，将其分为题目、篇首、入话、头回、正话、篇尾六部分。

第六章“话本的名称”，主要区分了话、说话、话本、小说、平话、诗话、词话等一些容易混淆的概念。

第七章“现存的宋人话本”，列举了《梁公九谏》、《大唐三藏取经诗话》、《碾玉观音》等现存的宋人话本。

第八章“宋元以来官私著述中所载的宋人‘说话’名目”，根据《醉翁谈录》《宝文堂书目》《也是园书目》等记载，列出了基本的“说话”名目。

第九章“元代的说书与话本”，介绍了元代的说书艺人、话本作者以及元代话本的概况。

第十章“宋元话本的思想性和艺术性”，根据话本的不同题材内容，分别论述了各类话本在思想和艺术方面的特点。

第十一章至第十四章论述了明代话本的情况；第十五章论述了清代的说书和拟话本；第十六章论述了明清说公案；第十七章关于讲史，论述了宋元以来讲史的发展概况。

第十八章“总论”，话本小说的发展规律和展望。

该书问世以来，一直被作为大学中文系必备的参考书目，至今鲜有著作能出其右。

**宋元明话本小说选**

萧欣桥选注，江西人民出版社 1980 年出版。

萧欣桥的《序言》对话本小说的起源和发展过程、话本小说的思想内容和艺术价值进行了总体的评价，特别是从“人民性”的观点对其思想价值进行了分析，带有时代的特点。该书从《京本通俗小说》、《清平山堂话本》、“三言”、“二拍”、《石点头》等书中选取了二十四篇思想性、艺术性结合得较好的宋、元话本和明代拟话本，并对选篇中难懂的词语作了较为详细、通俗的注释。其中《碾玉观音》、《志诚张主管》、《错斩崔宁》等作品是学术界公认的宋代话本小说。

**听古人说书——宋明话本**

胡万川编撰，中国台北时报文化出版企业股份有限公司 1981 年出版。

中国历代经典文库(青少年版)四十五册中的一种，本书收话本九篇，分别选自嘉靖年间洪楩所编的《六十家小说》和崇祯年间冯梦龙编印的“三言”，这九篇分别是《西山一窟鬼》《碾玉观音》《错斩崔宁》《宋四公与赵正、侯兴》《快嘴李翠莲》《吴保安弃家赎友》《赵太祖千里送京娘》《白娘子永镇雷峰塔》《卖油郎独占花魁》。故事内容经过改写，后面有“结语”说明故事来源，附录“原典精选”选了《白娘子永镇雷峰塔》。

**研究宋元小说专著序目**

朱传誉发行并主编，中国台北天一出版社 1982 年出版。

本书收录了我国台湾地区 1960—1978 年研究宋元小说的专著十余部，包括皮述民的《宋代小说考证》、何志平的《宋话本的研究》、乐蘅军的《宋代话本研究》、庄因的《话本楔子汇说》、潘寿康的《话本与小说》、李宜涯的《元至治新刊平话五种研究》、李本耀的《宋明平话研究》等，分别介绍了其序言、目录和参考书目等内容。这是一本关于宋元话本的重要的资料汇编，对于了解这一领域的研究情况具有重要的参考价值。

**宋话本研究资料——说话与说话人**

朱传誉发行并主编，中国台北天一出版社 1982 年出版。

该书共收录从 1946 年到 1980 年关于宋话本中说话与说话人的研究文章十六篇，其中孙楷第的文章四篇，可见编者对孙楷第著作的重视，这十六篇文章的篇名、作者、材料来源及出版情况。

**许政扬文存**

许政扬著，中华书局 1984 年出版。

其中关于宋元话本的内容有《宋元小说戏曲语释》七十八条。《话本征时》一文中关于《简帖和尚》《戒指儿记》作品年代的判断，对于现代学术界影响较大。他根据《简帖和尚》中“如今叫做连手，又叫做巡军”一语，认为“从巡军设置于元而‘所由’之称南宋时仍流行这一事实看来，话本《简帖和尚》不可能是宋代作品，它必定产生于元代以后”(见该书第258页)。他根据《戒指儿记》中商人阮三“点报驸马，因使用不到，退回家”来一语，认为点报驸马是明代的制度，因此认为该篇产生于明代。这种根据小说文本某一个具体的典章制度等来判断整篇话本作品产生时代的方法，对于当时和后来的学术界产生了一定的影响。不过，这种方法本身也有其局限性和适用条件，其适用条件为：文本的全部内容都是出自同一个作者之手，没有后世或其他年代资料的窜入。从学术逻辑上来说，这种方法是从部分概括整体，从个别上升到一般，其思路是有一定的冒险性的。

**京本通俗小说新论及其他**

那宗训著，中国台北文史哲出版社1985年出版。

《京本通俗小说》的真伪问题为现代学术界的一件公案，马幼垣等人认为该书是一部伪书，作伪者可能是出版者缪荃孙。该书中的《京本通俗小说新论》一文针对这一问题，提出了自己的看法。文章分为以下几个部分：前言、否定理由的概述、时代问题、人名问题、衔头问题、引用词的问题、书目等问题、三桂堂本《警世通言》不是京本底本、衍庆堂本《醒世恒言》不是京本底本、俗字问题和结论。该文以《京本通俗小说》的第十卷《碾玉观音》、第十一卷《菩萨蛮》、第十二卷《西山一窟鬼》、第十三卷《志诚张主管》、第十四卷《拗相公》、第十五卷《错斩崔宁》、第十六卷《冯玉梅团圆》七篇作品为研究的对象，在缜密考察的基础上，得出结论，“总之，《京本通俗小说》是一本独立存在的小说，绝对不是从‘三言’中抽出来的伪造品。在‘三言’印行以前，早就有的”。作者的这一结论，虽然没有能该改变目前占主流地位的观点，但是作者独立思考的精神仍然给学术界以很大的启发。

**宋元小说话本集**

欧阳健、萧相恺编订，中州古籍出版社1987年出版。

该书是中州古籍出版社《宋元平话总集》的一个组成部分，是为了给广大读者和专业研究人员提供一个比较完备的本子。

编者在《前言》中说，该书在编排上“采用了《醉翁谈录》的灵怪、烟粉、传奇、公案、朴刀、杆捧、神仙、妖术的分类编次方式，这样似乎较能反映宋元话本的本来面目，对读者和研究者也较为便利”。对于这八类的分类标准，编者基本上同意谭正璧先生的意见，认为：“灵怪”类“大多是些普通的妖异鬼怪的故事，但关于女鬼、神仙、妖术的都不在内”；不过，将女鬼的故事归入“烟粉”，是要具备一个条件的，那就是它讲的必定是“人鬼幽期”的故事；《西山一窟鬼》，虽然讲了女鬼，甚至讲到了人鬼的婚姻，但由于没有人鬼恋爱的情节，仍旧只能归入“灵怪”类。“传奇”则是“叙男女爱情故事的话本”；“烟粉”亦有人理解为“烟花粉黛”，但从话本的实际出发，还是“人鬼幽期”为当，撇开了“人鬼幽期”，可以说与“传奇”无本质的区别。至于“神仙”与“妖术”的区别，在于后者所述“都是能为妖术的人”，而“神仙”则是地地道道的仙人。

对于话本的产生时代，编者是把“宋元”当做一个统一的时代概念，而没有一一区别是宋还是元代的话本。“我们所能做的，不过是在同一类话本的编排中，尽可能将有一定论据的较早的作品排列在前，而把产生较迟或没有多少把握的作品放在后面。这里说的迟早，当然就更是相对的，可能出错的。按照我们的分类，计得灵怪类十四篇，烟粉类六篇，传奇类十七篇，公案类十二篇，朴刀类一篇，杆棒类两篇，神仙类六篇，妖术类一篇，其他类八篇，共六十七篇”。这六十七篇的篇目如下：

一、灵怪：14 篇

1. 灯花婆婆；2. 西湖三塔记；3. 洛阳三怪记；4. 西山一窟鬼；5. 崔衙内白鹞招妖；6. 郑节使立功神臂弓；附录：新编红白蜘蛛小说；7. 陈巡检梅岭失妻记；8. 白娘子永镇雷峰塔；9. 李元吴江救朱蛇；10. 皂角林大王假形；11. 魏徵梦斩径河龙；12. 夔关姚卞吊诸葛；13. 霅川萧琛贬霸王；14. 小水湾天狐诒书

二、烟粉：6 篇

1. 碾玉观音；2. 志诚张主管；3. 钱舍人题诗燕子楼；4. 杨思温

燕山逢故人；5. 金明池吴清逢爱爱；6. 钱塘梦

三、传奇：17 篇

1. 冯玉梅团圆；2. 刎颈鸳鸯会；3. 张生彩鸾灯传；4. 苏长公章台柳传；5. 柳耆卿诗酒玩江楼记；6. 风月瑞仙亭；7. 戒指儿记；8. 梅杏争春(残页)；9. 乐小舍拚生觅偶；10. 宿香亭张浩遇莺莺；11. 绿珠坠楼记；12. 闹樊楼多情周胜仙；13. 新桥市韩五卖春情；14. 李亚仙；15. 王魁；16. 裴秀娘夜游西湖记；17. 单符郎全州佳偶

四、公案：12 篇

1. 错斩崔宁；2. 简帖和尚；3. 合同文字记；4. 三现身包龙图断冤；5. 错认尸；6. 计押番金鳗产祸；7. 沈小官一鸟害七命；8. 宋四公大闹禁魂张；9. 任孝子烈性为神；10. 曹伯明错勘赃记；11. 汪信之一死救全家；12. 菩萨蛮

五、朴刀：1 篇

万秀娘仇报山亭儿

六、杆棒：2 篇

1. 杨温拦路虎传；2. 史弘肇龙虎君臣会

七、神仙：6 篇

1. 蓝桥记；2. 张古老种瓜娶文女；3. 董永遇仙传；4. 福禄寿三星度世；5. 张子房慕道记；6. 金光洞主谈旧迹

八、妖术：1 篇

勘皮靴单证二郎神

九、其他：8 篇

1. 五戒禅师私红莲记；2. 济颠语录；3. 阴骘积善；4. 快嘴李翠莲记；5. 赵伯升茶肆遇仁宗；6. 拗相公；7. 张孝基陈留认舅；8. 金海陵纵欲亡身

该书不仅为学术界提供了一个较为完备的宋元小说家话本的作品集，而且试图在众多的话本小说作品中区分出哪些是宋元的话本并说明理由，这有利于学术研究的深入发展，在学术史上有其独特的价值和地位。

**京本通俗小说**

上海古籍出版社 1988 年出版。

该书最早由缪荃孙于 1915 年刊刻出版，但是现在很难见到了。古典文学出版社曾据缪荃孙刻本标点出版，本书利用中华书局上海编辑所 1959 年新一版纸型，订正若干标点和文字上的阙失，重新出版。

缪荃孙在《跋》中介绍了发现此书的情况："余避难沪上，索居无俚，闻亲串妆奁中有旧钞本书，类乎平话，假而得之，杂庋于《天雨花》《凤双飞》之中，搜得四册，破烂磨灭，的是影元人写本。首行'京本通俗小说第几卷'，通体皆减笔小写，阅之令人失笑。三册尚有钱遵王图书，盖即也是园中物。"

**寻常巷陌——穿梭宋元话本之间**

龙潜庵著，香港中华书局 1988 年出版。

本书为一本通俗读物，针对宋元话本中的一些故事作漫话式的评点。

**宋元平话集**

丁锡根点校(上、下)，上海古籍出版社 1990 年出版。

本书为"中国古典小说研究资料丛书"之一，收录《梁公九谏》《五代史平话》《宣和遗事》《武王伐纣平话》《七国春秋平话后集》《秦并六国平话》《前汉书平话续集》《三国志平话》共八部平话，每种书前都有《说明》，介绍本书卷帙、内容、版本等情况。附录一为"有关本书的序跋资料"，附录二为"有关平话资料"。

丁锡根在《前言》中对话本、平话的概念进行了阐述，"其中由说话人演述故事的，称为说话；而说话人依据的书面底本，经过整理，成为供人案头阅读的话本小说"；"所谓平话，大概是艺人用口语讲述而不加弹唱之故；其中穿插诗词，也只用于念诵，而不用于歌唱。同时，'平'还有评论之意，说话人在讲述时往往加以评说论断，所以明清人又称为'评话'"。

对于各书的成书时间，丁锡根在每种作品之前各有说明：

《梁公九谏》一卷，宋人编。它是唐五代说唱文学向宋元平话过渡的产物，是讲史话本的早期作品。

《五代史平话》十卷，宋人编。

《宣和遗事》二卷，分前后两集；另本题《大宋宣和遗事》四卷，分元亨利贞四集，宋人编。

《武王伐纣平话》，别题《吕望兴周》，上中下三卷，元人编刊。

《七国春秋平话后集》，原名《乐毅图齐七国春秋平话后集》，上中下三卷，元人编刊。

《秦并六国平话》，别题《秦始皇传》，上中下三卷，元人编刊。

《前汉书平话续集》，别题《吕后斩韩信》，上中下三卷，元人编刊。

《三国志平话》，上中下三卷，元人编刊。

本书为研究宋元平话的重要参考资料，收录较全，版本可靠。

**中国话本大系**

刘世德主编，江苏古籍出版社 1990—1994 年陆续出版，计划收录话本小说约一百种，实出三十八种，共二十册。

《熊龙峰刊行小说四种》，江苏古籍出版社 1990 年出版，收《熊龙峰刊行小说四种》、《雨花香》、《通天乐》等。

《清平山堂话本》，江苏古籍出版社 1990 年出版。

《拍案惊奇》，江苏古籍出版社 1990 年出版。

《二刻拍案惊奇》，江苏古籍出版社 1990 年出版。

《鼓掌绝尘》，江苏古籍出版社 1990 年出版。

《京本通俗小说》，江苏古籍出版社 1991 年出版，收《京本通俗小说》、《项橐小儿论》、《清夜钟》、《解学士诗》等。

《古今小说》，江苏古籍出版社 1991 年出版。

《醒世恒言》，江苏古籍出版社 1991 年出版。

《警世通言》，江苏古籍出版社 1991 年出版。

《宣和遗事》，江苏古籍出版社 1993 年出版，收《宣和遗事》、《新编五代史平话》。

《西湖佳话》，江苏古籍出版社 1993 年出版，收《西湖佳话》、《豆棚闲话》、《照世杯》。

《型世言》，江苏古籍出版社 1993 年出版。

《珍珠舶》，江苏古籍出版社 1993 年出版，收《珍珠舶》、《云仙笑》、《载花船》、《人中画》。

《五色石》，江苏古籍出版社 1993 年出版，收《五色石》、《八洞天》。

《跻春台》，江苏古籍出版社 1993 年出版。

《西湖二集》，江苏古籍出版社 1994 年出版。

《石点头》，江苏古籍出版社 1994 年出版，收《石点头》、《警寤钟》、《醉醒石》。

《绣谷春容》(含国色天香)，江苏古籍出版社 1994 年出版。

《觉世名言十二楼》，江苏古籍出版社 1994 年出版，收《十二楼》、《无声戏》，附《连城璧》。

《施公全案》，江苏古籍出版社 1994 年出版。

该系列丛书将现存的主要的话本小说重新出版，有利于学术的普及及相关研究的进一步深入。

**宋元说经话本集**

欧阳健、萧相恺编订，中州古籍出版社 1991 年出版。

该书选取了《大唐三藏取经诗话》、《〈华严经〉感应故事》、《花灯轿莲女成佛记》三篇宋元说经话本，附录部分有《秋胡变文》、《前汉刘家太子传》、《庐山远公话》、《韩擒虎话本》、《唐太宗入冥记》、《叶净能话》六篇。

编者在《前言》中这样说："有了这个附录，宋元话本的渊源便清晰可见，不为无益；而且，《宋元说经话本集》作为《宋元话本总集》的末册，这个附录，实也是总集的附录，还不能算是喧宾夺主。我们只是想为话本小说的研究者、爱好者提供一套较为全面、较为完整的资料。至于功过是非，自当由读者诸君去评说。"

**宋元话本赏析**

吴伟斌、张兵著，广西教育出版社 1991 年出版。

本书共选话本小说八篇，包括《碾玉观音》《张生彩鸾灯传》《宿香亭张浩遇莺莺》《闹樊楼多情周胜仙》《错斩崔宁》《简帖和尚》《快嘴李翠莲记》《张孝基陈留认舅》，每篇先引原文，后有词语注释和欣赏文章，对于普及宋元话本作品有重要意义。

**话本小说史话**

张兵著，辽宁教育出版社 1992 年出版。

该书为"古代小说评介丛书"第二辑，是面向中学生的学术读物，较为通俗易懂。

本书从唐代的诗话、变文讲起，重点评述了宋元话本，详细介绍明清话本小说中具有代表性的作品，评介作品的思想内容和艺术成就，阐明了它们在中国小说史上的地位。本书将话本小说的发展分为四个时期：萌芽期——唐代，发展期——宋元，全盛期——明至清初，衰落期——清中叶至清末。该书认为"话本的迅速崛起是在我国的宋、元时期。据初步统计，宋元时期有名目可考的话本小说共一百七十九种，其中单篇一百六十七种，专集十二种。目前实存'小说'话本五十五篇，'讲史'话本九种，'说经'话本一种"(见该书第 24 页)；另外，该书明确指出《京本通俗小说》是一部靠不住的伪书，认为宋代的说话只有小说、讲史和说经三家，所谓的四家之说是靠不住的。在宋元话本部分将其按题材类型分为四类：爱情、神幻、豪侠、讽世，并以代表性的作品作了阐述。

**话本小说史**

欧阳代发著，武汉出版社 1994 年出版。

王毅在《序》中称赞道，"《话本小说史》通过比较研究和实例剖析，不仅更具体、更深入地证实了话本小说在审美观念上的更新，而且揭示了话本小说中不同发展时期的不同特点，从而描绘了这'一大变迁'的历史演进和轨迹。作者将话本小说的发展划分为四个时期(唐代萌生期、宋元兴盛期、明末清初繁荣期、清中叶后衰落期)，又将兴盛、繁荣两个时期各分为三个阶段，这就使话本小说演变的历史具有鲜明的脉络"，"发现了各个时期的话本小说或拟话本小说所具有的某些阶段性的特点，然后结合各个时期的时代特点、文化思潮，作综合性的分析，从而阐明了这些不同特点产生的原因，并总结了发展的规律”，“《话本小说史》的另一个特点是力求全面评介各个时期的话本小说和拟话本小说，而又突出了重点，做到有点有线，有史有论”。

全书共十三章。第一章绪论，介绍了话本小说的基本概念、基本体制和发展阶段；第二章介绍了话本小说的源流；第三章话本小说的萌生，重点介绍了敦煌话本小说；第四章、第五章是专门论述宋代话本和元代话本的，特别是论述了宋元话本的思想内容和艺术价值；第六章明代话本小说；第七章明代拟话本小说的大繁荣；第八章冯梦龙和三言；第九章凌濛初和二拍；第十章明代其他拟话本小说；第十一章李渔的拟话本小说；第十二章清初其他拟话本小说；第十三章清中叶后拟话本小说的衰落。

该书最有价值的地方是对明清时期的除了“三言二拍”之外的其他话本小说作品作了详细的介绍，对于一般读者和研究者有较为重要的参考价值。

该书是胡士莹《话本小说概论》之后比较早的一部话本小说通史，该书对话本小说的评价摆脱了20世纪50年代以来的庸俗社会学的评价方式，对于作品的评价较为公正、公允。

**世态人情说话本**

欧阳代发著，华中理工大学出版社1994年出版。

该书系周积明主编《中国古典小说谈丛》中的一本。该书的编写说明：“《中国古典小说谈丛》就是在当代文化精神感召下编撰的一套丛书，它着意于挖掘古典小说中可供现代人感知、领悟、吸纳的内容，更将对古典小说意义的认识由一般社会历史论转向对中华民族文化传统乃至心灵深处的解剖”，因此，该书“以古典小说中的某一细节、某一人物、某一场景为‘筌’，为‘筏’，进而从文化学、美学、心理学、历史学诸方面生发开，在纵横开阖、无格可循的‘书里’、‘书外’之谈中，抒写作者厚积薄发的学问体验和人生感悟，展示中国古典小说的丰厚文化内蕴”。

该书共分五十个小问题，以随笔的方式，对从宋元到明清的话本小说进行了分析和评价，特别是对其中的一些名篇进行了赏析，阐释了这些小说对于我们今天的启发和影响，笔墨灵活，语言通俗，不像专题论文那样晦涩难懂，对于普通的读者来说很有启发性。

**醇香芬芳话中韵——宋元话本赏析**

吴伟斌、张兵著，中国台北开今文化事业有限公司 1994 年出版。该书是《宋元话本赏析》(广西教育出版社)的另一版本。

**市井悲喜剧——中国古代话本卷**

卢兴基编著，陕西人民教育出版社 1994 年 10 月第一版，1996 年 7 月第二次印刷。

本书是杨匡汉、赵喜民主编的“开卷丛书”中的一本，卢兴基《序言》中认为白话小说和文言小说是两种不同的审美意趣与叙事方式，并比较了唐传奇和宋元话本在小说写法、语言、题材等方面的差异。每篇前有解题，篇后有词语注释和导读，非常适合初学者。导读部分主要叙述故事来源、人物形象分析以及小说在文学史上的地位和价值。导读部分是该书学术价值较高的部分。

该书共选择了十篇话本作品，其中《京本通俗小说》三篇——《碾玉观音》《志诚张主管》和《错斩崔宁》，编者认为应是宋元时期的旧作。其他为《蒋兴哥重会珍珠衫》(《喻世明言》)、《白娘子永镇雷峰塔》(《警世通言》)、《杜十娘怒沉百宝箱》(《警世通言》)、《卖油郎独占花魁》(《醒世恒言》)、《闹樊楼多情周胜仙》(《醒世恒言》)、《转运汉巧遇洞庭红，波斯胡指破鼍龙壳》(《初刻拍案惊奇》)、《叠居奇程客得助，三救厄海神显灵》(《二刻拍案惊奇》)。

**古代说唱辨体析篇**

刘光民编著，首都师范大学出版社 1996 年出版。

本书共介绍了曾流行于战国到清代的说唱文学体裁十八种，包括成相、俗赋、词文、变文、话本、鼓子词、诸宫调、道情、宝卷、词话、俗曲(一般称为民歌)、弹词、鼓词、木鱼书、平话(评书)、子弟书、岔曲、单弦。全书依体裁设为单元，各单元的编次，大体以各体裁产生或盛行时代的先后为序。

每单元前都有一篇专论，对该体裁的体制特点、渊源流变及其代表作家、作品，作较为完整系统的论述，从中可大致寻绎出古代说唱文学和说唱艺术发展的历史线索。

每种体裁各选一至数篇作品为例证。所选篇目为古代说唱文学中流传较广，影响较大，且又在思想性、艺术性上有较高水平的作品。

每篇作品后都有较详细的注释和赏析文章。后者内容为介绍作者、说明题材来源及对后世的影响，并以较多的篇幅对作品的思想内容和艺术特色作出尽可能中肯恰当的分析评价。

本书《前言》部分介绍了说唱文学发展的大体脉络以及主要的说唱文学体裁的特点及流行情况，其中俗赋、词文、变文、话本四种文体都来自于敦煌文献的资料。其中，“词文首先完成了由五言的民间叙事歌曲向七言的说唱艺术的转变，从而开了诗赞系说唱艺术的先河，其后属于这个体系的变文、陶真、宝卷、词话、弹词、子弟书、大鼓等等，无不以七言句为唱词的基本句式”(见该书第 21 页)。话本部分选录了《秋胡》《快嘴李翠莲记》《大唐三藏取经诗话》《三国志平话》四篇。

### 宋元小说史

萧相恺著，浙江古籍出版社 1997 年出版。

该书分为上、下两编，上编为市人小说，下编为文言小说。上编共分五章，分别论述了宋元说话的概况、“讲史”类市人小说、“小说类”市人小说和“说经”类市人小说的题材来源、时代的断定、主要特点和对后世的影响等诸多方面。该书认为：“评话”(“平话”)却决不是“讲史”类市人小说的专称(第 46 页)，“评话”(“平话”)本是南宋后期“说话”的别称(第 47 页)。

该书上编实际上即宋元话本，为了避免话本概念的分歧而使用了市人小说的概念。该书出版十多年来，学术界仍很少有学者采纳这一说法。

从总体上来看，该书对宋元“小说类”市人小说的论述较其他同类书籍要更加详细，书中对宋元话本的论述较为公允，在同类作品中是较为出色的一部。

**宋元小说研究**

程毅中著，江苏古籍出版社 1998 年出版。

这是一本断代小说史研究专著，全书共十二章，其中前七章论述的是宋元文言小说。第八章说话与话本，第九章宋元讲史平话，第十章宋元小说话本，第十一章说经与《大唐三藏取经诗话》，第十二章通俗小说的两座高峰，这五章是论述宋元话本的。该书重点论述了宋元说话四家、宋元的八部讲史平话的特征、宋元小说话本的题材和主题以及艺术成就、宋元说经话本与《西游记》之间的关系。对于众说纷纭的说话四家，该书认为“四家可能只是耐得翁的一家之言，未必是当时公认的说法。如果一定要找出第四家的话，那么合生一家还是比较有资格的”，他认为“平话”的得名，“可能指平说的话本，也就是不加弹唱的讲演，与诗话、词话相对而言。平话的特点之一是只说不唱”。

从总体上来看，该书资料翔实，论述严谨，是宋元小说研究领域的一部力作。

**话本小说通论**

石麟著，华中理工大学出版社 1998 年出版。

本书采用通论的方式研究从唐代到清末一千多年的话本小说，全书共分四章。

第一章“导论”，阐述话本小说的性质、特点、体制等基本问题。

第二章“类别论”，将小说话本以题材为标准分为风情类、市井类、宗教类、信义类、公案类、历史类、神异类、士林类、豪侠类、伦理类分别进行研究。

第三章“作品论”，分别对《京本通俗小说》的真伪、三言二拍及李渔的相关作品进行了评析，展示了话本小说发展、演变的基本过程。

第四章“流变论”，将话本小说分为形成期、兴盛期、转变期和衰亡期四个阶段，并对话本小说衰亡的原因进行了总结。附录包括两部分：现存话本小说目录和本书主要参考书目。

本书点面结合，对话本小说的发展演变过程进行了较为详细的分析和论述；第二部分将话本小说分为十类，分类标准不太统一，相互之间多有交叉；第四部分对话本小说流变的分析有理论色彩，是本书较有价值的部分。

**宋元话本**

张兵著，春风文艺出版社 1999 年出版。

本书为插图本中国文学小丛书之一种，全书共分为十二节，其中概说、唐话本、北宋话本各一节，南宋话本六节，元代话本两节，影响一节。重点论述的是南宋话本，包括南宋话本的概况、体制、分类、思想内容以及各类话本的代表作品；元代话本介绍了其小说和讲史话本，特别是讲史话本，介绍得比较详细。全书重点突出，语言通俗流畅。本书特点是列出了宋代话本和元代话本的主要篇目。

作者认为，《六十家小说》是目前所存的我国最早的“小说”话本集。其中属于南宋的“小说”话本有《西湖三塔记》、《合同文字记》、《风月瑞仙亭》、《蓝桥记》、《快嘴李翠莲记》、《洛阳三怪记》、《张子房慕道记》、《阴骘积善》、《陈巡检梅岭失妻记》、《杨温拦路虎传》、《董永遇仙传》、《梅杏争春》十二篇；在“三言”中，冯梦龙曾辑入了不少宋元话本。著者判定是南宋时代“小说”话本的有十五则。它们是：《赵伯升茶肆遇仁宗》、《史弘肇龙虎君臣会》、《杨思温燕山逢故人》、《陈可常端阳仙化》、《崔待诏生死冤家》、《钱舍人题诗燕子楼》、《一窟鬼癞道人除怪》、《小夫人金钱赠年少》、《崔衙内白鹞招妖》、《计押番金鳗产祸》、《金明池吴清逢爱爱》、《万秀娘仇报山亭儿》、《闹樊楼多情周胜仙》、《郑节使立功神臂弓》、《十五贯戏言成巧祸》(见该书第 29 页)。此外，在其他文献中也辑入了一些南宋的“小说”话本，现存四篇：(一)《灯花婆婆》，见于冯梦龙改编的《平妖传》；(二)《绿珠坠楼记》，今存明人小说集《燕居笔记》；(三)《李亚仙》，见于万历末年小说传奇合刊本；(四)《苏小卿》，今辑入明《永乐大典》卷二百四十五“苏”字韵中(见该书第 30 页)。

对于元代小说话本的篇目，作者也进行了一一列举。虽然学术界对宋元话本篇目的认定，存在着不小的分歧，但是明确区分出哪些作品是宋代，哪些作品是元代，为我们下一步的深入研究准备了条件。

**宋元小说家话本集**

程毅中辑注，齐鲁书社2000年出版。

本书收宋元小说家话本四十篇，存目叙录二十二篇，所收小说以影印的《清平山堂话本》和天许斋刻本《古今小说》、兼善堂刻本《警世通言》、叶敬池刻本《醒世恒言》为底本，参校晚出的各本。所收作品原则上以元代以前(含元代)为限，但基于话本流传的特点，经过明人修订而主体尚存宋元旧观，语言成分仍以宋元为主，或者说尚无确切反证者也酌情予以收录。所收小说，以见于著录的先后为序，但《也是园书目》《述古堂书目》著明为“宋人词话”者，则列在清平山堂刻本之前。辑注主要包括解题、话本原文和词语注释三部分。解题部分考述每篇的著作年代、本事源流及影响，词语注释部分主要以话本注释话本，在第一次出现时作汇释。

该书的《前言》首先介绍了“话本”一词的定义，认为“话本指说话人的底本，这只是一种比较概括的说法。如果对具体作品作一些分析，至少可以分为两种类型。一种是提纲式的简本，是说话人准备自己使用的资料摘抄，有的非常简略，现代的说书艺人称之为‘梁子’。另一种是语录式的繁本，比较接近场上演出的格式，基本上使用口语，大体上可以说是新型的短篇白话小说”。其次，重点论述了小说家话本的断代问题，作者认为，考证话本的年代，一要以书目文献为主要依据，但是还必须要有坚强的旁证，才能确定作品的真伪和产生的年代；二要把话本的语言特征和其他材料结合起来确定一部分作品的时代，并以《山亭儿》《简帖和尚》等作品为例进行了说明；三要根据特定时代、特定环境中的社会风貌和生活习俗，从名物制度等方面来确定；四要从作品的思想内容来判断它产生的时代背景。在众多宋元话本选集中，该书是学术性较强，注释、考证非常严谨的作品，具有重要的学术价值。

### 小说旁证

孙楷第著，人民文学出版社 2000 年出版。

本书是孙楷第先生的遗著，1935 年孙楷第先生就在《国立北平图书馆馆刊》第九卷第一号上发表了《小说旁证》八则，此后一直到 1972 年，孙先生都经常地整理此稿。20 世纪 80 年代时，孙先生在垂暮之年又对重新抄录过的原稿通读一遍，并且作了若干处的修订补充。

全书共分为七卷，卷一旧话本，卷二古今小说(即《喻世明言》)，卷三警世通言，卷四醒世恒言，卷五初刻拍案惊奇，卷六二刻拍案惊奇，卷七其他话本。本书考证求源的话本达一百六十三种，其中，“旧话本”十八篇，多为宋元话本。孙楷第在《序》中说：“因就暇日流览所及，上起六朝，下逮清初杂书小记传奇记异之编，凡所载事为通俗小说所本或可以互证者皆录之”，他认为小说家话本“纪事不涉政理，头绪清斯无讲史书之繁；用事而以意裁制，词由己出，故无讲史之拘；以俚言道恒情，易览而可亲，则无文言小说隔断世语之弊”，对小说家话本给予了很高的评价。

该书体例是先录话本名目，记其出处、存佚，次记话本本事来源，最后有作者的按语。该书与谭正璧《三言两拍资料》(上海古籍出版社 1980 年版)相比，在材料来源上各有优劣，孙著选材更加精细、审慎，谭书资料更加全面、完整。

### 话本叙录

陈桂声著，珠海出版社 2001 年出版。

本书叙录今古话本、拟话本，内容含书(篇)名、存佚、卷数、著者、版本、本事、故事梗概、流传、影响及评价等。全书分为上、中、下三卷，上卷为《宋前编》，共叙录二十一篇作品，主要是敦煌文献中的一些作品；中卷为《宋元编》；下卷为《明清编》。每编叙录次序，首单篇，次总集，次专集，次选集；每类作品，大致以著者时代先后为序。书后附录有话本《书名索引》，按照书名的汉语拼音顺序排列，检索起来比较方便。该书是一本工具书性质的著作，对于了解话本的整体情况有重要参考价值。

**话本小说的历史与叙事**

王昕著，中华书局2002年出版。

该书是根据作者的博士学位论文修订的，是一部话本小说史，“着重从作为小说创作的基本手段之叙事的角度，进行考察早期话本小说和后期的拟话本小说各自的叙事话语的特征，并且时而有不同作品之间的比照”(袁世硕《序》)。该书第二章“宋元话本职业化的叙事话语”是专门论述宋元小说家话本的，作者首先综合学者们的意见，确定了五十篇宋元话本，包括《清平山堂话本》中的十七篇、“三言”中的三十一篇和《熊龙峰刊小说四种》中的两篇，然后从叙事学的角度，论述了宋元话本体制和叙事方式的特点。作者认为宋元话本小说“基本上是叙述故事，受师传或材料的限制，带有一定的被动性；叙事者都是以旁观者的姿态，有意与所叙之事保持这距离，重在叙述人物的行为和事件的过程，缺乏对于人物心理的描写和发掘；叙事者的以插话的方式介入，主要是为了调节叙事的节奏、推动情节的发展，无意去造成一个有道德意义的主题”。

除第一章总论和第六章余论外，其他三章分别为第三章“三言”：“文心”与“里耳”相谐的叙事典范；第四章“二拍”：拟话本的成熟与衰落的开始；第五章李渔的艺术人生与他的纯叙事方式。

**话本小说叙事研究**

罗小东著，学苑出版社2002年出版。

该书是在作者的博士学位论文基础上修改、补充而成的。敏泽在《序》中称赞作者：“扬弃性地运用叙述学的理论，选取了一个我国在这一领域内尚未被系统探讨过的话本小说问题，对之进行了较为细致而系统的研究。”

该书分为上、下两编。上编为话本小说的叙事话语与文体，分为四章来论述：话本小说的文体生成、话本小说的叙事时间、话本小说的叙事视角、话本小说的结构形态。下编为话本小说的叙事类型与文化语境，分为五章：《醉翁谈录》对小说“话本”的叙事分类、神怪话本小说、婚恋话本小说、公案话本小说、社会现象话本小说。在论述叙事时间时，作者认为“话本小说叙事——作为古代小说叙事的一个类，它并不像人们所想象的那样，叙事时间与故事时间是完全重合的，实际上它也在一定程度上存在着时间倒错，存在着时间的延至”(见该书第29页)；“不管是古代小说家还是当代小说家，都不可能单纯重复故事时间或完全超越故事时间，而是经常处在故事时间与叙事时间这两个临界点之间，它构成了叙事中的时间机制，其实质是对故事时间实行有效的控制和调度”(见该书第30页)。这种论述给人们以启发意义。

该书主要运用叙事学的理论来分析“三言二拍”等成熟的话本小说，理论色彩较浓，是较早尝试运用叙事学理论来分析话本小说的一本专著。

**话本小说史**

萧欣桥、刘福元著，浙江古籍出版社2003年出版。

“中国小说史丛书”之一，丛书共十七种，分为四个单元，该书为体裁史中的一种。

该书共十六章。第一章“唐五代的说话”；第二章“唐五代的宗教话本”；第三章“唐五代的世俗话本”；第四章“宋元时代的说话”；第五章“宋元时代的讲史话本”；第六章“宋元时代的小说话本”；第七章“宋元时代的说经话本”；第八章“话本小说在明代的全盛”；第九章“明代的说唱词话”；第十章“冯梦龙及其‘三言’”；第十一章“凌濛初及其‘二拍’”；第十二章“明末其他短篇话本小说”；第十三章“清初短篇话本小说”；第十四章“李渔及其短篇话本小说创作”；第十五章“清代的平话”；第十六章“短篇话本小说在清代的衰落”。

该书的第四章至第七章是讲述宋元话本的，分别介绍了宋元时期的讲史话本、小说话本和说经话本。该书的优点是对各类话本，特别是宋元话本的来源、内容和对后世的影响作了比较详细的介绍。该书的第二章、第三章介绍了唐代的转变、说话及宗教话本、世俗话本对宋元话本在思想内容和艺术形式上的影响。该书对“三言二拍”、李渔的话本小说等人们比较熟悉的作品，介绍得相对比较简略，是一部后出转精的话本小说史专著。

**虚实空间的移转与流动——宋元话本小说的空间探讨**

(韩)金明求著，中国台北大安出版社 2004 年出版。未见，存目。

**马隅卿小说戏曲论集**

马廉著，刘倩编，中华书局 2006 年出版。

该书中的《中国通俗小说考略》《清平山堂话本序目》《影印天一阁旧藏雨窗欹枕集序》《清平山堂话本与雨窗欹枕集》等都是较早研究宋元话本的著作。

**话本小说文体研究**

王庆华著，华东师范大学出版社 2006 年出版。

该书是在作者的博士学位论文基础上修改、补充而成的。谭帆在该书《序》中认为，该书的特色和价值主要体现在三个方面：首先，这是一部以话本小说文体为独立研究对象的专门论著，着重于话本小说文体的形式研究。其次，作者在对话本小说文体做专门研究中，体现了比较开阔的研究视野。最后，本书史料非常丰富，话本小说文体发生、发展和演变规律的揭示是建立在较为扎实的文本细读基础之上的。

作者在《导言》中说：作为小说史之文类概念，“话本”或“话本小说”产生于 20 世纪 20 年代前后对新发现的宋代白话小说的命名过程中。作者认为：首先，作为“伎艺底本”和“伎艺的故事内容”，“话本”主要用于介绍伎艺和说话人“做场”时对演出内容的说明。“话本”指称作品时，仅作为“通俗故事读本”的泛称。这就是说，虽然“话本”一词在古典文献中有“说话人的底本”之义，但古人从未在“底本”的意义上指称今天称为“话本小说”的作品。因此，可以说，“话本”一词在古典文献中并非文体概念，“话本”或“话本小说”作为小说史文类概念或文体概念完全属于近现代学者借用其原义而确立的概念术语(见该书第 26 页)。其次，宋元时期，宋元小说家话本特称为“小说”是伎艺自然转化的结果；明清时期，除个别人将宋元小说家话本称为“词话”之外，“话本小说”类作品基本以整个通俗小说的文体概念来泛称。这实际上表明，古人并未将“话本小说”类作品作为相对独立的文类或文体来单独命名，现代学术界对“话本小说”的命名与其前称并无多少联系(见该书35页)。再次，《六十家小说》宋元之作基本以自然式收尾为主，十六篇作品(两篇原缺)有十篇为自然式收尾。自然式收尾反映了民间口头文学伎艺表演程式上的自然随意性。后世话本小说普遍使用概括评论式收尾，与宋元话本自然收尾式在功能、体制上完全不同。这种差异充分说明了宋元话本篇章体制的民间性和口头文学属性(见该书第64页)。最后，宋元之作大多以场景化描述的方式展现故事情节，且较细致的场景化描述多是生活化、写实化的，充满了故事发生的特定时间和环境、过程的大量细节，力求逼近特定人物故事的生活原态。明前期话本小说则在此基础上进一步掺入了一些人物思想动机和心理的解释说明，且场景的描绘更趋细节化(见该书85页)；明前期，在书坊主及其周围下层文人的参与下，话本小说完成了从口头文学读物向独立书面文学文体的演进过程，走向了文体独立(见该书第88页)。

该书从文体学的角度来研究话本小说，研究视角新颖独特，在当前的学术界还是比较少的。

附录部分收录明嘉靖至清光绪年间话本小说选集和创作集近九十种，对于学者们了解这一领域的概况有重要的参考价值。

**宋元话本**

一白、沈文君编著，泰山出版社2007年出版。

本书是傅璇琮主编“阅读中华经典”丛书中的一本，目的是将绚烂多彩的古典文学作品系统地介绍给广大青少年。共选六篇作品：《崔待诏生死冤家》(《警世通言》)、《十五贯戏言成巧祸》(《醒世恒言》)、《杨思温燕山逢故人》(《古今小说》)、《快嘴李翠莲记》(《清平山堂话本》)、《简帖僧巧骗皇甫妻》(《古今小说》)。

**中国小说修辞模式的嬗变——从宋元话本到五四小说**

郭洪雷著，三联书店2008年出版。

该书是在作者的博士学位论文基础上修改、补充而成的。

孔范今在《序》中说："像该论著这样如此从理念和对象上贯通中西古今，而且作出如此流畅而可靠的具有现代学术意义的历史爬梳和意义辨析的，在我则尚未有闻。它从繁复多绪的中国古典小说堆拥丛聚、乱花迷径的文本呈现中，明晰地离析出两个传统与各有所侧重的两个主导修辞模式（'言语'与'书志'），对它们的差异与互动，对其在历史发展流程中必然发生的自身调整与嬗变，均做出了颇具新意的动态性的解析。"作者认为，以及对唐代传奇和同时代话本、变文文本的结构比较，以及对它们修辞效果的分析，我们可以将中国古典小说的修辞归结为两种主导模式："言语"模式和"书志"模式（见该书第42页）。所谓"言语"修辞模式，是指基于古代通俗小说表演、说唱传统，在小说文本中虚拟、模仿表演、说唱的在场性、可视性和空间性为主的修辞模式；中国古典小说修辞中的"书志"模式是与"言语"模式相对应的修辞模式，它主要是在史官文化和史传文学的影响下形成的。"书"是指书写，"志"则是指记录、标志和记忆（见该书第43页）；"言语"修辞模式的特征，首先，鲜明的情感态度，明确的伦理立场；说话人必须保持与听众之间的沟通与交流；话本小说文本的散体部分，缺少"展示"性功能（见该书49页）。

该书的研究视野广阔，理论色彩浓郁，至于这种概括是否准确，则有待于学术界的进一步确认。

**从讲史到演义——中国古代通俗小说的历史叙事**

楼含松著，商务印书馆2008年出版。

该书是在作者的博士学位论文基础上修改、补充而成的。

龚鹏程《序》中说："楼博士则对历史演义的内容构成、文体特征、叙事特征均有详细讨论。尤其是对于从语到文的变化，以平话和演义来对勘，十分清晰。这部分，显然本诸心得，我觉得也是全书最有价值之处。"该书第四章"宋元讲史平话"，分别从史学新变和讲史的兴盛、讲史平话的性质及分类、讲史平话的文体特征、讲史平话的叙事特征等方面进行了论述。作者认为"讲史平话对叙述线性十分重视，尽量保持情节线索的连贯和清晰。虽然借鉴了编年体的叙事方法，但并不致力于开拓叙事空间，摒弃了编年体的并列叙事"（见该书246页)。

**宋元说话研究**

李晓晖，华中师范大学2008年博士学位论文，导师是王齐洲教授。

第一章是宋元“说话”的源头性梳理，在指出“起源”和“来源”存在异质性的基础上，得出“说话”兴起于唐代的结论。第二章是宋元“说话”繁盛现象的勾勒和原因的探讨，认为社会经济、人口结构、思想观念、文学规律以及“说话”伎艺本身特点均是宋元“说话”繁盛的助推剂。第三章对宋元“说话”的“家数”、地点、名目、艺人进行了基于文献基础的考察，在诸如聚讼纷纭的“家数”分类问题、习而不察的“供奉局”问题、人所忽略的王六大夫称谓含义问题上，发表了一己之见，并对“说话”研究中的部分常用术语作了考证。第四章论述宋元“说话”的文学意义，包括与其他文学样式的互动关联、市民文学特性，明确其在文学转型时期的滥觞地位。

**宋元明话本小说入话之叙事研究**

(韩)金明求著，中国台北大安出版社2009年出版。

本书分为六章：

第一章开篇点题，渲染气氛——《京本通俗小说》中“入话诗”之叙事运用。

“入话诗”在《京本通俗小说》中的叙事功能：(一)烘托故事的前奏——点明主题，总括大意；(二)引起下文的楔子——造成氛围，烘托情境。

“入话诗”在《京本通俗小说》中的运用特征与技巧：(一)引用前人的作品；(二)连续罗列诗词；(三)相似辞句之重复出现。

“入话诗”在用意上共同的特性：其一，唤起读者(听者)的注意。其二，雅俗审美观之均衡。其三，用入话诗来酝酿作品背景的气氛(见该书第36页)。

第二章预构情境，引人入胜——宋元话本小说“入话”之“大众化”叙事艺术。

“入话”形式的基本类型：(一)诗词开篇，释义为结；(二)诗词开篇，释源为结；(三)诗词开篇，故事作结。

叙事技巧的应用：(一)叙事节奏的变动(包括正叙、预叙、暗叙)；(二)建造虚拟的说书情境；(三)显示雅俗共赏的审美情趣。

第三章造意为奇，乐于说话——宋元话本小说“入话故事”之“大众化”叙事艺术。

作者认为“宋元话本小说共有 46 篇，有入话故事的 15 篇(虚幻 4，惊奇 3，俗事 8)，无入话故事的 31 篇”(见该书第 89 页)；“宋元话本小说中的入话故事，是把读者、作品、作者融为一体，让读者与作者的关系更为密切。作者运用入话故事而引起下文、造成氛围、总括大意，并提高叙述故事的效率，使读者顺利进入本故事。而这些影响都与‘大众化’观念有着密切关系”(见该书第 109 页)。

第四章引俗入雅的过渡——明话本小说“入话体制”的典雅化叙事艺术。

作者统计明代的话本小说共 20 部 350 多篇，其中《清平山堂话本》11 篇，《熊龙峰刊小说》2 篇，《喻世明言》32 篇，《警世通言》26 篇，《醒世恒言》34 篇，《初刻拍案惊奇》40 篇，《二刻拍案惊奇》38 篇，《鼓掌绝尘》4 篇，《清夜钟》10 篇，《西湖二集》33 篇，《欢喜冤家》24 篇，《型世言》40 篇，《鸳鸯针》4 篇，《石点头》14 篇，《天凑巧》3 篇，《贪欣误》6 篇，《壶中天》3 篇，《宜香春质》4 篇，《弁而钗》4 篇，《龙阳逸史》20 篇。作者认为“明话本小说入话的重要特征，即是将‘分散’的入话形式‘定型’、‘规范化’，使读者于完整形式中，自然感受话本小说文人品性的审美情趣。另外，作品中表现出的文人精神，在入话结构中强化的形式规范与篇幅的增长，以及首尾相接的诗词，皆具体呈现了小说的审美意识，使话本小说的‘通俗性’提升到‘韵散兼用’、‘严谨简朴’的‘典雅化’层次”(见该书第 145 页)。

第五章“诗文兼用”的规范定型与有机调和——明话本小说“入话故事”的“典雅化”叙事艺术。

第六章典雅化的叙事趋向——明话本小说“入话故事”之“简叙”“略序”“铺叙”叙事艺术。

该书对话本小说入话机制的研究十分深入、独到，虽然有些分析略显繁琐，但是从学术史的角度来说又是很有必要的。

**元代平话研究——原生态的通俗小说**

卢世华著，中华书局2009年出版。

该书是在作者的博士学位论文基础上修改、补充而成的。

石昌渝《序》中认为，该书主要讨论了以下问题："说话"讲史如何转变成书面文学的平话的；今存六种平话的成书方式有何相同和不同，成因何在；元刊平话内容形式的形成除了作者因素外，与出版者、读者以及当时的经济、文化背景有何关系，等等。

作者在《引言》中认为，"宋代话本并非是指宋代白话小说，宋代话本的说法并不能成为宋代存在白话小说的依据"，而"平话在当时人的心目中，应该是用平白的语言、平直的方式来讲故事，这正是与正史文言叙述、讲究春秋笔法的艰深相区别的。平话在此处应该是指浅俗的语言和直白的叙事方式"，"平话的性质不是说话伎艺范畴的说话人底本，而属于书面文学范畴的白话小说"(见该书第10页)。作者认为"今人所称的宋元话本小说就是宋元白话小说，是经过口头创作之后改编出来的小说，并非说话人底本"(见该书第41页)；"平话的编写一直依傍史书。其创作方式有直接抄录，有据史敷演，有融合史书记载和说话人故事等多种。从这个角度来说，平话并非来自说话人的底本，而来自于适应刊行需要的编写"(见该书第122页)；"阴文的使用显然是根据阅读的需要，由刻者设计使用的，不能认作是说话人底本的标志"(见该书第154页)。

该书以《全相武王伐纣平话》《全相平话乐毅图齐七国春秋后传》《全相秦并六国平话》《全相平话前汉书续集》《新全相三国志平话》《新编五代史平话》六书为研究的对象。除了引言和余论外，共分三章：从说话到平话的历史性飞跃、平话成书、平话分析。该书明确提出并试图从多方面去证明元代平话不是说书人的底本，而是刊印出来供人们阅读的白话小说，这一点在学术界有重要意义。在第二章平话的成书部分，作者重点论述了平话与史书之间的关系，特别是与《资治通鉴》等书的关系。第三章平话分析部分，则从文本出发，从平话的形式(插图、阴文、文字和语言)、平话的故事和人物(人物和故事的传奇性、浅显化、人物性格的极端化)以及平话的思想意识(命定论、迷信方术、快意恩仇等)方面分析了平话艺术方面的特点。该书对平话内容的分析比较细致，是近年来该领域的一部具有较高成就的专著。

**宋元讲史话本研究**

罗筱玉著，中国社会科学出版社 2010 年出版。

该书是在作者的博士学位论文基础上修改、补充而成的。

该书共分为六章。第一章“绪论”；第二章“宋元讲史与讲史话本的历史发展”；第三章“宋元讲史话本考述”，论述了讲史话本的作者、版本、成书时间、成书过程、内容等；第四章“宋元讲史话本的体制”，如分卷与分段标目形式、宋元讲史话本的范型(开场诗与散场诗、入话与头回)、正文中所穿插之诗词和韵语等；第五章“宋元讲史话本的艺术渊源”，论述了讲史话本与阴阳五行中的天命观、因果报应观，与史传文学、《资治通鉴》的关系，与小说话本的关系；第六章“宋元讲史话本的文学成就及其历史地位”，从叙述者、叙事视角、叙述结构、语言艺术等方面进行了论述。

作者认为敦煌演史类变文对宋元讲史话本有着重要的影响：“从题材内容与演史方式看，宋元讲史话本主要继承了敦煌演史类变文的传统，大多从历史故事、民间传说、神怪故事中找题材；从结构体制看，宋元讲史话本的入话、结尾、正文的韵散结合以散体为主的讲述形式，正是继承与发展敦煌演史类变文的结果”(见该书第 26 ~ 33 页)；“从讲史话本分卷的情况来看，主要是刊刻者为了篇幅的均等而分的”(见该书第 164 页)；“这类阴文标题很可能仅是放在那儿提醒艺人此时该宣讲此段情节了”(见该书第 173 页)。

本书论述范围包括《梁公九谏》《五代史平话》《宣和遗事》《薛仁贵征辽事略》《全相平话五种》等九部宋元话本，论述较为细致全面。该书的个别地方文体概念不够明晰，有时用宋元小说家的例子来论证讲史家的特点。

**形式与细读：古代白话小说文体研究**

王凌著，人民出版社2010年出版。

本书从语言形式、修辞及人物话语形式、叙述视角、叙述时间、叙述结构五个方面出发，对我国古代白话小说的文体形式进行了系统概括和总结。通过运用文体学、叙事学的细读批评方法，详细探究了古代白话小说特有“说书体”形式的形成原因及具体表现。

（刘相雨　朱祥竟编撰）

# 二十世纪以来宋元话本学术大事记

# 二十世纪以来宋元话本学术大事记

乾嘉年间，黄丕烈《士礼居丛书》刻印《梁公九谏》，黄丕烈有嘉庆癸亥(1803)三月跋。丁锡根认为“本书大约是有唱词的，经过宋人改写，成为目前散文体的作品”。

1911年，董康把曹元忠所藏《五代史平话》影印出版，曹元忠《五代史平话跋》认为“疑此平话或出南渡小说家所为，而书贾刻之”。该书是清光绪二十七年(1901)，曹元忠游杭州时从常熟张敦伯家得到，曹元忠认为是“宋巾箱本”。

1912年年底1913年年初，王国维《宋元戏曲史》写成，主要版本是民国四年(1915)的《文学丛刻》本。

1915年，缪荃孙刊刻《烟画东堂小品》本《京本通俗小说》，缪荃孙《跋》中认为“的是影元人写本”，收入宋人话本七种。

1916年，罗振玉影印日本藏《大唐三藏取经诗话》，1925年商务印书馆根据小字本排印。

1923年12月，鲁迅《中国小说史略》出版，以后屡次再版。

1926年3月，日本汉学家盐谷温教授在内阁文库发现了《全相平话五种》，并逐渐传回中国。

1928年春，日本学者长泽规矩也来华，向马廉出示了日本内阁文库所藏的《清平山堂话本》的照片，这些作品包括《柳耆卿诗酒玩江楼记》《简帖和尚》《西湖三塔记》《合同文字记》《风月瑞仙亭》《蓝桥记》《快嘴李翠莲记》《洛阳三怪记》《风月相思》《张子房慕道记》《阴骘积善》《陈巡检梅岭失妻记》《五戒禅师私红莲记》《刎颈鸳鸯会》《杨温拦路虎传》十五篇小说，马廉随即与友人发起“古今小品书籍印行会”，托北平京华印书局于1929年将十五篇作品影印出版，仍旧题为《清平山堂话本》。

1928 年，上海亚东图书馆出版汪乃刚标点，胡适作《序》的《宋人话本八种》。

1929 年，海宁慎初堂陈氏在《古佚小说丛刊》初集印行《三国志平话》。

1933 年，马廉在故乡宁波买到了一批书，从中发现了《清平山堂话本》(即《六十家小说》)中的十二篇小说，其中《雨窗集上》一册——内含话本五篇，包括《花灯轿莲女成佛记》《曹伯明错勘赃记》《错认尸》《董永遇仙传》《戒指儿记》；《攲枕集上》残篇七页，内含话本两篇——《羊角哀死战荆轲》《死生交范张鸡黍》；《攲枕集下》一册，内含话本五篇——《老冯唐直谏汉文帝》《汉李广世号飞将军》《夔关姚卞吊诸葛》《霅川萧琛贬霸王》《李元救朱蛇记》。马廉研究后认为是范氏天一阁藏书。后来，阿英先生又发现了《翡翠轩》《梅杏争春》两篇的残页。

1933 年，孙楷第发表《说话考》(原载《师大月刊》1933 年第 10 期)、《词话考》(原载《师大月刊》1933 年第 10 期)两篇重要考证文章。

1934 年，马廉影印《雨窗集》和《攲枕集》的残本。

1934 年，《宋人话本七种》由上海亚东图书馆出版，该书是《宋人话本八种》的重订本，删去了《金虏海陵王荒淫》一篇。

1935 年，谭正璧《中国小说发达史》由上海光明书局出版。

1936 年，郑振铎在《世界文库》重印《警世通言》《醒世恒言》。

1936 年，陈汝衡《说书小史》由上海中华书局出版。

1953 年，上杂出版社出版了叶德均《宋元明讲唱文学》、李啸仓《宋元伎艺杂考》、孙楷第《日本东京所见中国小说书目》等。

1955 年，上海四联书店出版傅惜华选注《宋元话本集》；东北人民大学教务处教材出版科印制了东北人民大学古典文学教研室编《宋元话本选》。

1956 年，孙楷第的《俗讲、说话与白话小说》由作家出版社出版。

1959 年 3 月，人民文学出版社出版了吴晓铃、范宁、周妙中选注《话本选》(共两册)。

1960 年 3 月，中华书局上海编辑所编辑《话本选注》(共两册)出版。

1965 年 7 月，马幼垣在我国台湾的新《清华学报》第五卷第一期上发表《〈京本通俗小说〉各篇的年代及其真伪问题》一文，首次提出《京本通俗小说》是一本伪书；日本学者增田涉 1965 年在日本的《人文研究》(十六卷，五号)上发表了论文《论“话本”一词的定义》一文，提出话本并非“说话人的底本”，而是“故事”的意思；孙楷第《沧州集》由中华书局出版；中国台北台大文学院印制庄因《话本楔子汇说》。

1969 年，中国台北台大文学院印制乐蘅军《宋代话本研究》。

1973 年，潘寿康《话本与小说》由中国台北黎明文化事业股份有限公司出版；中国台中东海大学中研所何志平有《宋话本的研究》硕士论文；中国台北师大国文研究所李本耀有《宋元明平话研究》硕士论文。

1975 年，中国台北祥志出版社出版原田季清《话本小说论》。

1978 年，苏兴在没有见到马幼垣论文的情况下，发表了《〈京本通俗小说〉辨疑》(《文物》1978 年第 3 期)一文，也提出《京本通俗小说》是一本伪书；中国台中东海大学中研所杜奕英有《短篇白话小说的文学论》硕士论文；中国台北文化学院中研所李宜涯有《元至治新刊全相平话五种研究》硕士论文。

1979 年，西安市文物管理委员会为配合《中国古籍善本书总目》的编纂，在清理整编古籍时发现了元刻《新编红白蜘蛛小说》的残页。残页的发现者黄永年先生对其进行了认真研究，他认为该残页意义重大，“使人们第一次看到元刻小说话本的真面目”，“也是本世纪以来小说资料上的一大发现”；他认为该残页“不仅对弄清郑信和蜘蛛小说的来源有帮助，更大的用处还在于可用它来鉴别传世的旧小说话本，看其中哪些保存了宋元时的真面目”；王秋桂编《韩南中国古典小说论集》由中国台北联经出版事业公司出版。

1980 年，胡士莹著《话本小说概论》由中华书局出版；程毅中著《宋元话本》由中华书局出版；赵景深著《中国小说丛考》由齐鲁书社出版；上海古籍出版社选《话本选注》由上海古籍出版社出版；萧欣桥选注《宋元明话本小说选》由江西人民出版社出版。

1981 年，胡万川编撰《听古人说书——宋明话本》由中国台北时报文化出版企业股份有限公司出版。

1982 年，中国台北天一出版社出版《研究宋元小说专著序目》、《宋话本研究资料——说话与说话人》。

1985 年，那宗训《京本通俗小说新论及其他》由中国台北文史哲出版社出版；谭正璧著，谭寻补正《话本与古剧》由上海古籍出版社出版。

1986 年，《京本通俗小说》由上海古籍出版社出版。

1987 年 8 月，欧阳健、萧相恺编订《宋元小说话本集》由中州古籍出版社出版。

1989 年，韩南《中国白话小说史》由浙江古籍出版社出版。

1990 年，刘世德主编《中国话本大系列》由江苏古籍出版社陆续出版；丁锡根点校《宋元平话集》(上、下)由上海古籍出版社出版。

1991 年 5 月，欧阳健、萧相恺编订《宋元说经话本集》由中州古籍出版社出版。

1991 年 6 月，吴伟斌、张兵《宋元话本赏析》由广西教育出版社出版。

1992 年，张兵《话本小说史话》由辽宁教育出版社出版。

1994 年，欧阳代发《话本小说史》由武汉出版社出版；欧阳代发《世态人情说话本》由华中理工大学出版社出版；卢兴基编著《市井悲喜剧——中国古代话本卷》由陕西人民教育出版社出版；吴伟斌、张兵《宋元话本赏析》、《醇香芬芳话中韵——宋元话本赏析》由中国台北开今文化事业有限公司再版。

1996 年，章培恒先生在《上海大学学报》第一期发表《关于现存的所谓“宋话本”》一文，对于现存的所谓的“宋话本”提出质疑；刘光民编著《古代说唱辨体析篇》由首都师范大学出版社出版。

1997 年，萧相恺《宋元小说史》由浙江古籍出版社出版。

1998 年，程毅中《宋元小说研究》由江苏古籍出版社出版；石麟《话本小说通论》由华中理工大学出版社出版；龙潜庵《寻常巷陌——穿梭宋元话本之间》由香港中华书局出版。

1999 年，张兵《宋元话本》由春风文艺出版社出版。

2000 年 2 月，程毅中辑注《宋元小说家话本集》由齐鲁书社出版。

2000 年，孙楷第《小说旁证》由人民文学出版社出版。

2001 年 12 月，陈桂声著《话本叙录》由珠海出版社出版。

2002 年，罗小东《话本小说叙事研究》由学苑出版社出版；王昕《话本小说的历史与叙事》由中华书局出版。

2003 年，萧欣桥、刘福元著《话本小说史》由浙江古籍出版社出版。

2004 年，(韩)金明求《虚实空间的移转与流动——宋元话本小说的空间探讨》由中国台北大安出版社出版。

2006 年，王庆华《话本小说文体研究》由华东师范大学出版社出版。

2008 年，郭洪雷《中国小说修辞模式的嬗变——从宋元话本到五四小说》由上海三联书店出版；楼含松《从讲史到演义——中国古代通俗小说的历史叙事》由商务印书馆出版。

2009 年，卢世华《元代平话研究——原生态的通俗小说》由中华书局出版；(韩)金明求《宋元明话本小说入话之叙事研究》由中国台北大安出版社出版。

2010 年，罗筱玉《宋元讲史话本研究》由中国社会科学出版社出版。

(刘相雨编撰)

# 后 记

宋元话本的研究，如果从1911年董康影印曹元忠所藏《五代史平话》算起，已经一百多年了。在这一百多年的时间里，宋元话本的研究虽然也曾经出现过一些学术热点，但是总体上处于一种不温不火的状态。时至今日，该领域还没有召开过国际或全国会议，也没有全国性的学术研究机构或学会一类的学术组织，更没有专门的学术刊物。与其他文学作品相比，该领域似乎处于小说研究和曲艺研究的夹缝之中，显得比较冷清，但是仍然有一些学者多年如一日，在这里默默耕耘，无怨无悔。

本书共选中外学者的论文（著）十八篇，其中20世纪20年代两篇，鲁迅和胡适各一篇；30年代四篇，即孙楷第两篇、马廉和谭正璧各一篇；40年代一篇，是赵景深的；50年代两篇，李啸仓和范宁各一篇；60年代三篇，即许政扬、马幼垣和增田涉各一篇；其余六篇为80年代以后的，即胡士莹、程毅中、萧相恺、张兵、王庆华和罗筱玉各一篇。选文要求能够代表一个时代本领域的研究成果。其中20世纪80年代以前所选作品偏多。20世纪80年代以后所选作品偏少。另外，由于版权等方面的问题，某些优秀作品只好割爱。本书选文一般采用的是比较权威的版本，一篇论文（著）有多种版本的，往往采用修改后的定本，如孙楷第的两篇文章，就采用了《沧州集》中的版本，没有采纳最初发表时的版本。论文（著）的评介，主要包括以下部分：论文的主要内容、论文在学术史上的地位和影响、论文作者的相关论述等，其中论文在学术史上的地位和影响是评介的重点。

本书的选文篇目是由我确定的，评介部分则由我和其他学者共同完成，他们是：淮北师范大学冀运鲁博士、河南科技大学贾海建博士、西昌学院王领妹女士、曲阜师范大学朱祥竟女士、曲阜师范大学牛司凯先生，其篇目在书中已署名。评介部分的内容，我进行了审读，但是对于学者之间的不同意见，我一仍其旧，没有强行统一。评介的意见，如有不妥，恳请国内外专家学者多多批评。选文部分曾反复校对，如仍有错误，也请国内外读者指正。

本书的选文，得到了中华书局程毅中先生、美国普林斯顿大学马泰来先生、江苏社会科学院萧相恺先生、复旦大学张兵先生、华东师范大学王庆华先生、温州大学罗筱玉女士、范宁先生的女儿范阳女士、许政扬先生的女儿许檀女士以及孙楷第先生的直系亲属等诸位的大力支持，在此表示深深的感谢！感谢武汉大学陈文新教授对我的信任和厚爱，让我承担本书的编撰，而我的书稿一拖再拖，实在愧对先生的重托。我的研究生牛司凯、魏君帮我录入了部分书稿，在此一并感谢。

今年的冬天，特别的暖和，据说是几十年来最温暖的冬天。

我坐在窗前，看着即将完成的书稿，心里也是暖暖的。

**刘相雨**

2014 年 2 月